Kugane Maruyama | illustration by so-bin

마루야마 쿠가네 지음 김완 옮김

OVERLORD [13] The paladin of the Holy kingdom

성왕국의 성기사 下

13

오버로드

Contents **목차**

4장 공성전

Chapter 4 | Siege

1

겨울이 끝나려면 아직 멀어서 공기는 싸늘하다. 그러나 그는
추위를 별로 느끼지 않았다. 몸을 감싼 체모 덕분이다. 윤기가
도는 검은색 체모가 온몸을 덮어서 그 위에 의복을 걸치면 강한
단열 효과가 생긴다. 금속 갑주를 착용해도 차가움에 떨 일은
없다.

그러나 지금, 그는 다른 이유 때문에 떨고 있었다.

그 이유는 노여움.

분노라 바꿔 말해도 좋을 정도로 크게 화를 냈다.

자신도 모르게 육식짐승처럼 으르렁거리는 소리를 냈다가 수
치심을 느껴 혀를 찼다.

그들—— 조오스티아라 불리는 종족에서는 짐승처럼 으르렁
대는 행위를 감정을 억제하지 못하는 증거로 간주한다. 성인이
보일 행동이 아닌 것이다.

다만 그것은 그의 종족에 한한 이야기.

만약 이 소리를 들은 자가 있다면, 악다문 날카로운 이빨 사이에서 흘러나오는 나직한 짐승 울음소리에 간담이 얼어붙고 공포에 질려 꼼짝도 못했을 것이다.

그는 발을 돌려 이제까지 보고 있던 인간 도시의 시벽을 등지고 자기 진영으로 돌아갔다.

얄다바오트라는 압도적인 힘을 가진 지배자가 군림하고 그 밑으로 다양한 종족이 모였지만, 매일같이 사소한 일로 다툼이 생겼다.

10만이 넘는 아인연합군은 크게 셋으로 나뉜다.

하나는 성왕국 남부의 군세와 대치 중인 4만.

하나는 성왕국의 포로수용소를 방어하고 관리하는 5만.

하나는 북부 지역을 탐색하며 온갖 물자를 회수하는 등의 잡무를 맡은 1만.

이곳의 온 자들은 바로 포로수용소에 주둔 중이던 5만 중에서 선발된 4만이다.

그만한 숫자가 있으면 진지 내부가 북적거리는 것도 당연하지만 이때만은 그의 앞길을 막으려는 자는 나타나지 않았고, 그 자신도 발걸음을 멈추거나 걸음 속도를 늦추는 일이 없었다.

구르는 거석 앞을 가로막을 자가 대체 어디에 있을까.

패기가 감도는 그를 방해할 만큼 강한 정신력을 가진 자는 이 자리에 없다.

무인지대를 걷듯 나아가는 그의 전방에 유독 훌륭한 천막이 나타났다.

출입구 앞에는 아인 병사가 있으나 그들은 경비를 맡은 것이 아니다. 천막을 쓰는 자가 용무를 전달할 때 쓰고자 대기시켜 놓은, 말하자면 심부름꾼이다.

전전긍긍하며 길을 내준 그들 사이를 지나쳐 천막 입구에 드리워진 천을 벌컥 젖히자, 실내에 있던 다섯 아인이 날카로운 시선을 보냈다.

그곳에는 아인의 군세에서도——악마를 제외하면——열 손가락에 드는 아인들이 있었다. 하나같이 물리적 압력마저 느껴지는 강렬한 안광을 뿜어냈으나, 그는 태연한 자세를 흐트러뜨리지 않았다.

그들과 똑같이 십걸(十傑)에 속하는 그는 오히려 흥 코웃음을 치고 빈자리에 털썩 주저앉았다. 하반신이 짐승이라서 마치 배를 깔고 엎드린 듯한 자세이기는 하지만.

다섯 아인 중 하나가 가볍게 고개를 숙이는 것을 보고도 무시하고, 그는 가장 상석에 앉은 아인을 노려보았다.

뱀에 팔이 달린 것 같은 존재였다.

비늘은 그의 별명 '칠색린(七色鱗)'의 유래에 걸맞게 무지개색 광채를 냈고, 젖은 것처럼 요사스럽게 번들거렸다. 이 비늘은 단지 아름답기만 한 것이 아니라, 그 단단함이 용에 필적할 정도라고 한다. 더군다나 마법 내성도 강하다. 마법 갑옷을 착용하고, 거대한 방패를 들고, 전사로서의 실력도 가미하면 아베리온 구릉지대에서 가장 견고한 존재라고 모두가 우러러보는 것도 무리가 아니라 할 수 있으리라.

이 아인이 바로 사왕(蛇王) 로케슈. 마황에게 이 군세의 총지
휘관으로 임명받은 자였다.

그의 주무기로 명성이 자자한, 가공할 특수능력으로 널리 알
려진 '목마름의 삼지창Trident of Dehydration'이 바로 곁에 놓
여 있다.

"──왜 공격하지 않나."

감정을 죽여 낮게 깐 목소리로, 그는 로케슈에게 물었다.

인간의 애처로운 저항세력이 지배하는 도시에 도착한 지 이미
사흘이 지났다. 그럼에도 국지전 한 번 일어나지 않았다.

"······인간이 만든 벽이 성가시다는 것은 안다. 하지만 이 숫
자라면 단숨에 짓밟을 수 있잖나."

게다가 아인연합에는 성벽 따위 무시할 수 있는 자들도 있다.
그런 자들을 잘 부리면 공략이 어려울 리 없다고 생각했다.

"설마 겁이 난 것은 아니겠지."

"마조(魔爪) 장군."

마조라 불린 그── 비저 라잔다라는 인상을 찡그리고, 이 자
리에 앉은 동족 한 사람에게 흘끔 눈길을 주더니 다시 나가라자
를 보았다.

구릉지대에서는 '마조'라는 별명이 널리 알려졌다. 그것도
200년 가까이.

이것은 조오스티아 종족이 오래 살기 때문이 아니다. 이 별명
을 계승해 온 일족이 있기 때문이다.

비저 자신은 아버지에게 막 물려받은 이름이 아직 어울리지
않는다는 사실을 충분히 알고 있다. 그러므로 이 일련의 전투에

서 자신의 이름을 드높이고자 했다. 하지만 오늘까지 자신의 힘
을―― 새로운 계승자의 힘을 선보일 기회는 찾아오지 않았다.

쓰러뜨렸던 상대는 거의 약자였으며, 그가 가진 마법의 양손
배틀액스 '칼날날개Edge Wing'로 펼치는 공격을 2합 이상 받
아낸 자는 존재하지 않았다.

그래서는 안 된다.

이대로 얄다바오트라는 초월적인 악마의 일개 부하로서 이 전
쟁을 끝낼 수는 없었다. 어디선가 개인적으로 무명을 높일 기회
가 필요했다. 그리고 지금이 바로 그때였다.

하지만 로케슈는 아직도 쳐들어가려 하질 않았다. 이에 대한
불만이 태도로 드러났다.

"저 도시는 한때 '호왕(豪王)'이 지키던 곳이라 들었다. 그만
한 강자를 쓰러뜨린 상대가 있다 해서 겁먹은 건 아니겠지?"

호왕―― 바포르크 종족을 통솔하던 왕.

비저와 마찬가지로 상위 10석에 있던 강자의 이름이다.

상대의 무기를 파괴하는 성가신 기술을 사용한다고 알지만,
그래도 비저는 자신의 실력이 호왕과도 호각이었으리라 자부했
다. 호왕을 쓰러뜨린 자라면 상대로 부족하지 않다.

"그자는 내가 상대하겠다. 그러니 냉큼 쳐들어가지."

호왕을 쓰러뜨린 강자라면, 딱 한 사람 짚이는 자가 있었다.

'소문으로 들었던 인간 암컷 성기사겠지. 소문이 사실이라면
호왕에게도 이길 만해.'

찬란하게 빛나는 검을 든 성기사의 이미지를 추상적으로 떠올
렸다.

"비저 장군. 뒤늦게 도착해서는 사죄도 없이 다짜고짜 꺼낸 그 말에는 지휘관으로서도 여러모로 걸리는 구석이 없지 않네만…… 너무 흥분하지 말게. 나도 알아. 나도 아네."

로케슈가 여유만만한 태도로 손을 흔들었다.

"나 원, 아무것도 모르는 병아리가 삐약대는구먼."

큭큭 웃음소리를 낸 것은 팔이 네 개 달린 마기로스 종족의 여왕이자 '빙염뢰(氷炎雷)'라는 별명을 가진 여자── 나스레네 벨트 퀼이었다.

비저는 인상을 썼다.

육탄전이라면 절대로 지지 않겠지만, 나스레네의 주특기는 마법이므로 생각지도 못한 상황에서 승패가 뒤집힐지도 모른다는 두려움이 있었다. 그렇다고 '마조'라는 이름을 물려받은 자신이 병아리라 불리고도 고분고분 물러난다면 선조들을 볼 낯이 없다.

"할망구는 엉덩이가 무거워서 큰일이겠어."

마기로스의 수명은 제법 긴데, 빙염뢰라는 별명은 비저가 어렸을 때부터 구릉지대에 널리 알려져 있었다. 그 점을 고려하면 이미 수명의 절반 정도는 지나갔을 것이다. 얼굴을 가만히 관찰하면 화장 같은 것으로 얼버무렸기 때문에 실제 피부 연령은 어떤지 알 수 없다. 그래도 본인이 뭔가 느끼는 게 있으니까 화장으로 얼버무린 것이리라. 게다가 몸에서 나는 꽃향기도 향수로 노인네 특유의 냄새를 얼버무린 게 아닐까.

"──허어?"

나스레네의 눈이 스윽 가늘어지고, 천막 안에는 싸늘한 공기가 감돌았다. 심리적인 것이 아니라 물리적인 현상이었다.

"――틀린 말은 아닐 텐데?"

말하면서 비저는 슬쩍 몸을 일으켰다. 사족보행 짐승의 형태를 가진 하반신은 허세가 아니다. 순발력과 민첩성은 그야말로 짐승 같다. 그 신체능력을 살려서 한껏 낮춘 자세에서 기습하는 것이 원래 스타일이지만 그 자세는 취하지 않는다. 어디까지나 이쪽이 격이 높으니 선수를 양보하겠다는 태도를 보이고 싶었기 때문이다.

"허언이 아니면 무슨 소리를 해도 된다는 문제도 아닐 텐데? 내 이 병아리에게 여성을 대하는 예의를 조금 가르쳐 줘야겠구면. 그것도―― 선배가 할 일이지."

일촉즉발의 상황에 로케슈가 입을 열었다.

"둘 다 그만하지 못하겠나. 작전회의 자리에서 불상사가 생기면 얄다바오트 님께 보고할 수밖에 없다네."

절대적 강자의 이름을 사용한 중재에 두 사람은 화를 거두었다. 마지막으로 서로를 한 번 노려보며 '용서한 것은 아닐세.' '싸움이라면 얼마든지 받아주지.' 하고 눈빛으로 선언하는 것은 잊지 않았지만.

"하아……. 강자의 자아가 강한 것은 어쩔 수 없는 일이지만, 협력이라는 말 정도는 기억해 두었으면 좋겠군."

"히히히. 그대도 남 말 할 처지는 아닐 텐데."

털이 하얗고 긴 원숭이 같은 아인이 웃음소리를 내며 로케슈의 푸념에 딴죽을 걸었다.

"뭐, 그렇기는 하네만. 그건 그렇고 마조 장군. 방금 한 질문에 대답하겠는데, 딱히 겁먹은 것은 아니라네. 물론 호왕은 강자였네. 하지만 호왕에 필적하는 실력자라면 이곳에 다 있지 않나."

로케슈는 마조와 빙염뢰, 그리고 나머지 셋을 둘러보았다.

매직 아이템인 황금 장신구를 다수 갖춘, 순백색의 긴 털을 가진 원숭이 비슷한 아인.

스톤이터 종족의 왕―― 하리샤 앙카라.

그들의 종족에서도 상위종까지 도달한 자는 먹은 원석에 따라 특수한 힘을 가질 수 있다. 예를 들면 다이아몬드를 먹으면 일정 시간 구타 속성 이외의 물리공격에 내성을 얻는 식이다. 보통은 세 개까지 저장할 수 있는데, 하리샤는 이를 아득히 넘어서는 숫자를 저장하는 것이 가능하다고 한다. 변이종이라고 불리는 까닭이기도 하다.

그리고 비저가 천막에 들어왔을 때 슬쩍 고개를 숙였던 올트로우스 종족의 장군.

멋지게 새김질을 한 갑옷을 입었으며, 마찬가지로 훌륭한 투구와 기사창을 옆에 두고 있는 사내―― 헥트와이제스 아 라가라.

비저에게 인사했던 이유는 조오스티아에게 순종하는 종족이기에 보인 행동이었으며, 비저 개인의 힘을 인정해서는 아니었다. 그것이 비저가 불쾌해진 이유였다.

다만, 다른 사람이라면 몰라도 헥트와이제스와는 주먹다짐을 벌여 힘을 과시할 수도 없었다. 무기를 겨루면 비저가 이길 테지만, 헥트와이제스는 개인의 힘만으로 유명해진 것이 아니다. 그는 10배나 많은 병력을 상대로도 승리를 거둔 명장으로 널리 알려졌다. 집단을 통솔하는 전투가 되면 우열이 역전될 것은 뻔했으며, 이를 알면서도 개인적인 무력을 과시해 '내가 더 강하다'고 으스대면 몹시 볼썽사나울 것이다. 그래서 비저도 이 올트로우스와 어떤 관계로 있어야 할지 감을 잡지 못했다.

마지막으로 입을 꾹 다문 동족── 무아 프락샤.

'흑강(黑鋼)'이라는 별명을 가진 존재이며, 어둠 속을 달리는 그림자라고도 불리는 레인저다.

타고난 신체능력을 활용해 힘으로 밀어붙여 싸우는 조오스티아 내에서는 드물게도 잠복했다가 허를 찌르고 은밀하게 해치우는 가공할 암살술을 구사한다. 굳은 의지는 결코 흔들리는 법이 없으며, 한번 노린 상대는 반드시 해치운다는 것이 별명의 유래였다.

어느 누구를 보더라도, 싸워서 질 것 같지는 않지만 정면에서 싸우면 버거울 상대뿐이다.

"그런데 왜 쳐들어가지 않는가 하면, 이것이 리문이라는 도시에서 내가 받은 얄다바오트 님의 지령이기 때문이지."

"뭐라고? 그랬나?"

그렇게 물은 이유는 4만으로 이루어진 이번 공격부대가 편성되면서 직접 얄다바오트와 이야기를 나눈 사람이 로케슈뿐이기 때문이다. 비저가 다른 자들과 함께 부름을 받아 칼린샤라는 도시에 도착했을 때는 이미 부대가 정렬을 마치고 출발만을 기다리는 상태였다.

얄다바오트는 전이를 되풀이해 여러 도시 사이를 이동하므로 타이밍이 맞지 않아 전갈을 받을 수가 없었던 것이다.

"얄다바오트 님께서는 도시를 점거한 인간 놈들에게 며칠 시간을 주라고 말씀하셨네."

"시간을? 왜지?"

"공포를 주기 위해서지. 저 도시에 있는 인간의 수는 1만도 안 되네. 그중에서 싸울 수 있는 자가 몇이나 되겠나. 반면 우리는 모두 싸울 수 있는 자들뿐. ……인간들의 공포는 얼마나 크겠나."

"과연…… 그런 뜻이었군. 무서운 분이야."

"히히히. 누가 아니라나. 그렇다고는 하지만 비저 장군의 마음도 이해는 가네. 앞으로 얼마나 시간을 줄 생각이지?"

"뭐, 며칠 줄지는 우리에게 일임하겠다고 하셨네. 물론 식량은 두 달치가 있지만, 그렇게 많은 시간을 줄 수도 없겠지."

"포로 놈들을 관리해야 하니 말이지?"

지금은 1만밖에 안 되는 소수의 아인으로 압도적 다수인 인간 포로를 관리하는 상황이다. 아인과 인간을 비교하면 아인이 강하지만, 그래도 숫자는 힘이 된다. 폭동이 일어나면 대처하지 못할 가능성이 높다.

"바로 그걸세. 그것이 자네들을 소집한 이유지. 의견을 모으고자 하는 의미에서. 나는 이틀 후쯤 쳐들어가 끝장을 낼까 생각하네만, 누구 다른 의견 있나?"

비저를 포함해 그 자리에 모인 아인들은 아무도 이의를 제기하지 않았다.

"좋아. 그러면 이틀 후에 쳐들어갑세. 그때까지는 감시를 계속하지."

있을 수 없는 일이라고는 생각하지만, 적이 치고 나올 가능성
도 없지는 않다.

"그렇다면 끌고 온 인간들은 슬슬 처분하는 편이 좋겠군."

일부 아인은 인간을 먹는다. 그런 종족은 신선한 식재료를 선
호하는 편이다. 조오스티아는 딱히 인간의 고기를 좋아하지는
않고 굳이 따지자면 말이나 소가 취향이다. 하지만 쇠고기 육포
와 신선한 인육 중에서 선택하라면 대부분 후자를 고를 것이다.

반면 빙염뢰는 언짢은 표정을 지었다. 마기로스는 인간을 먹
는 종족이 아니며, 겉모습도 비교적 인간에 가깝기 때문이리라.

"히히히. 그러면 내일 놈들의 도시 앞에서 잡아먹으면 어떻겠
누? 놈들이 공포를 느낄 게야."

"그거 좋은 생각이군. 그 자리에서 '내일 침공하겠다'고 선언
하면……."

"너무 지나치게 몰아붙이지는 마라. 놈들이 항복이라도 하면
어떡하라고. 희망을 품고 저항해야 비로소 전쟁이 재미있어지
는 법이지. 삶을 체념한 놈들을 죽이는 것만큼 재미없는 일도
없으니."

비저는 강한 상대와 싸우고 싶었다. 약한 상대와 싸워 봤자 즐
거울 것도 없다.

"그것도 그렇군. 그리고 또 한 가지 중요한 사항이 있네. 얄다
바오트 님의 명령일세. 적을 다 죽이지 말고 일부는 살려서 도
망치게 하라는 말씀이셨지. 그렇게 많을 필요는 없네. 그러니
이쪽── 서문을 수호하는 자들은 몰살하고, 동문을 지키는 놈
들은 쫓아낼 생각일세."

"그렇다면 동문 쪽으로 공세를 가할 사람은 부대 지휘에 능숙해야겠는걸. 안 그랬다간 전부 죽여버릴 수도 있으니까."

나스레네의 말에 그 자리에 있던 이들의 시선이 한 사람에게 집중됐다.

"그렇군……. 그러면 동족을 모두 데려가도 상관없겠나?"

"전령으로 쓰고 싶으니 몇 명만 남겨 주게."

"알겠네, 로케슈 장군. 그러면 나 헥트와이제스 아 라가라가 동문을 맡지."

"그 밖에는, 압박을 위해 남측과 북측 성벽에도 병사를 조금 배치하겠네. 이쪽은 진심을 다해 공격할 필요는 없지만, 어느 정도는 적을 죽여 주었으면 하네. 거리를 두고 싸우는 데 익숙한 자들이 가 주었으면 하는데……."

여기서 원거리 전투가 가능한 이는 셋. 그중에서 로케슈가 고른 것은 이제까지 입을 다물고 있었던 조오스티아였다.

"무아 프락샤 장군."

"──알겠소."

'흑강'은 무뚝뚝하게 한마디로 대답했다.

"나머지는 서문을 맡도록. 자네들이 나설 차례는 없을 것 같지만, 강자가 나타났을 때는 잘 부탁하네. 나는 전체를 지휘해야 하니 앞으로 나가진 않을 테고."

나머지, 비저를 포함한 세 아인은 고개를 끄덕였다.

"동의를 얻었군. 그러면 이틀 후에 이 도시를 함락하겠네. 어리석은 인간들을 통곡하게 만들 때까지는 푹 쉬도록 하게나."

마도왕이 있는 방으로 향하며 네이아는 위장에서 치민 것을 삼켰다. 입안에 시큼한 맛이 가득 퍼졌다.

허리에 찬 가죽자루를 들어 안에 든 물을 마셨다.

가죽 맛이 밴 물이 맛있지는 않지만, 덕분에 시큰거리는 목과 구취는 조금 가라앉았다. 하지만 체한 것처럼 답답한 가슴은 가라앉을 줄 몰랐으며, 파랗게 질린 낯빛도 좋아지지 않았다.

네이아는 잊으려 하면서도 잊을 수 없는 광경——구역질이 나는 광경을 떠올렸다.

아인의 대군은 이 도시를 지난 사흘 동안 포위하고 있었다.

공격도 협상도, 아무것도 없이 그저 시간만이 흘렀다.

그런데 바로 오늘, 아인들이 성왕국의 포로를 지금 네이아가 있는 소도시 로이츠를 에워싼 시벽 부근까지 연행했다. 숙련자라면 활이나 투석구로 공격할 수도 있었겠지만 안타깝게도 이곳에 그만한 명사수는 거의 없었다.

네이아도 마도왕에게 빌린 활이라면 맞힐 자신이 있었다. 하지만 섣불리 공격했다간 전투의 막을 올리게 될 것이다. 그랬다간 1만 대 4만의 싸움이 시작된다. 게다가 구출하려면 문을 열어야만 한다. 아인이 몰려들 것이 확실하므로 그러지도 못한 채, 그저 얌전히 지켜볼 수밖에 없었다.

포로의 숫자는 20명이 채 안 됐다. 성별로는 남녀가 섞였고, 아이도 어른도 있었다. 다만 노인만은 없었다. 모두 알몸이었으며 온몸이 상처투성이였다.

모종의 협상 재료가 아닐까. 그 자리에 모인 많은 성왕국 국민이 그렇게 생각하는 가운데, 느닷없이 참극이 시작됐다.

아인들이 마구잡이로 포로를 죽인 것이다.

3미터는 될 법한 아인이 포로들의 목을 찢어내고 몸을 거꾸로 들었다. 시뻘건 피가 콸콸 쏟아져 흙으로 스며드는 것을 네이아는 똑똑히 보았다.

그리고 놈들은 해체를 시작했다.

네이아도 아버지가 짐승을 해체하는 모습은 몇 번인가 보았다. 하지만 그 행위가 인간에게 자행되는 것은 전혀 다른 광경이었으며, 네이아의 마음에 강한 충격을 주었다.

그 후, 그들은 신선한 상태로 놈들에게 먹혔다.

특히 끔찍했던 것은 산 채로 먹힌 사람도 있었다는 점이었다.

지금도 아인에게 배를 뜯기는 어린아이의 절규가 귀를 떠나지 않았다. 그리고 내장이 뽑혔을 때의 목소리도.

다행히 구스타보는 미리 명민한 두뇌를 굴려 왕형을 경호한다는 명목으로 레메디오스를 데려오지 않았다. 만일 그녀가 있었다면 틀림없이 전투가 시작됐을 것이다.

하아…….

네이아는 크게 한숨을 토하고, 다시 물을 한 모금 입에 머금었다가 억지로 삼켰다.

속이 거북할 때는 차라리 토하는 게 낫다고 하지만, 마도왕이 머무는 방에 토사물의 냄새를 풍기며 들어가는 것은 무례한 짓이다.

몇 번씩 숨을 내쉬어 냄새를 체크한 다음, 네이아는 마도왕의 방 앞에 섰다.

문 좌우에는 아무도 없다.

아인에게 도시를 포위당한 상황에 마도왕의 경비——라는 명목의 감시——를 할 여유는 없다는 뜻이다.

네이아는 문을 두드리고 안에 말을 걸었다.

"마도왕 폐하, 종자 네이아 바라하입니다. 들어가도 괜찮겠습니까?"

"들어오라."

문 너머로 허가를 받고 네이아는 조용히 입실했다.

세간살이는 거의 모두 파괴당하거나 징발당한 후였으므로, 내부는 간소했다. 그래도 아마 이 도시에 사는 그 누구의 방보다도 좋은 세간을 갖춘 곳이리라.

마도왕은 창밖을 보고 있었는지, 네이아에게 등을 보인 채 서 있었다.

"다들 바쁜 듯하구나. 수많은 백성이 창문 아래를 뛰어다녔다. 포위당한 지 나흘이 지났다만, 이렇게 소란스러운 것도 첫날 이후 처음이다. 이건—— 공격할 기미가 있다는 뜻일까?"

마도왕은 이번 전투에는 관여하고 싶지 않다는 태도를 보이며 이 방에서 조용히 지내고 있었다. 아인의 군세가 이 도시 근교에 전개됐을 때 열린 작전회의에도 참석하지 않았다.

해방군 수뇌부는 떨떠름한 분위기였으나,

『그대들의 앞일을 고려하면 타국의 왕이 주제넘게 나서는 것이 좋지만은 않을 텐데?』

그런 마도왕의 발언 앞에서는 무언가를 요구할 수도 없었다.

그 대신 네이아가 여러 회의에 참가하게 됐다. 이것이 네이아를 통해 마도왕과 정보를 공유하겠다는 수뇌부의 의도라는 것도 잘 알고, 수긍도 할 수 있었다. 하지만 그 결과 오늘의 그 참극을 목격하게 됐던 셈이다.

"……아닙니다. 아인 측에 큰 움직임은 없습니다. 다만 그들의, 그게, 뭐라고 해야 할까, 시위행동이 있었다고나 할까요. 그래서 배치전환 같은 것이 이루어지는 듯합니다."

"그렇군. 그렇다면 대치 상태가 한동안 더 이어진다고 봐야 할까? 아인 측은 이쪽을 흔들어 사기를 꺾고 싶기라도 했던 건지── 헌데, 이길 것 같나?"

무리다.

그렇게 즉답할 수 있을 만큼, 해답은 이미 나왔다.

우선 병력의 차이가 너무나 막대하다.

인간은 1만인 반면, 아인은 4만.

1만이라 해도 그것은 어린이나 노인까지 포함된 숫자이며, 나아가 그들 전원이 포로수용소에서 생긴 상처──정신적인 것도 포함해──와 피로를 완전히 치유하지 못한 상태였다.

물론 공성전은 방어하는 쪽이 유리한 법이라지만, 그것은 전력이 거의 호각일 때의 이야기다.

평범한──일반적인──아인과 인간 평민. 이 둘을 놓고 본다면, 비교하는 것조차 어리석게 보일 만큼 인간 측이 약하다.

아인과 호각으로 싸울 수 있는 것은 성기사, 신관, 직업군인인 병사 정도밖에 없으며, 당연히 수는 많지 않다. 화룡의 브레스에 물을 끼얹어봤자 소용이 없는 것과 마찬가지로, 4만 아인

군단 앞에서는 무력한 숫자일 뿐이다.

다만, 절대로 승리할 수 없느냐 하면, 꼭 그렇지만도 않았다.

마도왕이라는 비밀병기를 제외한다 쳐도, 한 사람이 군세를 격퇴하는 것은 가능했다.

성왕국 최강의 성기사 레메디오스 커스토디오라면 불운한 부상이나 피로가 쌓이는 것을 고려하지 않을 경우, 그리고 평범한 아인을 상대한다는 가정 하에 4만 마리는 벨 수 있을 것이다.

하지만 레메디오스에 필적하는 강자가 아인 측에 없으리라는 법이 없다. 오히려 있을 가능성이 더 클 것이다.

네이아는 이 도시에 있던 호왕 버저라는 아인의 모습을 떠올렸다. 마도왕 앞에서는 쓰레기처럼 목숨을 잃었으나——그것은 마도왕이 너무나 강대한 탓이다——그자도 압도적인 강자였다. 네이아는 아무리 노력해도 이길 수 없는 존재다.

그만한 아인왕이라면 성왕국 최강의 성기사에게 필적하거나, 혹은 웃돌지도 모른다. 네이아가 보기에는 다들 너무나 대단해 정확히 가늠할 수는 없었지만.

게다가 현실에서는 피로를 고려해야만 한다. 아무리 강한 자라도 피로에서 도망칠 수는 없다. 마법을 써서 일시적으로 씻어 줄 수는 있어도 피로란 금세 다시 쌓이는 법이다.

적군 1만을 베고 피폐해졌을 때 공격당하면 레메디오스라 해도 평범한 아인에게 목숨을 잃을 것이다. 역시 숫자는 힘이다.

다만, 만약, 이를 뒤집을 방법이 있다고 한다면——

네이아의 시선은 아직도 자신에게 등을 보이는 위대한 왕에게 향했다.

그것은 절대적인 강자.

이 세계를 초월한 존재. ^{오 버 로 드}

마도왕 아인즈 울 고운밖에 없을 것이다.

왕답게 당당한 뒷모습에 눈길을 빼앗겼던 네이아는 아직 마도왕의 질문에 답하지 않았음을 떠올리고 황급히 대답했다.

"자, 잘 모르겠습니다!"

당황한 탓에 목소리가 조금 커져버렸다. 부끄러움에 얼굴을 붉히면서 보통 목소리를 냈다.

"──하오나 최선을 다할 뿐입니다."

마도왕은 신경 쓰는 기색도 없이 새 질문을 했다.

"그렇군. 그러면 적군에 관해서 새로운 정보는 들어왔나? 얄다바오트의 존재 같은 것은?"

"그 점은 며칠 전부터 변함이 없습니다. 적진에서 얄다바오트의 모습은 확인되지 않았습니다."

"흠. 그렇다면 미안하지만 나는 이번 방어전에 힘을 빌려주기 어렵겠구나. 이미 써버린 마력을 회복하지 않으면 위험하다. 놈이 나의 마력이 결핍된 순간을 노리고 있을 가능성도 고려하며 행동해야 하니 말이다."

"물론 폐하의 생각은 모두가 이해하는 바입니다."

회의에서 얄다바오트로 여겨지는 악마가 보였다는 이야기가 나온 적은 있다. 하지만 네이아가 확인해 보겠다고 말하자 즉시 잘못 봤을 가능성이 크다는 말이 나왔다. 그때의 분위기로 보건대, 네이아를 빼고서 얄다바오트가 있을지도 모른다는 허위 정보로 마도왕을 전투에 참가하게 하고자 하는 밀담이 있었음은 명확했다.

'혐오스러운 언데드라고 해서 타국의 왕에게 그런 거짓말을 하다니, 의리를 몰라. ……설령 궁지에 몰렸다 해도, 경의를 표해 마땅한 상대에게는 자신의 궁지를 보여주는 게 올바른 자세가 아닐까?'

"그래서 앞으로 아인의 움직임은 어떻게 될 것 같나?"

"예. 지금까지는 서문에만 군세를 전개했던 아인군이, 병력을 나누어 다른 성문인 동문에도 조금이지만 군세를 이동했습니다. 이것은 슬슬 모종의 움직임을 보이리라는—— 공성전에 나서려는 준비가 아닐까 생각하고 있습니다."

"공성병기를 완성하는 데 충분한 시간이 흘렀다는 뜻인가? 뭐, 다행이라고도 할 수 있겠군. 적이 병참을 틀어막는 작전을 택하진 않았으니."

다행인지 어떤지 네이아는 판단할 수 없었으나, 병참을 틀어막히면 대처할 방법이 없었던 것도 사실이다.

치고 나간다면 평지에서 싸우게 된다. 압도적인 병력의 차이로 이쪽의 병력은 즉시 짓밟힐 것이다. 하지만 시벽에 보호를 받으며 싸운다면 그나마 괜찮은 승부를 벌일 수 있다. 물론 압도적인 불리함에서 상당한 불리함으로 바뀌는 정도의 차이이기는 하지만.

"이쪽이 얼마나 병량을 확보하고 있는지 모르기 때문일 가능성도 없지는 않사오나, 그보다도 아인들은 이 정도 소도시라면 딱히 문제가 될 것이 없다고 생각하는 듯합니다."

"성왕국에 들어왔을 때 보았던 그 요새선을 함락했으니 이 정도는 별것 아니라 생각하는 것도 당연하겠지. ……방어전에서 그럭저럭 잘 싸워서 아인 측에 손해가 크다고 여겨지면 병참을 틀어막는 작전으로 전환할 것이다. 그때부터는 아주 성가신 싸움이 되겠지."

마도왕은 이 승산 없는 전투에서 이긴 다음이 진정한 싸움이 될 거라고 판단하는 모양이었다.

"폐하. 앞으로는 어떻게 되리라 보십니까?"

"앞으로의 전개 말이냐? 그것은 나도 알 수 없다. 솔직히 말해 이곳에서 농성하게 된 상황 자체가 궁지라 할 수 있지. 농성은 본래 원군이 전제가 되어야 한다. 혹은 상대방에 시간제한 같은 요소가 있을 때. 하지만 이곳은 상대가 지배하는 영역이다. 단순히 농성만 해서는 절망적이지."

"일단 오래전에 이곳에 사로잡혀 있던 귀족들을 남부로 보냈으니 원군이 올 가망이 전혀 없지는 않사오나."

네이아도 그렇게 말하기는 했지만, 아마 기대할 수는 없을 것이다.

남부의 군세가 이곳에 도착하려면 먼저 남부에서 대치 중인 아인연합의 군세를 쳐부숴야만 한다. 게다가 그렇게 된다 해도 그다음에는 이곳에서 4만이나 되는 아인과 싸워야 한다.

계속되는 전투는 병사들에게 큰 피로를 가져다준다. 그럴 바에야 차라리 이곳에 있는 1만의 백성을 버리는 편이 현명하다고 할 수 있다.

"그렇다면 좋겠다만……."

조금도 믿지 않는 듯한 분위기였다.

당연하다. 이 상황에서 누구 하나 희생을 치르지 않고 어떻게든 할 수 있는 방법이라곤——.

네이아는 머릿속에 떠오른 아이디어를 지워버렸다.

'마도왕 폐하는 얄다바오트와 싸우기 위해 이곳에 오셨어. 그러니 그 이외의 일에 마력을 소모하게 해 승산을 낮춰서는 안 돼.'

"……오크에게 썼던 전이를 사용하려면 아직도 시간이 더 필요하겠지만, 내가 이따금 마도국으로 돌아갈 때 사용하는 전이라면 아직 더 쓸 수 있다. 수십 명 정도라면 어떻게든 될 텐데…… 선택할 수도 없을 테고, 선택받고 싶지도 않겠지?"

"마음을 헤아려 주셔서 감사합니다, 폐하."

왕형이라도 데리고 도망쳐달라고 하는 편이 좋을지도 모른다. 하지만 과연 그래도 좋을까 하는 생각도 있다.

무시무시한 악마와 대치하기 위해 타국의 왕이 단신으로 전선에 뛰어들어 주었는데, 왕실의 혈통만을 데리고 도망쳐달라니, 염치가 없는 것에도 정도가 있다.

네이아가 그런 생각을 하고 있으려니, 그녀가 실내에 들어온 후 처음으로 마도왕이 몸을 돌렸다.

공허한 눈구멍에 깃든 붉은 빛이 이쪽을 똑바로 향했다. 전에는 조금 무서웠던 눈이지만, 익숙해진 까닭인지 멋있다는 생각마저 들었다.

"나는 이렇게도 생각한다, 바라하 양. 이곳에서 적과 맞부딪치게 된 것은 상층부의 어리석음이 초래한 결과다. 이를 종자

한 사람의 힘으로 뒤집을 수는 없지. 자신의 몸을 소중히 여기는 것이 어떨까? ……그대만 좋다면 우리나라에서 받아들여 줄 수도 있다. 성기사 훈련을 받은 바라하 양이라면 우리나라에서도 힘을 발휘할 테지.”

네이아는 무어라 말해야 좋을지 몰라 망설였다.

자신을 걱정해 주는 마음에 감사하는 한편, 마도왕의 손을 잡은 결과 잃어버리게 될 것에 대한 공포에 몸이 떨렸다.

어머니와 아버지가 이 나라에 바쳤을 헌신.

자신의 고향에 대한 애정.

조국에 두 번 다시 돌아오지 못할 미래.

몇몇 친구들과의 추억.

온갖 것들이 떠올랐다가 거품처럼 사라져 갔다. 다만 그런 가운데, 단 하나, 결코 터지지 않고 남아 있는 것── 가장 중요한 것이 있었다.

자신은 성기사단의 단원이다.

정의가 무엇인지 아직은 알 수 없지만, 그래도 딱 하나만은 가슴을 펴고 말할 수 있다.

“그래도 저는 이 나라의 백성으로서, 되도록 많은 이를 구해야만 한다고 생각합니다. 약자를── 고통받는 사람을 구하는 것은 당연한 일입니다.”

마도왕이 우뚝 몸을 멈추었다. 마치 얼어붙은 듯 급격한 변화였다.

“……흐음.”

그 말만을 중얼거리고 턱 밑에 손을 가져다 댄다.

마도왕은 네이아의 말이 무언가 마음에 걸렸는지, 가만히 관찰하고 있었다.

지극히 평범한 말을 한 것 같은데, 조금 민망해졌다.

"아인이 쳐들어왔을 때 그대가 배속되는 장소는 서문 시벽······ 도시에서 봤을 때 왼쪽이렷다? 위험한 장소로군. 나의 도움을 기대하는 거라면 큰 착각이다만?"

"잘 알고 있습니다."

활이 주특기인 네이아가 배속된 곳은 최전선이 될 장소였다. 그렇다면 거의 틀림없이 네이아는 죽을 것이다. 전장에 나서는 것이다. 물론 그럴 각오는 있다.

입술을 꾹 다물고 똑바로 마도왕을 보았다.

"아아, 그의 눈이로군. 내가 좋아하는 눈이지."

혼잣말처럼 중얼거린 목소리에 네이아는 자기도 모르게 낯을 붉히고 말았다. 딱히 그런 의미로 한 말은 아니겠지만 그래도 경애하는 왕에게서 들려온 '좋아한다'는 말은 상당한 파괴력이 있었다.

"그렇다면······ 바라하 양에게 몇 가지 아이템을 빌려주지. 쓰도록 하라."

놀랄 정도로 커다란 아이템이 공중에서 불쑥 튀어나왔다. 마차에 동승했을 때 활을 꺼냈을 때도 생각했지만, 마법이란 것은 정말로 놀랍다.

모습을 드러낸 그 매직 아이템── 갑옷은 눈에 익었다. 녹색 등딱지 같은 갑주는 분명 호왕 버저가 착용하던 것이었다.

"이, 이건!"

"이 갑옷이 분명 도움이 될 것이다. 네 몸을 지키는 의미에서."

네이아가 착용하기에는 지나치게 크다── 아니, 인간은 이 사이즈를 입기가 힘들 것이다. 하지만 마법의 갑옷에 대한 지식으로 그 점은 아마 괜찮으리라 예측하고 있었다.

보통 갑옷이라면 몸에 맞추는 데 대장장이의 작업이 필요하다. 그리고 그것에도 한계가 있어서, 이 사이즈라면 확실히 말해 불가능할 만한 부류였다.

하지만 마법의 갑옷은 다르다. 장비 조건이 특별히 부여되지 않았을 때는 성별, 종족에 관계없이 장비할 수 있다. 크기에는 변화가 없지만 체격에 대응하는 형태로 바뀌는 것이다.

마음만 먹으면 엄지손가락 사이즈의 마법 갑옷을 만들어 거인에게 입힐 수도 있지만 내구력은 사용되는 소재의 양이나 질에 따라 달라진다. 따라서 원본이 반지 사이즈면 마법, 산성 공격, 방어구 파괴 기술 같은 것에 쉽게 파괴되고, 부여된 마력의 절반 이상은 쓸모가 없어지고 말 것이다.

세상일이란 그리 호락호락하지는 않고, 꼼수는 대개 차단되고 만다는 뜻이다. 아무튼 아무도 착용하지 않은 지금의 상태가 원래 크기일 테니, 버저의 갑옷이 멀쩡한 내구성을 가질 것임은 틀림없을 것이다.

"이것 말고도 세 개 정도를 빌려주지."

마도왕은 네이아에게 계속해서 아이템을 건네주었다.

"관, 토시, 그리고 목걸이다. 무언가 다른 아이템과 겹치거나 하지는 않겠나?"

"아, 아뇨. 소인은 애초에 마법의 아이템은 가지고 있지 않사온지라.”

“그거 잘 됐군. 그러면 아이템을 간단히 설명해 주지.”

'정신방벽의 관'은 이름 그대로 정신을 수호하며, 매료나 공포 같은 속성의 공격을 막아 준다. 다만 마법은 완벽하게 막아도 특수능력 같은 데에서 유래된 것에는 저항 보너스 정도로 그친다고 한다. 주의할 점은 플러스 효과도 막아버린다는 것.

토시의 이름은 '사수의 팔토시'라고 한다. 마법 중에는 사격 기술이 필요한 것도 있어서 제작을 지시한 것까지는 좋았지만, 마도왕은 그런 계열의 마법을 완전히 버리는 바람에 쓰이지 않고 사장될 물건이었다고 한다.

그리고 마지막으로 목걸이는 마력을 소비해 신앙계 제3위계 치유마법 〈중상치유Heavy Recover〉를 발동할 수 있는 아이템이라고 한다. 마력만 있으면 횟수 제한 없이 사용이 가능하지만, 그냥 마법으로 발동할 때보다 마력을 훨씬 많이 소비한다. 네이아의 낮은 마력으로는 한 번이 한계라 여기는 편이 좋을 것이다. 쓸 때를 잘 가늠해야만 한다. 이 목걸이는 마도왕이나 그 관계자가 만든 것이 아니라, 어디서 팔던 것을 모양에 이끌려 구입한 것이라고 한다.

그 말대로 가만 보니 그 목걸이는 매우 섬세하게 세공된 것이 마치 녹색 보석을 손에 든 여신상 같았다. 모양에 끌렸다는 말에도 수긍이 갈 만한 예술품이었다.

그런 훌륭한 아이템을 앞에 두고 네이아는 고개를 가로저었다.

“소, 송구스럽습니다, 폐하. 이런 아이템들을 빌릴 수는 없습니다.”

마도왕이 빌려준다는 아이템은 아마 하나같이 초일급품일 것이다. 그렇다면 그런 아이템을 착용한 네이아가 적의 손에 죽을 경우 어떻게 될까. 아인의 손에 넘어가 그들을 강화하는 결과로 끝날 것이 분명하다. 그렇지는 않더라도 난전 중에 시체가 매몰되어 아이템이 분실되면 어떻게 해야 한단 말인가. 게다가 이미 활을 빌린 몸이다. 이 이상의 호의에 기대도 과연 괜찮을까.

아니, 전장에 서기 전에 활만이라도 돌려드려야 한다.

"어째서지? 앞으로 전투에서 충분히 도움이 될 텐데? 하기야 전사 계열인 그대는 마력이 낮은 만큼 어쩌면 목걸이는 쓰지 못할지도 모르지만. 한번 실험해 보도록."

마도왕의 질문에, 네이아는 조금 전 자신의 불안을 솔직하게 실토했다. 그러자 마도왕이 희미하게 웃었다.

"그러면 이렇게 하라. 반드시 나에게 돌려주겠다는 마음으로 전투에 임하면 되지."

물론 그럴 마음이지만, 마음만으로 상황을 타파할 수 있는 것은 아니다. 그렇게 대답해도 마도왕은 느긋하게 손을 내저었다.

"됐으니 가져가도록. 나에게는 매직 아이템이 어디로 갔는지를 알아보는 마법이 있다. 확실히 익혔으니 괜찮다. 만일 분실하면 나는 그 마법을 써서 찾을 것이다."

"그렇습니까?"

"그렇다마다. ……자, 사양하지 말고 쓰거라."

만일 표정을 지을 수 있었다면 웃으며 말했으리라고 여겨지는 그런 자상한 목소리로 권했다.

친절을 무시하는 경우의 무례. 호의를 받아들였다가 마도국에 손해를 미쳤을 경우의 사죄. 여러 가지를 생각하고——.

"뭔가. 약속할 수 없겠나? 내게 그 아이템을 돌려주겠다고."

"!"

살아서 돌아오라. 그런 속뜻이 담긴 말에 자신도 모르게 눈시울이 뜨거워졌다. 이만한 다정함을 보여준 것은 네이아의 인생을 통틀어 부모님 말고는 거의 없었다.

이렇게 다정한 왕이 지배하는 마도국은 행복하겠지. 그렇게 생각하며, 네이아는 입술을 꼭 깨물고 고개를 숙였다.

"감사합니다! 반드시 돌려드리겠습니다!"

"⋯⋯⋯⋯응."

고개를 들었을 때 눈가에 맺힌 눈물을 닦았다.

아무리 그래도 이 자리에서 갑옷까지 착용할 수는 없었지만, 토시와 목걸이와 관은 장비가 가능했다. 우선 목걸이를 걸었다.

그 순간 아이템의 사용법과 능력이 지식으로서 흘러들었다. 마치 자신의 몸 일부인 것처럼 쓸 수 있는 상황이지만, 자신의 몸에 달린 팔다리에 겁을 먹지 않듯 지극히 당연한 일이라는 마음밖에 들지 않았다.

다음에는 관이다. 이것은 장비해도 딱히 무언가 대단한 변화가 있다는 느낌은 없었다. 마도왕의 설명을 생각해 보면 무언가가 일어났을 때 알 수 있을 것이다.

마지막으로 토시.

이것은 반대로 큰 변화를 맛보았다.

힘이 넘쳐났다.

육체를 강화하는 마법을 받은 적이 있는데, 마치 그런 기분이었다. 근육이 단숨에 늘어난 것처럼 움직임이 빠르고 기민해지는 것이 느껴졌다. 그뿐 아니라 매우 작은 것들도 눈에 들어오고, 심폐기능도 상승하고 스태미나가 늘어난 것 같았다.

뭐랄까, 육체의 스테이지가 한 단계 올라간 기분인 것이다.

"굉장하다…………."

훈련의 결과 손에 넣은 힘이라면 서서히 변화하기 때문에 알아차리지 못했을 것이다. 하지만 능력이 급격히 상승했기 때문에 변화가 강하게 느껴졌다.

더 놀라운 일은, 예전의 자신과 지금의 자신 사이에서 큰 차이를 느끼지 않고 몸을 움직일 수 있었다는 점이었다.

"마법은 정말 굉장하네요……."

네이아가 중얼거린 말을 듣고 마도왕은 어깨를 으쓱했다.

"그렇다마다. 실제로 나도 생활마법 같은 것에는 놀랐지."

"생활마법에, 말씀입니까?"

"설탕이니 후추 같은 것을 만들어내니 말이다. 얼음도 생성할 수 있고, 마력을 많이 소모하기는 하지만 광물도 그렇지. 도시의 수원을 생활마법 관련 매직 아이템으로 보강한다거나…… 이 세계의 문화 발전에 크게 기여하는 듯하더구나."

"그렇……습니까?"

마도왕처럼 위대한 매직 캐스터가 왜 그런 마법에 놀랐는지 이해할 수 없었다. 하지만 마도왕이 그렇다면 그런 것이리라. 하기야 생활마법은 여러 방면에서 도움이 된다. 그것이 없으면 하루하루를 영위하기가 상당히 힘들 것이다.

"슬라임을 사용하는…… 것인지 공존하는 것인지는 모르겠다만 하수도 설비 같은 것도…… 아차, 말이 너무 길어졌군. 바라하 양도 바쁠 테지. 나는 신경 쓰지 말고 일하러 가도록."

솔직히 마도왕의 수행보다 중요한 일은 없다고 할 수 있지만 고양이 손이라도 빌리고 싶은 현재 상황에서는 의외로 네이아가 할 일이 많았다. 보초가 주요 업무였으며, 누구나 할 수 있는 일이기는 하지만 중요한 역할이었다.

"고맙습니다, 마도왕 폐하. 반드시 살아 돌아오겠습니다."

"그래. 만일 위험해지면 동문 방면으로 도망치도록 하라. 아마 생존할 가능성은 그곳밖에 없을 것이다."

네이아는 버저의 갑옷을 들고 고개를 숙인 다음 방을 나왔다.

＊

레메디오스 커스토디오는 작전지령실에서 세 명의 성기사와 함께 적절한 병력 배분을 생각했다.

평소의 덜떨어진 모습과는 정반대로 레메디오스는 전투에 관해서는 날카로운 식견을 보인다. 동생에게서는 "머리가 나쁜 건 아니니까 공부하면 될 텐데."라는 말을 들었으나, 그 충고에 따랐다면 이만한 무력을 얻지는 못했으리라.

신에게서 세 가지——지성, 재능, 미모——를 받은 여동생과는 다른 것이다.

'이쪽의 병력은 1만. 상대는 추정 4만. 승리 조건은 남부에서 원군이 올 때까지 버티거나, 적군을 철수시키는 것. ……나만한 강자가 10명 있다면 가능성이 있을지도 모르겠지만…….'

'구색'이라 불리는 자들 중 전투능력으로 뽑힌 멤버들이 있다면 그나마 선전할지도 모르지만, 지금 상황에서는 매우 힘들다.

'시간을 끌려면, 적의 첫 일격을 받았을 때 카운터로 큰 타격을 줘야 한다. 그러면 적이 경계해서 시간을 조금 끌 수 있을 테지. 상대는 이쪽의 병력이 얼마나 되는지 모를 테니.'

이쪽에서 치고 나가는 방안도 신중하게 검토해 보았다.

동문 쪽에 병력을 모아 단숨에 몰아쳐 적의 병력을 격파한다. 그 후 서문으로 진로를 바꾸는 것이다.

하지만 결론은 금방 나왔다. 실패로 끝날 것이라고. 동문 측에 포진한 얼마 안 되는 적의 별동대를 다 쓰러뜨리기 전에 적의 본진과 대치한 서문이 뚫려 도시가 함락될 것이다.

역시 병력의 차이가 문제였다. 승리하려면 어떻게든 이 차이를 좁혀야만 했다.

'그런 방법은 없지.'

레메디오스는 눈살을 찡그리고, 지도 위에 놓인 말을 적당히 움직였다.

무언가 영감이 번뜩이지는 않을까 기대해 보았던 것이었다. 하지만 구원의 손길은 나타나지 않았다.

"너희는 무언가 좋은 생각이 없나?"

"예. 저는——."

입을 연 성기사의 아이디어를 검토해 보고, 기각하고, 다시 아이디어를 모으기를 되풀이해 모두가 머리를 다 쥐어짠 끝에 무거운 침묵으로 가득 찬 방에 노크 소리가 울려 퍼졌다.

레메디오스에게는 마치 구원의 종소리처럼 들렸다.

"단장님. 여기 계셨군요."

입실한 사람은 부관── 구스타보 몽타녜스였다. 참으로 구원의 종소리였던 모양이다. 그것은 이 방에 있던 다른 성기사들도 마찬가지였는지 어둠이 깔렸던 표정에 살짝 희망의 빛이 보였다.

"마침 잘 왔네. 자네의 생각도 빌리고 싶군."

레메디오스가 턱짓을 한 곳, 책상 위에 펼쳐진 이 도시의 조감도를 보고 그녀의 의도를 이해했는지 구스타보는 고개를 끄덕였다.

"빌려드릴 수 있다면 얼마든지 빌려드리고 싶습니다. 그러나그 전에 몇 가지 의논을 드려도 되겠습니까?"

"응? 뭐지? 상관은 없다만."

"그러면……."

구스타보는 살짝 목소리를 낮추었다.

"실은 조금 상황이 좋지 못합니다. 이번에도 마도왕이 참전해 주느냐 하는 목소리가 일부 백성들 사이에서 나오고 있습니다."

마도왕은 이번 전투에 참가하지 않는다. 이제까지 소모한 마력을 회복해야만 하고, 이곳에서 또 마력을 쓰게 하는 것이 얄다바오트의 노림수가 아닐까 경계했기 때문이다.

동생 케랄트는 하루 만에 마력이 회복되곤 했으므로, 전자의 이유에는 레메디오스도 수긍이 가지 않았다. 그러나 도시를 혼자서 탈환하는 데 썼던 마력의 양을 인간과 똑같이 생각하면 곤란하다는 마도왕의 발언에 다른 이들이 수긍했으므로 그 이상

의문을 제기하지는 않았다. 그 자리에는 신관도 있었으며, 다른 이들도 이해했다면 그 말이 맞겠거니 생각할 수밖에 없었기 때문이다.

후자의 이유는 레메디오스도 동의할 수 있었다.

얄다바오트가 아인의 군세 속에 잠복하지 않으리라고 누가 장담할 수 있겠는가.

원래 마도왕은 얄다바오트와 싸우기 위해 데려왔다. 함께 쓰러지면 좋겠다고는 생각하지만, 딱히 마도왕이 패배하기를 바라는 것은 아니다. 그러므로 마도왕이 전력을 다할 수 있도록 협조하는 것은 설령 언데드를 혐오하는 그녀라 해도 당연한 일이었다.

그런 위험을 무릅쓰고라도 참전해 줄 경우에는 이 도시에 있던 몇몇 귀족들이 최대한——레메디오스조차 눈이 휘둥그레질 만한 액수의——사례를 지불하기로 약속해 주었으나, 마도왕은 고개를 끄덕이지 않았다.

"그게 어디가 문제라는 건가? 마도왕은 이번 전투에는 참가하지 않는다. 그것은 자네도 아는 사실일 텐데? 솔직하게 그리 말하면 될 게 아닌가."

"단장님. 그런 말을 할 수는 없습니다. 자칫하면—— 아니, 확실하게 큰 소란이 벌어질 것입니다."

"왜?"

이해할 수 없었다. 마도왕이 전투에 참가하지 않는 것이 무슨 문제란 말인가.

의문을 솔직하게 표정으로 드러내는 레메디오스에게 구스타보는 인상을 쓰며 대답했다.

"이 도시를 탈환하는 전투를 보았던 백성들은, 우리 성기사가 못했던 일을 마도왕이 둘이서 쉽게 해냈음을 알고 있기 때문입니다."

그래도 구스타보의 말을 이해할 수는 없었다.

"조금 불쾌한 이야기이기는 하다만 사실이 그렇지 않나. 그게 무슨 문제가 되지?"

"아니요, 그러니까, 우리 성기사보다도 마도왕을 신뢰하는 것입니다. 이 도시에 있는 자들이, 가장 강하다고 신뢰하는 마도왕이 전투에 참가하지 않는다는 사실을 알면 사기가 땅에 떨어질 겁니다."

"신뢰? ……마도왕은 언데드인데?"

"'언데드여도' 그렇습니다. 이 도시를 해방했으며, 사로잡힌 사람들을 구한 자는 마도왕입니다. 그러므로 그들에게는 영웅인 겁니다."

"영웅?"

레메디오스는 눈을 깜빡이며 되물었다.

"영웅이라 생각한다고? 그자는 언데드인데? 산 자를 증오하고, 죽음을 좋아하지. 인질을 죽게 내버려 두고, 아니 그걸로도 모자라 태연히 죽여버렸다."

"그래도 그렇습니다. 게다가…… 영웅으로 끝나면 그나마 다행이지요. 이대로 가다가는 마도왕을 구세주라 생각하는 자들이 나올 겁니다. 잘못하면 성왕님의——."

"——성왕녀님이라 하게."

레메디오스는 불쾌한 표정으로 말을 이었다.

"몇 번을 말하지만 칼카 님은 반드시 어딘가에 사로잡혀 계실 거다. 얄다바오트와 싸운 후 성기사도 신관도 모두 발견됐지만 칼카 님과 내 동생 케랄트는 어디에서도 찾을 수 없었지. 죽었다면 데려갈 이유도 없어. 인질로 쓸 생각일 것이다."

"실례했습니다, 단장님. 그러니까, 성왕녀님의 향후 통치에 지장이 올 정도라는 말씀입니다."

"통치에?"

"예. ……우리는 요새선을 잃고 아인에게 침략당했습니다. 그렇기에 자신을 지켜줄 절대적인 존재 밑에 있고 싶다는 백성들이 나올 겁니다."

"언데드……인데?"

"거듭 말하지만 '언데드여도' 그렇습니다. 괴로움에서 구해주었지 않습니까?"

레메디오스는 그 부분을 이해할 수 없었다.

"마도왕만 싸운 것이 아니다. 성왕녀님의 깃발 아래에서 우리도 싸우지 않았나."

"예, 그렇습니다. 저희도, 백성들도, 모두 함께 싸웠습니다. 그러나 그 사실을 고려해도 마도왕이 이 이상의 결과를 내면 성왕녀님을 넘어서는 인망을 얻어 새로운 지배자로서 환영하는 자가 나올 우려까지 있습니다."

"뭐어?!"

레메디오스의 목소리가 높아졌다.

"왜 그렇게 된단 말인가?! 영웅 정도에서 그치지 않고, 그 언데드가 성왕녀님 이상이라니? 무슨 소릴 하는 거냐, 네놈은!!"

"그게, 백성들이 보자면——."

"——할 말이 따로 있지, 언데드 따위에게! 성왕녀님이 백성을 행복하게 해 주고자 얼마나 노심초사 애쓰셨는지! 백성들이 ——."

"——기다려 보십시오, 단장님!"

"기다리긴 무슨! 구스타보 네놈 지금 무슨 소리를 하나! 진심으로 하는 말이냐?!"

레메디오스는 격정에 사로잡혀 테이블을 주먹으로 내리쳤다. 영웅의 영역에 든 자가 분노의 일격을 휘두르자 주먹이 닿은 부분만 고스란히 떨어져 바닥을 후려쳤다. 마치 거인이 테이블 끝만을 뜯어낸 듯 괴이한 파괴의 흔적이 그녀의 분노가 얼마나 엄청난지를 말해 주었다.

"단장님, 진정하십시오! 우리는 성왕녀님이 얼마나 자비롭고 위대한 분인지를 잘 압니다. 마도왕 같은 언데드와 위대한 성왕녀님을 감히 비교할 수 있겠습니까! 하오나 우리는 성왕녀님의 곁에 있었기에 그 사실을 아는 것입니다."

"이 멍청한 놈! 알현한 적이 없다 하여 이 나라의 정점이신 분보다 타국의 언데드에게 경의를 표하는 인간이 어디 있단 말이냐! 너의 생각이 지나친 것이다!"

"단장님!"

구스타보는 비명 같은 목소리를 냈다.

"마도왕은 타국의 왕이자 언데드이오나, 그들을 괴로움에서 해방해 준 자이기도 합니다. 그리고 그것은…… 성왕녀님이,

우리가 해내지 못했던 일입니다!"

구스타보가 큰 목소리로 단숨에 이야기를 마치자, 거칠어진 호흡을 정리하는 소리만이 실내에 울려 퍼졌다.

"……자네들은 어떻게 생각하나."

조용한 레메디오스의 목소리에, 처음부터 실내에 있던 성기사들이 서로 눈치를 살폈다. 그리고 한 사람이 각오한 표정으로 입을 열었다.

"저희 성기사들은 당연히 마도왕을 영웅이라고 생각하지 않습니다. 그러나 평민들 사이에 그러한 의견이나 분위기가 있다는 사실은 압니다."

이어서 다른 사람이 입을 열었다.

"이 도시를 둘이서—— 아니, 혼자서 함락한 것은 많은 백성이 아는 사실입니다. 게다가 마도왕의 힘을 보지 못한 자들이 이야기를 전해 들으면서 더욱 신격화가 진행되는 듯합니다."

마지막 한 사람이 말을 받았다.

"마도왕이 동맹국도 우호국도 아닌 나라의 위기에 단신으로 도움을 주러 왔다는 것은 사실입니다. 언데드라는 사실만 무시하면, 그것은…… 영웅적인 행동으로 보일 수 있습니다."

수긍하지 못하는 사람은 레메디오스밖에 없는 듯했다. 그렇다면 그 사실을 이해하고 넘어가서, 구스타보의 질문에는 무어라 대답하면 좋을까.

영웅이 전투에 참가하지 않는다는 사실을 알면 실제로 사기가 떨어질 터이며, 이유를 따지는 큰 소동이 벌어질 것이다. 하물며 적은 이쪽의 네 배나 되는 대군이다. 그런 적과 싸워야만 하는 상황에서의 정신상태를 생각해 보면, 당연한 노릇이다.

"⋯⋯그렇다면 마도왕을 악당으로 만들면 일석이조 아니겠나. 마도왕은 이 이상 우리를 도와줄 마음이 없다고 백성들에게 선전하면 어떻겠나?"

"거짓말은 매우 위험합니다."

구스타보가 말했다.

"지금 백성들의 정신상태는 무너지기 직전의 제방과 같습니다. 어쩌다 진상을 알고, 우리가 사실을 은폐했다는 사실이 드러나면 돌이킬 수 없는 일이 벌어질 것입니다."

"거짓말이 아니게 잘 전하면 되지."

"백성들이 거짓말이라 생각하면 거짓말이 되는 겁니다."

"그럼 마도왕을 절대로 만나지 못하게 하면 될 일 아닌가."

"⋯⋯폭동이 일어났을 경우, 혹은 직접 탄원하려는 이가 나올 경우, 그자들을 죽이실 생각입니까?"

"⋯⋯그러고 싶지는 않군."

구스타보가 한숨을 푹 쉬었다.

"난감한 상황입니다. 마도왕은 힘을 너무 보여주었습니다. 이 도시를 우리 힘으로만 탈환할 수 있었다면 이러한 일은 없었겠지만⋯⋯. 최악의 경우 국가가 분열될지도 모릅니다. 만일 마도왕이 이 땅을 자국의 영지로 삼겠다고 선언한다면 그때는 누가 이를 막을 수 있겠습니까."

"이 나라는 성왕녀님의, 그리고 이 나라에서 살아가는 자들의 것이다! 결코 언데드의 것이 아니야! 무엇보다 주변 국가들이 인정할 거라 생각하나!"

다시 테이블을 후려친다. 구스타보는 낯빛 하나 바꾸지 않고 단언했다.

"인정할 겁니다. 단장님도 보시지 않았습니까…… 그 도시에 있던 괴물들을. 그런 가공할 군사력을 가진 마도국을 적으로 돌릴 나라가 어디 있겠습니까. 그보다는 힘을 잃은 성왕국을 등지는 편이 현명하다 판단하겠지요. ……게다가 영지가 되면, 마도국은 본국에서 멀리 떨어진 이곳을 지키기 위해 방어전력을 양분할 테니 더 유리하다 판단할 주변 국가가 많을 겁니다. 그리고 백성들이 바란다면 마도왕은 대의명분을 얻으니까요."

"……자국 백성을 지키지 못하는 나라보다는 언데드의 나라가 낫다는 말씀입니까, 부단장님?"

성기사의 질문에 구스타보는 그렇다며 고개를 끄덕였다.

"구스타보. 내가 마도왕을 데려온 것이 잘못이었나?"

"그렇지 않습니다, 단장님. 그때는 그것이 최선의 선택이었습니다. 다만…… 마도왕의 힘에 지나치게 의존했던 것도 사실입니다. 방금 말씀드렸다시피, 만약 두 수용소를 우리 힘만으로 해방할 수 있었다면 이러한 결과는 나오지 않았을 것입니다. 백성들은 지금도 언데드인 마도왕을 두려워하고, 적의를 품는 자도 있었겠지요."

"……어떻게 하면 좋겠나."

"어떻게든 백성들을 구슬리고, 시간을 끌어, 우리만으로 저 대군을 격파해야지요. 그 정도가 아니고서는 장래에, 설령 얄다바오트를 쓰러뜨린다 한들…… 전쟁이 계속될지도 모릅니다."

레메디오스는 천장을 보았다.

"……그렇다면 그렇게 할 수밖에. 마도왕 그놈……. 사실은 여기까지 생각하고 행동했던 것은 아니겠지?"

"모르겠습니다. ……정말로 모르겠습니다. 하오나 그 정도는 계산했을지도 모릅니다."

"영토 확대의 야망을 가졌는지도 모르지. 마도국의 토지는 작지 않았나?"

"작다고 할 정도는 아니라고 생각하오나, 실제로 마도국의 영토는 도시와 그 주위의 토지, 그 외에는 언데드가 많이 나온다고 유명한 평야 정도라고 합니다."

그렇기에 꾸민 계략일 가능성은 충분히 있다.

"그 언데드놈! 역시 모몬에게만 힘을 빌렸어야 했어!"

"어쩌면 모몬이어도 같은 결과가 벌어졌을지 모릅니다. 다만 마도왕 정도의 충격은 없었겠지요. 왕이 단신으로 왔다는 것은 참으로 눈에 확 들어오는 수단이었습니다. 게다가 우리나라의 적이어야 할 언데드가 그랬다는 점도 크게 작용했지요."

다시 말해 나쁜 놈이 좋은 행동을 하면 한층 좋게 보인다는 그런 이야기가 아닐까.

"……젠장."

조용해진 실내에서, 구스타보가 자신의 의견을 바란다는 사실을 안 레메디오스는 지시를 내렸다.

"카스폰도 님과 의논하겠다. 만에 하나라도. 그래, 만에 하나다. 있을 수 없는 일이라고 생각하지만, 혹시나 몰라 하는 말이지만, 성왕녀님이 돌아가셨을 경우 가장 차기 성왕에 가까운 인물은 그분이시니까."

"다른 왕족이 발견되지 않은 이상 그렇게 되겠지요. 그리 하시는 것이 좋겠습니다."

성기사들을 남기고, 레메디오스는 구스타보와 함께 카스폰도의 방으로 향했다.

그 결과로 백성들에게는 대답을 보류하고, 그사이에 적이 쳐들어오면 마도왕의 힘을 빌리지 않고 격퇴하며, 성왕국은 아직 건재함을 알리자는 구스타보의 의견이 채용됐다.

3

아인의 진지에서 커다란 움직임 발견——.

그 보고에 네이아는 마침내 때가 왔음을 알았다.

틀림없이 적이 침공할 조짐이었다.

마도왕에게 빌린 무장을 갖추고, 도시 안을 달려나갔다.

엇갈려 지나가는 백성들이 눈을 크게 뜨고 자신을 응시하는 것을 알 수 있었다.

마도왕에게 빌린 멋들어진 활에 눈길을 빼앗기고, 이 도시를 지배했던 호왕 버저의 갑옷을 입었다는 데 경악하는 분위기였다. 네이아의 날카로운 청각이 "저 전사는 누구지?" 하며 술렁이는 목소리를 들었다. 이에 "마도왕의 종자잖아."라든가 "마도국에서 온 여자야."라는 대답이 들렸다.

'나는 마도국에서 온 게 아닌데…….'

이렇게 잘못된 정보를 들을 때마다 어떤 소문이 퍼지고 있는지 알고 싶기도 하고 알고 싶지 않기도 한 기분이었다. 다만 마도왕이 곤란해질 만한 소문이 있다면 그것은 확실하게 부정해야만 할 것이다.

'그래도, 마도왕 폐하의 종자라니⋯⋯.'

조금 기뻐져 자기도 모르게 웃음을 짓고 있으려니, 우연히 지나가던 백성들의 무리 속에서 작은 비명이 터져 나왔다.

'아무리 얼굴이 아버지랑 닮았다고 해도 그렇지⋯⋯.'

그런 네이아가 향한 곳은 그녀가 배정받은 서문 근처의 시벽이었다. 다시 말해 아인 병력의 대부분이 전개되는 곳이다.

이 도시에 있는 성기사, 신관, 군사, 그리고 건장한 사내의 8할이 서문과 그 주변의 시벽 위에 배치됐다. 나머지 2할은 동문 방면에, 여성과 아이들, 노인 같은 비전투원은 남북 시벽을 지키기 위해 배치됐다.

그리고 지휘관은 서문이 레메디오스 커스토디오, 동문이 구스타보 몽타녜스, 총지휘관은 카스폰도 베사레스가 됐다. 물론 총지휘관은 도시 내부의 지휘관실에 있으며 밖으로는 나오지 않는다.

이윽고 서문이 보이기 시작했다.

마도왕이 산산이 파괴했던 낙하식 격자문은 동쪽이므로 이쪽 문은 무사하다. 다만 대부분의 아인은 인간을 가볍게 능가하는 완력을 지녔다. 그런 자들이 거목을 들고 돌진하면 금방 파괴될 것이다.

네이아는 떨리려는 손을 꽉 쥐었다.

이곳을 돌파당해 침입을 허용하면, 도시 내로 흩어진 아인에게 대처하기는 어려워지고, 도시는 함락당해 완전패배로 이어질 것이다.

그렇게 되면 네이아에게 도망칠 방법은 없으며 수많은 아인 앞에서 목숨을 잃게 되리라.

떨리는 손을 입가로 가져와 꽉 깨물었다.

'겁먹지 마라! 겁을 먹으면 맞힐 것도 맞히지 못해!'

마도왕이 빌려준 매직 아이템은 정신계 마법공격을 막아준다지만, 자신의 내부에서 솟아나는 공포심에는 억제 정도의 효과밖에 없었다. 그나마 이것이 없었다면 이보다 더한 공포를 느꼈으리라.

손가락에 퍼지는 아픔과 함께, 네이아는 도시에서 봤을 때 왼쪽에 있는 측탑으로 들어가 시벽으로 이어지는 계단을 두 계단씩 뛰어올랐다.

마도왕의 곁에 있던 네이아가 가장 늦었는지──물론 상부의 허가는 받았으므로 늦었다고 불만을 제기할 이는 없다──시벽 위에는 이 장소를 지키기 위해 모인 백성들이 다수 있었다.

지시받은 위치로 서둘러 이동하려 했을 때, 서문 시벽 좌측 부대의 지휘관인 성기사가 앞을 가로막았다.

"마도왕── 폐하는 안 오신 모양이군."

한순간 네이아는 성기사의 얼굴을 의아하게 올려보고 말았다. 마도왕이 이 전투에 참가할 마음이 없다는 이야기는 이미 상부에 전해졌다. 그럼에도 그가 그렇게 묻는 이유는, 그 정보가 알려지지 않았기 때문일까?

하지만 이내 그렇지 않다는 사실을 깨달았다. 그는 마도왕이 생각을 바꾸어 이곳에 와 준다는 일말의 희망을 품었으리라.

네이아는 도시 밖에 전개된 아인의 군세를 보았다. 3만 이상의 아인을 이렇게 보니, 마치 그 이상의 숫자가 있는 듯한 압박감이 들었다.

저 군세를 바라보면, 압도적인 힘을 가진 마도왕이 와 주기를 바라는 기분도 이해가 간다. 네이아도 같은 마음이었으니까. 하지만——.

"예. 폐하는 안 계십니다. 이것은 우리 성왕국의 싸움이니까요."

성기사는 한순간 말문이 막힌 눈치였다.

네이아는 그 곁을 지나쳐 자기 위치로 이동하고자 달리고——

"——잠깐! 종자 네이아 바라하!"

"예!"

발을 멈추며 자세를 바로 했다.

"너는 한동안 이곳에서 대기해다오."

"예?!"

네이아는 주위를 흘끔 둘러보았다. 이곳은 측탑에서 시벽으로 가는 출입구 부근이다. 오가는 사람들이 매우 많다. 이런 곳에서 대기하면 방해만 되지 않을까? 게다가 이곳에서 네이아의 배치 장소인 중앙 부근까지는 상당히 멀다.

"그건, 대체 어째서입니까? 무언가 제가 해야 할 일이 있습니까?"

"아, 아니, 그런 건 아니다만, 조금 곤란해서. ……종자 바라하, 대기한다. 알았나!"

"예, 알겠습니다……."

이해할 수는 없지만 무언가 이유가 있으리라. 언제 전투가 시작되어도 이상하지 않은 상황에, 정식 훈련을 받은 병사를 이런 곳에 무의미하게 대기시킬 리가 없다.

'혹시 배치가 바뀌었나? 지휘관을 저격하는 데 전념시킬 생각이라든가? ……마도왕 폐하께 빌린 활이 뛰어나다는 건 보기만 해도 알 수 있으니, 비밀병기처럼 쓰려는 걸까?'

"알겠습니다. 언제까지 대기하면 되겠습니까? 또한 어디서 대기하는 것이 좋겠습니까?"

"어, 음, 적의 침공이 시작될 때까지……겠지. 장소는 어떻게 할까."

"예? 그렇게 아슬아슬한 타이밍까지 기다리란 말씀입니까?"

역시 이상했다. 네이아가 의아하게 여기고 있으려니, 민병으로 보이는 사내 몇 명이 커다란 솥을 들고 계단을 올라왔다. 이미 시벽 위에서 대기하는 병사들에게 돌릴 식사일 것이다. 그들이 이미 몇 차례나 왕복했음은 이 추위에 어울리지 않는 구슬땀만 보아도 충분히 알 수 있었다. 수백 명이나 되는 병사의 양식이니 당연하다.

그들에게 방해가 되지 않도록 벽에 붙어 장소를 내주자, 사내들은 그 앞을 바쁘게 지나갔다. 하지만 그중 한 사람이 살짝 고개를 들고 네이아의 얼굴을 보았다.

그 순간 그는 놀란 표정을 지었다.

이번에도 아버지랑 닮은 얼굴 탓일까 생각했지만, 그렇지 않았다.

"어라? 넌 마도왕님을 수행하는 종자잖아── 어, 아니, 종자님이시죠?"

"아, 그런 거…… 아차, 실례했습니다. 그렇습니다. 저는 마도왕 폐하의 종자를 맡고 있습니다."

네이아와 사내의 대화가 들렸는지, 솥을 운반하던 다른 민병도 걸음을 멈추고 네이아의 얼굴을 놀란 표정으로 바라보았다. 말을 건 사내와 같은 이유일 것이다.

마도왕의 종자로 이미 다 알려진 건가 생각하니 멋쩍기도 하고 자랑스럽기도 했다.

네이아의 내면에 솟아난 감정 따위 알지도 못한 채, 사내는 조심스럽게 물었다.

"어, 저기, 사실은 마도왕님에 대해 조금 묻고 싶은 게 있는데요……."

"──기다려! 아니, 잠깐 기다려 보게. 그녀는 바쁘니 자네들은 작업을 계속해 줄 수 있겠나?"

갑자기 네이아의 몸을 가리듯 성기사가 앞으로 나섰다.

너무나도 수상쩍은 태도였다. 아무리 봐도 그들과 대화를 나누는 것을 꺼리는 모습으로만 보여서──.

'아까의 명령도 이게 원인일까? 그들과 대화하지 못하게 하려고…… 왜지? 혹시 마도왕 폐하에 관한 질문이어서?'

이유는 알 수 없지만, 해답은 금방 나왔다.

"저는 괜찮습니다. 무슨 일입니까?"

성기사가 말을 시키고 싶지 않다면, 말을 해버리면 그만이다.

"종자 바라하!"

"마도왕 폐하에 관한 질문을 방해하시는 겁니까!"

자신에게 들리는 호통과 똑같은 성량으로 외쳐 주었다.

솔직히 마도왕의 위세를 빌린 행위를 되풀이하는 것이 부끄럽기는 했지만, 성왕국 측이 마도왕에게 불이익을 주려 하지는 않는지 확인해 두어야 할 것이다. 그런 파렴치한 나라가 되지는 않았으면 했다.

네이아는 조금 전의 사내에게 부드럽게 말을 걸었다. 물론 자신이 부드럽게 대해도 상대를 무섭게 만들 뿐이라는 것은 잘 알지만.

"위대하신 마도왕 폐하에 대해서라면 제가 아는 범위에서 대답해드리겠습니다. 그래 봤자 저는 마도국 사람이 아니니 유감스럽게도 자세한 내용은 잘 모르지만요."

"네?! 하지만 넌── 아니, 당신은 마도국에서 온 것 아닙니까?"

"네?! 아, 아니요, 그렇지 않습니다. 저는 이 나라 성기사의 종자입니다."

"엥? 그랬어?"

"그렇습니다. 그러니 존댓말은 쓰지 않으셔도 되는데……."

술렁거리는 목소리가 들려왔다. 쳐다보니 조금 전 성기사와 언성을 높인 탓인지 어느 사이엔가 시벽에 있던 민병들이 이쪽의 눈치를 살폈다.

상당히 부끄러운 상황이 되고 말았지만, 마도왕 폐하의 이름이 나온 이상 꼴사나운 모습은 보일 수 없다. 숫제 모든 병사들에게 들려주겠다는 기분으로 당당히 가슴을 폈다. 성기사는 어떤가 하면, 이 상황이 되면 더는 숨길 수 없겠다는 사실을 깨달앗는지 그저 네이아를 짜증 난다는 표정으로 바라보고 있었다.

"어…… 그럼, 우선…… 그 갑옷은 그 산양 괴물 두목이 입었던 것 같은데, 혹시 네가 쓰러뜨린 거야?"

"아니오, 그렇지 않습니다. 이 갑옷을 입었던 호왕 버저는 마도왕 폐하가 마법 한 번으로 해치우셨습니다."

오오…… 하는 목소리가 솟았다.

그 속에서 "그 괴물을?!" "마법 한 번으로? 믿을 수 없어……." "도시를 정말 혼자서 함락했구나……. 그렇게나 많던 아인을 쓰러뜨리고……." "굉장하다……. 반하겠는데……." "내가 알던 언데드하곤 달라……." 하는 속삭임이 들렸다. 제 딴에는 귀엣말을 나누거나 혼잣말을 할 생각이었겠지만, 귀가 좋은 네이아에게는 충분한 성량이었다.

역시 자신이 존경하는 사람에게 다른 이들도 같은 감정을 품으면 매우 기쁘다. 특히 언데드라는 점을 알면서 그렇다는 것이 더 기뻤다.

'폐하께서 하신 일은 헛되지 않았어. 아는 사람은 역시 아는구나.'

"그, 그럼, 저기, 마도왕 폐하는 이번에도 우리를 도와주시는 겐가?"

술렁이던 갤러리들이 갑자기 침묵에 잠겼다. 그 반응을 보고 네이아는 이 질문이 바로 핵심임을 깨달았다.

"……마도왕 폐하는 이번 전투에는 참가하시지 않습니다. 이것은 우리 성왕국 백성이 스스로 나라를 구하기 위한 싸움이지, 다른 나라 왕의 싸움이 아니니까요. 게다가 마도왕 폐하는 얄다바오트와 싸우기 위해 마력을 온존하셔야 합니다."

그 말을 듣던 사내들의 표정이 흐려졌다. 욕설 같은 것이 터져 나오진 않을까 네이아가 마음속으로 긴장하는 가운데——

"그건 그렇지. ……원래 다른 나라 왕이 혼자 도와주러 오고 그러진 않으니까. 여기까지 해 준 것만도 고마워해야지, 안 그러면 천벌 받을 거야."

"그러게. 게다가 얄다바오트를 쓰러뜨리기 위해 마력을 남겨 둔다고 하면."

"……그 왕은 냉정하지만, 그래도 더 많은 백성을 구하기 위한 수단을 선택하는 사람……이 아니라 언데드니까. 그렇다면 이 전투에 참가하지 않는 것도 그래서겠지. 난 그때 봤거든."

"그래, 나도 봤어. 분명 이 나라를 가장 값어치 있게 보는 건 우리일 테니까. ——아내는 내가 지키겠어!"

"무슨 소리야, 그게?"

"우린 이 도시를 해방하기 전에 다른 데에서 구출됐는데——."

호의적인 목소리가 여기저기서 들려왔다.

도와주지 않는 마도왕에게 불만을 품은 자도 있을 것이다. 하지만 그보다는 마도왕의 생각을 이해하는 자들이 많다는 데에 네이아의 가슴이 뜨거워졌다.

"이젠 저도 제 위치로 가도 되겠습니까?"

네이아는 성기사에게 물었다. 그가 자신을 대기 위치로 보내고 싶지 않았던 이유는 잘 알았다. 그렇다면 이제는 가도 문제가 없을 것이다.

성기사는 씁쓸한 표정을 조금도 감추려 하지 않은 채 네이아에게 가라고 짤막하게 말했다.

마도왕의 이야기로 술렁이던 민병들 앞을 지나쳐 자기 위치로 가, 네이아는 적의 진지를 노려보았다.

대군이다. 이쪽을 단숨에 집어삼킬 수 있을 것 같은 병력이다. 저것이 쳐들어온다고 한다.

속이 뒤집힐 것 같았다.

요새선에 있던 아버지는 몇 번이나 이런 심정으로 싸웠던 걸까.

네이아는 하늘을 우러러보았다. 네이아의 마음처럼 우중충한 하늘을.

＊

아인의 군세가 본격적으로 움직이기 시작한 것은 정오가 지나서였다.

네이아는 포리지를 홀짝이던 손을 멈추었다.

나무 그릇에 담긴, 밀과 따뜻한 우유로 만든 포리지는 겨울철 공기 탓에 네이아에게 배급될 때는 차게 식어, 솔직히 말해 매우 맛없었다. 그래도 먹지 않으면 앞으로 오랫동안 이어질 전투에서 버티지 못할 테고, 달리 먹을 것도 없다. 게다가 교대요원은 있지만 전환이 잘 이루어지리라고는 생각하기 힘드니 앞으로는 제대로 식사할 시간도 없을 것이다. 그렇기에 오늘의 점심은 양이 많았다.

조악한 나무 스푼으로 단숨에 퍼넣어, 우유를 흡수해 질척해진 밀을 억지로 속에 흘려보냈다.

양은 많았으므로 배는 불렀지만, 이 엄청나게 맛없는 식사가 인생 최후의 식사가 될지도 모른다고 생각하니 우울해졌다.

네이아는 몸에 걸친 목면 천을 둥글게 말아 아인 진영 쪽의 흉벽에 놓았다. 그리고 쥐색 외투를 걸쳐 겨울철의 바깥 공기로부터 몸을 보호했다. 비슷하게 식사를 시작했음에도 민병들은 아직 포리지를 먹고 있었다.

모두가 딱딱하게 굳은 얼굴이었다. 역시 이 맛에 만족하는 사람은 없으리라. 그래도 어쩔 수 없다.

다만 그런 표정을 짓는 이유가 포리지 때문만은 아닐 것이다. 백성들의 시선은 손에 든 식사가 아니라 전방, 움직이고 있는 아인들을 향했다.

압도적인 숫자의 폭력은 보기만 해도 마음이 무거워졌으며, 밝은—— 희망 같은 감정을 품을 수는 없었다.

게다가 포로가 됐던 자들—— 아인의 지배 밑에서 괴로움을 당했던 그들에게는 아인에 대한 강한 공포가 새겨져 있다. 지독한 스트레스를 느껴 위장이 음식을 받아들이지 못하는 것도 무리는 아니다.

'마도왕 폐하였다면 이 상황에서 어떻게 하셨을까?'

패기 있는 연설로 전의를 향상시켰을까, 아니면 웃어넘겼을까.

어떤 영웅적인 행동을 했을지, 네이아는 상상도 할 수 없었다. 하지만 그것을 안다고 해서 네이아가 같은 일을 하지는 못한다. 영웅이자 왕인 마도왕과는 전혀 다르니까.

게다가 그들도 네이아가 무언가—— 긴장을 풀어줄 만한 말을 해 봤자 거북하게 여길 것이다. 게다가 적절한 긴장감은 좋은 쪽으로도 작용한다.

무엇보다 그들의 표정은 어두웠지만 절망감에 지배당하는 기색도, 도망치고 싶다는 분위기도 아니었다. 각오를 다진 병사라고 할 만한 무언가가 있었다.

처음에 해방된 수용소에 있었다던 민병들이 마도왕의 이야기를 해 준 것이 원인이었다. 그것이 바람처럼 시벽 위의 병사들에게 전해진 것이다.

목숨의 가치는 다르다는 이야기다.

인질과 함께 아인을 죽였다는 말을 들은 자는 하나같이 불쾌함을 드러냈다. 언데드다운 무자비한 행동이라고. 하지만 그 자리에 있던 이들은 그렇지 않다고 역설했다. 비할 데 없이 강한 힘을 가진 마도왕조차 '나도 나보다 강한 상대 앞에서는 빼앗길 수밖에 없다'고 말했다고 하면서.

네이아도 기억한다. 그 모습은 매우 인간적이었으며, 결연한 각오와 일종의 비장감마저 감돌았다. 소중한 무언가를 지키고 싶다는 강한 의지가 뒷받침된, 무어라 형언할 수 없는 설득력이 있었다.

그리고 그들은 떠올렸을 것이다. 이곳에서 패배하면 자신들의 소중한 누군가에게 어떤 일이 일어날지를.

이제 두 번 다시 소중한 사람들에게 그런 지옥을 맛보게 하고 싶지는 않다는 강한 각오로, 그들은 전의를 다졌다.

'혹시 폐하는 그때부터 이렇게 될지도 모른다고 생각하셨던 것 아닐까……?'

만약 백성들에게 각오를 다지게 하는 그 말이 없었다면, 압도적인 대군을 앞에 두고 전투 전부터 사기는 바닥에 떨어져 군은 와해됐을지도 모른다.

네이아는 성왕녀를 한 번밖에 본 적이 없다. 능력이나 인품에 관해서는 거의 모르는 것이나 마찬가지다. 하지만 이제는 단언할 수 있다. 마도왕이 왕으로서 더 위대하다고. 아니—— 어쩌면 마도왕은 왕이라 불리는 자들 중에서 최고의 왕일지도 모른다.

"마도국 백성은…… 언데드에게 지배당해 불쌍하다고 생각했는데……."

행복할지도 모르겠다는 말은, 입 밖으로 꺼내지 않고 입안에서만 굴렸다. 주위에 들려도 좋을 말은 아니었으므로.

그때——

"——적의 진격을 확인! 이 장소를 지키는 자들은 전투 준비를 시작하라!!"

멀리서 커다란 목소리가 들려왔다.

모두 일제히 포리지를 긁어서 밀어넣고 전투 위치로 갔다.

만을 넘는 군세가 일제히 움직이니 그것만으로도 공기가 진동하고 시벽까지 흔들리는 듯했다. 밀려드는 중압감에 짓눌릴 것 같았다.

실제로, 네이아의 예민한 청각은 대지가 뒤흔들릴 듯한 진군의 소음 속에서 민병들의 갈라진 비명 소리를 포착했다.

사기가 급격히 떨어진다.

하지만 네이아가 할 수 있는 일은 없었으며, 그런 일을 할 만한 지위도 아니었다. 네이아의 역할은 그저 적이 사거리에 들어오면 화살을 날려주는 것뿐이었다.

이 도시를 해방한 후부터이기는 하지만, 종자로서 할 일이 없을 때는 틈만 나면 활 훈련을 했다. 덕분에 이 얼티밋 슈팅스타 슈퍼의 특성도 파악했고, 이제는 상당히 정확한 사격을 할 수 있게 된 것 같았다.

'하지만 아인이 왜 낮에 쳐들어오지? 밤에 습격하면 유리했을 텐데…… 뭔가 노리는 게 있나? ……마도왕 폐하가 계셨다면 말씀해 주셨을 텐데…….'

지난 한 달 동안 인도하듯 앞을 걷던, 혹은 다가서듯 곁에 있어주었던 매직 캐스터가 없다는 사실에 소중한 무언가가 떨어져 나간 듯한 적막감을 느꼈다.

'안 돼. 폐하께 의존할 게 아니라 내가 알아서 해야지. ……일단 아인들의 노림수까지는 모르겠지만, 낮에 쳐들어온 데에는 뭔가 이유가 있을 거야. 그렇다면 방심하지 않는 게 좋겠지.'

흉벽에서 적군을 노려보던 네이아는 적의 최전선에서 걷던 아인의 모습에 눈길을 빼앗겼다.

"……어? 저건…….”

앞으로 나온 것은 키가 3미터쯤 되는 오우거였다. 그 아인이 거대한 무기를 들고 있었다.

전면에 나무로 만든 듯한 방패를 붙인 원거리 무기. 그것은 발리스타. 아인의 몸집이 크기 때문에 딱 맞는 사이즈처럼 여겨졌지만, 실제로는 공성병기로도 쓸 수 있을 만했다.

원래 같으면 고정해 놓고서 써야 하는 무기를 손에 든 오우거가 여럿. 일렬로 섰다.

어딘가 다른 도시에서 노획한 것을 서서 쏠 수 있도록 개조한 것일까.

북이 큰 소리를 내며 울리고, 오우거의 무리가 발리스타를 겨누었다.

그리고——

——농담이 아니라, 시벽이 흔들렸다. 장소에 따라서는 흉벽이 무너진 곳도 있었다. 운 좋게 전사자는 나오지 않은 듯했지만 그것은 정말로 운이 좋았기 때문이다.

흉벽을 부수는 거대한 화살. 그것은 화살이라기보다는 창이라고 하는 편이 정답에 가까웠다. 네이아의 신장을 넘어설지도 모르는 길이를 가진 굵은 창이 고속으로 날아와 시벽에 꽂히는 것이다. 이렇게 보니 역시 공성병기라는 말밖에 나오지 않았다. 저런 것을 맞았다간 인간은 버티지 못한다.

눈을 돌려서 보니 오우거 무리가 두 번째 사격을 준비하고 있었다.

"젠장!"

네이아는 놈들을 노려보았다.

오우거의 위치까지는 거리가 너무 멀었다.

이 활의 위력으로 보았을 때, 아마 닿기는 닿을 것이다. 하지만 관통력은 크게 떨어질 게 뻔하고 무엇보다 도시 내에서는 이 정도로 멀리 쏘는 연습을 할 수 없었다. 완전히 미지의 거리였으므로 발리스타의 전면에 달린 방패를 피해 사살할 만한 자신은 없었다.

이 규모의 도시라면 지금 오우거가 들고 있는 것과 같은 발리스타 몇 기 정도는 있어야겠지만, 얼마 전까지 이곳을 지배하던 바포르크는 공성병기를 전부 파괴해서 수리가 불가능했다.

이런 상황에 발리스타 부대를 없애려면 문을 열고 야전을 감행할 수밖에 없는데, 그것은 어리석은 짓이다.

다시 말해, 일방적으로 계속 공격당할 수밖에 없다는 뜻이다.

'대피할 수밖에 없겠지만…… 그러면 적의 침공을 저지하지 못해. 윗분들은 무슨 전략을 짤 거지?'

지금은 사격만 하지만, 만약 병사를 시벽에서 철수하면 적은 분명 진격을 개시해 시벽을 점거할 것이다. 그리고 시벽을 빼앗기면 도시는 순식간에 함락된다.

시벽과 아래를 잇는 계단을 확보하고, 그 주위의 병사를 밀어내며 문을 열고, 본대를 도시로 불러들인다. 이것을 모두 힘으로 밀어붙여 순서대로 실행하면 그만이다. 이쪽에는 막을 수단이 없다. 금세 혼전이 벌어질 테고, 아무리 레메디오스라 해도 사방팔방 에워싸이면 대처하지 못할 것이다.

그렇게 되면 이쪽은 최후방 부대를 희생하며 도시를 버리고 남부로 도망쳐야 한다. 하지만 사전에 작전회의에서 철저히 검토한 대로 중간의 평야에서 따라잡히거나 남부군과 대치 중인 대군과 추격대에게 앞뒤에서 공격당해 더 심각한 타격을 입을 것이다.

서문 시벽의 지휘관인 성기사는 어떻게 판단하고 있을까.

후퇴할까, 철저히 항전하며 인내할까.

네이아가 그런 생각을 하는 동안에도 적의 두 번째 사격이 시작됐다.

다시 거대한 창 같은 화살이 꽂혀 시벽이 크게 흔들렸다. 아까보다도 진동이 커진 것은 결코 기분 탓이 아니다. 동시에 무언가 영문 모를 목소리가 솟아났다.

"끄르어어어억."

소리가 들린 쪽을 보니 무시무시한 광경이 펼쳐지고 있었다.

날아든 화살 중 하나가 흉벽을 부수고 그 뒤에 숨어 있던 민병한 사람을 꿰뚫었다. 피가 커다란 거품이 되어 입에서 솟아났다. 몇 초 동안 꿈틀꿈틀 움직이던 민병의 몸은 실이 끊어진 것처럼 허물어졌다. 아니, 말뚝처럼 굵은 화살에 곤충 표본 같이 시벽에 고정되어 있었으므로 팔다리를 축 늘어뜨리는 것으로 끝났다.

너무나도 처참한 시체가 생겨나 비명이 솟아났다.

네이아는 마도왕에게 빌린 목걸이를 꼭 쥐고 입술을 깨물었다.

저것은 치명상이다. 회복마법으로 구할 수는 없다.

민병 한 사람이 죽었어도 대세에 영향은 없다. 하지만 그의 죽음은 강한 공포를 불러 일으켰으며, 공포는 주위에 전염됐다. 다음은 자신일지도 모른다는, 결코 남의 일이 아니라는 사실이 생존본능을 자극해 온몸을 떨게 했다.

"〈신의 깃발 아래Under the Divine Flag〉!"

마법이 날아왔다.

그 순간 민병들에게서 공포라는 감정이 단숨에 수그러들었다. 마법으로 공포에 대한 저항력을 높인 결과였다. 신앙계 마법 〈사자와도 같은 마음Lion's Heart〉은 공포에 대해 완전한 내성을 주지만 이것은 한 사람에게밖에 효과가 없다. 반면 〈신의 깃발 아래〉는 시전자를 중심으로 원 안에 있는 모든 이에게 효과가 미친다.

성기사들이 민병 사이에 있는 것은 이 때문이다.

"두려워 마라!"

마법을 발동했던 성기사가 외쳤다.

"너희와 같은 괴로움을 가진 자들을 구하기 위해 무기를 들어라!"

마법이나 특수능력에 따라 강제로 생겨난 공포라면 순식간에 공황상태에 빠졌을지도 모르지만, 그들을 엄습한 것은 자신들의 내면에서 생겨난 공포. 마법으로 공포가 억제되어 민병들의 눈에 다시 불꽃이 피어나는 것이 보였다.

그러나 이것도 임시방편일 뿐이다. 중요한 것은 지금의 상황을, 적에게 일방적으로 공격당하기만 하는 상황을 어떻게 변화시키는가. 그렇지 않고서는 적에게 이대로 계속 공격당해 사상자가 늘어나기만 할 뿐이다. 그러나 이를 대신할 묘안은 떠오르지 않았다.

"몸을 숨겨라! 적의 화살도 무제한은 아니다! 이곳에 저런 화살을 대량으로 가져왔을 리가 없다!"

그건 그렇다. 네이아는 내심 고개를 끄덕였다. 노획한 물자의 대부분은 대군인 남부군과의 전투에 대비해 남부로 가져갔을 테니, 이 포위군이 가진 화살은 그리 많지 않으리라는 판단이다. 다만 발리스타 본체라면 모를까, 화살만이라면 포로로 삼은 기술자들이 단시간에 나름 많이 생산할 수 있을 테니, 그 점은 도박이 되지 않을까.

──세 번째 사격.

오우거의 무리는 사격에 익숙하지 않아 빗나가는 것이 더 많았다. 그래도 세 번째쯤 되니 흉벽 곳곳이 부서지고, 민병 중에도 다수의 사망자가 나왔다.

거대한 창 같은 화살은 사람 하나를 관통하는 데서 그치지 않고 뒤에 있던 자까지 아무렇지 않게 꿰뚫었다.

〈신의 깃발 아래〉는 성기사를 중심으로 한 범위마법이다. 효과 범위에 들어가려면 최대한 모여 있어야 한다. 그것이 화근이 된 셈이었다.

적의 네 번째 사격을 앞두고, 좌악 하는 소리가 나더니 천사가 하늘로 날아올라 네이아 일행의 위를 지나갔다.

최하위 천사들이지만 그대로 아인 무리에게 향한다. 오른손에는 불을 붙인 횃불. 왼손에는 주둥이 부분에서 천이 늘어진 항아리가 있었다. 분명 항아리 안에는 기름이나 도수 높은 술이 들었을 것이다.

즉 그들이 든 것은 착발식 투척무기―― 화염병이었다.

물론 이것으로 생기는 불로는 내성을 가진 상대에게는 찰과상 하나 입힐 수 없으며, 몸이 커다랗고 외피가 두꺼운 아인이나, 단련으로 초월적인 힘을 가진 자에게는 별 효과가 없을 수도 있다.

하지만 반대로 불에 약한 자도 있고, 발리스타에 손상을 입히면 적의 공격을 막게 된다.

천사들은 발리스타를 가진 오우거 무리의 상공에 자리를 잡고, 손에 든 항아리에 불을 붙였다. 그러나 아인들 역시 이를 투척할 시간을 주지는 않았다.

퍼드득 소리와 함께 날아오르는 아인이 있었다. 프테로보스였다. 두 팔이 피막 형태의 날개로 된 종족이다. 두 팔을 움직이지 않고 마치 바람을 타듯 급상승한 것은 무언가 마법적인 힘이 작용했기 때문이리라.

그와 동시에 하얀 그물 같은 것이 날아가 천사들을 옭아맸다. 아마도 스파이던 종족의 특수능력으로 만들어낸 것이리라.

거미줄에 얽힌 나비처럼 꼼짝도 못하게 된 천사들은 그대로 저항하지 못하고 아인의 무리 속으로 떨어졌다. 다음에 있을 일은 말할 필요도 없으리라.

다만 천사들도 헛되이 사라지기만 했던 것은 아니었다. 항아리 중 일부는 지면에 떨어지며 불꽃을 사방으로 뿌렸다.

네이아는 이때가 기회라 판단하고 활시위를 당겼다.

이제까지는 발리스타 앞에 달린 방패가 방해되어 조준이 불가능했다. 보호를 받지 않는 다리 같은 곳은 한 방으로 죽이기가 어렵다.

아버지였다면 얼마 안 되는 틈새로도 오우거의 눈을 정확히 쏘았으리라. 하지만 네이아에게는 그만한 기술이 없었다. 그래도 화염병이 싫었는지, 아니면 발리스타가 불에 탈까봐 우려했는지 오우거가 발리스타를 들고 방패를 위로 향했던 것이다. 게다가 치솟는 불길에 정신이 팔려 이쪽에는 조금도 신경을 쓰지 않는다.

이 기회를 놓쳤다간 다음 기회가 언제 올지 알 수 없다.

한껏 잡아당긴 활에서 화살이 날아갔다.

마도왕에게 빌린 매직 아이템의 보정 효과가 네이아의 능력을 아버지의 발끝 정도까지는 다가가게 해 주었다.

화살이 일직선으로 놀라울 정도의 거리를 날아가 오우거의 머리에 꽂혔다.

두꺼운 두개골을 피해 부드러운 안구를 노린 공격. 일부 몬스터는 안구를 보호하는 막 같은 게 있다는 사실을 알지만, 두개골보다는 치명적이리라 판단했기 때문이다.

하지만── 그렇게까지 정확하게 꽂히지는 않았다.

박힌 곳은 턱 부위.

화살을 맞은 오우거가 고함을 지르며 아픔에 떠는 것이 보였다.

오우거는 손에 든 발리스타를 떨어뜨리고 얼굴── 화살이 꽂힌 언저리를 손으로 눌렀다. 그러더니 비틀비틀 등을 돌리고 후퇴하기 시작했다. 치명상을 주지는 못했으나 전의를 꺾을 수는 있었던 모양이었다.

아인의 군세 속에 상처를 치유하는 능력을 가진 자가 있다면 금세 전선으로 복귀할 것이다.

"쳇!"

마도왕에게 훌륭한 매직 아이템을 빌렸음에도 네이아의 실력으로는 이 정도였다.

네이아는 혀를 한 차례 차고는 흉벽 뒤에 몸을 숨겼다. 그리고 도시 쪽으로 난 흉벽을 따라 이동을 개시했다. 옆에 있던 자가 갑자기 자리를 뜨기 시작해 놀라는 민병들에게 네이아는 강한 어조로 말했다.

"──도망쳐요! 여기로 반격이 날아올 거예요!"

네이아의 고함을 들은 것처럼 반격의 발리스타가 몇 발이나 날아왔다. 역시 크게 빗나간 화살이 많았지만 네이아가 있던 언저리에 몇 개가 박혀 벽을 깎아 무너뜨렸다.

운이 나빴으면 네이아를 꿰뚫었을 가능성도 충분히 있었다.

다시 아인 측을 살펴보니, 천사와 불꽃으로 생겨난 혼란이 수습되어 다시 오우거의 무리가 발리스타를 겨누는 중이었다.

화살로 일격을 받았다는 정보는 공유됐을 것이다. 따라서 방패를 내리는 실수를 되풀이하진 않을 터. 그렇다면—— 아버지 수준의 기술이 운 좋게 발휘되기를 기대하며, 몸을 드러내서라도 사격해야 할까? 아니면 거북이처럼 틀어박혀 기회를 노려야 할까?

망설이고 있으려니, 마도왕에게 빌려온 화살이 햇빛을 반사해 아름답게 빛났다.

'무모함은 칭찬받을 일이 아니야.'

그렇다. 이만한 명품을 빌려왔는데, 어떻게든 돌려드려야만 한다. 위험한 도박을 해서는 안 된다.

'그런 특별한 화살이 많을 리가 없어!'

아인들은 아무래도 흉벽을 부수는 것이 목적이었는지, 계속해서 창 같은 화살을 쏘아댔다. 다만 매우 엉성한 공격이라 개중에는 터무니없는 방향으로 날아가 아무것도 맞히지 못하고 시내로 사라지는 것도 있었다.

저항하지 못한 채, 엎드려서 적의 공격이 멎기만을 기다렸다.

부서진 시벽이 네이아의 몸 위로 쏟아질 때도 있었다. 이따금 운 나쁘게 민병이 화살에 맞아 즉사하기도 했다. 그래도 아무것도 하지 않은 채 잠자코 적의 공격이 그치기를 기도했다.

이윽고—— 둥! 하고 한층 크게 북소리가 울렸다. 그것이 네 차례 반복된다. 멀리, 아마 적의 좌익임 직한 곳에서도 같은 소리가 들렸다.

'……북을 치는 횟수로 작전을 정해놓았구나. 좌익과 우익은 그걸로 연락을 취하는 거야. 적 진지까지 쳐들어가서 북을 빼앗아 적절히 울리면, 적의 연계를—— 아니, 그건 불가능하겠지.'

당연히 북의 중요성은 적들도 잘 알 테고, 엄중히 보호할 것이다. 그런 곳까지 누가 파고들 수 있을까.

만약 모험자가 있었다면 〈투명화Invisibility〉나 〈정적Silence〉 마법을 써서 혼란에 빠뜨릴 수 있을지도 모른다.

'없는 걸 아쉬워해도 소용이 없지만…….'

뭐가 됐든 적에게 새로운 움직임이 있었던 것은 분명하다. 반파 상태에 가까운 흉벽의 틈으로 네이아는—— 그리고 다른 많은 민병들도—— 몸을 내밀고 적진의 상황을 조심스럽게 살폈다.

꽉 억누른 듯한 술렁임이 퍼졌다.

경악, 공포, 그리고 격렬한 분노와 함께.

벽 너머에 서 있던 대군이 마침내 전진을 개시했다. 아인연합군의 좌우익은 횡진을 유지한 채 진격하고. 중앙에 위치한 부대는 어린진(魚鱗陳)을 짜서 문으로 쇄도하는 태세였다.

네이아를 비롯한 인간들을 죽이고자 지진 같은 기세로 발소리도 드높이 아인들이 달려왔다.

게다가 또 한 부대는—— 적은 숫자이기는 했지만, 도시를 우회하듯 움직였다. 다른 곳에서 시벽을 넘어오려는 것인지, 아니면 양동작전을 맡은 부대인지.

아무튼 적의 공격이 제2막을 맞이하려 했다. 이제부터는 일방적인 것이 아니라 피차 피를 흘리는 전투가 시작된다.

하지만 문제는 그 점이 아니었다. 기쁨 따위 추호도 없지만 바라 마지않던 전개이기도 하다.

민병들이 분노했던 이유는 좌우로 전개한 횡진의 가장 앞줄에서 여러 종족의 혼성부대를 보았기 때문이었다. 통일감이 없는 그 부대의 구성원들에게는 두 가지 공통점이 있었다.

한 가지는 시벽에 걸치기 위한 사다리를 들고 있다는 점.

다시 말해 시벽을 등반할 돌격부대다. 네이아와 민병들이 싸울 상대는 이 부대라는 뜻이다.

그리고 또 한 가지는, 인간 아이를 몸에 묶고 있다는 점이었다.

울부짖는 아이도 있고, 힘이 빠져 축 늘어진 아이도 있었다. 모두가 알몸이었으며, 모두가 아직 살아있었다.

네이아는 입을 꽉 다물었다.

놀랍게도, 네이아의 마음은 완전히 냉정했다.

밀려드는 파도와도 같은 아인의 무리를 흉벽 뒤에서 살피며, 네이아는 미끄러지는 듯한 움직임으로 화살통에서 화살을 뽑아 시위에 메겼다.

선두가 사정거리에 들어와도, 가만히 버텼다.

아직 너무 이르기 때문이다.

몇 차례 심호흡을 하고, 질끈 숨을 멈춘 후, 재빨리 몸을 돌리며 시위를 잡아당겼다.

조준은 한순간. 노릴 곳은 한 점.

'——여기다!'

그리고 쏘았다.

망설임 없는 움직임으로 발사된 화살은 한 치의 어긋남도 없이 인간 방패를 꿰뚫고 ——어린아이의 가슴을 꿰뚫고—— 그 뒤에 있던 아인까지 꿰뚫었다.

오우거처럼 터무니없는 내구도를 가진 아인이었다면 한 방으로는 쓰러지지 않았을지도 모르지만, 지금 쏜 아인은 그렇게까지 부조리한 생명력을 가지지는 않은 듯했다.

쓰러지는 아인에게는 주의를 기울이지 않고, 네이아는 다음 화살을 꺼냈다.

인간을, 그것도 사로잡힌 가엾은 아이를 죽이는 것이다.

손이 떨렸다. 눈앞이 캄캄해지고, 마음이 떨렸다.

알면서도, 각오해도 이렇다.

평소의 버릇대로 무의식중에 애검의 자루에 손을 뻗으려 했지만, 손가락이 활시위에 걸렸다.

그런 짓을 할 때가 아니라고 활이 타일러 준 듯했다.

얼어붙었던 네이아의 마음에 미미한 빛이 들어오는가 싶더니, 그것은 들불처럼 퍼져나가 마음속에 몰아치던 역풍을 없애 버렸다.

떨림은 멎고, 시야도 비좁게 느껴지지 않았다. 가슴에 있는 것은 흔들림 없는 정의를 체현하는 자의 말.

'그래. 역시 효과는 절대적이야.'

네이아는 마도왕의 말이 옳았음을 재확인했다.

네이아가 쏜 곳 주위에 있던 아인군의 진군 속도가 현저히 둔해진 것이다. 그것은 인간 방패가 효과를 발휘하지 못함을 알았기에 일어난 동요.

그러므로 외쳤다.

눈을 크게 뜨고, 네이아를 응시하는 민병들에게.

"뭐 해요! 돌을 던져요! 우리가 인질을 구할 수는 없어요!"

그렇다. 인질을 구하기란 불가능하다. 그리고 불필요해진 인질에게 아인이 무엇을 할지는 뻔하다. 그렇다면 할 수 있는 일은 무엇인가.

다음 화살을 아인에게 날리는 것뿐이다.

네이아의 날카로운 시력은 화살이 인질 소년의 이마를 관통하는 것을 포착했다. 상대가 강철 같은 체모를 가진 아마트 종족이라서인지, 소년의 두개골이 화살의 기세를 감소시킨 탓인지 한 방에 적을 해치우지는 못했다. 하지만 적 선두진영의 움직임은 분명히 흐트러졌다. 그것도 당연하다. 인간이든 아인이든 예정했던 대로 일이 풀리지 않으면 발도 둔해지는 법이다.

다만, 적의 전열은 시야 끝에서 끝까지 펼쳐져 있다.

네이아가 쏘았던 곳의 전열은 흐트러졌지만, 그 이외에는 무슨 일이 일어났는지도 모르는 채 진군한다. 지금은 일직선의 긴 띠 중에서 한 곳이 찌그러진 정도일 뿐이다.

"얼른 돌을 던져요!"

다시 고함을 질렀다.

그들이 돌을 던지지 않는다면 네이아가 했던 일은 무의미해진다. 그것은 인간의—— 미래가 있는 아이의 목숨을 빼앗은 이상 용서받을 수 없는 일이었다.

적은 좌익, 우익, 중앙이 모두 동시에 쳐들어오고 있다. 아군의 몇 배나 되는 병력과 정면으로 맞부딪치면 숫자의 차이에서 밀려버린다. 그러나 하나라도 움직임을 둔화시키면 조금은 압력이 줄어든다.

적이 시벽에 도달하면 이대로 아이를 방패 삼아 기어오를 것이다. 그리고 다 올라오면 민병으로는 아인에게 항전할 수 없다. 도달하기 전에 얼마나 적의 병력을 줄이느냐가 중요하다.

'백성에게 아이를 죽이라고 외쳐봤자 어렵다는 건 알아! 그러니까 솔선해 자기 손을 더럽힐 사람이 필요한 거잖아!'

네이아는 멀리 있는 성기사를 노려보았다.

'수용소와 이 도시, 두 곳을 함락시켰을 때 알았을 텐데요! 마도왕 폐하가 보인 행동이 옳다는걸! 그리고 그것 말고 다른 방법은 아무도 찾을 수 없다는 걸! 구하지 못할 목숨에 집착할 게 아니라, 구할 수 있는 목숨을 최선을 다해 구해야 한다는걸!'

네이아는 다시 화살을 날렸다.

이번 일격은 처음과 마찬가지로 인질 소녀의 목숨을 빼앗으면서, 그 뒤에 있던 아인까지 죽이는 데 성공했다.

"얼른——."

"——으아아아아!"

네이아의 고함을 지워버리는 듯한 포효와 함께 팔매끈에서 돌이 날았다.

날아간 돌은 동요하던 아인에게 맞았다. 치명상과는 거리가 멀었지만 그래도 조금은 대미지를 준 듯했다.

"이 자식들아! 됐으니까 아인 놈들을 공격해! 인질 애들은 포기해!"

호통을 치는 민병의 얼굴이 낯익었다.

처음에 해방된 수용소에 있던, 마도왕에게 아들을 잃었던 아버지였다.

이런 곳에 있었구나. 네이아는 놀랐다.

"여기가 뚫리면 안에 있는 여자와 애들이, 구해내기 전보다도 끔찍한 꼴을 당해! 너희 애들이 소중하면 돌을 던져!"

그 목소리가 동요를 지워서 팔맷돌 몇 개가 더 날아갔다. 어딜 노리는지도 알 수 없는 궤도를 그렸으나 던져진 것은 사실이다.

네이아가 다시 활을 겨누었을 때는, 돌이 일제히 아인들에게 날아갔다. 몇 개는 최전선의 아이를 방패로 삼은 아인에게 맞았다. 아인에게 맞았다기보다는 아이에게 맞았다고 하는 편이 정확하리라.

아이들은 울고 있었다. 세상을 잃은 듯 통곡했다. 그런 가엾은 아이들을 몰아붙이듯 돌이 날아들었다. 그들은 양측 군대의 만행에 시달린, 가장 슬픈 희생자였다.

네이아는 그런 아이들을 가장 먼저 쏘았다.

고통이나 괴로움에서 조금이라도 일찍 해방되도록.

소수로 다수를 구하기 위한 제물. 존엄한 희생이었다.

다음 목표를 찾아 몸을 내밀려 했던 네이아에게 바람 가르는 소리가 접근하는가 싶더니, 빛의 막 같은 것이 펼쳐졌다.

'적의 마법공격?!'

네이아는 한순간 몸을 굳혔다. 하지만 그와 동시에 통 하는 가벼운 충격이 배에서 전해졌다. 무언가 가벼운 것으로 찔린 듯한 감촉이었다.

깜짝 놀라 한 걸음을 물러나보니, 발밑에서 덜그렁 하는 커다란 소리가 들렸다. 그것은 창과 같은 거대한 화살—— 발리스타의 화살이었다. 화살촉은 정면에서 해머로 두드려 맞은 것처럼 찌그러진 상태였다.

네이아는 황급히 흉벽으로 몸을 숨겼다. 이어서 거대한 무언가가 벽에 연달아 박히는 소리가 들렸다.

등줄기에서 식은땀이 줄줄 흘러내렸다.

네이아는 자신도 모르게, 충격이 느껴졌던 언저리를 쓰다듬어보았다.

마도왕이 검을 투척하자 버저가 빛의 반구로 막아냈던 광경이 떠올랐다. 방금 일어났던 현상이 그랬다. 마도왕에게 빌린 버저의 갑옷이 자신을 지켜준 것이다. 다시 말해 네이아는 아슬아슬하게 목숨을 건진 셈이다.

'그건—— 사격물을 방어하는 힘?! 가슴이나 어깨, 배는 이 갑옷이 막아 주겠지만 그 외의 부위는 어떻게 되지? 힘이 발동할까? 아니지, 그보다도 이 힘은 앞으로 몇 번이나 쓸 수 있는 거야? 어쩌면 이걸로 끝?'

마도왕에게 이 갑옷을 빌리지 않았다면 네이아는 틀림없이 배를 꿰뚫렸으리라.

그렇게 생각하니 전율이 온몸을 훑고 지나갔다.

"후우. 후우. 후우……. 힘내라. 힘내라, 네이아!"

네이아는 〈신의 깃발 아래〉 마법의 범위에 들어가지 않았다. 마도왕에게 빌린 관이 있기에 그럴 필요가 없다고 판단했기 때문이다. 그러므로 자신의 마음속에 생겨난 죽음의 공포는 생생히 느끼고 있었다. 하지만—— 네이아는 눈꼬리에 눈물을 머금으면서도 활을 굳게 쥐고 몸을 드러냈다.

아이의 목숨을 빼앗아서라도 싸우기로 결심했다. 고작해야 발리스타에 한 발 맞았다고 겁먹고 싸우지 못해서야 말이 안 된다.

구할 수 없는 아이들에게 괴로움을 주지 않는다. 그리고 그런 작전을 세운 아인 놈들에게는 죽음을 준다. 그 일념으로 화살을 쏘았다.

시벽의 한 구역에서 시작된, 아이들을 죽여서라도 공격을 하겠다는 뜻은 차츰 퍼져나가, 모든 부대가 아인에게 돌을 투척하게 됐다. 네이아가 보니, 성기사들도 투척을 시작하는 듯했다.

"젠장! 젠장!"

"아아, 빌어먹을. 아인 놈들……!"

"미안하다! 미안하다!"

"미안하다…… 용서해다오…….."

아이들에게 바치는 참회의 목소리가 들려왔으나, 그래도 그들은 손을 멈추지 않았다.

최대한 많은 목숨을 구하기 위해, 소수의 피를 흘리는 것을 옳다고 여긴 자들의 공격이었다.

그러나 적은 많았다. 아이를 방패로 삼은 최전열을 쓰러뜨렸을 때쯤에는 아인들이 시벽 근처까지 도달해 속속 사다리를 걸치기 시작했다.

생산기술이 떨어지는 아인이 만들 수 있는 공성병기라고는 파성추와 사다리 정도밖에 없지만, 사실 이를 완벽하게 막을 대책은 존재하지 않는다. 수많은 민병이 긴 막대를 써서 밀어내고 천사를 부려 파괴시켰지만, 그래도 수가 너무 많았다.

"예비 화염병은 어떻게 됐어? 신관들을 불러다 마법 지원을 받아!"

"이런! 저쪽에도 사다리가 걸렸어! 내가 갈 테니까 여기 부탁해!"

"돌을 떨어뜨려!"

시벽 위가 소란스러워졌다. 여기저기에 걸린 사다리를 이용해 올라오는 아인을 밀어 떨어뜨리기 위해 돌을 던지거나 창으로 찌르거나 했지만, 사다리는 계속해서 올라왔으며 서서히 대처가 늦어지기 시작했다.

민병이 내지른 창을 민첩하게 피하고, 반대로 창을 붙들어 잡아당겨 떨어뜨리는 아인도 있었다. 아마트나 블레이더처럼 판금갑옷 수준의 방어력을 앞세워 창을 몸으로 받아내고 무시하며 단숨에 올라오는 아인도 있다.

이처럼 방어력이 높은 아인은 근접전투 훈련을 쌓은 성기사가 상대했지만, 서서히 시벽 위에 아인이 늘어나기 시작했다. 어딘가 한 곳이 무너지면 그 후에는 휩쓸릴 뿐이었다.

네이아는 마음을 굳게 먹고, 흉벽에서 몸을 반쯤 내민 상태로 사다리를 올라오는 아인에게 측면에서 사격을 감행했다.

네이아의 실력보다는 빌린 무기의 힘 덕분에 한 발로 아인을 사살해 나갔다. 방어력이 높은 아마트나 블레이더도 해치울 수 있었던 것은 무기가 얼티밋 슈팅스타 슈퍼이기 때문이다.

스톤이터가 팔맷돌을 토하고, 그중 몇 개가 흉벽 너머로 드러난 네이아의 반신에 요란하게 부딪쳤다. 강철 갑옷조차 찌그러 뜨리는 돌을 맞고도 네이아가 무사한 것은 버저의 갑옷 덕분이 었다. 그렇다고는 해도 틀림없이 멍이 들었을 테고, 뼈에는 금 이 갔을지도 모른다.

비지땀을 흘리면서도 네이아는 1초도 멈추지 않고 아인을 공 격했다.

'아직 견딜 수 있어. ……폐하께 빌린 회복 목걸이는 내 마력 정도로는 한 번밖에 쓰지 못해. 그러니까 아껴야지!'

정밀사격을 되풀이하며, 머릿속 한구석으로는 자신이 앞으로 얼마나 버틸 수 있는지를 정확하게 파악하고자 했다. 한 번뿐인 회복마법이 네이아가 가진 비장의 패니까.

──화살통에서 화살을 꺼내, 시위에 메기고, 아인의 머리나 가슴을 노려 쏜다. 이 동작을 몇 번이고 반복했던가.

퍽 부딪친 돌의 충격에 손에서 화살을 툭 떨어뜨렸다. 네이아 는 황급히 흉벽 뒤로 몸을 숨겼다.

화살을 떨어뜨린 것은 스톤이터의 공격으로 네이아의 온몸이 비명을 질렀기 때문이었으나, 이유는 또 있었다.

성기사의 본분은 검이다. 종자로서 단련해 온 기술은 검기였 으며, 활 쪽은 소양은 있지만 훈련시간은 길지 않았다. 부족한 연습이 팔의 경련과 손가락의 아픔으로 나타났다.

활을 쓰지 못하는 자신은 방해만 될 뿐이다. 여기서 비장의 패 를 쓴 것은 지나치게 이르다는 생각도 들었다. 하지만 그것 말 고 자신의 전투능력을 회복시킬 수단은 없었다.

망설임은 짧았다.

"기동: 〈중상치유〉."

네이아의 안에서 마력이 급속도로 빨려나가며 가벼운 현기증
이 났다. 이제는 두 번 다시 쓰지 못하리라 여겨질 정도였다. 그
와 동시에 온몸에서 느껴지던 아픔이 사라졌다. 팔의 경련도,
손가락의 아픔도.

"싸울 수 있어!"

네이아는 다시 몸을 내밀고 화살을 쏘았다.

다행히 얄다바오트의 군세는 어느 정도 통제가 되고 있었다.
그렇지 않았다면 네이아를 죽이기 위해 망설임 없이 발리스타
를 쏘았을 것이다. 하지만 통제가 되기 때문에 아군에게 맞을까
우려해 공격하지 않았다.

네이아는 열심히 공격을 되풀이했다. 이윽고 화살을 잡으려
던 손이 허공을 쥐었다.

황급히 보니 화살통은 텅 비었다.

그와 같은 타이밍에, 민병들의 비명이 퍼졌다.

그곳을 보니 사다리 앞에 강해 보이는 아인 하나가 있었다. 네
이아에게 화살을 쏘았던 스톤이터 종족이 분명한데, 체격이 유
달리 훌륭했다. 버저 정도는 아니지만 강자의 분위기가 풍겼다.

오른손에는 마치 고기를 써는 부엌칼처럼 두툼하고 우락부락
한 대검을 들었다. 반대쪽 손에는 내용물이 담긴 투구를 들고
있었다. 이 장소의 지휘관이었던 성기사의 머리다.

"라곤 부족의 자잔 님께서 지휘관의 수급을 차지했다! 얘들
아, 죽여라! 인간 놈들을 모조리 죽여!"

전황이 단숨에 악화됐다.

성기사의 수는 얼마 되지 않는다. 그 얼마 안 되는 사람 중 하나가 죽었다는 것은 이 장소의 방위력이 단숨에 떨어졌다는 뜻이다. 그리고 또 한 가지.

민병과 성기사──설령 엄선된 정예는 아니라 해도──사이에는 실력에 결정적인 차이가 있었다. 그런 성기사를 죽인 아인을, 민병이 이길 수는 없다는 뜻이다.

민병이 겁을 먹고 행동하지 못하는 사이에 그 스톤이터──자잔의 뒤에 있던 사다리를 타고 아인이 올라왔다. 그 후로는 마치 둑이 터지고 탁류가 밀려오는 듯했다. 하나가 둘이 되고, 그것이 넷으로, 두 배씩 불어난다.

시벽 위는 아인으로 서서히 물들어 가고, 반면 민병의 색은 순식간에 줄어들었다.

아인과 민병. 개개인이 가진 능력의 차이가 명백히 드러나고 있었다.

조바심과 함께 주위를 둘러보았다.

화살. 화살이 있어야 한다.

사막에서 물을 찾는 방랑자처럼 혈안이 되어 찾고 있으려니, 흉벽에 기댄 채 축 늘어진 병사의 곁에 내용물이 담긴 화살통이 보였다.

'저거다! 저 부상병에게서 화살을 받고, 저 사람은 밑으로 내려가게 하자.'

하지만 네이아는 달려간 것과 동시에 숨을 멈추었다. 궁병으로 여겨지는 차림의 사내는 얼굴 절반을 잃은 채 숨이 끊어졌던 것이다.

아마도 스톤이터의 돌을 정면으로 받았으리라. 뇌수를 흘리며, 하나 남은 유리구슬 같은 눈으로 허공을 바라보는 궁병의 모습은, 어쩌면 네이아가 맞이했을지도 모르는 최후 그 자체였다.

자세히 보니 주위에는 비슷한 시체가 수없이 굴러다녔다. 평소에는 민감하던 후각이 그제야 겨우 주위에 농밀하게 풍기는 피 냄새를 맡았다. 아니, 코는 정상이었다. 뇌가 이를 받아들이지 않았을 뿐.

느닷없이 속에서 포리지가 치밀어올라, 네이아는 온 정신력을 동원해 도로 삼켰다. 어떻게든 성공했던 것은 그저 운이 좋았기 때문이었다. 혹은 얼마 전에 보았던 '생식' 때문에 이상한 데서 내성이 생겼는지도.

네이아는 이를 악물며, 이름 모를 궁병이 남겨준 화살을 자신의 화살통에 옮겨 담았다. 텅 비었던 화살통에 화살이 보충되자 싸울 기력도 충전되는 기분이 들었다.

'아직 할 수 있어. 아직 내가 할 수 있는 일이 있어……!'

네이아는 작업을 재빨리 마치고, 궁병의 두 손을 잡아 포갠 후 남은 눈을 감겨 주었다. 그럴 틈이 없다고 생각하면서도, 그러지 않을 수 없었다.

"당신 몫까지 싸울게요. 마지막까지, 반드시……."

돌아서서 몸을 일으킨 네이아에게서 잡념은 이미 사라졌다.

정신은 전에 느껴보지 못했을 정도로 고양되고, 감각은 더할

나위 없이 날카로워졌다. 마치 손에 든 활의 일부가 된 것 같다는 생각까지 들었다.

시벽의 전투는 드디어 난전이 되어, 성기사의 목을 높이 쳐든 자잔과의 사이에는 적과 아군 몇몇이 뒤섞여 있었으므로 저격은 거의 불가능했다. 그러나——

'나에게는 이 토시가! 그리고 마도왕 폐하께 빌린 얼티밋 슈팅스타 슈퍼가 있어! ——할 수 있다!'

강한 확신과 함께 화살을 날렸다.

자잔이 바람 가르는 소리를 알아차렸을 때는 이미 늦어서.

일격에 머리를 꿰뚫려 자잔은 어이없이 쓰러졌다.

"라곤 부족의 자잔을! 이 네이아 바라하가 물리쳤다!"

목소리를 높였으나 환호성은 없었다. 당연하다. 필사적으로 싸울 때 느긋하게 갈채를 보낼 여유가 어디 있겠는가. 그것을 깨달은 네이아는 조금 창피하다는 생각도 들었지만, 아인들에게 동요를 주는 데에는 성공한 듯했다. 압력이 약해진 것이 손에 잡힐 듯이 느껴졌다. 완전한 실패도 아니었던 모양이다.

네이아는 다시 화살을 시위에 메기고, 눈에 들어온 적당한 아인을 향해 쏘았다. 이번에도 머리를 꿰뚫린 아인이 시벽에서 밑으로 추락했다.

네이아는 화살을 화살통에서 뽑았다. 아무것도 아닌 동작처럼 보이지만 군더더기 없는 최적의 움직임이었다. 자신은 지금 마치 활의 명수였던 아버지 같지 않을까.

이 전투를 거치며 네이아의 활 실력은 급속도로 성장하는 듯했다. 그렇기에 조금 전—— 성기사와의 전투에서 부상을 입기는 했겠지만 자잔도 물리칠 수 있었던 것이리라.

난전 속에서, 저격할 사냥감을 찾았다.

'──왜 궁병인 나를 먼저 해치우려고 하지 않지?'

정답은 다음 아인의 머리에 화살을 꽂았을 때 알 수 있었다.

"저 인간한테 함부로 접근하지 마! 호왕의 갑옷을 입었어!"

"호왕?!"

"호왕 버저? 버저의 갑옷?"

아인 사이에서 퍼지는 술렁임을 네이아의 예민한 청각이 포착했다.

"틀림없어! 저건 버저의 갑옷이야!"

"설마 저 인간이 호왕을……!"

'아! 그렇게 된 거구나! 마도왕 폐하는 이 갑옷의 원거리 무기를 방어하는 마법의 힘이 아니라, 버저를 쓰러뜨렸다는 평판이 나를 지켜주리라 생각하셨던 거야!'

호왕 버저의 이름은 아인군 내에서도 유명했던 모양이었다. 그렇기에 지금, 시벽을 올라온 아인들의 입장에서는, 물론 착각이지만, 버저를 물리쳤다고 여겨지는 전사와 대면한 셈이 된다. 게다가 네이아가 대장 격 아인을 일격에 죽였던 것도 플러스로 작용하는 듯했다.

그들은 네이아가 궁병임을 알면서도 경계해 다가설 수 없는 것이다.

'역시 마도왕 폐하야. 거기까지 생각하셨다니…….'

아마 등을 돌리고 도망쳐도 쫓아올 아인은 얼마 없을 것이다. 강적──착각이지만──을 추격하느니 이 위치를 먼저 확보하려 할 테니까. 네이아의 몸은 매우 안전하리라.

『동문으로 도망쳐라.』

문득 마도왕의 그 말이 뇌리를 가로질렀지만, 역시 그럴 수는 없었다.

그럴 인간이라면 이곳에 오지도 않았다.

네이아는 화살을 날려 또 다른 아인을 사살했다.

"허억, 또……! 저 날카로운 안광……."

'날카롭다니…… 그야 노려보고 있긴 하지만…….'

"살육에 굶주린 눈이다! 저거, 아마도 인간 암컷 같은데…… 보통 놈이 아니야!"

'아마도…… 암컷이라니…….'

"활을 봐! 엄청난 활이야! 실력만 뛰어난 게 아니라고!"

'흐흥!'

"광안(狂眼)의 사수!"

'…………엥?'

"그 이름은 뭐지?! 너 저 녀석 알아?"

'…………아니 저기.'

"저 암컷은 인간 네임드였어?!"

'…………이봐?!'

"악귀와도 같은 흉상과 무시무시한 실력을 가진 인간 활잡이가 있다는 말은 옛날부터 들었는데…… 그게 저 녀석이었구나!"

'그건 아버지야!'

"광안의 사수! 버저를 죽인 활잡이!"

어째서인지 '광안의 사수' 라는 말이 아인 사이에 물결처럼 퍼져나갔다. 확정된 거야?! 하고 생각하면서도 네이아는 부정하거나 수정해 줄 여유가 없었다.

네이아가 화살을 쏜 것과 동시에 민병들이 움직였다.

"——다들 방어해라! 저 아이에게, 그녀에게 아인 놈들이 다가서지 못하게 해라!"

"좋았어! 대열을 짜자! 그 훈련을 떠올리면서!"

"내가 앞으로 간다!"

20명 정도의 민병들이 방패가 되듯 움직여주었다.

"놈들을 쏴 죽여줘! 우리가 널 지킬 테니까!"

"알겠습——."

퍼드득, 날갯짓 소리가 적진에서 들려왔다.

순식간에 몸을 틀어 소리가 들린 방향으로 시위에 메겼던 화살을 겨누었다.

눈에 들어온 것은 아인 진지에서 날아오른 날개 달린 아인, 프테로보스의 모습. 수는 다수.

시벽을 넘어가는 것이 목적인 듯했지만, 그중 몇 마리는 네이아를 향해 돌진했다.

어느 것을 노려야 할지 하는 생각은 이미 사라졌다. 새하얀, 적밖에 보이지 않는 소리도 없는 세계 속에서 그저 싸늘할 정도로 냉정하게, 네이아는 한 마리 한 마리에게 화살을 쏘았다. 그 사격은 인간이 아니라 기계처럼 망설임이 없고 정확했다.

네이아를 향해 날아들던 프테로보스가 하나하나 떨어지자 살짝 긴장이 늦춰졌다. 그 탓에 조금 전까지 유지하던 극도의 집중이 풀렸는지 네이아에게 소리가 돌아왔다.

바로 옆에——

창졸간에 뛰어 물러나려 했으나 왼팔에 격통이 느껴졌다.

바로 옆까지 다가온 아마트의 발톱이 팔을 가른 것이다.

"끅!!"

네이아는 비명을 지르면서도 화살을 뽑으려 했지만, 이 왼팔로 활을 들 수 있을까 하는 불안이 머리를 스쳤다. 그렇다면 검을 뽑는 편이 좋지 않을까.

망설임을 큰 허점으로 판단했는지, 아직까지 네이아의 눈앞에 있는 쥐처럼 무시무시한 얼굴의 아마트가 발톱으로 얼굴을 공격했다.

뒤로 물러나 피하려 했지만 전사로서의 실력은 상대가 더 뛰어나, 능숙하게 거리를 좁히는 바람에 다 피할 수가 없었다.

얼굴에 격통이 느껴졌다. 최소한 눈은 보호해야 한다고 고개를 돌린 덕에 안구는 다치지 않았으나 왼쪽 뺨이 도려져나가 입안까지 미치는 큰 열상을 입었다.

입안에 엄청난 양의 피가 넘쳐나 혀에는 온통 피 맛이 퍼졌다. 그뿐이 아니라 왼뺨에서 뜨거운 피가 떨어져 목덜미와 가슴까지 흘러내리는 것이 느껴졌다.

네이아는 검을 뽑을 여유도 없이 얼티밋 슈팅스타 슈퍼를 아마트의 안면에 꽂아버렸다.

활로 그런 짓을 하리라고는 생각하지 못했는지, 아마트는 뒤로 물러나 그 공격을 피했다.

잘 움직이지 않는 왼손으로 활을 든 채 네이아는 오른손으로 검을 뽑았다.

네이아는 자폭을 각오하고 거의 육탄돌격 같은 찌르기를 날렸다. 아마트가 날카롭게 카운터 공격을 펼쳤지만 옆에서 민병이 다리를 베어준 덕에 놈의 조준이 살짝 빗나갔다. 네이아는 발톱에 귀를 살짝 찢기는 대신 철검으로 목을 꿰뚫을 수 있었다.

쓰러지는 아마트에게는 눈길도 주지 않고 주위를 둘러보며 상황을 확인했다.

집중해서 화살을 쏘는 동안 벽이 되어 주었던 민병이 대부분 목숨을 잃어서 아인이 네이아에게까지 다가왔던 것이다. 살아남은 민병은 도시 쪽 시벽에 달라붙듯 선 5명뿐이었다.

가장 가까운 원군은 사다리를 타고 올라온 아인의 무리 너머 저 멀리서 싸우고 있었으므로 이쪽을 도와주기란 어려웠다. 뒤쪽도 혼전을 벌이는 중이라 이쪽에 올 여유는 없어 보였다.

네이아가 있는 구역에는 아인의 수가 30마리 이상. 반면 이쪽의 수는 여섯.

네이아가 날카로운 눈으로 노려보자, 아인들의 압박이 약해지며 조금 후퇴했다.

"미안해, 바라하 씨!"

벽에 몰려있던 민병들이 네이아의 앞에서 방어대열을 짜 주었다.

"우리가 죽을 때까지는 저놈들을 보내지 않겠어!"

네이아에게 그렇게 말한 것은 배가 건강하지 못하게 불룩 나온, 심약해 보이는 40대 남성이었다. 하지만 전투에서 오는 흥분으로 붉게 물든 그의 얼굴은 피에 점점이 물들어, 본인의 피인지 적에게서 튄 피인지 알 수 없을 정도로 온몸에 부상을 입었다. 그래도 결코 무릎은 꿇지 않겠다고, 강한 기백과 함께 서 있었다.

그야말로 든든한 전사 같은 모습이다.

"고맙습니다!"

입에 고인 피를 뱉으며 네이아는 감사의 말을 전하고 덧붙였다.

"부탁드립니다!"

그 남자만이 아니었다. 쓰러진 민병들의 시체는, 누구 하나 자기 위치를 떠나지 않은 채 네이아를 지키다 죽어갔음을 알려 주었다. 그렇다면 신뢰 이외에 무슨 말을 전하겠는가.

사내가 네이아의 왼팔에 눈을 돌리고 얼굴을 실룩거렸다.

"뼈가 보이잖나……."

"그런 말씀은 하지 마십시오. 새삼 들으니 무지 아프네요."

"으, 음, 미안하네."

성기사로서 어느 정도 실력을 갖추면 하위 회복마법쯤은 쓸 수 있겠지만, 종자 계급인 네이아에게는 무리였다. 전투 중에 이 왼팔을 쓰는 것은 포기하는 편이 좋으리라.

네이아는 아인들을 노려보았다. 눈만 움직여도 얼굴의 상처가 욱신거렸다.

아픔 탓에 더 험악해진 시선을 받아 아인들이 몸을 움츠린다.

"바라하 씨가 활로 적을 퍽퍽 해치워 준 덕분에 아까 이후로는 덤벼드는 놈이 없어졌어. 덕분에 우린 살아남았고."

네이아의 앞에 있는 아인들이 일제히 돌격했다면 민병들은 순식간에 목숨을 잃었을 것이다. 하지만 궁병인 네이아를 경계해 일제히 행동하지 못했던 것이다. 실제로 그들이 술렁거리는 말을 들어보면 얼마나 경계하는지도 알 수 있었다.

"광안의 사수…… 검 실력은 별거 아니란 소린가?"

"방심하지 마. 서툰 척해서 방심을 유발하는 수법이야."

"그렇군. 너 진짜 똑똑하다."

"스네이크맨을 불러다가 거리를 두고 창으로 죽일까?"

네이아는 마음속으로 웃었다. 빌려온 마법 활의 힘 덕에 상당히 과대평가를 받고 있는 모양이었다.

"……기대해도 될까?"

아인에게 들리지 않을 만큼 작은 목소리로 들려온 질문에, 네이아는 웃었다.

"……활이라면…… 마도왕 폐하께 빌린 이 활, 얼티밋 슈팅스타 슈퍼만 쏠 수 있다면 문제가 없었을 겁니다. 하지만……."

얼티밋 슈팅스타 슈퍼. 그 말을 입 속으로 굴려본 사내가 쓸쓸한 표정으로 웃었다.

"그렇군…… 위험하게 됐군. 이봐, 바라하 씨. ……이 시벽에서 뛰어내려 도망치도록 해. 당신은 살아남아야 하니까."

네이아가 그를 보았다.

"히익! 미, 미안하네. 건방진 소릴 했으니 화내는 것도 당연하지. 하, 하지만, 어떤 지옥을 살아남아 여기까지 왔는진 몰라도, 내 딸 또래의 나이…… 뭐, 이건 짐작이지만, 그런 아이가 죽는다는 건……."

화를 내지도 않았고, 평범하게 쳐다본 것뿐인데. 그런 생각은 했지만 늘 있는 일이다. 네이아는 마음에 두지 않았다.

사내의 말은 진실이었다. 이곳에서 서툴게 검을 휘두르는 것보다는, 일단 후퇴해 몸을 치유하고 활을 쓰는 편이 현명하다.

'──그러면 이 사람들은 어떻게 되지? 나도 알아. 내가 여기서 싸운다고 해도 이 사람들은 구할 수 없어. 개죽음이지. 하지만……'

네이아는 흘끔 왼팔에 들린 활을 보았다.

'이 무기를 돌려드려야만 해. 내가 도망칠 이유는 얼마든지 있어. 하지만, 하지만 말이야. 만약 마도왕 폐하께 빌린 무기를 든 내가 도망친다면, 폐하께 적의를 가진 자들은 뭐라고 생각할까? 그렇다면──.'

"도망치기는 무슨!"

큰 소리로 고함을 질렀다.

"내가, 마도왕 폐하께 무기를 빌린 내가 도망칠까 보냐!"

오른손에 든 검을 꽉 쥐었다.

은혜는 은혜로 갚는다. 인간으로서 당연한 도리다.

이 나라는── 특히 성기사단의 정점은, 은혜를 은혜로 갚는 사람이라고는 말하기 힘들다. 하지만 이 나라에 그런 사람들만 있는 것은 아니라는 사실을 네이아는 마도왕에게 전하고 싶었다.

"으아아아아!"

비명 같은 고함을 지르며 네이아는 돌격을 감행했다. 활을 쓰지 못하는 자신을 지켜도 민병들의 개죽음으로 끝날 뿐이다. 그렇다면 네이아는 강대한 적이라고 오해해 두려워하는 지금만이 아인에게 실력을 발휘할 기회다.

상대도 네이아가 다수의 적을 향해 돌격하리라고는 생각하지 못했으리라. 움직임이 둔했다. 검술 실력은 별것 아닌 네이아조차 벨 수 있었을 정도였다.

네이아에 이어, 살아남은 민병들이 한발 늦게 따라왔다.

네이아는 검을 휘둘렀다.

튕겨져 나가, 허점이 드러난 몸에 아인의 공격이 꽂혔다. 이를 버저의 갑옷이 막아 주었다.

네이아는 검을 내질렀다.

아인의 몸에 박히고, 뽑는다. 내장이 쏟아진다. 그 아인이 쓰러지기도 전에 옆에서 네이아의 얼굴을 향해 아인의 발톱이 날아들었다. 왼쪽 뺨에 이어 오른쪽 이마에 상처가 생겼다. 흘러내린 피가 눈에 들어갔다.

다리에 격통.

아인이 든 단검이 깊이 박혀 있었다.

민병 한 사람이 쓰러졌다.

검을 휘두른다.

민병 두 사람이 쓰러졌다.

아인 하나를 쓰러뜨렸다.

민병이 전멸했다.

옆도 앞도 적뿐이다.

숨은 멈추고, 심장 고동이 시끄러웠다.

적의 공격에 갈라진 몸은 열기를 띠었으며, 움직일 때마다 욱신욱신 네이아를 괴롭혔다.

──무서워.

네이아는 무서웠다.

자신이 죽는다고 생각하니 참을 수 없이 무서웠다.

분명 각오는 했다. 여기서 자신은 죽는다고.

적군은 아군의 몇 배. 개개인의 전투능력도 상대가 위.

불리한 점을 열거하면 한이 없었으며, 유리한 점은 이쪽이 방어 측이라는 정도.

그 상황에서 자신이 죽지 않는다고 생각하는 쪽이 이상하다.

그렇게 각오했어도, 역시 죽음과 직면하면 너무나 무섭다.

존경하는 인물이 말했던 '동문'이라는 단어가 뇌리에서 크게 메아리쳤다. 각오했어도 이렇다.

죽은 후, 사람은 어떻게 될까. 어렸을 때 생각해 본 적이 있다.

자신이라는 존재가 끝나는 순간, 어떻게 될까.

크나큰 흐름으로 돌아간 영혼은 그곳에서 신의 심판을 받아, 행실이 옳았던 사람은 안식의 땅으로, 행실이 나빴던 사람은 고통의 땅으로 보내진다고, 성전에는 그렇게 적혀 있었다.

하지만 안식의 땅으로 갈 만큼 선행을 쌓았다 해도, 삶이 끝난다는 것은 두렵다.

검을 휘두른다.

힘이 빠져나가서 이제는 상대를 일격에 죽이기가 불가능했다.

추가공격을 하려 해도 포위당한 상황에서는 적의 반격이 더 강렬하게 날아들었다.

네이아의 갑옷에 검이 박히고, 베인다.

네이아가 살아있는 것은 마도왕에게 빌린 갑옷 덕이었다. 이것이 없었다면 더 빨리 죽었을 것이다. 그렇다. 시벽 여기저기

널브러져, 방해가 된다는 이유로 도시 안쪽에 내던져지고 있는 시민병처럼.

'끔찍한 몰골이네……'

네이아는 조금 웃고 말았다. 저세상이 보이기 시작하는 상황에서 그런 뜬금없는 생각을 한 자신에게.

검을 휘두르는 기세를 못 이겨 발이 주룩 미끄러졌다. 왼쪽 허벅지가 경련을 일으키고, 오른쪽 허벅지는 상처 때문에 제대로 힘을 줄 수 없었다. 균형을 잃고 쓰러질 뻔했다. 흉벽에 몸을 기대고 쓰러지지 않도록 버티는 것이 고작이었다.

세상이 뿌옇게 흐려지고, 쌕쌕 거친 숨소리가 멀리서 들려왔다.

그 소리를 거추장스럽게 느끼며, 누가 내는 것인지 생각해 보니 자신이었다.

이제는 한계구나.

네이아는 죽는다.

"광안의 사수, 이제 조금만 있으면 죽겠다!"

"그래! 일제히 해치우자!"

멀리서 아인들의 목소리가 들렸다.

'시끄, 러워——.'

그들이 무슨 말을 하는지 이제 네이아에게는 들리지 않았다. 다만, 자신에게 유리한 소리를 하는 것은 아닐 거라고, 산만해진 머리 한구석으로 그런 생각을 할 뿐이었다.

이제는 손에 들고 있기만 한 검을 휘둘렀다. 다가오지 못하게 하려는—— 견제 정도, 혹은 그 이하의 효과밖에는 없는 공격이었다.

'무서, 워……. 하지만, 다들, 기다리고, 있겠, 지.'

뿌옇게 흐려진 세계에 아버지와 어머니의 미소가 보였다. 그리고 같은 고향 친구들도.

'누, 구더라, 응, 뿌우하고 못짱, 단이구나. 무서, 워. 폐하.'

폐도 심장도 팔도 다리도 뇌도, 휴식을 원했다.

그 유혹에 네이아는 더 이상 저항할 수 없었다. 하지만, 그래도 쓰러지지 않았던 것은 어째서였을까.

죽음에 대한 공포는 있었다. 마지막까지 싸워야만 한다는 종자로서의 신념이 있었다.

그 이상으로―― 빌려왔던 무구에 어울리는 활약을 하고 싶었다.

수많은 무기가 일제히 허공을 가르고 네이아의 몸에 박혔다.

그리고 네이아 바라하는 죽었다.

4

전장의 공기는 어떤 의미에서 독특한 것이 있다. 끈적끈적한 온갖 것들이 뒤섞여, 솔직히 말해 기분 나쁜 냄새가 된다. 그러나 익숙해진 냄새였다.

닫힌 낙하식 격자문 안쪽에서, 레메디오스는 혼자 심호흡을 되풀이하고 그 냄새가 밴 공기를 들이마셨다.

그녀가 노려보는 시야 너머에서, 만이 훨씬 넘을 것 같은 군세가 움직이기 시작했다.

이쪽으로 돌격하는 적군의 선봉은 오우거, 그리고 말 같은 아인이다. 레메디오스는 성검을 굳게 쥐었다.

검으로 승패를 가린다는 것은 이해하기 쉬워 좋다. 매우 좋다. 명확하게 승자와 패자가 갈리며, 죽여버리면 그 후로는 귀찮을 일도 없다. 모든 것이 이처럼 간단하다면 얼마나 편하게 살 수 있을까. 동생이나 주군이 미간에 주름을 지을 일도 없겠지.

"하아."

한숨을 한 차례 쉬었다.

그리고 레메디오스는 자신이 해야 할 일을 생각했다.

구스타보는 이것저것 어려운 말을 들려주었지만, 요약하자면 이 문 뒤로 아인을 한 마리도 보내지 않으면 그만이다.

아인의 숫자는 수만. 이 문으로 밀려드는 것은 그중에서 1만 정도일 것이다.

'넓은 평야에서 싸우면 한 마리도 보내지 않는다는 건 무리겠지만, 문처럼 한정된 범위의 장소에서 싸운다면 나를 한 번에 공격할 적의 수도 줄어들지. 그럼 내가 종횡무진 움직이면 문 뒤로 보내지 않는 것도 쉬운 일! 피로 회복 포션을 마셔가면서, 1 대 1을 1만 번 반복하면 그만이니까!'

구스타보 같은 이가 들었다면 '이 인간 제정신인가' 하는 표정을 지을 생각을 태연히 하며 웃었다. 다만 그것이 그리 황당무계하지도 않다는 점이 구스타보가 머리를 쥐어뜯는 이유이기도 하다.

'내 작전은 정말 완벽해! 나에게 지휘권을 위양해 주다니, 칼카 님도 말씀하셨지만 카스폰도 님은 참 괜찮은 인물이야.'

레메디오스는 음음 고개를 끄덕였다.

그리고 스스로 생각한 완벽한 작전, '1 대 1을 1만 번 반복'의 유일한 문제점을 떠올렸다.

그것은 얄다바오트의 존재였다.

레메디오스의 작전은 자신보다 강한 존재가 나타나면 파탄이 난다.

레메디오스는 머리를 쓰는 것이 질색이지만, 전투에 관해서는 머리가 잘 돌아간다.

그렇기에 자신이 얄다바오트에게 이기기란 어렵다는 사실을 잘 안다. 물론 그것을 부하들 앞에서 인정할 수는 없다. 자신은 성왕국 최강의 전사다. 그런 자신이 패배를 인정해버리면 부하들의 사기는 땅에 떨어질 테니까.

그렇기에 마도왕을 데려온 것이다.

'마도왕⋯⋯.'

언데드에게 나라의 운명을 맡겨야만 하다니, 구역질이 나도록 불쾌하다. 하지만 그래도 그렇게 할 수밖에 없었다.

'쳇, 그놈의 언데드. 눈에 뜨이지 않게 뒤에서 몰래 참가해, 왕국 병사들을 대량으로 죽였다는 산양인지 양인지 하는 마법을 써줬으면 됐을 것. 그랬다면 무고한 백성의 희생이 하나라도 줄었을 텐데. 힘을 가진 자가 약자를 지킨다는 건—— 언데드에게는 이해할 수 없는 논리이려나. 하지만⋯⋯ 그 언데드가 정말로 강하긴 한 걸까?'

도시를 혼자 함락했다니 훌륭하다. 버저처럼 매우 유명한 아인——구스타보가 그랬다——을 쓰러뜨린 것도 대단하다. 하지만 얄다바오트는 차원이 다를 정도로 강하다. 도시를 혼자 함락한 정도의 매직 캐스터가 이길 수 있을지 어떨지, 그 점에 관해서는 의문이 들었다.

한번 칼을 맞대 봤다면 알 수 있었을지도 모르지만, 그것은 구스타보가 필사적으로 말렸다. 그렇기에 마도왕의 진짜 힘이 어느 정도인지는 전혀 모른다.

레메디오스는 마도왕의 힘을 의심하고 있었다.

얄다바오트가 본성을 드러냈을 때는 그 압도적인 힘을 똑똑히 느낄 수 있었지만, 마도왕에게서는 그런 것이 전혀 없었기 때문이다. 왕국군을 궤멸했다는 것이 사실이라면, 숨겨도 숨길 수 없는 강자의 기운을 두르고 있을 텐데.

매직 캐스터라서 그런 것도 있으리라. 하지만 그래도 얄다바오트 수준이라면 조금은 느껴질 텐데.

'정말로 그만큼 큰소리칠 정도의 힘을 가졌다면 좋겠지만. 뭐, 죽는다 한들 손실은 미미하지. 장래에 그 언데드는 성왕국에 방해가 될 테니. 그렇다면 서로 싸우다 함께 죽는 것이 최고야.'

부하가 아무리 부정해도 레메디오스의 생각은 변함이 없었다. 아니, 마도왕이 소년 인질을 죽인 시점에서 그 생각은 더욱 확고해졌다. 그런 끔찍한 짓을 태연히 저지르는 존재를 성기사로서 인정할 수는 없었다.

'그 나라의 백성들도 사실은 공포에 지배당하는 것 아닐까?'

생각해 보면, 그랬을지도 모르겠다 싶어지는 부분이 다수 있었다. 어쩌면 그런 사람들을 위해서라도 얄다바오트와 싸우다 함께 죽는 편이 좋을 수도 있다.

'문제는 우리나라 백성들이지. 구스타보의 말이 사실이라면 이건 기회다. 우리 성기사단의 힘을 보여주고, 마도왕에게 품은 바보 같은 생각을 버리게 만들어야 해. ……하지만 얄다바오트가 나타나면 그자를 붙일 수밖에.'

레메디오스는 투구를 벗고 머리를 쥐어뜯고 싶어졌다.

칼카 님처럼 훌륭한 인물이 통치하는 나라의 백성이 그딴 언데드에게 마음을 열다니, 믿을 수가 없었다. 그런 생각을 가진 사람이 있다는 것 자체가 속이 메슥거릴 정도였다.

'종자 바라하도── 으음? 혹시 매료 같은 마법에 당한 것은 아닐까? 그렇군! 강제로 호감을 품게 만드는 그런 마법을 광범위하게 사용한 것일지도 몰라!'

레메디오스는 아뿔싸 싶었다. 그럴 가능성은 생각하지 못했다면서.

'구스타보에게는 내 생각을 말해 두는 게 좋겠지. 그렇다고 해도, 이 전투에서 이긴 다음에!'

레메디오스는 후방을 노려보았다.

그곳에는 백성들이 방패와 창을 든 채 정렬하고 있었다.

"용감한 제군! 유감스럽게도 성왕국은 현재 아인에게 유린당하고 있다. 인정하지! 아인을 격퇴하고, 괴롭히는 무고한 백성들을── 동료를 구하자! 이것은 그러기 위한 첫걸음이다. 여기서 놈들을 격퇴하고 성왕국을 우리 손으로 탈환하자!"

레메디오스가 패기 있는 포효를 지르자 민병들의 얼굴에 긴장의 빛이 떠올랐다.

"지저분한 아인 놈들이 진격할 것이다. 제군은 이곳에서 방패를 들고 창을 내밀어 적을 한 걸음도 들여보내지 않는 벽이 된다! 두려워 마라! 첫 일격이야 다르겠지만 제군이 상대하는 것은 나에게서 도망친 아인뿐이다! 잠시만 놈들의 발을 묶어주면 내가, 그리고 우수한 성기사들이 쓰러뜨려 줄 것이다!"

긴장감이 조금 풀어졌다. 지나치게 해이해지는 것도 좋지 않지만 뻣뻣하게 굳는 것은 더 나쁘다. 레메디오스가 보기에 민병들의 사기는 이상적인 상태인 것 같았다.

"제군은 어제 하루 훈련을 받았다! 그 훈련의 성과를 오늘 발휘해 주면 된다! 그렇게 긴장할 필요도 없다!"

레메디오스는 잠시 숨을 고르고, 이제까지보다도 더 큰 목소리를 냈다.

"제1열! 방패, 들어!"

문을 포위하듯 늘어선 민병들의 첫 번째 줄이 방패를 들었다.

온몸을 완전히 감출 정도로 커다란 방패다. 방패 아래에는 손가락 길이만 한 스파이크가 달렸다.

"방패, 내려!"

방패를 든 평민들이 힘차게 방패의 스파이크 부분을 지면에 꽂았다. 이러면 즉석 금속벽이 완성된다.

어제, 이 방패부대에게는 세 가지 훈련만을 철저히 시켰다. 첫째, 커다란 방패를 힘껏 들어 올린 다음 내리쳐 스파이크를 땅에 깊이 박는 훈련. 둘째, 어떤 압력을 가해도 결코 밀리지 않는 훈련.

"제2열! 방패, 들어!"

이쪽은 제1열의 방패부대가 든 것과 같은 크기의 방패였지만 스파이크는 없었다. 이것으로 제1열과 제2열 병사의 머리 위를, 마치 뚜껑이라도 덮듯 가린다. 이러면 제1열의 방패 위로 공격을 당하는 것을 막을 수 있다.

제2열 방패부대에는 일정한 폭을 두고 〈신의 깃발 아래〉를 기동한 성기사들이 들어간다. 이에 따라 적에게 압박당한다는 두려움으로부터 몸을 지킬 수 있다.

"제3열 장창부대 전진! 이어서 제4열 장창부대 전진!"

그리고 제3열과 제4열이 장창부대였다.

그들은 방패부대의 틈으로 창을 내민다. 물미를 지면에 고정해 적의 돌진을 막는 것이 노림수다. 제3열과 제4열이 든 창의 길이가 살짝 다르며, 제4열의 창이 더 길다. 원래는 더 많은 대열을 짜고 창을 내밀어 촘촘하게 방어해야 하지만, 인원이 그리 많지 않으므로 살상권을 중첩시켜 돌파당하기 어렵도록 하는 것이 목적이다.

완벽한 진형이다.

다만 약점이 있다.

이것은 전사를 상대할 때는 강한 진형이지만, 특수능력을 가진 아인이나 매직 캐스터에게는 약하다.

분명 〈화염구〉 같은 마법은 벽에 가로막히며, 이 경우 대미지는 크게 줄어든다고 한다. 하지만 〈뇌격〉이라는 공격마법은 벼락이 일직선상으로 나아가 후방까지 관통한다고 들었다. 아인이 그런 특수능력을 가지지 않았으리란 법이 없다.

그 사실을 알면서도 이 진형을 가르친 이유는, 이것 말고는 쓸 만한 진형이 없기 때문이다.

"좋아! 그러면 시작한다! 문을! 올려라!"

레메디오스의 호령에 맞춰 낙하식 격자문이 올라갔다. 진군하던 아인의 움직임이 동요로 둔해졌다. 스스로 문을 열다니——낙관론자는 투항이라고, 현실주의자는 함정이라고 판단했으리라.

레메디오스는 웃었다.

"지저분한 아인 놈들아! 네놈들의 모피를 벗겨다 엉덩이 밑에 놓을 깔개의 재료로 삼아 줄까!"

나약한 인간의 도발에 으르렁거리며 아인들이 돌격 속도를 높였다.

레메디오스는 아인에게 등을 돌리고 도망쳐, 민병의 방패에 손을 대고 뜀틀처럼 뛰어넘었다.

돌진해 문을 지난 아인 중 몇 마리가 달려오던 기세 그대로 넘어졌다.

그 위치에 대량의 기름을 뿌려놓았던 것이다. 돌격 중에 넘어지면 결과는 두 가지. 뒤에 오던 자들을 넘어뜨리거나, 혹은 뒤에 오던 자들에게 짓밟히거나.

아쉽게도 넘어지지는 않은 오우거 등의 거대한 아인들이 도시로 침입했다. 말처럼 생긴 아인들은 넘어지거나 속도가 둔해진 듯했다.

대형 아인의 돌진은 군마의 일격에도 필적할 것이다. 하지만 이것을 견뎌내지 못하면 모든 것이 끝장이다.

대열을 흐트러뜨리면서도 오우거의 무리가 돌진해 손에 든 대형 몰(maul)을 휘둘렀다. 하지만 창은 그보다도 길어, 거리감을 파악하지 못했던 오우거 몇 마리가 여기에 찔렸다. 그러나 그것으로 죽을 만큼 약하지는 않다.

"지금이다! 투척!"

레메디오스의 지시에 따라, 화염병이 민병대의 머리 위를 넘어 날아가고, 문 근처에서 병 깨지는 소리와 함께 업화가 솟구쳤다. 문 주위에서 꾸물대던 아인들이 불길에 휩싸였다.

그들도 예측은 했겠지만, 솟구치는 불의 강도는 예측을 아득히 넘어섰을 것이라고 레메디오스는 확신했다. 바닥에 뿌렸던 기름에도, 그리고 몸에 묻은 기름에까지도 불이 붙은 것이다.

방패부대와 대치한 오우거 무리도 동요했다.

뒤에서 화염이 발생하면 당연한 일이다.

인간보다 두꺼운 피부를 가졌다지만, 화상을 입지 않는 것은 아니다.

문 주위에서는 노성과 비명이 메아리친다. 아인은 역시 생명력이 왕성해서인지 이 정도 불꽃에 에워싸여도 전투불능에 빠진 자는 그리 많지 않은 듯했다. 그렇다 해도 아인들이 취할 수 있는 행동은 두 가지. 전진 아니면 후진뿐이다.

시커먼 연기가 시야를 차단해 그 이외의 선택지를 고를 여유를 빼앗는다. 어둠을 내다볼 수 있는 눈을 가진 아인종은 많지만 연기 너머까지 내다보지는 못한다.

시야를 잃고, 불에 타고, 연기에 괴로워하며 냉정하게 행동할 수 있는 자는 그리 많지 않다.

이 상황에서 후퇴하기란 어렵다. 이 문을 통해 도시로 침입하고자 뒤에서 계속해서 밀려들기 때문이다. 실제로는 문 밖에 있는 아인은 불길 때문에 주저하며 발을 멈춰버렸지만, 연기에 휩싸여서는 그것도 알 수 없다.

그렇기에 전진을 선택한다.

레메디오스가 예측한 그대로였다.

아인군은 강인한 육체를 앞세워 억지로 진격을 개시했다. 하지만——

——방패부대의 세 번째 훈련. 그것은 자욱한 검은 연기 속에서도, 방패로 구축한 이 벽을 유지하는 것이었다.

"장창부대! 당겨!"

일제히 창을 뒤로 당기고——

"장창부대! 찔러!"

일제히 내지른다.

사나운 신음과 함께 연기에서 막 뛰쳐나온, 방어도 회피도 어려운 상태의 아인을 수많은 창날이 맞이해 주었다. 다만 그래도 평민의 근력으로는 아인의 몸을 일격에 꿰뚫기란 어렵다. 특히 문을 정면에서 때려부수고자 선발됐던 아인이라면 더더욱.

그러나 그렇다 해도 상관이 없었다.

한 번의 공격으로 쓰러뜨릴 수 있을 거라고는 레메디오스도 생각하지 않았다.

방패부대가 건재한 동안, 이쪽은 얼마든지 공격을 되풀이할 수 있다.

"당겨! ——찔러!"

이 명령을 되풀이한 것과 동시에, 레메디오스 자신도 조금 전과는 반대의 형태로 방패를 뛰어넘어 창이 닿지 않는 장소에 있는 아인들에게 달려들었다.

검은 연기가 눈과 목에 스며들었다. 하지만 신경 쓸 틈은 없었다. 낙하식 격자문—— 불길 안쪽으로 넘어온 아인의 수는 얼마 안 된다. 기껏해야 50마리나 될까.

우선은 이놈들을 모두 없애 적의 전의를 조금이라도 깎는다. 선봉을 맡은 자들이니 사기도 높고 정강한 병사들이 분명하다. 그들을 토벌할 수 있다면 잔챙이를 죽이는 것보다 영향력이 클 것이다.

레메디오스는 호흡 하나 흐트러뜨리지 않고 적을 잇달아 베어 쓰러뜨렸다.

오우거 같은 대형 아인도 이 혼전 속에서는 능력을 발휘하지 못한다.

성검이 종횡무진 내달렸다.

이윽고 눈물로 흐려진 시야 속에서 아인의 그림자가 사라졌다. 하지만 연기 너머에서는 여전히 들끓는 수많은 아인의 목소리가 들려왔다. 전열을 가다듬는 중인지도 모른다.

천천히 후퇴하던 레메디오스는 연기 너머에 아인 몇 마리가 서 있는 것을 보았다.

"단장님! 이쪽으로 돌아오십시오!"

〈신의 깃발 아래〉를 발동 중이던 부하 성기사가 목소리를 높였다.

그러나 레메디오스는 물러나서는 안 된다는 직감을 느꼈다.

조금씩 흐려지는 연기 너머, 아인 셋이 이쪽을 향해 천천히 다가오는 것을 보고, 그 생각이 틀림없었음을 확신했다.

하나는 짐승의 상반신과 육식동물의 하반신을 가진 전사.

하나는 네 개의 팔을 가진 여자 아인.

그리고 마지막은 황금 장신구를 다수 갖춘, 순백색의 긴 털을 가진 원숭이처럼 생긴 아인.

원래 같으면 이곳에서 수만이나 되는 아인을 혼자서 쓰러뜨릴 생각이었으며, 충분히 승산도 있었다. 그런 레메디오스도 이 세 마리의 아인을 동시에 상대하기란 위험하기 그지없다는 느낌이 들었다.

겨우 세 마리. 연기 때문에 아직 잘 보이지는 않지만, 유유히 다가오는 발걸음에는 확실한 자신감이 넘쳐났다. 같은 편인 아인의 무리조차 이들 세 마리에게 전부 맡기겠다는 것처럼 한 걸음도 다가오려 하지 않았다.

'……강하구나. 1 대 1로도 이길 수 있을지 어떨지 모를…… 지도? 3대 1이라면 승산은 전무하겠어.'

레메디오스의 감은 세 마리를 동시에 상대하느니 도망치는 편이 낫다고 외친다. 하지만 도망쳐서 어쩐단 말인가. 해답은 나오지 않았다. 반대로 이들을 꺾을 수 있다면 이 국지전에서는 완전한 승리를 거두는 거나 마찬가지다.

레메디오스는 성검을 굳게 쥐고 돌아보지 않은 채 말했다.

"……성기사 사비카스, 성기사 에스테반."

두 사람이 "예!" 하고 대답하며 민병들 사이를 헤치고 나오는 소리가 들렸다.

"너희는 내가 저들 중 한 마리를 죽일 때까지 나머지 두 마리를 붙잡아놓을 수 있겠나?"

"예, 맡겨만 주십시오!"

둘 모두 그렇게 외쳤지만, 레메디오스의 감은 무리라고 속삭였다. 아마 몇 분도 버티지 못할 것이다. 그렇다면 상대보다도 많은 숫자를 내보내면 어떨까.

아니다. 레메디오스는 고개를 가로저었다.

상대는 겨우 세 마리로 접근했을 정도다. 틀림없이 자기과시욕이 강하고 자신만만한 성격일 터이며, 이런 자들은 1 대 1 대결을 청하면 넘어오는 경향이 있다. 강자이기에 가질 수 있는 오만함이다.

그리고 오만한 자는 대개 약자를 괴롭히고 싶어 한다. 몇 초만에 해치울 수 있으면서도 시간을 들여서 고통을 주려고 하는 것이다.

여기에 일말의 희망을 걸고, 1 대 1의 상황을 셋 만들어야 할 것이다.

"성기사들이여. 너희는 앞서 싸운 두 사람이 쓰러지면 1 대 1 대결을 청해라. 한 사람씩이다. 사비카스, 에스테반, 프랑코, 갈반 순서로."

다수로 공격해선 안 된다는 말은, 시간을 끌다가 경우에 따라서는 희생양이 되라는 명령이기도 했다. 이를 이해하면서도 그들은 망설임 없이 알았다고 대답했다.

이것이 성기사다.

이것이 바로 정의를 구현하는 자들이다.

'마땅히 타인을 위해 자신을 희생해야 하는 법.'

그들이 무사히 살아있는 모습을 보는 것은 이것이 마지막일지도 모른다. 그럼에도 레메디오스는 세 마리의 아인에게서는 잠시도 눈을 떼지 않았다. 정보를 얻을 기회를 조금이라도 놓치지 않기 위해서다.

'똑똑히 보이지는 않지만, 우선 저 두 마리의 아인은 전사의 능력을 가졌군. 어쩌면 원숭이처럼 생긴 아인은 몽크일지도 모른다. 팔이 넷 달린 개체는 매직 캐스터의 역량이 있다고 봐야겠지. 아니면 완전히 다른 무언가거나.'

힘으로 밀어붙이며 싸우려 하는 아인이라면 무섭지 않다. 무서운 것은 훈련을 받은 아인이다. 전사로서 훈련을 받을 경우, 그리 많은 훈련을 쌓지 않더라도 타고난 육체능력이 더해져 성왕국의 정예를 넘어서는 강자가 될 수 있기 때문이다. 실제로 레메디오스가——얄다바오트를 제외하고——가장 깊은 상처를 입었던 전투의 상대가 그런 존재였다.

복부를 뚫렸던 그 일격은 지금도 똑똑히 생각이 난다. 그렇기에 아인과 싸울 때는 조금 더 주의를 기울이고, 감에 의존한다.

'……마법 구사 능력을 가진 아인이 제일 성가시군. 하늘을 날 수 있다면 위험해.'

갑옷의 힘을 발동하면 레메디오스도 단시간이지만 하늘을 날 수 있기는 하다. 하지만 자유자재로 나는 것은 아니며 상승과 하강, 선회 같은 움직임에 애를 먹어 평소대로 싸우기는 무리다. 〈비행〉 같은 마법을 쓸 수 있는 상대라면 이쪽의 공격이 닿지 않는 장소를 점할지도 모른다. 검격을 멀리 날리는 무투기가 있지만 효과의 감쇠 같은 것을 생각하면 단기간 내에 승리하기는 어려워질 것이다.

세 아인은 문 안쪽에 들어와 발을 멈추었다.

"──고작해야 인간 따위 상대하는 데 우리가 힘을 합쳐 상황을 해결해야 한다니."

연기 너머에서, 아직 완전히는 모습을 볼 수 없지만, 여유가 느껴지는 목소리가 들렸다.

성검을 쥔 손에 땀이 배어나왔다. 위험이 다가왔을 때 특유의 쓴 맛이 혀 위에 퍼져나갔다.

놈들이 가까이 다가오자 또렷이 알 수 있었다.

짐승과 원숭이는 강자 중의 강자. 팔이 넷 달린 것은 잘 모르겠지만, 나란히 왔을 정도이니 같은 수준. 다시 말해 레메디오스 수준의 존재가 셋이라 보아야 할 것이다.

"거참── 연기가 거치적거리는군. 나 이거야 원!"

휘잉, 바람이 몰아치더니 남아 있던 연기를 모두 날려버렸다.

세 아인의 모습이 똑똑히 드러났다. 선두는 거대한 배틀액스를 든 자.

"역시 조오스티아였어!"

성기사 에스테반의 외침에 레메디오스는 조오스티아? 하고 생각했다. 저 아인의 이름이 조오스티아인가?

"호오……? 아니, 알고 있어도 이상할 거 없지."

짐승이 씨익 웃음을 짓고 말을 이었다.

"그렇다고는 하지만 박식한 너는 살려주마. 이 몸이 얼마나 강한지 더 많은 놈들에게 알릴 수 있도록 말이야."

"히히히. 비저 장군, 제멋대로 굴면 얄다바오트 님께 꾸지람을 들을 걸세. 무기를 버리면 포로로 삼아주겠다는 정도라면 또 몰라도."

조오스티아에게 말한 것은 원숭이처럼 생긴 아인이었다.

레메디오스는 전혀 이해하지 못하고 물음표를 지으며 누구에게랄 것도 없이 물었다.

"조오스티아? 비저? 조오스티아 비저? 비저 조오스티아?"

이놈의 이름은 뭐냐는 질문이었으나, 본인은 그렇게 받아들이지 않은 듯했다. 기분 좋게 웃음을 터뜨렸다.

"크하하하하! 그렇게 불러주는 건 나를 종족 대표라 판단했기 때문인가? 인간 놈들도 제법 보는 눈이 있는데!"

"그냥 빈말일세, 비저 장군."

왼쪽 뒤에 있던 팔 넷 달린 아인이 빈정거리듯 말했다.

"그, 그렇다. 나는 어디까지나 빈말을 했을 뿐이다, 비저."

종족이 어쩌고 하는 말을 들으니, 레메디오스도 자신이 근본적인 착각을 했음을 눈치챌 수 있었다.

그러자 비저라 불린 아인이 불쾌한 표정을 지었다.

"흥. 나를 즐겁게 해 준 놈이라면 목숨 정도는 살려달라고 그분께 부탁드리려 했더니. 나중에 후회해도 모른다."

"누가 후회한다고. 너야말로 우리와 싸운 것을 저세상에서 후회할 거다."

"히히히, 팔팔한 아가씨로고. ……아가씨라 불릴 만한 나이가 맞나? 다른 종족의 나이는 영 모르겠거든……."

"아무렴 어때. 아마 그렇겠지."

말은 장난스럽지만 아인들도 나름 진지한 태도였다. 종족의 차이란 그런 것이다.

"그러면 인간 아가씨, 자기소개를 좀 해 주시게나. 나는 하리샤 앙카라라고 하네. 그리고 이쪽의 소개는 이미 필요 없을 것 같네만, 비저 라잔다라 장군. 그리고 마지막으로 이쪽이 나스레네 벨트 퀼 장군이라고 하네."

"그 이름은! '백로(白老)'와 '빙염뢰' 인가!"

성기사 사비카스가 놀라 외쳤다.

"큭큭큭큭큭, 우리 이름이 인간 놈들에게까지 널리 알려진 모양이로고. 하지만 병아리는——."

"——인간. 나에게는 그러한 별명이 없나?"

"비저 라잔다라라는 이름은 들어본 적이 없다. 하지만 비슷한 배틀액스를 가진 조오스티아 중에는 유명한 자가 있지. '마조'다. 마조 바주 산딕나라."

"그건 우리 아버지다."

비저가 흥 코웃음을 쳤다.

"내가 마조의 계승자, 비저 라잔다라다. 마조란 별명을 들으면 내 이름을 떠올리도록 만들어야겠군."

"히히히. 그러면 인간 대장은 비저 장군께 맡기도록 할까?"

"그것이 좋겠구먼. 멀리 떨어진 곳에서 마법으로 해치울 게 아니라 상대의 눈앞에 모습을 보여야 하느니 어쩌느니 하는 것을 강행했으니, 그 정도는. ——솔직히 전부 나 혼자 상대하고 싶은 참이네만."

"히히히. 협력해 해결하라는 명령 아니었나?"

"늙은이한테는 영 귀찮은가 보지? 난 상관없다만?"

"쯧!"

혀 차는 소리를 낸 네 팔 아인, 나스레네가 무시무시한 표정으로 비저를 노려보았다. 이대로 내버려 두면 자기들끼리 싸우지 않을까 싶을 정도로 강한 적의가 느껴졌다.

"자, 그러면. 나는 정말 혼자서도 상관없다만——."

비저가 레메디오스를 노려보았다.

"그 전에 네 이름을 들어야겠다. 어중이떠중이의 이름을 들어봤자 의미도 없겠지만, 네 검은 제법 명검인 것 같으니."

"레메디오스 커스토디오."

비저와 하리샤가 표정을 바꾸었다. 각자 다른 의미에서.

비저는 강한 상대를 만났다는 피에 굶주린 웃음. 하리샤는 놀라움이었다.

나스레네는 얼굴을 움직이지 않았다.

"너였군. 네가 레메디오스 커스토디오. 이 나라 최강이라 불리는 성기사. 하하! 이거 좋구만. 너를 죽이면 내 명성이 널리 퍼지겠지. 성왕국 최강의 성기사를 쓰러뜨린 조오스티아. 마조의 이름을 새로이 계승한 자로서 말이야."

"흐음, 그렇다면 그것이 성검인가? 흐음~. 이보게, 비저 장군. 상대를 바꿔줄 마음은 없나? 만일 바꿔준다면 내 우리 아이들을 시켜 그대의 무훈을 널리 퍼뜨려줌세."

나스레네의 말에 두 아인이 즉시 반응했다.

"히히히. 그래놓고는 저 성검을 바치고 대신 얄다바오트 님께 2세를 조를 속셈이겠지?"

"흥, 상대는 이미 내가 하기로 정해졌을 텐데? 네가 나설 차례는 없다."

"──악마의 새끼를 조른다고? 구역질이 나는군."

흘려들을 수 없는 말에 레메디오스가 솔직한 심정을 입에 담자 나스레네가 어이없다는 표정으로 레메디오스를 보았다.

"절대지배자의 자식을 잉태하는 것이 얼마나 큰 가치가 있는지도 모르다니…… 인간이란 저능한 생물이로고."

"히히히. 아무리 얄다바오트 님이라 해도…… 자기 아이를 낳은 종족은 아껴주시겠지. 그렇게 생각하면 여자는 이득이야."

"흥. 게다가 우수한 아비의 피를 이으면 나름 괜찮은 자식이 ── 아니지."

비저는 가슴을 펴며 말을 이었다.

"나처럼 아버지를 넘어서는 우수한 자식이 태어날 테고── 아, 내가 예외일 수도?"

전장에 있으면서도 세 아인은 위기감이 하나도 없어 보였다. 태평하게 수다를 떠는 모습에 레메디오스는 분노를 활활 태우기 시작했다.

"허튼소리를 지껄이는 아인도 다 있군. 헛수고가 될 장래 걱정이나 하다니. 너의 멍청한 꿈은 여기서 끝날 거다. 아니, 너만이 아니지. 너희 셋 모두."

"히히히, 무섭구먼, 무서워."

하리샤가 팔다리를 버둥거렸지만 무서워하는 기색은 아니었다. 레메디오스에게도 이길 수 있다는 자신을 품기에 보이는 모습이다. 그것을 알기에 레메디오스는 더욱 불쾌감을 느꼈다.

레메디오스는 성기사들에게 큰 소리로 명령했다. 아인들도 듣게 하기 위해서다.

"모두 잘 들어라! 1 대 1 대결이다. 내가 비저를 상대하고, 너희는———."

"그러면 제가."

사비스카가 하리샤에게 향했다.

"그렇다면 제가."

에스테반이 나스레네 앞을 가로막았다.

"……응? ……나는 전사가 아니라 잘 모르겠지만, 나를 너무 얕잡아 본 것 아닌가?"

"히히히. ……진실인지 허위인지. 방심하지 않는 게 좋을 걸세, 나스레네 장군."

비저가 코웃음을 치는 기척을 느낀 레메디오스는 "간다!" 하고 고함을 질렀다. 분명 이쪽의 성기사 둘이 약하다는 사실을 간파했으리라. 그 사실을 굳이 말하게 해 봤자 유리할 것은 없다.

첫 일격이 중요하다. 뒤에서 마른침을 삼키며 지켜보는 민병의 불안을 불식하는 의미에서도, 상대에게 자신이 강자임을 가르쳐 주는 의미에서도, 호흡 배분을 생각하지 않고 온 힘을 다해 일격을 날릴 필요가 있다.

레메디오스는 성검을 한 손에 들고 비저에게 달려들었다.

비저는 거대한 배틀액스를 휘둘러 맞섰다.

두 무기가 부딪치고, 공기가 크게 진동했다.

후방에 있던 민병들에게서 술렁거리는 목소리가 들렸다. 감탄인지 외경인지 느긋하게 분석할 틈은 없었다. 혼신의 힘을 담은 공격이 비슷한 강타에 튕겨져 나왔으니까.

호각의 일격을 펼친 양측의 무기에 흠집은 없었다.

평범한 무기였다면 조금이라도 날이 빠지거나 일그러졌을 만한 기세로 격돌했다. 다시 말해 비저의 무기도 마법무기라는 뜻이다.

"큭!"

"웃!"

이어서 휘두른 레메디오스의 일격이 비저의 상반신을 살짝 베어 피가 솟았다. 하지만 동시에 배틀액스가 레메디오스의 가슴에 꽂혔다.

마법의 갑옷이 배틀액스의 칼날을 막아주었으나, 충격으로 폐 속의 공기가 남김없이 터져 나와 호흡곤란에 빠졌다.

충격에 뒤로 밀려난 레메디오스와는 달리 비저는 포효와 함께 버티고 서더니 배틀액스를 높이 들고 온 힘을 다해 수직으로 내리쳤다.

받아치기에는 산소가 부족했다. 레메디오스는 성검을 내밀어 배틀액스의 기세를 걷어내듯 낫낫하게 받아흘렸다. 소름 끼치는 검광이 몸 몇 밀리미터 옆을 가르고 지나가 땅에 처박혔다. 한순간 몸이 떠오르는가 착각했을 정도의 충격이 전해졌다.

배틀액스를 땅에 꽂아 무방비해진 비저의 얼굴에 레메디오스는 성검을 꽂았다.

"〈강격〉!!"

"〈요새〉!!"

배틀액스처럼 무거운 무기를 들 시간은 없다고 판단한 비저는 자루에서 한 손을 놓으며 방패로 삼았다. 비저의 오른쪽 위팔에서 선혈이 치솟았다.

그러나 성검이 비저의 얼굴에 닿는 일은 없었다. 그 이유는 두 가지.

하나는 방어계 무투기를 발동시켰기 때문. 그리고 또 하나는 레메디오스의 손이 저려서 온 힘을 낼 수가 없었기 때문이었다.

그렇다면 그대로 팔에 꽂힌 성검을 밀어넣고자 하다가——발에서 내달리는 아픔에 레메디오스의 움직임은 굳어버렸다.

아픔의 원인은 비저의 하반신, 짐승의 몸 앞발이 레메디오스의 발을 후려쳤기 때문이었다. 그리브가 날카로운 발톱의 대부분을 튕겨냈으나 그중 하나가 레메디오스의 다리를 갈랐다.

그때는 이미 배틀액스를 들어올린 후였다.

배틀액스를 휘두르지 못하도록 레메디오스는 한 걸음 더 비저에게 파고들었다. 다리를 움직일 때마다 통증이 느껴졌다.

"〈강격〉!!"

"〈강조(剛爪)〉!!"

비저는 찌르고 들어오는 성검을 능숙하게 배틀액스로 막아냈다.

한편 레메디오스는 강화된 짐승의 앞발이 펼치는 일격을 튕겨나간 성검의 기세를 이용해 그대로 후려쳤다. 비저가 뒤로 물러나면 그 이상의 거리를 좁히고자 파고들었다.

몇 차례, 무투기를 사용한 공방이 되풀이됐다.

서로에게 치명상을 주지는 못했으나 일합이 펼쳐질 때마다 피보라가 솟았다.

레메디오스는 자신이 상대보다 한 수 위임을 확신했다.

'이대로 가면 이길 수 있다!'

마음속에서 환희가 솟았다.

이 강적 셋을 모두 쓰러뜨리면 이곳에 있는 백성들을 무사히 지킬 수 있다. 그렇게 되면 그들도 성왕국에 대한 신뢰를 되찾으리라.

'그 언데드가 나설 차례는 없다!'

전사와 성기사의 차이는, 대충 말하자면 전사가 전열 공격수, 성기사가 전열 수비수라는 점이다. 수치로 표현하기는 매우 어렵지만 전사가 공격 11, 방어 9라 한다면 성기사는 공격 8에 방어 11이 아닐까. 물론 성기사는 마법을 구사하는 능력도 있지만, 전사는 무투기를 다수 배우기 때문에 단순히 비교할 수는 없다. 아무것도 모르는 사람에게 알기 쉽게 설명한다면 그렇다는 뜻이다.

매직 캐스터와 싸울 때는 누가 유리하느냐고 묻는다면, 그것은 성기사다. 신이 내린 수호를 가진 그들은 전사보다도 마법 내성이 강하다. 그렇기에 나스레네가 레메디오스와 동격의 영역에 있는 매직 캐스터라면 그렇게 위협이 되지 않는다.

다음으로는 하리샤가 있는데, 그가 갖춘 장비나 움직임으로 보건대 몽크 계열일 가능성이 높다. 몽크는 매직 캐스터나 시프와는 매우 유리하게 싸울 수 있지만, 성기사 상대로는 성기사가 유리하다. 그렇기에 원숭이도 그리 두려운 적은 아니다.

그렇기에――

'이 비저를 쓰러뜨릴 수 있다면, 세 마리를 모두 물리칠 가능성이 크다.'

계속된 전투 때문에 피로해진 상태로 비저와 싸울지, 멀쩡한 상태로 비저와 싸울지를 비교한다면 물론 후자가 승산이 크다. 그렇게 판단하고 비저에게 싸움을 청했던 것이다. 그것은 잘못된 판단이 아니었다. 다만 오산은──

"어라, 벌써 죽었는걸?"

"히히히. 이쪽도 그렇다네."

──나머지 두 마리에 비해, 성기사가 너무나도 약했다는 점이다.

"뭐라고!"

성기사 둘을 과대평가했거나, 혹은 아인 두 마리의 강함을 과소평가했거나. 혹은 둘 다이거나.

"나한테서 눈을 돌리는 건 모욕인데!"

분노를 담은 검광이 레메디오스에게 날아들었다.

"큭!"

아슬아슬하게 막기는 했지만, 살짝 밀려나가는 바람에 레메디오스에게 유리했던 위치관계가 비저에게 유리한 간격으로 바뀌었다.

"레메디오스라 했지? ……네 앞에 서 있는 건 장래 무명이 널리 퍼질 강자인 바로 나, 비저다. 전심전력을 다해 덤비지 않는다면 몇 초 만에 죽을 거다."

아랫입술을 깨문 레메디오스에게는 다른 전투의 소리가 들려왔다.

"히히히. 이번 성기사는 좀 강하려나?"

"……조금 전과 별로 다를 바 없겠구먼. ……뭐, 전사가 아니라 모르겠지만."

"성기사, 프랑코."

"성기사 갈반이 상대해 주마!"

그러한 목소리에서 겨우 몇 초 만에 금속 갑옷을 입은 자들이 쓰러지는 소리가 두 차례 울렸다.

성기사 프랑코는 좋은 사람이었다. 아직 그리 뛰어난 성기사는 아니었지만, 조화를 중시해 많은 이들에게 사랑을 받았다. 이 장소에 배치됐던 것도 구스타보에게 신뢰를 받았기 때문이었으며, 레메디오스도 그의 성격을 알기에 이 자리의 백성들을 통솔하는 역할을 맡겼다.

성기사 갈반은 최근에 결혼했다고 들었다. 다만 아내는 붙잡혀 가 어디에 있는지 알지 못한다. 한시라도 빨리 구하러 가고 싶은 마음을 꾹 누르고 많은 이들을 살리기 위해 힘을 쏟고 있었다.

그렇게 목숨을 잃기에는 이른 두 사람이 죽은 것이다.

"또 한눈을 파는군!"

비저의 포효와 함께 조금 전보다도 강렬한 공격이 밀려들었다. 레메디오스는 스스로 비저의 품에 파고들어 칼자루에 가까운 위치로 공격을 막아냈다. 그리고 그대로 검을 미끄러뜨렸으며── 비저는 이를 교묘하게 흘려냈다.

"흥. 뭐야, 블러프였냐? 아니면 단련을 거듭해 움직임이 몸에 뱄나?"

그르르르, 비저가 맹수처럼 목을 울렸다. 강적을 경계하는 것이 아니라 환호하는 것이다.

"병아리. 이쪽은 다 끝났다만 그쪽은 아직도 멀었나 보구나. 어때, 도와줄까?"

"웃기지 마라. 이놈을 죽이는 데 너희 손을 빌렸다간 내 무용담에 흠이 가지. 1 대 1로 싸워 쓰러뜨려야 많은 이들의 입에 오르내리는 거다."

"히히히. 비저 장군의 말이 사실이기는 하네. 그럼 어떻게 할까, 나스레네 장군. 저기 있는 인간 방패라도 부수고 먼저——."

"——어딜!"

레메디오스는 눈앞의 비저를 무시하고 무방비한 모습을 드러낸 두 아인에게 달려갔다. 그러나——

"네놈! 상대는 나라고 하지 않았더냐!"

그것은 비저가 용납하지 않았다. 너무나도 큰 허점을 보였으므로 배틀액스로 베는 것이 아니라 발길질을 날렸다. 이를 고스란히 받은 레메디오스는 허공을 날아 방패의 벽에 격돌했다. 충격으로 한순간 호흡이 흐트러졌다.

"히익!"

민병들에게서 공포에 찬 비명이 들렸다.

"한눈팔지 마라, 인간! 진지하게 싸워!"

고함을 지르면서 쫓아오는 비저의 발소리. 저 기다란 배틀액스를 휘두른다면 방패를 든 병사들까지 밀려나, 진형에는 수습할 수 없는 큰 구멍이 뚫릴 것이다.

레메디오스는 균형을 잃으면서도 다리에 힘을 주어 버티고, 반대로 이미 코앞까지 육박한 비저에게 돌격했다.

가능하다면 자신의 역량만으로 비저를 해치우고 싶었다. 나머지 둘을 더 상대하기 위해 아껴놓았던 힘을 쓰기로 결심했다.

성검 사팔리시아가 가진, 하루에 한 번밖에 쓰지 못하는 강력한 기술.

성기사의 〈성격〉을 강화하는 일격을 날리는 것이다.

이 검을 가진 성기사만이 쓸 수 있는 최강의 공격을.

직감은 그러지 말라고 외친다. 하지만 당장 비저를 쓰러뜨리지 않는다면 두 아인에게 많은 백성이 희생당할 것이다.

'나는—— 칼카 님의 마음을——!'

"——!!"

말로 표현하지 못하는 포효를 지르며, 경종을 울려대는 감을 뿌리치고, 마음으로 성검에게 명령을 내렸다. 그와 동시에 〈성격〉을 검에 담아 기동시켰다.

성검에 신성한 빛이 깃들고, 검신의 두 배나 되는 빛이 솟아났다.

이 빛은 악하면 악할수록 눈앞이 캄캄해지는 광채를 뿜는다고 하며, 이 상태에서 펼치는 일격은 회피하거나 방어하기 어렵다고 한다. '~라고 한다'는 전제가 붙는 이유는, 레메디오스에게는 그만한 광채로 보이지 않기 때문이다.

레메디오스는 성검을 높은 상단으로 들고 온 힘을 다해 내리쳤다.

균형을 잃었던 레메디오스에게서 검기의 궤도를 읽기는 쉬웠는지, 비저는 이를 배틀액스로 여유 있게 받아 밀어내려 했다. 그러나——

"————!!"

레메디오스는 다시 목소리를 이루지 못하는 포효를 터뜨리며, 성검과 배틀액스가 맞물린 상태에서 그대로 아래를 향해 힘을 주었다.

힘으로 검을 상대에게 닿게 하려는 것이 아니다.

왜냐하면── 검에 깃든 빛은 그대로 레메디오스가 내려치려 하던 궤도를 따라가듯, 배틀액스를 지나쳐, 비저의 몸을 빠져나갔던 것이다.

성검 사팔리시아의 기술.

방어와 장갑을 무시하는 성스러운 파동이다.

아무리 단단한 갑옷도, 비늘도, 외피도 무의미하다. 마법의 무구조차 투과하므로, 무기나 방패로 받아내려 했던 자는 결코 피하지 못하는 비장의 수다.

받아내지 않고 피했다면 빛의 파동은 명중하지 않았겠지만, 광휘로 눈이 먼 상태에서 레메디오스의 검격을 회피할 수 있을 리는 없다.

빛의 파동이 빠져나가고, 검에 깃들었던 성스러운 빛이 사라졌다.

그러나── 레메디오스는 눈을 크게 떴다.

틀림없이 직격했어야 하는데, 비저에게는 전혀 타격을 입은 기미가 없었던 것이다.

"……뭐지? 화려한 기술이다만…… 거의 아픔도 없는걸. 그냥 보기에만 요란했던 거냐? 놀라기는 했는데……."

레메디오스는 경악했다.

'이 자식은── 악의 위상이 아니야!'

이 일격은 악이면 악일수록 효과를 발휘한다. 그러나 반대로 악이 아니라면 그리 대미지를 입지 않는다. 선의 존재가 상대라면 아무것도 하지 않은 것과 다름없다. 다시 말해 대미지를 입지 않은 비저는, 선은 아니라 해도 악 또한 아니라는 뜻이다.

'사람을 고통에 빠뜨리면서! 우리나라에 쳐들어왔으면서, 악이 아니라고!'

"히히히, 어마어마한 빛이었는데. 비저 장군, 정말로 다친 데는 없나?"

눈을 깜빡거리며 하리샤가 물었다.

"눈부시구면……. 아직도 눈이 가물거리는 것이."

나스레네가 투덜거렸다.

실수했다──. 역시 이 일격은 비저에게 써서는 안 되는 것이었다.

비저는 팔다리를 움직이며 자신의 몸에 이상이 있는지를 알아보더니 어깨를 으쓱했다. 무방비한 듯했지만 레메디오스가 보기에 빈틈은 없었다.

"……어마어마한 빛? 잘 모르겠다만, 별것 아니었는데?"

"……비저, 그대에게 조금 놀랐다. 그 일격을 받고도 무사하다니…… 내 그대를 과소평가했는지도 모르겠군."

"흐하! 이제야 알았나? 하하하! 그건 그렇고, 인간. 내 들러리 역할은 충분히 해 주었다. 항복한다면 괴로움 없이 죽여주마."

"쓸데없는 농담 집어치워! 아직 승부는 나지 않았다!"

검을 들고 세 마리의 아인에게 고함을 질렀다.

그렇다. 레메디오스는 아직도 싸울 수 있다. 상처가 난 곳에 손을 대고 치유의 힘을 발동했다. 어렴풋한 온기가 아픔을 씻어주었다.

'악이 아니라면, 성기사의 특수기술은 대부분 쓸 수 없겠지만…… 저쪽 두 마리는 눈이 부시다고 했으니, 저놈들에게 싸울 때를 위해 남겨놓으면 된다.'

비저에게는 단순한 기사로서 싸우면 그만이다.

"히히히. 그러면 비저 장군, 그쪽은 부탁하겠네. 우리는 뒤에 있는 인간들을 사냥하지."

"뭐라고! 이 비겁한 놈!"

불러온 성기사는 모두 죽어버렸다. 민병은 절대로 놈들을 막지 못한다.

"그렇게 놔둘 것 같으냐!"

레메디오스는 뒤로 물러나며 세 마리의 아인을 동시에 상대할 수 있는 위치로 움직였다.

"우리 셋을 동시에 상대하고 싶은 모양이네만, 비저에게 맡기겠다고 해서 말일세."

"히히히. 우리의 목적은 이 도시에 있는 인간을 적당히 소탕하는 것이라네. 자네 하나만 상대할 수는 없지. 나스레네 장군, 자네의 힘으로 뒤에 있는 놈들을 치워주는 건 어떻겠나?"

"그렇구먼……."

나스레네가 네 개의 손 중 세 개에 마법의 힘을 담았다. 그것은 하나가 얼음, 하나가 불, 하나가 번개였다.

"젠장!"

레메디오스는 여자 아인에게 달려가려다――

"아까부터 계속 말했을 텐데! 네 상대는 나라고!"

──포효와 함께 옆에서 수평으로 날아든 배틀액스를 검으로 받고 멀리 날아가버렸다.

상황이 이렇게 되면, 레메디오스도 비저를 상대하며 나스레네를 대처하기란 불가능하다는 사실을 이해할 수 있었다. 나스레네에게 달려갈 수는 있지만 그녀의 공격을 한 번 막는 대신 비저에게 무방비한 몸을 드러낼 것이다.

'불가능하다고…… 누가 인정할까 보냐! 불가능하다는 말은 변명이다!'

레메디오스는 민병의 신음을 듣고 스스로를 다잡았다.

공포를 앞두고 도망치지 않은 채 자신을 믿어 준 자들에게 부끄러운 모습을 보일 수는 없었다.

누구 하나 우는 사람이 없는 나라── 칼카의 이상을, 자신은, 자신만은 포기할 수 없었다.

"민병! 전원 후퇴!"

지시를 내린 것과 함께 레메디오스는 각오를 다졌다.

'일격 정도는 맞아도 죽지 않는다. 〈요새〉를 쓰면서 저 여자아이에게 돌진하는 거야!'

달려나온 레메디오스를 보고, 무슨 착각을 했는지 비저가 웃었다.

"호오, 각오했나 보군. 그렇다! 너의 모든 것을 다 꺼내 싸우는 거다! 전설에 남을 만한 대결로 만들자!! ──〈결투선언〉!"

"──뭐?"

고오오오…….

비저에게서 무언가 특별한 힘을 가진 포효가 솟았다. 나스레네에게 방향을 돌리려 하던 레메디오스의 다리가, 미친 것처럼 비저에게 돌격을 이어나갔다. 발만이 아니라 검도 의식도 시선도, 비저에게만 쏠려 다른 곳으로 돌릴 수가 없었다.

"──〈화염구〉."

제3위계 범위 공격마법이 레메디오스의 옆을 지나 민병들에게 엄습했다. 레메디오스라면 맞고도 견딜 수 있을 만한 마법이지만 민병에게는 치명적인 마법이──

"──〈해골벽Wall of Skeleton〉."

민병대 앞에 해골로 이루어진 이형의 벽이 생기고, 〈화염구〉가 벽에 부딪혀 사라져버렸다.

누군가가 놀라 고함을 질렀다. 처음에는 이해할 수 없는 사태가 일어났다는 것에 대해.

그러나 그 감정은 서서히 바뀌어갔다. 해골로 이루어진 끔찍한 벽 위에, 중력이 느껴지지 않는 움직임으로 사뿐히 내려앉은 그림자를 보면서.

일말의 치열함도 없이, 전장에는 어울리지 않을 정도로 우아하게, 그 존재가 말했다.

"전장의 상례라고는 하나 3 대 1이라니 차마 못 봐 주겠군. 내가 참전해도 문제는 없겠지?"

목소리의 정체는 언데드.

그 인물을 모르는 인간은 이 도시에 없다. 마력회복을 위해 참전을 거부했던 것으로 알려진 자.

아인즈 울 고운 마도왕, 본인이었다.

와아아아아!

땅을 뒤흔드는 듯한 환호성이 벽 너머에서 울렸다.

레메디오스는 검을 든 손을 꽉 쥐었다.

"뭐, 뭐냐, 저놈은?"

"……저 모습, 아마도 엘더 리치겠지. 피부가 없는 타입도 있다고 들었으니. 허나…… 엘더 리치 따위에게, 나의 마법을 막을 만한 힘이 있다니? 로브가 훌륭한 것을 보니, 저것 때문인가? 아니면 사역하는 주인이 강대한 힘을 가졌나?"

아인들의 목소리가 귀에 들어오질 않았다. 소리는 들어오지만 의미를 알 수 없었다. 레메디오스의 머리는 지금 격렬한 증오를 억누르는 것이 고작이었기 때문이다. 앞에 선 비저에게 무방비하게 몸을 드러내고 있다는 사실조차 마음에 두지 못했다.

'――――아아아아아아아아아아아!!!! 어째서 저놈이 나오는 거냐! 어째서 저놈이 환호성을 받아야 하는 거냐! 어째서! 어째서! 지저분한 언데드인 저놈이이이이이!!'

위험한 상황에 도움을 받았으니 당연한 반응이라고 말하는 냉정한 레메디오스도 머릿속 한구석에는 존재했다. 하지만 그 이상으로 언데드에게 환호하는 민병들을 용서할 수 없었다. 눈을 돌려보면 방패가 되어 죽어갔던 성기사들의 모습이 보인다.

'너희의 방패가 되어 싸웠던 자들이 아니라, 뒤늦게 나타난 놈에게 갈채를 보내다니!!!'

투구를 벗어 내동댕이치고, 땅을 내리치고, 머리를 쥐어뜯으며 굴러다니고 싶을 정도였다.

분노를 필사적으로 억누르며, 해골의 벽 위에 선 언데드에게 물었다.

"──뭐 하러 왔소."

마도왕이 우뚝 몸을 멈추었다. 그리고 공허한 눈구멍에 떠오른 진홍색 불꽃이 아인에게서 레메디오스에게 향했다.

"……뭐? 하러 왔냐고? ……도와주러 왔네만?"

"……그렇군."

왜 더 일찍 오지 않았지? 성기사들이 죽을 때까지 기다렸던 거겠지. 백성들 앞에서 폼을 잡고 싶으니까!

그런 생각을 말로 내뱉고 싶어졌다. 그러나──

"그렇다면, 이 자리를 맡기겠소."

부탁한다는 말은 할 수 없다. 하고 싶지도 않았다.

"벽을 치워주시오."

"음?"

"이 자리를 맡기겠소!"

자신도 모르게 고함을 질렀다가, 꾹 억눌렀다.

"──벽을 치워주시오. 안 되겠소?"

"……그렇지는 않네만."

마도왕의 발밑에 있던 벽이 스윽 사라졌다. 그가 밑으로 떨어지지 않은 것은 〈비행〉이라도 쓰고 있기 때문이리라.

레메디오스는 비저에게 당당히 등을 보였다. 이로써 뒤에서 베여 죽는다면 그건 그거대로 좋다. 마도왕도 자신을 지키진 못했다고 비웃어 줄 수 있다.

어떤 의미에서는 자포자기한 심정에 지배당한 것이지만, 유감이라고 해야 할까, 아인의 공격을 받지 않고 민병대 앞까지 돌아갈 수 있었다.

민병들의 눈에 살짝 공포가 어렸다. 자신이 그렇게까지 지독한 표정을 지었던 걸까.

"——이 자리는 마도왕에게 맡긴다! 우리는 전황이 절박한 곳으로 지원을 가자!"

레메디오스가 명령하자 곤혹스러워하는 기색이 감돌고, 민병들은 서로 얼굴을 바라보았다.

"따르지 않겠단 거냐!"

레메디오스가 노려보자, 민병 하나가 중얼중얼 말했다.

"아, 아, 아뇨. 그것이 아니라…… 마도왕 폐하 혼자서……."

"마도왕은 강하다! 그렇지 않나! 그렇다면 저 정도는 문제없겠지! 가자!"

*

레메디오스는 몇 번이나 이쪽을 돌아보는 민병들을 이끌고 자리를 떴다. 다른 전장으로 가겠다고 하며.

사람이 아무도 없는 휑뎅그렁한 공간을 바라보며 아인즈는 혼자 중얼거렸다.

"어? ……저게 진짜 나한테만 맡기고 앉았네."

지금 막 일어난 사태가 너무 어처구니없어, 아인즈는 자기도 모르게 원래 성격을 드러내고 말았다.

'보통은 함께 싸우자거나 하는 장면이 나와야 하는 거 아냐? 아니 그보다, 도와주러 온 사람한테 전부 맡기겠다니? 하다못해 몇 번은 사양하는 척하면서 이 자리를 맡겨도 되겠냐고 물어보고 그러지 않나⋯⋯? 도와줬는데 고마워하지도 않고? 어떻게 된 거야?'

울컥하는 기분이 솟아났다. 하지만 격노는 아니었으므로 감정이 억제될 정도도 아니었다. 분노가 스멀스멀 마음을 태우는 정도였다.

누군가의 실수로 잔업을 하게 됐는데, 정작 본인은 볼일이 있으니 먼저 퇴근하겠다는 소리를 들었을 때의 그런 기분이었다. 아니──.

'그때의 분노는 더 컸지. 나도 위그드라실 해야 하는데⋯⋯. 길드의 스케줄이 있는데 나만 늦으면 다른 사람들에게 민폐를 끼치게 되잖아? 사회생활이 원래 그런 거라고 다들 웃으면서 용서해줬지만⋯⋯.'

스멀스멀 타오르던 분노에 연료가 더해져 업화로 바뀌었다. 그리고 억지로 진화됐다.

"흐음⋯⋯ 분노는 억제됐다만, 그래도 기분은 좋지 않군. 저렇게나 예의 없는 행동을 본 것은 처음이었다."

'닥쳐라'라는 노성을 듣기도 했지만, 그때와는 상황이 다르다. 우선 아인즈는 이 전투에 참가하지 않는 데에 양해를 얻었으며, 그러고도 원군으로 달려왔던 것이다. 상식이 있다면 다른 대응을 했어야 하지 않을까.

이제까지 아인즈가 만났던 인물들은 나름대로 예의를 갖춘 자들이었다.

그렇기에, 더더욱 화가 났으리라.

좀 더 냉정히 기억을 돌이켜보면 스즈키 사토루 시절에는 레메디오스 같은 인물도 몇 번인가 만났던 것 같다. 그렇다 해도 위로는 되지 않았다.

아인즈는 눈을 부릅뜨고 세 아인을 노려보았다.

모두 이놈들 잘못이라는 양.

분풀이라는 것도 잘 안다.

원래 같으면 위험한 상황에 도와주었으니 레메디오스의 호감도는 급상승해 지난 무례를 모두 사죄하며, 아인즈를 위해 여러모로 애써주어야 마땅하다. 그렇기에 그녀가 위태로워질 때까지 상공에서 〈완전불가지화Perfect Unknowable〉를 써서 상황을 관찰하다가 위험해졌을 때 구한 것이다.

그 결과가 이것이다.

이 결과만은 도저히 이해할 수 없다.

만약 회사에서 팀 내의 할당량을 달성하지 못한 채 월말을 맞았을 때, 누군가가 부족한 할당량을 대신 채워 줬다면 그 사람에게 고마운 마음이 가득해야 마땅하다. 게다가 그 사람은 개인 할당량을 이미 완수했는데도 휴가를 반납하면서까지 채워 주었다면.

상공에서 전장을 부감하며 전모를 파악했다. 이 전장보다 더 위험한 곳도 다수 있었다. 계속 자신을 노려보던 소녀가 위험하다는 것도 알았다.

그럼에도 이곳으로 온 이유는, 은혜를 베풀어 주려면 닭의 꼬리보다는 소의 머리—— 성왕국 성기사단의 단장이라는, 가장 지위가 높은 인물을 택해야 한다고 판단했기 때문이다.

하지만——.

"역시 조금 불쾌하군."

아인즈가 자기도 모르게 중얼거리자, 귀에 거슬리는 웃음소리가 들려왔다.

"히히히. 다들 버리고 갔으니 말이야. 히히히. 불쌍하군, 불쌍해."

"엘더 리치. 그것도 매직 캐스터로서 제법 힘을 기른 개체로구먼. 주의가 필요할 게야. 벽을 만든 마법은 모르겠지만, 그럭저럭 고위 마법일 테지."

"흥. 그래봤자 매직 캐스터잖아? 전의가 무뎌지는걸. 역시 전설로 남으려면 전사를 꺾어야지."

세 아인이 제정신을 차렸는지 저마다 무언가 한 마디씩 했다. 그중에서 아인즈가 눈을 돌린 것은 웃음소리를 낸 것으로 보이는 원숭이 같은 아인이었다.

"히히히. 뭐 어떤가. 저놈을 죽이고 그 다음에——."

"——닥쳐라."

아인즈는 그 말을 가로막으며, 무영창화한 제8위계 마법 〈죽음Death〉을 날렸다.

원숭이 아인은 굳어버린 듯한 웃음을 지은 채 천천히 허물어졌다.

"……어? 뭘 한——."

"——닥치라고 했을 텐데."

다시 아인즈는 마법, 무영창화 〈죽음〉을 날렸다.

마찬가지로 다리가 넷 달린 아인 또한 쓰러졌다.

"어? 어? 뭐? 뭐가? 대체?"

마지막으로 남은 여자 아인은 무슨 일이 일어났는지 이해하지 못한 듯했으나, 그래도 누가 일으킨 현상인지는 이해한 듯했다.

"그, 그대가 한 짓인가? 이 둘을, 순식간에······?"

그녀의 얼굴에는 공포라는 감정이 강하게 새겨져 있었다. 그리고 몸은 크게 떨렸다.

"그래그래."

여자 아인에게도 아무렇게나 무영창화 〈죽음〉을 날렸다. 하지만.

"──음?"

죽지 않는다. 아인즈의 〈죽음〉을 막아냈다.

그 사실을 안 순간, 아인즈의 생각은 순식간에 바뀌어 전투 모드라 부를 만한 정신상태로 바뀌었다.

종족적인 특징으로 막았을까? 마법을 펼쳤나? 혹은 그냥 저항했나? 매직 아이템으로 방어했나? 아니면 무언가 다른 이유가 있었을까.

만에 하나의 우연일 가능성도 없지는 않지만, 자력저항은 있을 수 없다고 봐야 한다. 이 셋의 전투는 계속 관찰했다. 그것이 전부라고 생각하진 않아도, 아인즈의 마법을 정면으로 막아낼 힘이 있으리라고는 생각할 수 없었다.

그러면 왜? 그렇게 생각해 보면, 역시 지금은 경계하고 적이 먼저 수를 쓸 때까지 기다려야 한다.

게다가 이곳에서만 얻을 수 있는 정보가 있을지도 모른다. 아인즈의 주특기 공격을 막아낸 상대의 카드를 볼 수 있다면 보고 싶었다.

"흐음. ……무엇을 했는지는 아무래도 좋다. 쓸데없는 일에 시간을 빼앗겼군. 이럴 줄 알았다면 그 여자는 죽게 내버려 두고 다른 곳을 도와주러 갔으면 좋았을 것. 그 여자와 함께 싸웠다면 고전하면서도 이겼다는 연기를 하기 위해 좀 더 시간을 들여 좋은 승부를……."

눈앞에는 주절주절 떠드는 언데드.

'이 언데드는 뭐지? ……언데드가 인간 편을 들 리가 없다. 네크로맨서에게 지배당하고 있을 텐데? 하지만 어떻게 저렇게 강할 수가…….'

무엇을 했는지는 전혀 알 수 없었지만, 아무튼 자신과 동격의 전사를 순식간에 죽여버렸다. 그런 언데드를 지배할 수 있단 말인가?

저 손가락을 들이대면, 이번에는 자신에게 죽음이 찾아온단 말인가.

그런 일이 가능한 자는 마황 얄다바오트 이외에 그의 측근인 대악마 정도밖에는 모른다.

'──그럴 리가 없다! 그분들께 비견될 언데드를 지배하다니, 신이나 다름없지 않은가! 그런 네크로맨서가 있을 리 없어!'

인간의 나라에 그만한 네크로맨서가 있었다면 아인연합이 이곳까지 침공하지도 못했을 것이다.

'도망쳐? 여유를 보이는 이 틈에 도망칠까? 무리일까?'

그녀에게는 편리한 도주용 마법이 없었다. 그런 궁지에 몰린 적이 없어 필요성을 느끼지 못했기 때문이다.

'그렇다면! 살 길은 앞밖에 없겠지!'

"아아아아아아아아!!"

자신의 마음을 고함으로 분기시키며 그녀는 떨리는 입술로 마법을 발동했다.

마력계 제4위계 마법 중에 〈백은기사창Silver Lance〉이라는 것이 있다. 물리계 마법이지만 은 속성효과가 있으므로 은에 약한 적에게는 매우 강력한 파괴력을 지닌다. 게다가 관통이라 불리는 특수한 효과를 가져, 갑옷을 입지 않은 상대에게는 더 많은 피해를 입힌다. 다만 갑옷이 있을 경우 대미지가 경감된다는 디메리트도 있다.

그런 강력한 마법에 독자적으로 변화를 주어 만든 마법이 바로 그녀의 비밀병기.

불 대미지를 입히는 〈소염기사창Burn Lance〉.

얼음 대미지를 입히는 〈빙장기사창Freeze Lance〉.

번개 대미지를 입히는 〈뇌폭기사창Shock Lance〉.

이 세 가지 마법은 속성 대미지만으로 구성됐으므로 갑옷으로는 대미지를 경감할 수 없으며, 여기에 관통 효과는 남긴 흉악한 능력을 가졌다.

당연히 흉악함에 걸맞게 제4위계를 아득히 넘어서는 마력을 소모한다.

그런 대마법——그녀에게는——을 동시에 세 발 발동시킨다.

하나여도 상당한 마력을 잃는 마법을 동시에 셋. 동시발동 자체에 마력을 많이 소비하는 점과도 맞물려, 빨려나간 마력에서 오는 충격 때문에 그녀는 한순간 정신이 아득해지는 듯한 부유감을 느꼈다.

"죽어라아아아아아!!!"

세 개의 창이 언데드에게 날아가고——모두 사라졌다.

"——어?"

눈앞에서 일어난 일을 이해할 수 없었다. 대미지를 입고도 견뎌냈다면 그나마 이해할 수 있다. 하지만——아무 일도 없었던 것처럼 창이 사라진 것이다.

"어? 어? 뭐? 뭐야?"

"……시간을 준 결과가 이거라니. 이것이 비밀병기렷다? 흐음. 경계를 위해 너에게 한 수를 양보할 필요도 없었구나. 그렇다면 시간이 없으니. 냉큼 죽어라. 〈마법 최강화Maximize Magic: 현단Reality Slash〉."

5

칠흑의 세계가 있다
자신이 무엇인가, 하는 것을 알 수 없다
눈을 뜨고 있는 듯하면서도——눈이라는 것을 알 수 없다
칠흑이라는 의미도, 세계라는 의미도 알 수 없다
왜냐하면 그런 것이 떠오르는지도 알 수 없으니까
아무것도 알 수 없으니까

사라져 간다

사라진다는 것이 어떤 것인지도 알 수 없다

하지만 사라져 간다

그러나, 문득, 무언가에 붙들린 감각이 들었다

위로, 아래로, 우로, 좌로, 한복판으로, 어딘가로——

끌어당기는 상대는 완결된 세계

동료가 만들어낸 것으로 완결된 가엾은 자

그 이상의 보물은 없다고 생각을 닫아버린 자

그리고—— 흰 폭발로 섬광이 세계를 물들였다

크나큰 상실감——

하나에서의 이탈——

네이아 바라하는 눈을 연신 깜빡이며 뿌연 시야를 원래대로 되돌리려 했다.

무슨 일이 있었던 것도 같지만, 아무 기억도 나지 않았다. 그래도 자신은 아인과 싸우고 있었을 텐데. 어떻게 된 걸까.

"……위험할 뻔했군."

조용한 목소리가 들리고, 네이아는 날카로운 눈을 돌렸다.

그것은 어둠처럼 보였다.

어린이가 두려워하는 어둠이 아니다. 피로에 찌든 이가 안식을 얻을 것 같은 어둠.

마도왕 아인즈 울 고운이었다.

"폐, 하……."

네이아는 자기도 모르게 손을 뻗었다. 불안한 어린아이가 부모에게 손을 내밀듯——.

"네이아 바라하. 억지로 움직이려 하지 마라. 이곳은 나에게 맡기고 쉬거라."

뒤에서 아인들이 마도왕에게 필사적으로 공격을 가하는 것이 보였다. 검으로 찌르고, 베고, 주먹질을 한다.

하지만 마도왕은 상대도 하지 않았다. 아무 일도 없는 것처럼 네이아에게 자상하게 말을 건다.

네이아의 뇌리에 버저와 싸웠을 때의 광경이 떠올랐다.

그런 마도왕은 로브 자락에 손을 넣고 조금 망설이는 기색을 보이더니, 독살스러운 보라색을 띤 포션을 내밀었다. 포션이라고 하면 보통은 푸른색인데.

그런 포션을 뿌려주는데도 네이아에게는 별 생각이 없었다. 마도왕이 하는 일은 분명 옳을 테니까.

실제로 그 예상은 옳았다. 네이아의 몸에 뿌려진 보라색 액체는 네이아의 상처를 눈 깜짝할 사이에 치유해 주었다. 마도국은 포션의 색깔부터 다른 모양이다.

"완쾌와는 거리가 멀다만, 그 전에 피로를 회복하고—— 거성가시군. 쯧. 민병은 궤멸…… 저쪽에는 있는 모양이구나. 그렇다면……."

마도왕이 등 뒤에서 계속 공격하는 아인들을 돌아보았다.

지금 이 순간에도 전투는 이 도시 곳곳에서 일어나며, 1초마다 인간의 목숨이 스러져가고 있을 것이다. 하지만 이 순간만은 네이아도 그런 사실을 잊고 말았다. 자신을 지키기 위해 선 마도왕의 늠름한 뒷모습에 눈길을 빼앗겼다.

아인의 대군에 대한 불안이나 걱정, 그러한 감정은 이미 어디에도 없었다.

그것은—— 네이아가 바라던 모습이었다.

'여기 계셨구나. 그렇구나……'

네이아는 이제까지 자신이 품었던 의문에 대한 완벽한 해답을 얻었다고 확신했다.

마도왕이 아무렇지도 않게 마법을 날렸다.

눈부신 벼락이 시벽 위를 내달렸다. 〈연쇄용뢰Chain Dragon Lightning〉라는 마법이라고 했다.

시벽에 있던 아인은 모조리 소탕됐다. 이곳에서 사투가 있었다고는 여겨지지 않을 만큼 허망한 토벌이었다.

"전, 부…… 쓰러뜨리……셨, 나요?"

"아니, 조금 떨어진 곳에서 싸우던 자들이 있었으니 그쪽은 말려들지 않게 해 두었다. 그러니 전부는—— 〈소이Napalm〉. 음…… 이제는 전부다. 다음에는 이곳으로 올라오는 어리석은 놈들을 끝내야겠지. 〈마법 효과범위 확대화Widen Magic: 해골벽〉."

외측, 아인의 군세가 있는 쪽의 시벽에 추가된 것처럼 해골로 이루어진 벽이 우뚝 솟아났다. 시선이 차단되어 건너편은 보이지 않지만 사다리를 타고 올라오던 아인들이 비명을 지르는 것이 들렸다. 그리고 추락해 대지에 격돌하는 소리.

"이제는 포진 중인 군세를 해치우는 일이 남았다만…… 그건 이곳에 오기 전에 언데드를 보내놓았으니, 언젠가 정리되겠지."

그렇게 말하며 다른 포션 병을 꺼낸다. 조금 전의 것과는 전혀 다른, 매우 아름답고 섬세한 병이었다. 안에 든 포션의 효능은 알 수 없지만 매우 값비싼 것임은 한눈에 알 수 있었다.

"갠, 차, 슴미다, 폐하……."

"……사양하지 말거라. 늦게 와서 미안하다."

마도왕은 눈부신 것처럼 눈구멍 윗부분을 손으로 가리며 병 안에 든 것을 끼얹었다. 조금 전까지 있었던 탈력감이 녹아내리듯 사라졌다. 다만 몸이 나른했다. 자신의 안에서 무언가 깎여 나간 듯한 기분이 들었다. 하지만 그와 비슷할 정도로, 아니, 그 이상으로 몸 한복판에 열기가 고이는 느낌이었다.

이 정도라면 일어날 수 있다. 아직 몸 곳곳이 아파 눈물이 날 것 같았지만, 그래도 도우러 와준 사람 앞에서 이런 실례되는 자세를 보일 수는 없었다.

"관두거라—— 바라하 양. 억지로 일어날 필요는 없다."

일어나려 했지만 어깨를 꽉 눌려 네이아는 다시 누웠다.

"그대로…… 그냥 실려가는 게 좋겠구나. ——여봐라, 이쪽 이다!"

민병을 부르는지 마도왕이 손을 흔들었다.

그때 문득 네이아는 깨달았다. 감격하는 바람에 반드시 물어 봐야만 할 내용을 묻지 못했다.

"폐하, 괜찮으신 겁니까? 저희를 구하러 오셔도. 얄다바오트 와 싸우기 위해 아껴두셨던 마력을 쓰시다니."

"괜찮다. 너를 구하기 위해서라고 생각하면 어쩔 수 없는 일 이다."

"폐하……."

가슴에 무언가가 콱 와닿았다.

"저는, 깨달았습니다."

"응? 무얼 말이냐."

마도왕은 네이아의 다음 말을 기다리고 있었다.

"정의란 무엇인지를, 깨달았습니다."

"──그래, 너의 정의를 찾아낼 수 있었구나. 그거 다행이다. ……약자를 지킨다는, 그런 것이냐?"

부드러운 목소리였다. 그러므로 네이아는 자신감을 담아 말했다.

"폐하가 바로 정의이십니다."

한순간 마도왕의 움직임이 멎었다.

"…………응??"

"저는 깨달았습니다! 폐하가 바로 정의임을!"

"…………아, 그렇구나. 피곤하구나. 푹 쉬는 게 좋겠구나, 응? 지치면 이상한 생각을 하게 되는 법이지. 냉정해진 다음에 이불 속에서 발길질을 하고 싶진 않겠지?"

"피곤하기는 합니다. 하지만 그 이상으로 마음은 맑디맑으며, 폐하께서 정의라는 생각은 틀림없다고 확신할 수 있습니다!"

"어, 아니, 그때도 말했다만 나는 정의가 아니라, 그 왜, 정의란 약한 자를 지키는 것이 당연하다거나 하는 마음이나 생각이지, 그…… 뭐냐, 추상개념적? 인 무언가가 아니겠느냐, 보통."

"아닙니다. 힘이 없는 정의는 의미가 없으며, 얄다바오트처럼 힘만을 가져도 정의는 아닙니다. 그렇다면 힘을 가지고 그 힘으로 남을 돕는 등 올바른 일에 쓰는 것이야말로 정의이며, 다시 말해 폐하께서 정의라는 뜻이 되는 겁니다!!"

네이아가 눈을 크게 뜨며 말하자, 마도왕은 갑자기 손바닥을 내밀더니 아이를 재우듯 네이아의 눈을 가렸다. 서늘한 뼈의 감촉에 네이아의 뺨은 오히려 뜨거워졌다.

"⋯⋯⋯⋯음. 너무 큰 소리를 내면 다친 곳이 쑤실 거다. 그 이야기는 나중에 천천히 하자꾸나."

"예! 마도왕 폐하!"

발소리가 여럿 들려서 그쪽으로 시선을 돌리니 달려오는 성기사와 민병의 모습이 보였다.

"마도왕 폐하! 이곳까지 도우러 와 주셔서 정말 감사드립니다!"

"마음에 두지 말게."

대답하며 마도왕은 천천히 일어났다. 떠나가려 하는 왕에게 서운함을 느낀 네이아는 자기도 모르게 마도왕의 로브에 손을 뻗었으나, 너무 부끄러운 짓을 하려 든다는 사실을 깨닫고 꾹 참았다.

"──아니, 마음에 두는 게 좋겠군. 그러니 감사의 뜻으로 무언가를 해다오. 여기 네이아 바라하를 안전한 곳까지 옮겨 주었으면 한다. 이곳에서는 보이지 않지만 아인의 진지에는 내가 만든 언데드를 보내두었다. 한동안은 이 장소를 조금 비워두어도 문제는 없을 것이다."

"마도왕 폐──."

"──네이아 바라하. 그리고 이 나라의 백성들이여. 뒷일은 내게 맡기거라. 최대한 이 도시 사람들을 구하겠다고 약속하마."

마도왕이 둥실 떠올랐다.

"그리고, 미안하지만 거기 아인 세 마리의 시체를 옮겨다 주지 않겠나? 강적이었으니 자세히 알아보고 싶다."

마도왕이 가리킨 곳에는 세 마리의 시체가 있었다. 상당히 지위가 높아 보이는 아인이었다.

"무장과 함께 옮겨다오. 함부로 다루어도 상관은 없지만 아이템을 분실하지 않도록. 그러면 부탁하지."

하늘로 날아오른 마도왕을 배웅하고, 성기사가 네이아에게 고개를 돌렸다.

"종자 네이아 바라하, 너를 이대로 옮기고 싶다만⋯⋯ 들것의 재료가 없으니 조금 어렵겠구나. 일어설 수 있겠나?"

"예, 어떻게든 설 수 있습니다."

네이아는 천천히 몸을 일으켰다. 다리가 떨리고, 체중이 실리면 아픔이 느껴졌다. 민병 한 사람이 부축해 주었으므로 네이아는 그를 잡았다.

시벽에서 아래를 살피자, 서문 부근을 지키던 부대는 이미 사라졌으며 시체 하나 보이지 않았다. 바람에 실려 들려오는 무기 부딪치는 소리는 매우 멀었다. 측탑을 내려가 최단거리로 나아가도 괜찮을 것이다.

하늘로 사라져간 마도왕의 모습을 찾아보고, 그림자도 보이지 않는다는 사실에 아쉬움을 느끼며 네이아는 측탑으로 들어갔다.

＊

도시 내에 침입했던 아인에게 상공에서 공격마법을 퍼부으며, 조금 전에 있었던 일련의 사건을 떠올리고 아인즈는 낯을 찡그렸다.

'——손해가 커. 순서를 크게 잘못 잡았어. 네이아 바라하를 우선시해야 했어. 그 불쾌한 여자보다도.'

레메디오스 커스토디오를 구하러 가는 바람에 네이아에게 가는 것이 늦어지고 말았다. 그 탓에 네이아는 죽어버렸다. 따라서 네이아를 다시 살리기 위해 고위 완드(wand)를 써야만 했다. 네이아의 레벨이 어느 정도인지 알 수 없었으므로, 예전의 리저드맨처럼 재가 될 우려가 있었기 때문이다.

솔직히 말하면 네이아를 소생하는 데 치른 대가와 소생해서 아인즈와 나자릭이 얻을 이익이 걸맞을지는 알 수 없었다. 그렇다고는 해도 대가를 기대하고 레메디오스를 구한 의도가 완전히 실패로 돌아간 이상, 하다못해 네이아에게라도 은혜를 베풀어야겠다고 생각해 부활을 택했는데.

'……소생의 완드는 제7위계 정도만 썼어도 괜찮지 않았을까? ……너무 통이 컸나? 이 반지를 다시 끼우려면 앞으로 한 시간은 걸릴 텐데.'

아인즈는 여덟 개의 반지 중 하나, 오른손 엄지에 끼운 것을 내려다보았다.

링 오브 마스터리 완드(Ring of Mastery Wand).

보스에게서만 드롭되는 울트라 레어 아티팩트다.

마법이 담긴 완드는 해당 마법을 사용하는 계통의 매직 캐스터만이 쓸 수 있다. 예를 들어 제1위계 신앙계 마법인 〈경상치유Light Healing〉가 담긴 완드는 신앙계 매직 캐스터만이 쓸 수 있다는 식이다. 다른 계통의 매직 캐스터도 쓸 수 있게 하려면 스태프(staff)가 되어야 하므로 값이 더 비싸진다.

일부 완드는 어느 플레이어라도 쓸 수 있도록 나중에 패치가 됐으나, 그래도 이번에 네이아를 부활시키는 데 쓴 제9위계 신앙계 마법 〈진정한 소생True Resurrection〉이 담긴 완드는 원래 같으면 아인즈가 쓸 수 없다. 하지만 이 반지가 있으면 그것도 가능하다.

다만 이 반지로 쓸 수 있는 완드는 한 번에 하나뿐이며, 일단 바꾸면 한 시간은 재교환이 불가능하다. 사용과 동시에 마력도 소비하는 등 디메리트도 존재하지만 상당히 가치가 높은 아이템이다.

레어도가 높아 길드 '아인즈 울 고운'에서도 가진 사람은 별로 없었으며, 아인즈가 가진 것은 아마노마히토츠가 게임을 접으며 물려준 것이었다.

'뭐, 그 완드를 쓸 만한 상황은 당분간 없을 테니 마음에 둘 필요도 없겠지. 그건 그렇다 쳐도 지금 깨달았는데, 그녀의 눈을 가려보니 평범하게 존경을 받는다는 느낌이 들던걸. 말 구석구석에서……. 이거 그녀의 신뢰는 얻었다고 봐도 될까? 으음, 어떨지?'

아인즈는 네이아의 반응을 떠올려보았다.

'진심으로 고마워했던 것 같기도 하지만…… 노려보는 것 같

기도 했거든. 얼굴이 무섭다니깐. 선글라스라도 권해 보면 어떨까?'

그런 생각은 했지만 그 말을 꺼내기는 불가능할 거라고 아인즈도 생각했다. 그녀는 자신의 눈매가 사납다는 사실이 마음에 걸린다고 마차 안에서도 말했다.

회사에서 암내가 나는 여성에게 대놓고 "당신 냄새나던데." 하면서 향수를 건네주면 무슨 반응이 돌아올까.

'그동안 쌓였던 존경도 어디론가 사라지고 적의만 남을 것 같지……?'

게다가 아인즈── 스즈키 사토루는 그런 말을 할 수 있을 만큼 강자가 아니었다.

그런 생각을 하다가 아인을 발견한 아인즈는 지상에 범위마법을 퍼부어 섬멸했다. 그런 놈들과 대치하던 민병이 붕붕 소리가 날 정도로 요란하게 이쪽으로 손을 흔든다. 아인즈도 손을 들어 ──원래 같으면 가볍게 손을 드는 정도로 그치려 했지만 거리가 있었으므로 잘 보이도록 크게 손을 들었다── 호응해 주었다.

'그럼 그럼~ 나는 자상한 왕이란다~ 감사하라고~. ……그건 그렇다 쳐도…… 부활 마법은 사람을 미치게 만들거나 이상하게 만들거나 하나? 단순히 텐션이 높아졌던 거라면 좋겠는데…….'

다시 네이아를 떠올렸다.

아무리 생각해도 이상했다. 헤어졌을 때까지는 그나마 평범했는데, 부활했더니 그 모양이었다.

'정신착란? 그거 마법으로 회복될까? 부활에 의한 영향이라고 하면 좀 무서운걸. 시간이 지나면서 인간성이 일그러진다거나 하면 싫은데……'

네이아의 킬러 같은 눈에는 이상할 정도의 기백과 무서울 정도로 형형하게 번뜩이는 광기가 있었다.

'나를 정의라고 착각할 정도였으니 말야. 쉬워서 회복될까……? 아차차.'

아인즈는 시선을 아인의 진지 쪽으로 돌렸다.

반파되어 이리저리 도망치는 아인 사이로 여러 마리의 영혼포식수가 달려나간다. 그러기만 해도 즉사의 오라에 아인이 하나하나 쓰러진다. 그들의 영혼을 먹고, 영혼포식수는 점점 강해진다.

위그드라실이라는 게임에서는 영혼포식수가 나와도 대개 적정 레벨에서 만나므로 플레이어가 즉사당하는 일은 수백 번에 한 번 정도일 것이다. 그렇기에 영혼포식이라는 특수능력이 나와도 사장됐다.

하지만 이번에는 다르다. 그야말로 힘을 발휘할 기회가 온 것이다.

"영혼이라……. 아차, 실험을 하나 해볼걸."

지상으로 급강하한 아인즈는 중위 언데드 작성을 이용해 영혼포식수를 한 마리 만들어냈다.

'가라.'

마음속으로 명령하자 영혼포식수가 즉시 달려나갔다. 그와 동시에 밖에서 아인을 마음껏 유린하던 영혼포식수의 무리에게 명령을 내렸다.

새로 만들어낸 영혼포식수가 먹을 사냥감을 남겨두라고.

시체를 써서 만들어낸 언데드는 시간이 지나도 사라지지 않았다. 그러면 왜 사라지지 않을까?

'만약 육체가 아니라 영혼이 매개체가 되는 것이라면, 어쩌면 영혼을 먹은 영혼포식수는 사라지지 않는 것 아닐까? ……뭐, 해답이 나온다 해도 이용할 수 있을 것 같지는 않지만. 그래도 모르는 것보다는 알아두는 게 좋겠지.'

다시 상공으로 날아올라 도시 내의 안전을 확인했다. 대부분의 아인을 소탕했겠지만 꺼진 불도 다시 보는 것이 좋으리라.

'윽, 그 열 받는 여자가 있군. 무시하자, 무시하자.'

레메디오스에게서 눈을 돌리고 아인즈는 이리저리 날아다녔다.

아인즈가 날면 밑에서는 환호성이 들려왔다. 그곳으로 손을 흔들어 주고, 아인이 없는 것을── 전투가 종결된 것을 확인한 후, 아인즈는 작전사령실로 향했다. 나자릭에는 여러 가지 귀찮은 대화를 끝내고 나서 시간 여유가 생긴 다음에 돌아가기로 했다.

"부디 잘되기를……."

마음속에 압도적인 불안감이 밀려들고, 정신은 강제로 침착해졌다. 하지만 슬금슬금 스며드는 차가운 물 같은 감각만은 남아 있었다.

'〈전언〉으로 데미우르고스에게 나자릭에서 만나자고 말해 둬야지.'

＊

아인즈가 움직이자 승리는 간단했다. 이 도시로 쳐들어왔던 아인을 소탕하고, 그 후 두 가지 일을 마친 다음 아인즈는 자신의 방으로 돌아왔다.

하나는 카스폰도의 방에 찾아가, 나중에 있을 자잘한 일들을 부탁하는 것. 이것은 아인의 진지를 모두 유린한 후 그곳에 남은 식량이나 기타 물자를 ――매직 아이템 이외에는―― 인간들이 노획해도 상관없다는 내용이 대부분이었다.

아인즈가 홀로 아인의 진지를 궤멸시킨 이상, 상식적으로 생각하면 아인의 물자는 아인즈가 차지해야 한다. 익스체인지 박스에 넣으면 나름대로 수입이 될 테지만, 독점하면 기껏 베푼 은혜의 가치가 떨어질지도 모른다. 그렇다면 지금은 손해를 보았다가 나중에 이익을 챙기기로 하고 성왕국 측에 양보한 것이다. 물론 귀중한 매직 아이템이 있을지도 모르므로 이를 넘겨줄 마음은 없었다.

원래 같으면 처음에 아인즈 혼자 적진으로 향해 그곳에서 〈마법적 시력강화 / 마력간파〉와 다른 조사계 마법을 함께 써서 보고 돌아다녔어야 했겠지만, 그렇게까지 할 필요성은 느껴지지 않았다. 왜냐하면 아인의 매직 아이템에 관해서는 이미 데미우르고스가 조사를 마쳤을 테니까. 놓친 것이 있다 해도 나자릭이 위협으로 느낄 만한 아이템은 없을 것이다. 있었다면 훨씬 눈에 띄었을 테고.

그리고 또 한 가지는, 세 아인이 소지했던 아이템을 회수하는 것이다. 아무리 그래도 성왕국 측이 이것을 가로채지는 않았으므로 무사히 매직 아이템을 얻을 수 있었다. 물론 이미 내포된 마력의 양을 통해 어느 정도인지는 상상이 갔지만, 그래도 유별난 것이 있지 않을까 기대하기 마련이다.

아이템을 침대 위에 털썩 놓고 하나하나 마법으로 조사해 나갈까 했지만, 그 전에 해야 할 일이 있었다.

"──자, 그러면!"

일부러 목소리를 냈다.

자신에게 기합을 넣는다는 의미이기도 했지만, 또 다른 의미도 있었다.

〈전언〉을 써서 데미우르고스에게 메시지를 보내기 전에 해두어야 할 일이 있다.

아인즈가 꺼낸 두루마리──데미우르고스 브랜드──로 마법을 기동시키자 토끼 귀가 아인즈의 머리 위에 돋아났다.

그것을 써서 주위의 소리를 들어보았지만, 누군가가 숨어서 이쪽을 살피는 기척은 없었다. 하지만 이것만으로는 안심할 수 없다. 제2위계 〈정적〉 등으로 대표되는 소음 마법이나 도적의 특수기술이 있는 이상, 소리가 안 들렸다고 아무도 없으리라 보는 것은 섣부른 판단이다.

'이렇게 두루마리를 간단히 쓸 수 있는 것도 목장을 경영해 원재료를 쉽게 입수해 주는 데미우르고스 덕이지. 두루마리 작성에 소비되는 돈은 익스체인지 박스에 농작물을 대량으로 투입하면 문제없고. 전부터 생각했던 거지만 나자릭이 제법 원활하게 돌아가는 것 같지 않아?'

〈토끼귀〉와 같은 제1위계 마법은 이 세계에서 일반적으로 팔리는 양피지로도 충분하지만, 조금만 더 올라가면 위그드라실 시절의 재료를 써야만 했다. 그것이 일부 해소된 것이다.

물론 아직은 제3위계까지만 대체하는 수준이나, 그래도 데미우르고스의 활약은 매우 크다. 이제까지의 활약을 생각해 보면 틀림없이 일등공신일 것이다. 다음은 나자릭을 완벽하게 관리해 주는 알베도.

이어서 아인즈는 하위 언데드 작성을 사용해 사령Wraith을 만들었다.

'주위를 돌며, 나를 엿보는 자가 있는지 조사하라.'

명령에 따라, 사령은 문을 열지 않고 방 밖으로 나갔다. 아스트랄체(體)인 사령은 벽 같은 것을 관통하며 이동할 수 있다. 두께에 따른 한계가 있으므로 무한하지는 않지만, 이 가옥의 벽 정도라면 문제가 없다.

아인즈는 마법으로 만들어낸 귀에 신경을 집중했다.

도적이 매우 능숙하게 잠복했더라도, 느닷없이 나타난 언데드, 그것도 공포의 오라를 뿌려대는 상대를 보고 꼼짝하지 않을 수 있겠는가. 게다가 사령에게 발견되지 않을 만한 잠복능력도 필요하다. 물론 하위 언데드인 사령을 속이기는 쉽겠지만, 그런 것들을 모두 동시에 겸비하려면 상당한 실력자라는 뜻이 된다.

그런 자가 있을 리 없다고 아인즈는 판단했다. 만일 그런 인물이 이 나라에 있다면 지난 두 차례의 전투에서 그 인물을 투입하지 않았겠는가.

'나를 경계해 그런 인물을 숨겨두었을 가능성도 없다고 잘라 말하지는 못하지. 그래도 그 여자의 성격으로 보자면 있을 수 없는 일. ……그런 상대가 있었다면 데미우르고스에게서 추가로 정보가 들어왔어도 이상하지 않고.'

'이상하지 않다'고 생각했을 때, 아인즈는 과연 그럴까 의문이 들었다.

데미우르고스가, 아인즈라면 말하지 않아도 이해할 거라고 생각하지는 않았을까.

'……아~ 생각하면 생각할수록 위장이 따끔거리네.'

그런 착각이 있었다면 굳게 마음을 먹고 데미우르고스나 알베도와 한번 이야기해야 할 것이다.

이윽고 언데드가 돌아왔다.

"누군가 있었느냐?"

언데드에게서는 '부정'의 반응이 돌아왔다. 아인즈의 귀도 수상한 소리를 포착하지는 못했다.

"그렇군. 그렇다면 너는 벽에 숨어서 주위를 순찰하며 경계하거라."

벽 속으로 들어가는 언데드를 지켜보고, 아인즈는 마음을 굳게 먹었다.

'그러면 이제 〈전언〉을 발동해야겠다.'

간단한 일이지만 나서는 데에는 큰 결심이 필요했다.

마치 상사에게 꾸지람을 들을 것을 알면서 회사에 돌아가야 하는 영업사원 같은 기분이었다.

하지만 언제까지 이러고 있을 수도 없고, 데미우르고스에게서 먼저 연락이 오면 그건 그거대로 마음이 무겁다.

"가자!"

아인즈는 자신을 격려하며 데미우르고스에게 〈전언〉을 날렸다. 말할 내용은 머릿속에서 몇 번이고 되풀이했으므로 시뮬레이션은 충분하다. 이제는 그대로 말하면 그만이다.

하지만 심호흡하는 시늉으로 긴장을 풀기도 전에—— 정확하게는 〈전언〉을 쓰고 눈을 한 번 깜빡하기도 전에 데미우르고스와 통화가 이어졌다. 너무나도 신속한 반응이었다.

"데미우르고스냐?"

『그렇습니다, 아인즈 님.』

"음."

연습은 몇 번이나 했다. 이제는 그대로 읊기만 하면 된다.

"……보고와 나의 행동에 괴리가 있다는 점을 의문으로 여기지 않을까 하여 연락을 취했다. 네가 하고 싶은 말은 잘 안다만, 자세한 이야기를 위해서는 알베도도 있는 편이 좋다고 생각한다. 속히 나자릭 지하대분묘로 돌아오거라. 나도 즉시 가겠다. 지상에 있는 통나무집에서 만나기로 하자."

『말씀 받들겠습니다. 그러면 알베도에게는 제가 연락하겠습니다.』

"그래, 부탁하마."

곧바로 〈전언〉을 껐다. 그리고 아인즈는 무겁고 긴 한숨을 쉬었다.

'아아, 다행이다. 화내는 분위기는 아닌 것 같았어. 아아, 무서워라.'

우수한 부하에게 꾸지람을 듣는다면 어떡하나 싶어 속으로 엄청나게 겁을 냈던 아인즈는 안도에 쓰러질 것 같은 몸에 힘을 주어 벽을 보았다.

사령의 역할은 끝났다. 프렌들리 파이어가 가능하니 샤르티아처럼 언데드를 파괴해버릴 수도 있지만 함부로 힘을 쓸 것도 없다. 귀환시키는 것도 간단하니까. 참고로 말을 할 필요조차 없으며 머릿속에서 명령하면 그만이다. 그것만으로도 어렴풋이 느껴지는 연결고리는 파괴할 수 있다.

사실 지금은 헤아릴 수도 없을 만큼 많은 연결고리가 에 란텔로 향해 이어져 있다. 그 장소에는 말로 전하지 않으면 제대로 명령을 내릴 자신이 없는 것도 사실이지만, 반면 이 지역에서는 아인즈가 만들어낸 언데드는 매우 적기 때문에 분간하기 쉽다.

'——사라져라. 자, 그러면 일단 나자릭으로 돌아가서…….'

이제부터 매우 무시무시한 일—— '변명'이라고도 '설득'이라고도 할 수 있는 일을 하러 가야만 한다. 남에게 맡길 수 있다면 그러고 싶지만, 그럴 수는 없다. 아니, 이런 일을 어떻게 맡기겠는가.

테이블에 놓인, 아인 세 마리가 남긴 매직 아이템을 만지며 불안을 불식시켜보려 했다.

'후후. 약하고 가치도 별로 없지만, 그래도 이 세계의 매직 아이템을 얻어 기쁘구나. ……판도라즈 액터만큼은 아니지만 나도 매직 아이템 매니아의 기질이 있는 걸까?'

우선 팔이 넷 있던 아인의 매직 아이템을 감정했다. 그중 하나, 팔찌가 바로 아인즈의 즉사마법을 막아냈던 아이템이었으며, 이름은 암밴드 오브 데스가드. 하루에 한 번, 즉사마법에 대한 완전한 내성을 주는 것이었다.

아인즈는 그것을 손안에서 몇 번 만지작거린 다음 책상 위에 놓았다.

'시시하군. 더 좋은 아이템이면 기뻤을 텐데. 그러면──.'

출발할까 생각했을 때, 느닷없이 노크 소리가 들리더니 밖에서 목소리가 들렸다.

"마도왕 폐하, 네이아 바라하입니다."

아인즈는 재빨리 몸가짐을 체크했다. 다음으로는 실내를 둘러보고, 절대강자 마도왕에게 어울리는지를 확인했다. 그리고 천천히 의자에 앉아 왕의 자세 제24번을 취했다.

"──들어오라."

될 수 있는 한 무겁게 말했다. 몇 번이고 몇 번이고 훈련한 결과 낼 수 있게 된 어조였다.

문이 열리고, 부상을 완치한 네이아가 방으로 들어왔다. 그리고 고개를 숙였다.

"입실을 허가해 주셔서 고맙습니다, 마도왕 폐하. 종자의 소임을 다하고자 찾아뵈었습니다."

"흐음. 잘 왔다, 바라하 양. 하지만 오늘은 무리해서 종자 일을 하지 않아도 좋다. 부상은 치유된 듯하나 전투의 피로는──."

'아, 풀렸겠네.' 하고 아인즈는 생각했다. 그때 썼던 포션은 피로와 피폐 같은 것을 완전히 제거해 주는 포션이었다. 혈색이 나쁘고 피부가 거칠어졌던 운필레아가 절찬한 포션이기도 하다.

"아닙니다. 마도왕 폐하의 힘 덕에 종자의 소임을 다하는 데에는 문제가 없습니다. 게다가── 저도 폐하 곁에 있는 것을 매우 기쁘게 여깁니다."

네이아는 생긋 ──아니, '씨이익' 이라고 해야 하나── 웃었다. 적의 혹은 악의가 있을 법한 웃음을 보니 자기도 모르게 긴장해버릴 것 같았지만, 아인즈는 왕의 자세를 무너뜨리지 않았다.

"……그렇구나. 하지만 나는 잠시 마도국으로 돌아가 일을 처리해야만 한다. 이렇게 와주었는데 미안하구나."

"그러신가요……."

실망한 눈치였지만 귀여움이 조금도 없다. 노려보는 것으로만 보인다. 그러므로 아인즈는 네이아 대책을 실천했다.

눈을 감는 것이다. 그러면 눈이 무섭지 않다.

"그건 그렇고 바라하 양이 무사……라기보다는 살아 돌아와서 기쁘다."

"고맙습니다, 마도왕 폐하! 이것도 폐하의 힘 덕입니다. 특히 이 갑옷이 없었다면 폐하께서 와 주실 때까지 버티지 못했을 것입니다."

'아니, 버티지 못했는데. 죽었는데……. 뭐, 끝이 좋으면 다 좋은 거라고 하니까. 하지만 역시 시벽에서 싸운다는 말을 듣고 원거리 무기에서 몸을 지키는 갑옷을 빌려준 게 정답이었어!'

"후후, 그거 다행이구나. 활은 어땠느냐? 많은 백성에게 그 힘을 보여주었나?"

"예……. 이 활의 훌륭한 힘을 많은 이들이 보았지만…… 다들, 죽어버렸습니다."

"뭐! ──그렇군. 그렇게 됐구나. 유감이다."

또 실패했다고 아인즈는 진심으로 유감스럽게 생각했다. 보았던 사람이 죽어버렸다면 아무도 못 본 것이나 마찬가지다. 이제 룬 무기 선전은 포기할까 싶어졌다. 하지만—— 아직 기회는 있을 것이라고 생각을 바꾸었다. 딱히 이 노림수가 실패해도 손실은 없는 것이나 마찬가지고, 성공했을 때의 메리트는 크다.

"저도 마도왕 폐하께 빌린 무구가 없었더라면 다른 이들과 함께 하늘로 불려갔을 것입니다. ……마도왕 폐하, 정말 감사드립니다."

마음속 깊은 곳에서 우러나는 감사의 말이라 여겨져 아인즈는 옳다구나 생각했다. 그러나 그런 감정을 겉으로 드러내서는 안 된다. 역시 왕에게 어울리는 태도를 보일 뿐이다.

"마음에 두지 말거라. 자신의 종자를 지키는 것은 주인의 역할이라고 생각하도록."

슬쩍 눈을 떠 눈치를 살피자, 종자라는 말을 듣고 네이아가 얼굴을 살짝 일그러뜨렸다. 화를 내는 것 같지는 않았지만 불쾌하게 여기는 것 같기도 하다. 이야기의 흐름이나 이제까지의 태도로 보면 그런 감정이 아니라고 믿을 수밖에.

그보다도 역시 눈을 뜨지 말 것을 그랬다. 아인즈는 다시 눈을 감았다.

"고맙습니다, 마도왕 폐하. 그리고 마도왕 폐하께 도움을 받은 이들이 감사의 말을 했습니다. 폐하께 전해달라고 하면서……."

"호오……."

아자! 하는 감정을 필사적으로 감추었다.

"역시 마음에 둘 것 없다. 우연히 구할 수 있었던 목숨이 거기 있었을 뿐이니. 다만 그 행운이 몇 번이고 이어지리라고는 생각하지 말아야 할 것이다. 이번 전투에서 또 마력을 대량으로 소비해버렸으니. 다음에는 정말로 도와주지 않겠다."

"잘 알겠습니다. 그 뜻을 전해 두겠습니다."

"그래. 하지만…… 그렇군. 그 자들을 만나면 감사해 주어 기쁘다고 말해다오. ……자, 네이아 양. 미안하지만 나는 이제 그만 가봐야겠다. 또 나중에―― 그래, 네 시간 정도 후에 다시 와주겠느냐?"

"예! 틀림없이! 그러면 이만 실례하겠습니다!"

네이아가 퇴실하고, 아인즈는 눈을 떴다.

'응. 몹시 고마워하는 느낌이 들었어. 이제야 겨우 혼자 있을 수 있겠구나. 아니, 하지만 뭐든 시작이 중요한 법이니까. 회복계 포션 선전도 겸해서 무상으로 제공해 줄까? 더 많은 감사를 받을 것 같은데…… 룬 무기는 실패했지만 이거라면 괜찮지 않을까?'

아인즈는 보라색 포션을 꺼냈다.

운필레아가 만든 포션이다. 품질로 보자면 위그드라실 포션보다 살짝 효능이 떨어져 아직 개발 단계에 있다. 하지만 장래에는 비슷한 효능을 가진 포션이나, 진짜 붉은색 위그드라실 포션을 작성할 수 있게 될지도 모른다.

'위그드라실의 붉은색 포션은 쓸데없이 정보를 흘리는 것이 아까워서 쓰지 않지만…… 역시 푸른 포션에 익숙한 자들이 보라색 포션을 받아들일 수 있을지 어떨지도 좀 의문이니까. 이런

데서 써서 실적을 만들어놓는 것도 나쁘지 않을 거야.'

지금 운필레아와 그 할머니를 시켜 만드는 포션은 나자릭 측에서 숨기고 있다. 기술이 흘러나가게 할 마음은 없다. 그러나 앞으로 계획을 변경해 이러한 포션을 판매할 때가 올지도 모른다. 그럴 때를 위해 포석을 깔아두는 편이 좋지 않을까.

'고민되는걸. 어느 쪽으로 가도 메리트와 디메리트가 있을 것 같아. 그건 그렇고, 운필레아는⋯⋯.'

솔직히 부부의 밤 생활에 관한 상담을 들어도 곤란하기만 하다. 노골적인 이야기는 없지만, 아내의 그러한 점을 이야기했다는 것이 들통 나면 민망해지지 않겠는가 싶었던 것이다.

하지만 뭐가 어떻게 되어 자신에게 상담을 청할 생각이 든 걸까. 남자 가족이 없는 데다, 이제까지 살았던 도시를 떠났으니 의논할 상대가 없어져서 그런 거라 짐작할 수밖에 없었다. 어쩌면 나베랄과 자신이 그런 관계가 아닐까 생각했는지도 모르고.

'해골이라는 건 알 텐데⋯⋯?'

한번은 호기심 때문에 밤에 두 사람이 어떻게 하는지를 엿볼까 생각하기도 했지만, 앞으로 그들을 만났을 때 자신의 태도가 변할 것 같았으므로 자중했다. 다만 운필레아의 상담을 들어줄 때마다 언뜻언뜻 머릿속을 스쳐 지나가는 호기심을 떨치는 데에는 매우 고생했다.

'기분이 좋다는 걸 알아버려서 많은 횟수를 요구하게 됐다느니 어쩌느니 하던데⋯⋯ 설마 그런 포션── 자양회복에 도움을 주는 포션이라도 되나? 그런 걸 많이 만들었으니 써보라고 하면서 주는 것도 좀⋯⋯.'

일단은 리저드맨 부부에게 주어, 더 레어한 자식을 늘리도록 노력하는 데 도움을 주는 게 낫겠다고 판단했다.

'기술 발전은 처음에는 군사, 그 다음에는 에로와 의료로 이어진다고 하던데. 진리일까? ……아무튼, 돌아가자.'

5장 **아인즈, 죽다**

Chapter 5 | Ainz died

1

실내에 있던 이는 모두 넷.

전투가 끝나자마자 곧장 왔기 때문에 피에 젖은 갑옷을 입은 두 성기사 레메디오스 커스토디오와 구스타보 몽타녜스, 살아남은 신관들의 통솔자이며 제3위계 마법까지 쓸 수 있는 중년의 사제 시리아코 나란호, 그리고 왕형 카스폰도 베사레스였다.

전장에 나갔던 두 사람과, 이제까지 부상병을 치유했던 한 사람. 이 세 사람 때문에 왕형의 방은 피 냄새로 가득했다.

레메디오스는 아직 투구조차 벗지 않았다. 왕형의 방에 올 때 적절한 차림은 아니었으며, 실례라고도 할 수 있었지만 카스폰도는 무언가 생각하는 바가 있었는지 태연한 태도를 보이기만 했다.

하지만 그와는 관계없이 실내의 공기는 최악이었다. 냄새도 그렇지만, 분위기가 끔찍했다. 너무나도 무거워 창문으로 스며든 햇살까지 그늘져서 보일 정도였다.

압도적으로 불리한 상황에서 역전해 승리를 거둔 자들이 보일 태도가 아니었다.

무거운 침묵 속에서, 처음으로 입을 연 것은 카스폰도였다. 아니, 카스폰도 이외에 누가 먼저 말을 꺼낼 수 있었겠는가.

"그러면 피해 상황을 알려주게."

"예. 전장에 나갔던 민병 약 6천 명 중 약 2,400명의 사상자가 발생했습니다."

"……부단장님의 말에 덧붙이자면, 부상병은 그중 약 천 명입니다. 신관들이 회복을 시도하고 있습니다만, 때를 놓쳐 반수 정도는 목숨을 잃을지도 모릅니다."

"……그리고, 살아남았던 성기사의 반수 및 신관 8명 정도가 목숨을 잃었습니다."

구스타보의 말에 카스폰도는 눈을 감고 고개를 가로저었다.

"그만한 아인의 군세를 상대했으면서…… 그 정도로 그쳐 다행이라고는 해선 안 되겠지만, 감사는 해야겠지. 아니면 그렇게나 큰 피해를 입은 데에 슬픔을——."

"후자."

불쑥, 레메디오스가 카스폰도의 말을 가로막았다.

"후자요."

"……커스토디오 단장의 말이 옳다. 그만한 피해가 나왔다는 사실을 슬퍼하세."

카스폰도의 말에 구스타보와 시리아코가 눈을 내리깔았다.

그들은 아인군 4만 대군을 상대로 숫자가 적었던 성왕국 해방군 측에 이만한 생환자가 나온 것이 얼마나 큰 기적——인위적이지만——인지를 잘 안다. 하지만 이 자리에서 그런 말을 해서 분위기를 깨 봤자 소용없다는 사실을 이해하기에 이런 태도를 보이는 것이다.

"포진했던 아인의 군세도 마도왕이 물리쳐 주었는가?"

"예. 시벽을 방위하는 혼란 중에 벌어진 일이라 목격 정보가 부족해 상세한 내용은 알 수 없사오나, 정체 모를 언데드의 무리가 궤멸했다고 합니다."

"그랬군. 마도왕에게 들은 이야기와도 맞는걸. 언데드를 만들어 소탕케 했다던데—— 그만한 대군을, 말인가. 그렇다면……마도왕은 얄다바오트에게 이길 수 있다고 봐도 되지 않겠는가?"

카스폰도가 레메디오스에게 흘끔 시선을 돌렸지만, 그녀는 입을 꾹 다물고만 있었다. 성왕국 최강의 성기사가 뿜어내는 찌릿찌릿한 오라는 약자에게 공포의 대상일 뿐이었다. 카스폰도가 눈을 피해 구스타보를 보자, 그는 송구스럽다는 듯 다시 고개를 떨구었다.

"하아……. 그에게 모든 것을, 이 나라의 모든 것을 걸어도 되겠는가? 그리고—— 마도왕이 얄다바오트에게 패배했을 경우도 예상해 두어야 할까? 그 경우 차선책에 관해서는 누군가 생각이 있는가?"

대답은 침묵이었다. 그런 가운데 레메디오스가 입을 열었다.

"그렇다면 모몬을 부르는 것은 어떤가."

레메디오스를 제외한 세 사람이 복잡한 표정으로 서로 얼굴을 살폈다.

제 딴에는 좋은 아이디어라고 생각했는지 레메디오스가 낯을 찡그렸다.

"왜 그러지? 그 이상 좋은 생각이 있나? 그딴 언데드보다는 그나마 나을 텐데."

"……단장님. 이것은 마도왕이 패배해 사망했을 경우의 이야기입니다. 그 상황에 마도국을 찾아가 그 이상의 원조를 청한다면 위험하지 않겠습니까."

그 말에는 시리아코가 흰색이 섞인 머리카락을 매만지며 그렇지도 않다고 말했다.

"잠깐 기다려 보십시오, 부단장님. 단장님의 아이디어가 위험하기는 하지만, 나쁜 수는 아닙니다. 마도왕이 얄다바오트에게 사로잡혔다거나 하는 말로 속여 모몬을 불러내는 것은 어떨까요?"

"사제님, 그건 더욱 위험합니다. 모몬이 얄다바오트에게 이긴다 해도 거짓이 들통 나면 전쟁으로 이어질 수도 있습니다. 좋아봤자 우리나라에 대한 인상은 땅에 떨어지겠지요. 잘못하면 모몬이 제2의 얄다바오트가 되어 마도국의 언데드 군단을 우리나라로 보낼 가능성도 충분히 생각할 수 있습니다."

"그 말이 맞네. 그리고 무엇보다 위험한 점은 마도국 측에 우리나라를 규탄할 정당한 이유가 생긴다는 점일세."

카스폰도의 설명에 레메디오스는 고개를 갸웃했다.

"마도국은 이웃도 아닌데, 무슨 문제라도?"

"……커스토디오 단장은 위험한 생각을 하는군. 나는 장래에 위험이 미칠 만한 방법을 택하고 싶지는 않네. ……그렇다 해도 좋은 아이디어가 떠오르질 않는군. 자네들은 어떤가?"

시리아코와 구스타보에게서는 역시 좋은 생각이 없다는 대답만이 돌아왔다.

그래도 한동안, 침묵이 실내를 지배했다.

이윽고 카스폰도가 불쑥 말했다.

"……일단은 각자 돌아가서 생각해 보기로 하세. 마도왕이 얄다바오트를 해치워 주면 아무 문제도 없을 테니."

카스폰도가 손뼉을 한 차례 쳤다.

"각설하고. 그러면 다른 사안으로 넘어가세. 아인이 가져온 양식은 어떻던가? 우리도 먹을 만한 것인가? 먹을 수 있다면 몇 끼 정도가 되겠는가?"

원래 같으면 아인의 군세를 격퇴한 것은 마도왕이므로 소유권은 그에게 있겠지만, 그런 것들을 전부 무상으로 제공하겠다고 약속해 주었다.

질문에 대답한 사람은 구스타보였다. 그는 그러한 잡무의 책임자이기도 했다.

"예. 건빵이나 야채 등 먹을 만한 식량이 다수 있었습니다. 마도왕이 작성한 언데드의 공격 덕에 온전하게 입수했기 때문에 상태는 지극히 양호합니다. 그 외에는, 조금 알아봐야 하는 식량도 있었습니다. 시큼한 냄새가 나는 발효 야채 같은 것입니다."

시큼한 음식은 성왕국에도 있다. 다만 아인 중에는 썩은 음식을 먹을 수 있는 종족도 있을지 모르니 구스타보는 조사가 필요하다고 말했다.

"문제는 단 한 가지입니다. 육류에 문제가 있습니다."

"무슨 말인가?"

구스타보가 어두운 표정으로 카스폰도에게 말했다.

"일부, 인육으로 여겨지는 것이 섞여 있었습니다. 모양을 통해 판단했을 뿐이므로 단언하지는 못하겠습니다. 먹어 보면 알 수 있을지도 모르지만 시식은 극구 사양하고 싶습니다."

"육류의 양은 어느 정도였습니까?"

낯을 찡그리며 시리아코가 물었다.

"육식 아인이 많았는지, 양은 상당히 많습니다. 어림잡아, 이번에 가져온 식량의 절반은 고기일 겁니다."

"뭐야?! 4만 병력이 먹을 수 있는 식량의 절반이 고기라고?!"

레메디오스가 가증스럽다는 듯 인상을 찡그린 것도 당연했다.

아인이 하루에 1킬로그램의 고기를 먹는다고 가정해도 40톤. 만일 2주 분량이라면 560톤이나 된다. 그렇다면——

왕형은 얼굴을 손으로 가렸다.

"……그중 어느 정도가 인육일까."

"그것도 모르겠습니다. 하나하나 조사해도 시간이 많이 걸리고, 원형이 남지 않은 것은…….."

"앞으로 어떻게 될지도 알 수 없는 상황에, 식량을 함부로 파기하는 것도 아깝고. 가능하다면 인육과 그 외의 것을 구별하고 싶네만…… 나란호 사제. 마법으로 어떻게 안 되겠나?"

"송구스럽습니다, 왕형 전하. 저희에게 그러한 마법은 없습니다. 그것은 성기사 분들도 마찬가지이리라 여겨집니다."

구스타보가 고개를 끄덕인 것을 보고, 카스폰도는 한숨을 쉬었다.

"마법도 만능은 아니군. 그러면 포로로 삼은 아인에게 먹여 조사해 보는 것은 어떻겠나?"

"죽은 이는 편안히 잠들게 해야지. 인육이 있다고 한다면 그 것은 땅으로 돌려보내는 것이 옳고."

"그야 당연하네만, 커스토디오 단장……. 몽타녜스 부단장은 어떻게 생각하나?"

"예. 저도 그 점에서는 단장님의 의견에 찬성합니다. 통 속에 든 고기를 하나하나 조사하려면 아무리 시간이 많아도 부족할 것입니다. 그보다는 다른 방면에 노력과 시간을 할애해야 합니다."

"그렇군…… 알았네. 그러면 아인이 가져온 고기 중에서 의심 스러운 것은 모두 파기해 주게. 그러면 다음으로 넘어가서, 아인의 장비는 어땠나?"

장비도 마도왕이 무상으로 제공해 주었다. 다만, 만일 감사를 표하겠다면 무언가 형태가 있는 것으로 달라는 말도 있었으므로 줄 만한 것이 있다면 언젠가 주어야 할 때가 올 것이다.

카스폰도는 얄다바오트를 격퇴한다면, 혹은 왕도를 탈환한다면 왕가의 보물을 마도왕에게 제공할 생각이었지만, 이 자리에서는 그 말을 하지 않았다.

"우선 아인의 시체에서 장비를 벗기는 시간, 그와 동시에 매장할 시간이 필요하므로 품질까지는 자세히 조사가 끝나지 않았습니다. ……사제님, 만일 그 장소에서 아인의 언데드가 태어난다면 그들은 마도왕의 부하가 됩니까?"

많은 목숨이 사라진 장소에서는 언데드가 태어나기 쉬운 경향이 있다. 수만 명의 아인이 죽은 장소라면 바로 해당된다.

질문을 받은 시리아코는 진심으로 난처한 표정을 지었다.

"그건 모르겠습니다. 정말로 모르겠습니다. 다만 어떤 사태가 벌어질지 확신할 수 없으므로, 조속히 시체를 처리하고 동시에 장소를 정화해야 할 것입니다. 저희끼리 노력은 해 보겠습니다만, 무리일 경우 성기사 분들의 힘을 빌렸으면 합니다."

"그래, 그 점은 걱정 말게. 이래 봬도 언데드 대책에는 익숙하니."

"역시 커스토디오 단장님, 든든하군요. ……성왕녀님이나 케랄트 님이 계셨다면……."

도중에 끊긴 시리아코의 말에 모두가 침묵했다.

마치 묵도라도 하는 듯한 시간이 지나간 후, 카스폰도가 입을 열었다.

"……아, 맞아. 몽타녜스 부단장, 마법의 아이템은 마도왕이 자국으로 가지고 돌아간다고 하였으니 그것은 별도로 빼 주게. 물론 성왕국의 물건임을 알 수 있는 물품은 남겨준다고 하였네."

"알겠습니다. 하오나 우리가 보유했던 검이나 갑옷이라면 가늠할 수 있어도, 그 이외의 물건은 식별이 매우 어려울 것입니다. 누군가 마법 아이템의 지식이 있는 분의 협조를 부탁드립니다."

"왕가에 전해지는 아이템이라면 나도 조금 아네. 종교 관련 아이템이라면——."

카스폰도의 시선을 받아 시리아코가 고개를 끄덕였다. 카스폰도도 고개를 끄덕이고 다시 말을 이었다.

"──그러면 나머지는 민간에서 협조자를 찾아보지. 그건 그렇고 예상하지 못했는걸. 아니, 예상 이상이라고 해야 하려나. 감사해야겠어. 마도왕의 힘이 상상을 넘어선다는 점에 대해."

이 자리에 모인 네 사람에게서 이의가 나올 리 없었다. 침묵 속에, 다시 대표하듯 카스폰도가 입을 열었다.

"마도왕의 힘으로 이 도시의 함락은 막아냈네."

뿌드득 이 가는 소리가 크게 들려와, 카스폰도는 난처한 표정으로 구스타보를 보았다.

"나중에 성왕국을 대표해 감사를 전해야겠네. 그때는 제군도 참가해 주게. ……어쨌거나 마도왕의 힘 덕에 승리한 것은 경사스러운 일이니."

"우리가 최선을 다한 덕입니다. 그 점을 잊지 마시길."

레메디오스의 말에 실내의 공기가 얼어붙었다. 아니, 얼어붙은 것은 두 명. 구스타보와 시리아코였다.

구스타보가 붕어처럼 입을 뻐끔거렸다. 자신의 상사가 내뱉은 폭언을 어떻게든 사죄하려는 것이겠지만, 좋은 생각이 떠오르지 않는 모양이었다.

"……그 말이 맞네, 커스토디오 단장. 자네들, 그리고 백성들이 사력을 다하지 않았더라면 이 싸움에서는 승리할 수 없었지. 그건 사실일세."

레메디오스가 고개를 끄덕이는 것을 보고 카스폰도는 말을 이었다.

"그리고—— 마도왕이 없었더라면 패했던 것도 사실이며, 마도왕 한 사람 덕에 승리를 거두었던 것도 사실일세. 내 말이 틀렸나?"

레메디오스는 거칠게 투구를 벗더니 벽에 집어던졌다. 엄청나게 큰 소리가 울려 퍼졌다.

"전하! 무슨 일입니까?!"

문이 열리고 밖에서 경비를 서던 성기사가 뛰어 들어왔다.

"아무 일도 아니었다. 밖에서 대기하라."

성기사의 시선은 바닥에 굴러다니던 레메디오스의 투구와 레메디오스의 표정 사이를 왕복했다. 이내 사정을 깨달았는지, 알았다는 뜻을 보이고는 조용히 방을 나갔다.

"커스토디오 단장님, 진정하십시오. 냉정하게 생각하셔야 합니다."

"진정하게 됐나! 이곳에 올 때까지 만난 거의 모든 백성들이 마도왕 하나에게만 감사하고 있었다! 마치 놈 혼자만의 힘으로 승리를 거둔 것처럼! 그놈은 중간에 기어 나왔을 뿐 아니었나! 그 상황에 이르기까지 수많은 이가 목숨을 잃었고, 그러고 나서야 얻었던 승리였다! 백성, 성기사, 신관—— 남녀노소 수많은 희생이 있었기에 얻은 승리였다!"

레메디오스가 카스폰도를 노려보았다.

"그놈 하나 덕에 거둔 승리라니, 그게 어디가 사실이라고!"

"단장님!"

왕형인 카스폰도 앞에서 지나치게 무례한 태도를 보이니 구스타보는 더 이상 공포를 감출 수가 없었다. 원래 레메디오스는 별로 생각하지 않고 행동하는 인물이다. 그래도 누가 자기보다 위인지 정도는 이해하는 지혜를 가졌다. 하지만 지금은 다르다. 마치 상처 입어 고통에 미쳐 날뛰는 짐승 같았다.

"그 해골 자식. 이제는 하늘을 날아다니며 자기 과시까지 하다니! 놈에게 이 전쟁은 놀이란 말인가!"

"……커스토디오 단장. 많은 백성의 죽음을 보고 마음이 상한 모양이군. 조금 쉬는 것이 어떻겠나?"

카스폰도의 어른스러운 대응에 구스타보가 감사의 시선을 보냈다.

"그 전에, 한 가지 깨달은 것이 있다. 얄다바오트와 마도왕은 한패가 틀림없다."

레메디오스를 제외한 세 사람이 얼굴을 마주 보았다.

"그렇게 말씀하시는 것을 보면 무언가 근거가 있겠지요, 단장님?"

시리아코가 싸늘한 시선으로 레메디오스를 보았다. 이제까지의 행동을 고려해 냉정하게 분석해 보면, 어떻게든 가증스러운 마도왕을 몰아내기 위해 트집을 잡는 것이라고 생각할 수밖에 없었다. 지금은 좋고 싫고로 판단해야 할 때가 아님에도.

"이익을 얻는 것이 그놈밖에 없지 않나? 아인도, 성왕국 백성도 죽었다. 언젠가 놈이—— 마도국이 이 나라와 구릉지대를 지배하려고 전력을 줄여놓고자 행동하는 거지. 그러니 놈도 여기까지 와 주었고!"

"……과연. 이익이라는 관점에서 보자면 그 말도 일리가 있군. 두 사람은 달리 생각이 있나?"

카스폰도의 물음에 구스타보는 눈살을 찡그리며 말했다.

"마도왕이 성왕국에 온 것은 우리가 부탁했기 때문입니다. 얄다바오트와 마도왕을 싸우게 한다는 것은 단장님의 생각 아니었습니까?"

"……그랬지. 그러면 청장미의 가면 쓴 놈도 한패인 거다. 그놈이 아무 말도 하지 않았다면 우리가 마도국에 가지 않았을 테니. 놈의 조언이 없었다면 제국이나 법국에 부탁했을 텐데. 게다가 우리가 아무 말 없었어도 놈이 왔을지 모르는 것 아닌가?"

하아…….

카스폰도가 무거운 한숨을 토해냈다.

"커스토디오 단장. 자네의 추측은 우선 자네 자신에게 유리한 해답이 가장 먼저 깔려 있네. 그렇게 되도록 앞뒤를 맞추고 있을 뿐인 것 같군. 마도왕은 메이드 악마가 필요하다고 했다던데, 그 점은 어떻게 되나?"

"……사제로서 어울리지 않는 발언이 되겠사오나 용서해 주시기 바랍니다. 그 메이드 악마란 자들은 가공할 힘을 가졌다고 들었습니다. 그렇다면 마도왕이 이를 원하는 것도 이해가 갑니다. 악마는 음식을 섭취하지 않고, 수명도 없다 합니다. 강대한 악마를 지배할 수 있다면 그것은 군대를 얻은 것보다도 가치가 있을지 모릅니다."

"그렇다면 마도왕은 충분한 대가가 있다고 계산해 우리나라를 돕겠다고 나섰다 할 수 있지 않나? 한 나라를 맡은 왕으로서는 당연한 행동이지."

"그러나 아무도 그 메이드 악마의 모습을 보지 못했잖나!"

카스폰도는 감정적으로 외치는 레메디오스를 불쌍한 아이를 대하는 눈으로 보았다.

"커스토디오 단장, 감정이 아니라 이성으로 이야기를 나눠보고 싶었네만…… 조금 피곤한 듯하네. 자네는 쉬게. 이것은 명령일세."

얼굴을 시뻘겋게 물들인 레메디오스가 무언가 소리를 지르려 했으나, 그보다도 먼저 카스폰도의 말이 이어졌다.

"그리고 부상병의 위문을 가주게. 전선지휘관의 책임이 있지 않나?"

"……알았다."

레메디오스는 투구를 주워 방을 나갔다.

무어라 말할 수 없는 늘어진 분위기가 실내에 흘렀다. 폭풍이 지나간 후의 뒷정리에 대한 피로감과, 지나갔다는 데 대한 해방감이 뒤섞인 듯한 공기였다.

하지만 단 한 사람, 아직 상황이 끝나지 않은 자가 있었다.

"왕형 전하! 커스토디오 단장의 결례를 사죄드리옵니다!"

고개를 숙이는 구스타보에게 카스폰도가 쓴웃음을 지었다.

"노고가 많네. 하지만 자네도 앞일을 조금 생각해 두는 편이 좋지 않겠나? 이 전쟁이 끝난 후 이 나라가 어떻게 될지는 상상도 가지 않는군. 동생…… 성왕녀님만 찾을 수 있다면 좋으련만……. 칼린샤 전투 당시 성왕녀님이 어떻게 됐는지, 자네는 커스토디오 단장에게 무언가 들은 바가 있나?"

구스타보는 레메디오스의 보좌를 맡고 있다. 그렇기에 그렇기에 레메디오스 본인에게 이야기를 들었고, 카스폰도에게 설명할 때에도 동행했다.

그럼에도 다시 질문을 하는 이유는 무엇일까. 레메디오스가 허위 정보를 말한 것은 아닐지 의심한다는 뜻이다.

"……왕형 전하. 커스토디오 단장이 전하와 처음 만났을 때 말씀드린 내용은 제가 들은 것과 같았습니다."

폭발의 충격파에 휩쓸려 날아가고, 눈을 뜬 뒤에는 성왕녀와 여동생——케랄트 커스토디오——을 발견할 수 없었다. 성기사와 모험자, 신관의 시체는 곳곳에 흩어져 있었으나 그곳에 두 사람의 시체는 없었다는 말이었다.

"그렇군. 내 생각이 조금 지나쳤던 듯하네……. 커스토디오 단장은 간계를 부릴 수 있는 인물 같지 않고. 놈들에게 사로잡힌 것이라면 그나마 다행이지. 만일 목숨을 잃었다면…… 왕위를 놓고 성가신 일이 벌어질 테니."

시리아코가 의아하다는 듯 물었다.

"성왕 자리에는 카스폰도 님께서 오르시는 것 아닙니까?"

"그것은 아첨인가? 그야 평화로울 때 성왕녀님이 사고로 돌아가셨다면야 그렇게 됐을지도 모르지. 하지만 지금은 상황이 다르네. 피폐해진 북부와, 전력을 가진 남부. 이렇게 되면 남부에서 천거한 사람이 성왕이 될 가능성이 높지. 솔직히 말해 남부의 대귀족이 성왕이 되는 것도 가능하네."

"그럴 수가!"

놀라는 시리아코를 보며 카스폰도가 미소를 지었다.

"그렇게까지 놀랄 것도 없다고 생각하네만……. 각설하고, 방금 한 몬타네스 부단장 이야기로 돌아가세. 이대로 상황이 좋은 방향으로 흘러갈 경우, 남부 귀족들이 처음 요구할 것은 레메디오스 커스토디오의 칩거가 될 걸세. 모든 책임을 지라는 말이지."

"왜 그렇게 된다는 말씀이신지요?"

"반대로 몽타녜스 부단장은 왜 그리 되지 않을 거라 생각하나? 성왕녀님을 지키지 못했던 성기사단은 불만의 표적으로 삼기에 아주 좋은 상대가 아닌가? 물론 그 이유만은 아닐세. 그녀는 단신으로도 일군을 능가하는 전투력을 가졌지. 그렇다면 처음에 적의 이빨을 뽑는 것은 전투의 기본이 아닌가?"

"적이라니! 대체 누구에게 적이란 말씀입니까?!"

"남부 귀족들에게 말일세. 그들의 적은 곧 성왕녀 파벌이지. 그리고 레메디오스 커스토디오는 성왕녀님의 최측근일세. 그녀 휘하의 성기사단도 그렇다고 생각하지 않겠나?"

"그렇게 되면, 케랄트 커스토디오 님 휘하의 신관들은 어떻게 됩니까?"

"남부 귀족과 연고가 있는 신관이 위로 올라갈 가능성이 있네만…… 어떻게 될지. 신관이 사용하는 마법은 생활에 필수적일세. 무능한 자를 위에 앉히는 짓이 얼마나 어리석은지는 누구나 잘 알 테지만, 인간이란 때로는 누가 보더라도 어리석다고 여겨지는 행위를 저지르는 경향이 있으니."

"왕형 전하. ……어떻게 하는 것이 좋겠습니까?"

"몽타녜스 부단장. 무슨 의도에서 하는 말인가? 그녀가 근신 처분을 받지 않으려면? 아니면 성기사들이 연좌 책임을 피하려면?"

"더 좋은 성왕국의 미래를 위해, 말입니다."

"……동생을, 성왕녀님을 찾아야 하네. 다음으로는 이 나라를 구했다고 할 만한 공을 쌓아서, 백성들에게 전면적으로 인정을 받아야지. 남부의 힘을 빌리지 않고 우리끼리 몰아낸다고 했던가?"

"무리지요……. 마도왕의 힘이 없이는 이길 수 없습니다."

구스타보가 자기도 모르게 중얼거린 약한 발언에 카스폰도가 어깨를 으쓱했다.

"하지만 그 정도는 해야 하네. 그렇지 않으면, 이긴 후에 찾아올 남부의 압력에는 견딜 수 없으니. 아, 한 가지가 더 있군. 만약 남부도 북부도 비슷한 피해를 입는다면, 결국 힘이 균형을 이루어 문제는 없을 걸세."

카스폰도가 천장을 올려다보았다.

"좀 더 일찍 남부와 융화를 시도했더라면 문제가 없었겠네만. 놈들의 이념은 지나치게 물러. ……커스토디오 단장의 신경이 곤두선 것도 이해가 가네. 이번 전투에서 명성을 떨친 것은 마도왕뿐이었지. 자칫하면 마도왕이 성왕을 겸하는 사태도 생길 수 있지 않겠나?"

그럴 리가 없다고 생각하지만 두 사람 모두 부정할 수는 없었다.

"그건 그렇고, 그러면 앞으로의 작전은 어떻게 할지 말해 보세. 커스토디오 단장도 있었다면 좋겠지만. 그녀는 주어진 명령에 반항할까?"

"……이 나라의 정의에 따른다면 문제는 없을 것입니다."

"그렇군……. 나는 수용소를 차례차례 공격해야 한다고 생각하네. 왜냐하면——."

카스폰도가 설명을 시작했다.

쳐들어온 아인의 군세는 약 10만.

남부 성왕국과 대치 중인 아인군이 움직였다는 정보는 없으므로, 이번에 쳐들어온 4만 군세는 대부분 북부에 남았던, 수용소를 관리하기 위한 병력이라 추측할 수 있다.

"저도 그 의견에 찬성합니다. 병력이 줄어든 포로수용소를 습격해 각개격파하며 아군의 병력을 증강한다…… 일석이조의 작전이라고 생각합니다."

"동의해 주니 기쁘군, 몽타녜스 부단장. 나란호 사제는 어떻게 보나?"

시리아코도 카스폰도의 제안에 동의를 보였다.

"이 도시에는 마도왕이 있네. 안전은 확보할 수 있을 테니, 성기사들만으로 각 수용소를 습격하면 좋겠네만…… 가능하겠나? 그리고 또 한 가지. 습격할 때, 커스토디오 단장은 이곳에 남기고자 하네. 그녀에게는 내 신변 경호를 맡길까 하거든."

"고맙습니다, 왕형 전하!"

"내가 무슨 감사를 받을 만한 말을 했던가, 몽타녜스 부단장."

미소를 지었던 카스폰도의 표정이 잠시 굳었다.

"……이 나라 최강의 성기사가 동행하지 않는다는 것은, 만일 수용소에 호왕과 맞먹는 아인이 있을 경우 자네들이 전멸할 가능성도 있다는 뜻일세."

"어느 수용소를 습격할지는 저희가 결정해도 되겠습니까?"

"물론일세. 자네들이 결정해 주게. 큰 위험이 기다리는 큰 수용소를 억지로 습격할 필요는 없네."

"분부 받들겠습니다. 그러면 저희 힘만으로 해 보겠습니다."

"몽타녜스 부단장님. 저희 신관 중에서도 싸울 수 있는 자를 몇 명 동행시켜주시겠습니까?"

"오오! 그래 주시면 고맙지요."

"좋아. 그러면 오늘이나 내일 중으로 출발해 주게."

*

아인즈가 〈상위 전이Greater Teleportation〉로 날아간 곳은 나자릭 지표에 세워진 통나무집 앞이었다. 언제부터 아인즈를 기다렸는지는 알 수 없지만, 그곳에는 이미 알베도와 데미우르고스, 그리고 루푸스레기나가 서 있었다.

알베도와 데미우르고스는 아인즈에게 호출을 받아서, 루푸스레기나는 통나무집 당번이라서 있었으리라.

보통 루푸스레기나는 카르네 마을에서 여러 일을 맡고 있으므로 통나무집 당번에는 들어가지 않을 거라 생각했는데, 꼭 그렇지만도 않은 모양이었다. 어쩌면 오늘 당번은 다른 누군가였지만, 모종의 사정으로 오지 못하게 되어 갑작스레 루푸스레기나가 달려왔는지도 모른다. 그렇다고 하면 매우 훌륭한 일이다. 갑작스러운 임무 등으로 구멍이 난 근무표를 즉시 채울 수 있는 시스템이 갖추어졌다는 뜻이므로.

'……하지만, 잠깐만.'

플레이아데스는 각각 전혀 다른 직능을 지녔는데, 메이드로서의 능력은 균일하다. 이러한 업무 전환은 탈 없이 가능할 것이다.

하지만 대신할 수 없는 인재도 있다. 각 계층수호자나 수호자 총괄책임자를 필두로, 완전히 전문화된 능력을 가진 NPC도 모종의 사정으로 일을 다른 사람에게 맡겨야 할 때가 있을지 모른다. 하물며 아인즈는 언젠가 휴가제도를 도입할 생각이었다.

'대리를 모두 판도라즈 액터에게 맡기는 것도 위험하지.'

극단적으로 말해, 아인즈 자신이 없어지면 어떻게 될까. 예를 들어 적에게 사로잡히거나, 매료당했을 경우. 자신의 결재가 없으면 운영이 되지 않는 그런 일은 없을 거라 생각하지만, 알베도도 데미우르고스도 '아인즈 님께 그런 일이 벌어지는 사태는 없나이다.'라고 말하며 불의의 사태를 상정하지 않을 가능성도 있다.

'진지하게 생각해 봐야겠어. 그것도 조속히.'

고개를 깊게 숙인 세 사람에게 머리를 들도록 엄숙히 명령했다.

"오랜만이구나, 데미우르고스."

"예!"

사실 성왕국 사건으로 나날이 골머리를 앓던 아인즈는 매일 데미우르고스를 생각했으므로 그런 기분이 들지 않았다. 그래도 직접 만나는 것은 실제로 오랜만이었다.

"각설하고. 너는 내가 왜 그러한 일을 하였는지 의문으로 여길 테지. 그 말에 대답하고 싶다만, 이런 곳에서 이야기하는 것도 뭣하니 이동하자꾸나."

아인즈는 선두에 서서 통나무집으로 들어갔다.

이동용 게이트 미러를 타면 나자릭까지 순식간에 갈 수 있지만, 오늘은 사용하지 않는다.

중앙에는 테이블이 있으며, 이를 끼고 마주 보며 의자가 두 개씩 놓였다. 아인즈는 익숙한 태도로 망설임 없이 상석에 앉았다. 상석에 앉지 않으면 성가신 일이 벌어지는 것을 이미 몇 번이나 겪었다. 일일이 어디가 상석인지를 생각하며 의자에 앉던 시절도 있었지만 이제는 무의식중에 상석으로 갈 정도였다.

의자 앞에 서자 즉시 루푸스레기나가 의자를 뒤로 빼 주었다.

솔직히 의자 정도는 스스로 빼고 싶었지만 부하에게 일을 시키는 것도 지배자로서 중요……한 모양이었다. 지르크니프를 관찰하면서 그 사실을 충분히 이해했다. 하지만 그런 일까지 맡기는 것은 소시민인 아인즈에게는 무리일 것 같았다.

아인즈가 무사히 의자에 앉자, 알베도와 데미우르고스는 의자에는 앉지 않은 채 바닥에 무릎을 꿇었다. 두 사람의 뒤로 돌아간 루푸스레기나도 따라서 무릎을 꿇는다.

"……둘 다, 착석을 허하노라."

두 수호자가 입을 모아 사양했다. 아인즈가 두 수호자에게 다시 한번 허가를 내리고서야 비로소 크나큰 감사의 말을 올린 후 아인즈의 맞은편 자리에 나란히 앉았다. 루푸스레기나는 두 사람의 뒤에 차렷 자세로 섰다.

'길고, 번잡해. 이거 좀 뭐랄까, 어떻게 안 되나…… 아차.'

"그러면 조금 전의 이야기를 계속하자꾸나. 나는 구할 만한 이가 없다고 했음에도 성왕국 백성들을 도왔다. 큰 의문으로 여기고 있었겠지."

"아닙니다. 그렇지 않습니다."

'————잉? 어, 어째서?'

데미우르고스가 감탄을 참을 수 없다는 태도로 고개를 슬쩍 가로저었다.

"아인즈 님께서 행하시는 일은 모두 옳으십니다. 아인즈 님께서 그렇게 하신 데에는, 제가 상상도 못할 만한 메리트가 있었기 때문이라 생각합니다."

"바로 그렇사옵니다. 아인즈 님께서 그렇게 해야 한다고 생각하셨다면, 그것이 옳은 일이지요."

'————잉?'

이어지는 알베도의 말에 아인즈의 표정은 완전히 얼어붙었다. 물론 표정 따위 전혀 떠오르지 않지만.

눈앞에서 두 수호자—— 그것도 나자릭 최고의 지혜를 가진 자들이 서로 고개를 끄덕이는 모습에 아인즈는 여러 가지 의미에서 공포와 조바심을 느꼈다.

"자, 잠깐만. 그야…… 그야, 말이다."

아인즈는 초조했다. 예상과 조금 다른 이야기의 흐름에 혼란이 생겨났으며, 자신이 무슨 말을 하려 했는지도 잘 떠오르지 않았다. 하지만——

"——그야, 여느 때 같으면 나는 너희가 생각하는 대로 행동했을 것이다."

어라? 하며 아인즈는 조금 곤혹스러워했다. 필사적으로 이야기를 짜맞추다 보니 되는 대로 입에 올리고 말았다. 앞에 있던 두 사람이 깊이 고개를 끄덕이는 것을 조금 이상하다고 생각하면서도, 말을 잇고자 어떻게든 수습을 시도했다.

"하지만, 그래, 하지만 말이다. 이번만은 그것이 아니다. 나는 무언가를 생각하고 그런 행동을 취한 것이 아니었다."

이야기를 수정하는 데 성공한 아인즈는 기뻐하며 말했다.

"이번에는 아무 생각 없이 계획을 파탄에 이르게 했다."

"그것은 대체 어떤 이유에서입니까, 아인즈 님?"

"흐음."

중얼거린 아인즈는 천천히 의자에 몸을 기댔다. 훈련을 거듭했던, 주인다운, 그리고 지배자에게 어울리는 당당한 태도로.

"데미우르고스, 그리고 알베도도 잘 듣거라. 너희 두 사람의 지혜는 나를 능가한다."

"그렇지는——."

말을 꺼내려던 두 사람을 아인즈는 두 손으로 제지했다.

"내가 그렇게 생각한다 하지 않았느냐. 각설하고, 그러한 너희 중에서 데미우르고스가 입안한 계획에 무언가 착오가 있을 리 있겠느냐? 너의 작전서대로 진행한다면 모든 것이 완벽하게 이루어지고, 훌륭한 형태로 결말을 맞을 것이다."

그 계획서는 끔찍했지만 말이야……라는 말은 마음속에서만 중얼거렸다. 전부 나에게 떠넘기는 계획서라니, 반드시 실패할 거라고.

"그러므로 나는 문득 의문을 느꼈다, 데미우르고스. 완벽한 작전을 입안하는 두뇌는, 일이 계획대로 진행됐을 때만이 아니라, 상황이 급격히 바뀌거나 계획이 틀어졌을 때에도 확실하게 돌아가는지 말이다. 다시 말해 대응력 또한 두뇌와 마찬가지로 뛰어난지를 알고 싶었다."

"과연, 그러셨군요."

'에엑~?! 벌써 알아들었어?! 심지어 전부 이해한 것 같잖아?!'

아인즈는 데미우르고스의 빠른 머리회전에 "왜 그렇게 머리가 좋은데 날 똑똑하다고 생각해?! 괴롭히냐?!"라고 말하고 싶어지는 것을 열심히 참았다.

"역, 시……. 정말로 역시나, 대단하구나, 데미우르고스."

"고맙습니다, 아인즈 님."

"그, 그래서, 너를 시험하는 것 같아 미안하다만……."

"그렇지 않습니다. 아인즈 님께서 저의 힘을 알아보고 싶으시다면, 그것은 저에게 매우 기쁜 일. 아인즈 님의 기대에 부응할 만한 결과를 보여드리고자 합니다!"

"음. 부탁한다, 데미우르고스. 그러면 나는 성왕국에서 벌어진 일련의 이벤트에서 적당히 실수를 저질러, 네가 계획을 수정하도록 요구할 생각이다만, 그래도 되겠느냐?"

"예! 분부 받들겠습니다!"

아자아————!

아인즈는 마음속으로 환호했다. 너무나도 기쁜 나머지 감정이 단숨에 억제됐을 정도였다.

그래도 배어나오는 기쁨의 감정은 남았다.

'좋아좋아좋아. 이제 실수를 해도 일부러 실수한 거야~ 하고 변명할 수 있겠다! 아니, 물론 실수하지 않도록 노력할 생각이 지만 말이야. 아~ 진작 이렇게 말했으면 좋았으걸.'

부하의 계획이 실패해 기뻐하는 취미는 없지만, 어쩌면 곤혹스럽게 만드는 짓을 저지를 가능성은 있다. 이렇게 해 두면 아인즈에게 무언가 노림수가 있어서 행동했다고 판단하지 않고, 적절히 실수를 수정해 줄 것이다. 아인즈는 오랜만에 자신의 어깨에 얹혔던 큰 짐이 사라진 듯한 상쾌함을 맛보았다.

"……아인즈 님의 심려를 이해했나이다. 그러면 각 계층수호자 및 영역수호자의 능력도 동시에 알아보시겠나이까?"

알베도의 질문에 아인즈는 '얘가 무슨 말을 하는 거지?' 하고 잠시 곤혹스러워했다. 그러나──.

"당장 할 필요성은 없다. 나자릭 밖에서 가장 많은 일을 하는 데미우르고스이기에 생각했던 것이었다. 다른 자들에 관해서는 필요성을 느낀 다음에 해도 되겠지."

"그렇사옵니까……."

"음. 그러면 다음 이야기다만…… 당초 계획으로는 나와 나에게 심취한 성왕국 백성이 성왕국 동쪽 지역, 아인이 사는 아베리온 구릉지대로 갈 예정이었다만, 이를 일부 변경하여 일단은 나 혼자 갈 생각이다. 그리고 나는 죽는 것으로 하겠다."

한순간 시간이 멎어버린 듯한 감각이 찾아왔다. 그리고──

"──예?! 무슨 말씀이시옵니까, 아인즈 님! 드높으신 존재 아인즈 님께서 돌아가시다니요?!"

비난의 목소리를 높인 것은 알베도였다. 이렇게나 표정이 망가진 알베도를 보는 것은 처음이 아닐까 싶어질 정도로 얼굴이 일그러졌다. 아인즈가 알베도에게 진의를 말하려 하기도 전에 데미우르고스가 입을 열었다.

"알베도. 아인즈 님이시라면 뛰어난 의도가 있을 겁니다. 감정적으로 부정하지 않는 것이 어떨지요."

"데미우르고스, 그 냉정함은 대체 어디서 나오는 걸까? 우르베르트 어레인 오도루── 님께서 같은 말씀을 하셨더라도 그런 태도를 보일 수 있었을까? 아니면……?"

"후후…… 알베도, 지금 한 말의 진의를 가르쳐 주실 수 있을까요? '아니면' 뒤에 무슨 말을 하고 싶었는지?"

두 수호자가 한쪽은 극한의 시선으로, 한쪽은 열화의 시선으로 서로를 노려보며 기이한 기운을 내뿜었다. 한때 샤르티아와 싸웠을 때 느꼈던 숨 막히는 기분과도 비슷했다. 공포 때문인지 긴장 때문인지 루푸스레기나의 숨소리가 살짝 거칠어진 것이 느껴졌다.

"──그만두어라!!"

아인즈가 고함을 지른 순간 위험한 공기가 순식간에 사라졌다. 조금 전 기운이 아인즈의 착각이었던 것처럼 급격한 변화였다. 하지만 루푸스레기나의 거친 숨소리만은 환각이 아니었음을 가르쳐 주었다.

"두 사람 모두 진정하라. 그거야말로 내가 죽어서는 안 될 이유다. ……피난훈련이라는 행사가 있다. 긴급사태에 대비해 미리 준비하고 마음가짐을 만들어두는 것이다. 그래, 만일 내가 죽었을 경우 너희는 어떤 행동을 취하겠느냐? 우선 알베도, 너에게 묻겠다."

"예! 즉시 아인즈 님께 무례를 저지른 존재에게 이 세상의 온갖 고통이란 고통은 다 준 후에 아인즈 님을 부활시킬 것이옵니다."

"과연. 그러면 다음, 데미우르고스."

"예! 아인즈 님의 부활 준비를 진행하는 한편 나자릭의 방어를 다지고 무례를 저지른 자의 정보를 수집하겠습니다."

알베도가 데미우르고스를 힐긋 노려보았다.

"정보 수집이라니, 그런 미적지근한 짓을. 지고의 존재께 무례를 저지른 자가 어느 정도의 존재이든 나자릭 전체를 동원해서라도 산 채로 잡아와서, 자아가 붕괴될 때까지 고통을 주어야지."

"알베도, 당신의 말은 저도 전면적으로 옳다고 생각합니다. 하지만 적은 아인즈 님을 죽인 존재. 방심은 금물이겠지요. 적의 동향, 강함, 그러한 정보를 수집해야만 합니다. 만일 적의 힘이 상정을 뛰어넘을 경우, 어느 시점에 아인즈 님을 부활해야 할지가 중요해지지 않겠습니까."

알베도의 표정이 더욱 험악해졌을 때, 아인즈는 스태프를 꺼내 바닥을 두드렸다. 단단한 소리가 찬물을 끼얹은 것처럼 작용해 두 사람은 즉시 냉정한 표정으로 돌아왔다.

"딱히 내가 누군가에게 살해당한다고는 말하지 않았다만. 혹시나…… 뭐랄까, 무언가 상상도 못할 만한 자연현상으로 죽을 수도 있지 않겠느냐."

솔직히 자연현상으로 자신이 죽는 이미지는 떠오르지 않았으므로 매우 추상적인 말이 됐다.

"그러나, 이처럼 내가 가장 지혜롭다 생각하는 너희 사이에서도 미미한 의견의 차이가 있다. 이래서는 곤란하다. 그렇기에 만약의 사태가 일어나더라도 문제가 없도록 훈련을 하자꾸나."

두 사람이 나란히 고개를 조아렸다.

"물론 그것은 나만이 아니다. 나자릭이 침공당했을 때의 방위 책임자는 데미우르고스다만, 예측하지 못한 사태가 발생해 네가 목숨을 잃었을 경우에도 나자릭은 제대로 돌아가겠느냐?"

"예! 그 점에는 만전의 준비를 갖추었습니다. 이전에 아인즈 님께도 전해드린 줄로 알고 있사오나."

어? 그런 걸 받았던가? 하고 생각했지만 아인즈는 자신의 기억보다도 데미우르고스의 기억을 믿었다.

"흠. 그것은 어디까지나 서면상의 것이 아니었더냐? 정말 그대로 움직일지 어떨지 테스트를 해 보았느냐는 질문이었다."

"예! 송구스럽사오나 해 보지는 않았습니다!"

데미우르고스는 얼굴에 깊은 후회를 드러내며 떨리는 목소리로 고개를 숙였다.

"며, 면목이 없나이다, 아인즈 님! 올라온 서류에 사인을 하면서도 그런 점을 제안하지 않았던 소인도 어리석었나이다!"

알베도도 데미우르고스와 같은 표정으로 고개를 숙였다.

강한 죄책감이 아인즈를 좀먹었다. 누가 잘못했을까. 그것은 아인즈다. 아인즈가 야무지게 했더라면 두 사람이 사과할 필요는 없었다. 자신의 실수인데 부하에게 사과를 하게 만드는 최악의, 빌어먹을, 쓰레기 상사가 아닌가.

"──둘 다 사죄할 것 없다. 모두 말이 부족했던 나의 잘못이니. 테스트를 하지 않았다는 사실을 깨닫지 못했구나. 이것도 모두 나의 실수다."

아인즈는 고개를 숙여 이마를 테이블에 댔다.

"나의 부덕함 탓이다. 용서해다오."

"아니! 아인즈 님!"

"이, 이러지 마시옵소서!"

두 사람이 황급히 아인즈를 말리려 했다. 그러나 아인즈는 고개를 들지 않았다. 사죄할 때조차 진실을 말하지 못하는 자신의 간사함을 알기 때문에 부끄러워서 얼굴을 보일 수 없었던 것이다.

"루, 루푸스레기나! 아인즈 님의 고개를 들게 하라!"

"엑! 제가, 말입니까?! 요, 용서해 주십시오! 억지로 아인즈 님의 고개를 들게 하다니, 그럴 수는 없습니다!"

"""고, 고개를 들어 주십시오!"""

세 사람이──특히 데미우르고스가──엄청나게 혼란에 빠진 기색이었으므로 아인즈는 황급히 고개를 들었다. 그러자 안도의 숨소리가 셋 들렸다.

"……사죄를 받아들여주어서 고맙다. 그러면 내가 구릉지대에서 해야 할 일을 하는 동안, 죽었다는 사실을 전제로 훈련을 시작해다오. 어디보자. 기왕이니 여러 가지 훈련을 동시에 해보는 건 어떻겠느냐? 나와 데미우르고스가 누군가에게 살해당했다는 가정으로……."

여기까지 말한 후, 아인즈는 자신의 제안에 불안을 품었다.

"그렇다고는 해도 내가 훈련에 대해 명확한 완성도를 내다보고 말하는 것은 아니니. 너희가 더 훌륭한 계획을 생각할 수 있다면 그것을 행해다오. 아, 나에게 허가를 구할 필요는 없다. 그래. 나는 죽었다는 전제이니 말이다."

두 사람은 나란히 쓴웃음을 지었다.

"훈련을 입안할 단계부터 아인즈 님께서 자취를 감추셨다는 설정이라고 한다면⋯⋯."

"데미우르고스의 말이 맞사옵니다, 아인즈 님."

하하하하. 세 사람의 밝은 웃음소리가 통나무집 내에 울려 퍼졌다.

둘은 진심으로, 하나는 꾸며내서 웃는 소리였다.

"그리고 너무 진지하게 할 필요는 없다. 조금 전 너희가 그랬듯 나자릭 내에 불화를 가져오는 것이 목적이 아니니 말이다. 다만 앞으로도 여러 가지 패턴으로 훈련을 하고 싶으니, 그런 노하우도 축적해 수호자 전원에게 공유해 주기를—— 음, 지혜로운 너희에게 시시한 소리를 했구나. 너희가 필요하다고 생각하는 일은 모두 하면 된다. 그러면 부탁하마."

돌이켜보면 스즈키 사토루는 방재훈련을 성실하게 하지 않는 타입이었다. 그런 자신이 남에게는 진지하게 해달라고 부탁하다니, 좀 그렇지 않나 싶었다. 그러므로 가벼운 기분으로 하도록 지시를 내리는 것을 잊지 않았다.

두 사람이 엄숙히 고개를 끄덕이는 것을 확인하고, 아인즈는 "그러면 다른 용건이다만——." 하고 입을 열었다.

'힘내라!'

몇 번이고 플로차트를 짜며 두 수호자에게 설명하는 방법을 시뮬레이션했다. 그것도 오로지 지금을 위해서였다.

"──현재 계획 중인 나의 거상을, 모두 동결시켜라."

"분부 받들겠나이다. 그리 시행하겠나이다."

알베도의 한마디로 이 이야기는 끝난 듯했다.

어라?

아인즈는 의문을 품고, 조심조심 묻고 싶은 마음을 억누르며 당당히 질문했다.

"……괜찮겠느냐? 알베도가 만들고 싶다고 했던 것으로 기억한다만?"

"지고의 존재이신 아인즈 님께서 결정하신 바에 관하여 누가 이의를 제기하겠나이까. 아인즈 님께서 희다고 말씀하신다면 검은색도 흰색이옵니다."

아인즈는 나오지도 않는 침을 꼴깍 삼켰다. 그 사고방식이 엄청 무섭거든요?! 하는 마음에 떨었다.

"……나는 그러한 생각은 선호하지 않는다. 알베도, 그것은 생각을 멈추는 것과 다를 바 없다. 나도 실수할 때는 반드시 한다."

반드시 한다고 할까, 언제나 하는 것 같지만.

"게다가 내가 적에게 억류되기라도 한다면 모든 것이 끝나버리지 않겠느냐. 샤르티아를 세뇌했던 누군가가 있었지 않았더냐? 일일이 나의 계획을 들을 필요는 없다만, 내가 무언가를 제안했을 때 무언가 생각하는 바가 있다면 너희도 그 말을 해야 한다."

"분부 받들겠나이다."

알베도와 데미우르고스가 흘끔 시선을 나누었다.

"그러면 어찌 제작을 중지하시는 것이옵니까? 그 석상으로 아인즈 님의 위광을 세계에 널리 알리고자 하는 계획이었사오나."

"흐음."

아인즈는 마음속으로 쿨하게 웃었다.

"나의 위대함은 물건으로 알리는 것이 아니다."

이 한마디로 수긍했던 네이아의 표정이 떠올랐다.

──완벽해.

"물건으로도 알리는 편이 좋지 않겠나이까? 어리석은 이들은 자기의 눈으로 보이는 것밖에 이해하지 못하는 법이온지라."

알베도의 말에 아인즈는 어리둥절했다. 투수가 타자에게 공을 던졌다 싶었더니, 그것을 치지 않고 손으로 받아선 온 힘을 다해 되던진 것 같은 기분이었다.

"……과연. 알베도의 말도 타당하다. 그러나──."

아인즈는 자신의 목소리가 떨리지 않았다는 데에 감동하면서 필사적으로 머리를 굴렸다. 그리고 아무것도 떠오르지 않았다는 데에 체념하고, 어깨를 늘어뜨릴 뻔했으나, 부하 앞에서 지배자의 자세를 무너뜨릴 수는 없었다.

"──아니, 관두자. 알베도라면 내가 생각한 디메리트 다섯 가지 정도는 간파하고도 메리트가 더 많다고 판단했을 터이니. 그렇다면 아무 말도 하지 않겠다."

"다, 다섯 가지라 하셨나이까?! ……데미우르고스. 나중에 상담할 게 있어. 네 지혜를 좀 빌려줘."

"무, 물론입니다. 역시 아인즈 님. 저희가 더 머리가 좋다는 그런 겸손한 말씀을……."

두 사람은 당황하고 알베도가 깊이 고개를 조아렸다.

"송구스럽사옵니다, 아인즈 님. 소인이 제안한 석상에 관해 한 차례 허가를 내주시었음에도 불구하고, 무어라 드릴 말씀이 없나이다. 일시 중지할 것을 윤허하여 주시옵소서."

"으, 음. 하는 수 없지. 그렇게 해다오, 알베도."

되는 대로 말했을 뿐인데 두 사람이 엄청나게 동요했다. 뒤에 있던 루푸스레기나에게서 "와, 굉장해." 하는 조그만 목소리까지 들렸다.

또 두 사람을 혼란에 빠뜨릴 만한 소리를 적당히 해버렸구나 하는 죄책감에 아인즈는 살짝 시선을 깔았다. 그러나 아인즈 거상 제작 계획이 일시 중지된 것은 솔직히 기뻤다.

'이제는 마도왕 대감사제, 마도왕 탄생제 같은 내 이름이 붙은 축제 네 개를 어떻게든 해야지! 커다란 석상을 만들어 움직이게 하는 마도왕 대감사제가 이번 일로 중지된다면 세 개뿐이겠지만! 평범한 축제라면 굳이 저지하지도 않을 텐데!'

아인즈도 은근슬쩍 축제를 제안한 적은 있다. 그 때문에 기괴하고 부끄러운 축제의 실행위원회가 설립되고 말았지만.

하아.

속으로 큰 한숨을 쉬고 데미우르고스에게 시선을 돌렸다.

"그건 그렇고. 이제는 데미우르고스와 의논해야겠구나. 이번에는 그 도시를 얄다바오트—— 네가 소환한 악마가 습격할 예정이렷다?"

"예, 그렇습니다."

"그때…… 두 가지 부탁이 있다. 하나는 내가 개인적으로 추진하는 계획이 잘 이루어지지 않고 있어 협조해달라는 것이다. 아, 요란하게 할 필요는 없다. 그리고 또 하나는, 소환한 악마에게 나와 진심으로 싸우도록 명령해 주지 않겠느냐?"

*

네이아는 조용히 마도왕의 방문을 닫고 발걸음을 돌렸다. 그리고—— 부들부들 몸을 떨었다.

조금 달아오른 뺨을 찰싹찰싹 두드려, 자꾸 풀어지려는 표정을 열심히 다잡았다. 느슨해진 자신의 표정을 본 타인이 얼마나 경계하는지 잘 알기 때문이기도 하지만, 그 이상으로 부끄럽기 때문이었다.

한심한 표정으로 밖을 돌아다니는 것은 싫었다. 이제부터 남을 만나야 하니 좀 제대로 된 얼굴로 가고 싶었다.

게다가 네이아 바라하에게는 마도왕의 종자라는 역할도 있다. 네이아가 망신을 사면 마도왕의 평판을 떨어뜨리는 일로 이어질지도 모른다.

'나는 어디까지나 일시적으로 마도왕 폐하의 종자를 맡은 몸이니까, 내 추태는 성왕국의 추태가 되어야 하지만…….'

마도왕에게 적의를 가진 자가 그런 사실을 인정할 리 없으리라 생각했다. 특히, 증오는 눈을 멀게 만드는 법이다. 검이 미우면 대장장이까지 밉다는 말도 있지 않은가.

'좋아!'

네이아도 마도왕이 자신을 종자로 삼은 것을 후회하길 바라지는 않았다. 다시 말해 네이아가 야무지게 행동하면 되는 것이다.

네이아는 약속 장소를 향해 걸었다. 가면서도 조금 전에 본 마도왕의 자비로운 모습을 떠올렸다.

――그렇군. 그렇게 됐구나. 유감이다.

그 말을 입에 올렸을 때의 마도왕에게서는 깊은 아쉬움과 원통함이 느껴졌다. 결코 겉치레로 하는 말이 아니었다.

'……어떻게 그렇게 다정하실 수가 있을까, 마도왕 폐하는.'

타국의 백성이 전쟁에서 죽었다는 사실을 자기 일처럼 슬퍼하는 왕이 달리 있으리라고는 ――물론 다른 왕을 모르는 네이아의 꿈같은 생각일지도 모르지만―― 여겨지지 않았다.

만약 조금이라도 더 버틸 수 있었다면 분명 시벽에서 함께 싸운 그들의 목숨도 네이아와 마찬가지로 구해 주었을 것이다. 아이를 잃었던 그 아버지도 살아남았겠지.

마도왕의 도움이 늦었다는 데에는 네이아도 딱히 별 생각이 없었다. 우선 얄다바오트와 싸우기 위해 마력을 아껴두어야만 한다던 마도왕이 도우러 와주었던 것 자체가 감사해야만 할 일이다. 게다가 마도왕은 네이아를 구하러 오기 전에 서문 정면에서 강대한 힘을 가진 아인을 상대했다는 말을 레메디오스의 부대에 갔던 자들에게 전해 들었다.

성기사를 일격에 죽이는 아인이 둘, 그리고 성왕국 최강의 성기사와 호각으로 싸우던 아인 하나를 상대했다는 것이다.

그 민병들은 흥분을 감추지도 않고 빠른 어조로 무슨 일이 있없는지를 가르쳐 주었다.

"만약 마도왕이 오지 않았다면 우리도 죽었을걸."

그렇다. 네이아는 가슴이 뜨거워졌다.

마도왕은 네이아를 구하기 전에 다른 곳에서 이미 사람들을 구하고 있었던 것이다.

자신에게 먼저 오지 않아서 아주 조금 서운하기도 했지만, 그런 마음을 가져서는 안 된다. 시벽 방위도 분명 중요하지만 도시의 입구인 문을 함락당하는 것이 더 위험하다. 그곳이 뚫려 도시 내로 적이 침입했다면 무자비한 살육이 시작됐을 것이다.

조금이라도 안목이 있는 자라면, 더 많은 목숨을 구한다는 의미에서라도 당연히 문을 우선시해야 한다.

정에 휩쓸리지 않고 이성으로 움직이는 인물이야말로 신뢰할 수 있다.

'역시 마도왕 폐하야!'

네이아는 자국 최강의 성기사를 떠올려 보았다.

'비교하는 것 자체가 마도왕 폐하께 실례지!'

그 후로도 마도왕은 도시 내에 침입을 허용해버린 소수의 아인까지 찾아 없앴다고 한다. 그 덕에 목숨을 건진 사람들의 목소리도 많았다. 실제로——

"오오! 마도왕 폐하의 종자님 아니신가! 말씀 전해 주었나?"

마도왕이 얼마나 멋있는지에 대해 생각에 잠긴 사이에 약속 장소에 도착한 모양이었다.

도시의 한 구역, 아직 전장의 공기가 풍기는 도로에 남자 여섯이 모여 있었다.

그들은 고대했던 것처럼 말을 걸었다. 아니, 실제로 그랬을 것이다.

"예. 마도왕 폐하께 여러분의 감사도 전했습니다."

네이아의 시선에 약간 긴장했던 그들이 웃으며 고맙다고 말했다.

"야~ 정말 고마워. 역시 타국의 임금님에게 감사를 전하는 건 어려워서 말이지. 아니, 상대가 성왕녀님이어도 어려웠겠지만."

"그러게. 애초에 만나주실 리가 없으니까."

청년에서 초로까지 나이는 모두 달랐지만 그들은 소대장 정도의 지위를 가진 이들이었다. 직업군인 경험이 있는 자도 있다.

그들의 태도에 '언데드니까' 라는 기피감은 보이지 않았다.

사실 언데드인 마도왕을 경계하는 사람은 아직 있다. 성기사나 신관보다도 평민들 중에 특히 많다. 그들이 자주 하는 말을 빌자면, 친절하게 대해 주는 것은 절호의 타이밍에 배신할 생각이기 때문이라고 한다.

하지만 그것은 마도왕을 모르기에 일반적인 언데드에 대한 거부감만으로 판단하는 것이다. 네이아는 그렇게 생각했다. 왜냐하면 이곳에 있는 그들이 바로 그 증거이기 때문이다. 마도왕을 알고 나서 사고방식이 바뀐 사람들도 있다는 뜻이니까.

"아닙니다, 마음에 두지 마십시오. 저는 여러분의 감사를 그대로 전했을 뿐이니까요. 아, 마도왕 폐하가 이렇게 말씀하셨습니다. 감사해 주어서 기쁘다고요."

민병 대표들이 멋쩍은 표정을 지었다.

"아니, 기쁜 건 우리지…… 이거 참 난처하게."

"누가 아니라나. 정말 다정한 분이야. 언데드라고 무서워했던 게 부끄러울 지경이지."

"폐하는 정말로 다정하신 분입니다. 다만 그 행운이 몇 번이나 이어질 거라고는 생각하지 말아달라, 이번 전투에서 또 마력을 대량으로 써버렸으니 다음에는 정말로 구해 주지 않을 거다, 그렇게도 말씀하셨습니다."

그들은 조용한 표정을 지었다.

"다음에는 마도왕 폐하의 도움이 없다니…… 위험하겠는걸."

"……마도왕 폐하의 힘을 빌릴 수 없다는 걸 알면 겁을 먹는 사람도 많을 거야. 특히 우리 소대는 그래."

"자네 소대만이 아니야. 우리 쪽도 마찬가지지. ……그 친구들에게 말해 주기 힘들겠는데."

동요하는 그들에게 네이아가 조용히 말했다.

"여러분, 저는 한 가지 깨달은 것이 있습니다. 약하다는 것은 곧 악이라는 것을."

의문을 떠올린 듯한 표정을 짓는 그들에게 네이아는 천천히 말했다.

"들어보십시오. 만일 우리가 강하다면 이런 일은 없었을 겁니다. 우리의 부모님도, 아이들도, 부인도 친구도 자기 손으로 지킬 수 있었겠지요. 전에 마도왕 폐하가 말씀하셨습니다. 자신의 소중한 사람에게 가장 높은 값을 매기는 사람은 자신이라고. 마도왕 폐하는 이 나라의 왕이 아닙니다. 어디까지나 도움을 주러 오셨을 뿐입니다."

네이아는 숨을 들이마셨다.

도로 구석에 모여 있던 네이아 일행을 흘끔 보면서. 그대로 바쁘게 지나가버리는 성왕국 백성들도 들어주었으면 했다. 그런 마음이 네이아의 목소리를 살짝 크게 했다.

"⋯⋯알다바오트를 퇴치하고 마도왕 폐하가 돌아간 후, 다시 아인이 침공한다면 어떻게 되겠습니까? 또 타국의 왕에게 도와달라고 사정해야 할까요? 어쩌면 다음에는 폐하께서 도움을 주지 않으실지도 모릅니다. 이번이 특별했던 거지요. 타국의 왕이 이렇게까지 도와주었다는 이야기를 들어본 적이 있나요?"

누구 하나 대답하지 않았다. 그런 말은 어디서도 들은 적이 없었기 때문이다.

"이런 소리를 저 같은 어린 계집에게 들어서 불쾌하실지도 모릅니다. 하지만 자신의 소중한 존재는 스스로 지킬 수밖에 없습니다. 그래서 저는 강해지려고 합니다. 강해져서 제가 지킬 수 있도록, 마도왕 폐하의 힘을 빌리지 않아도 되도록."

"그건, 그래. 맞아. 그 말이 옳아. 나도 훈련해야겠어."

"그래, 나도. 이번에는 내가 아내와 아이들을 지켜야지."

"⋯⋯나도 그래야겠어. 징병됐을 때는 너무 싫었는데⋯⋯ 징병되어서 다행이야."

"그건 그렇고 마도왕 폐하는 참 멋진 말을 하는걸. 가장 높은 값을 매기는 사람은 자신이라. 그건 그래."

"우리 마누라에게 남이 가장 높은 값을 매긴다면 죽여버려야겠지만."

"⋯⋯어, 아니지, 마도왕 폐하는 그런 뜻으로 말씀하신 게 아닐걸."

"……뭘, 농담이잖아."

농담으로 안 들렸다면서 웃음소리가 울려 퍼지는 가운데, 네이아는 제안했다.

"여러분도 저와 함께 훈련하지 않으시겠습니까? 검은 어렵겠지만 활이라면 조금 가르쳐드릴 수 있습니다."

약하다는 것은 악이다. 정의인 마도왕의 발목을 붙잡으니까. 그렇다면 강해지면 된다. 다음에야말로 마도왕에게 폐를 끼치지 않도록, 마도왕이 얄다바오트와의 싸움에 전념할 수 있도록 해 주는 것이 종자로서 올바른 행동일 것이다.

"오, 그거 나쁘지 않은데."

"하기야 강해져야지. 다음에는 내가 지켜줘야지."

"──왜 이런 데 모였나. 무언가 의논할 일이라도 있나?"

"앗── 단장님."

갑자기 누군가가 말을 걸어 돌아보니, 그곳에 서 있던 것은 레메디오스 커스토디오였다. 물론 발소리는 더 일찍 들었지만, 설마 그녀일 줄은 몰랐던 것이다.

귀찮은 사람이 왔다고 생각하면서도, 네이아는 최대한 노력해 얼굴에는 감정이 드러나지 않도록 했다. 대표자들은 곤혹스러운 기색을 보였다.

"질문에 대답하라."

"예! 저분들이 고마워하는 마음을 마도왕 폐하께 전했다고 말씀드린 참이었습니다."

"그놈에게 말이냐."

"······타국의 왕에게 그놈이라는 호칭은 적절하지 않은 듯합니다."

레메디오스가 눈을 부릅뜨고 노려보았다.

"강자가 약자를 지키는 것은, 돕는 것은 당연한 노릇이다."

"······당연한지 어떤지는 잘 모르겠으나, 그것은 강자가 할 말이지 약자가 할 말은 아니라고 생각합니다."

"뭐야! 내가 약자라는 거냐!"

"예!"

네이아는 즉시 긍정했다.

"마도왕 폐하와 비교하면 약자입니다. ······단장님, 제가 틀린 말을 했습니까?"

레메디오스가 노려보아, 네이아도 눈에 힘을 주고 그녀를 바라보았다.

"흥. 마도왕과 친한 것은 좋다만, 그놈은 언데드다. 산 자와는 살아가는 세계가 다른 괴물이다."

"예. 잘 압니다."

"나는 네가 걱정되어 하는 말이었다만, 아무래도 전해지지 않은 듯하군."

유감스럽다는 투로 말하지만 네이아는 거짓말이라고 생각했다. 분명 눈앞의 성기사는 그런 생각을 하지 않고 있다.

"단장님, 바쁘실 텐데 이 이상 시간을 빼앗는 것도 송구스럽습니다. 저희는 조금 더 이야기를 나누어야 하니, 단장님은 기다리시는 분께 가보시는 것이 좋지 않겠습니까?"

"······그렇게 하지. 그대들. 마도왕이 제군을 구해 준 것은 당연한 일이다. 마음에 둘 것 없다."

그 말만을 하고, 레메디오스는 떠나갔다. 그 뒷모습을 지켜본 후 한 사람이 불쑥 말했다.

"어째…… 좀 그러네……. 저게 우리나라 최강의 성기사 야……?"

"예. 저런 분입니다."

마음이 드러나는 중얼거림에 네이아도 동조했다. 그러자 대표들이 얼굴을 손으로 가렸다. 상당히 충격을 받은 듯했다.

네이아는 딱히 잘못한 것이 없었지만 죄책감까지 들었다.

"서, 성기사가 모두 저런 것은 아닙니다. 저분이 좀 특별하달 까……. 뭐, 그런 겁니다. 네."

"종자님도 힘들겠어……. 술을 드실 수 있으면 한잔 사고 싶 은 기분이야."

"마음만 받겠습니다. ……어, 무슨 이야기를 하고 있었죠? 아, 맞아. 함께 훈련하자는 말이었죠. 장소와 도구를 빌릴 곳이 있습니다. 계획을 잡아서 다시 말씀드려도 될까요?"

사내들은 모두 부탁한다고, 기다리겠다고 쾌활하게 대답했다.

2

네이아는 조용히 활시위를 당겼다.

날카로운 시선으로 표적을 응시하자, 조용히 토해낸 숨이 희 게 흘러나와 사라져가는 것이 시야 끄트머리에서 보였다. 벌써 봄이 다가왔는데도 아직 춥다.

마음에 떠오른 잡념을 깊이 가라앉히고, 무심으로 표적을 바라보며 가만히 자세를 잡았다.

이 도시를 둘러싼 공방전을 치르며, 전장에서는 시간 들여 조준할 여유가 없다는 것을 잘 알았다. 하지만 이것은 명중정밀도를 높이기 위한 훈련이며, 속사는 다음에 할 것이다.

그리고—— 쏜다.

퓨웅, 바람 가르는 소리를 남기고 일직선으로 날아간 화살은 한 치의 어긋남도 없이 표적 한복판에 박혔다.

후우.

네이아는 숨을 토해냈다.

열 발을 쏘아 한 발도 빗나가지 않았다.

멋진 명중률이지만, 네이아에게 기쁨은 없었다.

과거의 자신은 못했지만 지금의 네이아는 앞서 쏜 화살의 노크에도 명중시킬 수 있다. 물론 그랬다간 화살이 망가지기 때문에 절대로 하지 않는다.

이만한 실력이 생긴 것은 지난 전투 이후부터였다. 활 실력만 좋아진 것이 아니라 성스러운 힘을 이끌어내는 것도 가능해졌다. 다만, 이야기로 들은 성기사의 능력과는 조금 다른 듯한 것이 이상했다. 성기사의 힘은 근접무기에 담겨야 하는데, 그녀는 이를 원거리 무기에 담을 수 있었기 때문이다.

이것이 무엇인지는 잘 모르겠지만, 마도왕에게 물어보니 매우 흥미를 보이는 듯했다. 다만 그런 마도왕도 "그것만으로는 알기 어려우니, 조금 더 다른 힘에도 눈을 뜬다면 가르쳐다오."라고 말할 뿐이었다.

짝짝짝, 박수 소리가 들려 네이아는 쓴웃음을 지었다. 멋쩍었던 것이다.

"야~ 바라하는 대단한걸."

"정말이야. 이렇게 활 실력이 좋은 사람은 처음 봤어. 우리 마을에도 없었는데."

"누가 아니래. 나도 사냥꾼 일을 하면서 살았고 아는 동료도 꽤 많지만, 바라하만 한 실력을 가진 놈은 없었지."

모두 입을 모아 네이아를 칭송한다. 이곳 활 훈련장에서 함께 땀을 흘리는 자들이었다. 3주 전의 방위전 때만 해도 이곳에 없었던 이들이 많았다.

왜냐하면 이 도시는 현재 인구가 급격히 늘어나는 중이기 때문이다. 주변 수용소에서 구출한 사람들이 유입된 것이다. 그중에서 활의 센스가 있는 사람, 활을 쓴 적이 있는 사람들이 궁병대에 들어와 네이아의 부하가 됐다.

상식적으로 생각하면 단순한 종자인 계집아이가, 사람에 따라서는 아버지와 딸 정도의 나이 차이가 있는 어른을 부하로 거느린다는 데에는 반발이 클 수도 있었다. 하지만 이 자리에 모인 남자들은——여자도 있지만——불만을 제기하지 않았다.

그녀의 흉악한 시선을 받아 이의를 제기하지 못하는 사람도 있었고, 그녀의 활 실력을 본 후 존경심을 품게 된 사람도 있었고, 마도왕의 종자라는 말에 네이아에게 고마움을 느낀 사람도 있었다.

마도왕의 종자란 말에 언데드를 겁내는 사람도 있었지만, 꼭 그렇지만은 않았다.

지난 3주 동안 포로수용소를 해방하고자 성기사단이 파견됐는데, 그와 동시에 마도왕과 네이아도 둘이서 수용소를 습격해 포로를 해방하고 있었기 때문이다.

마도왕이 제안했을 때는 놀랍게도 다수의 반대 의견이 나왔다. 하지만 '병사가 줄어든 아인연합이 수용소를 제대로 관리하지 못한다고 판단하면 많은 포로가 처분될 것이다. 그러니 속히 구출할 필요가 있다' 는 마도왕의 제안을 카스폰도가 받아들이는 형태로 두 사람이 파견됐다.

얄다바오트와 싸우려면 마도왕도 마력을 아껴야 할 텐데. 네이아도 충고하고 싶었다. 그러나 타국의 백성을 지키려고 움직이는 그런 사람이기에 네이아는 존경하고 정의를 느꼈던 것이다. 말릴 수는 없었다.

그렇게 네이아와 마도왕은 수용소를 해방해 많은 백성을 이 도시까지 안내했다. 그렇기에 네이아의 부하가 되어 기뻐하는 사람도 있었다.

"야~ 우리도 바라하를 좀 본받아야겠어."

"그러게. 정말 대단해. 게다가 마도왕 폐하께 빌린 그 활── 얼티밋 슈팅스타 슈퍼를 쓰면 더 대단한 힘을 발휘한다며?"

"얼티밋 슈팅스타 슈퍼라. 대단한 활이었지……."

네이아의 등에 달린 활── 얼티밋 슈팅스타 슈퍼에 모든 이의 시선이 집중됐다.

훈련 때에도 이것을 써야 할지도 모르지만, 무기에만 의존하고 싶지는 않았으므로 훈련할 때는 쓰지 않았다.

"그렇습니다. 이 얼티밋 슈팅스타 슈퍼가 있기에, 저는 마도왕 폐하께서 도우러 와 주시기 전까지 시벽 전투에서 살아남을 수 있었습니다. ……아니, 그게 아니지요. 얼티밋 슈팅스타 슈퍼만이 아니라, 마도왕 폐하께 빌렸던 이 갑옷 등등, 모든 아이템의 힘 덕이었습니다……."

네이아는 호왕 버저의 갑옷을 쓰다듬었다.

"이름 있는 아인의 갑옷이라며? 몇 번을 봐도 훌륭한걸……."

"나도 만져본 적 있는데 정말 단단했어. 내가 검으로 베어도 튕겨 나가던데."

"정말이야? 그건 처음 들었는걸."

서서히 네이아의 장비 이야기로 화제가 바뀌기 시작해, 네이아는 한 차례 손뼉을 치고 모두의 주의를 끌었다.

"이야기는 그만하고 훈련을 재개하죠. 마도왕 폐하의 말씀으로는 슬슬 얄다바오트 측도 준비를 갖추고 다시 움직일 거라고 하니, 1분 1초가 아깝습니다."

일제히 알았다고 말했다.

"그러면 시범은 이쯤에서 끝낼 테니, 여러분도 시작해 주십시오."

뿔뿔이 흩어져 가는 부하──라고 말하면 건방지게 들려 조금 부끄럽지만──들의 모습을 지켜보고, 네이아는 자신의 얼굴 절반을 가리는, 마도왕에게 빌린 아이템을 벗었다.

바이저 타입 미러셰이드의 형상을 한 매직 아이템이며, 3분에 한 번씩 사사(蛇射)라는 특수기술을 쓸 수 있게 해 준다. 화살이 상대의 앞에서 위로 치솟아, 마치 뱀이 사냥감에 덤벼드는 것처럼 습격하는 기술이다.

누군가에게 쏘아본 적이 없으니 아직은 잘 모르겠지만, 아마도 어지간히 민첩하지 않고서는 이것을 피할 수 없을 것이다.

활을 주무기로 싸우는 네이아에게는 매우 편리한 아이템인데, 그 이상으로 자신의 눈을 가릴 수 있다는 것이 특히 훌륭하다. 아니, 이것이 없었다면 사람들과 이 정도로 터놓고 지내지 못했을 것이다.

네이아는 다시 바이저를 쓰고 활을 들었다.

이곳에 있는 이들은 경험자이므로 기초적인 기술을 설명할 시기는 지났다. 속사 요령도 간단한 설명으로만 그치고, 나머지는 각자 손가락이 아파질 때까지 연습을 시켰다. 쏘는 경험을 많이 쌓는 것이 중요하기 때문이다.

여느 때처럼 신관에게 회복마법을 요청해야겠다고 생각하며 네이아도 활을 쏘았다.

마침 그때, 네이아의 날카로운 청각이 술렁이는 소리를 포착했다.

그 소리는 밖에서 들려왔다. 네이아는 풀어지려는 표정을 열심히 다잡았다. 예상이 빗나갈지도 모르고, 기대했던 인물이라 해도 이곳이 목적지가 아니라서 그냥 지나칠지도 모르기 때문이다.

그러나 훈련소 입구에 모습을 나타낸 사람은 해골 얼굴을 가진 위대한 왕—— 마도왕이었다.

아직도 언데드에게 공포를 느끼는 자도 있지만, 마도왕에게 수용소에서 구출되거나 방위전에서 도움을 받은 자들도 많다. 외경심과 감사의 속삭임이 술렁임이 되어 마도왕이 온다는 사실을 알려주었던 것이다.

하지만 누구도 훈련을 멈추려 하지는 않았다. 원래 같으면 마도왕에게 무릎을 꿇고 맞이해야겠지만, 그것은 마도왕 자신이 못하게 만류했다.

'——공식석상도 아니니 훈련소에 들를 때마다 그런 일을 하지 않아도 된다고 했지.'

그것은 한 나라의 왕이자 구국의 영웅에게 용서받을 수 없는 태도였다. 그럼에도 아무것도 하지 말라는 것이다.

'어쩐지 참 대단한 분이야…….'

네이아는 후우 한숨을 쉬고는 마도왕의 곁으로 달려갔다. 자꾸 풀어지려는 입가를 꽉 다잡으면서.

바이저는 여전히 착용한 채였다. 마도왕은 '항상 전투 준비를 해야 하니 벗지 않아도 좋다'고 했기 때문이다.

매직 아이템을 평소에도 착용해 자신의 몸처럼 쓸 수 있도록 해놓고, 또한 어떤 예측하지 못한 사태가 발생해도 문제가 없도록 준비해야 한다는 배려일 것이다. 네이아는 마도왕의 깊은 생각에 감복했다.

손에 시선을 보내던 마도왕이 달려오는 네이아에게 눈을 돌리는 것을 알 수 있었다. 마도왕의 평소 버릇을 보고 네이아는 어쩐지 기뻐졌다.

보통 사람이 아닌 분의 사소한 버릇을 알고 있다는 사실에 표정이 또 풀어지려 했다.

"폐하! 이런 곳까지 왕림해 주셔서 고맙습니다!"

네이아는 궁병대 대장으로 임명받은 지금도 마도왕의 종자 일을 계속하고 있다. 그렇다고는 하지만 곁을 떠나 활 훈련을 하고, 심지어 이곳까지 마도왕을 혼자 오게 만들었으니 종자로서 똑바로 일한다고는 도저히 말하기 힘들었다.

네이아는 마도왕의 종자 역할을 우선시하고 싶었지만, 다시 그를 방해하는 일이 없도록 이를 감수하기로 했다. 그리고 또 한 가지, 아무에게도 말하지 않은 이유가 있었다.

그것은 마도왕 폐하가 종자로는 네이아 이외의 사람을 임명할 마음이 없다고, 네이아의 눈앞에서 카스폰도에게 말해 주었던 일이었다.

점점 사람이 늘어나는 이 상황에서, 자신처럼 눈매 사나운 계집아이보다 우수하고 매력적인 사람은 얼마든지 있을 것이다. 그럼에도 네이아가 좋다고 해 준 것이다. 자신이 정의라 생각하는 분이 그렇게 말해 준 것이다.

이보다 더한 기쁨이 또 있을까.

"——흐음. 겸손함은 알지만 '이런 곳'이라고 할 것까지는 없잖나. 자네들이 송곳니를 갈고닦는 장소이니."

"고, 고맙습니다, 폐하!"

곁눈질로 살펴보니——마도왕을 앞에 두고 시선을 돌리는 것은 실례일지도 모르지만 이 미러셰이드를 하고 있으니 그런 것도 가능하다——이를 들었을 부하들의 귀도 붉었다. 그들은 긴장했는지, 멋진 모습을 보여주고자 어깨에 힘이 들어갔는지 아까보다 서툴러져 조금 난감한 기분이 들었다.

그렇다고는 하지만, 자신의 귀도 붉게 달아올랐다.

"……바라하 양. 자네 부하들도 전에 비해 상당히 진보했군.

이건 대장인 자네의 활약 덕일까?"

그런 칭찬에 네이아는 조금 부끄러워하면서도 뭐라 대답할지 고민했다.

'마도왕 폐하가 오셔서 긴장해 실력을 발휘할 수 없었다고 설명하면, 조금 창피하고. 그들도 부끄럽겠지.'

그러므로 네이아는 그런 걸로 하기로 했다. 다만——

"아니요, 그런 것은 아닙니다. 제가 그들에게 가르친 것은 거의 없으니까요. 그들은 원래 이만한 실력이 있었다는 뜻입니다."

"그런가? 뭐, 자네가 그렇게 말한다면 그런 것으로 해 두지."

그런 것으로—— 다시 말해 마도왕은 그렇게 생각하지 않는다는 뜻이다. 네이아를 매우 높이 평가한다는 뜻이다.

깡충깡충 뛰고 싶어지는 마음을 얼버무리듯 네이아는 살짝 큰 목소리를 냈다.

"그, 그런데 폐하, 이곳까지 오신 것을 보니 회의는 끝났나 보군요."

"음. 오늘 회의는 끝났지. 그렇다 해도 딱히 내가 무언가 제안한 것은 아니다만."

현재 이 도시는 수없이 많은 문제를 안고 있다. 모든 문제의 근원은 도시의 인구 증가였다. 이 소도시 로이츠의 인구는 원래 2만 명도 되지 않았으리라. 하지만 수용소에서 해방된 사람들을 모았기 때문에, 현재는 15만 명이 넘었다.

인구 과밀에 따라 발생한 문제 중 하나로, 하수처리를 해 주는 슬라임——위생 슬라임——이 풍부한 영양을 먹고 증식해 하수도에서 넘쳐났던 소동은 아직도 기억에 생생하다.

슬라임이 늘어나면 도구를 사용해 태워버리는 경우는 가끔 있었지만, 상상을 초월하는 속도로 늘어난 결과 솎아낼 틈도 없이 남녀 몇 명이 습격당하고 말았다.

그들이 슬라임에게 포위당했을 때, 하수도에서 나타난 쓰레기 처리 몬스터 파에크데세가 구해 주었다.

파에크데세는 외견과는 달리 지성이 있는 몬스터로, 인간들이 자신의 식사를 대량으로 만들어 준다는 사실을 아는지, 산에 내성이 있는 몸을 써서 구해 준 것이다.

다만 파에크데세에게 감사하는 사람은 없었다. 왜냐하면 위생 슬라임은 병원균을 가지고 있어서, 반대로 말하자면 그들을 구해 준 파에크데세 또한 병원균 덩어리라는 뜻이다. 결국 촉수에 도움을 받은 자는 병에 감염되어 끔찍한 꼴을 겪었다. 특히 뇌염이 심했다.

그 외에도 지금은 겨울이므로 장작 등 연료의 부족, 주택 건축 지연 등이 문제로 제기됐다. 또한, 아직은 식량난에 빠질 정도는 아니지만 장래에는 그럴 위험성이 있었다.

마도왕은 이러한 제반 문제의 대책을 마련하는 회의에 이번 주 내내 불려나갔다. 문제해결을 위해 폭 넓은 지식을 기대한 것이리라.

마도왕 본인은 '자신에게는 별 지식이 없다 보니 이야기를 듣는 정도로만 그치고 있다'고 말했지만, 그런 사람이 몇 번씩 회의에 불려나갈 리가 없다. 일국의 왕이면서 항상 겸허한 자세를 보이는 마도왕을 네이아는 더욱 존경하게 됐다.

"그러면 이제부터는 어떻게 하실 생각이십니까?"

"흐음. 나무 운반이 잘되는지 확인하러 갈까 한다만, 바라하 양은…… 훈련 때문에 바쁜가? 괜찮다면 둘이서 갈 수 있겠나?"

부족한 가옥과 연료를 해결하기 위해, 멀리 떨어진 숲에서 벤 나무를 마도왕이 소환한 언데드 말로 이곳까지 운반하고 있다. 처음에는 언데드 짐말을 쓰는 것을 꺼림칙하게 생각하는 자도 많았으나 이제는 언데드 말의 훌륭함에 감탄하는 목소리가 속출했다.

"아닙니다, 동행하겠습니다! 저는 폐하의 종자니까요!"

오랜만에 하는 종자 일, 그것도 둘만 간다는 것이 기뻐 자신도 모르게 빠른 어조로 말하고 목소리도 조금 커졌다. 그 사실에 스스로 귀를 붉혔다.

"그, 그래? 그러면 같이 가도록 하지."

"네! 부디——."

네이아의 말을 가로막듯, 느닷없이 멀리서 화륵, 하고 하늘을 태우는 듯 격렬한 불꽃이 솟아올랐다.

한순간 어디서 화재가 났나 하고 네이아는 생각했다.

하지만 그것이 아니었다. 무언가가 완전히 달랐다. 저런 것이 자연적으로 일어났을 리가 없다.

그 불꽃은 이 도시를 에워싸듯 솟아오르고 있었다. 다시 말해 불꽃의 벽——.

네이아의 머릿속에는 청장미가 말했던 내용이 금세 떠올랐다.

"——마도왕 폐하! 저것은!"

"그래, 그대의 생각이 맞을 것이다. 나도 모몬에게 들었으니.

……마침내 이때가 왔군. 얄다바오트다. 놈이 쳐들어왔다는 뜻이지. 바라하 양, 나는 가겠다."

이 사태를 예견했던 것인지, 마도왕의 냉정한 태도에 이끌리듯 네이아의 마음도 차분해졌다. 아니, 마도왕이라는 절대자가 있기에 안심했다고도 할 수 있으리라.

"어디로 가십니까?!"

"어— 음. 얄다바오트가 무엇을 노리고 왔는지는 모르겠군. 음, 어쩌면 목적 없는 학살을 위해 왔을 가능성도 없지는 않다. 하지만 목적이 있다고 하면 바로 나, 혹은 성왕국의 수뇌부가 아닐까? 그렇다면 합류하는 편이 좋겠지. 부하들에게는 전투태세를 갖추고, 안전한 곳으로 도망치도록 명령해라."

"예?!"

"얄다바오트가 왔다면 그들은 도움이 되지 않는다. 그보다는 출현할지도 모를 악마에 대비하는 편이 낫지. 아마 도시 내부는 혼란에 빠질 테니, 부대를 정비하면 도시 밖으로 가는 편이 좋을 게다."

처음에는 어물거리는 말투였지만, 생각이 정리됐는지 중간부터는 막힘없이 네이아에게 지시를 내려 주었다.

"예! 고맙습니다, 마도왕 폐하! 그러면 여러분!"

얄다바오트가 군세를 이끌고 출현했을 때의 대응 수단은 이미 정해놓았지만, 이처럼 갑작스럽게 도시가 불길에 휩싸이는 사태는 예상도 못했다. 그렇다기보다 적이 어느 정도 존재인지를 모른다는 것이 큰 문제였다.

네이아는 지시를 내렸다. 어디까지나 부대 중 하나일 뿐이므로 제멋대로 행동할 수는 없지만, 명령이 올 때까지는 대장으로서 가장 옳다고 생각되는 행동을 취할 책임이 있었다.

그녀가 내린 명령은 요약하자면 이러했다.

부대원들은 가족 등을 데리고 동문으로 향할 것. 적이 진격한다면 서문으로 올 가능성이 크기 때문이다. 그리고 그곳에서 대열을 재편성해, 만약 악마들이 동문 밖에 있을 경우에는 동문 우측의 시벽으로 올라가 그곳에서 적을 공격할 것. 그리고 네이아가 갈 때까지는 부관의 지시에 따라 임기응변으로 대응할 것.

네이아의 지시에 따라 부하들이 신속히 행동을 개시했다.

"폐하!"

명령을 마친 네이아가 돌아보자, 마도왕은 손에 눈을 떨구면서 〈비행〉 마법으로 네이아의 머리 정도 높이까지 떠 있던 참이었다.

"폐하! 저도 함께 가겠습니다!"

네이아의 말에 놀랐는지, 마도왕이 손을 꽉 쥐었다. 그때 손 안에서 희미한 소리가 들린 듯했다.

"으음…… 뭐, 좋다."

마도왕이 네이아에게 〈비행〉 마법을 걸어주었다. 그 순간 어떻게 날아야 하는지 이해할 수 있게 되는 것이 마법의 위대한 점이다.

네이아와 마도왕은 지상을 미끄러지듯 이동했다. 상황을 파악하지 못한 채 혼란에 빠진 인파에 가로막히면 허공에 떠올라 단숨에 지나쳤지만, 그 외에는 지면에서 떨어지지 않았다. 왜냐하면 하늘처럼 엄폐물이 없는 곳을 날면 매우 눈에 뜨이며, 악마가 있을 경우 사방팔방에서 공격마법이 날아들지 않으리라는 보장도 없기 때문이다.

네이아는 자신이 방해가 된다는 사실에 입술을 깨물었다. 악마의 마법 정도는 마도왕이라면 아무런 걱정도 없을 것이다. 이건 짐작이지만 네이아가 있기에 일직선으로 하늘을 날아가지 않고 이렇게 먼 길을 돌아서 가는 것 같았다.

이윽고 목적지인 본부—— 카스폰도의 주거지 겸 사령부에 도달했다.

입구 옆에서는 몰려온 사람들을 상대하느라 두 성기사가 갈팡질팡하고 있었다.

"바라하 양, 위로 가세."

"예!"

정면으로 들어가기는 어렵다 보고 공중으로 떠올랐다. 그리고 발코니에 도착하자 복도 쪽에서 누군가가 창문을 열어주었다.

"폐하! 기다렸습니다."

성기사 중 한 사람이었다.

"다들 모였나?"

"아닙니다, 폐하. 신관들은 아직 집결 중입니다. 수용소를 해방하러 갔던 몽타녜스 부단장님은 오늘 돌아올 예정이 없으며, 지금 있는 분은 커스토디오 단장님과 카스폰도 전하뿐입니다."

"그렇군. 그러나 그 두 사람이 있다면 이야기가 편해지지. 방까지 안내해 주게."

"예!"

성기사의 안내에 따라 카스폰도의 방으로 향했다. 문 너머로 실랑이를 하는 고성이 들렸다. 상당히 크게 다투는 듯했다.

선두에 선 성기사가 문을 열자 십여 명의 핏발 선 눈이 그들을 맞아주었다.

"늦어서 미안하네. 별로 시간이 없을 테지. 작전은 어떻게 되고 있나?"

멤버들이 서로 흘끔흘끔 눈치를 살폈다. 대표로 카스폰도가 입을 열었다.

"얄다바오트의 모습은 아직 발견되지 않았습니다. 마도왕 폐하, 얄다바오트 이외의 악마나 마법의 도구로 똑같은 것을 만들어낼 수 있을까요?"

"그건 모르겠네. 나도 이런 짓을 할 수는 없으니."

동요가 일어났다. 마도왕이 쓸 수 있는 온갖 마법은 상상을 초월하는 것뿐이었다. 그런 마도왕도 불가능한 마법을 구사하는 얄다바오트의 힘은 대체 어느 정도란 말인가.

"이 불꽃은 대체 어떤 효과가 있소? 분명 청장미는 평범하게 지나갈 수 있었다고 했는데, 일반인이라도 지나갈 수 있는 거요?"

마도왕은 질문한 레메디오스를 돌아보았다.

"그건 문제가 없네. 효과에 대해서 말이네만, 이 불꽃에 휩싸인 내부에 있는 악마의 능력을 살짝 높여준다, 카르마 수치가 마이너스일 경우 강화되는 마법의 대미지가 조금 올라간다. 드롭률이 올라간다 등등 여러 가지 의견이 있었지만 조사 팀이 알아본 바에 따르면 그러한 효과는 없다고 했네. 다만 별도의 효과가 있는 것 아니냐는 의견이 없지는 않았지."

"다시 말해 아무 일 없이 지나갈 수 있다는 거요?"

"음? 처음에 문제없다고 하지 않았나?"

그 말에 카스폰도가 명령을 내렸다.

"그럼, 인근에 아인이나 악마의 모습이 없다면 밖으로 피신시키고 그곳에서 부대를 재편성하겠다. 왕국의 경우 불꽃에 휩싸인 범위 내에서 악마가 출현했다고 하니. 그 방침으로 계획을 입안하도록."

그리고 다시 마도왕에게 질문했다.

"그러면 폐하의 힘으로 얄다바오트가 어디에 있는지는 알아봐 주실 수 있겠습니까?"

"그것이 가능하다면 내가 이 도시에 계속 남아 있을 필요는 없었겠지."

"그건 그렇군요."

잇달아 쏟아지는 질문에 마도왕이 대답했을 때였다.

쩌적쩌적, 하는 불길한 노이즈가 들려왔다.

처음에는 작아서 실내의 소란에 지워질 만한 소리였지만, 서서히 커졌다. 한 사람, 또 한 사람 그 사실을 깨닫고 입을 다물자, 이윽고 정적 속에서 쩌적쩌적 소리만이 울려 퍼지게 됐다.

모두가 불안해하며 주위를 둘러보는 가운데, 네이아는 실외에 인접한 벽의 이상을 깨닫고 앗 소리를 냈다.

벽에 균열이 뻗고 있었다. 전원이 주목하는 가운데, 그것은 순식간에 방사형으로 퍼지더니 실내 쪽으로 크게 부풀어 오르기 시작했으며, 마침내——

"떨어져라!"

레메디오스의 외침과 동시에 마도왕이 네이아의 앞으로 움직였다.

꽝음과 함께 벽이 부서지며 파편이 산탄처럼 실내에 흩어졌다. 신음이 곳곳에서 들렸다. 무시무시한 기세로 날아든 잔해에 부딪힌 자들이었다. 마도왕이 네이아의 방패가 되어주지 않았다면 네이아도 마찬가지로 비명을 질렀을 것이다.

"고, 고맙습――."

네이아가 감사를 올리려 하자, 마도왕이 손을 들어 제지했다. 그대로 뭉게뭉게 피어나는 흙먼지 너머를 주목하라는 듯 검지를 들어 가리켰다.

그곳에는 커다란 그림자와 타오르는 불꽃의 색이 있었다.

"――나를 맞이해 주어 고맙다, 인간들."

무겁고 굵은 목소리.

흙먼지를 가르듯, 벽에 뚫린 커다란 구멍에서 천천히 몸을 일으키더니 실내로 들어오는 존재.

그것은―― 악마였다.

너무나도 커서 몸을 구부리고 억지로 방에 들어오려 했다. 얼빠진 모습이라고 할 수도 있지만, 도저히 웃을 상황은 아니었다. 목구멍이 제대로 움직이질 않아, 입속에 고인 침을 삼키려해도 그것이 걸려버렸다.

압도적인 힘의 덩어리.

원래 네이아는 적과의 역량 차이를 판별하는 데 능숙하지 못했지만, 그래도 이것만은 알 수 있었다. 네이아가 몇만 명 있어도 절대로 이기지 못한다. 반지를 뺐을 때 마도왕에게서 풍기던 분위기에 필적하는 파동에 휩쓸려 손가락 하나 까딱하지 못했다.

여기까지 오면 저것이 무엇인지는 알 수 있었다.

'저, 저게, 얄다바오트……. 마황 얄다바오트…….'

분노를 머금은 얼굴에 시뻘건 날개, 그리고 불길이 타오르는 손—— 그 손에는 무언가를 쥐고 있어, 네이아는 눈을 의심했다.

그것은 믿기 싫지만 인간의 하반신 같았다. 그곳에서 악취가 풍겼다. 썩은 것이다.

"끼이이이이아아아아아!"

포효, 아니 괴성이라고 해야 할까. 감정의 고삐가 풀려 광기에 찬 인간이 지르는 듯한 목소리가 네이아의 등 뒤에서 들려왔다.

네이아의 등줄기가 섬뜩해졌다. 그 목소리의 주인은 레메디오스였다.

레메디오스는 성검을 쳐들고는, 마치 방어를 생각하지 않듯 얄다바오트에게 돌진했다.

무모하다. 검술을 잘 모르는 네이아조차 그렇게 생각할 정도로 우직한 돌격이었다.

"——비켜라."

무겁고 조용한 목소리와 함께 철퍽 하는 물소리가 솟았다. 그와 동시에 레메디오스가 일직선으로 날아가 건물이 무너지는가 싶을 정도의 격돌음과 함께 벽에 부딪쳤다. 거기에서 그치지 않고 공처럼 튕겨나온 레메디오스는 힘없이 그 자리에 쓰러졌다.

얄다바오트가, 인간의 하반신으로 여겨지는 것을 휘둘러 레메디오스를 날려버린 것이다.

네이아라면 죽었을 일격이었지만, 역시 성왕국 최강의 성기사인 만큼 목숨은 무사한 듯했다.

대신이라고 해도 좋을지는 모르겠지만 코를 찌르는 듯, 구역질을 유발하는 악취가 피어났다. 레메디오스를 후려친 충격으로 얄다바오트가 손에 들고 있던 부패한 하반신이 자잘한 살점이 되어 실내 전체에 흩어진 것이다.

"오…… 이런. 방을 더럽힌 점을 우선 진심으로 사죄하지. 저 여자가 아무 생각도 없이 달려들지 않았다면 이런 일은 없었겠지만── 변명이 될 테니. 용서해다오."

얄다바오트가 천천히 고개를 숙였다. 진심으로 잘못했다고 생각하는 듯한 태도가 오히려 한층 무섭게 느껴졌다.

그리고 손에 남아 있던, 불꽃에 시커멓게 탄 인간의 발목뼈를 실내에 아무렇게나 내팽개쳤다.

"거참. 조금 신이 나서 휘둘러댔더니 위쪽 절반은 어디론가 날아가버렸지 뭔가. 지저분하니 얼른 처분해버릴까 해서 기회만 살폈는데…… 이처럼 마지막까지 일할 기회를 주다니, 나는 정말 관대한 악마야. 그녀도 분명 저세상에서 감사하고 있겠지."

누구에게랄 것도 없이 얄다바오트가 말했다.

"아아아아아아아아!"

비통한 목소리가 솟아났다. 입가에서 피를 흘리며 몸을 조금 일으킨 레메디오스가 자신의 몸을 어루만지고 있었다. 아니, 온

몸에 묻은 살점을 모으려 하는 것이다. 그녀가 대체 뭘 하는 걸까, 정신이 나가버린 걸까, 네이아는 생각했다.

아니, 그녀의 기이한 행동에는 분명 의미가 있을 것이다.

'설마, 조금 전의 시체는⋯⋯. 아니, 그럴 리가⋯⋯.'

하반신은 너덜너덜한 갑옷으로 보이는 잔해를 달고 있었으며, 여성으로 여겨졌다. 그렇다면, 짐작할 수 있는 인물은 둘.

만약 그 짐작이 사실이라면——

"좋은 음색이야."

얄다바오트가 지휘자라도 되는 것처럼 가볍게 한 손을 흔들었다.

"자, 그러면 인사를 드려야겠지. 처음 뵙겠네, 마도왕 아인즈 울 고운. ——'님'을 붙여 불러드리는 편이 좋으려나?"

"그럴 필요는 없네. 그러면, 이곳에 온 이유는 나와 승부를 내기 위해서라 봐도 되겠나?"

"바로 그렇지. 약한 것들이 얼마든지 있어봤자 의미는 없으니. 그런 거다."

"그 점에는 동의하네. 쓸데없는 희생이 나오는 것은 나도 바라지 않으니."

마도왕은 흐느끼는 레메디오스에게 눈길을 돌렸다.

"마도왕, 너는 강하다. 그 모몬 이상이지. 그렇기에 나는 필승의 비책을 취했다."

얄다바오트가 손을 슥 들자, 커다란 구멍 너머에서 얼굴을 쏙 내미는 자가 있었다.

가면을 쓴 메이드복 차림의 여성. 숫자는 둘.

"──흐음. 이건…… 흐음. …………흐……음……."

마도왕에게서 조바심이 느껴졌다. 아니, 그것도 당연하다.

얄다바오트 하나가 아니라 메이드 악마들이 동시에 올 줄은 예상하지 못했음이 틀림없다. 아니다──

'그럴 리가 없어. 총명한 마도왕 폐하라면 이미 예상했겠지. 그러면 왜? ──분명 우리가 있기 때문일 거야. 우리를 완전히 지킬 자신까지는 없으시겠지. 하지만 그렇게 걱정을 끼쳐드리고 싶지는 않아!'

"폐하, 저희 걱정은 하지 마십시오."

"응?"

마도왕이 놀란 목소리로 조그맣게 말했다.

이해한다. 메이드 악마는 이 방에 있는 자들을 쉽게 죽일 만한 존재이며, 걱정하지 말라는 말을 듣는다 한들 이 자리를 맡길 수는 없다는 것쯤은. 마도왕의 수준에서 보자면 네이아는, 그리고 레메디오스조차 계산에 들어가지 않을 정도의 피라미일 것이다.

그래도 방해가 되느니── 죽을 것이다.

마도왕의 부하들은 인질이 되면 죽을 각오를 가졌다고 들었다. 마도왕은 난감하다고 말했지만 네이아는 부하들의 그런 마음을 지금이라면 확실하게 이해할 수 있었다. 존경하는 사람에게 방해가 되고자 자신은 이곳에 있는 것이 아니다.

"하하하하! 안심해라, 인간들. 너희는 나중에 천천히 괴롭히며 죽여줄 테니까. 우리는 이 도시의 중앙에 있는 분수에서 기다리도록 하지. 물론 마도왕, 너도 함께 도망쳐도 상관없다."

"그 말을 그대로 돌려주마, 얄다바오트."

마도왕과 얄다바오트가 서로를 노려보았다.

그리고 얄다바오트가 등을 돌리자── 검을 쥔 레메디오스가 펄쩍 뛰듯 일어나 달려들었다. 살짝 빛이 깃든 성검의 궤적이 마치 빛의 띠처럼 흘러갔다.

"죽어라아아아아!!!!"

그리고 얄다바오트의 등에 꽂혔다.

"뭔가, 이건? ……만족했나?"

──싸늘한 목소리였다.

"어……어, 째서…… 성검의…… 일격을 받고도…………. 악일 텐데도……."

레메디오스의 뒷모습이 너무나도 작게 느껴졌다.

"모르겠군. 어째서? 어째서라니, 무슨 뜻이지? 따끔하기는 했다. 그래서 만족한다면, 거추장스러우니 비켜 주겠나? 너를 이곳에서 죽일 생각은 없다. 네 차례는 마도왕을 죽인 다음이 될 것이다."

얄다바오트는 레메디오스를 무시하고, 그대로 불꽃의 날개를 크게 펼쳤다. 여기에 얻어맞고 레메디오스는 바닥을 굴러 이쪽으로 돌아왔다.

얄다바오트는 꼴사납게 바닥에 엎드린 그녀는 쳐다보지도 않고 날아올랐다. 메이드 악마도 그 뒤를 따랐다.

"……자, 그러면 나도 가겠네. 전투에 말려들지 않도록 자네들은 피난해 주게. 괜찮을 거라고는 생각하지만, 이 도시가 반파되어도 용서해 주게."

"마도왕 폐하, 괜찮으시겠습니까?"

파편의 산탄을 피하고자 바닥에 몸을 날려 엎드렸던 카스폰도가 일어나며 물었다. 그의 눈은 일어나려고도 하지 않은 채 어깨를 축 늘어뜨린 레메디오스의 뒷모습에 고정되어 있었다.

"문제없다──고는 단언하지 못하겠구려. 그렇다고는 하지만 기회이기도 하지. 만일 방패로 아인을 데려왔다면 매우 성가셨겠지만, 놈은 아직 나를 우습게 보는 듯하오. 내가 메이드 악마를 지배할 좋은 기회이기도 하고."

"괜찮아. 아직 괜찮아. 동생이, 케랄트가 있어. 그 아이라면 칼카 님도, 반드시……."

중얼중얼 무언가를 중얼거리던 레메디오스가 자신의 얼굴을 후려치더니 힘차게 일어났다.

"마도왕, 나도 가겠다! 놈에게 대미지를 입힐 수 있는 무기를 빌려다오! 잠시나마 너의 검이 되어 주마!"

충혈된 눈에 증오를 담은 레메디오스를 보고, 마도왕은 고개를 가로저었다.

"……관두게. 자네는 방해만 될 뿐이니."

"뭐라고!!"

"모르겠나? 역량의 차이를. 아니면 이해는 하지만 받아들이지를 못하나? 솔직하게 말하지. 자네는 짐만 되네."

레메디오스가 마치 자신의 원수라도 되는 양 마도왕을 노려보았다.

마도왕의 말이 심한 것은 사실이었다. 그러나 진실이 담겨 있었다. 아니, 진실이기에 받아들일 수 없겠지.

"커스토디오 단장! 자네에게는 다른 역할을 맡기겠네. 사람들을 도시 밖으로 피난시키게!"

카스폰도가 위엄 있는 목소리로 명령했다.

"원래 얄다바오트를 마도왕 폐하께 부탁드린다는 데에는 자네도 찬성하지 않았나?"

"……알았소."

레메디오스가 입술을 깨물고 내뱉듯 말했다.

"그 쓰레기 자식을 반드시 죽여버려라."

"알았네."

"──성기사들, 이 시신을 정중히 모아라. 한 점도 남기지 않도록."

"단장님……. 이 시신은……."

짐작 가는 바가 있는지 성기사 하나가 떨리는 목소리로 묻자, 레메디오스가 가로막듯 말했다.

"악마의 기만공작일 가능성을 잊지 마라."

레메디오스가 돌아보지도 않고 걸어나갔다. 몇몇 성기사가 반쯤 겁을 먹은 표정으로 그 뒤를 따랐다.

"마도왕 폐하, 그녀의 태도에 진심으로 사죄 말씀 드립니다. ……사죄한다고 용서를 받을 만한 일은 아닙니다만."

카스폰도가 고개를 숙였다.

"부디 용서해 주시기 바랍니다."

"……받아들이겠소. 그러면 서둘러 피난 준비를 해 주시오. 놈을 너무 오래 기다리게 했다가는 조금 전의 말을 뒤집을지도 모르니. 나는 먼저 가서 시간을 끌겠소. 하지만 여유는 길어야

30분 정도일 거라 생각해 주시오.”

“알겠습니다. 다들 들었겠지! 즉시 움직인다!”

몇몇 신관과 성기사가 카스폰도와 함께 나갔다.

그리고 방에 남은 것은 마도왕과 네이아, 그리고 ‘어떤 분’ 의 시신을 봉투에 담고 있는 몇 명의 성기사와 신관뿐이었다. 그렇다면——.

“폐하, 저를 함께 데려가주실 수 없겠습니까?!”

놀라 숨을 멈추는 소리가 주위에서 들려왔다. 그러나 네이아는 외부인을 무시했다. 미러셰이드를 벗고 일직선으로 마도왕을 보았다.

“……음, 그럴 수는 없다. 말은 그렇게 했다만 그래 봤자 악마. 궁지에 몰리면 본성을 드러내고 너를 인질로 삼을 수도 있다.”

“하오나 폐하께선 그럴 때 망설임 없이 저를 죽여 주시겠지요?”

“진지한 얼굴로 그렇게 말하면 내가 나쁜 놈처럼 들리는걸. 뭐, 구할 수 없다면 내버리고 자네와 함께 공격마법을 쓰겠지.”

“하오면——.”

“——나는! 나는, 포로가 된 자를 죽이고 싶어서 죽이는 게 아니다.”

“아! 실례했습니다…….”

그 말이 옳다. 그것이 최선임을 알기에 그렇게 하는 것뿐이다. 만약 더 좋은 방법이 있다면 그쪽을 선택할 다정한 분이다. 그리고 네이아를 동행시키지 않는 것이 이 경우에는 최선 중의 최선이라고 생각하는 것이다.

"하오나…… 폐하는 이 도시의 해방을 위해 많은 마법을, 나아가서는 매직 아이템까지 쓰셨고, 마력을 소모하셨습니다. 매직 캐스터인 마도왕 폐하께서는 상당한 힘을 잃은 상황이라고 여겨지는데, 괜찮으시겠습니까?"

"흐음! 그야 위험할지도 모르지. 하지만 나는 얄다바오트를 쓰러뜨리기 위해 이곳에 왔다. 놈이 이곳으로 찾아와주었다면 잘 된 일이지. 놈을 없애고 메이드 악마를 얻을 것이다. …… 음. 메이드를 얻고 싶다고 하니 내가 꼭 변태 영감 같군……."

이럴 때에도 시시한 농담을 하는 마도왕에게 쓴웃음을 지으며 입을 열려 했으나, 이를 마도왕이 손을 들어 가로막았다.

"그리고 말이다. 여기서 도망치면 웃음거리가 되지 않겠나."

어깨를 으쓱하고 농담하듯 마도왕이 말했다. 진지함을 느낄 수 없어 네이아는 자기도 모르게 큰 소리로 외쳤다.

"폐하! 웃고 싶은 놈은 웃으라고 하면 되지 않습니까! 만전의 상태로 놈과 싸워야 한다고, 어리석은 머리로나마 생각합니다! 게다가 폐하는 원래 얄다바오트와 싸우기 위해서만 오신 것 아닙니까. 그런데도 성왕국을 위해 방대한 마력을 써주셨습니다. 그것은 처음의 약속과는 다르니, 그 점을 설명하면 백성들도……."

"그 말이 맞다. 하지만 인간이란 생물은 자신이 믿고 싶은 것을 믿지. 바라하 양의 말을 퍼뜨린다 한들 아무도 그 말을 믿으려 들지 않을걸."

"그렇지는……! 그렇다면 제가 증인이 되겠습니다! 그리고……."

네이아는 잠자코 두 사람의 대화를 듣는 성기사와 신관들을 곁눈질했다. 그들도 증인이 되어 줄 것이다.

"……네이아 바라하. 고맙다. 하지만 그럴 필요는 없다. 얄다 바오트와 이곳에서 싸우겠다는 뜻에는 변함이 없으니."

"왜── 어째서입니까?"

"간단하지. 그것이 왕의 약속이기 때문이다."

네이아는 말문이 막혔다. 그런 말을 해버리면 아무 대답도 할 수가 없었다. 자신처럼 지위가 없는 사람은 결코 '왕'의 뜻을 바꿀 만한 말을 할 수 없을 테니까.

주위에서도 감탄하는 신음 소리가 들렸다. 그렇다. 이 위대하고 자긍심 높은 분이 바로 아인즈 울 고운 마도왕 폐하다.

네이아는 진심으로 자랑하고 싶어졌다. 자신이 존경하는 왕을.

"폐하. 실례를 무릅쓰고 말씀드리겠습니다. 위험하다고 여겨지면 도망치시옵소서!"

패배의 가능성을 언급하면 불쾌해할 것이다. 그래도 말하지 않을 수 없었다.

"……물론이다. 도망칠 수단을 마련하지 않고 싸우는 것은 어리석음의 극치. 한 번의 싸움에서 패배한다 해도, 그 싸움에서 얻은 정보는 축적되어 다음 싸움에 유익하게 쓸 수 있으니 말이다. 첫 싸움에서는 져도 상관없는 것이다."

"역시 폐하이십니다."

극단적으로 말해, 얄다바오트를 쓰러뜨리는 것이 목적이라면 마지막에 이기면 그만이다. 전사가 아니라 왕으로서의 생각에 네이아는 감동했다.

"그러면 다녀오겠다."

아인즈는 얄다바오트가 지정한 장소로 걸어갔다. 가는 도중, 딱 두 마리만 데려온 한조에게 〈전언〉을 날려 자신을 미행하는 자가 없는지, 원거리에서 감시하는 자가 없는지 확인케 했다.

없다는 연락을 받아 즉시 끊으려 했을 때 당황한 것처럼 '플레이아데스가 있다'고 가르쳐 주었다.

알고 있다고 대답하고 〈전언〉을 해제했다.

'……이번에도 플레이어나 세계급 아이템을 가진 자의 모습은 없군. 슬슬 이쯤 되면……. 하지만 그럼 샤르티아의 그것은 결국 뭐였지? 모종의 우연? 세계급 아이템으로 공격했던 거라 생각했는데, 혹시 탤런트였나?'

이렇게까지 경계를 하는데 아무 반응도 없으면 그 자체가 함정이라는 생각도 든다. 이쪽이 경계를 풀고 방심할 때를 노리려는 것은 아닐까.

'이거야 원……. 하는 수 없지. 경계해서 나쁠 것은 없으니까.'

아인즈는 다른 한조의 팀에도 〈전언〉을 날렸다. 그리고 준비가 갖춰졌음을, 안내에 대해서도 문제가 없음을 확인했다.

'좋아, 준비는 다 됐다. 그렇다고 해도 이제부터는 데미우르고스가 자세히 적어 준 계획서대로 행동하면 그만이니까 쉽지! 실수해도 너를 시험하기 위해서였다고 말할 준비는 됐으니까!'

대단해.

아인즈는 자신의 발걸음이 가볍다는 데에 감격했다. 어쩌면 이렇게까지 가벼워진 것은 이 세계에 오고 처음이 아닐까. 마치

하늘을 나는 것 같다.

그리 넓지 않은 광장에 도착했다.

원래 이곳에는 일정 시간마다 물이 솟아나는 분수가 있어, 한때는 시민들의 쉼터가 됐다고 한다. 그러나 지금은 물도 흐르지 않으며 분수도 아인에게 파괴된 상태였다. 수리 예정조차 없이 적막한 분위기만이 감돌았다.

그리고 당당히 서 있는 악마가 하나.

불꽃을 피우는 날개에 이글이글 타오르는 주먹을 가진 거구의 악마.

나자릭에도 있는 분노의 마장이다. 그러나 이것은 데미우르고스가 50시간에 한 번만 쓸 수 있는 〈마장소환〉으로 일정 시간 사역하는 것이므로 죽는다 해도 나자릭에 손해는 없다.

레벨은 84.

마장 중에서는 물리공격에 중점을 둔 타입으로, HP도 상당히 높다. 순수한 전사계 몬스터다.

마장이 가진 다채로운 특수능력 중에서도 가장 성가신 것은 다른 마장을 딱 한 마리──하위 악마를 소환한다면 더 많이──소환할 수 있다는 것이다. 다만 특수능력으로 소환된 몬스터는 자신의 소환 특수능력을 쓸 수 없다는 대전제가 있으므로, 데미우르고스가 이번에 불러낸 분노의 마장은 다른 마장을 소환하지 못한다.

다만 〈창조〉나 〈작성〉은 〈소환〉과 다르게 취급되므로, 상대가 나태의 마장이었다면 본체를 쓰러뜨릴 때까지 악마며 언데드 같은 것들을 우글우글 만들어내 매우 성가셨을 것이다.

분노의 마장이 성가신 점이라면, 어그로 관리가 까다롭다는 점을 들 수 있다.

　분노의 마장은 다른 마장보다도 어그로가 쉽게 오른다. 그렇기에 다른 종류의 마장과 동시에 상대하면 어그로가 튀기 쉽다고 탱커에게 들은 적이 있다.

　어그로 상승에 따라 대미지나 방어능력이 오르는 특수능력도 지녔을 것이다. 그렇다고는 해도 그리 무섭지는 않다.

　유일하게 무서운 점은, 무슨 일이 일어날지 알 수 없다는 〈영혼과 맞바꾸는 기적〉 정도가 아닐까.

　사용 가능한 마법은──

　제10위계 마법: 〈운석낙하Meteor Fall〉, 〈시간정지Time Stop〉, 〈부정의 장Field of Unclean〉

　제9위계 마법: 〈상위 배제Greater Rejection〉, 〈붉은 신성Vermilion Nova〉

　제8위계 마법: 〈도덕왜곡Distorted Moral〉, 〈광기Insanity〉, 〈성유계의 일격Astral Smite〉, 〈고통의 파동Wave of Pain〉

　제7위계 마법: 〈소이〉, 〈옥염Hell Flame〉, 〈상위 저주Greater Word of Curse〉, 〈상위 전이〉, 〈모독Blasphemy〉

　제6위계 마법: 〈불꽃의 날개Flame Wing〉, 〈지옥의 벽Wall of Hell〉

　제3위계 마법: 〈화염구〉, 〈둔족Slow〉

　위그드라실 몬스터가 쓸 수 있는 마법의 수는 레벨이나 종족에 따라 크게 달라지는데, 8가지 정도가 기본이라고 한다. 반면, 용이나 악마, 천사 중에서 상위에 속한 몬스터는 그런 기본 따위 완전히 무시한 숫자의 마법을 지녔다.

　다만 분노의 마장은 순수한 전사계이므로 마법을 써도 그리 무섭지는 않다.

　마법강화계 특수기술은 없으며, 마법에 관한 능력치도 낮다는 뜻이다. 여기에 분노의 마장이 가진 공격마법은 대개 화염계인데, 아인즈는 애초에 언데드의 약점인 화염 속성을 막을 수 있게 해 두었으므로 경계할 필요는 없다. 정신계는 언데드이니 효과가 없고, 카르마 수치가 마이너스라 〈도덕왜곡〉 같은 마법도 그렇다.

　역시 카르마 수치가 마이너스인 아인즈에게는 악마보다도 천사가 더 성가시다.

　상대의 데이터를 떠올려가며, 아인즈는 마장의 후방에 있던 두 메이드에게 슬쩍 눈짓을 했다. 그녀들과는 나중에 이야기를 나눌 것이다.

　"어디, 이야기는 들었겠지?"

　"물론이옵니다, 아인즈 님."

　조금 전에도 들었던 굵고 무거운 목소리에, 아인즈가 아닌 스즈키 사토루로서 어째서인지 웃음이 나왔다. 이 악마만이 아니라 나자릭에 존재하는 많은 몬스터의 목소리는 누구의 이미지로 결정한 걸까.

　운영진이나 제작자가 상상한 목소리일까? 그렇다면 누구의 성대도 먹지 않은 구순충의 그 귀여운 목소리는 누가 상상한 것일까. 페로론티노가 말했던 뇌내 성우라는 존재는 아닐까.

　아니, 그럴 리는 없다.

판도라즈 액터가 좋은 사례다. 제작자의 머릿속에 있던 이미지가 형태가 됐다고는 여겨지지 않는다. 무엇보다 성대가 없는 아인즈 같은 언데드도 목소리를 낼 수 있는 것이다. 마법이 있는 세계의 법칙이라 생각하고 순순히 놀랄 수밖에 없으리라.

"그 말투로 그 이름을 부르는 것을 보면, 이 일대는 깔끔하게 정리해둔 모양이지?"

"예, 그렇사옵니다."

"그러면 가장 중요한 질문을 하겠다. 진심으로—— 죽일 각오로 덤빌 수 있겠지?"

"예. 그렇게 하라는 명령을 받았나이다."

마장의 대답에 아인즈는 살짝 고개를 끄덕였다.

전부터 아인즈는 한 가지 불안을 품고 있었다. 그것은 강적과의 전투가 적다는 점이다. 샤르티아와 싸웠을 때처럼, 자신의 전심전력을 다해 싸울 기회가 없다는 사실을 우려했다.

근접전 훈련을 통해서 모몬가라는 존재의 몸은 충분히 움직일 수 있게 되어, 이제는 33레벨 전사의 수준에 이르렀다고 자신했다.

하지만 이를 높은 레벨대의 전투에서 구사할 수 있느냐 하면 의문이 든다.

그러므로 고레벨의 강자를 상대로, 이를 살리면서 싸우는 훈련을 쌓아야 한다고 생각했던 것이다. 그러나 유감스럽게도 그런 고레벨 몬스터와 조우할 기회는 아직까지 없었다.

그렇기에 이번에는 데미우르고스가 소환한 마장에게 아인즈를 죽이도록 지시를 내려놓았다.

죽일 작정으로 덤비는 강자를 쓰러뜨려 자신을 강화하려는 것이다.

이렇게 말하면 간단한 것 같지만, 맹렬히 반대하는 두 사람을 설득하는 데에 상당한 시간을 허비했다. 정신적 피로를 받은 아인즈가 '검다고 하면 흰색도 검은색이라며……' 하고 생각했던 것도 어쩔 수 없는 일일 것이다.

결국 온갖 요구를 받아들이고 양보해, 이번과 같은 실전을 할 수 있게 됐다.

죽을지도 모른다고 생각하면 싸늘한 것이 몸속에서 스며나온다. 샤르티아 때는 또 다른 감정이 더 강했다. 이번에는 하지 않아도 되는 일로 죽을지도 모르는 것이니 지난번과는 상당히 다르다.

그러나——

'위그드라실 시절에는 나름대로 PVP 경험을 쌓았지. 하지만 샤르티아 때도 느꼈듯 이 세계는 게임이 아니야. 만약 이 세계에서 실전 경험을 쌓은 100레벨 플레이어와 싸울 날이 온다면, 나도 같은 정도의 경험을 쌓지 않고서는 패배할걸. 겁만 내고 있다가는 장래의 패배로 이어진다고 명심해야지.'

아인즈는 자신이 언데드라는 사실에 감사했다. 죽을지도 모른다는 공포가 거의 억제되기 때문이다. 이것이 인간이었다면 지금쯤 '역시 관두겠다'는 소리를 했을지도 모른다.

"그러면 유리."

마장의 뒤에 있던 메이드에게 말했다.

"너와 루푸스레기나는 마장과 함께 나와 싸운다는 의미에서 그곳에 있는 것으로 알아도 되겠지? 다른 자들은 없느냐?"

둘러보았지만 솔류션, 엔토마, 시즈의 모습은 어디에도 없었다. 분명 조금 전에도 모습을 보였던 것은 두 사람뿐이었는데, 다른 자들은 다른 곳에서 움직이는 것일까.

"이곳에 온 것은 저희 둘입니다. 저희 자매와 분노의 마장이 도전하겠습니다. 알베도 님께서 이 나라의 인간에게 메이드 악마의 모습을 보여두는 것도 나쁘지 않겠다고 판단하셨기 때문이며, 또한 마장만으로는 아인즈 님도 만족하시지 못할 거라는 이유에서였습니다."

실제로 80레벨대의 마장 한 마리 정도로는 아인즈의 적수가 되지 못한다. 그렇다면 여기에 유리와 루푸스레기나를 추가하면 어떻게 될까.

역시 그렇게까지 강적이 되지는 않을 것 같았다.

'그렇다고는 하지만 공격 횟수가 많다는 건 이따금 성가실 수도 있으니까. 너무 방심했다가 큰코다치는 것도 멍청한 짓이지. 조금 경계도를 높여두는 게 좋겠어.'

"그리고 아인즈 님. 미리 확인해 두도록 알베도 님께서 명령하셨습니다. 만일 아인즈 님께서 패배하실 경우에는 1년 동안 나자릭 밖에는 나가지 않으시는 것이 확실합니까?"

"그래. 그것이 이번 전투에 앞서 알베도를 설득하는 조건 중 하나였지. 패배할 경우 나는 1년 동안 나자릭 지하대분묘에서 일에 전념할 것이다. 알베도와 함께 말이다. 참고로 방도 그렇다. …… 데미우르고스를 설득했을 때의 조건은 확인하지 않느냐?"

마장에게 시선을 보냈으나, 악마는 아무 대답도 하지 않았다.

확인할 필요도 없다고 판단한 걸까, 그러한 명령을 받지 않은 걸까.

"고맙습니다."

유리가 고개를 숙였다.

자, 그러면.

아인즈는 계획을 수정할 수밖에 없게 됐다. 그와 동시에 이거 어려워지겠다고 마음속으로 땀을 흘렸다.

사실 유리와 루푸스레기나를 죽이기는 매우 쉽다. 그 정도의 실력 차이가 있다. 하지만 그것은 아인즈 울 고운에게는 용납할 수 없는 일이다. 자신의 훈련을 위해 NPC를 죽이다니, 말도 안 된다.

다시 말해——

'유리와 루푸스레기나가 다치지 않게 주의하며 마장을 죽인다.'

아인즈는 자기도 모르게 웃음을 터뜨릴 뻔했다. 뭐 이렇게 힘든 설정이 다 있단 말인가. 하지만 이것은 좋은 훈련이 될 것이다.

"왜 그러십까, 아인즈 님?"

"아니다, 마음에 두지 마라. 별일 아니니."

"그리고 이건 코퀴토스 님의 부탁임다. 가능하다면 이 전투를 기록해서 나중에 나자릭 사람들끼리 다 같이 보고 싶다고 하셨 지 말임다. 괜찮으시겠슴까?"

엄청나게 창피하고 싶었지만, 위그드라실에서도 전투 로그를 기록하는 것은 빈번히 있었다. 그런 것이라 생각하면 받아들여야 하리라.

"알았다. 하지만 기록을 취하는 것은 탐지 방어용 공성방벽 마법에 걸릴 거라 생각했다만? 내가 전개해둔 것을 해제해야 하느냐?"

"아인즈 님께서 발동하신 건 탐지를 탐지하는 그거지 말임다? 공격마법 연동식은 아니지 말임까?"

"그래. 지금 쓰고 있는 것이 그거다. 나자릭에 속한 자들이 내 위치를 조사하려다 공격마법이 발동하면 성가시니까."

과거처럼 공격마법 연동식 방벽을 전개할 경우, 나자릭 사람이 아인즈를 찾고자 마법을 발동한 순간 큰 피해를 본다. 프렌들리 파이어가 없었던 위그드라실 시절에는 언제든 전개해 두었으나, 지금은 상당히 위험한 행위가 되고 말았다.

물론 세계급 아이템으로 수호를 받는 나자릭에 공성방벽으로 공격마법이 발동되어도 그 인물은 대미지를 입지 않을 것이다. 다만 방어에 따른 금전적 지출이 있을 뿐이다. 잘못하면 그쪽이 더 아플 수도 있다.

"그럼 괜찮겠슴다."

"아니, 처음부터 해제해 두겠다. 원래 공성방벽은 한번 발동되면 사라지므로 나중에 다시 걸어야 한다. 그렇다면 미리 해제해 두는 편이 신경을 덜 쓰겠지."

"그렇슴까? 그럼 부탁드리지 말임다."

아인즈는 즉시 공성방벽을 해제했다.

"——됐다. 그러면 전투를 기록해다오. 누가 중심이 되겠느냐? 나여도 상관없다만."

"일단은 제가 그렇게 하지 말임다."

그렇다면 딱히 아인즈에게 문제는 없었다. 누가 중심이 되어 기록되는가는 별 문제가 되지 않는다.

왠지 아인즈는 옛 동료들과 하던 훈련을 떠올리고 즐거워졌다.

새로운 전술을 구상하거나 무구를 얻었을 때는 늘 동료들끼리 대련을 했다.

터치 미와도 자주 겨루었지만, 그건 노카운트로 쳐서 아인즈의 PVP 전력에 포함시키지 않았다. 왜냐하면 아인즈는 터치 미에게는 한 번도 이긴 적이 없으므로, 그것을 감안했다간 승률이 뚝 떨어지기 때문이다. 진다는 것을 알면서 '훈련'으로 싸웠기에 진짜 승부는 아니었다는 변명도 준비되어 있다.

"그러면 시작할까? 너희도 나를 죽일 작정으로 덤비거라. 나는 너희를 죽일 마음은 없다만."

"아닙니다. 저희를 죽이셔도 문제는 없습니다."

그런 짓은 하고 싶지 않다고 아인즈가 말하기도 전에 유리가 그 이유를 설명했다.

"아인즈 님, 저희는 플레이아데스가 아닙니다. 저희는 모두 상위 도플갱어입니다."

"뭐?! 뭐라고?!"

"악사이자 5대 최악 중 한 분, 차크몰 님의 직속 부하 에리히 현악단에 속한 자들입니다. 알베도 님의 명령을 받아 플레이아데스 여러분으로 변신하여 이곳에 왔습니다."

"──그랬느냐?"

한동안 빤히 바라보았지만, 아인즈가 잘 아는 유리나 루푸스레기나와 전혀 분간이 가질 않았다. 죽일 작정으로 덤비게 하고 자 거짓말을 하는 것은 아닐까 싶기도 했다.

둘 중 하나는 본인이 아닐까. 능숙한 거짓말은 진실 속에 약간 만 거짓을 섞는 것이라고 들은 적이 있다.

아인즈는 도플갱어를 간파할 수 없다. 도플갱어의 변신을 뜯 어내는 마법은 보유했지만 그것을 사용하면 부수효과로 일정 시간 동안 변신하지 못하게 만들고 만다. 그랬다간 일부러 플레 이아데스로 변신해서 온 의미가 사라진다. 좀 더 하위의 기술을 습득했더라면 문제가 없었을 테지만——.

아니지——.

"듣고 보니 루푸스레기나는 평소와는 다른 말투를 쓰고 있 군? 그건 뭐냐?"

루푸스레기나가 어리둥절한 표정을 지었다.

"이상합니까, 아인즈 님?"

루푸스레기나 역 도플갱어의 말투가 바뀌었다. 이것이 원래 의 어조겠지.

"그래. 여느 때의 그녀답지 않은 말투였다."

"루푸스레기나 님은 제 앞에서 이런 식으로 말씀하셨습니다 만……."

도플갱어의 변신을 간파하기란 친한 사이일수록 어렵다. 왜 냐하면 그들은 변신 중에 정신조작계 특수능력을 사용해, 대화 하는 상대나 주위 사람의 간단한 표정과 생각을 읽어, 변신의 대상이 되는 인물의 정보를 추출하고 연기에 도입하기 때문이 다——라고 몬스터 텍스트에 적혀 있다고 한다.

이 세계에서는 실제로 그런 능력을 쓸 수 있는 것이 판도라즈 액터다.

다만 이것은 어디까지나 변신 대상이 보이리라 여겨지는 반응을 읽어내는 것뿐이며, 마음이나 기억을 엿보는 정신수집에 쓰이는 것은 아니다.

게다가 이 능력은 정신공격에 속한 것이므로 아인즈 같은 언데드에게는 효과가 없고, 레벨 차이가 상당히 크지 않으면 간단히 저항할 수 있다. 그러므로 아인즈에게서 루푸스레기나가 취하리라 여겨지는 반응을 읽어낼 수는 없고, 그렇기에 탄로 났다고 생각해야 한다.

또한 동시에 대응할 수 있는 상대가 많으면 많을수록, 다양한 이미지 때문에 탄로가 날 가능성이 높아진다.

'흐음. 루푸스레기나는 왜 이자들 앞에서 '~임다'를 붙이는 말버릇을 썼을까? 아하, 그렇군. 나에게 위화감을 주고 싶어서 그랬단 말이지. 약간 힘을 빌려주고자 생각했을지도. 제법 귀여운 녀석인걸……'

"……응? 미안하다. 전투와는 상관없는 질문이 하나 있다. 알베도의 명령이라고 했다만, 내가 그 명령을 파기하라고 말할 경우 어느 쪽이 우선시되느냐?"

"당연한 말씀이오나 지고의 존재이신 아인즈 님의 말씀이 우선시됩니다. 그렇지만 송구스럽게도 최우선시되는 것은 저희를 소환하신 어둠의 선율 님의 명령입니다."

"……응? 누구지, 그게?"

그런 NPC가 있었나? 의아해한 아인즈는 이어지는 유리 도플갱어의 말을 듣고 눈구멍에 깃든 불꽃을 밝혔다.

"템퍼런스 님입니다."

"뭐? 템퍼런스 님? 어둠? 아…… 그러고 보니 그렇게 부를 만한 외견이긴 했는데…… 어둠의 선율?"

"예. 템퍼런스 님이 자신을 그렇게 부르셨으므로, 차크몰 님이 저희에게도 그렇게 부르도록 지시하셨습니다."

"……나자릭으로 돌아가면 그 얘기를 자세~히 좀 듣고 싶구나. 어둠의 선율이라."

그런 이름을 썼다니, 금시초문이다.

옛 동료가 몰래, 아무도 모르는 데에서 그런 자칭을 썼다는 사실을 알고 아인즈는 웃음이 나왔다. 전투 전에 자신의 전의를 깎아내다니, 어떻게 이런 트랩을 심어놓을 수 있단 말인가.

'아차차, 안 되지 안 돼. 어둠의 선율의 함정에 빠져서는 안 돼! 큭, 크큭…….'

지금은 안 된다고 생각하면서도 길드 멤버를 떠올리고 말았다.

그는 어떤 표정으로, 어떤 기분으로 그런 이름을 썼을까.

옛 친구에 대한 그리움에 눈을 가늘게 떴던 아인즈는 자신의 반응을 의아하게 여겼는지 유리 도플갱어가 고개를 갸웃하는 모습을 보고 지나치게 방심했다며 마음을 다잡았다.

친구에 대해서는 나중에 회상하면 된다. 지금은 도플갱어의 이야기를 분석해야 한다.

'나중에 여러 서번트와 NPC에게 탐문조사를 해 보고 싶은걸. 다들 어떤 얼굴을 감추고 있었는지. 후후후. ──자, 그러면!

한 가지 의문이 생겼는데.'

도플갱어 같은 서번트는 직접 명령을 받지 않을 경우 직할 주인 NPC의 명령을 따른다고 했다. 그렇다면 나자릭 내의 NPC 중 누군가가, 아인즈를 죽이고자 다수의 고레벨 서번트를 모아 아인즈에게 최강의 기술을 퍼붓도록 명령했을 경우에는 어떻게 될까. 아인즈가 알아차리지 못하고 말리지 못했을 경우에 말이다.

이를 실행할까? 아니면 그런 명령에는 따르지 않을까?

"……너희도 나를 죽일 작정으로 덤벼든다고 봐도 되겠지?"

"예. 그렇게 명령을 받았으며, 아인즈 님의 허가도 받았다고 판단했습니다."

유리 도플갱어의 대답에 아인즈는 눈살——없지만——을 찡그렸다.

'……그렇게 되면 위험할까? 이런 부분은 언젠가 명확하게 검증해 보는 편이 좋겠어.'

아인즈의 수준에서 생각할 수 있는 위험은 알베도 같은 이가 이미 검증했을 가능성이 매우 높지만, 그래도 확인해 두는 편이 좋으리라. 보안 취약점을 그대로 방치하는 일은 있어서는 안 되니까.

"……그렇다. 이 전투에서 최선을 다해 나를 죽일 것을 허가하노라. 그러면 다시 한번 아인즈 울 고운의 이름에 걸고 맹세해다오. 조금 전 너희의 정체에 관한 발언은 결코 거짓이 아니렷다?"

"예. 지고의 존재 모든 분의 이름에 맹세코 약속드리겠습니다."

유리와 루푸스레기나가 자신의 손만을 이질적인 것으로 변형시켰다.

"——아!"

"뭐냐? 왜 그러느냐, 유리 도플갱어."

"예. 아인즈 님, 한 가지 잊어버린 것이 있습니다. 저희가 장비한 무장은 플레이아데스 여러분께 빌린 것입니다. 그러므로 저희를 죽이셨을 경우 회수만 부탁드려도 되겠습니까?"

도플갱어는 마음먹으면 복장과 장비까지 똑같이 복제할 수 있다. 다만 그것은 외견에 한한 이야기이며, 장비의 성능까지는 흉내 내지 못한다. 장비에 따라 얻을 수 있는 내성이 있고 없고에 따라 아인즈와 같은 매직 캐스터와 싸우는 데에는 하늘과 땅의 차이가 있다. 그러므로 본인에게 실물을 빌려올 수밖에 없었으리라.

'상위 도플갱어는 60레벨까지 변신이 가능하지. 그리고 NPC로 만들 때와는 달리 90퍼센트의 능력을 복제한다. 장비품만은 플레이아데스의 것이라고 해도 역시 그렇게까지 경계할 정도는 아니겠고. 그럼 죽여버리면 손실이 크겠지. 용병 서번트는 소환할 때 돈이 드니까—— 될 수 있는 한 무력화로 그쳐야겠어. 역시 처음에 정한 규칙대로 가야겠군.'

"좋아! 규칙을 추가하겠다. 너희 도플갱어는 죽을 것 같으면 아웃이다. 너희의 생명력은 내가 〈생명의 정수Life Essence〉를 써서 관찰하겠다. 너희는 분명 체력도 위장할 수 있었지?"

유리가 동의하는 모습을 보고, 아인즈는 고개를 끄덕였다.

"그렇다면 그 능력은 일시적으로 억제하라. 내가 살살 쳐도 죽겠다고 생각되는 단계에서 이름을 부르고 아웃을 선언하겠다. 그러면 그자는 죽은 것이다. 신속히 전투범위에서 이탈하라. 그리고 분노의 마장도 내가 승리 선언을 하면 전투는 종료다. 알겠느냐?"

분노의 마장과 도플갱어 두 사람이 알았다는 뜻을 보였다.

"좋아. 그러면 코인이 지면에 떨어진 순간 시작한다. ……슬슬 25분은 지났을 테니 시작해도 불만은 없겠지."

아인즈는 〈생명의 정수〉를 발동시키고 금화를 한 닢 꺼냈다. 물론 위그드라실 금화가 아닌 이 세계의 교역공통금화다.

"버프는 괜찮습까?"

"버프를 걸 시간을 만드는 것도 전투훈련의 일환이다."

아인즈는 루푸스레기나 도플갱어에게 대답하고, 조금 떨어져서 두 사람의 중간지점에 떨어지도록 코인을 손가락으로 튕겼다.

코인이 지면에 떨어진 것과 동시에 아인즈는 후방으로 뛰어 물러나며 두 손을 앞으로 내지르고 외쳤다.

"절대무적방벽!"

마장과 두 플레이아데스 도플갱어가 몸을 경직시키는 것이 보였다. 하지만 이내 마장과 유리 도플갱어가 돌진했다.

그래야지. 그것이 정답이다.

지금 아인즈의 행동에 의미는 없었다. 절대무적방벽이라는 기술은 위그드라실에 존재하지 않는다——아마도. 아인즈가 아는 범위에서는. 그럼에도 아인즈가 외친 데에는 페인트만이 아니라 다른 의미도 있었다.

'아~ 움직임이 둔해진 것 같은데. 저 녀석들도 뭔가 당한 것 아닐까 겁을 먹는 그런 게 있군? 뭐, 상대의 함정이 있을지도 모르는 곳에 뛰어들면 그렇게 되겠지.'

이 세계로 전이하면서, 어쩌면 그런 기술이 존재할지도 모른다는 불안이 그들의 움직임을 속박했다. 다시 말해 미지가 남아 있기에 그것은 페인트가 되는 것이다.

그리고 그것은 미지에만 국한되는 이야기가 아니다. 아인즈의 언데드 작성이라는 특수기술이 좋은 예다.

게임 시절에는 시체를 매개로 만든다고 시간제한 없이 무한히 생성할 수 있는 일은 없었다. 이 세계에 온 후로 생겨난 이질화였다. 이처럼 게임 시절과 달라진 기술은, 발견되지 않았을 뿐 그 밖에도 더 있을 것 같았다. 아니, 없다고 생각하는 것은 어리석다.

다시 말해 위그드라실 시절의 게임 지식만으로 판단해서는 매우 위험하다.

'이런 부분도 알베도를…… 아니, 코퀴토스도 불러다놓고 여러모로 의논해 보는 편이 좋겠어.'

무영창화 〈비행〉을 발동시켜 후방으로 거리를 두듯 도망치며 아인즈는 생각했다.

'알베도의 말로는 왕국을 멸망시키려면 2년 정도 준비기간이 필요하다고 했지. 그때까지는 철저히 정보 수집만 해야 할까? 국가를 크게 키우는 것은 외부와의 접촉이 커진다는 뜻이니……. 그런 부분도 알베도와 데미우르고스에게 떠넘기면서 의견을 들어야겠어. 음— 환술은 의외로 강할 수도 있으니 경계하는 편이 좋겠지. 머리가 좋으면 엄청난 일을 할 수 있을 것 같으니까. 환술에 뛰어난 사람을 발견하면 좋은 대우로 스카우트하고 싶은걸. 플루더가── 아차차.'

〈비행〉으로 도망친 아인즈보다도 달려온 마장이 더 빨랐다. 유감스럽게도 〈비행〉은 그리 빠른 속도를 낼 수 없다.

"큭!"

마장의 거대한 해머 같은 주먹에 맞아 아인즈는 아픔을── 금세 억제됐지만──느꼈다. 샤르티아와 싸울 때도 생각했지만 역시 아픔까지도 억제되는 이 몸에는 감사할 수밖에 없다. 덕분에 아인즈는 싸울 수 있는 것이다.

그리고 공격을 받고 날아가버린 아인즈를 따라 마장이 거리를 좁혔다.

아인즈에게는 최악의 행동이었다.

'유리는 후방으로 돌아 들어오는군. 내 약점인 구타 대미지를 줄 수 있는 둘이서 협공하겠단 거지. 그리고 루푸스레기나는 거리를 두고 마법…… 저건 버프일 거야. 거 참, 매직 캐스터를 상대하는 최적의 답인걸. 이건 마장에게 심어진 전투 프로그램 덕일까? 아니면 소환한 데미우르고스의 지식에서 선택된 행동? 뭐, 아무튼.'

거리를 벌리게 해 주지 않는다면 억지로 벌리면 그만이다.

"〈상위 전이〉."

시야가 단숨에 탁 트이며 아래쪽에 도시가 펼쳐졌다. 보통 전이는 전이할 곳을 모르면 이동하지 못하지만 시선이 닿는 범위라면 문제가 없다. 천 미터 이상의 상공으로 전이를 감행한 아인즈는 다음 마법을 발동했다.

〈광휘록체Body of Effulgent Beryl〉였다.

유리도 마장도 구타공격으로 대미지를 입히므로, 이 마법은 상당히 유용하다.

"물론 그것만은 아니지만."

중얼거리면서 아인즈는 지상을 내려다보았다.

"……부글부글챳주전자님이나 배리어블 탈리스만님이 있었다면, 후열이 얻어맞는 일은 없었겠지."

팀으로 플레이했다면, 어그로 관리를 잘하는 탱커는 매직 캐스터가 근접공격에 맞는 실수를 저지르지 않는다.

그들이 로그인하지 않게 됐던 시절—— 나중에는 혼자서 나자릭의 유지비를 벌던 시절에도 용병 NPC를 고용해 여유를 두고 행동했다. 혼자서 진심을 다해 싸운 것은 샤르티아와의 PVP 이후 처음이다. 그래서인지 자꾸만 푸념이 나온다.

거리가 멀어 마장이 어디 있는지는 모르겠지만 광장의 위치 정도는 대충 알아볼 수 있었다. 그곳으로 공격마법의 융단폭격을 퍼붓는 것은 유익한 전술이지만 그런 짓을 해 봤자 아무 도움이 되지 않는다. 정면에서 맞붙는 것이 바로 이번 전투의 목적이라 할 수 있으니까.

"〈마법 효과범위 확대화: 전이지연Delay Teleportation〉."

'그리고 보니 용병 NPC를 고용했을 때도 어그로 관리가 어설퍼서 짜증이 났지. 그건 플레이어끼리 팀을 짜라는 운영진의 노림수였을까……?'

아인즈보다도 상공, 〈전이지연〉의 범위 내로 전이하는 대형의 존재—— 마장을 확인했다. 〈전이지연〉의 효과로 이 세계에 모습을 드러내는 것이 조금 늦어지고 있었다. 다시 말해 가장 강한 방패가 사라지고, 연약한 적 둘이 눈앞에 드러난 상태였다.

적의 전력을 깎아낸다는 의미에서는 약한 두 사람을 먼저 없애야 한다. 아인즈는 중력에 몸을 맡기며 〈비행〉으로 더욱 가속했다.

낙하 속도도 합쳐져 상당한 속도가 됐다. 윙윙 공기가 흘러가며 얼굴에 부딪쳤다. 그런 가운데 아인즈는 눈을 크게 뜨고 광장을 노려보았다.

"건물에 숨는 편이 나았을 텐데……."

아인즈는 불쑥 중얼거리고, 광장에 당당히 서 있는 루푸스레기나를 목표로 삼았다.

유리는 조금 떨어진 곳에 있다. 이쪽을 보기는 했지만 반격에 나설 기미는 없었다. 힐러를 혼자 세워놓았다는 데에 눈살을 찡그릴 수도 있겠지만 범위마법을 경계했다고 생각하면 유리의 행동은 틀리지 않았다.

지면에 도착하기 직전에 정지하고——딱히 지면에 격돌한다 해도 아인즈는 전혀 대미지를 입지 않지만——마법을 발동했다.

아인즈는 제10위계 마법 중에서도 가장 파괴력이 뛰어난 〈현단〉을 택했다. 그리고 동시에 특수기술 〈마법 최강화〉를 기동했다. 〈마법 삼중화〉 같은 것을 쓰면 단숨에 공격력을 높일 수 있지만, 도플갱어에게 얼마나 많은 대미지가 들어갈지 알 수 없는 이 상황에서는 위험하다. 만에 하나라도 일격에 죽여버리는 위험은 피해야 할 것이다.

"〈마법 최강화——.〉"

팔을 내민 순간, 일격을 받아 팔에 대미지를 입는 바람에 마법이 무산됐다. 마력만 헛되이 소모한 꼴이었다.

'뭐지?! 사격으로 마법을 방해했나?! 특수기술?!'

언데드의 특성인지, 아니면 역전의 플레이어로서 쌓았던 실력인지 혼란에 빠졌던 것은 짧은 한순간이었다. 즉시 자신이 당한 공격을 분석했다.

마장에게도 유리에게도 루푸스레기나에게도 이런 능력은 없다.

'샤르티아를 세뇌한 세계급 아이템의 소유자일 수도 있지만——.'

한조가 미처 발견하지 못했다면——

원거리 무기를 사용했다면——

그녀라면 마법방해 특수기술을——

"——당했구나!"

해답을 깨달은 아인즈는 고함을 질렀다.

유리가 접근해 공격하려 했지만 마법으로 방어력을 높였으므로 그리 경계할 필요는 없다. 지금은 그보다도 먼저 대처해야 할 사항이 있다.

'전부 함정이었다니! 아니지, 유리는—— 그렇구나! '이곳'이라고 했던 건 광장! 한조가 플레이아데스라고 했던 건! 젠장! 둘뿐인데 '플레이아데스'라고 하다니 뭔가 좀 이상하다고 생각했어!'

모두 한 가닥의 실로 이어졌다.

지금의 공격은 시즈가 펼친 것.

유리와 루푸스레기나만이 아니다. 이 전장에는 시즈가 있다. 그리고 아마 솔류션도, 엔토마도. 이 도시에는 플레이아데스 도 플갱어가 모두 모인 것이다.

'아니, 아니, 냉정해져라. 지금 그건 단순히 시즈 도플갱어의 운이 좋았을 뿐. 레벨 차이가 있다면, 능력의 차이가 크다면 저 항하기 쉬울 테지. 다음에는 그런 행운은—— 나에게는 불운이 지만, 그런 일은 일어나지 않을걸.'

"〈상위 저주〉."

뒤늦게 따라온 마장에게서 마법이 날아들었지만 문제없이 저 항했다. 두려운 것은 근접전이므로 거리가 있으면 상관없다.

아인즈는 상공에 있는 마장도, 조금 전부터 찔끔찔끔 대미지 를 입히는 유리도 무시했다. 그리고 루푸스레기나에게 돌진을 감행했다.

그 순간——

옆에서 마구잡이로 날아드는 벌레 형태의 탄환. 틀림없이 엔 토마다.

상위 물리무효화로 차단할 필요도 없었다. 마법이 부여되지 않은 사격공격은 아인즈에게 효과가 없기 때문이다.

플레이아데스가 가진 장비라면 데이터 용량이 크기 때문에 아 인즈의 내성을 모두 뚫고 들어올 것이다. 조금 전 시즈나 유리 의 공격이 좋은 예다. 하지만 일부 특수능력은 캐릭터의 레벨에 의존하는 것이 있다. 특히 엔토마는 레벨 의존 기술이 많다.

50레벨 정도인 엔토마로는 아인즈에게 아무런 타격도 주지 못한다. 그리고 대미지가 완전히 무효화되면 부수효과도 발휘되지 않는다.

그렇기에 무시하면 된다.

엔토마를 곁눈질도 하지 않는 아인즈가 힐러를 공격하지 못하도록, 솔류션이 루푸스레기나 앞의 지면에서 불쑥 솟아나듯 나타났다. 잠복했던 것이다. 범위공격에는 별로 의미가 없는 행동이라 할 수 있지만 힐러를 지키기 위해서는 어쩔 도리가 없다.

다만 솔류션은 치명적인 실수를 한 가지 저질렀다. 아인즈는 매직 캐스터다. 근접전으로 들어갈 필요는 전혀 없다. 원거리에서 공격마법을 퍼부으면 그만이다. 그런 인물이 앞으로—— 루푸스레기나를 향해 돌진한 이유에 대해 생각했어야 한다.

아인즈의 목적은 단 하나.

적의 존재를 드러내, 숨겨놓은 카드를 공개하게 하는 것이다.

'나베랄은 없나?'

모른다. 왕도를 습격했던 메이드 악마 중에 그녀는 없었다. 하지만 플레이아데스의 일원이라는 의미에서는 없으리라는 법도 없다. 최후의 최후까지 숨겨놓을 가능성도 있다. 다만 상대의 카드를 하나 알아냈으니 적 한복판에서 싸울 이유는 없다.

"〈상위 전이〉."

시즈의 방해를 받지 않고, 시야 내에 들어온 건물의 옥상으로 전이하는 데 성공했다.

'플레이아데스의 능력을 떠올려라. 처음에 없애야 할 건 누구지? ——힐러인 루푸스레기나겠군. 시즈도 주의해야겠지만…… 어디 있는지 알 수 없으니……. 나머지는 뒤로 미루자.

가장 애를 먹을 만한 마장은 마지막이고.'

루푸스레기나가 솔류션에게 마법을 거는 모습이 보였다. 상대는 시간을 끈다 해도 불이익이 없다. 그렇기에 아인즈가 멀리 떨어지면 추격하지 않는 걸까. 아니, 〈상위 전이〉를 써서 마음대로 이동할 수 있는 아인즈를 추격했다간 뿔뿔이 흩어진 끝에 각개격파당한다는 사실을 잘 알기 때문일 것이다. 그리고 그것이 바로 아인즈의 노림수였지만.

간파당해도 문제는 없다.

원거리 공격마법만 써서 상대를 애타게 만들고 각개격파하면 그만이다. 원거리 전투에 강한 시즈가 있지만 연속으로 사격하면 위치가 자신에게 드러나고 만다. 그렇기에 여차할 때만 공격을 하는 패턴인 것으로 여겨졌다. 따라서 그렇게까지 두렵지는 않다. 아니면——.

"이 자리에는 없는 것 같으니, 나베랄의 대타는 너구나."

쿠웅 땅에 내려선 마장에게 입속에서 웅얼거리듯 물었다.

아인즈는 자신도 모르게 쓴웃음을 짓고 말았다.

"하하. 나베랄도 많이 우락부락해졌는걸. 고릴랄이라고 부를까? 게다가 사용하는 속성도 많이 달라졌고. 뭐—— 재미있어. 플레이아데스 도플갱어가 상대라면——."

아인즈는 망토를 펄럭였다. 물론 의미는 없다. 왕의 포즈를 취하고 싶었을 뿐이었다.

"——조금 더 진심을 다해 싸워야겠지."

죽지 마라, 라고 생각하며——

"〈마법 이중 최강화Twin Maximize Magic: 현——.〉."

루푸스레기나를 향해 마법을 날리려던 아인즈의 팔을 다시 총탄이 꿰뚫었다. 그리고 마법은 다시 의미를 잃어버렸다.

"——어?"

이럴 리가 없다.

한 번이라면 모를까, 두 번이나 마법을 캔슬당할 리가 없다. 시즈와 아인즈 사이에는 압도적인 레벨 차이가 있다.

저항 실패라는 불운이 두 번이나 연속으로 일어났을까? 그럴 가능성이 얼마나 될까. 아니면 이것은 불운이 아니라 당연한 결과—— 예를 들면, 상대가 시즈가 아닌 걸까?

분노의 마장이 불꽃의 날개를 펼치고 아인즈에게 육박했다. 유리가 오른쪽에서, 엔토마가 왼쪽에서 우회하며 하늘을 날아 올라왔다.

'왜? 어째서? 이것도 이 세계가 되면서 생긴 변화일까? 아니면 가넷님이 시즈에게 뭔가 줬나? 아니면 시즈가 아니어서? 유리는 뭐라고 했지? 자매라고 했는데, 그건 도플…… 판도—— 아아아아!'

근거리까지 다가온 분노의 마장이 뒤로 주먹을 끌어당기며 온 힘을 다해 후려치려 한다.

'젠장! 평범하게 때리는 게 제일 싫어! 나베랄의 대타면 마법을 쓰라고, 고릴랄!'

그야 마법을 쓰면 완전히 막을 수 있으니 재미없다면 재미없 겠지만.

아인즈는 망설이지 않고 스스로 간격을 좁히고자 앞으로 날아 갔다.

도망치리라 판단했을 마장의 움직임이 둔해졌다. 상대는 유리와 연계해 완전히 아인즈를 협공할 생각이었으리라.

당연히 굵은 불꽃의 팔로 펼친 일격은── 페인트. 그렇기에 아인즈는 안으로 파고들어 회피할 수 있었다.

팔이 놀랄 만한 속도로 귓가를 지나가고, 풍압이 비명처럼 들렸다.

순수 매직 캐스터가 전사계 몬스터의 공격을 피한다.

위그드라실 플레이어라면 그게 어떻게 가능하냐고 생각하겠지만, 이것은 운이 좋아서가 아니다. 아까처럼 마장은 아인즈가 앞으로 나올 거라 생각하지 못한 채 온 힘을 다하지 않았던 것이다. 그리고 또 한 가지. 훈련의 결과다.

이 파고들기── 상대에게 육박하는 듯한 회피는 아인즈가 코퀴토스와 수백 번에 걸쳐 훈련한 기술이다. 그런 보람이 있어 열 번에 한 번 정도는, 코퀴토스가 전혀 진심을 다하지 않은 공격이라면 이렇게 파고들며 피할 수 있다.

'코퀴토스는, 이렇게 어설프고 큰 공격은 우수한 전사라면 절대로 하지 않으니 방심하지 말라고 그랬는데…… 실전에서도 꽤 써먹을 만하잖아?'

아인즈는 그대로 마장의 두꺼운 가슴팍에 손을 댔다.

그리고 접촉마법을 발동한다.

마법에는 유효 사거리라는 것이 있는데, 개중에는 거리가 전혀 없는 마법도 있다. 이러한 마법은 상대에게 접촉해야만 하므로 마법계 직업과 전사계 직업을 동시에 찍은 사람이 아니면 구사하기 힘들다. 불편하기에 같은 위계의 다른 마법에 비해 강해

거의 한 위계 높은 능력을 담고 있다.

이번에 사용한 것은 아인즈의 주특기인 사령계의 제8위계 마법 〈생기흡수Energy Drain〉. 상대의 레벨을 일시적으로 드레인해, 그 레벨의 양에 따라 다양한 메리트를 받는 마법이다. 그것도 마법 최강화로 강화해서.

마장의 저항을 뚫고 레벨을 흡수한다. 이에 따라 유리에게 입은 부상이 그럭저럭 회복됐다. 그래봤자 이 마법으로 얻는 회복은 어디까지나 보조수단일 뿐이다.

아인즈의 다양한 능력이 일시적으로 상승했다. 그리고 지속 시간은 짧지만 특수한 버프가 걸린다. 반면 마장에게는 시간 경과로는 사라지지 않는 레벨 다운이라는 특수한 디버프를 선사한다.

이번에는 마장이 먼저 거리를 벌렸다.

분노에 일그러진 얼굴에 다른 빛이 살짝 스쳤다.

놀라움, 혹은 감탄.

아인즈도 그 일격을 뚫은 자기 자신을 칭찬해 주고 싶은 마음이 그득했다. 하지만 이것은 거의 상대가 방심해 준 덕이었다. 마술도 트릭이 탄로 나면 시시해지듯, 두 번은 통하지 않을 것이다.

"뭐, 꼼수를 몇 번이나 반복하는 건 어리석은 놈들이나 하는 짓이지. 안 그러냐── 플레이아데스! 오레올 오메가!"

그런 것이다.

이 전투에는 도플갱어 5명과 분노의 마장, 그리고 100레벨 NPC가 있다는 뜻이다.

'알베도가 나에게 패배를 선사하고자 이 작전을 생각했나? 설마 오레올까지 보내다니.'

플레이아데스 7자매 중 막내, 오레올 오메가는 제8계층의 영역수호자이며 지휘관 클래스의 직업으로 최적화한 100레벨 NPC다. 그녀는 지휘관으로서 명령을 내려 동료에게 다양한 버프를 걸 수 있다. 시즈의 특수기술이 레벨 차이를 뒤집은 것도 그 덕분일 것이다.

오레올이 어떤 특수기술을 썼는지까지는 알 수 없지만, 역할 분담을 물리 딜러, 마법 딜러, 힐러 등으로 분담한다면 그녀는 그 외──'와일드'라 불리는 특수 담당이다. 무엇이 나와도 이상하지 않다.

'뿡실모에님은 뭘 할 수 있었지?'

PVP 때에도 정면에서 싸웠던 것은 아니므로, 아인즈도 지휘관 계통의 직업을 가진 상대에 대해서는 공부가 부족했다.

'내가 허가하지도 않았는데 제8계층을 떠나 여기까지 왔을 리가 없지. 그렇다면 도플갱어들이 여기 오기 전에 모종의 버프만을 걸어주었을 뿐, 소소한 버프는 불가능하다고 판단하면──아니지, 오레올의 도플갱어가 온 건가?'

──아니, 쓸데없는 생각을 할 시간은 없다. 중요한 것은 단한 가지. 아인즈의 마법을 완전히, 무한히 파기할 수 있느냐는 점뿐이다.

위그드라실의 특수기술은 크게 두 종류로 나눌 수 있다. 하나는 한 번 사용하면 쿨타임이 필요한 타입. 또 하나는 일정 시간 내에 사용할 수 있는 횟수가 정해진 타입. 물론 복합형도 있기는 하다.

어느 쪽이 강하냐고 묻는다면, 사용횟수가 적으면 적을수록, 쿨타임이 길면 길수록 강하다. 아인즈가 가진 비장의 카드, '모든 생명의 종착점은 죽음The goal of all life is death' 처럼 100시간에 한 번밖에 쓸 수 없는 것들이 그렇다.

그렇다면 아인즈의 마법을 무효화한 시즈의 총격은 어느 쪽일까.

아까 기술은 상당히 편리한 것치고는 쿨타임이 그렇게 긴 것 같지 않았다. 그렇다면 횟수제한 타입일 것이다. 다만 횟수가 어느 정도 시간에 회복되는지를 파악할 수 없다. 사용횟수를 다 써버릴 경우 이번 전투 중에는 회복되지 않는다면 좋을 텐데.

'——다 떨어질 때까지 제10위계 마법은 아껴야겠지만…….'

아인즈는 플레이아데스와 마장의 위치를 재빨리 확인했다. 눈앞에는 마장. 후방에는 유리—— 지금 공격했다. 기(氣)의 파워를 실은 권타는 쇠도 부수지만, 아인즈의 레벨이 되면 별다른 대미지는 아니다. 역시 위험한 것은 마장임을 재인식하며, 다시 다른 이들의 동태를 살폈다.

광장에 인접한 왼쪽 가옥 안에 엔토마. 광장에는 루푸스레기나. 그 앞을 지키는 솔류션. 시즈의 위치는 불명.

스나이퍼의 위치를 알 수 없다니 완전 최악이지만, 적의 위치가 사방팔방 흩어져 있는 것은 최고였다.

훗.

아인즈는 웃음을 지었다.

웃을 수 있는 상황이 아니라는 것을 알면서도, 치미는 웃음을 멈출 수가 없었다.

'재미있어!'

"그렇다면, 날아가버려라. 〈마법 최강화: 핵폭발Nuclear Blast〉."

"큭!"

아인즈의 눈앞. 마장과의 사이에 섬광이 부풀어 오르고 단숨에 모든 것을 삼켜버렸다. 유리가 놀라는 것도 당연하다. 아인즈까지 그 범위에 말려들었으니까.

제9위계 마법에 속하는 〈핵폭발〉은 공격마법의 관점에서 보면 성능이 애매하다. 속성은 화염이 절반, 구타가 절반인 복합형인 데다 대미지도 제9위계 마법치고는 약하다.

화염 무효 능력을 가진 분노의 마장을 상대로 쓸 거라면 선택지에서 제외되는 마법이다. 그럼에도 아인즈가 이를 선택한 데에는 당연히 이유가 있다.

우선 효과범위가 넓어 모든 마법 중에서도 최상위에 속한다는 점. 그리고 독, 맹목, 청각소실 등 다채로운 배드 스테이터스를 부여한다는 점이 있는데 여기에는 별로 기대를 하지 않았다. 마장의 레벨이라면 거의 저항하거나 내성이 있기 때문이다. 플레이아데스 멤버들은 장비로 무효화할 것이다. 이 마법을 택한 가장 큰 이유는 강한 넉백 효과를 가졌기 때문이다.

대미지는 당연히 아인즈에게도 들어간다. 위그드라실 시절에는 프렌들리 파이어가 무효였으므로 이렇게 억지로 마법을 써도 문제가 없었지만, 이제는 자해행위에 가깝다. 아무리 마법방어력이 높다 해도 일부러 대미지를 입으면서까지 쓸 필요는 없다. 이런 자폭 같은 방식을 택하느니 다른 마법을 골라야 한다.

하지만 아인즈는 그런 점도 이미 고려했다.

구타 속성을 〈광휘록체〉의 능력을 기동해 완전히 막아내면, 화염 속성은 당연히 무효화되므로 대미지는 전혀 없다. 온갖 배드 스테이터스도 언데드에게는 효과를 미치지 않는다.

다시 말해—— 아인즈는 노 대미지인 것이다.

완전히 막아내면 넉백 효과도 받지 않는다. 아인즈는 폭심지에서 혼자 멀쩡하게 서 있었다.

"하하."

아인즈는 웃었다. 전황이 자신의 전략대로 돌아가면 역시 기분이 상쾌하다.

적을 날려 전열을 붕괴시킨다. 그것이 노림수였던 것이다.

이런 전술을 포함해 여러모로 지도를 해 주었던 친구들—— 길드 멤버들의 모습이 언뜻 떠올랐다.

아까부터 그랬지만, 패배하면 죽는 싸움인데도 위그드라실 시절이 떠올라 어쩐지 즐거워졌다.

'전에도 생각했지만…… 딱히 전투광은 아닐 텐데…….'

"——자, 아직 멀었다. 이제 시작 아니냐. 모두에게 단련된 내 힘을 보여주지."

제9위계 마법이 미친 듯이 날뛴 결과, 주위의 건물이 날아가 광장이 단숨에 넓어졌다. 이것은 어쩔 수 없다. 이 도시의 역할은 여기까지니까.

사실은 마법을 더욱 광범위하게 강화해 시즈도 확실하게 말려들게 하는 편이 좋았겠지만, 지나치게 파괴하는 것도 문제가 아닐까 생각해 그러지 않았던 것은 실수였을지도 모른다.

'뭐, 됐어. 다음은——.'

아인즈는 루푸스레기나가 있던 방향을 노려보았다. 적의 포위망은 완전히 깨졌다.

오레올의 버프가 있다 해도 충격의 영향에서는 벗어날 수 없었는지, 모두 지면에서 황급히 몸을 일으키기 시작하는 것이 보였다.

'〈핵폭발〉로 줄어든 체력이 이 정도일 테니까——.'

아인즈는 루푸스레기나 쪽으로 날아가며 〈현단〉을 펼쳤다.

이번에는 시즈의 방해를 받지 않아 루푸스레기나의 몸에서 피가 솟았다.

"〈마법 효과범위 확대화: 거대 턱의 회오리Sharks Cyclone〉."

더욱 거대하게 미쳐 날뛰는 회오리바람을 후방에—— 유리와 마장을 범위에 말려들게 하며 생성한다. 마장과 유리의 시야를 차단하는 것과 동시에 교란시키기 위해, 그리고 시간을 끌기 위해서다. 〈핵폭발〉전에 회오리바람을 만들어 사선을 차단하고 처음에 유리를 없앤다는 계획도 있었지만, 마장이 간단하게 돌파할 테니 이는 기각했다. 혼란에 빠진 이 타이밍이 가장 효과적이리라고 판단했다.

엔토마가 자신의 위로 우르르 무너지는 기둥을 피하며 일어나는 것이 시야 옆쪽에서 보였다.

아직 보이지 않는 시즈는 어떻게 됐는지 알 수 없다. 무너진 가옥에 깔려 주었다면 좋겠지만.

"이쪽으로 왔어! 막아 줘!"

루푸스레기나의 앞에 선 솔류션이 외쳤지만 폭풍권 내의 유리와 마장에게는 그 목소리가 닿지 않는다. 게다가 유리는 바람에 날아가지 않으려고 폭풍 속을 열심히 이동하고 있었다. 일부의 클래스라면 전이나 비실체화 같은 특수기술 혹은 마법을 써서 도망칠 수 있는데, 그녀에게는 그러한 능력이 없는 모양이다.

그만큼 다른 데에 특화했다는 뜻이겠지만——.

'이 전투를 나중에 보면 자신들이 어떤 장비와 준비를 해야 할지 잘 알겠지. 아니…….'

진짜 플레이아데스라면 훌륭하게 대처했을지도 모른다. 이것은 어디까지나 플레이아데스의 능력을 복제한 도플갱어다. 전투 실력으로는 분명 본인보다 떨어질 것이다.

거리를 좁히고 〈현단〉을 쏘려던 아인즈의 앞에 벌레가 쿵 떨어졌다. 운반용 대형 벌레이며 전투능력은 없다. 어디까지나 사선을 차단하려는 노림수가 분명하다.

위그드라실에서는 이런 식으로 활용할 수 없었다. 그럼에도 이런 응용력을 보인 엔토마——도플갱어지만——에게 감격하며 아인즈는 마법을 외웠다.

"〈상위 전이〉."

상공으로 전이해 이를 피한 아인즈는 〈마법 이중 최강화: 현단〉을 루푸스레기나에게 날렸다.

설령 시즈가 조준을 마쳤더라도 느닷없이 상공으로 전이하면 목표를 놓칠 것이다. 인간 형태의 약점 탓에, 상하의 급격한 이동을 눈으로 쫓기란 어려울 테니까.

그렇다고는 해도 페로론티노처럼 경험 풍부하고 믿음직한 사수는 상대의 움직임을 예측한 듯 상하이동에도 대응했으니, 전이를 써도 벗어나지 못할지 모른다.

'록 온이라도 해놓은 것처럼 조준이 따라온다니까, 페로론티노님. 시즈도 그런 영역까지 갈 수 있게 노력해야지.'

그리움을 느끼며 아인즈는 외쳤다.

"루푸스레기나, 아웃이다!"

상대의 HP 잔량을 면밀히 살펴가며 싸우기란 매우 어렵다. 이것 자체가 하나의 핸디캡이라 할 수 있을 정도. 그렇기에 정말로 루푸스레기나가 아웃이냐고 물으면 조금 자신이 없었다. 하지만 실수로 죽여버릴 수는 없었다.

'도플갱어니까 약해졌을 테고, HP도 원래 루푸스레기나하고는 다를 테니까. 그러면, 매직 캐스터를 없앴으니 이제는 음험한 수단을 쓸 거다~? 〈완전불가지화〉.'

〈완전불가지화〉를 발견하는 방법이 없지는 않지만, 플레이아데스 내에서 아이템 이외의 수단을 가진 것은 루푸스레기나뿐일 테고, 마장은 그런 수단이 없다. 다시 말해 이 음험한 공격방법에 대응할 수단은 없다고 봐도 좋을 것이다.

'회복수단은 없앴으니 시즈를 천천히 찾아볼까? 설마 소모품까지는 쓰지 않겠지?'

이런 전투에 나자릭의 재산을 함부로 쓰는 것은 아인즈의 입장에선 용납할 수 없었다.

"어디?!"

"사라졌다아! 〈불가시화〉야아?!"

"〈불가시화〉라면 발견할 수 있어! 하지만 없는걸!"

"다른 투명화아?"

혼란에 빠진 두 사람의 목소리가 들렸다.

"바보지 말임다! 〈완전불가지화〉지 말임다!"

"루푸스레기나! 그건 반칙이다!"

아인즈는 소리를 질렀지만 〈완전불가지화〉 때문에 그의 목소리를 알아듣는 사람은 아무도 없었다.

"에잇, 하는 수 없지."

아인즈는 벅벅 머리를 긁었다.

회오리바람을 돌파했는지 마장과 유리도 아인즈를 찾아 주위를 노려본다. 〈핵폭발〉을 추가공격으로 날려주는 것이 상책이지만 루푸스레기나가 죽어버릴 수도 있다. 아인즈는 체념하고, 낙하하면서 유리와 거리를 쟀다. 그리고 다른 멤버들과 HP 감소량을 비교 검토해, 조금 전의 마법으로 구타 이외에 불꽃에 의한 대미지도 입었음을 확인하고——

"〈마법 삼중 최강화: 붉은 신성〉."

화염계의 개인 대상 공격마법 중에서는 최고위 마법——초위마법을 제외하고——을 유리에게 날렸다.

제10위계 마법에도 당연히 화염 대미지를 입히는 공격마법은 존재한다.

〈대용암류Stream of Lava〉, 〈신의 불꽃Uriel〉 등이다. 하지만 아인즈가 쓰기에는 모두 난점이 있는 마법이다.

우선 〈대용암류〉는 아인즈가 쓰지 못한다. 마레 같은 드루이드가 수련할 수 있는 신앙계 마법이다.

〈신의 불꽃〉은 습득 조건만 만족하면 어느 계통의 매직 캐스터도 쓸 수 있지만, 카르마 수치가 플러스 최대치일 때만 대미지가 규정치대로 들어간다. 카르마가 조금이라도 떨어지면 그때부터 대미지는 줄어들고, 아인즈의 경우 제1위계만도 못한 공격력이 나온다.

쓰기 편하다는 점에서 보면 아인즈에게는 이것밖에 없었다.

유리의 체력이 크게 깎여 나갔다. 그리고——

"——〈완전불가지화〉."

"또 사라졌어!"

"치사해에!"

"정정당당하게 싸우지 말임다!"

'아니, 대책을 세우지 못하는 단계에서 너희 잘못이지.'

"게다가! 시즈는 아직까지 어디 있는지도 모르겠고! 너희는 셋이 더 있는 것도 숨겼잖아! 누가 치사한데!"

들리지 않는다는 것을 알지만 일단 소리를 질렀다.

정신이 들고 보니 마장이 조금 전까지 아인즈가 있던 곳을 향해 돌진하고 있었다.

"유감이지만 빗나갔다."

이미 이동을 개시했으므로 그곳에는 아인즈가 없다.

'그래도 범위공격마법을 쏘면 대미지 정도는 들어갈 거리인데……'

그렇게 생각하고 있으려니, 느닷없이 마장이 진로를 꺾어 아인즈에게 일직선으로 달려들었다.

"어?"

안 보이는 거 아니었어? 하는 의문은 이어지는 아픔에 사라져 버렸다.

마장에게 얻어맞고 멀리 튕겨져 나갔다. 조금 전과는 진심의 정도가 달랐으므로 아인즈에게는 회피도 방어도 어려웠다. 아니, 그 이상으로 지나치게 방심해 피하려는 생각이 머리에서 빠져나갔던 것이다.

〈비행〉으로 자세를 제어한 덕에 넘어지지는 않았다. 샤르티아와 싸웠을 때와 같았다.

튕겨져 나간 아인즈를 따라 마장이 날아왔다. 그의 시선은 아인즈를 확실하게 좇고 있었다.

'……분노의 마장은 간파능력이…… 아, 그걸 썼구나! 비장의 카드, 〈영혼과 맞바꾸는 기적〉을.'

악마가 영혼과 맞바꾸어 소원을 이루어준다는 우화를 소재로 삼은 이 힘은 기적을 일으킨다. 내부 데이터 처리가 어떤 식으로 이루어지는지는 모르겠지만, 위그드라실 시절에는 제8위계까지의 어떤 마법이라도 한 번 발동이 가능한 능력이었다.

보통 마장 계열 몬스터가 이 능력을 써서 발동하는 마법은 치유계였다. 하지만 이번에는 〈완전불가지화〉를 간파하기 위한 마법을 발동시킨 모양이었다.

가장 경계했던 힘을 소비해 주었다는 데 감사하면서도 아인즈는 작전을 다시 짤 필요성에 사로잡혔다.

접근한 마장에게 다시 얻어맞아 아인즈는 짜증과 조바심을 느꼈다.

레벨 차이가 크니 아직 여유는 있지만, 그렇다고 해서 계속 얻어맞아도 괜찮은 것은 아니다.

"쯧, 갚아주마. 〈마법 삼중 최강화: 만뢰격멸Call Greater Thunder〉."

상위 악마는 속성 대미지에 높은 내성을 지녔다. 어느 속성인지는 천차만별이어도 번개는 비교적 잘 통하는 편이다. 효과적인 마법을 세 발 최대 대미지로 맞은 마장의 몸이 휘청거렸다.

그리고 다시 마법을 썼다.

"〈완전불가지화〉."

"치사합다! 아인즈 님, 엄청 치사합다!"

"아우우! 진짜아!"

데굴데굴 굴러다니는 루푸스레기나, 발을 동동 구르는 엔토마. 오로지 솔류션만이 날카로운 눈으로 주위를 둘러보고 있었다.

용병 서번트는 모두 똑같을 텐데도 성격에 차이가 있는 것은 저마다 플레이아데스를 흉내 내고 있기 때문일까? 아니면 시간에 따라 성격에 변화가 생기는 것일까. 눈앞의 마장은 아인즈에게서 떨어지지 않고 이동하며 고함을 질렀다.

"여기다! 범위공격을 써라! 나와 함께 해치워!"

망설임 없이 엔토마가 입에서 왈칵 검은 구름을 토해냈다. 비장의 카드인 〈파리숨결〉이었다.

하지만 아인즈에게는 통하지 않는다. 왜냐하면 이 기술은 찌르기 속성에 해당하기 때문이다. 뼈밖에 없는 몸 어딜 파리가 좀먹는단 말인가. 마장만이 성가신 기색을 보이는 판국이다.

"이봐, 효과가 없어! 아니, 나만 당하고 있다고!"

"에엑!"

능력을 복제하는 것과 이를 완벽하게 구사하는 것은 전혀 다르다. 엔토마 본인이라면 이런 실수는 저지르지 않았을 것이다.

"난 범위공격이 없어. 유리 언니는?!"

"이걸로!"

유리의 손안에 빛이 깃들었다.

기폭장(氣爆掌). 접촉하면 개인에 대한 공격이 되며, 접촉하지 않은 상태로 쓰면 확산 충격파를 뿜는 공격이다. 물론 접촉 상태로 쓰는 것이 당연하므로 확산형은 매우 약하다. 그러나 개인전에 특화된 몽크는 범위공격이 적다——기보다는 거의 없다. 그러므로 어쩔 수 없다면 어쩔 수 없다.

"거기다! 이동하고 있어!"

"이쪽?!"

유리는 조금 전에 아인즈가 있던 장소에서 기폭장을 범위공격으로 사용했다. 그 모습에 아인즈는 눈살을 ——없지만—— 찡그리며 딴죽을 걸었다.

"……아니, 회복을 우선시하라고."

유리도 '기'로 체력을 회복할 수 있을 것이다.

아인즈는 딴죽을 걸면서도 마법을 발동시켰다. 물론 조금 전에 효과가 있었음을 알았던 바로 그 마법이다.

"〈마법 이중 최강화: 붉은 신성〉."

강렬한 불꽃에 휩싸인 유리에게, 공격마법을 사용하면서 모습이 드러난 아인즈는 냉정하게 고했다.

"유리, 아웃이다. ──〈완전불가지화〉."

자, 이제는 슬슬 시즈를 본격적으로 찾지 않으면 위험하겠는데.

아인즈는 그렇게 판단하고, 마장을 경계해 크게 우회하며 움직였다.

3

네이아는 시벽 위에 서서, 다수의 인원과 함께 전투를 지켜보고 있었다.

마도왕 덕분에 목숨을 건져 진심으로 경의를 표하는 자들이 대부분이지만, 꼭 그렇지만은 않았다.

성기사도 있고, 신관도 있다. 네이아의 위치에서는 사람의 벽에 가려져 직접 보이지는 않았지만 레메디오스 또한 말소리가 들려올 정도로 가까이 있었다.

간부 중에 없는 사람은 구스타보와 카스폰도 정도.

그곳에서 바라보던 이들은 중 누구도 한마디 말을 꺼낼 수 없는── 아니, 비유할 말이 존재하지 않는 전투였다.

알고는 있었다.

청장미는 얄다바오트의 난이도가 200을 넘는다고 했다. 그렇다면 그것은 인간의 형태를 가진 거대한 용의 전투다. 인간 세상에서 벌어지면 그것만으로도 대참사가 벌어질 만한 싸움이다.

도시의 한 구역이 붕괴되는 정도로 그친 것을 감사해야 하리라. 몇몇 가옥이 불에 타 흰 연기가 솟아났지만 인적 피해는 없었다.

관전하는 중에도 회오리바람이, 불꽃이, 벼락이, 인간의 상식을 초월하는 거대한 힘의 방출이 미친 듯이 날뛰었다. 그중 하나만으로도 수많은 목숨을 쉽게 앗아갈 수 있을 것이다.

특히——

"아름다웠지……."

네이아의 마음을 뒤흔든 것은, 두 번 일어났던 새하얀 빛의 구체였다.

모든 것을 집어삼키고 아름답게 앗아가는 힘. 여기에서 네이아는 선한 것을 느꼈다. 정말로 신성한 힘이었는지는 알 수 없다. 그 빛이 사라진 후의 압도적인 파괴흔적에는 공포마저 느꼈다. 하지만 강대한 힘에 대한 동경이 더 컸다.

'아직 전투는 끝나지 않았나 봐. 그만한 마법을 쓰고도 승부가 나지 않았다니…… 얄다바오트는 정말로 강하구나.'

말로는 들었으며, 눈으로도 보았다. 하지만 여전히 상상이 미치지 못했던 모양이었다. 그것이 철저하게 박살났다.

성왕국에 있는 동안 임시라고는 하지만, 종자로서 섬기는 왕이 싸우고 있다. 그 웅장한 모습을 이 눈으로 보는 것은 당연한 의무라고 생각한 네이아는 이곳에 왔다. 그리고 만약의 경우에는——.

——네이아는 자신이 든 활을 꽉 움켜쥐었다.

보고 있으려니, 얄다바오트 이외에도 몇몇 그림자가 마도왕에게 덤벼드는 것을 알 수 있었다. 난이도 150이라고 하던 메이드 악마들이다. 그만한 강적들을 동시에 상대하며 한 발도 물러나지 않으니, 마도왕의 가공할 힘에 외경심을 품지 않을 수 없었다.

네이아는 지금에야말로 확실히 자각했다. 마도국 백성을——
정의에 비호받는 자들을 부러워하고 있음을. 저만한 존재를 왕
으로 삼은 국가는 얼마나 행복할까.

"약하다는 것은 악이야. 그러니 강해져야만 해. 아니면 마도
왕 폐하 같은 정의를 모시거나."

네이아는 요즘 늘 생각하던 것을 작은 목소리로 말했다. 몇 번
이나 되풀이하면서 그것은 기도의 말과도 비슷해졌다.

느닷없이 운석이 떨어져 대폭발을 일으켰다.

건물의 잔해가 크게 치솟더니 흙먼지와 뒤섞여 비처럼 쏟아졌
다.

"단장님…… 얄다바오트…… 너무 무시무시한 것 아닙니
까?"

"그렇군."

"마도왕—— 폐하도 너무나 강합니다. 장래에, 만일 우리나
라의 적이 된다면…… 저기, 어떻게 될까요?"

"그렇군."

"단장님?"

"그렇군."

레메디오스가 세 명의 성기사들과 이야기를 나누는 목소리가
들렸다.

질문을 하는 성기사들은, 레메디오스가 적의 뒤에서 성검의
힘을 해방하면서까지 덤벼들었는데도 어린아이 같은 취급을 받
던 것을 보지 못했을까?

그렇다, 보지 않았을지도 모른다. 하지만 저 전투를 보면 누구나 알 수 있지 않겠는가. 마도왕과 얄다바오트. 이 두 사람의 힘은 너무나도 상상을 초월하는 영역에 있음을. 그런 생각을 해봤자 이미 늦은 것이다. 아니——

'마도왕 폐하가 이 나라를 지배해 주시면, 우리나라는 두 번 다시 아인에게 침공당하지 않을 거야.'

네이아는 자신의 마음속에서 태어난 생각이 너무나도 완벽하다는 데에 놀랐다. 조금 무서울 정도였다.

'성왕국을 합병해 주신다······. 무시무시한 폭군이라면 나도 그런 생각은 하지 않아. 하지만 마도왕 폐하는 그런 분이 아니야. 저분은 정의야. 그렇다면······ 내 의견에 찬동해 줄 사람들을 모아보자!'

네이아는 생각을 굴렸다.

마도왕을 존경하고 숭배하는 자들은 상당히 늘어났다. 저 압도적인 힘에 이끌린 자, 괴로움으로부터 구원받아 감사하는 자, 아인을 향한 증오 때문에 대신 복수해 주어 기뻐하는 자 등등.

그러한 자들 중에서 이 나라의 평화가 언제까지고 이어지기를 바라는 자들을 모아 자신의 이야기를 들려주면 어떨까.

네이아는 자신이 어리고 아직 인생 경험이 부족하다는 사실을 잘 안다. 하지만 양식 있는 어른은 네이아의 생각이 잘못됐다고 판단하면 말려줄 것이다.

'먼저 내 부하로 배속된 궁병 중에서 몇 명을 찾아보자.'

그중에서도 소중한 이를 잃고 증오를 품은 자들에게 물어보는 것이 좋을 듯했다. 네이아도 그 마음은 잘 이해하니까.

여기까지 생각했을 때, 쿠우우우웅…… 하고 한층 커다란 폭발음이 울렸다.

그리고 상당히 멀리 떨어진 곳에 있던 높은 건물이 무너져내렸다.

마도왕이 아무런 의미도 없이 그곳을 무너뜨렸을 리가 없다. 네이아는 눈을 가늘게 뜨고 보려 했지만, 무너져 흙먼지를 일으키는 건물에 무엇이 있었는지 간파할 수는 없었다.

게다가 추가공격이라는 듯이 굵은 벼락기둥이 하늘에서 떨어졌다.

역시 무언가 의도가 있었던 행동인 듯했다.

그 후로도 한동안 온갖 마법이 도시를 파괴하며 연거푸 이어졌다.

네이아는 불안해졌다.

저런 것들이 얼마나 대단한 마법인지는 말할 것도 없겠지만, 마도왕의 마력은 괜찮은 걸까.

네이아는 머리를 가로저어 자신의 마음속에 생겨난 불안과 공포를 떨쳐냈다.

'괜찮아! 마도왕 폐하라면 그것까지 계산하셨을 거야. 우리나라를 위해 소중한 마력을 소비해버렸지만, 그래도——!'

다만, 만약의 이야기지만, 얄다바오트가 승리하면 이 세계에 구원은 없다. 절망만이 남는다. 그런 일이 벌어지면 어떻게 해야 좋을까.

'마도왕 폐하, 제발 부탁드립니다!'

네이아의 기도를 들은 것처럼 두 개의 무언가가 하늘로 솟았다.

먼저 하늘로 날아오른 것은 검은 어둠을 끄는 자. 그 뒤를 따라가는 것은 시뻘건 날개를 펄럭이며 불꽃을 끄는 자.

메이드들이 이를 따라가는 기색은 없었다. 그것은 한 가지 사실을 말해 주었다. 마도왕은 난이도 150이라는 괴물 중의 괴물을, 얄다바오트와 싸우며 꺾었다는 뜻이다.

'──굉장해!'

네이아는 감동에 몸을 떨었다.

'마도왕 폐하는 얄다바오트보다도 강한 거야!'

그렇다. 그것 말고는 생각할 수 없다.

얄다바오트가 마도왕보다 약하고, 메이드 악마들은 압도적으로 약하기에 얄다바오트를 상대하면서 메이드 악마를 격퇴할 수 있었던 것이다.

네이아는 가슴속에서 솟아나는 환희를 꾹 참았다. 존경하는 사람의 위대함을 다시금 눈에 새길 수 있다니 기쁨이 폭발할 것 같았다.

네이아의 심장은 아플 정도로 크게 뛰었다.

자신들은 지금 막, 장래에 사람들의 입에 오르내릴 영웅담의 진정한 일막을 보고 있는 것이다.

'──아니, 그게 아니야.'

다시 하늘에서 싸움이 시작된 듯했다.

시뻘건 덩어리며 빛의 구체 같은 것이 공중에서 생겨났다.

아마 도시 한 구역을 손쉽게 날려버렸던 마법 같은 것도 난사하고 있겠지만, 너무나도 거리가 멀어 귀엽게 보일 정도였다.

하지만 그것은 인간이 닿을 수 없는 영역에 이른 힘의 응수.

'이건…….'

곁눈질로 살펴보니, 시벽에 늘어서서 마른침을 삼키며 지켜보던 모든 이가 이를 이해하는 듯했다. 그저 잠자코 진지한 표정으로 천공에서 펼쳐지는 싸움을 지켜본다.

누군가가 기도하듯 두 손을 맞잡았다. 그 옆의 사람이 이를 따라 하고——시벽에 있던 거의 모두가 손을 맞잡으며 하늘을 우러러보았다.

그것은 숭배와 비슷한 무언가였다.

'……이건 신화야.'

얼마나 시간이 흘렀는지 네이아는 알 수 없었다. 이윽고——술렁이는 목소리가 들려왔다.

모두의 시선 저편에서 하나의 점이 추락하듯 동쪽 하늘에 흐르고—— 사라졌다.

승부가 났다.

모두가 지켜보는 가운데, 하늘에 있던 유일한 점이 천천히 아래로 내려왔다. 시력이 뛰어난 네이아는 누구보다도 먼저 충격을 받고 입을 손으로 막았다.

홍련의 불꽃이 다른 이에게도 보였을 때, 시벽 위는 침통한 정적에 휩싸였다. 다만 누구 하나 도망치려는 자는 없었다. 그 전투를 직접 보면 알 수 있다. 도망쳐 봤자 소용이 없다.

불꽃을 두른 날개를 펄럭이며, 승자가, 얄다바오트가 모습을 드러냈다.

승자라고 하기에는 너무나도 처참한 모습이었다.

온몸에는 온통 전류가 흐른 자국이 남았으며, 얼굴 절반은 짓

뭉개지다시피 했다. 깊은 상처에서는 신선한 피가 콸콸 흘러나왔다. 피가 고열을 발하는지 시벽에 떨어지자 치이익 소리를 내고, 그 소리는 한순간도 그치지 않았다.

두 사람의 전투가 얼마나 치열했는지를 언어 이상으로 웅변해 주었다.

"거짓말이야……."

네이아의 중얼거림을 지워버리듯 무거운, 그러면서도 아픔을 띤 목소리가 시벽 전체에 울려 퍼지듯 들려왔다.

"……강자였다. 그만한 강자는 모몬 이래 처음이었다. 방심했다. 어리석은 짓을 했다. 아인을 끌고 온 의미를 잊어버릴 뻔했다. 그러나—— 그렇다. 그러나 놈은 죽었다."

믿고 싶지 않았다. 그러므로 네이아는 외쳤다.

"거짓말이야!"

얄다바오트의 하나 남은 눈이 네이아를 노려보았다. 생물로서 격이 다른 시선을 받으면서도 네이아는 흔들리지 않았다. 자신의 마음을 격정이 지배하고 있기에 공포라는 여유가 들어오지 않고 만용을 부릴 수 있는 것이다.

"거짓이 아니다."

"폐하는 농담이 서툰 분이야……. 거짓말, 이죠?"

"거짓이 아니다."

되풀이되는 얄다바오트의 말에 네이아는 가슴이 짓이겨지는 듯한 충격을 받았다.

어질어질, 세상이 흔들렸다.

마도왕이 얄다바오트에게 패한 이유는 생각할 필요도 없었다. 네이아는 금방 알 수 있었다.

청장미의 이블아이. 그리고 칠흑의 나베. 메이드 악마들을 밀어붙일 수 있었던 두 명의 매직 캐스터가 이 나라에는 없었다. 그뿐이다.

아니, 그 외에도 또 한 가지.

"그 언데드가 만일 완벽한 상태였다면 패배했을지도 모르지. 너희 같은 인간을 위해 마력을 쓰다니—— 무엇을 우선시해야 할지를 생각하지 못하는 어리석은 놈이구나. 너희에게 감사한다."

'역시. 역시 약한 것은 악이야!'

네이아는 자신의 생각이 절대 틀리지 않았음을 확신했다.

"그렇기에 상을 주마. 그것은 너희의 목숨이다."

"……무슨 뜻이냐?"

누군가의 질문에 얄다바오트는 즐겁다는 듯 비웃음을 지었다.

"목숨을 살려주겠다고 하였다. 이 자리에서는, 말이다."

누군가가 안도의 한숨을 토하고—— 네이아는 격노했다.

"웃기지 마! 웃기지 마! 웃기지 마! 전부 거짓말이야! 네가 하는 말은 전부 거짓말이야! 악마의 말을 누가 믿을 줄 알고!"

"사실을 받아들이지 못하다니. 정신이 나가버렸구나, 인간. 가엾게도."

얄다바오트가 손가락을 네이아에게 들이대더니,

"사라져…… 아하, 그렇군."

이내 그 손을 내렸다.

"왜 그러지, 얄다바오트!"

"너는 나를 도발하여 이 자리에서 내가 거짓말쟁이임을 증명하고 싶었던 거로군? ……자신의 목숨을 던져서라도, 그럴 만한 가치가 있다는 거냐? 이해할 수는 없다만 그런 모양이군."

뿌드득 소리가 들릴 정도로 네이아는 이를 갈았다.

얄다바오트는 거짓말쟁이여야만 한다.

마도왕이 죽었다는 새빨간 거짓말을 하는, 거짓말쟁이여야.

"그렇게는 안 되지. 너희의 목숨은 살려줄 것이다. 자, 나는 일단 돌아가마. 한동안 휴식을 취해야만 할 정도로 상처를 입었으니. 그동안 절망의 눈물로 날을 지새거라."

펄럭 날갯짓을 하며 얄다바오트가 날아가려 한 순간, 네이아의 손은 저절로 움직이고 있었다.

즉시 활시위에 화살을 메겨—— 쏘았다.

배후에서 날아든 완벽한 사격. 예비동작조차 없었다.

그러나 얄다바오트는 순식간에 몸을 돌리며 화살을 손으로 잡았다. 그만한 부상을 입었으면서도 기민한 움직임이었다.

얄다바오트가 정면으로 네이아를 노려보더니, 시선이 네이아의 활—— 얼티밋 슈팅스타 슈퍼로 향했다. 그러자 분노로 일그러졌던 표정이 조금 움직였다.

"어?! 아! 그, 그건 참으로 훌륭한 무기로군! 그만한 무기를 본 것은 정말 오랜만이다! 하마터면 나도 모르게 네 숨통을 끊을 뻔했다. 위험했어."

주워섬기듯 얄다바오트가 말했다. 여유가 있는 것처럼 보였는데, 어지간히 당황한 걸까.

"그 무기는 뭐냐? 어떻게 만들었지?"

"누가 말할 줄 알고!"

이 자식이 무슨 생각을 하는 거지?

네이아의 뇌는 타들어가는 증오로 끓어버릴 것 같았다.

이런 거짓말쟁이에게, 마도왕 폐하께 들은 중요한 정보를 말할 수는 없지.

"네놈 같은 거짓말쟁이에게 누가 말할 줄 알아!"

"윽, 아, 호, 혹시 룬이라는 기술로 만든 것이 아니냐?"

진실을 꿰뚫어 보는 바람에 네이아의 심장이 한순간 덜컥 뛰었다. 조금 냉정함이 돌아왔지만, 갈기갈기 찢겨져나간 마음속에 다정한 마도왕의 모습이 떠오른 것과 동시에 분노도 되살아났다.

"아니다!"

네이아가 내치듯 외치자, 얄다바오트는 신음했다. 그것을 허점이라 본 네이아는 다시 한 발을 쏘았다. 다음은 손이 닿기 어려운 다리였다. 이번에는 얄다바오트가 황급히 다리를 움직여 이를 피했다.

'경계하고 있어! 이 활이라면, 혹시──!'

성검을 등에 맞고도 태연했던 얄다바오트가 황급히 피할 이유. 그것은 이 활이라면 부상을 입을 수 있기 때문이 아니고 무엇이겠는가.

네이아는 후회가 밀려들어 자기도 모르게 눈물로 시야를 적셨다.

그런 전투에 참가했더라도 네이아가 쉽게 죽었으리라는 것쯤은 잘 안다. 그래도 얼티밋 슈팅스타 슈퍼가 얄다바오트에게 통한다면, 방패로라도 참가하는 편이 낫지 않았을까. 그랬더라면, 어쩌면——.

네이아는 다시 화살을 쏘았다. 얄다바오트가 고개를 돌리자 빗나간 화살은 허공을 갈랐다.

"맞아라!!"

또 한 차례.

또 한 차례.

그러나 한 발도 맞지 않았다. 저렇게 몸집이 큰데도, 저렇게 상처가 있는데도 놀랄 만큼 가볍게 네이아의 공격을 피한다.

"룬——."

"——닥쳐!"

얄다바오트의 말을 가로막고 네이아는 화살을 쏘았다. 그러나 역시 맞지 않았다.

'왜, 왜 아무도 공격하지 않는 거야!'

얄다바오트가 하늘을 날기 때문에 공격 수단이 없다는 정도는 안다. 하지만 그래도 큰 은혜를 입은 마도왕을 죽였다는 거짓말쟁이 악마를 그대로 두어도 된다고 생각하는 걸까.

"……으윽. 뭐, 이제는, 하는 수 없겠……지? ……〈상위 전이〉."

얄다바오트의 모습이 휙 사라졌다.

"도망치지 마아아앗!!"

네이아는 주위를 둘러보았다.

그곳에는 눈을 크게 뜬 채 네이아의 행동에 경악하는 자들의 얼굴밖에 없었다. 얄다바오트는 어디에도 없었다.

"젠장! 도망쳤어!"

"진정해라!"

레메디오스가 일갈했다. 강자의 노호에는 압력마저 있었다. 평소라면 네이아에게 침착함을 되찾아주면서 경직시켜버렸을 외침이었다. 그러나 지금의 네이아에게는 거추장스러운 목소리나 다를 바 없었다.

"이게 진정할 일이야!"

"종자 네이아 바라하! 그 무기는 마도왕에게 빌린 것이렷다? 왜 놈은 그 무기에 관심을 품었지?!"

"그런 것이 뭐가 중요하다는 겁니까! 그보다도 마도왕 폐하를 찾으러 가야죠! 동쪽으로 떨어지는 것을 봤습니다! 당장 구출부대를!"

"놈은 죽었을 거다."

"죽을 리가 없습니다! 마도왕 폐하가 죽기는 왜 죽는단 말입니까!"

네이아는 자기도 모르게 주먹을 쥐고 달려들었지만, 레메디오스의 손짓 한 차례에 나가떨어져 시벽 위를 굴렀다.

"머리를 식혀라. 그 높이에서 떨어지고도 어떻게 살아남는단 말이냐."

"식혀? 그딴 악마가 하는 말을 믿다니, 단장님은 놈에게 영혼이라도 판 겁니까?!"

레메디오스의 표정이 변했다. 그리고 멱살을 붙들었다.

"종자! 네놈, 해서 될 말이 있고 안 될 말이 있다!"

너무나도 강한 힘으로 목덜미를 붙들려 숨이 막혔다.

"두 분 모두! 진정하십시오, 제발 진정하십시오!"

성기사와 신관, 군사들이 황급히 네이아와 레메디오스 사이에 끼어들어 두 사람을 떼어놓았다.

헉헉 거친 숨을 몰아쉬며 네이아는 고함을 질렀다.

"마도왕 폐하를 구출할 부대를 당장 파견해!"

"쓸데없는 짓에 힘을 할애할 여유는 없다!"

"쓸데없다고!"

네이아는 레메디오스를 후려치고자 달려가려 했으나, 두 사람 사이에 끼어든 자들에게 이내 붙들렸다.

"너하고는 이야기가 안 돼!"

조금 냉정함을 되찾은 네이아는 자신을 잡고 있는 사람들에게 말했다.

"놔주시죠? 가야 할 곳이 있으니."

"어딜 가겠다고?!"

그 물음에 네이아는 진심으로 믿을 수 없다는 말을 하듯 레메디오스를 보았다.

"그 눈은 뭐냐! 그게 종자가 성기사를 보는 눈이냐!"

네이아는 코웃음을 쳤다.

"우선 왕형 전하께 마도왕 폐하 구출부대 파견을 청할 겁니다. 다음으로는 제가 직접 마도국으로 가서 마도왕 폐하의 상황을 숨김없이 밝힌 후, 폐하의 구출부대에 힘을 보태달라고 부탁할 것입니다."

이 상황에서 마도국에 가면 가혹한 운명이 기다릴 것이다. 그래도 마도왕의 종자로서 책무를 다해야 한다.

이곳에서 마도국까지, 네이아가 무사히 도착할지 어떨지도 알 수 없다. 그래도 이 목숨과 바꿔서라도 가야만 한다.

"오, 바라하 씨. 마도국에 갈 거라면 나도 같이 가지."

그렇게 말해 준 것은 군사 출신이며 퇴역한 후에는 사냥꾼으로 생활하던 초로의 사내였다. 활 솜씨를 평가받아 네이아의 부대에 배속됐다.

"걱정하지 말라고. 이만큼 살았으면 갈 날도 얼마 안 남은 몸이고."

"바르뎀 씨!"

마도국에 무사히 도착한다 해도 그 후에 기다릴 운명을 이해하고 하는 말이었다.

"아, 네이아! 나도 잊지 말라고!"

"코다나 씨도요?!"

"나도 같이 가겠어. 딱히 아가씨를 위해 움직이겠다는 건 아니지만, 마도왕님을 위해서라면 어쩔 수 없지."

"메나 씨까지!"

네이아의 부대에 배속된 이들 중에서도 우수한 자들이 솔선해 자청해 주었다. 그들이 도와준다면 무사히 마도국에 도착하는 것도 무리는 아니리라. 다만——.

"고맙습니다. 하지만 여러분은 구출부대 쪽에 참가해 주실 수 있을까요?"

"어디서 멋대로 작당을 하고 있나! 너희는 성왕국을, 괴로움에 빠진 백성들을 그 악마에게서 해방시키기 위해 모인 자들일 텐데!! 우선순위를 착각하지 마라!"

"단장님이야말로 무슨 말을 하는 겁니까! 마도왕 폐하의 구출 이상으로 우선시해야 할 사항이 있습니까?!"

"당연하지! 지금 이 순간에도 성왕국 백성들이 아인의 지옥에서 얼마나 고통을 받고 있겠나! 그들을 구하는 것 이상으로 뭐가 있지?!"

"있고말고! 그건——."

"——대체 뭣들 하나?! 왜들 고함을 지르고 있나?!"

갑작스럽게 나타난 인물 덕에 말다툼은 중지됐다. 그것은 카스폰도였다.

"커스토디오 단장. 자네는 금방 돌아온다고 하지 않았나? 마도왕 폐하는? 얄다바오트는 어떻게 됐나? 무슨 일이 일어났나. ……누가 설명을 해다오."

카스폰도의 당황한 목소리만이, 무거운 침묵 속에 공연히 공허하게 울려 퍼졌다.

*

회의를 위한 방에는 성기사와 신관 외에 얼마 전까지 포로였던 귀족, 명예기사들도 소집되어 실내는 약간 좁게 느껴졌다. 하지만 카스폰도가 쓰던 방은 얄다바오트에게 파괴됐으며, 달리 적합한 곳이 있는 것도 아니니 도리가 없었다.

그 후, 성기사에게 보고를 받은 카스폰도는 긴급회의를 소집하겠다고 선언하고, 주요 멤버를 이 방에 모으도록 지시했다.

레메디오스를 대동한 카스폰도가 빠른 걸음으로 입실한 것은 모두가 모인 직후였다.

왕형의 등장에 모두 고개를 숙였다. 네이아도 그 안에 있었다. 딱히 카스폰도에게 원한이 있었던 것도 아니다.

모두의 앞에 선 채 카스폰도는 말을 시작했다.

"모여 주어서 고맙네. 이제부터 우리가 취해야 할 수단에 대해 논의하고자 하네."

논의라고 해도 네이아가 해야 할 행동은 하나뿐이었다. 그리고 그것은 절대로 잘못된 행동이 아니라고 생각했다. 네이아가 입을 열려 하자 카스폰도가 손을 들어 제지했다.

"저마다 생각이 있겠지만, 그 전에 나의 이야기를 들어주게."

카스폰도는 천천히 시선을 돌려 실내에 모인 자들을 둘러보았다.

"얄다바오트의 힘이 상상을 초월한다는 사실을 직접 확인한 사람도 많을 걸세. ……그래. 유감이지만 인정해야겠지. 이 나라에서 놈을 이길 자는 없다는 것을."

사람들의 시선은 아까부터 입을 꾹 다물고 있는, 성왕국 최강자로 명망이 높은 레메디오스를 흘끔흘끔 살폈다. 그리고 그녀가 카스폰도의 의견을 긍정한다는 사실을 알고 미미한 공포와 실망을 드러냈다.

"그러나 비관하기는 이르네. 놈을 쓰러뜨릴 수 없다면 다른 수단으로 놈의 계획을 저지하고, 놈에게 성왕국 지배를 포기하도록 만들면 되는 걸세. 직접이 아니라 간접적으로 놈을 격퇴하는 것이지."

카스폰도는 자신이 말하려는 내용이 모두의 머리에 스며들 때까지 몇 초 정도를 기다렸다가 결론을 말했다.

"그 수단이란, 놈이 이끄는 아인을 모두 없애는 걸세."

"그건 어째서입니까?"

누군가의 질문에 카스폰도는 고개를 끄덕였다.

"전에 얄다바오트가 왕국에서 날뛰었던 적이 있지. 그때 놈은 어떤 전사와 1 대 1로 겨루고, 그 결과 패배해 도망쳤네. 그때 놈은 악마의 군세를 이끌었지만 아인의 군세는 없었네. 다시 말해 놈은 전사와의 싸움에 패배했기에 아인군을 이끌게 됐다는 뜻이 아니겠나?"

카스폰도는 모두가 이해했는지 확인하듯 주위를 둘러보았다.

"요컨대 그 전사와 1 대 1로 맞붙지 않고자, 방패로 삼고자 아인 군세를 데려왔다는 뜻이 아니겠나. ……얄다바오트가 마도왕에게 이겼을 때, 이렇게 말했다지? 아인을 끌고 온 의미를 잊어버릴 뻔했다고."

그 말이 맞다.

그때는 어떤 의미인지 이해하지 못했지만, 그렇게 설명을 듣고 보니 그것 말고는 생각할 수 없었다.

"다시 말해 얄다바오트에게 아인은 그 전사와 다시 한번 싸우게 됐을 때를 위한 갑옷이자 체력인 걸세. 그렇다면 말이야. 만일 아인의 군세가 사라지면 얄다바오트는 어떻게 할까? 갑옷도 체력도 뜯겨나간 상태를 유지할까? 그 전사가 다시 자신의 앞을 가로막고 설지도 모르는데? 아니면── 도망치리라 생각하나?"

"그렇군요……. 그러면 왕형 전하께서는 이 도시를 포기하고 남부로 내려가 아인군을 치고, 남부군과 연계해 놈들을 없애야 한다는 말씀이십니까?"

신관 한 사람이 질문하자, 해방된 귀족 중 하나가 대답했다.

"그거 좋군. 마도왕의 힘으로 4만 가까운 아인이 이곳에서 죽었지. 아인의 병력 대부분이 사라진 것 아닌가? 남은 병력은 남부와 대치 중일 테고. 해방된 이 도시의 전원이 진격해 후방에서—— 협공하면 아인군을 궤멸시킬 수 있을 거야. 그러면 남부군과 합류해 국토 탈환도 가능해!"

오오…… 하는 환희의 목소리가 솟았다. 그러나 카스폰도는 고개를 가로저었다. 다시 침묵이 실내를 지배했다.

"——그 반대일세. 이제부터 서쪽에 있는 가장 가까운 대도시이자 북부의 요충지, 칼린샤를 탈환할 걸세."

"아니, 어째서입니까?"

"그렇습니다! 이곳으로부터 서쪽에 있는 대도시 칼린샤, 프라트, 리문, 그리고 수도 호반스는 모두 공격하기가 매우 어려운 곳입니다. 많은 희생이 따를 겁니다. 그렇다면 남부에 있는 아인군과 싸워 아인의 병력을 줄이는 편이 왕형 전하의 생각과 합치하는 행동이 아닙니까?"

"그래, 제군의 생각은 분명 옳네. 이 자리에 현자가 많다는 데에 감사하네. 하지만 모든 이가 그 말을 이해해 줄까?"

실내에 있던 많은 이들이 의미를 이해하지 못한다는 표정을 지었다.

"잘 듣게. 남부로 간다는 것은, 아직까지 사로잡힌 이들을, 일시적으로라고는 하지만 두고 가는—— 버리고 가는 행위일세.

많은 이들이…… 백성들이 수긍해 주겠나?"

"그, 그건……. 하오나 그렇게 하는 편이 합리적이고, 구할 가능성도 커지지 않겠습니까!"

"자네는 분명 남작이었지?"

의문을 대표해 발언한 장년의 사내에게 카스폰도가 눈을 돌렸다.

"아, 예. 왕형 전하를 과거에 한 번 뵌 적이 있습니다."

"음, 그랬지. 그런데 자네 영지의 백성들은 모두 구출됐나?"

"아, 아니오. 아직입니다. 제가 사로잡혔던 것은 성왕녀 폐하를 따라 참전했을 때이므로, 저의 영지가 지금 어떻게 됐는지는……."

"그렇군. 그러면 남부의 군세와 협력해 영지를 탈환했을 때, 자네는 남부로 도망쳤다는 말을 들을지도 모르네."

귀족의 얼굴이 굳어버렸다.

냉정하게 생각해 보면 귀족의 말이 옳다. 그러나 모든 사람이, 그것도 괴로움에 허덕이는 사람들이, 귀족이 말하는 합리성이라는 것을 받아들이리라는 법은 없다. 증오의 칼날이 귀족에게 향할 가능성도 있다. 왜 더 일찍 해방시켜주지 않았느냐, 내 가족은 아인에게 죽었다고 말하는 이를 네이아도 본 적이 있다.

다만 마도왕이 해방시킨 수용소에서는 그런 말을 하는 이가 없었다. 압도적인 마법으로── 때로는 일격으로 해자를 날려버리는 마도왕에게, 그것도 타국의 왕에게 어떻게 개인적인 분통을 터뜨리겠는가.

"그리고, 영지를 가진 자들에게는 나중에 개인적으로 이야기할 생각이었네만, 이렇게 된 이상 여기서 말하지. ……피폐해진 우리에게 남부 귀족들이 어떻게 움직이리라 생각하나? 특히 자기 영지를 버렸다고 여겨지는 귀족에게, 다른 귀족들은 어떤 수단을 취할까?"

정치와 권력의 질척질척한 냄새가 풍기기 시작했다.

네이아의 관점에서 보자면 믿을 수 없는 이야기였지만, 귀족들은 짚이는 구석이 있는지 고개를 끄덕이고 있었다.

"왕형 전하. 저희의 영지는……."

"다음 말은 듣지 않도록 하겠네. 나도 자네들에게 무언가 약속할 수 있는 처지는 아니니. 다만 남부 귀족들의 권력은 단숨에 커질 걸세. 그렇기에 전쟁이 끝난 후를 내다보고 최선의 수를 선택해야 하네."

"잠시 기다리십시오!"

성기사 한 사람이 목소리를 높였다.

"궁정의 권력다툼을 위해 쓸데없는 피가 흐르는 것은 바라지 않습니다!"

"옳소! 옳소!"

시리아코를 비롯한 사제도 설교로 단련된 큰 목소리로 화답했다.

"중요한 것은 많은 백성을 구하는 방법입니다!"

"……아인을 몰아낸다고 끝이 아닐세. 남부에 공을 모두 빼앗겨버리면, 전쟁이 끝난 후 남부 귀족들의 요구를 내치기가 어려워지네. 피폐해진 백성들에게 한층 무거운 세금이 내려지지 않을 거라고 어찌 장담하나?"

"……성왕녀님이 돌아가신 후, 차기 성왕 폐하가 남부 귀족의 주도로 뽑힌다면 끝장일세. 하지만 우리의 힘으로 이만큼 해냈다는 실적이 있다면, 어느 정도는……."

실내의 공기는 둘로 갈라졌다.

귀족 파벌과 성기사, 신관 파벌.

두 파벌의 의견이 서로 대립됐다. 레메디오스는 어떤가 하면, 한 성기사에게 왕형의 이야기가 무슨 뜻인지 자세한 해설을 듣고 있었다.

네이아는 어디에도 끼지 않은 채 그저 묵묵히 이야기의 흐름을 따랐다. 왜냐하면 네이아의 행동은 이미 정해졌으므로 어떤 결론이 나오더라도 상관이 없었기 때문이다. 그보다는 냉큼 제안해 후다닥 출발하고 싶을 정도였다.

'그렇긴 하지만 여기서 내가 전혀 뜬금없는 이야기를 꺼내면 역정을 내서, 도와줄 사람도 도와주지 않을 수 있으니까…….'

시시한 이야기라고 생각하면서도 듣고 있으려니, 이윽고 논의가 평행선을 걷는 데에 지친 일동은 카스폰도에게 말을 돌렸다.

"왕형 전하의 제안에서 시작된 이야기니, 우선 전하의 말씀을 끝까지 들려주시겠습니까?"

"그러지. 나의 생각은 아까 말했듯 칼린샤를 탈환하는 것일세. 여기에는 군사적인 이점도 있네. 왜냐하면 솔직히 말해 이 도시는 좁고, 상당히 넓은 범위가 파괴되고 말았네. 이미 이곳에서 살기는 어려워졌지. 넓고 튼튼한 거점이 필요하네. 그리고 대도시를 하나 탈환해 두는 것은 남부 귀족들에게도 유리하게 작용할 걸세. 아울러 적의 진격을 저지하는 역할을 가진 칼린샤에는, 만약 아인군에게 노획되지 않았다면 충분한 군사비축품이 있을 걸세."

"……더 나은 거점을 확보하자는 생각에는 찬성입니다."

"그래. 이런 규모의 도시에서는 위생도 불안하지. 추위에 떠는 자들도 많고 말일세."

하지만 그들은 '다만'이라고 전제를 깔며 말을 꺼냈다.

"많은 희생이 따르는 것은 피하고 싶습니다."

"그 말이 옳네. 그렇기에 지금 나서야 하는 걸세. 적의 거점을 침공하기에는 지금이 절호의 기회일세. 얄다바오트가 움직일 수 없다는 점이 우리에게 매우 유리하지."

얄다바오트의 부상이 치유될 때까지 어느 정도 시간이 필요할지는 알 수 없다. 그러나 아인 군단을 모두 격퇴할 때까지 회복되지 못할 거라는 생각은 들지 않았다.

그렇다고는 해도 전혀 회복되지 않은 채로 나타날 가능성 또한 낮을 것이다. 모몬이라는 강자가 있다는 사실을 아는 그가, 모몬이 다시 눈앞에 나타날 가능성을 고려하지 않고 움직이리라고 생각하기는 힘들다. 그러므로 움직인다면 거의 상처가 치유된 다음일 것이다.

그리고 아무리 병력을 모으더라도 얄다바오트가 나타난 단계에서 성왕국은 손쓸 도리가 없어지므로, 거점을 확보해 놓을 필요가 있다는 말이었다.

"과연……."

하나둘씩 수긍의 목소리가 들려올 만한 설명이었으며, 네이아도 그 말에 동의했다.

"——자, 여기서 제군의 불만은 단 하나. 희생자의 숫자일세. 그렇다면, 희생자가 많이 나오지 않을 경우에는 내 의견을 채택해도 상관없다는 뜻인가?"

레메디오스를 제외한 그 자리의 전원이 고개를 끄덕였다. 네이아는 아무래도 상관이 없었지만 이야기의 흐름상 혼자만 이의를 제기하는 것도 좋지 않다는 생각에 모두와 마찬가지로 찬성했다.

레메디오스는 어떤가 하면, 몇 사람이 흘끔 눈치를 살피니 딱히 반대할 이유는 없는 것 같았으므로 무시됐다.

"좋아. 그러면 나중에 칼린샤 탈환 작전을 짜도록 하세. 그러면—— 다음 안건인데."

하아, 하고 큰 한숨을 토해낸 카스폰도가 네이아를 정면으로 바라보았다.

"마도왕 폐하께서 돌아가셨다는 말을 들었네."

"다짜고짜 말씀을 정정해 송구스럽사오나, 왕형 전하. 마도왕 폐하께서 돌아가셨는지에 관해서는 의문이 남습니다. 어디까지나 얄다바오트의 말일 뿐이었습니다. 악마의 말을 곧이곧대로 받아들이는 것은 지극히 어리석은 일입니다."

흘끔 레메디오스에게 시선을 돌리며 네이아는 말을 이었다.

"기만책일 확률이 높다고 여겨집니다."

"그렇다면 왜 돌아오지 않나. 놈은 전이 마법도 쓸 수 있는데."

"부상 때문에 움직이지 못하거나. 마력이 고갈됐거나. 이유라면 얼마든지 생각할 수 있습니다."

레메디오스는 더 질문하지 않았다.

"그렇군. 그러면 제군의 의견을 듣고 싶네. 어쩌면 좋겠나?"

"어쩌고 자시고 할 것도 없습니다!"

네이아는 고함을 질렀다가, 흥분을 꾹 참은 다음 쥐어짜내듯 발언했다.

"……당장 구출부대를 파견해야 합니다. 그와 동시에 마도국에 이 사실을 전해야 합니다. 괜찮으시다면 그 사절로는 제가 가겠습니다."

"그렇군. 종자 바라하의 의견은 그렇다고 하는데, 다른 생각은?"

카스폰도의 시선이 일동을 둘러보았다. 입을 연 것은 한 귀족이었다.

"한 말씀 드리겠습니다. 마도왕 폐하는 동쪽에 떨어지셨다는 설이 유력한데, 아인이 지배하는 지역으로 구출부대를 보낼 거라면 그쪽에 계신 것이 확실하다는 정보가 있은 후에 보내는 것이……."

"그래서는 너무 늦습니다."

그 제안에는 즉시 반론할 수 있었다.

"늦으면 늦을수록 마도왕 폐하의 신변에 위험이 닥칠 것입니다. 조속한 구조를 제안합니다."

네이아의 의견에 고개를 끄덕이는 자가 많았다. 상식적으로 생각하면 네이아의 말은 하나도 잘못되지 않았다.

"그렇다면 역시 마도국에 사자를 보내는 것과 동시에 수색 및 구출부대를 파견해야겠군."

"……폐하의 종자를 맡았던 자네에게 묻고 싶네만, 마도왕은 자국민들에게 우리나라로 온다는 사실을 밝혔을까?"

네이아는 기억을 더듬어보았다.

"죄송합니다. 그것은 모르겠습니다. 하오나 말씀하셨어도 이상하지 않다고 봅니다. 이따금 전이로 마도국에 돌아가시곤 하셨으니까요."

"그렇다면 왕형 전하, 저는 지금은 사자를 보내선 안 된다고 생각합니다."

"어째서입니까?!"

네이아는 조금 전부터 반대 의견만 내세우는 귀족을 노려보았다. 그 시선을 받은 귀족이 새파랗게 질린 얼굴로 두 걸음 물러나고, 그의 주위에 있던 자들은 슬쩍 거리를 두었다.

"아, 아니, 침착하게 들어주었으면 하네만, 그러니까, 번거로운 일이 일어날 수 있기 때문일세. 잠깐만! 진정하고 들어주게! 상식적으로 생각해 보면 마도국의 언데드 군단이 보복하러 나설 가능성이 있지 않나? 보복으로 끝나면 다행이지만, 성왕국이 병합될지도 모르네. 게다가…… 그, 뭐냐. 마도왕이 그걸 노리지 않았다고 누가 장담할 수 있겠나?"

"그분이!"

너무나도 극심한 분노에 네이아는 현기증마저 느꼈다.

"그렇다면, 반대로 이렇게 질문하겠습니다! 마도왕 폐하께서 만약 마도국으로 전이해 돌아가셨다면, 이러한 사태가 일어났다는 정보를 전하러 오지 않는 성왕국을 어떻게 생각하실까요!"

시야에 들어오는 많은 이들이 동의한다는 듯 고개를 끄덕이는 모습이 보였다. 그런 가운데 레메디오스가 입을 열었다.

"아니, 어쩔 수 없지 않나? 우리나라에는 현재 여유가 없으니. 끝난 다음에 사과하면 되지."

"그런다고——."

발끈한 네이아가 고함을 지르려 했을 때, 몇 차례 손바닥을 마주치는 소리가 들렸다. 카스폰도였다. 왕형이 무언가 하고 싶은 말이 있다면 네이아는 입을 다물 수밖에 없었다.

"종자 바라하. 마도국에 보고하러 갈 사람은 내 선에서 선발하겠네. 아무리 그래도 종자가 사자로 간다면 마도국에서는 우롱당했다고 생각할 수도 있지 않겠나?"

"그, 그 말씀은 지당하오나……."

너무나도 정론이었다. 국가를 대표하는 사자와 마도왕에게 활을 빌린 종자. 정식으로 파견한다면 당연히 전자를 보내는 것이 예의다.

정말로 사자를 보낼지 의심스럽기도 했지만 왕형의 말을 신용하지 않는다는 태도를 보이는 것 또한 지극히 좋지 못했다.

"이해해 준 것 같아 다행일세."

"정 그러시다면 저희 몇 사람이 동쪽으로 가도록 허가해 주십시오."

"그래, 나도 그렇게 해 주고 싶네. 하지만 일단 마도왕 폐하가 어디에 떨어졌는지를 알 수 없네. 동쪽으로 10킬로미터 정도일지도 모르고, 100킬로미터일지도 모르지. 어쩌면 그가 말했듯 알다바오트가 지배하는 아베리온 구릉지대일지도 모르고. 자네는 아무도 발을 들인 그 지역으로 가서 마도왕 폐하를 찾을 모종의 수단이 있나?"

네이아는 말문이 막혔다.

지리감각도 없이 아인이 사는 지역을 수색하기란 불가능하다. 2차 조난을 당해 수색대가 전멸할 것은 불을 보듯 뻔했다.

"구릉에서 생존하는 기술. 아인의 감시망을 뚫고 나갈 기술. 정보를 수집하는 기술."

손가락을 꼽으며 카스폰도가 헤아렸다.

"만약 그러한 준비를 갖추지 않고 간다면, 그것은 간접적인 자살일세. 실패로 끝날 구출부대에 무슨 의미가 있나."

"그, 그러시다면 무언가 좋은 방법이 있으십니까?!"

"있고말고."

"예?"

있을 리가 없다고 생각하면서 건넨 질문에 이처럼 선선히 대답이 돌아오니 네이아는 눈을 동그랗게 떴다. 그러자 카스폰도는 슬쩍 몸을 움츠리면서도 그 방법을 가르쳐 주었다.

"구릉지대의 지식이 있는 사람을 찾으면 되네."

눈을 깜빡거리는 네이아에게 카스폰도는 쓴웃음을 지었다.

"잘 들어보게. 아인을 포로로 삼아 데려가면 되는 게야. 그 아인에게 안내를 명령하면 제법 안전해지지 않겠나?"

"아."

정말 그렇다. 인간이 그 지역을 이동하려면 터무니없는 위험이 따르겠지만, 안내인이 있다면 조금은 다를 것이다.

하지만 무시할 수 없는 문제가 있다.

단순히 아인 포로를 위협해 데려간다 해도, 그놈이 목숨을 버려가면서 인간들에게 보복을 할 마음이라면 그 순간 탐색은 죽음의 여행이 된다. 예전에 보았던 오크가 바로 그렇게 자신을 돌보지 않는 기개를 발휘하는 타입이었다.

신용할 수 있는 아인이 필요하다. 하지만 그런 아인이 어디 있을까.

카스폰도의 생각에는 무리가 있는 것 같았지만, 다른 아이디어는 없었다.

어떻게 하면, 어떤 아인이면 안전하게 안내를 시킬 수 있을까.

네이아는 지혜를 쥐어짰다. 그렇다고는 해도 아인이라는 말을 들으면 눈에 핏발을 세우고 밀려드는 모습만 뇌리에 떠오르니, 배신하라는 교섭에 응하리라고는 도저히 여겨지지 않았다.

'아니지. 오크나 호왕 버저는 인간미가 있었어. ──그래, 가족을 인질로…… 아니야, 차라리 버저 같은 왕을 포로로 삼을 수 있다면 그 종족 전체를 따르게 만들 수 있을지도.'

반대로 그 종족의 분노를 사 극심한 반항이 일어날 경우도 생각할 수 있고, 애초에 강대한 힘을 가진 아인왕을 어디서 어떻게 사로잡는단 말인가──.

그렇게 결론이 나오지 않는 미궁에서 네이아가 헤매고 있을 때, 문이 힘차게 열리며 한 성기사가 들어왔다.

거친 숨을 몰아쉬며 실내를 둘러보던 그는 레메디오스가 아닌 카스폰도에게 향했다.

주위에는 알리고 싶지 않은 정보인지, 왕형을 방 한구석으로 데려가 귓속말로 무언가를 속삭였지만, 네이아의 예민한 청각은 단어 몇 개를 포착했다. 그중에서 가장 흥미를 끈 것은 한마디.

'메이드 악마' 라는 단어였다.

"제군, 나는 급한 용무가 생겼네. 미안하네만 이 회의는 여기서 끝내도록 하지. 제군은 칼린샤 공략작전을 입안해 주게. 그러면 커스토디오 단장, 나를 따라와주게."

막간

이 무렵, 지르크니프는 기분이 좋았다.

매우 좋았다.

아무튼 좋았다.

나자릭이라는 장엄한 악몽에 걸려든 후로부터 느꼈던 위통은 이제 멀리 물러갔으며, 한때는 포션을 넣어두었던 서랍에는 제대로 서류를 보관했다. 이미 온갖 고뇌에서 해방되어, 베개에 묻어나오던 머리카락을 모아보고 그 양에 경악하는 일도 없었다.

상쾌하다.

쾌적하다.

편안하다.

어쩌면 이만한 해방감에 휩싸인 것은 인생에서 처음인지도 모른다. 날개가 돋아나 하늘로 날아오르는 것 아닐까 싶어질 정도였다.

가슴속 깊은 곳에서 우러나오는 웃음을 마음에만 담아놓고 부하들의 얼굴을 둘러보았다. 미인이 아닌 측실은 곧잘 웃게 됐다는 말을 했지만, 아무리 그래도 이 자리에서 웃음을 보일 수는 없었다.

그렇기에 평범하게 아침 회의가 시작됐다.

지르크니프는 서기관을 여럿 거느렸는데, 지금 눈앞에 있는 것은 로우네 바밀리넨이라는 이름의 매우 우수한 사람이다.

마도왕의 거성에서 돌아온 후, 그쪽에서 무언가 당하지는 않았을까 해서 한직으로 돌렸던 것도 옛말. 지금은 필두 서기관이라는 자리에 앉혀놓았다. 당연히 이것은 그가 아무것도 당하지 않았다는 확신을 얻어서가 아니라, 우리나라는 마도국에게 아무것도 감추지 않는다는 어필을 위해서였다. 게다가 로우네가 우수한 것은 사실이다.

로우네에게 받은 서류를 슬쩍 훑어보고, 너무나 어이없는 내용에 실소했다.

"정말로 웃기는 내용을 보내는군. 자네는 마도왕 폐하께서 돌아가셨다는 말을 어떻게 생각하나?"

"틀림없이, 무조건, 절대로 아니라고 장담할 만큼 초특대 거짓말이지요."

로우네의 말에 지르크니프는 깊이 고개를 끄덕였다.

"그래, 맞아. 틀림없이 거짓말이지. 그렇다기보다 마도왕 폐하가 졌다느니 죽는다느니, 말이 안 되잖나."

마법 하나로 20만 군세를 와해시키고, 제국 최강의 전사라고도 할 수 있는 무왕과도 무기로 맞서 싸울 수 있는 매직 캐스터를 죽일 존재는 없다고 지르크니프는 자신만만하게 단언했다. 물론 독살도 불가능하고, 병으로 쓰러지지도 않으며, 노쇠하지도 않는다. 원래 죽은 몸이라는 우스개를 위해 거창하고 악취미한 장난을 쳤을 가능성이 그나마 현실감이 있었다.

"뭐, 아마 불순분자를 색출하려는 노림수겠지. 하지만 한 가지 문제가 있군."

"그것이 무엇입니까?"

"끔찍할 정도로 지혜가 출중한 마도왕 폐하가 이처럼 누구나 간파할 수 있을 만큼 재미없는 책략을 썼을까 하는 의문일세. 어쩌면 그 이면에 무언가 또 다른…… 그래, 나로서는 간파할 수 없을 만큼 원대한 음모가 준동하고 있는 것은 아닐지……."

절대로 없다고 단언하지는 못하리라. 아니, 지르크니프의 행동을 모두 읽는 지혜의 괴물이 꾸민 책략이라면 이것은 틀림없는 빙산의 일각이라는 확신이 들었다. 지르크니프가 이런 생각을 한다는 것 자체가 모종의 노림수일지도 모른다.

다만 이것이 마도왕의 책모가 아니라 부하의── 예를 들면 그 우둔해 보이는 개구리 몬스터에게서 나온 생각이라면 어떨까.

"……모르겠군. 하지만 모른다면 모르는 대로 체념할 수밖에. 무엇보다 나는 마도국 재상 알베도 님의 지시에 따라 시키는 대로 움직이면 그만이거든. 배신하지 않고 소임을 다하면 아무 문제도 없겠지. 속국을 맡은 몸으로서 적당히 무능한 편이 숙청당하지 않고 살아갈 수 있을 테니."

"지당하신 말씀이옵니다."

로우네가 어깨를 으쓱했다.

옛날에는 이런 포즈는 취하지 않는 인물이었으나, 많은 경험이 그를 단련시킨 듯하다. 신경줄이 굵어졌다고 해야 할까.

마도왕이 죽었든 살았든, 제국은 마도국의 속국이라는 입장을 바꾸지 않으면 되는 것이다. 그러면 상대의 어떤 책략과도 무관할 수 있다. 충성은 최대의 방어법이다. 이렇게까지 진력했는데도 목숨을 잃게 된다면 상대의 도량이 좁다고 비웃으며 죽어주리라.

"그러면 오늘 일은 다 끝났나?"

속국이 된 후, 지르크니프가 처리할 업무의 양은 예전의 절반 정도로 줄었으나, 그래도 오늘은 양이 너무 적었다.

"아니오, 폐하. 아직 있습니다. 이것이 오늘 아침 일찍 도착했습니다. 기사단에서 온 것입니다."

유감스럽게도 역시 아직은 끝나지 않을 모양이다.

그가 내민 종이를 지르크니프는 비아냥거리는 듯한 웃음과 함께 받아들었다.

대충 훑어보니, 기사단 재편에 대한 불만인 듯했다.

옛날에는 기사단을 어느 정도 배려해 주어야 했다. 왜냐하면 적대 귀족이 많았던 지르크니프는 기사단이라는 무력을 적에게 빼앗기는 짓을 할 수 없었기 때문이다. 그러나 이제는 다르다.

"그렇다면 마도왕 폐하께 자기네 입으로 직접 말해 보라고 전해 주게. 일부러 종이를 쓰다니 아깝지 않나."

보고서 같은 데에 쓰이는 종이는 생활마법으로 만들어내는 것이므로 어느 위계에서 만들든 값이 나간다. 지르크니프쯤 되면 걱정 없이 쓰고 버릴 수 있지만, 경비의 낭비를 묵인할 마음도 없다.

제0위계 생활마법으로 만들어내는 종이는 뻣뻣하고 두꺼우며 약간 색깔도 묻어나온다.

제1위계 생활마법으로 만들어내는 종이는 더 얇고 더 희다. 여기까지는 제지기술로 만들어낼 수 있다. 하지만 이 수준은 생산량이 적기 때문에 값이 비싸다.

제2위계 생활마법으로 만들어내는 종이는 매우 얇고 새하얗다. 물론 마법으로 만들어내는 종이는 어느 정도 원하는 색을 입힐 수 있다. 다만 이 위계에서는 귀족의 종이라 불리는 고급의, 매우 부드러운 종이도 만들어낼 수 있으므로 대개 그쪽의 생산에 쓰이는 상황이다.

"국방을 타국에 맡기는 데에 반발하는 마음은 이해 못할 것도 없습니다만."

"그런 불만은 내가 아니라 알베도 님께 말하라는 걸세. 게다가 완전히 맡기는 것도 아니라고 했거늘."

이것은 마도국의 재상 알베도에게서 내려온 지시이며, 제국의 군사력 일부를 마도국의 언데드 군단으로 대치하라는 내용이었다.

완전한 속국화 계획의 일환이리라 여겨지는 지령에 따라, 지르크니프는 일부 기사를 은퇴시키고 제국 8군 중 둘 정도는 해산할 생각이었다.

그 대학살에 정신적으로 지친 자도 많았으므로 나쁜 아이디어는 아니라 생각했는데, 앉을 의자가 줄어든다는 데에 반발을 느낀 것이리라.

"받아줄 곳도 다 만들어서 옮겨 주겠다고 하는데……."

"역시 급여나 대우가 낮아지는 불만이나, 이제까지 해 본 적이 없는 직업에 대한 불안도 있을 것입니다."

"후자는 노력하라고 말할 수밖에 없겠지만, 전자는 당연한 일이지. 죽을지도 모르는 위험한 직업에 종사하는 자와 단순한 육체노동에 종사하는 자가 같은 돈을 받을 수 있나."

코웃음을 치고, 지르크니프는 무시하기로 했다.

이제까지라면 잘 구슬려 함께 데리고 가야 했겠지만, 앞으로는 그럴 필요도 없다.

지르크니프의 뒤에는 마도왕이라는 절대적인 힘을 가진 자가 있는 것이다. 원하는 것은 그쪽에 말해달라고 해버리면 불만 따위 순식간에 묵살할 수 있다.

그 대량학살을 저지르고, 무술로도 무왕을 이길 만한 상대에게 불만을 제기할 자는 제국 내에 존재하지 않는다.

예전 같으면 지르크니프에게 불만이 돌아왔겠지만, 마도왕의 산하에 있는 이상 지르크니프의 몸은 안전하다. 아니, 두려움의 대상이 되므로 안전 이상이라 해야 할까.

애초에 마도국의 속국이 된다는 것에 대한 제국 내의 불만은 놀랄 정도로 적었다. 마도국의 요구가 별로 없었기 때문이다. 소소한 요구는 몇 있었으나, 큰 것은 두 가지.

하나는 제국법의 일부 개정—— 이것은 마도왕과 측근들의 절대성을 드러내는 조항을 전문에 싣는다는 내용이었다.

두 번째는 사형수의 인도였다. 이것은 반대 의미에서 놀라웠다. 잔인한 목적에 쓰일 거라 생각했는데, 딱 한 사람, "이자는 누명을 썼을 뿐 무죄다."라는 말과 함께 무사히 돌아온 이가 있었던 것이다.

이처럼 평소 생활은 거의 아무런 변함이 없다고 할 수 있었다.

"자, 일을 냉큼 마치고 나의 친구를 환영해야지."

오늘은 얼마 전에 생긴, 진정한 친구가 찾아올 예정이 있다. 환영 준비는 이미 끝났으므로 이제는 지르크니프가 일을 마치는 것만 남았다.

그로부터 30분 정도 다양한 잡무를 하고 있으려니, 경비병과 지르크니프 본인으로부터 허가를 받아 부하가 입실했다.

"폐하. 예정하셨던 손님이 방문하셨——."

"오오! 즉시 모시도록 하라."

일은 아직 끝나지 않았다. 그러나 그게 어쨌단 말인가. 친구를 환영하는 것보다 중요한 일이 어디 있을까.

부하에게 안내를 받아 친구가 들어왔다.

자리에서 일어난 지르크니프는 활짝 웃으며 환영의 표시로 두 팔을 벌리고 친구를 맞이했다.

그것은 짜리몽땅한 두더지처럼 생긴 아인이었다. 마법의 힘이 깃든, 지르크니프가 선물한 펜던트가 잘그락 흔들렸다.

"오오! 잘 와 주었네, 나의 진정한 친구 리유로!"

지르크니프는 망설임 없이 리유로를 안고 팔을 감았다.

"아아! 고뇌를 이해하는 나의 벗 지르크니프! 초대해 주어 정말 감사하네!"

리유로도 지르크니프를 끌어안았다. 그의 팔에는 날카로운 발톱이 있었으므로 그것이 지르크니프에게 상처를 입히지 않도록 주의를 기울이는 것을 알 수 있을 만큼 부드러운 움직임이었다.

한동안 서로를 안고 있던 두 사람은 누가 먼저랄 것도 없이 떨어졌다.

"──무슨 말을 하나. 리유로를 위해서라면 우리 집의 문은 언제나 열려 있지."

리유로가 씨익 웃었다.

아인이기 때문에 웃음이 매우 흉악해 보이지만, 지르크니프는 그가 미소를 지었음을 이해했다. 그 정도로 막역한 사이다.

지르크니프는 살짝 재미있다는 생각이 들었다.

태어났을 때부터 줄곧 차기 황제 후보로서 자라나, 주위에 있던 동년배는 누구나 자신을 황태자로만 보았다. 그렇기에 친구라 할 만한 존재는 생기지 않았다. 그런데 최초로 생긴 친구가 아인이라니──.

'──후후. 10년, 15년 전의 자신에게 말해도 절대로 믿지 않겠지. ……이것만은 그 언데드에게 감사해야겠어.'

이 절친한 벗은 마도왕을 배알하러 갔다가 대기실에서 만났다.

그때는 어디에서 온 아인일까, 마도왕의 지배가 어디까지 뻗친 걸까 생각했을 뿐이었다.

그 후 다시 만나, 정보를 얻기 위해 이야기를 나누고── 서로를 이해했다. 1분이 1개월에 필적할 정도로 밀도 있는 시간을 함께 보내고, 깊은 우정으로 맺어진 둘도 없는 친구가 된 것이다.

그렇기에 그들은 이제 서로에게 경칭 따위 붙이지 않고 이름을 부른다. 피차 왕이라서가 아니다.

두 사람은, 그렇다.

같은 가해자에게 고통받은—— 피해자였으므로.

"자네가 경악할 만한 온갖 산해진미를 준비해 놨지. 오늘도 서로의 고생을 달래 보세나."

"그래! 기대되는걸, 지르크니프. 게다가 네가 맛있다고 해 주었던 버섯도 잔뜩 가져왔지. 나중에 먹도록 해."

"오오! 이거 고마운걸, 리유로."

리유로가 가져다주는 버섯은 향이 매우 풍부해 검은 보석이라 불리는 귀중한 것이다.

두 사람은 나란히 방을 나갔다.

마도국이 아인도 인간과 마찬가지로 대한다는 말을 들었을 때, 지르크니프는 불안했다.

하지만 리유로를 곁눈질로 살피며 생각했다.

아인도 나쁘지 않구나. 언데드와—— 마도왕과 비교하면.

"그러고 보니 들었나, 리유로? 마도왕 폐하께서 서거하셨다 더군."

리유로가 콧김을 세게 내뿜었다. 이것은 코웃음이다.

"지르크니프, 그럴 리가 있겠나. 그——그분이 돌아가실 리가."

"그렇지? 나도 그 의견에 찬성일세. 다만…… 이번에는 어느 나라에서 사람들을 탄식하게 하실지……."

"그러게……."

지르크니프와 함께 리유로도 허공을 올려다보았다.

두 사람의 눈에는 슬픔이 있었다. 어딘가 먼 곳에서 벌어지고 있을 비극을 애도하며. 그리고 그 눈에는 새로이 생겨날 것이 분명한 동포들에 대한 연민도 함께 있었다.

*

"아아아아아아아아아아아아아!"

갑작스레 실내에 가득 울려 퍼진 절규에 사내는 한순간 몸을 굳혔다. 여덟손가락이라는 암흑가 조직에 속해 온갖 일을 보고 들었지만, 그런 곳에서도 이처럼 시커먼 감정의 폭발은 본 적이 없었다. 그야말로 진정한 증오. 한 점의 티도 없는 저주였다.

이것이 자신의 적대자에게서 터져 나온 것이라면 그는 이렇게까지 놀라진 않았으리라. 그뿐이랴, 미소마저 머금을 여유가 있었을 것이다. 하지만 절규를 지른 것은 그의 동료. 같은 고통을, 같은 고생을 겪은 동료였다.

동료―― 한때는 이만큼 자신과 무관한 말도 없으리라 생각했다.

이제까지는 같은 조직에 속했어도 서로의 발목을 잡고 권력을 다투었으며 매일같이 허점을 노리곤 했다. 서로의 이권이 부딪치면 틀림없이 피가 흘렀다.

그러나 지금은 다르다.

하나라도 빠지면 담당해야 할 일이 늘어나고 실패할 확률도 높아진다. 그렇게 되면 연대책임으로 그 지옥에 끌려갈 것이다. 한번 징벌을 받은 것만으로도 고형물을 섭취하는 것이 불가능해지고 악몽에 시달리게 됐다. 다음에는 다른 지옥이 기다리고 있을지도 모른다.

그렇게 생각했기에 누군가의 일이 정체되면 즉시 온 힘을 다해 서포트하며, 컨디션을 근심해 주고, 정신상태를 챙긴다. 필사적으로.

죽을 때도 같이. 운명공동체. 그런 진정한 동료가 된 것이다.

그런 동료 중 한 사람이 포효를 터뜨리며 싸늘한 대리석 바닥을 굴러다니고 있는 것이다. 얼른 이유를 파악하지 못하면 자신도 그렇게 되지 않을까 하는 공포가 사내를 떠밀었다.

"왜, 왜 그래, 힐마. 무슨 일 있었어?"

고함을 지르던 여자가 움직임을 멈추더니, 발밑을 타고 기어오르는 슬라임 같은 시선으로 사내를 올려다보았다.

"──제발! 제발 나랑 바꿔줘! 위장이 아파! 그 바보의 행동을 지켜보는 게! 뭔데 그거! 바보 정도가 아니라 지성이 없어, 그 자식은!"

그들의 모임에서 바보라 불리는 사내는 하나밖에 없다. 이제까지도 바보라는 말을 많이 쓰기는 했지만, 진정한 바보가 무엇인지를 알게 되는 바람에 바보라는 단어를 함부로 쓸 수 없게 됐을 정도였다.

"……왜 그래. 그 바보가 또 무슨 짓을 했어?"

쌓인 울분을 토해내듯 힐마가 빠른 어조로 말하기 시작했다.

"응, 맞아! 마도왕 폐하께서 돌아가셨다는 말은 들었지?!"

조금 천천히 말해 줬으면 하지만, 지금 이야기를 듣는 것은 힐마의 스트레스를 풀어주는 의미도 있다. 그러니 말을 끊지 않고 꾹 참으며 귀를 기울이기로 했다.

"그래, 당연하지."

그 이야기를 널리 퍼뜨린 것은 여덟손가락이었다. 물론 직접적인 관계가 없는 상인을 잘 이용해서 왕국 내에 퍼뜨렸던 것이지만.

"그 자식이 그 말을 듣고 뭐라고 했는지 알아?!"

상대는 바보다. 그 점을 생각해 말해야 한다. 하지만 평범한 생각밖에 떠오르지 않았다. 바보의 생각을 알 리 없다고 체념하고, 일반적인 소리를 했다.

"……장례식 얘기라도 했어?"

"그랬으면 내가 이렇게 속이 뒤집히겠냐고! 그 자식이, 지금 알베도 님하고 결혼하면 마도국을 손에 넣을 수 있지 않겠냐고 그러지 뭐야!"

"히익."

자기도 모르게 갈라진 비명 소리를 내며 사내는 황급히 주위를 살폈다.

사내는 느끼지 못하지만, 지금 이곳에는 마도국에서 온 감시자도 있을 것이다. 그런 자들이 움직이지 않는다는 사실을 확인하고 안도의 한숨을 내쉬었다.

바보를 찾아놓으라는 명령을 받아 따랐던 것인데, 도를 넘어선다고 또 그 지옥에 떨어뜨리기라도 했다간 미쳐버릴 것이다.

"저기, 저기, 저기! 바보를 준비해놓으라는 명령이긴 했지만, 그놈은 처분해버리고, 응?! 좀 제대로 된 바보를 찾는 편이 좋지 않을까?!"

"이제 와서 다른 놈을 찾을 수 있겠어?"

사내가 이렇게 대답하자 힐마는 다시 "아아아아아악!" 하고 비명을 지르며 굴러다녔다. 드레스 자락이 치켜올라가 허벅지 위까지 드러났다.

원래는 고급 창부였던 아름다운 그녀의, 전혀 매력이 없는 비참한 모습에 사내는 연민의 정을 품었다.

만일 자신이 같은 역할이었다면, 힐마가 아닌 자신이 데굴데굴 굴러다니고 있었을 테니까.

"힐마. 조금만 더 힘내."

우뚝 몸을 멈춘 힐마가 사내를 노려보았다.

"네가 그 남자를 조종…… 아니, 함부로 움직이지 않도록 주의를 주면 어때?"

"그런 바보는 여자가 움직이는 게 잘 먹혀. 너도 알잖아."

이렇게 묻자 힐마는 다시 "아아아아아악!" 하고 굴러다니기 시작했다. 그것이 대답이었다.

"그리 오래 가진 않을 거야. 앞으로 2, 3년 후면 본격적인 행동으로 들어갈 테니까. 그때까지 바보를 더 부추겨 줘. 바보 파벌을 만드는 건 우리도 도와줄 테니까."

"2년이라니 너무 길다고오오오오!"

"하지만 그게 명령이잖아. 상황이 어떻게 바뀌어도 문제가 없도록, 그놈에게 줄 정보를 잘 제어해서 더 바보스러운 짓을 하는 파벌을 만들게 해."

"그렇기는 하지마아아안!"

힐마가 우뚝 몸을 멈추더니 부스스 일어났다.

"넌 좋겠네. 교역상인을 써서 마도왕—— 폐하! 그래, 폐하께서 돌아가셨다는 정보를 그 제2왕자님께 전하기만 하면 그만이었잖아."

사내는 너무 간단히 말한다고 마음속으로만 투덜거렸다.

옛날에는 그 왕자가 똑똑하다는 인상을 받지 못했다. 하지만 그것은 제1왕자가 있었기에 내숭을 떨었을 뿐이라는 사실을 최근에 알았다.

상대가 우수하기에, 정보를 넘겨주기 전에 매우 성가시고 면밀한 작업이 필요했다. 자신들이 마도왕을 위해 일한다는 사실이 알려지지 않도록.

"……나도 그렇게 편하지만은 않아."

"……응, 미안해. 너도 고생하고 있을 텐데……. 오늘 밤에, 어때?"

힐마는 술잔을 기울이는 시늉을 했다.

"나쁘지 않지. 만취해도 정보가 흘러나가지 않을 만한 곳에서 하자고."

고형물은 섭취할 수 없지만, 음료라면 얘기가 다르다.

"하하."

힐마는 메마른 웃음을 지었다.

"괜찮아. 우리를 감시하는 분들이 해치워 줄걸."

"하하."

그도 비슷하게 웃었다.

"그렇……겠지……."

"그건 그렇고, 그 행복한 놈은 어디 있는 거람……."

그들이 말하는 행복한 놈이란 하나밖에 없다.

"코코돌 말이지? 그 북새통에 권력을 잃어버렸으니 아직 수감 중이겠지……. 행복하겠네."

"그러게…… 정말……."

6장 총병과 궁병

Chapter 6 | Gunner and Archer

1

　네이아가 카스폰도의 방을 나와 처음으로 향한 곳은 활 훈련
소였다. 네이아가 돌아오기를 기다리던 부하들이 얼른 모여들
었다.

　"바라하 양, 회의 결과는 어땠어?"

　"우린 언제든 출발할 수 있는데."

　주위를 에워싸고 그렇게 입을 모아 말하는 동료들에게 네이아
는 회의에 대해 말했다.

　무슨 일이 있었는지, 어떤 이야기를 했는지, 그리고 결론은
어땠는지. 있었던 일을 전부 밝혔다.

　그들은 대부분 수렵을 생업으로 삼았던 자들이라 높은 야외
생존능력을 가졌다. 그런 그들도 카스폰도가 내린 결론에는 분
한 표정으로 고개를 끄덕일 수밖에 없었다. 아무래도 구릉지대
수색의 난이도는 상당히 높다고 봐야 할 것 같다.

그렇게 되면, 역시 수색부대를 조기에 파견하기는 어려울 것이다. 다만 간단하게라도 성왕국 영내—— 이곳에서 요새선까지 동쪽 지역을 둘러보고 오자는 의견은 채택됐다. 마도왕의 낙하 지점은 불명확하며, 어쩌면 성왕국 내일지도 모르기 때문이다.

레인저 기술을 가진 몇 명이 자청하고 나섰다.

네이아도 여기에 참가하고 싶었지만, 레인저 기술은 거의 없었다. 그들을 따라가면 짐만 될 뿐이다.

타국의 백성에게 구원의 손길을 내밀어준 정의의 왕을 구출하는 데 종자인 자신이 갈 수 없다는 불충함에 가슴이 찢어지는 것 같았다.

그때의 레메디오스처럼 고함을 지르고 싶은 마음이 가득했다. 그러나 그런 짓을 해도 달라지는 것은 없다.

영내 수색에 대해 카스폰도의 허가를 받았지만 자신은 동행할 수 없다는 사실을 모두에게 알렸다.

"우리에게 맡겨, 바라하 양."

"그래. 큰 은혜를 입은 마도왕 폐하를 찾는 거니 한 군데도 빠짐없이 눈을 크게 뜨고 다녀올게!"

"네, 여러분. 왕형 전하의 허가가 떨어지면 부디, 부디 잘 부탁드립니다!"

네이아는 고개를 꾸벅 숙였다.

"그런데 바라하 양. 남은 사람들은 뭘 하면 될까? 어떡하면 마도왕 폐하에게 도움이 될까?"

사람들의 열의 어린 시선을 받아 네이아는 기뻐졌다.

그 광경을 직접 보고도 누구 하나 마도왕이 죽었다고는 생각하지 않는 것이다.

'그래! 마도왕 폐하가 죽었을 리 없어! 분명 우리의 구조를 기다리고 계실……까?'

그런 절대자가 자신들의 구조를 기다린다는 광경이 떠오르질 않았다. 찾아내고 보니 아인이며 악마의 시체를 등 뒤에 척척 쌓아놓고 우아하게 와인이라도 마시면서 있을 것 같다.

"좋습니다! 그러면 남은 사람들은 훈련을 하지요! 약하다는 것은 악이니까요!"

그렇다. 지금 현재 네이아가 할 수 있는 일은 그 정도뿐이다. 이번에는 조금이라도 도움이 될 수 있도록 강해져야만 한다. 자신들이 강했다면 이런 일은, 정의인 마도왕을 그런 상황에 몰아넣는 일은 없었을 것이다.

"좋았어!"

기백이 담긴 고함이 솟았다. 모두 네이아가 말하는 '마도왕이야말로 정의이며 약함은 악'이라는 말을 이해하기 때문이다. 이 소대가 생겨났을 무렵에는 동의하는 사람도 적었지만, 몇 번 이야기를 나누는 사이에 이해자가 늘어났던 것이다.

"그러면 저는 왕형 전하를 뵈러 다녀오겠습니다!"

카스폰도와 직접 담판하자 수색대 출동 허가는 금세 내려왔다. 수색대는 그날 안으로 떠났으며, 그로부터 사흘이 지났다.

수색대의 멤버에 여러 가지 의도가 담긴 인선이 이루어진다면 성가신 일이 벌어지지 않을까 생각했는데, 실제로는 모두 네이아의 제안대로 됐기 때문에 빠르게 출발할 수 있었던 것이다.

그 사흘 동안에도, 시내에서는 칼린샤 탈환작전의 소문이 퍼지기는 했지만 해방군이 실제로 움직이는 일은 없었으며 무의미하게——네이아 일행은 야무지게 훈련을 했으며, 마도왕이 정의라 수긍해 주는 자도 늘었지만——시간만이 흘러갔다.

네이아는 짜증을 얼굴에 드러낸 채 표적에 화살을 쏘아댔다.

조바심과 분노의 감정이 손을 무뎌지게 했는지, 중심에서 조금 어긋난 위치에 화살이 꽂혔다. 원래 같으면 누구나가 농담 한마디를 건넸을 상황이었지만 지금의 네이아에게 말을 거는 이는 없었다.

원인은 네이아의 얼굴이었다.

마도왕을 위해 행동하지 못한다는 짜증, 아무런 정보도 들어오지 않는 상황 탓에 제대로 잠을 못 잔 결과, 시커멓게 죽어버린 눈 밑과 퉁퉁 부은 눈꺼풀, 그리고 미간에 새겨진 주름 때문에 무서운 얼굴이 되어버렸던 것이다. 평소 미러셰이드로 표정을 가리고 다녔기에 그것을 벗었을 때의 충격은 막대했다.

네이아의 부하들도 그녀의 마음은 충분히 이해한다. 그래도 다가갈 수 없을 정도였다.

'——마도왕 폐하. 마——.'

그 말만이 빙글빙글 돌며 네이아의 머릿속을 흘러갔다.

"──아, 진짜."

불쑥 중얼거린 말에, 주위에서 마찬가지로 활을 당기던 자들이 흠칫 어깨를 떠는 것이 느껴졌다.

'──폐하. 안 되지. 진정하자. 진정하는 거야. 이제 사흘! 여기서 동쪽까지 성왕국 영내만 해도 상당히 넓은걸! 사람들을 무섭게 만드는 걸 바라지는 않잖아?'

네이아는 미러셰이드를 벗고──우연히 이쪽을 보고 있던 누군가가 살짝 비명을 지르는 소리가 들렸다──그대로 관자놀이를 살짝 마사지해 굳어버린 얼굴을 풀려 했다.

그때, 네이아는 훈련장으로 달려오는 두 사람의 발소리를 들었다. 그와 동시에 들려오는 체인 셔츠 특유의 잘그락거리는 소리로 추측하건대 훈련하러 온 민병은 아닐 것이다. 성기사는 판금을 사용한 갑옷을 장비하므로 성기사도 아니다. 아마 계급이 높은 군사, 혹은 동료 종자일 것이다.

"종자 네이아 바라하!"

네이아가 그쪽으로 고개를 돌리자, 막 나타났던 두 사내가 한 걸음씩 물러나며 외쳤다.

"뭐, 뭐야! 무슨 일인데!"

일이 있었던 건 그쪽 아니었어?

그렇게 생각하며 네이아는 대꾸했다.

"아, 오랜만이야. 늘 똑같은 반응 고마워…… 아니, 평소보다 좀 더했나?"

두 사람 모두 종자이며, 네이아와 함께 교육을 받고 있는 사이다. 그렇다고는 해도 제대로 이야기를 나눠본 적은 없었기 때문에 성격이나 인품에 대해서는 전혀 모르지만, 이름과 얼굴 정도는 기억한다.

네이아가 그들을 안다는 것은 그들도 네이아를 안다는 뜻이다. 네이아의 살인귀 같은 눈은 어느 정도 익숙할 터. 그런 그들에게도 지금 네이아의 얼굴은 엄청나게 무서운 모양이다.

그러고 보니.

문득 떠올렸다. 그들은 포로수용소에 사로잡혔다가 해방됐다는 사실을.

"아, 응. 평소에는 그렇게까지—— 그런 세상을 증오하는 것 같은 눈은 아니잖아…… 그치? 아니, 그랬던가?"

네이아는 얼굴을 주물거렸다. 이거 미러셰이드를 벗지 않는 편이 좋을지도 모르겠다.

"……어, 미안. 그래서 무슨 볼일인지 좀 가르쳐 주겠어?"

"아, 맞아. 카스폰도 왕형 전하께서 널 부르셨어. 당장 와달라고 하시던데."

"왕형 전하께서?"

자신을 왜 부를까. 여러모로 짚이는 바가 없지는 않았지만, 이거다 싶은 이유는 없었다. 그저 좋은 이야기로 불러줬기를 기도할 뿐이다.

"알았어. 금방 찾아뵙겠다고 전해드려."

대답을 했지만 그들은 돌아가려는 기색이 없었다. 네이아는 의아했다.

"왜 그래? 아직 뭐 남았어?"

"아니, 좀—— 표정 때문이 아니라, 네가 풍기는 분위기가 좀 바뀐 거 같아서. 말로는 잘 표현이 안 되는데……."

"좋은 의미라면 기쁘겠지만…… 변해야지. 다들 많은 일이 있었는걸."

"그래, 그렇지. 바라하 말이 맞아."

지친 듯한 웃음을 지은 두 사람은 수긍했지만, "나중에 다시 이야기하자."라는 말만 남기고는 떠나갔다.

네이아는 이쪽의 눈치를 살피는 부하들에게, 지금부터 카스폰도에게 다녀오겠다고 전하고 즉시 출발했다.

카스폰도가 지내는 가옥 자체는 전과 달라지지 않았지만, 안내를 받은 방은 달랐다. 전에 쓰던 방은 얄다바오트가 나타났을 때 벽이 부서져 큰 구멍이 뚫렸기 때문이다.

방까지는 미러셰이드를 착용하고 있어도 프리패스로 통과됐다. 등에 장비한 활을 맡길 필요도 전혀 없었다는 것은 신뢰를 받고 있기 때문일까, 아니면 마도왕에게 빌린 장비임이 중시되기 때문일까.

"카스폰도 왕형 전하, 종자 네이아 바라하가 부르심을 받들고 왔습니다."

실내에 있던 것은 의자에 앉은 카스폰도, 서 있던 두 명의 성기사—— 레메디오스와 구스타보였다. 네이아는 즉시 한쪽 무릎을 꿇었다.

"잘 왔네. 기다렸다네. 아, 괜찮으니 부담 가지지 말고 일어나 있게."

네이아는 지시에 따라 몸을 일으키며 물었다.

"오래 기다리게 해드려 송구스럽습니다. 어떤 용건이신지요?"

"그 전에 종자 네이아 바라하. 얼굴을 가린 그 아이템을 벗게."

구스타보가 당연한 말을 건넸다. 상식적으로 생각하면 그 말이 옳다.

"예! 실례했습니다."

네이아가 미러셰이드를 벗자 구스타보가 눈을 슬쩍 크게 떴다.

"……아, 몸이 안 좋은가? 신관님들에게 보이는 편이 좋지 않겠나?"

"아니오, 그 정도는 아닙니다."

설명하는 것도 번거로웠으므로 용건을 우선시하기로 했다.

"……그러면, 말씀을 들어도 되겠습니까?"

"그게 말이야…… 우리 넷이 이야기하는 동안 한 명을 더 참가시키고자 하네. 지금 그 사람을 부를 텐데, 너무 놀라지 말게나."

레메디오스가 언짢은 표정을 짓는 것이 시야 한구석에 들어왔다. 단장이 저런 표정을 짓는 상대라면 얄다바오트와 관계가 있다고 봐도 좋을 것이다. 네이아의 뇌리에 메이드 악마라는 단어가 문득 되살아났다.

카스폰도가 지시하고, 구스타보가 옆방으로 이어지는 문을 열더니 안으로 말을 걸었다.

그리고 모습을 드러낸 것은 이형이었다. 그녀도 그것이 무슨 종족인지는 안다.

제룬이다.

번들번들한 외피를 가진 종족이지만, 외견과는 달리 악취가 풍기지는 않았다. 아주 희미한, 신경에 거슬리지 않을 정도의 피비린내가 나는 정도였다.

왜 이런 곳에 아인이 있을까. 그런 네이아의 의문을 감지했는지 카스폰도가 입을 열었다.

"사자일세."

얄다바오트의 사자가 왔다는 걸까. 자신도 모르게 적개심을 드러내는 네이아에게 제룬이 긴장한 듯 움직였다.

"기다리게, 종자 바라하. 자네가 조금 착각한 듯하군. 그는 얄다바오트의 사자가 아닐세. 그 반대. 반역을 꾀하는 자들의 사자지."

"예?"

네이아가 자기도 모르게 반문하자, 그 반응을 기다렸다는 양 카스폰도가 씨익 웃었다.

"놀란 모양이군. 그야 그렇겠지. 아인을 지배하는 얄다바오트에게 반역하는 자가 있으리라고는 생각도 못했겠지? 하지만 있었다네. 사자님의 말을 들어보니, 모든 아인이 얄다바오트를 진심으로 따르는 것은 아니라고 하더군. 그들 제룬 종족처럼, 왕족에 해당하는 지배 계급이 인질로 잡혀 어쩔 수 없이 협조하는 종족도 더 있다고 하네. 그리고 그들의 요청은 그 인질을 구출해달라는 것일세."

"그렇소."

들어본 적이 없는 여성의 목소리에 네이아는 놀라 시선을 실내로 돌렸다. 그 시선은 설마 하면서도 제룬에게 멈추었다. 인간이라 해도 위화감이 전혀 없는 목소리였다.

이 끔찍한 몸 어디서 인간 같은 목소리가 나오는 걸까.

이것은 제룬이라는 종족이 가진 특이한 힘 중 하나일까, 아니면 마법의 힘일까.

"그대들 인간이 칼린샤라 부르는, 이곳에서 남서쪽으로 닷새 정도 거리에 있는 도시에, 우리 종족의 중요한 분이 사로잡혀 계시오. 이를 구해 주었으면 하는 것이 우리의 요망이오."

네이아는 성왕국의 지도를 머릿속에 그려보았다.

판단해 보건대 제룬이 설명하는 도시는 정말로 칼린샤였다. 남서쪽이라기보다는 서남서라든가, 닷새나 걸리던가 하는 의문은 남지만 오차 범위일 것이다.

하지만 이해할 수 없는 점이 이었다. 왜 자신에게 이런 이야기를 들려주는 것일까.

네이아가 그 이유에 대해 고민하기도 전에, 카스폰도가 놀라운 말을 꺼냈다.

"그래서 말일세, 바라하 양. 우리는 그들과 손을 잡고 얄다바오트에 대항하기로 결정했네."

"네?"

네이아는 귀를 의심했다. 이 제룬이라는, 표정도 읽을 수 없는 괴물 같은 종족을 신용할 수 있단 말인가.

"우리도 얄다바오트의 강대함에 고개를 숙이고 놈의 군세에서 일익을 맡아 이 땅에 왔소만, 인질로 구릉지대에 남은 왕께서 악마에게 시해당했다는 정보를 얻었소. 그렇기에 또 한 분, 종속의 증거로서 사로잡힌 왕자님…… 선왕께서 시해당하셨으니 이제는 왕이 되셨소만, 그분을 구출해 주시면 여러분에게 협조하겠소."

인질이 둘이나 있을 필요는 없다는 이유로 살해당했을까. 아니면 더 악마적인 이유로 죽었을까. 그 점까지 파악할 수는 없지만, 여기서 중요한 것은 그들의 왕이 살해당했다는 한 가지일 것이다.

"그렇다고는 해도 새로운 왕은 얄다바오트의 손이 닿지 않는 장소로 피신시킬 생각이므로 최정예인 근위대가 협조할 수는 없소만, 그 이외에 얄다바오트에게 끌려가고 남은 3천 정도의 병력은 여러분과 함께 싸울 것이오. 왕과 암컷 한 마리만 있으면 우리 종족이 멸망하는 일은 없으므로 병력은 마음껏 써 주셔도 상관없소."

"그렇게 된 걸세. 자네도 내가 생각하는, 얄다바오트에게 승리할 조건을 알고 있겠지만, 전투에서 아인의 수를 줄이는 것보다는 모반하게끔 하는 편이 소모가 적기 때문일세. 게다가 그들에게서는 중요한 정보도 제공받아, 그 사실을 확인하고 이미 회수를 마쳤네."

카스폰도는 웃음을 지으며 이렇게 말을 이었다.

"이 정보 누설이 얄다바오트 측의 함정이 아니라는 확신을 얻었기에, 반대로 제룬에 대한 비장의 카드가 된 셈일세. 얄다바오트에게 알려졌다가는 숙청, 나아가서는 왕자── 새 왕까지 살해당할 수도 있거든."

카스폰도는 배신하면 이렇게 된다는 식으로 제룬에게 은근한 위협을 가했다.

남의 위에 선 자로서 당연히 보여야 할 조심스러움이었지만,

그런 냉혹함을 태연히 드러내는 카스폰도에게 네이아는 조금 무서움을 느꼈다.

하지만 그 덕에 침착함을 되찾은 네이아는 의문이 들었다. 다시 말해, 왜 자신이 이런 속사정을 들어야만 하는가.

네이아를 이 구출작전에 쓰고 싶다면 그렇게 명령하면 그만이다. 그야 네이아는 한 소대의 대장이긴 하지만, 신분은 어디까지나 활을 좀 잘 쏘는 종자일 뿐이다. 자세한 작전 내용까지 들려줄 필요는 없다. 그럼에도——.

'……아, 혹시 나를 아직 마도왕 폐하의 종자로 보고 있는 걸까? 반은 마도국 측에 발을 디디고 있으니까?'

원래는 마도왕이 함께 들어주었으면 하는 이야기였다, 하는 외양을 만들기 위해. 혹은 마도왕을 만났을 때 경위를 설명시키기 위해서일지도 모른다.

그렇다. 네이아는 아직 마도왕의 종자인 것이다.

네이아가 가슴을 펴자, 갑자기 분위기가 바뀐 데에 카스폰도가 의아한 표정을 짓는 것이 보였다.

"그래서. 제룬 종족의 왕자님을 구출하는 작전에 관해서 말이네만. 우리가 칼린샤를 공략할 때 혼란을 틈타 제룬 종족이 왕자님을 구해낸다는 안은 매우 어려울 것이라는 결론에 이르렀네."

"그렇소."

제룬이 카스폰도의 말을 받았다.

"우선, 왕자님이 사로잡히신 장소에 대해 설명이 필요하오. 부단장님, 보충을 부탁드리오."

구스타보가 말하는 칼린샤 성에 대한 추가정보를 들으며 제룬이 이유를 설명했다.

우선, 대도시 칼린샤는 살짝 높은 언덕 전체에 펼쳐진 성왕가의 직할도시이며, 두꺼운 시벽의 보호를 받는다. 그리고 중심보다 살짝 서쪽에 위치한 가장 높은 장소에 지어진 큰 성이 칼린샤 성이다.

이 칼린샤라는 도시는 요새선을 돌파한 아인의 침공을 가장 먼저 막아내기 위한 장소이기도 하고, 남부 교역의 분기점이 가까워 성왕국의 어느 도시보다도 강건하게 지어졌다.

그리고 그런 칼린샤에 있는, 평소에는 쓰이지 않는 성. 오직 농성을 위해 지은 이 성 또한 강건하다.

제룬 왕자가 유폐된 문제의 장소는 성안의 첨탑 중 하나. 마지막 저항을 위해 존재하는 가장 안쪽의 첨탑이며, 칼린샤에서 가장 잠입이 어려운 장소라 할 수 있으리라.

날아서 침입하지 못하도록 이 첨탑에는 창문이 없으며, 안으로 들어가려면 성에서 이어진 하나뿐인 구름다리를 건너야만 한다.

이 첨탑에는 현재 강한 파수꾼—— 물의 힘을 쓸 수 있는, 오우거의 근친종 바아 운이 있다. 또한 제룬의 접근은 허용되지 않으므로 만약 제룬 종족이 다가가면 왕자가 무슨 짓을 당할지 알 수 없다는 것이다.

하지만 배신이 들키지 않은 상황이라면, 제룬과는 전혀 관계가 없는 인간을 발견할 경우 수호자는 절대 왕자를 해치지 않을 것이다. 반대로 왕자를 지키려 하지 않겠느냐는 것이 그들의 생각이며, 인간의 힘을 빌리고 싶은 이유이기도 했다.

"그리고 본격적으로 전투가 시작됐을 때, 왕자님이 사로잡히신 상태라면 우리는 당연하지만 그대들 인간과 싸워야만 하오. 그것도 이 지역에 데려온 모든 동포들이. 그렇게 되면⋯⋯."

제룬은 말을 흐렸지만, 그다음은 듣지 않아도 안다.

그렇게 되면 때는 늦는다.

제룬 종족이 인간의 적으로서 존재하기에 왕자를 구하고 모반을 하는 데에 가치가 있는 것이다. 만일 제룬이 전멸한다면 왕자를 구할 필요성은 사라진다.

"전투가 시작된 후에 구출부대를 보내서는 때가 늦네. 그렇기에 그 전에 소수 정예를 보내, 되도록 은밀하게 행동해 제룬의 왕자님을 구출하는 것이 가장 안전하며 성공률이 높지 않겠는가 하는 결론에 이르렀네. 종자 네이아 바라하, 자네가 이 작전의 지휘관을 맡아 주었으면 하네."

"무리입니다. 저에게는 불가능합니다."

카스폰도의 명령에 네이아는 즉시 대답했다.

최고사령관인 왕형의 직속 명령에 정면으로 이의를 제기하다니, 군의 규율상으로도 사회 통념상으로도 용납될 일은 아니지만, 상식을 따진다면 명령 자체가 비상식적이다. 아무리 그래도 이것은 무리였다.

"그렇게 말할 줄 알았네. 하지만 바라하 양, 이것은 자네에게 매우 유익한 거래이기도 하네."

카스폰도가 눈을 가늘게 떴다.

"그들은 자신들이 아는 모든 구릉지대의 지식을 주며, 또한 신뢰할 수 있는 안내인을 소개해 주겠다고 했네."

네이아는 살짝 숨을 멈추었다.

입술을 깨물고 싶어졌지만 꾹 참고, 감정을 얼굴에 드러내지 않도록 노력했다.

"……그 말은 얼마나 믿을 수 있는 겁니까?"

"왕자님을 구출하면 우리의 진군에 호응해 제룬 종족이 내부에서 봉기해 줄 걸세. 그렇게 되면 칼린샤 탈환은 매우 간단해지지. 분명 일반적인 공성전보다도 많은 아인을 포로로 삼을 수 있을 걸세. 자네가 원하는 정보를 가진 포로에 관해 제룬이 가르쳐 줄 수도 있다고 했네."

제룬이 카스폰도에 이어 말했다.

"자세한 말은 듣지 못했소만…… 아베리온 구릉지대에 가고 싶다고 들었소. 만일 왕자님을 무사히 구해 주신다면 당신은 우리 종족 전체의 은인이오. 그런 은인에게 우리가 가진 지식을 나누어주는 데 누가 거부하겠소? 특별한 지식도 아니고."

아무 말도 못할 만큼 정론이었다.

'이걸 거절하면 마도왕 폐하에 대한 불충이다. 도움이 될지도 모르는 기회가 있는데도, 내 목숨이 아까워 수수방관하는 거니까.'

냉정하게 생각해 보면 이 이상의 기회는 없을 것 같았다. 하지만── 자살할 마음도 없었다.

"왕자님을 구출하는 부대에는 어떤 분이 동행합니까?"

네이아는 계속 말이 없던 레메디오스를 흘끔 보았다.

"나는 안 간다. 잠입행동 같은 건 못 하니까."

그렇게 따지면 자신도 마찬가지라고 생각했지만, 네이아는 아무 말 없이 카스폰도의 얼굴을 살폈다.

"……나도 그녀에게 몇 번이나 동행을 부탁했네만, 승낙은 얻지 못했네. 그러니 자네에게 동행시킬 사람은 어떤 포로……아니, 협력자일세."

"흥. 그딴 것은 포로면 충분해."

"……단장님."

"괜찮네, 몽타녜스 부단장. 그녀를 데려와 주겠나?"

"예."

대답한 구스타보가 방을 나갔다. 그와 동시에 제룬 사자도 함께 나갔다. 협력자의 정체를 다른 이들에게는 알리고 싶지 않은 듯했다.

구스타보는 금방 돌아왔으나, 혼자가 아니었다. 사슬에 칭칭 감겨 묶인, 본 적이 없는 소녀를 데려온 것이다. 네이아보다도 몸집이 작고 가녀리다. 얼굴을 보고 추측하건대 네이아보다 어릴 것이다.

진녹색이며 황토색이 복잡하게 얽힌 독특한 무늬의 목도리를 했으며, 희한한 형태의 메이드복을 입었다.

얼굴은 매우 고왔으며, 한쪽 눈을 가리고 있기는 하지만 그런 요소로도 미모에 흠을 주지는 못했다.

청장미의 이블아이가 했던 말이 갑자기 떠올라, 확신에 가깝게 정체를 추측할 수 있었으나 혹시 몰라 물어보았다.

"왕형 전하, 이 사람은 누구입니까?"

"……상상은 가지 않나? 그녀는 이 도시에 나타났던 얄다바오트의 메이드 악마 중 한 사람일세."

네이아는 굳어버렸다. 상상은 했지만 그래도 놀라고 말았다. 난이도 150. 다시 말해 괴물 중의 괴물. 인간이 이기지 못할 존재가 눈앞에 있으니 말이다.

다만, 그래도 네이아는 한 가지 점에 놀랐다.

절대로 이기지 못할 괴물을 앞에 두고도, 자신이 변함없이 극심한 증오를 품을 수 있다는 점에.

생물로서 이만큼 격이 다른데도, 그런 감정을 품을 수 있는 것은 메이드 악마가 공포의 오라를 뿌리지 않기 때문일까, 아니면 마도왕에 대한 충성 때문일까.

어느 쪽이라 해도—— 네이아는 마음 깊은 곳으로 메이드 악마에 대한 증오를 가라앉히고 겉으로는 드러내지 않도록 노력했다.

마음을 다잡지 않으면, 마도왕이라는 훌륭한 왕이 얄다바오트에게 패배하게 된 원인 중 하나에게 욕설을 퍼붓고 싶어질 것 같았다. 하지만 레메디오스가 성검에 손을 대고 있어도 카스폰도와 구스타보는 딱히 아무것도 하려는 기색이 없었다.

틀림없이 당장 위험하지는 않다고 판단했기 때문일 것이다. 그렇지 않고서야 왕형과 동석하게 할 리가 없으니까.

"…………살인귀 소녀. 겁내지 않아도 돼. 이제 나는 얄다바오트가 아니라 아인즈 님에게 충성을 바치는 자. 안 공격해."

"못 믿겠습니다."

'아인즈 님'이라는 호칭에 울컥하는 기분을 느끼면서도 내치듯 말했다. 하지만 역시 평탄한 목소리로 메이드 악마가 대답했다.

"…………안 믿어도 돼. 나는 사실을 말했을 뿐."

"바라하 양. 아무래도 마도왕 폐하는 전투 도중에 얄다바오트에게서 그녀의 지배권을 빼앗은 것 같네."

네이아는 눈을 슬쩍 크게 떴다.

메이드 악마에, 얄다바오트—— 다수의 적에게 포위됐으면서도 죽이는 것이 아니라 지배권을 빼앗는 싸움을 했단 말인가.

마법에 박식하지 못한 네이아는 그것이 얼마나 어려운지 모른다. 비유한다면 그만한 강자의 장비를 빼앗으면서 싸운 셈 아닐까. 그렇다면 그것은 그야말로 마도왕밖에는 할 수 없는 위업이다.

네이아는 존경심을 강하게 품었다.

하지만 두 가지 문제가 생겼다.

마도왕이라면 그 정도는 당연히 할 수 있을 거라 생각하고 순순히 받아들였지만, 정말로 지배당한 것일까 하는 의문이 첫 번째다. 실제로는 지배당하지 않으면서 얄다바오트의 명령으로 그런 척 꾸미고 있는 것이 아닐까.

그리고 또 하나는——

"……마도왕 폐하에게 충성을 맹세한다는 것은 알겠습니다. 하지만 왜 여기 있는 겁니까? 사슬에 묶였기 때문에?"

"…………그건 아니야."

메이드 악마가 힘을 주자 굵은 사슬이 우드드득 불길한 소리를 냈다.

"멈춰!!"

레메디오스가 살기를 띠고 고함을 지르자 소리는 멎었다.

"…………마법도 담기지 않은 그냥 쇠사슬. 나도 부술 수 있어."

"그럼 왜죠? 이곳을 벗어나 마도왕 폐하께 달려가지 않습니까?"

어쩌면 악마적 직관 내지는 지배당한 악마의 능력이 있어서, 마도왕의 위치를 알 수 있지 않을까 생각해 은근슬쩍 물어보자 메이드 악마는 담담히 대답했다.

"…………그게 명령이니까. 그분에게 마지막으로 받은 명령은 여러분에게 협조하라는 것. 그러니까 내가 죽지 않는 범위 내에서 열심히 할 거야."

"네?!"

네이아는 경악했다.

'……마도왕 폐하는 메이드 악마를 지배하기 위해 이 나라에 오셨어. 메이드 악마라는 전력을 얻어 마도국을 더 강하게 만들기 위해. 그렇다면 메이드 악마에게 내려야 할 첫 번째 명령은 마도국으로 가라는 것. 그런데도 폐하는……. 이렇게 다정하실 수가……. 타국 사람에게 이렇게까지 자비롭고 관대한 왕이 또 있을까? 아니, 있을 리가. 마도왕 폐하만이 특별한 거야. 그 분이야말로 정의야! 굉장해! 내 생각은 하나도 틀리지 않았어!'

네이아는 눈에 뜨거운 것이 고일 것 같아 꾹 참았다.

"……어, 죽지 않는 범위란 건 무슨 뜻인가요?"

"…………얄다바오트와 싸우는 건 싫어. 그것과 대치하면 도망치기도 힘들어."

네이아는 이해했다. 그녀의 말이 진실인지 거짓인지는 카스폰도가 철저하게 조사했을 것이다. 그렇기에 이곳으로 데려왔겠지.

"그래서 이 악마를 동행하게 하라는 말씀이군요."

"그렇다네. 그녀를 마도국 사자로 보내는 방안도 생각해 보았네만, 그보다는── 아~ '그것'이 끝난 후, 힘을 빌려 정보를 얻은 후, 어~ '그곳'에 수색대를 파견하게 될 텐데, 그 멤버로도 포함시키는 편이 좋을 걸세. 위험도가 높을 테니 말이야. ……이쪽에서 수색 중인, 자네가 선임한 멤버가 아직 발견하지 못한 것을 보면, 분명 그쪽에 떨어지지 않았겠나."

카스폰도는 지시대명사를 많이 넣어 얼버무리며 말했다.

흘끔 눈치를 보니, 메이드 악마의 표정은 전혀 변함이 없다. 걱정하는 기미조차 보이지 않는다.

물론 이 메이드 악마는 마도왕에게 무슨 일이 일어났는지 모를 수도 있고, 위험한 상황에 몰렸다고는 상상도 못할 수도 있다. 그러나 그 무표정함이 네이아를 매우 불쾌하게 만들었다.

무엇보다 그런 악마가 '아인즈 님'이라고 무례하게 구는 것이 용납되겠는가. 아니, 용납될 리가! 네이아는 강하게 생각했다. 자신도 그렇게 친근하게 굴지는 않는데.

"──라하 양?"

"아, 네!"

아뿔싸. 네이아는 조금 얼굴을 붉혔다. 메이드 악마에 대한 불쾌함에 잠시 이성을 잃은 듯했다.

"왜 그러나? 무언가 궁금한 거라도 있나?"

"아, 아닙니다! 아직 수색을 나간 지 사흘밖에 안 됐으니 이쪽에 떨어지지 않았다고 단정하는 것은 조금 이르지 않을까 생각해서……."

"그렇군. 그것도 그렇지. 하지만 만약의 상황에 대비해 두는 편이 좋지 않겠나?"

"그 말씀이 옳습니다."

"좋아. 그러면 메이드 악마 군. 자네와 이야기를 나누는 것도 이번이 세 번째지. 발견됐던 날, 어제, 그리고 오늘."

메이드 악마는 아무 말 없이 카스폰도를 빤히 바라보았다.

"어떤 대도시에 잠입해, 그곳에 사로잡힌 자를 구해달라고 하면 협조해 주겠나?"

"…………어제 말한 대로. 협조해."

"그래, 그렇군. 알았네. 그러면 미안하네만 원래 있던 방으로 돌아가 주겠나? 몽타녜스 부단장, 부탁하네."

메이드 악마가 연행되고, 구스타보가 혼자 돌아온 후 다시 이야기가 시작됐다.

"바라하 양. 자네에게 여기까지 말해도 좋을지 어떨지는 모르겠네만, 자네를 칼린샤에 잠입시킬 경우 정보를 알고 있는지 어떤지가 작전의 성패에 큰 영향을 줄 가능성이 있네. 그렇기에 몇 가지 말해 두겠네. 우선 얄다바오트에 관해서일세."

메이드 악마에게 얻은 정보를 카스폰도가 들려주었다.

얄다바오트에 관해서는 아는 것이 많지 않다고 한다. 그렇다기보다는 거의 없었다. 어느 정도의 능력을 가졌으며 어떤 공격에 취약한지, 그런 것조차 몰랐다. 게다가 현재 얄다바오트가 하고 있는 일도, 목적도 알지 못했다.

다만 큰 부상을 입을 경우 회복할 때까지 상당히 많은 시간이 걸릴 거라는 사실을 가르쳐 준 정도였다. 이것은 큰 그릇일수록 안에 담긴 물이 줄어들면 채우기까지 시간이 많이 걸리는 것과 마찬가지라고 한다.

이리하여 얄다바오트와 아인, 그 외의 악마에 대해 들은 네이아는 처음에 묻고 싶었던 말을 카스폰도에게 건넸다.

"저자를 얼마나 신용할 수 있습니까?"

"어떻게 신용한다고. 죽이는 편이 안전해."

그렇게 말한 것은 레메디오스였다.

난이도 150짜리 메이드 악마에게 이길 수 있나요?

그런 질문을 던지고 싶은 기분도 들었지만, 꾹 참고 카스폰도의 판단을 들었다.

"신용하기는 어렵네. 어쩌면 얄다바오트의 모략일 수도 있지. 모몬이나, 혹은 달리 얄다바오트에게 대항하는 자가 나타나거나 했을 때의 첩자로 삼고자."

그러니 메이드 악마를 데려가기 전에 제룬 사자를 방에서 물리게 한 것이고, 지시대명사가 늘어났던 것이리라.

"말했잖소. 그것은 죽여버리는 편이 낫다고. 그렇게 하면 불안 하나는 없앨 수 있소."

"그래, 커스토디오 단장. 그것도 한 가지 방법이기는 하네. 하지만 메이드 악마의 현재 지배권은 마도왕에게 있다는 말이 진실일 가능성도 크네. 얄다바오트 본인의 정보도 거짓말로 늘어놓지 않고 모른다고 대답했으니까. 하지만 그렇다면 마도왕에 대해 전혀 들려주지 않는 것은……. 으음. 다만 저 메이드 악마의 지배권을 넘긴다는 계약을 마도왕과 맺은 것은 자네가 아닌가? 그 경우, 우리가 죽었다는 사실이 알려지면 약속을 전혀 지키지 않는 나라라 여겨질 걸세. 앞으로 무슨 일이 있었을 때 도와줄 나라가 사라질 수도 있네."

"놈은 얄다바오트에게 죽었잖소."

레메디오스의 말에 네이아는 눈을 깔고 극심한 분노를 참았다. 레메디오스 덕에 감정 억제가 능숙해진 기분까지 들었다.

"우리는 그것을 확인하지 못했네. 그렇기에 왕자 구출에 이용해 놈을 시험해 보자는 걸세. 만약 배신해서 정보를 흘린다 해도 제룬이 숙청당할 뿐일 테니, 아인의 수는 줄어들겠지. 우리는 잠입하려 했던 쥐를 쫓아낼 수 있고. 메리트가 두 가지나 되지 않나. 성공하면 기뻐하면 그만일세."

잠입하는 사람의 목숨도 잊지 말았으면 좋겠다는 생각은 들었지만 네이아는 속으로만 투덜거렸다.

"그 메이드 악마의 약점 같은 것은 듣지 않으셨습니까? 함께 가더라도 배신당할 경우 무언가 대처할 만한 방법이 있으면 좋겠습니다만."

"아무리 그래도 그런 것까지는 묻지 못했네."

카스폰도가 쓴웃음을 지었다. 네이아도 마찬가지로 웃었다.

대답했다고 해도, 그것이 사실인지 어떻게 확인할까. 겉보기로는 모를 수도 있고, 실행할 수 있을 리도 없고.

"뭐, 저희는 딱히 그녀의 지배권을 가진 것도 아니니까요. 어디까지나 마도왕에게 명령을 받아 협조를 받는 입장이고."

구스타보가 새삼스럽다는 듯 말했지만, 네이아도 카스폰도도 알고 있다. 이 자리에서 모르는 사람은 한 사람밖에 없다.

"그러면 잠입부대는 저와 메이드 악마, 그 외에는 누가 선발될 예정입니까?"

"그게 말이네만, 자네 쪽에서 추천할 인물이 없다면 둘이서만 수행해 주었으면 하네."

한순간 농담인가 싶어 카스폰도를 보았으나, 그의 표정은 진지했다.

"왕형 전하의 말씀을 보충해 설명하자면, 잠입은 극소수로 해야 하지 않나. 방해가 되어도 위험하지. 그렇기에 우리는 추천할 사람이 없네."

구스타보가 수긍이 가는 설명을 해 주었지만, 네이아는 이유가 그것만이 아님을 이해했다.

네이아 바라하는 그런 입장이기도 한 것이다.

이 구출작전은 성공하면 만만세, 실패해도 마도왕에게 가까웠던 거추장스러운 종자와 마도왕의 부하가 죽을 뿐. 그리고 메이드 악마가 배신한들 희생자는 적다. 완벽하다면 완벽하다.

그렇다면── 한 번은 레메디오스를 보내려 했다는 말도 거짓말일까? 그것이 아니라 순수하게 손해가 적은 쪽을 생각했을 가능성도 있다.

네이아는 후우 한숨을 토해냈다. 어쨌거나 답은 하나뿐이다. 마도왕에 대한 충성심을 보일 좋은 기회다.

"분부 받들겠습니다. 저와 그녀──."

여자가 맞을까? 생각하면서도.

"메이드 악마와 둘이서만 가겠습니다."

"오오, 그래! 잘 부탁하네."

"예!"

"그러면 성안의 지도를—— 몽타네스 부단장이 작성하고 있네. 자네들이 출발하기 전에는 완성될 예정일세. 그리고 얄다바오트의 측근 악마가 있을 때는 전투를 피해 주게."

메이드 악마와 제룬의 정보에 따르면, 얄다바오트에게는 세 마리의 대악마가 측근으로 붙어있다고 한다. 그 세 마리의 대악마란——

아인이 사는 아베리온 구릉지대를 지배하는 자.

남부 성왕국 침공군을 총괄하는 자.

대도시를 관리하기 위해 칼린샤, 리문, 프라트 세 곳을 순서대로 전이하며 돌아다니는 자.

——라고 한다.

그렇기에 운이 나쁘면 이 관리자 대악마가 있을지도 모른다.

관리자 대악마는 머리 부분이 없으며 고목 같은 몸을 가졌다고 한다. 날개와 꼬리 같은 것은 없으며 신장은 2미터 정도. 갈고리 같은 발톱이 있고, 가느다란 몸에서는 상상도 할 수 없을 정도의 완력을 가졌다. 그리고 머리가 없는데도 어떻게 가능한지는 모르겠지만 주위 상황을 파악하며 글씨도 읽을 수 있다고 한다.

그야말로 악마답다면 악마다운 모습이다.

덧붙이자면 수도 호반스는 얄다바오트의 직할지이므로 측근 악마가 관리하는 것은 아니라고 한다.

"그 메이드 악마와 비교하면 어느 쪽이 강합니까?"

"메이드 악마 본인의 말로는 잘 모르겠다고 하더군."

메이드 악마가 한번쯤 전투능력을 보여주었으면 싶었다. 특히 주로 쓰는 무기나 어떤 특수능력을 가졌는지를 모르면 생각지도 못한 실수를 저지를 가능성이 있다.

"세 마리의 대악마는 각각 장군이자 영주이기도 하네. 다만 아인은 두뇌노동에 적합하지 않다고 생각하는지, 독재적인 통치기구를 만들었다는군. 그래서 대악마들은 많은 관리를 직접 맡아 후임이나 대리는 만들지 않았네. 놈들을 타도하면 아인연합군의 연계나 보급의 많은 부분을 무너뜨릴 수 있을 텐데."

"왕형 전하께서 생각하시는 승리 조건을 만족하는 셈이군요."

"그렇지. 얄다바오트의 부상이 치유되면 놈이 직접 지휘할 수도 있겠지만…… 아직까지는 놈이 무리해서 나올 가능성은 없을 것 같네. 팔다리를 뜯어내면 머리를 없애지 않아도 승리로 이어지는 법이지. 그렇다고는 해도 이번에는 구출이 핵심일세. 전투는 피해 주게."

"분부 받들겠습니다."

"그러면…… 언제쯤 구출 임무를 시작할 수 있겠나?"

"준비가 되면 당장에라도 출발하고 싶습니다. 다만 그 전에 메이드 악마와 조금 더 이야기를 나누었으면 합니다."

"그렇군. 그러면 이틀 후는 어떻겠나?"

네이아는 알았다고 대답하고, 메이드 악마를 만날 허가를 받아 퇴실했다.

두 어깨에 실린 책임은 무겁지만 발걸음은 늠름했으며 표정에는 결의가 넘쳐났다. 요즘 갈 곳을 잃고 미친 듯이 날뛰던 불꽃이 지향성을 얻자 눈부신 빛이 되어 길을 비춰주는 듯했다.

자신에게도 할 수 있는 일이 생겼으며, 나아갈 길에는 그분이 있다. 그렇게 생각하면 위험한 악마와 길을 함께하는 것 정도가 뭐 대수란 말인가.

*

메이드 악마는 정원이 딸린 다른 저택——이라고 할 만큼 크지도 않지만 작지도 않은 곳——에 있었다. 원래는 도시 내에서도 상당히 유복한 자의 주거지였을 것이다. 이 도시를 지배했던 아인의 폭거 때문에 장식 일부가 파괴되기도 하고, 원래 있었을 조각은 박살이 났다. 하지만 가옥 자체는 어떻게든 무사해 겨울철의 쌀쌀한 공기가 흘러드는 일은 없을 것 같았다.

그러나 날림으로 지은 싸구려 집이었다 해도 별로 다를 바는 없었을 것이다. 모든 창문이란 창문은 한 치의 틈도 없을 정도로 널빤지를 덧대 막아놓아 밖에서 들어오는——또한 안에서 새 나오는——공기 한 줌도 통과시키지 않겠다는 편집적인 의지가 엿보였기 때문이다.

종합적인 평가를 내린다면 감옥이자 격리된 공간이라고 해야할까. 언데드 혹은 악마의 부하 괴물인 동시에, 타국에서 성왕국을 구하러 온 영웅왕의 부하라는 명목이 있는 그녀를 체류시키기 위한, 많은 이들의 의도와 위기감과 기피감이 한데 뒤섞인 장소라 할 수 있다.

사슬로 칭칭 감아 놓고는 새삼스레 무슨 짓이냐 싶기도 했지만, 마도왕의 정식 소개도 없는 마당에 이 메이드 악마를 정중하게 대접할 수도 없었으리라.

저택을 에워싼 담장은 날림으로 수리해 두었는데 정작 중요한 문짝이 없었다. 철이 부족해 징발된 것이리라. 그 대신인지 문 옆에는 대충 만든 오두막 같은 대기소가 있었다.

그곳에는 무장을 갖춘 굴강한 사내들이 있었으며, 지휘관으로 임명됐는지 성기사도 한 명 보였다. 네이아는 그 성기사에게 카스폰도가 준비해 준 양피지를 건넸다.

성기사는 대충 훑어보고는 양피지를 반납하더니 불이 붙은 양초를 함께 건넸다.

지금은 낮이지만 널빤지를 대놓은 탓에 빛이 들어오지 않으며, 메이드 악마는 불빛이 필요 없기 때문에 저택 내부는 깜깜하다는 이야기였다.

네이아는 문을 지나, 거칠어진 정원에는 눈길도 주지 않고 저택으로 향했다. 군데군데 부서진 벽돌길을 지나 현관에 도착하자 네이아는 한 차례 심호흡을 했다.

노커를 두드렸다. 대답은 없다. 네이아는 조금 망설인 후 손잡이를 돌렸다. 잠겨 있지 않았다. 살짝 열린 틈으로 어둠이 엿보였다. 희미한 소리 하나 나지 않았다. 마치 영묘처럼 고요했다.

마음을 굳게 먹고 안으로 들어갔다. 불빛도 없고, 하인도 없다. 이 저택에는 현재 네이아와 난이도 150의 악마만이 있는 것이다.

식은땀이 등줄기를 타고 흘러내렸다. 손에 든 양초 불빛이 미덮지 못하게 흔들렸다. 이 조그만 빛 바깥쪽에는 모든 것을 빨아들일 것 같은 어둠이 존재했다.

"네이아 바라하입니다! 만나러 왔습니다! 어디 있나요!"

어둠을 향해 불러보았지만 어디서도 대답은 없었다.

자는 걸까.

다시 한번, 조금 전보다도 큰 목소리로 불렀지만 역시 대답은 없었다.

네이아는 각오를 다지고 걸어나갔다.

이 건물은 2층이다. 방은 나름대로 많은 것 같지만, 전부 조사해도 그리 시간은 걸리지 않을 것이다. 그렇게까지 하지 않더라도 네이아의 예민한 청각이라면 무언가 소리를 포착할 수도 있다.

우선 1층부터.

네이아가 마음을 굳게 먹고 걸어나가려 했을 때——

"——에비."

바로 옆에서 느닷없이 목소리가 들리고 불빛 속에 사람의 얼굴이 떠올랐다.

"히익!!"

어깨가 흠칫 떨리고, 느닷없이 나타난 얼굴에게서 거리를 벌리고자 몸이 무의식적으로 움직였다. 쿠웅. 벽에 등이 부딪쳤다.

자신이 보지 못하고 놓쳤을 리가 없다. 마치 벽을 뚫고 나타나기라도 한 것처럼 바로 옆에서 갑자기 나타났던 것이다.

"…………멋지게 놀랐어."

눈물을 글썽이며 보니 그 메이드 악마였다. 당황하는 네이아를 무표정하게 바라본다.

"이 악마……."

네이아는 자기도 모르게 원망이 섞인 목소리를 냈다.

정신방벽의 관이 있어도 놀라움의 감정에서 지켜주지는 않는지, 심장은 벌컥벌컥 두방망이질을 쳐 당장에라도 파열해버릴 것 같았다. 그것이 이 악마의 노림수였을지도———.

'암만 그래도 그건 아니겠지…….'

"…………그래서, 뭐 하러 왔어?"

"당신에게 묻고 싶은 것이 있어서 왔습니다. 이틀 후, 저와 함께……."

거기까지 말하고 잠시 말을 멈추었다. 아직 어디까지 신용해도 좋을지 알 수 없었으므로, 자세한 작전을 말하는 것은 위험하리라 생각했다.

"……어떤 임무에 가 주어야겠습니다."

"…………알았어."

"그러니 서로 정보를 교환하고, 어떤 일을 할 수 있는지 이야기를 나눠보는 편이 좋다고 생각하는데요……."

"…………정보공유 중요. 이해했음."

진심으로 공유할지 어떨지는 이제부터 이야기하기 나름이다.

"…………그럼, 이쪽."

메이드 악마는 성큼성큼 걸어나갔다. 불빛이 닿지 않는 곳이라도 상관없다는 태도였다. 이곳에 들어오기 전에 만난 성기사의 말은 사실이었다.

뒤에서 걸으며 네이아는 메이드 악마의 뒷모습을 가만히 관찰했다.

　가녀린 몸도 그렇고, 단정한 용모도 그렇고, 보호본능을 자극하는 미소녀다.

　하지만 정체를 아는 네이아에게는 그것이 전부 의태처럼 여겨졌다.

　이 장소에서는 카스폰도의 방에 왔을 때 감겨 있던 사슬은 없었다. 아니, 애초에 사슬 따위 아무런 의미도 없다. 이 악마는 인간 소녀를 본떴을 뿐, 용 이상의 괴물인 것이다. 가볍게 쓰다듬기만 해도 죽을지 모른다고 생각하니 위장이 시큰시큰 아플 지경이었다.

　"나는 말랑말랑하니 조심스럽게 다뤄 주세요."

　자기도 모르게 툭 튀어나온 말에 걸음을 딱 멈춘 메이드 악마가 고개만 돌려 돌아보고 대답했다.

　"…………알아."

　네이아의 시력으로도 표정 변화를 살필 수가 없었다. 무슨 생각을 하는지 알 수 없어 조금 불안했다.

　그대로 응접실까지 안내를 받았다.

　조명은 촛불 하나뿐.

　"…………앉아."

　맞은편 자리를 가리켜, 네이아는 그곳에 앉았다.

　"…………마실 것."

　갈색 액체가 든 병을 불쑥 꺼냈다. 허공에서 물건을 끄집어내는 모습이 마치 마도왕 같았다. 놀라는 사이에 그녀는 뚜껑을 따고 빨대를 꽂아주었다. 부드러운 듯 단단한 듯 기묘한 재질로 만든 빨대였다.

질척거리는 액체인데, 독은 아니기를 바랐다. 인간에게는 해로운 음료라는 것을 깜빡한 거라면 곤란한데.

하지만 만일 정말로 마도왕의 부하로 들어왔다면, 하고 생각하니 거절할 수도 없어 네이아는 각오하고 입을 댔다.

입에 머금고, 혀에 굴려본다.

그것은 상상해 본 적도 없을 정도로, 쓴맛도 없거니와 찌르는 듯한 자극도 없고——

'달잖아?! 이거 뭐야?!'

네이아는 한 입 더, 또 한 입 더 입에 머금었다. 빨아들이는 데 조금 힘이 필요할 정도로 끈끈했지만 매우 시원하고 맛있었다.

"⋯⋯⋯⋯초코 맛. 열량이 좀 많아⋯⋯ 2천 정도. 하지만 신경 쓰지 않아. 맛있는 거 먹고 살찌는 건 여자의 바람이라고 위대한 분 중 한 분이 그랬어."

조금 어조가 바뀌었으므로 눈치를 살폈지만 표정은 여전히 변화가 없다.

위대한 분이란 말에 마도왕을 떠올렸지만, 다른 사람을 말하는 듯했다.

"⋯⋯⋯⋯하나 더 마실래?"

"그래도 될까요?"

단숨에 들이켜는 바람에 조금 아쉬워했던 것을 메이드 악마도 눈치챈 모양이었다. 한 병을 더 내밀어주었다.

네이아도 여자이므로——오크에게는 암컷인지 어떤지 의심을 샀지만——살찐다는 말을 들으면 손을 내밀기 꺼려졌지만,

이 음료의 용기는 그리 크지 않으므로 저녁 식사를 조금 참아 상쇄하면 될 것이다.

'열량이 2천이란 게 무슨 말인지 모르겠지만, 조금이라고 했으니 괜찮겠지.'

과일이나 벌꿀 같은 것과는 전혀 다른 단맛을 이번에는 천천히 맛보며 마시기로 했다.

한입 머금고——

"아! 아니야. 그게 아니지. 저는 이야기를 하러 온 겁니다."

"…………응."

마찬가지로 빨대를 물고 홀짝이던 메이드 악마가 눈으로 이야기를 계속하도록 채근했다.

"어, 우선 당신의 이름이 있다면 가르쳐 줄 수 있을까요? 저는 네이아 바라하입니다. 편하실 대로 부르세요."

메이드 악마는 개체별로 무장도 외견도 전부 다르다는 이야기를 청장미의 이블아이에게 들었다. 실제로 카스폰도의 방에서 얄다바오트의 뒤에 있던 메이드 악마는 그녀와 형태가 전혀 달랐다. 어쩌면 고블린과 홉고블린처럼 메이드 악마라는 분류 속에서도 다른 이름이 있을지 모른다.

개체명이나 분류명을 알 필요는 없을지도 모르지만, 만약 정말로 마도왕의 부하라면 나름대로 대응해 주는 것이 종자로서 당연한 예의다.

"…………푸하. 시즈라고 부르면 돼. 네이아라고 부를게."

"시즈라고 하는군요."

'인간'이라고 부를 줄 알았던 네이아는 조금 놀랐다.

'메이드 악마이고, 개체명이 시즈? 분류명이 시즈? 뭐, 어느 쪽이든 상관없지만……'

"개체명인가요?"

"…………개체명? 엄청난 질문. 응. 개체명."

"아, 실례했습니다. 악마에 대해서는 잘 몰라서……"

"…………윽. 악마……. 이건…… 윽."

시즈가 무언가 중얼거렸다. 물론 네이아에게는 충분히 들렸지만 혼잣말인 듯했으므로 굳이 뭐라고 하지는 않았다.

"그러면 시즈. 당신은 무엇을 할 수 있나요? 그리고 메이드 악마는 여러 명이 있는 듯한데, 왜 마도왕 폐하는 당신을 선택했을까요?"

"…………나는 원거리 공격이 주특기. 그리고 MVP…… 최우수였으니까."

"우수? 아, 그런 거군요. 그 상황에서 당신이 가장 힘든 상대였다는 뜻이겠네요."

시즈가 흐흥 웃었다. 이번에도 표정은 전혀 움직이지 않는 것처럼 보였다. 그러나 날카로운 시력을 가진 네이아는 가만히 관찰한 결과, 조금 알 수 있었다.

매우 미미한 변화로—— 자랑스럽게 얼굴을 움직였다는 것을.

그리고 동시에 네이아는 안도했다. 가장 약해서 쉽게 지배할 수 있었다는 이유가 아니라서.

"저도 원거리 무기를 조금 다룹니다. 그 대신 근접전은 못하지만요. ……전열을 맡아줄 사람이 없네요."

시즈는 아무 말도 없이 음료를 홀짝였다.

"뭐 좋은 아이디어가 없을까요?"

"…………우리 뭐 하러 가?"

"도시에 잠입해서, 요인을 구출할 겁니다."

제룬이라는 단어는 아직 말할 수 없다.

"…………그럼 필요한 건 은밀하게 행동하는 능력. 잘그락잘그락 시끄러운 소리 내는 전열은 없는 게 나아."

"그래요. 그렇겠네요. 그 말이 맞아요."

"…………네이아는 조용히 행동할 수 있어?"

"어느 정도는 훈련을 받았으니까, 예전보다는 나아진 것 같습니다. 하지만 확실하게 자신이 있다고 하기는 힘드네요."

"…………〈투명화〉 같은 마법이나 마법의 도구는 없어?"

네이아는 고개를 가로저었다.

"…………그래. 그럼 열심히 해."

"네. 열심히 해볼게요. 그런데……."

그녀를 진짜로 신뢰해도── 마도왕이 지배했다고 믿어도 되는 걸까.

시즈가 사실은 지금도 얄다바오트의 부하이고 첩보를 위해 마도왕의 부하 행세를 한다면, 그분의 상황을 말하는 것은 위험하다. 하지만 마도왕이라면 정말로 얄다바오트에게서 지배권을 빼앗았을 가능성도 높다. 만약 그렇다면 신용하지 않은 나머지 최고의 카드를 버리는 셈이 된다.

그러니 조심조심, 망설이면서도 물었다.

"저는 이곳에서, 음, 마도왕 폐하의 종자를 맡았습니다."

인공물처럼 아름다운 시즈의 얼굴에 움직임은 없었다.

"…………들었어. 눈매 사나운 사람이라고. 그리고 활을 빌려줬다고. 그것도 룬 무기. 보여줘."

그 활에는 얄다바오트도 흥미를 보이는 것 같았다고 머리 한 구석으로 경고가 울렸지만, 시즈가 정말로 마도왕의 지배를 받는다고 생각하면 거절할 수는 없었다.

네이아가 활을 건네주자, 시즈는 그것을 받아들고 바라보았다. 다만 흘끔 보더니 네이아에게 돌려주었다.

"이건 아주 좋은 물건. 많은 사람에게 보여줘야 해."

너무나 담담히 말했으므로, 꼭 책이라도 읽는 것 같다는 생각이 들고 말았다. 아니, 진지하게 흥미를 가지고 활을 바라보는 눈치가 아니라는 생각이 들었기에 괜한 억측을 했을 뿐이리라. 그녀는 처음 만났을 때부터 이런 말투였다.

"그건 고마운 말씀이네요. ……아, 맞아. 그리고 이번 임무가 끝난 다음의 이야기 말인데요——."

시즈가 슥 손을 내밀더니 네이아의 말을 가로막았다.

"많은 사람에게 보여줘야 해."

왜 그런 말을? 하는 의문이 얼굴에 드러났는지 시즈가 말을 이었다.

"룬으로 만든, 훌륭한 무기. 빌려준 아인즈 님의 위대함을 널리 알려야 해."

아인즈라는 말에 꿈틀 반응했다. 이것은 최우선적으로 말해둘 중요한 사항이었다.

"마도왕 폐하."

무표정한 시즈를 보고, 말이 부족했음을 깨달은 네이아는 덧붙여 말했다.

"마도왕 폐하라고 부르세요. 아인즈 님이라는 호칭은 너무 무례하지 않나요?"

이번에는 시즈의 표정이 꿈틀 움직였다. 아니, 언뜻 보면 무표정하다. 하지만 네이아는 표정이 움직였다고 확신할 수 있었다.

"무례하지 않아."

"아니, 무례해요. 보통은 이름이 아니라 칭송해 마땅한 지위로 불러야지. 이제 막 지배돼서 도움이 되어드린 적이 하나도 없으니까. ……표정이 왜 그렇죠?"

"암것도. 하나도. 하지만 난 마도왕 폐하가 아니라 아인즈 님이라고 부를 거야."

무표정한 얼굴에 희미하게 떠오른 감정은 연민일까, 아니면 우월감일까. 네이아도 그것까지는 알 수 없었지만 울컥했다. 갑자기 툭 튀어나온 주제에 자신이 숭배하는 분에게 버릇없이 구는 것이 매우 불쾌했다.

네이아는 마침내 예의의 탈을 벗어던졌다. 종자로서, 성왕국 백성으로서 정중하게 대할 생각이었지만 관두었다. 상대가 고금무쌍의 괴물이라 해도 상관없었다. 이해를 시켜줄 필요가 있었다.

"너 같은 게——."

"나는 아인즈 울 고운 님—— 아인즈 님이라 부르라고 들었어."

"뭐?"

"그러니까 나는 아인즈 님이라고 부를 거야. 나. 는. 그렇게 부를 수 있어."

은연중에 너는 그럴 수 없다는 말을 듣고 네이아는 몸이 휘청 흔들렸다.

아니다. 그녀는 마도왕에게 마법적으로 지배당한 악마가 아닌가. 그 정도는 당연할지도 모른다.

"아, 아니, 그럴 리가 없어. 거, 거짓말이야. 악마니까 거짓말이야. 그 상황에서 그런 말씀을 일일이 하실 시간이……."

후우, 못 말리겠군. 마치 그렇게 말하듯 시즈는 고개를 가로저었다.

"유감이지만 진실. 그야 충격을 받는 기분은 이해함. 매우 이해함. 그래도 그것이 지금 너의 입장. 하지만 아인즈 님을 위해 일하면 언젠가는 너도 아인즈 님이라 부를 수 있게 됨. 정진해."

"──시즈."

"…………네이아. 후배를 이끄는 것은 선배의 역할."

뭔가 멋진 말을 하고 있는 것 같지만 시즈가 자신보다도 후배 아닐까. 아니, 그야 아인즈 님이라 부를 수 있는 그녀가 그 점에서는 선배일지도 모르지만. 다소, 뭐랄까, 수긍이 가지 않는 부분도 있지만. 일단은──.

"고맙다고, 해 둘게."

"…………마음에 둘 거 없어. 아인즈 님이 위대한 분이라는 걸 아는 사람에게는 자비를 베풀어야 함."

네이아는 놀라 눈을 크게 떴다. 지배당한 지 얼마 되지도 않았을 텐데, 어떻게 이처럼 존경할 수 있을까. 아니, 그렇지 않다.

그만큼 마도왕이 대단한 것이다.

"응, 맞아. 마도왕 폐하가 위대한 분이라는 것만은 나도 잘 아니까."

네이아가 대답하자, 두 사람은 서로 눈을 마주 보았다.

처음 움직인 것은 시즈였다.

스윽 오른손이 나왔다. 네이아는 망설임 없이 순식간에 이에 응했다.

시즈가 여전히 장갑을 끼고 있다는 데에 네이아도 조금 마음에 걸리는 바가 없지는 않았으나, 두 사람은 테이블 위에서 손을 맞잡았다.

'이렇게까지 마도왕 폐하에게 심취한 걸 보면, 그녀는 정말로 폐하에게 지배된 게 맞나 봐. 만약 그렇지 않다면 의심을 사지 않기 위해서라도 아인즈 님이라 부르지 않고, 나와 마찬가지로 마도왕 폐하라는 호칭을 썼겠지.'

자신의 생각이 어수룩한 걸까? 하지만 이때 네이아는 강한 자신감을 가지고 시즈의 충성심이 진심임을 알 수 있었다. 마치 무언가 톱니바퀴가 딱 맞아떨어진 것처럼, 같은 신을 숭배하는 자들끼리 이해했던 것이다.

"…………그건 그렇고, 말이 잘 통함. 네이아는 인간치고는 보는 눈이 있어."

"악마와 말이 잘 통한다는 것도 여러모로 복잡한 기분이지만. 지금 이야기가 잘 통하는 건 네가 옳은 말을 했기 때문일 뿐이야. 마도왕 폐하가 훌륭하다는 한 가지만은."

시즈는 흠, 흠 고개를 끄덕였다.

"⋯⋯⋯⋯사실은 네이아가 어떻게 되든 알 바 아니라고 생각했지만, 무사히 이 나라로 돌려보내 줄게. 약속함."

"고마워."

순순히 감사의 말을 했다. 난이도 150. 청장미도 승산이 희박하다고 말하던 수준의 악마에게 보호를 받는 것이니 당연히 고맙다고 해야 한다. 마도왕의 부하라면 더더욱. 다만 한 가지, 확인을 받고 싶었다.

"⋯⋯그건 마도왕 폐하의 존명에 걸고 맹세하는 거야?"

시즈가 손을 들었다. 선생님에게 지명받은 학생처럼.

"존귀하신 분, 아인즈 울 고운 님의 존명에 맹세하고 약속함. ⋯⋯하지만 네이아가 죽어서 소생해도, 약속은 지키는 거지?"

"그거 무사한 건가⋯⋯? 아니, 좀 다른 것 같지만⋯⋯."

두 사람은 얼굴을 마주 보았다.

네이아의 입장에서는 한 번 죽었다가 되살아나는 것이 무사하다는 말과는 매우 거리가 먼 것 같았지만, 타협할 수 있는 아슬아슬한 선을 제시했다.

"언데드나 악마로 살아나는 게 아니고, 인간으로 살려주는 거라면 약속을 지킨 걸로 칠 수 있을지도⋯⋯."

"⋯⋯⋯⋯그럼 문제없음. ⋯⋯⋯⋯좋아."

조금 전부터 계속 평탄한 어조로 말하던 시즈가 조금 톤을 바꾸었다. 힘을 넣었다는 느낌이었다.

"⋯⋯⋯⋯예쁘지는 않지만, 특별히 줄게."

무언가를 꺼내며 네이아의 곁으로 온다. 그리고 네이아의 이마에 무언가를 찰싹 붙였다.

"어?! 이게 뭐야! 이거 뭔데!"

정체 모를 행동에 황급히 떼려 했지만 달라붙은 무언가는 떨어지지 않았다. 찰싹 붙어서 떨어질 줄을 모른다. 매우 무서웠다.

"뭔데! 어?! 저기! 무서워!"

"…………괜찮아. 아픈 것도 무서운 것도 아니야. 이거."

시즈가 보여준 것에는 숫자 1에 무언가 기괴한 문양──문자일까──이 하나 그려져 있었다. 매우 반들반들 광택이 도는 종이였으며, 이마의 그것도 매끄러웠다. 부적술이라는 것을 들어본 적이 있는데, 혹시 그것에 쓰는 마술촉매 부적인 걸까? 어쨌거나 아무것도 아닌 물건을 이런 식으로 건네줄 리가 없었으므로 매직 아이템일 것이다. 그렇기에 네이아는 섬뜩했다. 이거 평생 안 벗겨지는 건 아닐까.

"……왜 이마에 붙여?! 다른 데도 있잖아!!"

"…………응. 여동생 같아."

"뭐?!"

어쩐지 놀라운 소리를 들은 것 같았는데, 그 이상으로 중요한 사항이 있었다.

"그보다도 이거 떼어줘. 하다못해 옷이나 다른 데에 붙여줘!"

"…………할 수 없지."

시즈가 무언가 작은 병을 꺼내더니 그것을 이마에 흘려주었다. 그러자 조금 전까지 착 달라붙었던 것이 거짓말처럼 훌렁 떨어졌다. 집어서 확인해 보니 정말로 조금 전에 시즈가 보여주었던 것과 같았다.

"…………스티커. 잘 보이는 곳에 붙여."

어쨌거나 붙여야 하는 모양이다. 시즈를 화나게 만들어도 네이아에게 좋을 것은 없다. 그녀의 뜻에 따를 수밖에 없으리라.

"응……."

"…………얘기는 끝?"

"어? 아, 아니, 이제는…… 저기, 어, 마도왕 폐하를 찾으러, 아, 아니, 마중하러 간다는 얘기를 할까 하고……."

"…………나도 가. ……이것저것 준비 필요해. 그게 다 끝난 다음에."

"정말?"

"…………약속. 하지만 아인이 구릉지대 지도 완성하는 데 시간 줬으면."

"그렇구나. 어? 아인?"

한순간 동의한 다음 의문이 들었다. 아직 아무 말도 하지 않은 것과 다름없다. 그럼에도 그녀는 어떻게 아인이라는 단어까지 나왔을까.

'혹시…… 카스폰도 전하 같은 사람한테, 구릉지대에 떨어졌다거나 하는 말을 들었나?'

"…………왜."

"아, 아냐……. 알았어. 윗분들에게 물어볼게."

"…………잘 부탁, 네이아."

"나야말로 잘 부탁해, 시즈."

조금 전의 스티커 때문에 조금 걸리는 것이 없지는 않았지만, 네이아는 손을 내밀고 시즈도 여기에 응했다. 두 사람은 다시 악수를 나누었다.

"역시 시즈도 마도왕 폐하가 죽었다고는 생각하지 않는 거지?"

시즈가 어리둥절 눈을 크게 떴다.

"⋯⋯⋯⋯무슨 소리?"

"사실은 마도왕 폐하가 동쪽 지역에 추락해서, 그 후로 전혀 연락이 되질 않아⋯⋯. 전이 마법을 쓰실 수 있는 폐하가 아직 돌아오지 않는 걸 보면, 무언가 예상하지 못한 사태가 발생했을 가능성이⋯⋯. 그래서⋯⋯ 어쩌면⋯⋯ 마도왕 폐하는⋯⋯."

그 이상은 말로 하기가 괴로웠다. 입에 담아버리면 그것이 진실이 될지도 모른다는 생각에 망설여졌다.

반면 시즈는——아마도——어이없다는 투로 말했다.

"⋯⋯⋯⋯무사함. 안 죽었어. 내가 지배되고 있는 게 증거. 응? ⋯⋯⋯⋯왜, 울어?"

눈물은 저절로 흘러나왔다.

정말로 마도왕은 살아 계시는구나.

죽지 않았다고 믿고는 있었다. 하지만 어쩌다가 갑자기 불안이 머리를 스쳐 잠들지 못할 때도 있었다. 수많은 이들이 마도왕은 무사할 거라고 네이아에게 말해 주었다. 하지만 전부 위로처럼, 자신의 불안을 씻어주기 위해서 하는 말처럼 들렸다. 진심으로 확신해 하는 말이라고는 여겨지지 않았다.

하지만 지금 이 순간, 절대적인 확신을 가진 자신만만한 말, 그리고 시즈라는 마도왕 생존의 증거가 있다는 데에 마음이 놓여버렸다.

미아가 됐다가 잃어버린 부모님을 찾은 듯한 안도감에 네이아는 눈물을 그칠 수가 없었다.

목도리와 같은 색의 천—— 아마도 손수건을 꺼낸 시즈가 네이아의 얼굴에 대 주었다. 그리고 북북 문지른다. 난폭하다기보다는 경험한 적이 없는 일을 하는 탓인지, 닦이는 입장에서는 꽤나 아팠다.

손수건이 떨어지자 콧물이 주욱 이어졌다.

"…………콧물 묻었어. ……상당히 충격."

충격을 받았음을 명확히 알 수 있는 시즈의 목소리를 듣고, 네이아는 뭐라 형언할 수 없는 표정을 지었다. 자신의 주머니를 뒤져 손수건으로 콧물을 닦아냈다.

"……내가 빨게."

"…………응."

2

칼린샤 성 침입은 간단했다.

통에 들어가 짐으로 반입되면 그만이었다. 당연히 체크가 있었지만 두 사람이 들어간 것 이외의 통——전부 8개——도 마련해 그쪽을 열어 보여주었다. 이런 허술한 경비가 그대로 통하는 것도 아인연합이 다종다양한 종족을 긁어모았다는 데에서 기인한다.

문화도 상식도 다른 자들이 한자리에서 만난 것이다. 공통된 가치관이 있다면 그것은 전투력이 절대적 의미를 가진다는 점. 그러므로 강한 개체가 힘으로 밀어붙이면 약간의 억지 정도는 넘어가버린다. 아인에게 강함이란 폭력에서 비롯되는 작위 같은 것이다. 아랫사람들은 따를 수밖에 없다.

다시 말해 강한 제룬이 노려보면 짐 검사도 최소한도로 간략해질 수 있다는 뜻이다.

이윽고 한 차례 쿵, 하고 커다란 소리를 내며 나무통이 바닥에 놓였다. 그리고 위쪽을 한 차례 퉁 두드리는 소리.

정해진 위치까지 도착했음을 알리는 신호였다. 네이아는 계획에 따라 3분을 헤아렸다. 그 사이에 이곳까지 운반해 온 제룬이 문을 열고 어딘가로 나가는 소리가 통 너머에서 들려왔다.

3분을 다 센 네이아는 중간 뚜껑을 안에서 밀어냈다. 그러자 중간 뚜껑이 비스듬해졌다. 그곳에 담긴 고기 중 커다란 것은 뚜껑에 붙여놓았기 때문에 쏟아지지 않았지만 조그만 것들이 네이아 위에 질퍽질퍽 떨어졌다. 그 나무통은 이중 바닥이어서 중간 뚜껑 밑에 네이아가 숨고 그 위에 날고기를 얹었던 것이다.

밀이나 야채가 아니라 피비린내 나는 고기를 실은 이유는 후각이 예민한 아인이 검사하더라도 네이아와 시즈의 체취를 숨길 수 있기 때문이다.

대책을 마련하기는 했지만 그것이 허사로 끝난 것을 행운이라 여겨야 하리라. 날고기—— 피와 고기 때문에 시뻘겋게 물든 네이아의 불쾌함을 제외하면.

통의 뚜껑을 천천히 열고 밖을 살폈다.

실내를 빙 둘러보고——매우 어둡기는 하지만 마법의 물건으로 여겨지는 조명이 있었다——아무도 없다는 사실을 확인한

다음 천천히 통에서 나왔다.

그곳은 식량저장고로 쓰이는 방이었으며, 선반에는 다양한 식량이며 항아리가 놓여 있었다. 지금 운반된 것도 포함해 비슷한 나무통이 여러 개 보였다.

조금 고생하면서도 통에서 무사히 빠져나와, 돌아왔을 때 쉽게 들어갈 수 있도록 중간 뚜껑을 나무통 안에 세워놓았다.

제룬 왕자를 구출한 후, 상황에 따라서는 이 통에 한 번 더 들어가 밖으로 나갈 예정이었다.

또 다른 잠입자는 어떤가 하고 보니, 시즈도 통에서 막 나오는 참이었다. 그녀는 네이아보다도 키가 작았으므로 커다란 통에서 나오는 데 약간 고생하는 것 같았지만, 네이아는 물론 레메디오스조차 능가하는 신체능력의 소유자다. 그렇기에 네이아가 도와주러 가기도 전에 혼자 밖으로 빠져나왔다.

"시즈 씨."

"…………응?"

"머리에 고기 붙었어요."

시즈가 윽 소리를 냈다. 그녀의 표정은 움직이지 않았지만 감정이 없지는 않다. 빈번히 얼굴을 보는 시간을 낸 덕인지, 네이아의 시력이 좋은 덕인지, 혹은 해골인 마도왕의 표정을 엿보는 사이에 통찰력이 단련됐는지, 왠지 모르게 어떤 기분인지를 알 수 있게 된 것 같았다.

시즈가 자신의 머리를 만져 조그만 고기를 떼어내려 했지만, 뒷머리에 찰싹 달라붙은 것은 좀처럼 떨어지지 않았다.

'머리가 길면 전투 중에 붙잡히거나 하니까 짧은 게 좋다고

배웠는데, 다른 면에서도 불리하구나.'

네이아는 시즈에게 다가가 그녀의 머리에 붙었던 고기를 전부 떼어 다시 통에 넣었다.

"…………감사. ……두 번 다시 이런 잠입방법은 안 쓸래."

"탈출할 때도 들어가야 하겠지만요."

"………………………."

시즈가 끔찍하다는 표정으로 이쪽을 흘끔 보고, 아무것도 없는 허공에서 타월을 꺼내 자신의 손을 닦았다. 그리고 네이아에게 건네준다.

젖은 타월은 네이아가 만져본 적이 없을 정도로 부드러웠으며 섬유가 촘촘했다. 매우 귀중한 물건이 아닐까. 애초에 그녀는 어떻게 이것을 입수했을까. 마계에는 이런 것이 많이 있나?

의문은 끊이질 않았지만, 고기를 만져 조금 끈적거리는 손을 닦고 쓰지 않은 깨끗한 부분으로 시즈의 머리를 쓰다듬듯 닦아주었다. 기분 정도지만 그래도 하지 않는 것보다는 나을 것이다.

"…………고마워."

"천만에요."

네이아가 그런 일을 하는 동안 시즈는 자신의 무기를 꺼냈다.

독특한 형상을 한 장비로, 그녀의 말에 따르면 마도총이라는 원거리 무기라고 한다. 마력을 써서 탄환 같은 화살을 발사하기 때문에 크로스보우에 가깝다나. 그런 설명과 함께 화약이라는 것은 연소반응을 일으키지 않는다는 말도 들려주었지만 무슨 소린지 전혀 이해가 가지 않았으므로 흘려들었다.

그녀가 사용하는 모습도 실제로 보고 싶었지만, 시즈의 외출 허가가 떨어지지 않았으므로 그녀의 전투능력은 미지수다. 하지만 난이도 150의 메이드 악마이니 네이아가 불안해할 필요도 없을 것이다.

"…………응."

다시 시즈가 마술처럼 허공에서 얼티밋 슈팅스타 슈퍼와 화살통을 꺼내 네이아에게 건네주었다. 대신 네이아는 더러워진 타월을 돌려주었다.

처음에는 네이아의 활을 어떻게 반입할지 의견이 분분했다. 활 자체의 크기도 크기지만 장식이 많아 여기저기 걸렸으므로, 통에 담으면 중간 뚜껑을 닫을 수가 없었다. 그래서 통을 열고 안을 검사했다가는 끝장이라는 문제가 나왔다.

제룬 사자가 장비하고 들어간다는 아이디어도 나왔지만, 너무 훌륭한 일등급 물건이라 인상에 남기 쉬워 구출작전에 실패했을 때 관계성을 의심받을 것을 꺼려한 그녀가 거절했다.

그렇기 때문에 마지막에는 놓고 간다는 의견이 우세해졌는데, 시즈가 자신의 무기는 허공의 수수께끼 공간에 담을 수 있으므로 덤으로 그것도 가지고 가주겠다고 말을 꺼냈다.

마도왕에게 빌린 소중한 아이템을 위험한 곳에서 수행하는 작전에 가져간다는 불안감과 몸에서 떼어놓지 않아도 된다는 안도감. 두 가지 감정이 뒤섞였지만 친절하게 말해 준 시즈에게 네이아는 깊은 감사를 보냈다. 어쩐지 그 순간 네이아는 명확하게 시즈의 후배로 인정을 받았는지, 그 후로 이따금 시즈가 선배 행세를 하게 됐다.

네이아가 시즈를 '시즈 씨' 라 부르고 존댓말을 쓰는 것도 그 중 하나였다. 안 붙이면 부루퉁해지는 것이다. 미소녀인 시즈의 '부루퉁'——언뜻 보면 무표정하지만 네이아는 알 수 있다——에선 귀여움이 앞선다는 것은 비밀로 해 두었다.

서로 무기를 준비하고, 시즈를 앞세워 걸어나갔다.

문 앞에서 밖의 소리를 엿들었으나, 누군가가 있는 기척은 없었다.

"…………그럼 가."

별로 시간이 없었으므로 네이아는 고개를 끄덕였다.

왜냐하면 이 잠입 및 제룬 왕자 구출작전과 연계해서 해방군이 칼린샤에 접근하기 때문이다. 이제 곧 칼린샤 공략이 시작된다.

1. 네이아와 시즈가 칼린샤 성에 잠입, 제룬 왕자를 구출한다.
2. 타이밍을 재 해방군이 칼린샤에 접근, 공략에 들어간다.
3. 제룬 왕자 구출에 성공하면 제룬 종족이 안에서 호응한다.
4. 위의 3이 실패했을 경우 제룬 종족이 맡기로 한 성문 개방 등 내부에서의 도움은 네이아와 시즈가 맡는다. 이것은 해야 할 일이 매우 많으므로 가능할 경우에만 해도 상관없다.

이것이 작전의 대략적인 개요였다.

왕자를 구출한 후 어딘가에서 농성을 벌인다 해도 해방군이나 제룬 종족의 지원을 기대할 수 있다는 점이 매우 큰 장점이다. 제룬 종족에게도 메리트가 있다. 잘만 하면 칼린샤를 탈환한 후에 왕자를 탈출시킬 수 있으므로 한층 안전해지는 것이다.

다시 말해, 간단하고도 피해가 적은 칼린샤 탈환은 모두 왕자 구출의 성패에 달려 있다는 뜻이었다.

단숨에 어깨가 무거워졌으며, 위장이 시큰거린 네이아는 신음 소리를 냈다.

그러므로―― 별로 시간이 없다. 해방군이 칼린샤 공략에 착수하거나, 혹은 그 전에 해방군이 발각되면 경비 체제가 강화될 것이다.

정해진 대로, 시즈가 수수께끼 공간에서 향수병 같은 것을 꺼내 자신과 네이아에게 뿌렸다. 이것은 〈무취Odorless〉라는 제1위계 마법의 효과를 발휘하는 소비성 아이템이라고 한다. 양이 별로 없으므로 될 수 있는 한 아껴야 한다나.

문을 살짝 열고 밖을 확인한 후, 미끄러지듯 시즈가 빠져나갔다.

성의 지도 확인 및 루트 선택, 몇몇 상황에 대한 대처법, 서로의 역할 분담 등 여러 가지 의논은 이미 마친 후였다.

네이아도 밖으로 나와, 소리가 나지 않도록 주의 깊게 문을 닫았다. 그리고 시즈를 따라 달리기 시작했다.

'나는 아무 도움도 안 되지만.'

솔직히 말해 네이아는 현재 짐이나 마찬가지였다. 그것은 앞서 달려가는 시즈의 발놀림을 보면 일목요연하다. 자신의 아버지가 숲을 걸을 때처럼, 아니 그 이상으로 소리가 나지 않는 발놀림이었다. 확실한 기술이 느껴졌다.

'악마인데도 인간 같은 기술을 가졌구나……. 외견에 드러나지 않는 자는 무섭다고 했지.'

모두 시즈 한 사람에게 맡기면 될 것 같았지만, 네이아의 동행은 시즈의 감시 목적 외에도 마도국을 대표하는——정말로 지배당했다면——시즈와 성왕국을 대표하는 네이아 2인조가 왕자를 구출한다는 모양을 내고 싶은 성왕국의 의도도 있을 것이다.

통로는 어두웠다. 시각은 밤. 창문에서는 달빛이 스며들었다. 아니, '달빛만이'라고 해야 하리라. 왜냐하면 통로에는 마법의 조명은 고사하고 횃불 하나 없었기 때문이다.

이것은 아인 대부분은 어둠을 아무렇지도 않게 여기기 때문이다. 다만 이 암시능력에는 차이가 있다고 한다. 완전히 내다볼 수 있는 종족도 있다지만, 대부분은 밤눈이 밝은 정도. 그러므로 네이아와 시즈는 달빛을 피해 그림자에서 그림자 속으로 달려나갔다.

인간인 네이아는 훨씬 주의를 기울이며 신경을 곤두세워야 했다. 어두워서 보이지 않을 뿐 아니라, 순찰하는 경비병도 조명을 들지 않으므로 멀리서는 발견할 수가 없기 때문이다.

식량저장고에 조명이 있었던 이유는 잘 모르겠지만, 밤눈이 좋지 못한 종족을 위한 것일지도 모른다.

발소리를 죽이고, 두 사람은 목적지를 향해 성내를 하염없이 달려나갔다.

네이아에게는 숨이 가쁜 속도였지만, 레메디오스를 아득히 능가하는 육체능력을 가진 시즈에게 네이아가 따라올 수 있는 속도 정도는 종종걸음도 되지 않을 것이다.

이따금 경비병 아인을 발견하면 숨을 죽이고, 지나가기를 조용히 기다렸다. 상대를 죽이거나 해서는 안 된다. 일일이 시체를 처리하고 흔적을 제거해야 한다. 이곳은 적진 한복판. 최선의 수단은 구출할 때까지 잠입을 들키지 않는 것이다.

다행히 시즈와 네이아는 발견당하지 않고 쑥쑥 나아갈 수 있었다.

성내의 경비병이 얼마 안 되는 이유는 성벽과 감시탑, 그리고 칼린샤 내의 포로 수용 시설에 인원이 배정된 덕이다. 마도왕이 수많은 아인을 쓰러뜨렸으므로 두꺼운 경계망을 깔 수 없게 되어, 성내의 경계는 그렇게까지 엄중하지 않다는 것이 제룬의 이야기였다.

제룬이 미리 조사를 거쳐 상당히 완벽한 사전준비를 해 준 덕분이기도 해 여기까지는 안전하게 왔지만, 네이아에게는 불안 요소가 있었다.

난관이 두 군데 존재하기 때문이다.

하나는 첨탑으로 가는 도중에 있는 긴 통로.

또 하나는 첨탑에 걸린 다리—— 천공통로.

어디에도 몸을 숨길 곳이 없는 이 두 곳에는, 당연한 소리지만 감시병이 있다. 그것도 하나가 아니라 여럿. 심지어 원거리 공격을 받을 것까지 경계해 한 사람은 반드시 사선을 잡을 수 없는 위치에 들어간다고 한다.

구스타보가 그려준 지도를 놓고 여러 사람이 모여 머리를 짜보았으나, 이 두 곳은 첨탑으로 가면서 반드시 거쳐야 하는 요충지였다.

'〈투명화〉로 시각을, 신관이 사용하는 〈정적〉으로 청각을 속이면 완벽한 잠입이 가능할 테지만……. 온갖 상황에 대응할

수 있는 팀을 짜는 모험자가 중시되는 건 이런 이유구나.'

이윽고 두 사람은 목적지에 도착했다.

첫 난관인 긴 통로는 정면에서 접근하면 거리를 좁히기 전에 틀림없이 상대에게 발각된다. 이를 피하려면 상대에게 발견되지 않고 사선을 잡을 수 있는 위치까지 다가가야 한다.

그러기 위해 온 곳이 여기, 긴 통로의 위층, 경비병이 있는 바로 위의 방이다.

이곳에서 로프를 써서 외벽을 타고 내려가면 발각되지 않고 지름길로 갈 수 있는 것이다.

"…………여기?"

시즈의 물음에 네이아는 머릿속의 맵과 이제까지 지나온 루트를 조합해 보고 확실하다며 고개를 끄덕였다.

"…………응. 잘했어."

후배를 칭찬하는 선배의 태도를 슬쩍 내비친 시즈가 문에 귀를 대더니, 소리를 내지 않고 신속하게 열었다.

방에는 잡다한 짐이 놓여 있었지만 한동안 아무도 쓰지 않았는지 바닥에는 먼지가 뽀얗게 쌓여 있었다. 그 위로, 사전에 조사해 주었던 제룬의 흔적이 있었다. 그것은 창문과 매우 커다란 선반을 오갔다.

시즈는 수수께끼의 공간에서 성의 외벽과 색이 똑같은 로프를 꺼냈다.

그리고 그것을 커다란 선반에 단단히 묶는다. 시즈와 네이아가 체중을 실어도 괜찮은지 확인하기 위해, 시즈는 자신의 완력으로 힘껏 잡아당겼지만 움직이거나 부서지는 기색은 없었다.

선반 자체의 크기와 무게도 있겠지만, 그보다는 위쪽에 찰싹 달라붙은 거미줄 같은 것의 덕택이다. 먼저 이 방에 왔던 제룬이 스파이던에게서 입수한 접착성 실로 고정해 준 것이다.

창은 간단히 열렸고, 바깥—— 성벽을 노려보며 시야 내에 경비병이 순찰하지 않는 것을 확인한 다음, 무기를 등에 진 시즈가 "먼저 감." 하고 말했다.

몸을 창에서 날려 로프를 따라 아래층에 도착.

자신의 체중을 한 손으로 지탱한 채 반대쪽 손으로 창문을 열자 쉽게 열렸다. 이것도 제룬이 준비한 것이다.

시즈는 그 안으로 숨어들었다. 여기까지 몇 초밖에 걸리지 않은 멋진 움직임이었다.

아래층의 안전을 확인한 시즈가 고개를 내밀고 이리와 이리와 손짓했다.

네이아도 로프를 잡고 몸을 창문에서 내밀었다.

한 층 아래의 창문까지는 4미터 정도 내려가면 그만이지만, 지금 있는 위치는 지상에서 백 수십 미터나 된다. 네이아가 떨어졌다간 죽는다. 아니, 괜히 살아남으면 그때가 더 비참하다. 틀림없이 고문당해 정보를 모조리 털어놓은 후 살해당할 것이다. 그렇게 되느니 추락사하는 편이 행복하다.

로프에는 군데군데 매듭—— 손을 걸 만한 곳이 있었으며, 몇 차례의 훈련에서도 문제없이 해냈다. 하지만 훈련과 실전은 느낌이 전혀 다르다.

'아아, 가기 싫다.'

그래도 이것을 써서 아래층으로 가야만 한다. 만약 테라스 같은 것이 있다면 그곳으로 뛰어내리면 그만이지만——.

네이아는 로프를 단단히 잡고 창문에서 몸을 모두 내밀었다. 두 발을 교차해 로프에 거는 것도 잊지 않았다.

이제는 천천히 내려가기만 하면 된다.

'바로 아래가 땅바닥. 바로 아래가 땅바닥.'

그렇게 자신에게 암시를 걸면서 밑을 보지 않고 로프를 내려갔다.

오른손, 왼손에 차례대로 하중이 걸린다. 이것은 연습 때와 마찬가지다. 다만 바람 때문에 몸이 흔들렸다. 이것은 훈련 때와 비교도 되지 않을 정도로 강했다.

'힘내라, 힘내라! 네이아 힘내! 시즈는 더 무서웠을 거야!'

그 방의 창문이 열려 있었던 것은 제룬이 미리 준비했기 때문이다.

다만 제룬이 열어놓은 후에 누군가가 들어와 닫았다면 시즈는 다시 올라왔어야 했다. 그 점을 생각하면 편도로 끝낼 수 있는 네이아는 그나마 편한 축에 속한다.

이윽고 창문 근처에 도착하자, 시즈가 손을 뻗어 네이아의 몸을 잡았다. 그리고 엄청난 힘으로 끌어당겨 주었다.

"고, 고마워요."

"…………응. 하지만 시간이 너무 걸렸음. ……회수, 기다려."

"네."

시즈가 창문에서 몸을 내밀고 마총을 들었다. 지시한 대로 네이아가 로프를 들자, 푸슉 하고 김빠지는 소리가 나더니 로프에 무게가 실렸다. 시즈가 자신의 무기로 로프를 끊은 것이다.

끊어진 로프를 방 안에 회수하고 구석에 놓아두었다. 돌아갈 때는 이 루트를 쓸 수 없으므로 걸어놓지 않고 회수한 것인데, 여기에는 장단점이 있다.

장점은 성벽 주위를 순찰하는 경비병 아인에게 발각될 위험을 피할 수 있다는 것이다. 단점은 무언가 예상치 못한 사태가 발생해 예정 루트로 철수할 수 없게 됐을 경우, 대신 이 로프를 써서 위층으로 도망치는 수단을 쓸 수 없다는 점이다.

이를 비교한 결과, 두 사람은 발각될 위험성이 더 크다고 내다본 것이었다.

"끝났어요, 시즈 씨. 이제 첫 난관은 돌파했는데……."

"…………응. 가자. ……확실하게 죽여. 할 수 있어?"

"응. 할 수 있을 거예요."

이 방을 나가면, 정확히 긴 통로의 보초에게 사선을 잡을 수 있는 장소다.

이곳에서 일격을 날려, 상대가 소리를 지르거나 하기 전에 확실하게 해치워야 한다. 여기에 실패하면 모든 것이 끝난다.

네이아는 활을 꺼내고 화살을 시위에 메겨 잡아당겼다. 시즈도 마총을 들었다.

"내가 오른쪽, 시즈 씨가 왼쪽."

시즈가 엄지와 검지로 동그라미를 그렸다.

그리고 서로 얼굴을 살핀 후—— 시즈가 문을 열었다.

바로 근처—— 5미터도 떨어지지 않은 장소에 있던 아인과 눈이 마주쳤다. 무슨 일이 일어났는지, 이쪽이 누구인지 알지도 못했다. 놀라움을 드러낼 새조차 없이 상황을 파악하지 못하는 아인에게, 네이아는 망설임 없이 화살을 날렸다.

이마에 퍽 박힌 화살은 너무나도 간단히 머리를 꿰뚫었다.

'해냈다!'

네이아의 실력도 실력이지만 얼티밋 슈팅스타 슈퍼의 위력도 컸다.

'고맙습니다, 마도왕 폐하!'

네이아의 화살이 아인의 머리를 꿰뚫었을 때는 시즈의 마총도 나머지 아인의 머리를 반쯤 날려버린 후였다.

아인이 쓰러져 생각보다 큰 소리가 났다. 네이아는 황급히 귀를 기울였다. 하지만 다행히도 이쪽으로 달려오는 소리는 없었다. 아직 아무도 알아차리지 못한 듯했다.

"…………빨리."

역할 분담도 이미 정했다. 시즈가 시체를 조금 전에 내려왔던 방에 옮겨놓는 동안, 네이아는 시즈에게 받은 냄새 제거 아이템을 썼다. 그리고 허리의 물주머니에 넣어두었던 술을 바닥에 뿌려 살점이며 뇌수, 두개골과 피를 씻는다. 독한 술 냄새가 주위에 충만한 사이에 방에서 나온 시즈가 수수께끼의 공간에서 꺼낸 빈 술병 속에 물주머니 안의 술을 약간 따르고, 조용히 부숴서 그 주위에 흩어놓았다.

"…………가자."

"네."

잔재주를 부리기는 했어도 보초 교대 시간이 되면 누군가가 수상하게 여길 가능성이 크다. 시체도 시즈의 수수께끼 공간에 넣을 수 있다면 좀 편했을 텐데, 시즈가 그렇게는 하지 않겠다고 했으므로 시체는 그 방에 두었다. 당연히 그쪽에도 잔재주를 부려놓았겠지만 절대 발견되지 않으리라는 보장은 없다.

시간에 여유가 없다고 생각해야 한다.

이윽고 두 번째 난관인 천공통로에 도착했다. 상정했던 몇 가지 중에서는 최선에 가까운 상황이었다. 아직 시간도 있고, 아무에게도 발견되지 않았다.

"…………이제부터가 시간과의 승부."

"알아요. 만약 내가 실수하면 무시하고 가도 괜찮아요."

성에서 첨탑까지, 두 사람 정도가 지나갈 만한 폭의 통로가 이어져 있다.

통로는 좌우에 벽이 없이 탁 트인 구조다. 여기서 떨어진 사람도 몇 있다고 들었는데, 이 구조를 보면 그것도 당연하다는 생각밖에 들지 않았다.

이 천공통로가 농성할 때 적과 맞설 최후의 보루인 셈이다.

대군은 지나갈 수 없어 숫자의 우세는 무력화되며, 추락사의 위험이 도사리고 있다. 통로 끝에서 방패를 든 장창병이 전열을 다져놓으면 돌파는 어려워지니 공격하는 입장에서는 정말 마음에 안 드는 구조다. 〈화염구〉 같은 공격마법을 쓸 수 있는 매직 캐스터가 있어야 겨우 억지로 공략할 수 있지 않겠는가.

장거리 무기로 찔끔찔끔 공격하는 것은 은밀하게 가야 하며 시간제한도 있는 지금 상황에서는 불리하다. 그렇기에 위험한 장소에서 적의 원거리 공격이 날아들 통로를 돌파해, 엄폐물을 이용할 수 없는 근거리에서 해치울 수밖에 없다.

그렇게 되면 첨탑 입구 감시소에 있는 경비병에게 발각될 때까지 조금이라도 거리를 좁힐 수 있도록 서둘러야 하는데, 자세히 보면 통로에는 요철이 있다. 달려가려 하는 자들의 속도를 느리게 만들고, 때로는 발을 걸어 아래로 떨어뜨리려는 노림수인 것이다.

'정말 위험하다……. 게다가 적에게 떠밀리거나, 혹은 붙잡히기라도 하면…… 떨어져 죽는 거구나……. 주의해야겠다!'

각오를 다진 네이아는 시즈가 자신을 빤히 바라보는 것을 알았다. 인형처럼 고운 용모의 시즈가 응시하니 동성인데도 어째서인지 부끄러워졌다.

"어, 왜요?"

"…………써야겠어. ……네이아, 여기서 기다려."

"네?"

"…………입구 경비병은 내가 해치워. 무슨 일이 생겨도 나오지 마."

"——네?"

대답하기도 전에 시즈가 사라졌다.

사라진 것이다. 초고속으로 움직인 것은 아닌 듯했다. 마치 이제까지 이 장소에 있던 시즈가 환영이었던 것처럼, 공기에 녹아들어 사라져버렸다.

혼란이 네이아를 엄습했다. 다만, 그래도 시즈가 그렇게 말한 이상 믿고 기다려야 할 것이다.

천공통로 입구에서 네이아는 몸을 숨긴 채 첨탑과 자신의 뒤——왔던 길——에서 무언가 이변이 일어나지는 않는지 청각을 곤두세웠다.

몇 초가 지나── 이변은 감시소에서 일어난 듯했다.

비명이, 그리고 경비병이 쓰러지는 소리가 들렸다.

동태를 살피고자 고개를 내민 네이아는 감시소에서 시즈가 고개를 내미는 것을 발견했다. 네이아를 향해 이리와 이리와 손짓을 한다.

무슨 일이 일어난 걸까. 넋이 나가버린 네이아에게 조바심이 났는지 손짓의 움직임이 커지고, 나중에는 온몸을 움직이기까지 했다. 저렇게까지 하는데 가지 않을 수가 없다.

바람이 몰아쳐 상당히 무서운 천공통로를 따라, 몸을 낮추고 발밑을 주의하며 달려나갔다.

도착한 곳, 감시소에서는 피 냄새가 풍겼다. 숨이 넘어간 아인 여럿이 바닥에 쓰러져 있었던 것이다. 그런 가운데, 여느 때와 다를 바 없는 무표정한 시즈가 서 있었다. 그녀의 오른손에는 큼지막하고 날이 잘 들 것 같은 나이프가 있었으며, 칼날은 새빨갛게 물들었다. 왼손에는 마총.

"…………클리어. 가."

"어, 네."

"…………이제, 오늘은 모습 감추는 거 못해. 주의해서 가."

"알았어요."

설명할 마음이 없다는 것은 보면 알 수 있었으므로 네이아도 묻지 않고 뒤를 따랐다.

역시 메이드 악마라고 네이아는 감탄했다.

시즈가 없으면 분명 여기까지 오지 못했을 것이다.

'이것도 마도왕 폐하가 시즈에게 명령을 내려준 덕이야.'

없어진 후에 더욱 경의가 깊어지는 왕은 마도왕뿐일 것이다.

언데드라는 점은 정말 사소한 문제였다.

'역시, 모두에게 널리 알려야 해. 폐하가 얼마나 훌륭한 분인 지를!'

거의 전체가 돌로 지어진 첨탑은 작은 채광창이 있을 뿐 조금 전까지 달려온 성내보다도 어두웠다.

탑 안의 통로는 그럭저럭 폭이 넓어 네이아와 시즈 두 사람이 라면 여유를 두고 나란히 갈 수 있었다. 이 통로는 나선형으로 첨탑 외벽의 안쪽을 따라 빙글빙글 도는 구조였다.

구출 대상인 제룬 종족의 왕자는 최상층 부근에 있다고 했으 므로, 중간에 있는 문은 모두 안의 기척을 살피기만 하며 두 사 람은 위로 위로 올라갔다.

그렇게 나아가기를 두 바퀴 정도. 시즈가 손을 살짝 들어 정지 신호를 보내고, 그와 거의 동시에 네이아의 날카로운 청력이 생 물의 걷는 소리를 포착했다.

상대는 금속 갑옷을 착용했는지, 돌과 금속이 부딪치는 소리 가 났다.

"하나뿐이네요, 시즈 씨."

"…………응. 하지만…… 무거운 발소리."

네이아는 알 수 없었지만 시즈가 그렇다면 그런 것이리라. 다 시 말해 인간 사이즈는 아니라는 뜻일까.

"어떻게…… 할까요? 돌아가서 중간에 있는 다른 문에 숨을 까요?"

"…………여기까지 왔으니. 죽일래."

"알았어요."

시즈를 따라, 네이아도 활을 준비했다. 모습을 보이면 가차 없이 쏠 생각이었다. 제룬 왕자는 인간 아이 사이즈라고 들었다. 게다가 금속 갑옷을 입었을 리도 없다.

거구가 불쑥 나타났을 때 네이아도 시즈도 망설임 없이 공격했다.

화살과 총탄이 거대한 아인에게 빨려 들어갔다.

"크어어어어!"

큰 몸이 휘청거리더니 통로를 따라 후퇴했다.

곡선을 그리는 통로는 조금만 뒤로 물러나도 사선을 잡을 수 없었다.

두 사람의 ——특히 시즈의—— 공격을 맞았는데도 목숨이 붙어 있다니, 상당한 체력을 가진 아인이다.

"뭐야, 너희는!"

통로 저편에서 고함을 지르는 소리가 울렸다.

"어떡할까요, 시즈 씨."

"…………여기서 손가락만 빨고 있어도 소용이 없어. ……적이 이 첨탑 안의 경비병을 모으기 전에, 거리 좁히고 공격."

"알겠어요."

네이아와 시즈는 달려나갔다.

시즈와 네이아에게 기습을 당하고도 버틴 것을 보면 수호자 ——바아 운이라 생각해도 틀림없을 것이다. 오우거라는 종족은 전반적으로 뛰어난 전투능력을 보유한 데다 놀라운 체력을 가졌기 때문이다.

달려가면서 공기 중의 수분이 늘어난 듯한── 비 냄새 같은 것을 네이아의 코가 포착했다.

"크어어어어! 인간이 이런 곳에 왜!"

간격을 좁히자 커다란 아인이 모습을 드러냈다.

오우거와 비슷하게 폭력적인 분위기가 있지만 오우거보다도 훨씬 이지적인 얼굴이었다.

피부는 문자 그대로 청백색인데, 혈색이 안 좋다기보다는 마법적인 인상이 들었다.

이마에는 굵은 뿔이 하나. 손에는 네이아의 키보다도 큰 메이스를 단단히 들고 있었다.

외견적 특징은 역시 바아 운이라 불리는 종족과 흡사했다.

버저만큼은 아니지만 상당한 난적이라고 한다. 실제로 조금 전의 화살과 총탄은 틀림없이 명중했는데도 외상이 없었다. 피 냄새도 없는 것으로 보아 환술로 숨긴 것도 아닌 듯했다.

두 사람의 공격──특히 시즈의 것──을 어떻게 무효화했을까.

"내 목숨을 가지러 왔느냐!!! 인간 중에도 뭘 좀 아는 놈이 있구나!!!"

매우 기뻐하는 눈치였다.

그렇다면 그대로 착각하도록──.

"…………아니야."

시즈가 그렇게 말하며 총을 쏘았다.

푸슉, 하고 김빠지는 소리와 함께 무언가가 발사됐다. 그리고 바아 운의 몸 일부가 안개처럼 흩어져 총탄이 빠져나갔다.

"…………으."

"흐하하하하! 나에게 원거리 무기는 통하지 않는다!"

네이아도 바아 운의 이마로 화살을 쏘았지만 마찬가지로 머리가 안개로 변하며 화살은 뒤의 벽에 박혔다.

"——소용없다! 소용없다고!! 사수의 천적인 나를 두려워하며 죽어라!"

"…………온갖 장거리 무기에 대한 완전내성? 저 정도 능력으로?"

시즈가 불쑥 중얼거렸다.

"뭔가 트릭이 있음."

네이아는 시즈를 흘끔 보고 고개를 가로저었다. 유감이지만 놈의 자세한 능력까지는 제룬들도 몰랐던 것이다.

"어디서 수다를 떨고 있나!"

"물러남!"

바아 운이 간격을 좁혔다. 인간을 너끈히 넘어서는 체격이 밀려들자 거리감이 꼬이는 듯한 위화감이 생겼다.

네이아는 일격도 받아낼 수 없다. 그러므로 시즈의 말에 따라 뒤로 물러났다.

앞에 남은 시즈에게 거대한 메이스가 꽂혔다. 마치 폭풍과도 같은 일격을, 시즈는 우아하게 회피했다.

시즈의 신장보다도 사이즈가 큰 무기를 한 손으로 휘두르는 바아 운의 힘은 어마어마했다. 바닥에 꽂힌 메이스는 석재를 분쇄하고 주위에 방사형으로 균열을 일으켰다. 마치 이 거대한 탑이 흔들리는 듯한 착각마저 들었다.

"쳇!"

네이아가 화살을 쏘았다.

시즈와 근접전을 벌이고는 있지만 사이즈는 완전히 다르다. 위쪽을 노리면 시즈에게 맞는 일 없이 바아 운을 노릴 수 있다.

허공을 가르고 날아간 화살은 역시 조금 전과 마찬가지로 안개가 된 몸을 뚫고 날아갔다.

"소용없어!! 소용없어!! 나에게 화살은 통하지 않는다고 했을 텐데!! 어리석—— 으헉!"

바아 운이 더 큰 목소리로 외쳤지만, 이를 방해하듯 시즈가 베고 들어갔다.

사격 실력은 네이아를 아득히 능가하지만, 근접무기는 그리 능숙하지 않은지 유감스럽게도 메이스에 가로막혔다.

네이아는 다시 화살을 뽑아 들었다.

다음으로 네이아가 노린 곳은 메이스를 든 손이었다. 안개로 변해도 무기를 떨어뜨리지 않을 가능성은 충분했지만 조금이라도 가능성이 있다면 시험해 봐야 한다고 판단했기 때문이다.

결과는——

안개로 변한 팔이 메이스를 놓치는 일은 없었다.

"그만하지 못하나, 인간!"

바아 운이 메이스를 들지 않은 쪽 손을 네이아에게 내밀었다.

"〈물보라Water Splash〉!"

물의 탄환이 네이아를 향해 날아들었다. 오른쪽 어깨에 충격이 느껴졌다. 튕겨 날아가듯 네이아는 뒤로 밀려나 바닥에서 굴렀다.

힘껏 얻어맞은 듯한 아픔. 어쩌면 뼈가 부러졌는지도 모른다.

조심조심 오른손을 움직여보니 문제없이 움직였다. 하지만 어깻죽지에서 몸속으로 놀라울 정도의 아픔이 내달렸다. 손을 대보니 흠뻑 젖었다. 처음에는 엄청난 출혈이 일어났나 싶어 공포를 느꼈지만 그것이 물임은 금방 알 수 있었다.

"흥! 좀스럽게 마법이나 쓰게 만들고 말이야!"

바아 운은 메이스를 휘두르며 내뱉듯 말했다.

일격이라도 맞았다간 네이아는 산산조각이 날 법한 죽음의 강풍. 하지만 시즈는 이를 가볍게 회피하며 불쑥 중얼거렸다.

"…………왜 재야? 자기한테 무의미한 공격을 하는 상대를 공격? 이해불능."

"헹! 어리석기는! 그야 귀찮으니——!!"

"——사실은 통하니까? 횟수 제한?"

바아 운의 표정이 바뀌었다. 다시 말해 그것이 정답이었다.

"네이아!!"

"알았어요!"

네이아는 화살을 쏘았다. 또 안개가 되어 회피한다. 그리고 또 한 방—— 그 화살은 바아 운에게 박혔다.

짧은 고통의 비명을 지른 바아 운에게 시즈가 말했다.

"…………이해했음. 사격공격을 막는 횟수는 7번까지. 그건…… 하루에? 아니면 한 시간? ……어쨌거나 상관없음. 넌…… 여기서 죽어."

멋들어진 회피능력을 보이는 시즈를 메이스로 맞힐 수는 없다 —— 다시 말해 이대로 일방적인 공격을 당해 죽는다는 미래가 보였는지, 바아 운의 얼굴이 실룩거렸다.

"이, 이 자식!! 〈안개구름Fog Cloud〉!"

안개가 들이닥쳤다.

마도국에서 보았던 것 이상의 짙은 안개에 네이아는 자신이 어디에 서 있는지도 알 수 없게 됐다. 바아 운과 싸우던 시즈의 등조차 보이지 않는 안개 속에서, 시즈의 마총이 탕탕 소리를 냈다.

생각해 보면 당연하다. 통로 한복판에서 안개를 만들어내도 어디 있는지는 금방 알 수 있다. 그대로 쏘면 그만이다. 네이아도 시즈를 따라 화살을 쏘았다. 조금 무서웠으므로 약간 위쪽을 노려 만에 하나라도 시즈에게 맞지 않도록 했다.

발사된 화살은 모두 안개 속으로 빨려 들어갔으며, 이내 그 너머의 벽에 부딪히는 소리가 났다. 아무래도 빗나간 모양이었다.

"지금 뒤로 돌아갔어."

시즈의 말에 네이아는 '어?' 하고 생각했다.

통로의 폭을 생각하면 그 커다란 몸을 가진 바아 운이 네이아와 시즈에게 아무 영향도 주지 않고 뒤로 돌아오기란 불가능할 것 같았다. 하지만 여기까지 동행한 네이아는 시즈가 믿을 만한 악마임을 잘 안다. 아니, 시즈를 신뢰한다기보다는 그녀를 사역하는 마도왕을 신뢰한다고 해야 할까.

네이아는 뒤돌아보고 역시 짙은 안개 탓에 아무것도 보이지 않았지만 그대로 화살을 쏘았다.

조금 전과 거의 같은 거리에서 화살이 벽에 부딪치는 소리가 났다.

"어디, 어디 있어요?!"

"…………음—. 네가 보는 방향이 맞아. 도망칠 작정…….
엎드려!"

시즈에게서는 듣기 힘든 강한 어조의 목소리에 네이아는 펄쩍
뛰듯 엎드렸다.

"……탄환을 교체해서…… 풀 버스트."

키이이잉 높은 소리와 함께 두두두두두! 귀를 찢을 정도로 요
란한 소리가 통로에 가득 울려 퍼졌다. 김빠지는 푸슉 소리와는
달리 압도적인 폭력이 느껴지는 소리였다.

"쿨럭!"

구토를 하는 듯한 목소리에 이어 거구가 털썩 쓰러지는 소리
가 들렸다. 그러자 안개가 순식간에 걷히고, 커브를 그리는 통
로 저편에 바아 운이 쓰러져 있는 것이 보였다.

몸 곳곳이 폭발한 것처럼 날아갔다. 비슷한 흔적이 주위의 벽
에도 남아 있었다. 어떻게 하면 이런 일이 일어난단 말인가.

이곳을 수호하는 역할을 부여받았던 저 아인은 상당한 강자였
을 것이다. 실제로 네이아 혼자였으면 승산이 전혀 없었다. 그
런 아인을, 주특기 무기가 들게 된 순간 틈을 주지 않고 죽여버
리다니. 역시 시즈는 난이도 150의 메이드 악마였다.

"대체…… 어떻게……. 아니, 마법의 힘이라면 뭐든 가능하
겠죠."

네이아는 공격마법에 맞았던 어깨를 움직였다. 아까까지는
전투의 흥분 때문에 아픔을 잊었지만 서서히 고통스러웠다.

"…………괜찮아?"

"네. 하지만 화살을 쏠 때 조금 아프니까, 조준을 잘 못하겠네요."

"…………회복 포션은?"

"없지만, 폐하께 빌려온 회복 아이템이 있어요."

그 전투에서는 네이아도 한 번밖에 쓰지 못했다. 하지만 지금은 조금 더 쓸 수 있을 것 같았다. 그렇다고는 해도 쓸데없이 마력을 소비할 수는 없다. 경우에 따라서는 시즈에게 회복마법을 발동할 때가 올지도 모르니까.

"괜찮아요. 이제는 인질을 구출해서 도망치기만 하면 되니까요."

"…………응. 그럼 서둘러."

네이아는 고개를 끄덕이고 시즈와 함께 달렸다. 난적으로 여겨졌던 바아 운을 쓰러뜨린 것이다. 이제는 왕자를 구출해 무사히 처음에 도착했던 식량저장고로 돌아가기만 하면 된다.

3

"…………여기."

"네."

최상층에 도착한 시즈와 네이아는 얼굴을 마주 보았다. 문은 하나. 틀림없이 이곳이 목적지다.

두 사람은 서로 고개를 끄덕인 다음, 문을 걷어차 열었다.

이제는 조용히 들어갈 마음은 없었다. 바아 운과 그렇게나 전투를 벌인 후니까. 그래도 두 사람 모두 입구 옆에 몸을 기대고,

열린 순간 뛰쳐나올지도 모르는 공격에 대비했다.

하지만 경계는 쓸데없는 걱정이었던 듯했다. 두 사람은 동시에 뛰어들어, 어깨의 아픔을 견디고 있는 네이아가 왼쪽, 시즈가 오른쪽을 커버했다.

처음 눈에 들어온 것은 지붕이 달린 커다란 침대였다. 레이스 같은 것은 원래 순백색이었겠지만 세월이 지나 누렇게 때가 탔다. 방에는 간소한 드레서, 사람의 키 정도 되는 소박한 목제 옷장 같은 것도 있었다. 귀족풍의 세간은 하나같이 낡고 흠집이나 골동품이라기보다는 고물의 분위기를 풍겼다.

언뜻 보았지만 실내에 아인의 모습은 없다.

시즈가 턱짓을 해, 네이아는 조용히 옷장으로 다가가 문을 열었다. 물론 갑자기 무슨 일이 일어나도 대처할 수 있도록 옆에서 열고 시즈가 마총의 총구를 그 안으로 들이댔다.

"⋯⋯⋯⋯없음."

그리고 두 사람의 눈은 침대로 향했다.

네이아가 아래를 들여다보고, 그곳에 아무도 없다는 사실을 확인한 다음 침대로 다가갔다.

조금 부풀어 오른 부분이 있었다.

시즈와 얼굴을 마주하고, 고개를 끄덕인 다음 네이아가 시트를 벗겼다.

그곳에는 아주 조금이지만 예쁘다는 생각이 드는, 광택이 도는 보라색 살덩어리가 있었다. 아니, 커다란 구더기라고 해야할까. 전장 90센티미터 정도 되며, 손은 없고, 빨판 같은 다리가 있다.

망설임 없이 시즈가 총구를 들이대고, 네이아가 황급히 제지했다.

"잠깐만요! 이게 우리가 구할 제룬 종족의 왕자님이에요."

"⋯⋯⋯⋯이게?"

제룬 사자에게는 그렇게 들었다. 다만 시즈의 의문도 이해가 간다. 네이아도 제룬에게 외견 설명을 들었을 때는 매우 혼란스러웠다.

제룬은 왕족과 그 이외의 개체가 모양이 크게 다른 타입의 아인인 것이다. 그뿐 아니라 수컷과 암컷의 차이도 있는 걸까.

"음, 제룬 종족의 왕자님. 말씀을 하실 수 있나요?"

"──음, 말할 수 있다마다. 그대들은 나의 식사가 아닌 듯하군."

소년의 목소리였다. 어디로 목소리를 내는지 생각하며 들여다보니 애벌레 같은 입이 우물우물 움직였다.

"그렇습니다. 왕자님을 구해달라는 부탁을 받고 왔습니다. 일단은 이곳에서 모셔가겠습니다."

이렇게 생겼어도 왕자다. 공손하게 대해야 한다. 그리고 마도왕을 찾을 때 그의 종족에게 힘을 빌려야 하므로 은혜를 베풀망정 원한을 사고 싶지는 않았다.

"동란(同卵: 동포)에게서 말인가? 누구였나, 그런 부탁을 한 자가?"

"베베베라는 제룬이었습니다. 아십니까?"

"베베베라고? 그 녀석이? 으음⋯⋯. 그러나 내가 이곳을 떠나면 얄다바오트── 님의 진노를 살 것이다. 그것은 많은 제룬 백성과, 무엇보다도 왕을 위험에 빠뜨리는 일이다."

"자세한 설명은 알지 못하오나, 임금님께서 돌아가셨기에 왕자님만이라도 구해야 한다는 것이 부탁의 이유였습니다."

"무어라고!"

인간인 네이아가, 커다란 애벌레로밖에 보이지 않는 제룬 왕자의 감정을 읽기란 도저히 불가능했다. 하지만 목소리에서는 비통함이 생생하게 느껴졌다.

"하나뿐인 아바마마께서……. 그렇군. 얄다바오트 놈……. 그래…… 이곳에서 무사히 도망칠 수는 있나?"

"왕자님의 부하들께서 도와주셨으니 괜찮을 것입니다."

"그렇군. ……이곳까지 나를 구하러 와준 인간 영웅님들에게 매우 염치없는 부탁이네만, 거부하는 나를 그대들이 억지로 끌고 나온 것으로 해 줄 수 있겠는가?"

여차할 때는 그렇게 해달라는 말인 모양이었다.

"분부 받들겠습니다. 그렇다면 그런 것으로 해드리겠습니다."

"감사하네."

왕자가 고개를 들었다. 애벌레가 고개를 든 것 같지만 아마 이것이 그들 종족이 감사하는 태도일 것이다.

네이아는 갓난아기에게 하듯——그녀가 그런 짓을 하면 아기가 울음을 터뜨리니 두 번 정도밖에 해 본 적이 없지만——그의 몸을 시트로 말아 업었다.

몸 앞에서 시트 끝을 단단히 묶어, 요란하게 움직여도 쉽게는 풀리지 않도록 해 두었다.

어깨에 무게가 실리자 아픔이 느껴졌다. 이마에 흥건히 배나

온 땀을 닦고── 마법을 발동했다. 순식간에 상처가 완전히 치유됐다. 이 정도라면 문제없이 왕자를 업고 뛸 수 있을 것이다.

"답답하지는 않으십니까? 아픈 곳이 있다면 말씀해 주십시오."

"답답하지는 않다만…… 그대는 좋은 냄새가 나는구나. 배가 고파졌다."

목덜미 언저리에서 들려오는 말에 네이아는 몸을 떨었다.

"……제룬은 뭐 먹음?"

시즈가 하지 않았으면 하는 질문을 건넸다.

"생물의 체액. 생사는 불문하지."

네이아의 등줄기를 섬뜩한 기분이 스치고 지나갔다.

"……후배한테 이상한 짓 하면 화냄."

"괜찮다. 이곳까지 나를 구하러 와준 영웅님들에게 그런 짓을 할 만큼 굶주리지는 않았으니. 이곳에 끌려온 후로는 한 번도 밖에 나가지 못했다만, 놈들도 식사만은 빼놓지 않았거든."

어떤 식사인지 들었다간 내팽개쳐버릴 것 같았으므로 네이아는 귀를 막았다. 다행히 시즈는 그 이상의 질문을 건네지는 않았다.

"……그럼, 가."

"네."

"부탁하네."

짧게 말을 나누고 두 사람── 아니, 세 사람은 행동을 개시했다. 잠입작전을 실행하는데 수다를 떨 시간은 없다.

다행히도 식량저장고까지는 아무 문제도 없이 돌아올 수 있었다. 그곳에서 시즈가 손을 척 들었다.

"…………안에 누가 있음."

"부탁드려요."

시즈가 마총을 준비하고 문을 힘차게 열었다.

그리고 우뚝 몸을 멈추더니, 이쪽을 돌아보았다.

"…………누군지 모르지만, 제룬, 잔뜩."

회수부대인 걸까. 더 정확하게 말하자면 세 사람을 밖으로 데리고 나가줄 멤버들이다. 그들이 먼저 왔다면, 네이아 일행이 사전에 정한 시간보다 늦었다는 뜻이리라.

안으로 들어가자 그곳에는 제룬 다섯 명이 있다가 일제히 이쪽을 보았다. 표정을 전혀 알아볼 수 없는 이형들이 일제히 움직이니 무서운 것인지 징그러운 것인지 알 수 없는 파도가 마음에 솟아났다.

네이아는 등에 업은 시트를 내리고 제룬 왕자를 보여주었다.

"오오! 왕자님!"

베베베였다. 목소리를 내지 않으면 개체를 전혀 식별할 수 없다. 그야 왕자처럼 생김새가 전혀 다르면 같은 제룬이라고도 인식할 수 없지만.

"동란이여. 아바마마께서 붕어하셨다는 말을 들었다. 놈이——얄다바오트가 우리와 한 약속을 지킬 마음이 없음을 알았다. 하지만 얄다바오트를 배신하고 어디로 도망치려 하는가? 놈은 우리의 영지를 완전히 지배하고 놈의 심복인 악마들에게 통치하게끔 하였다. ……이곳으로부터 도망치는 것은 파멸의 길이 아니더냐?"

"왕자님의 우려는 지당하십니다. 하오나 놈은 제룬을 노예나가축 정도로밖에 여기지 않습니다. 우리의 용사 부베베는 소집에 약간 늦었다는 생트집이나 다를 바 없는 이유로 어깨의 살점이 뜯겨 나가는 수모를 당했습니다."

"무어라! 부베베가 말이냐!"

왕자의 놀라움에서는 그 제룬이 상당히 대단한 인물임이 드러났다.

"모든 것이 끝난 후 얄다바오트 밑에서 과연 우리의 자리를 가질 수 있겠나이까? 소인들은 아니라는 결론을 내렸습니다. 왕자님, 시간이 없습니다. 이 이야기는 나중――."

"――어리석은 놈. 도망친 후에 이런 이야기를 어떻게 하겠느냐. 여기가 경계선이다. 한번 선을 넘어서면 그 방침으로 나아가야만 할 것이다. 돌이킬 수 있는 것은 지금뿐이다. 묻노라. 우리의 둥지로, 구릉으로 돌아가 어떻게 살아갈 생각이냐?"

"그것은…… 그곳도 넓습니다. 우리가 숨어 살 장소 정도는 있으리라 사료되옵니다."

"있으리라 사료되옵니다? 너는 그런 애매한 가능성으로 종족 전체를 멸망의 길로 몰아넣으려 하느냐? 더 구체적이고 실현성이 있는 방책을 제시하라."

"그, 그러면, 얄다바오트를 따르는 자들만 있는 것은 아니니, 저항군을 편성해서……."

"멍청한 것. 그런 정도는 얄다바오트의 측근에게 멸망당할 뿐이다. 개미 한 마리보다는 무리를 지은 개미가 더욱 눈에 뜨이는 법."

제룬의 왕자에게 하나하나 논파당해 베베베는 입을 다물었다. 이대로 가다간 위험할 것 같았다. 이제까지 위험한 작전을 거들어 줬더니, 왕자가 역시 가지 않겠다고 말을 했다간 고생이 물거품이 된다.

그때 네이아는 왕자의 걱정을 해소해 줄 아이디어가 떠올랐다.

"저, 그러시다면 제룬 여러분은 마도국으로 가심이 어떻겠습니까?"

"마도국? 그것이 무엇이냐?"

제룬들만이 아니라 시즈도 이쪽을 돌아보았다.

"예. 과거에 왕국에서 얄다바오트를 격퇴했던 영웅, 모몬 씨가 있는 나라입니다."

제룬들이 네이아를 빤히 바라보는 것 같았지만, 시선에 어떤 의미가 담겨있는지는 전혀 알 수 없었다. 제룬의 표정을 인간이 어떻게 알겠는가.

"그것이 참인가?"

그 말에 모든 제룬이 침묵하는 이유는 알았다. 네이아의 말을 의심했던 것이리라. 하지만 그것도 당연하다. 얄다바오트의 힘을 잘 아는 자일수록 격퇴가 가능할 리 없다고 생각하게 되는 것이다.

"사실입니다. 저는 신뢰할 수 있는 분께 그 말을 들었습니다. 실제로── 시즈 씨?"

"…………맞아. 네이아 말이 사실."

"그래서──."

이제부터가 승부라고, 네이아는 마음속으로 기합을 넣었다.

"이대로 마도국에 가시면 여러분을 난민으로 받아들일 것입니다."

"난민이라······."

왕자의 목소리에서는 씁쓸한 감정이 뚜렷이 묻어나왔다.

"하오나 마도국의 왕인 마도왕 폐하에 대한 정보를 가져가시면, 여러분은 마도국에 가셔도 경시를 받지 않으리라 생각합니다."

"잠깐잠깐. 자국의 왕에 대한 정보에 기뻐하다니, 그게 무슨 말인가?"

"예. 지금······ 그게······ 마도왕 폐하는 소식불명이며······."

"그래서는 곤란하지 않나. 혹시 죽은 것은 아닌가?"

"잠시만 말씀을 들어 주십시오. 폐하께서 돌아가셨을 리가 없습니다. 확실한 증거가 있고, 확인도 마친 상태입니다."

네이아는 마도왕이 아인이 사는 구릉지대에 떨어졌을지도 모르므로 그 수색에 힘을 빌려주었으면 하는 이야기를 전하자 왕자는 입을 다물었다. 역시 안 되는 걸까 생각하면서도, 이미 공을 던진 네이아는 더 이상 아무 말도 할 수 없었다. 이제는 상대가 공을 던질 차례다.

게다가 직접적인 지원이 불가능해도 약속대로 지식만은 줄 것이다.

"······그렇겠군. 은혜를 베푼다면······. 하지만 아인인 우리를 받아주겠는가? 마도국은 인간의 나라가 아니던가?"

"아니오, 그렇지 않습니다. 언데드 왕이 지배하는 나라입니다."

"언데드?!"

왕자만이 아니라 주위의 제룬이 모두 경악해 소리를 질렀다.

"그런 위험한 장소에 가란 말이오?!"

언데드에 대한 기피감이 강한 것은 이 종족도 마찬가지였다. 네이아도 마도왕을 알기 전에는 그랬다. 과거의 자신이 눈앞에 있다고 생각하면 조금 감개무량하기도 했다.

"기다려 주십시오. 언데드라 해도 훌륭한 분이 통치하시는 나라이며, 인간이나 그 외의 아인이 평화롭게 공존하는 모습을 저는 직접 보았습니다."

"언데드가 훌륭하다니, 인간은 우리와는——."

"——다들 그쯤 해 두어라. 나의 신하가 실례하였네. 그건 그렇고, 마도왕이란 그렇게나 훌륭한 왕인가?"

"예."

왕자의 질문에 네이아는 가슴을 펴고 단언했다.

"……우리는 인간의 표정을 전혀 읽을 수 없네만, 적의 거점 깊은 곳까지 잠입해 나를 구해낼 만큼 용기를 가진 그대가 흔들림 없는 자신을 가지고 말했다는 것만은 잘 알겠네. 나는 언데드인 마도왕이 아니라 그대가 말하는 마도왕을 믿네. ——마도왕이란 분을 의지해 보겠네."

제룬들에게서 "오오!" 하고 기뻐하는 목소리가 솟아났다.

"결론이 나왔군요. 그러면 왕자님은 한시라도 빨리 마도국으로 피신해 주십시오. 얄다바오트의 측근 악마가 이쪽으로 왔다고 하옵니다. 놈이 내방하는 것은 며칠 후라고 생각했으나……. 발각되면 곤란해질 것입니다. 자, 어서."

제룬이라는 종족은 대부분 암컷으로 이루어졌으며, 수컷은 매우 수가 적다. 왕과 왕자 정도라고 한다. 부족의 수컷이 전멸할 경우——암컷이 성별을 바꿀 수도 있다지만——원칙상 그 부족은 개체가 점점 줄어들게 된다.

그렇기에 왕자만은 확실하고도 안전한 장소—— 마도국에 먼저 피신시켜야 하므로 이처럼 제안한 것이다.

"얄다바오트의 측근이라고요? 그놈이 왔어요?"

제룬들의 말 속에 흘려들을 수 없는 단어가 있었다.

"그렇다네. 그대는 본 적이 없나? 놈에게는 측근 악마가 셋이 있는데, 그중 한 마리일세."

"…………그거, 여기서 잡아."

시즈가 불쑥 말하자 바닥에 놓여 있던 왕자가 파닥파닥 뛰었다.

"무슨 멍청한 소리를 하나? 나를 구해 주었으니 그대들이 보통 강자가 아니라는 것은 잘 알겠네. 그러나 그렇다 해도 놈에게는 이기지 못하네."

강자는 시즈뿐이지만, 말을 자르지 않기 위해 아무 말도 하지 않았다.

"…………놈은 전이해서 여러 도시를 이동한다고 들었어. ……이 타이밍에 온 건 절호의 기회. 놓치면 다음 기회는 없어."

"하긴, 그대의 말이 옳기는 하군……."

"왕자님!"

"냉정하게 생각하라. 얄다바오트의 측근 하나를 해치우면 지휘체계에 혼란이 발생해. 이곳에서 구릉을 경유하지 않고 마도국으로 가는 우리를 놈들이 발견하기란 어려워질 것이다. …… 그래서, 정말 쓰러뜨리는 것이 가능한가?"

"…………몰라. 하지만 기회는 지금."

"……그렇다면 도박을 해 보세. 그 바아 운을 겨우 둘이서 죽인 그대들의 힘을 믿고!"

돌아가는 길에 아인의 시체를 보고 놀랐던 왕자가 말했다.

"너희는 잘 들어라. 우리는 이제부터 이 자들과 힘을 합쳐, 가증스러운 얄다바오트의 측근을 친다!"

"예!"

"인간이 둘, 우리가 여섯. 얼마 전까지는 적대했던 여덟이 손을 잡고 난적에게 도전하다니. 영웅담이란 바로 이런 것이겠지."

"네?"

놀란 네이아는, 혹시 몰라 함께 있던 제룬들의 숫자를 세어보고, 자신의 생각이 틀리지 않았을 확인하며 황급히 끼어들었다.

"잠깐만요. 잠시만 기다려 주십시오. 왕자님까지 전투에 참가하지는 않으셨으면 합니다. 저희는 왕자님을 구하러 온 것이니."

그렇다기보다 근본적으로 이 왕자가 전투에 참가해 무언가 도움이 되기는 할까? 아무리 좋게 봐도 바닥에 굴러다니는 커다란 구더기다. 솔직히 단순한 구심점으로 동행하고 싶다는 뜻이라면 사양하고 싶었다.

"자네는 나만 피신시키면 역할을 다하는 셈이겠지. 그래, 이해하네. 그러나 내가 힘을 보태면 이곳에 있는 얄다바오트의 측근을 쓰러뜨리는 것이 조금 쉬워지리라 생각한다. 아니, 내가 없으면 쓰러뜨리기가 힘들걸. 설령 바아 운을 물리친 영웅들이라 해도."

바아 운은 시즈 혼자 잡았으니 네이아의 공적은 아무것도 없다. 그럼에도 네이아까지 영웅으로 헤아려 주니 수치심이 자극을 받았다.

"저, 그것은 제룬 여러분 전원의 힘을 빌릴 수 있다는 그런 뜻입니까?"

왕자는 기묘한 울음소리를 냈다.

"아니. 그런 말이 아닐세, 영웅님. 이래 봬도 나는 제4위계 정신계 마법을 구사하는 힘을 가졌지."

"제4위계?!"

네이아는 경악했다. 제4위계란 인간이라면 천재가 노력을 기울여 겨우 도달할 수 있는 영역이다. 성왕국에서는 최고신관 케랄트 커스토디오와 성왕녀 칼카 베사레스 같은 국가의 최고위층만이 쓸 수 있다.

이 놀라움을 공유하고자 시즈를 곁눈질했지만, 그녀는 여느 때처럼 무표정했다. 역시 난이도 150의 메이드 악마답게 그 정도로는 놀랄 것도 없다는 뜻일까.

"저, 저어…… 제룬 종족 여러분은, 모두 그렇게 강하신가요?"

기괴한 울음소리를 내며 다시 파닥파닥, 뭍에 올라온 물고기처럼 왕자가 뛰어올랐다.

"내가 특별한 것이다."

"그렇습니다. 그렇기에 왕자님이지요."

그들의 자랑스러워하는 목소리를 듣고 네이아는 그렇구나,

하는 생각이 들었다. 옛날에 들었던 수업의 내용을.

'그랬지. 일부 이종족은 왕족과 평민이 정말 다른 종족이라 여겨질 정도로 능력에 차이가 있다고……'

"하지만 약점이 있다. 나는…… 그 뭐랄까, 움직임이 둔하다."

그렇겠죠.

네이아는 생각했다. 생긴 것부터 일목요연하다.

"접근을 허용하면 속수무책으로 토벌당할 것이다. 그러니 그대들에게는 미안하지만, 나를 업어 주지 않겠는가? 그리고 신호에 맞춰 마법을 쓰면 될 것이다."

"그렇군요. 하시고자 하는 말씀은 잘 알겠습니다. 하오나 저희가 아니더라도 제룬 여러분—— 근위대분들이 업으시면 되지 않겠습니까?"

"우리는 왕자님과는 달리 백병전이 주특기일세. 하지만 자네들은 원거리에서 싸우지 않나?"

"그렇……겠네요. 저나 시즈 씨가 업는 편이…… 아, 아니, 이야기가 엇나갔습니다. 왕자님을 모시고 싸우다가 목숨을 잃게 만들면 위험하지 않겠습니까."

"…………네이아. 왕자를 데려가는 데에 의미가 있어. ……그래서 그가 가겠다고 제안하는 거야."

"큭큭큭, 바로 그렇다네. 자네들은 놈에 대해 아나? 수급으로 몸을 장식하는 고목 같은 악마를."

"…………그런 악마는 몇 종류 있음. 강한 순서. 모자악마Silk Hat, 왕관악마Crown, 두관악마Circlet, 화관악마Corolla."

네 손가락을 꼽으며 시즈가 말했다.

"…………측근 악마는 이중 어느 하나. 다만…… 모자악마일 경우, 도망치는 편이. 나도 못 이겨."

"알고 있었어?!"

네이아는 놀라고, 다음으로는 분노가 확 치솟아났다. 작전회의 때는 측근 악마에 대해 잘 모른다고 했으면서.

거짓말이었던 거야?

이것이 성왕국에 얄다바오트의 세력에 대한 정보를 넘겨주지 않기 위해서였다면, 시즈는 처음부터 마도왕의 지배를 받지 않았다는 뜻이 된다. 다시 말해 마도왕의 안부에 대해서도, 시즈의 존재는 아무런 위로가 되지 않는다는 뜻 아닌가.

"……희망을 품게 만들어놓고! 전부 거짓말이었어?!"

격발한 네이아는 시즈의 두 어깨를 붙들었다. 있는 힘껏. 그러나 메이드 악마는 아픔을 느낀 것처럼 보이지는 않았다. 표정이 없어서가 아니다. 실제로 아무런 아픔도 느끼지 않는 것이다.

견딜 수 없이 분해서 눈물이 솟아날 것 같았다. 조금이라도 마음이 통했다고 생각했던 자신은 터무니없는 바보였다. 네이아는 그렇게 자조하지 않을 수 없었다.

시즈는 역시 무표정했다. 다만, 역시 네이아밖에 알아볼 수 없을 정도의 변화가 얼굴에 나타났다.

당혹감, 고민, 혹은―― 후회.

"…………미안해."

긴 침묵 끝에 시즈가 쥐어짜낸 말은 그것이었다. 너무나도 말이 부족한 사죄는 오히려 분노를 조장하는 법이다. 그러나 지금

시즈는 어딘가 미덥지 못해 보여, 그 모습이 네이아의 마음에
미미한 냉정함을 되찾아주었다.

시즈는 이제까지 해 본 적이 없는 무언가에 착수하는 것처럼
쭈뼛쭈뼛 말을 이었다.

"⋯⋯⋯⋯측근 악마의 힘을 알면, 네이아랑, 다른 사람들, 무
서워서 이 작전에 안 나설지도 모른다고 생각했어. 하지만 아인
즈 님의 승리를 위해서는⋯⋯ 꼭 이 작전을 성공시켜야만 하니
까. 그래서 거짓말했어."

하나하나 말을 골라가며, 매우 고심해 가며 발언했다. 그러나
진지하고, 흔들림 없는 신념이 뒷받침된 힘이 있었다.

네이아는 남의 거짓말을 간파하는 기술이 없다. 하물며 상대
는 악마이며── 아니, 그렇지 않더라도 이렇게 무표정한 아이
가 하는 말의 진위는 알 수 없었다.

하지만 만약 그녀가 첩자여서 얄다바오트에게 정보를 흘리고
있다 해도, 혹은 성왕국군을 내부에서 좀먹으려 했더라도, 시즈
가 이제까지 보여준 행동과는 앞뒤가 맞지 않았다. 파고들려 한
다면 좀 더 원활한 방법이 있었을 것이다.

게다가 논리야 어찌 됐든, 네이아는 시즈를 믿고 싶었다. 그
녀의 존재가 마도왕에게 이어지는 이정표인 것은 물론, 시즈와
나눈 기묘한 공감대는 네이아에게 이미 바꿀 수 없는 무언가가
됐기 때문이다.

"⋯⋯알았어. 믿을게. 하지만 이젠 날 우습게 보지 마. 나는
마도왕 폐하를 위해서라면 어떤 위험이라도 두렵지 않으니까."

시즈는 노골적으로 안도하는 기색을 보였다. 역시 스파이일

리가 없다. 왜냐하면 아무리 봐도 적성이 아니기 때문이다. 그렇게 생각하자 네이아의 얼굴에 자연스레 웃음이 돌아왔다.

"자아, 그러면 이야기를 계속해도 되겠나? 그렇게 박식하다면 놈의 능력에 대해서도 알고 있나?"

"이 악마는 모두 비슷한 힘을 가졌지만, 기본 상태로는 그렇게 강하지 않아. 하지만 문제가 되는 건 이 악마가 지적 생물의…… 그것도 매직 캐스터의 머리를 얻었을 때."

시즈의 말에 따르면, 이 계통의 악마는 매직 캐스터의 머리를 장식해 그 힘을 쓸 수 있다고 한다. 모자악마는 넷, 왕관악마는 셋, 두관악마는 둘, 화관악마는 하나까지. 그리고 장식한 머리가 우수한 매직 캐스터일수록 위험성은 가속하듯 증가한다는 것이다.

"화관악마는, 장식한 머리가 아무리 우수해도 마법은 제3위계까지밖에 못 써. 모자악마는 제10위계까지——."

"잠깐!"

"잠깐만!"

왕자와 네이아 두 사람의 목소리가 시즈를 가로막았다.

네이아는 펄떡펄떡 뛰는 왕자와 얼굴을 마주 보았다. 표정을 읽을 수는 없지만 네이아는 왕자와 같은 생각을 품었음을 확신했다.

"……먼저 말씀하십시오."

"음. ……어, 제10위계라니 뭔가? 마법이란 제5위계가 최상위 아니었나?"

그렇다. 그 정도가 마법의 한계라고 네이아도 들었다. 마도왕이라면 제6위계까지는 쓸 수 있지 않을까 생각했던 것도 그 때문이었다.

왕자의 질문에 하아, 못 말리겠네……라고 말하는 듯한 태도로 시즈가 고개를 가로저었다.

"…………제10위계까지 있어. 얄다바오트가 썼던, 하늘에서 운석 떨어뜨리는 마법도 제10위계."

"그, 그런 걸 어떻게 이겨—— 에? 에? 거짓말이지? 그런 얄다바오트와 호각으로 싸웠던 폐하는 설마……."

네이아가 충격적인 사실을 깨달은 것과 동시에, 왕자도 경악해 몸을 떨고 있었다.

"제10위계? 어? 아니, 거짓말이지? 제10위계……. 그게 사실인가……. 제4위계로 으스댔던 나는 대체……."

아니, 제4위계는 엄청난 영역이고, 충분히 으스댈 만한 수준이다. 그 영역에 도달할 수 있는 매직 캐스터는 정말로 손으로 꼽을 정도다.

"시즈…… 확인할 게 있는데, 마도왕 폐하도 제10위계 쓰실 수 있어……?"

"…………당연."

무슨 새삼스러운 소리를 하느냐고 어이없어하는 것이 생생히 전해지는 어조였다. 이렇게까지 확실하게 시즈의 감정을 알아본 것도 처음일지 모른다.

같은 매직 캐스터로서 왕자도 강한 충격에 푸들푸들 몸을 떠는 듯했다.

"아? 뭐라고? 내가 피신하려는 나라의 왕—— 마도왕이 그렇게 대단한 언데드라고? 제10위계라니, 나보다 두 배 이상 강하다는 소리?"

"…………하아."

시즈가 큰 한숨을 쉬었다.

"폐하."

"응?"

"………… '폐하'를 붙여."

"아, 어, 네. 마도왕 폐하는 굉장한 분이군요…….."

냉정하게 생각해 보면 일족의 왕자에게 엄청난 강요를 한다 싶었지만, 틀린 말은 아니었으므로 네이아는 묵인하기는커녕 수긍하고 있었다.

"그렇습니다, 왕자님. 마도왕 폐하는 굉장하신 분입니다!"

"어, 네."

"……왕자님. 그렇게 굉장한 분을 발견해 은혜를 베풀 수 있다면!"

"그, 그렇군! 좋아! 아까 자네들이 했던 제안—— 구릉에서 마도왕 폐하를 수색하는 것이었지? 전면적으로 지원할 것을 약속하겠다."

네이아는 두 주먹을 불끈 쥐었다.

"고맙습니다, 왕자님. ——그리고 시즈. 계속 얘기해 줄래?"

"…………아인즈 님이 굉장하다는 이야기?"

"지금은 얄다바오트의 측근 이야기를 해 줘. 아, 마도왕 폐하 이야기도 나중에 듣고 싶으니까, 무사히 돌아가면 들려주고."

"…………응. ……머리를 여러 개 장식할 수 있는 악마는, 그

머리를 동시에 구사해서, 한 번에 여러 개의 마법을 발동해. 하지만 몇 가지 조건이 있어. 하나는, 같은 머리에 동시에 두 개의 마법을 쓰게 하진 못해. 그리고 또 하나. 한계가 있는데, 합계 몇 위계까지로 정해져 있어. 예를 들어 모자악마는 합계 15위계만큼──."

"──15위계만큼! 설마 마법은 원래 제15위계까지 있나?!"

"…………아무리 그래도 그건 아냐. 합계로."

시즈의 대답에 안도한 듯 왕자가 몸을 꿈틀거렸다. 네이아는 왕자의 펄떡이는 모습으로 감정을 읽을 수 있게 된 자신이 조금 무서워졌다.

"…………계속할게. 그러니까 중요한 건, 그 악마가 머리를 몇 개 장식했느냐."

"둘이었다. 아인이 하나, 그대들 같은 인간의 것이 하나였다."

네이아는 불길한 예감이 들었다. 그때 얄다바오트가 가지고 있었던 인간의 몸. 그것은 상반신이 없지 않았던가.

"……그 인간의 머리는 어떤 것이었습니까, 왕자님?"

"미안하네만 나는 동족 이외의 외견을 분간하는 것이 영 어려워서 말일세. 아, 나머지 하나의 머리는 알고 있네. 판덱스라는 아인 종족의 여왕인 '국모Grandmother'였네."

'판덱스'도 '국모'도 자세히 들어보고 싶은 단어였지만, 지금은 그보다 다른 쪽에 대해 물어봐야 했다.

"인간 쪽에 관해 듣고 싶습니다. 머리카락 색이라든가."

"머리카락이란 것은 인간의 머리에 달린 체모를 말하나? 연한 검은색이었네."

"검은색? 성왕국 사람이 아닌가?"

네이아는 조금 안도했다. 한순간 그 머리가 성왕녀의 것이 아닐까 생각했기 때문이다. 예상이 빗나갔다는 데에 진심으로 안도했다. 그와 동시에 네이아는 이것이 하나의 수수께끼에 대한 힌트가 되지 않을까 생각했다.

검은색은 남방 쪽 사람의 머리색이라 들었다. 혹시 얄다바오트는 그쪽에서 오지 않았을까 하는 추측이 들었던 것이다.

성왕국 남쪽에는 인간이 주체가 되는 국가가 없다. 인간의 비율은 절반에도 미치지 못하고, 있다 해도 다른 종족과의 혼혈이 매우 많다. 국가의 주도자인 왕족에 순수한 인간을 앉힌 국가는 성왕국, 제국, 왕국 정도라고 들은 적이 있다. 도시국가연합이나 법국에는 왕족이라는 것이 없기 때문이다.

그러므로 인간 주체의 국가인 이쪽에 얄다바오트에 관한 정보가 들어오지 않았던 것 아닐까.

"…………참고로 머리를 장식하는 타입의 악마는, 매직 캐스터 이외의 머리를 달아도 능력을 쓰진 못해. 전사 머리를 단다고 힘을 쓸 수 있는 게 아니야. 그쪽 몬스터는 따로 있어."

"그렇다면 아인의 머리는…… 왕자님. '국모'에 관해 가르쳐주실 수 있겠습니까?"

"그래. 그것이 내가 함께 싸우겠다는 이유지. 판텍스라는 종족은 이끼를 먹는 무리들이며, 우리와 얼굴과 외견이 비슷하네."

구더기라는 소리구나.

그런 자들의 머리를 장식했다는 악마는 얼마나 징그러울까 생각하고 네이아는 잠시 몸을 떨었다.

"……그 국모도 정신계 매직 캐스터?"

"그렇다네. 내가 음(陰)의 오행(五行)을 다루는 마법을 가진 반면, 국모는 양(陽)의 오행을 다루는 힘을 가졌지. 음과 양은 각각 쌍극을 이루며 서로의 마법을 상쇄하고 방해할 수 있다네."

시즈가 고개를 끄덕였다.

"…………그렇구나. 동행하면 승산이 높아지겠음."

"음, 이해해 준 것 같아 기쁘네. 나로서도 국모가 악마에게 악용되는 것은 매우 불쾌하네. 사실은 나의 첫사랑 암컷이었거든."

"왕자님!"

"이럴 수가! 타종족에게 마음을 빼앗기시다니요!"

"에잇! 어린 시절의 풋풋한 추억이다! 지금은 아니야!"

풋풋한 추억인지 뭔지는 모르겠지만, 구더기의 첫사랑 이야기는 징그럽기만 했다.

"그, 그러면 상대는 머리를 두 개까지 장식하는 두관악마라 가정하고, 합계 몇 위계까지 쓸 수 있을까?"

"…………최고 6위계까지. 참고로 왕관악마는 10위계까지."

"그렇다면 내가 제4위계 마법을 구사하면, 놈은 나머지 2위계의 마법만을 쓸 수 있겠군. 물론 놈이 상쇄를 노릴 경우에 한한 것이므로 충분한 주의가 필요하네만……."

"…………그렇다면 남은 건 인간 머리. 정보가 부족해. 네이아?"

"미안해요. 유감이지만 머리가 검은 사람은 모르겠어. 하지만 조금 놀랐어요. 시즈 씨라면 신경 쓰지 않고 싸우러 갈 줄 알았는데."

"⋯⋯⋯⋯정보 수집은 중요하다고, 아인즈 님이 그러셨어."

"아아! 역시 마도왕 폐하. 훌륭한 생각이셔!"

네이아가 말하자 시즈가 슥 손을 내밀었으므로 즉시 그 손을 잡고 위아래로 흔들었다.

"⋯⋯⋯⋯역시 넌 뭘 좀 알아. 조금 더 귀여웠으면 스티커 붙여줬을 텐데. 복실복실한 모피를 키워."

"⋯⋯⋯스티커? 아, 전에 붙여 줬으니까 두 장까진 필요 없어요. 다른 마음에 든 사람한테 주세요."

"⋯⋯⋯⋯우. 내 스티커를 싫어한 건 네가 처음."

"네?"

처음이라는 말에 네이아는 놀라 목소리를 높였다. 하지만 이내 악마인 그녀는 인간과 접할 기회가 거의 없었으리라 생각했다. 아니, 다들 속으로는 싫어했지만 악마인 그녀에게 겁을 먹었을 가능성도 있다. 그런 부분에 딴죽을 걸고 싶었지만, 위대한 분에게 충성심을 가진 동포에게 쌀쌀맞은 소리를 할 수는 없다. 그러므로 네이아는 쓴웃음을 짓고 넘어가기로 했다.

"⋯⋯⋯하긴, 인간도 우리 제룬과 마찬가지로 모피가 없지. 그래서 이런 가옥에 살고. 우리처럼 구멍을 파고 그 안에서 사는 것도 나쁘지 않다네."

"왕자님, 이야기가 옆길로 새고 있사옵니다. 시간이 별로 없나이다. 인간들이 이 도시로 쳐들어올 때까지 모두 끝내야 하옵니다."

"……………응. 결론. 왕자도 같이 가."

반대하는 목소리는 없었다. 아니, 원래 네이아만이 반대했던 거나 마찬가지였다.

"전술을 말씀드리자면, 저희가 전열을 맡겠습니다만, 만일 경비병 같은 자들이 있어서 차단당할 경우에는 어떻게 하는 것이 좋겠습니까? 매직 캐스터의 능력을 가진 상대를 남겨두는 것은 위험성이 클 텐데."

"…………내가 근접전으로 해치워."

가능하겠냐는 질문은 없었다. 수호자였던 바아 운을 쓰러뜨린 이들 중 하나——전부 그녀의 힘이었지만——가 하는 말이다. 믿지 않는 자는 없었다.

"좋아. 그러면 가지. 측근 악마 근처까지는 우리를 통에 넣어서 옮겨주게. 측근 악마가 식사를 가져오라 명령했다고 말하면 접근할 수 있을 걸세."

'우리'란 왕자, 네이아, 시즈 셋을 말했다. 이 셋만 들키지 않으면 은밀하게 진행할 수 있다. 제룬의 배신이 들키지 않은 지금이기에 가능한 전법이었다.

시즈와 네이아는 이 성에 운반되어 왔을 때 썼던 통으로 다시 들어갔다.

"……시즈 씨. 우리는 정말 운이 좋네요."

통에서 시즈가 쏙 고개를 내밀었다.

"…………뭐가?"

"그러니까, 전부 좋은 방향으로 굴러가고 있어서요. 제룬이 배신한 덕에 왕자님도 구출했고, 타이밍 좋게 얄다바오트의 측

근도 왔고. 만약 이걸 쓰러뜨리면 엄청난 활약이 될 거 아니에
요. 이젠 아무도 우리에게 뭐라고 못할걸요. 마도왕 폐하의 구
출부대 결성도 간단해질 테고요."

"그건 우연."

시즈가 보기 드물게 힘이 들어간 투로 말해 조금 압도당했다.

"어? 아, 그, 그렇, 죠? 우연이니까 행운이라고…… 뭐, 시즈
씨를 자신의 것으로 삼으셨던 마도왕 폐하의 힘이 있어서라고
생각하면 우연만은 아닐지도 모르지만요."

"아인즈 님의………… 것…………"

"아, 그렇게 말씀드리면 좀 그랬나요?"

"…………상관없어. 네이아."

"네?"

"…………너 마음에 들었어. ……귀엽지 않지만 스티커 한
장 더 가져도 돼."

귀엽지 않다 귀엽지 않다 반복해서 들으면 조금 상처 입는데,
생각하면서도 "사양할래요." 하고 거부하고 네이아는 통에 쑥
들어갔다.

4

네이아, 시즈, 그리고 왕자를 통에 넣고 운반하는 도중 제룬
들은 몇 번이나 다른 아인에게 질문을 받았지만, 통은 하나도
열리지 않은 채 측근 대악마가 있는 집무실까지 운반하는 데 성
공했다.

세 사람은 통에서 밖으로 나왔다.

통에 들어간 동안에도 바깥의 동태를 살피고 있었지만, 경비가 엄중해진 기색은 없었다. 잠입해서 왕자를 구출한 것이 아직 들키지 않은 듯했다.

네이아가 왕자를 업고 끈으로 묶는 등의 준비를 하는 동안 제룬 한 사람이 측근 대악마에게 면회를 청하러 갔다. 이것은 정찰을 위해서였다.

모두가 돌입준비를 마쳤을 때쯤 제룬이 돌아왔다.

"혼자. 경호 없음."

네이아는 눈살을 찌푸렸다.

얄다바오트가 그렇게나 중상을 입은 가운데, 셋밖에 없다는 측근 중 하나가 수비를 다지지 않다니, 그럴 수 있을까? 아니면 마도왕을 죽였다고 생각해 긴장이 풀린 걸까?

여러모로 생각을 굴려보았지만, 결론은 왕자의 한마디가 전부였다.

"그렇다면 놈을 죽일 절호의 기회. 가자."

왕자의 말에 따라 일제히 움직였다.

제룬 한 사람이 문을 열자, 정면의 위치에 서 있던 네이아에게는 방 안이 잘 보였다.

집무실은 천장 높이가 5미터쯤 됐으며 매우 넓었다. 질 좋은 세간이 다수 놓여 있어 호화로운 방의 전형처럼 보였다.

검고 무거운 책상 너머에 있던 이형의 괴물이 목소리를 높였다.

"인간? 제——."

무언가 말을 하려 했다. 하지만 수다에 어울려줄 마음은 없었다. 즉시 네이아에게 업힌 왕자에게서 마법이 터져 나왔다.

"〈음 오행: 호화구(豪火球)〉."

네이아를 스치며 조그맣고 힘없는 불꽃이 방으로 날아갔다. 중간에 들은 말로는 제4위계 공격마법 중에서 상당한 공격력을 자랑한다나. 착탄하면 그곳을 중심으로 폭발하기 때문에 방에 들어가기 전에 쏜다는 전법이었다. 하지만——

"〈양 오행: 호화구〉."

중간에 바람이라도 분 것처럼 불은 사라져버렸다.

"역시……."

왕자가 가증스럽다는 듯 중얼거렸다.

다시 쏘려고는 하지 않았다. 이 공격은 실험이었다. 만일 무효화되지 않는다면 계속 공격할 예정이었으나 유감스럽게도 그렇게는 되지 않았다. 쓸데없이 마력을 소비하지 않기 위해서도 이제부터는 모두가 호흡을 맞춰 공격하면서 마법을 써야 할 것이다.

"……인간의 등에 업힌 것은 제룬 왕자렷다? 인간들을 잡아 연행해 온 것 같지는 않고. ……크하하하. 배신이냐? 재미있구나."

천천히 일어난 대악마는, 마치 악몽에서 기어 나온 인간의 캐리커처 같은 모습이었다.

우선, 옷을 입지 않았으므로 무릎 언저리까지 오는 긴 두 개의 팔에 두 개의 다리, 뼈와 가죽밖에 없는 듯한 몸이 그대로 보였다.

고목 같은 몸은 너무나도 가늘어서 네이아도 간단히 꺾어버릴 수 있지 않을까 하는 생각이 들었다. 그 몸에는 머리로 보이는 것이 없었다. 어깨에서 반대쪽 어깨까지 일직선으로 이어졌을 뿐. 아니, 너무나도 가녀린—— 여자의 손목보다도 가느다란 목이 나뭇가지처럼 늘어졌으며, 그 위에 두 개의 열매가 달려 있었다. 이것이 이 대악마의 머리라는 뜻일까.

"어? ——아?"

네이아는 그런 목소리를 중얼거렸다. 너무나도 큰 충격에 첫마디가 그것밖에 나오지 않았다.

시즈가 말했던 두관악마의 특징—— 두 개의 머리.

그중 하나는 이형이었으며, 커다란 구더기 같았다. 제룬 왕자와 매우 비슷해 들었던 이미지 그대로였다. 저것이 '국모' 일 것이다. 문제는 나머지 한쪽이었다.

반쯤 뜬 눈은 흰자위를 보였으며, 공허한 입도 헤벌어진, 머리만 남은 인간 여성. 하지만 피부는 혈색이 좋지는 못해도 부패는커녕 상한 곳도 없었으며, 금색 머리카락에는 윤기마저 남아 있었다. 목의 단면에는 살점이 붉게 엿보여서 지금이라도 피가 뚝뚝 떨어질 것처럼 신선했다. 마치 바로 조금 전에 목을 뽑아낸 것 같은 모습이라 의아하다고밖에 말할 도리가 없었지만, 그렇기에 그것이 누구인지는 금방 판별할 수 있었다.

"케랄트 커스토디오 님……."

멀리서 본 적이 있을 뿐이지만 확실했다. 성왕국 사제의 최고위에 있는 존재다.

의혹과 의심이 네이아의 머릿속에서 빙글빙글 소용돌이쳤다.

어떻게 된 거야. 제룬이 거짓말을 했나? 케랄트라는 사실을 알면 네이아가 도망칠 거라 생각했나?

"과연, 과연, 과연. 제룬들이여. 그렇다면 너희의 왕, 그리고 그 땅에 사는 자들이 어떻게 되어도 좋다는 뜻이겠지? 마지막 기회를 주마. 그자들을 사로잡았다는 것으로 한다면 다소의 벌로 용서해 줄 수도 있다만?"

기형의 과일 같은 두 개의 머리는 움직이지 않았다. 흰자위를 보이는 안구도 마찬가지. 정말로 단순한 장식인 것처럼. 그렇다면 이 목소리는 어디서 나오는 걸까.

그런 네이아의 의문을 무시하고 왕자가 대악마에게 호통을 쳤다. 부하 제룬들은 언제든 달려들 수 있는 태세를 취했다.

"흥! 이제 와서 무슨 소리를! 부왕을 죽인 너희의 헛소리를 누가 믿을까 보냐!"

"왕? 그랬나?"

네이아가 듣기에는 그의 목소리에 의아해하는 빛이 섞인 것 같았다. 이 악마는 자신의 머리가 없는 듯하니 표정 변화가 없어 성가시다면 성가시다. 유효타를 주었을 때는 상대의 표정으로 효과가 있었는지를 읽어낼 수 있는 법이니, 그런 의미에서는 인간과 거리가 먼 제룬도 성가신 존재라 할 수 있다.

"나는 이 땅을 지배하는 것이 역할이라 그쪽은 관할이 아니었다만…… 그렇군. 그자가 죽었단 말이지. 그렇다면 너희의 왕이 어리석었기 때문이겠지."

"뭐라고!"

"이거, 이거, 이거. 배신자여. 수다를 떨러 왔나? 나에게 이길 수 있으리라 생각해서 왔을 텐데? 그렇다면―― 무엇이 너희의 비밀병기냐? 그 인간이냐?"

가느다란 손가락에서 뻗어 나온 60센티미터는 될 법한 갈고리 발톱이 네이아를 가리켰다.

"누가 말할 줄 알고!"

왕자의 고함에 대악마는 냉정함을 되찾았다.

"말하지 않아도 좋다. 그림자 악마여."

주르륵, 대악마의 그림자가 늘어났다.

그것이 부풀더니, 2차원이 입체로 변했다. 모습을 드러낸 것은 그야말로 악마라는 말을 들었을 때 떠오르는 이미지를 새까맣게 칠해버린 듯한 존재였다. 그것도 두 마리.

이것이 신변을 경호하는 아인을 두지 않았던 이유일 것이다.

"너희는 왕자 이외의 제룬을 죽여라. 나는 왕자를 사로잡도록 하지. ……인간. 배신할 거라면 양손 손가락의 수만큼 수용소에 있는 너의 소중한 자들을 구해 줄 수 있다."

대악마는 시즈가 예상했던 제안을 그대로 말했다.

네이아는 시즈의 혜안에 감탄하며, 상대의 방심을 유발하고자 되물었다.

"정말로?"

조심조심 낯빛을 살피듯 묻자, 악마의 목소리에 희색이 묻어났다.

"무슨 소리를 하나! 배신할 생각이냐!"

왕자가 등 뒤에서 지르는 고함에 대악마의 주의가 완전히 네이아에게 쏠렸다.

"닥쳐라, 닥쳐라, 닥쳐라. 나는 그녀와 이야기하고 있다.

……나는 약속을 지키는 자다. 네가 지키고 싶은, 구하고 싶은 인간의 수를 말해 보거라. 양손 손가락으로 부족하다면 교섭에 따라——."

무방비하고. 경계라는 말을 잊어버린 듯한 대악마는 허점투성이였다.

'비밀병기'는 이를 놓치지 않았다. 문 뒤에서 뛰어나오며 순식간에 마총을 겨누었다.

총구가 불을 뿜자 대악마는 어깨를 붙들고 비틀거렸다.

혼자 방 밖에서 대기했던 시즈의 기습 일격이었다. 그리고 개전의 막을 여는 일격이기도 했다.

상대의 방심을 유발하고자 이루어졌던 협상은 끝났다. 제룬 친위대가 그림자 악마들에게 달려든다. 동시에 무시무시한 속도로 방에 돌입한 시즈는 그 속도를 유지한 채 번개처럼 날카로운 풋워크로 양 진영의 전열 사이를 뚫고 들어가 대악마에게 접근했다.

"아니! 마도——."

"…………설명은 됐어."

시즈가 커다란 나이프를 휘두르자 대악마는 이를 발톱으로 쳐냈다.

전투가 시작되고, 여유가 없다는 것을 알면서도 네이아는 등 뒤의 왕자에게 불만을 터뜨렸다.

"머리가 검긴 뭐가 검어요. 금—— 갈색이잖아요!"

"갈색? 뭐가 말이지? 저것은 연한 검은색 아닌가?"

"네?"

거짓말을 하는 기색은 아니었다. 혹시—— 제룬의 색채감각은 인간과 다른 걸까?

어떤 어둠 속이라도 내다보는 눈을 가진 종족의 일부는 색채를 식별하지 못해 흑백 두 가지로만 사물을 분간한다는 이야기를 들었다. 밝은 곳이 아니면 색을 분간할 수 없는 경우도.

식량저장고의 어두운 조명은 그런 종족에게 마련된, 아마 식량의 색을 분간하기 위한 것이 아니었을까.

"이야기는 나중에 하세! 〈음 목행(木行): 뇌조(雷爪)〉."

"쳇! 〈양 오행: 뇌조〉."

짐승이 할퀴는 듯한 자국이 번개를 띠며 공간을 내달렸지만 그것은 중간에 무산됐다.

방어력을 떨어뜨리는 〈오행: 금조(金条)〉나 공격력을 높이는 〈오행: 금강(金强)〉 같은 마법, 〈오행: 뇌후초래(雷侯招來)〉 등의 소환마법도 있다고 들었지만, 어쩌면 그런 마법은 상쇄하지 못하니 대신 고위 마법을 쓰는 것인지도 모른다.

왕자는 이를 피하기 위해 상대가 무시할 수 없는 공격마법만을 썼다. 그것도 내성을 가지지 않은 것으로 여겨지는 번개 마법에만 집중하고, 아울러 〈목행 강화〉라는 특수기술까지 써서. 보통 오행으로도 막을 수는 있다지만 왕자가 강화한 만큼 완전히 상쇄하지는 못하고 살짝 대미지가 쌓여갔다.

원래의 '국모'라면 왕자와 같은 강화 기술을 가졌다지만, 지금은 대악마의 부속품. 마법을 강화하는 기술을 가지지 않았기에 위력에서 왕자의 마법에 밀렸다.

시즈가 전열을 맡아준 이상 네이아도 후열의 역할을 착실하게 다할 필요가 있었다. 이 강적을 상대하며 왕자의 다리도 대신해야만 한다. 손에 든 얼티밋 슈팅스타 슈퍼로 조준하며 화살을 쏘았다.

조준 자체는 매우 정확했으나, 화살은 대악마의 손에 너무 쉽게 튕겨나갔다.

"거추장스럽구나. 〈충격파〉."

케랄트의 머리── 입이 움직이더니 제2위계 공격마법이 시즈를 향해 날아들었다. 눈에 보이지 않는 충격파에 시즈의 몸이 꿈틀 떨렸지만 움직임이 둔해지는 등 눈에 보이는 대미지는 없는 듯했다. 역시 난이도 150의 메이드 악마다.

"〈음 목행: 뇌조〉."

"〈양 오행: 뇌조〉."

다시 같은 마법이 발동해 측근 악마의 몸에 전류가 살짝 흘렀다.

"〈상처 벌리기Open Wounds〉."

반격으로 날아든 것은 상처를 악화시키는 마법이었다. 노린 것은 당연히 악마의 발톱에 공격을 당하는 시즈였다.

시즈는 뒷모습밖에 보이지 않는다. 하지만 그녀의 기민함은 전혀 수그러들지 않는 것 같았다. 네이아의 등에 식은땀 한 줄기가 흘렀다.

아군 중에서 회복이 가능한 사람은 네이아밖에 없다. 그러므로 힐러도 담당하고 있는데, 자신이라면 모를까 풍부한 실전 경험을 쌓지 않고서는 남이 얼마나 다쳤는지 간파하기 어렵다.

특히 시즈처럼 감정이 겉으로 드러나지 않는 상대는 깨닫지 못하는 사이에 한계를 넘어 쓰러져버릴 것 같은 두려움이 있었다. 그렇기에 시즈나 왕자의 움직임에 주의를 기울여야만 하는데, 오른손으로 무언가를 하면서 또 다른 일을 왼손으로 하는 것처럼 혼란에 빠질 만큼 바빠졌다.

하지만 그래도 해야만 한다.

왕자는 공격마법을 쏘아대고, 시즈는 나이프로 대악마를 베면서 베이기도 했다. 저마다 완벽하게 역할을 수행하는 가운데, 자신만이 못하겠다는 한심한 소리를 할 수는 없다.

"〈중상치유〉."

시즈의 상처가 많아졌다고 판단한 네이아는 마도왕에게 빌린 매직 아이템을 기동해 시즈에게 제3위계 치유마법을 날렸다.

"과연!"

얼굴 없는 대악마의 시선이 자신에게 쏠리는 것을 네이아는 직감했다.

대악마의 말은 처음에 없애야 할 힐러가 누구인지를 이해했다는 뜻이리라. 실제로 왕자의 마법을 무효화하고 남은 힘으로 네이아에게 공격마법을 날렸다.

"〈충격파〉."

있는 힘껏 휘두른 해머에 얻어맞은 것처럼 보이지 않는 충격이 엄습했다.

몸속에서 기분 나쁜 소리가 울리고, 데굴데굴 뒹굴고 싶어질 정도의 아픔이 온몸을 내달렸다. 바아 운이 썼던 마법보다 훨씬 아팠다. 시즈가 이런 것을 제대로 맞고도 태연했다는 것이 믿기지 않았다. 케랄트 커스토디오가 천재라는 이름을 휘어잡고 산 이유가 이해되는 강렬한 일격이었다.

"끄그윽!"

악다문 이 사이에서 억제하지 못하고 갈라진 비명 소리가 새 나왔다.

"괜찮나?!"

"괘, 괜찮아요!"

걱정해 주는 왕자에게 네이아가 대답했다.

"다음은 제룬과 함께——."

"——안 돼. 네이아는 내가 지켜."

시즈가 두 팔을 벌리고 감싸듯 앞에 섰다.

대악마의 신장은 크고, 반대로 시즈는 작다. 그렇게 해 주어 도 네이아의 몸은 고스란히 보일 것이다. 하지만 그 마음은 매 우 기뻤다.

"뭐야? 아앗!"

대악마가 갈라진 비명을 질렀다. 시즈의 행동이 무언가 영향 을 주었던 것이리라.

'뭔가 특수능력을 썼나? 아니면 마법?'

무엇을 했는지는 모르겠지만 대악마의 살의가 약해진 것 같았 다. 물론 기분 탓이리라. 악마가 이 순간에 적의를 줄일 이유는 전혀 없으니까.

아까와 위력이 비슷한 마법이라면 한 발 더 견딜 수 있을 것이 다. 아니, 견딜 수 있을 거라 생각하고 싶었다.

바아 운과 싸워서 소비한 마력은 회복했지만 〈중상치유〉를 몇 번이나 써야 할지는 알 수 없었으므로 되도록 아끼고 싶었다. 그렇다고는 해도 정말 아슬아슬해졌을 때 공격당하면 약간의 실수만으로 한계점을 넘어설지도 모른다. 그런 선을 가늠하기가 정말 어려웠다.

"그리고 네이아의 무기는 아인즈 님께서 빌려주신 활!"

시즈치고는 큰 목소리로 말했다. 마도왕을 자랑하고 싶어서 그런 말을 한 것이리라. 지금은 목숨이 걸린 전투 중 아니냐고 하고 싶지만, 이 중에서 최강이며 전투에 익숙한 분위기를 보이는 시즈가 말한 이상 무언가 의미가 있을지도 모른다.

"뭐라고! 마도왕이?!"

측근 악마가 큰 소리로 놀라움을 드러냈다. 역시 마도왕. 분명 얄다바오트에게 경계해야 할 상대라고 주의를 듣지 않았을까.

"맞아! 룬으로 만든 활!"

흘려넘길 수 없는 시즈의 말에 네이아가 경고했다.

"시즈! 우리 카드를 함부로 알려주지 마!"

"뭐라고! 저것이 실전됐던 기술, 룬으로 만든 무기란 말이냐! 그런 무기를 쓴다면, 나를 죽일 수 있을지도 모르겠군!"

이놈은 왜 이렇게 설명조야?

그런 생각이 들었던 네이아는 자신을 부끄러워했다. 지금은 압도적인 강자와 목숨이 걸고 싸우는 중이다. 자신 같은 약자가 그런 데에 약간이라도 의식을 돌릴 여유는 없을 텐데도.

"룬이었을 줄이야! 정말로 훌륭하군!"

측근 악마가 이어서 매우 경계하는 듯한 소리를 냈다. 어쩌면

네이아가 정신을 팔게 해 주의력을 산만하게 만드는 노림수였을지도 모른다. 실제로──

"룬?"

왕자의 의아해하는 목소리가 등에서 들려왔다. 그렇기에 네이아는 말했다.

"아니야! 그런 무기 아니에요!"

네이아가 고함을 지르자 시즈와 측근 악마의 움직임이 한순간 멈춰버린 것처럼 느껴졌다. 분명 그것 아닐까. 서로의 실력이 막상막하이면 서로 노려보기만 하고 움직이지 못하게 된다는 그거.

"룬······."

"아니라고!"

내치듯 외치자 측근 악마가 으윽 신음했다.

"그래······. 어, 그러면······ 〈맹목화Blindness〉."

갑자기 네이아의 시야가 암흑에 물들었다. 이렇게 해서 힐러를 무력화하려는 속셈일 것이다.

네이아가 빌려온 마법의 아이템은 어디까지나 〈중상치유〉를 쓸 수 있게 될 뿐, 눈이 먼 상태를 회복하는 마법까지 사용하게 되는 것은 아니다. 만약 여기에 신관 같은 신앙계 매직 캐스터가 있었다면 쉽게 치료해 주었을 것이다. 하지만 유감스럽게도 그런 사람은 없다.

이 마법적 어둠이 얼마나 오래 갈지는 알 수 없지만, 시즈의 부상을 치유하려면 그녀가 손에 닿는 거리까지 접근해야만 하는데──.

"눈이 안 보이게 됐어!"

동료들에게 자신이 무엇을 당했는지를 설명하는 것도 중요하다.

"시즈! 상처가 생기면 가르쳐 줘!"

"…………응."

"미안하네! 나도 그런 상태를 회복할 마법은 없네."

"괜찮아요!"

뒤에서 들려온 사죄의 목소리에 대답하면서 네이아는 활을 당겼다. 저런 거구라면 기억에 의존해 쏠 수 있다. 바아 운과 싸워서 덩치 큰 상대와의 전투 경험도 조금 얻은 덕이다. 피잉. 활시위가 울었다.

"──끄어어어억!"

측근 악마의 고통에 물든 비명이 울렸다.

"좋았어! 피하려다 오히려 제 발로 들어와 맞았군! 멋지게 맞혔네!"

왕자의 설명을 듣고, 정말 큰 행운을 얻었다며 네이아는 마도왕에게 감사의 기도를 올렸다.

"…………이대로 밀어붙여."

"응!"

"음!"

주위에서 싸우던 제룬과 그림자 악마들이 내는 소리에 방해를 받아 알아듣기는 힘들었지만, 네이아는 전심전력을 쏟아부어 시즈의 부상 정도와 함께 측근 악마의 위치를 가늠하며 공격을 되풀이했다.

부상당한 악마는 시즈를 먼저 없애지 않으면 자신이 패배하겠다는 사실을 깨달았는지 모든 공격을 그녀에게 집중했다. 그것도 단숨에 무력화하는 것── 네이아에게 걸었던 〈맹목화〉 같은 마법을 펼쳤는데, 거의 저항당할 뿐 효과를 발휘하는 기미는 없었다.

그렇게 되면 이제는 밀어붙이기만 하면 그만.

왕자의 마력이 다할 무렵에는 당연하다는 것처럼 승리를 거둔 후였다. 그 순간 왕자의 환호성은 시끄러울 정도였다.

주위에서 싸우던 제룬도 숫자가 줄기는 했지만 승리했다.

그러나── 네이아의 마법은 아직도 풀리지 않았다. 시야는 여전히 깜깜했다. 그렇지만 영원히 빛을 되찾지 못하는 마법은 없을 테니 얼마 지나지 않아 마법은 풀릴 것이다. 이렇게 오래 가는 것은 단순히 케랄트 커스토디오의 마력이 강하기 때문이리라.

눈은 보이지 않지만 기척이나 소리로 자신의 주위에 제룬들이 모여드는 것을 알 수 있었다.

"왕자님! 무사하셔서 천만다행입니다."

"그래. ……국모님의 시신을 정중히 먹어다오."

먹냐?!

네이아는 마음속으로 딴죽을 걸었다. '정중히'라고 했으니 분명 그들 나름대로 애도하는 방식이리라고 수긍할 수밖에 없다.

"네이아여. 인간의 머리는 어쩌겠는가? 그대들이 먹나?"

"아, 아뇨. 우리 인간에게는 그런 장례 풍습이 없습니다. 성까지 정중하게 가지고 돌아가겠습니다."

"그렇군…… 인간의 장례는 잘 모르겠는걸. 아니, 그대들도 우리에게 그렇게 생각하는 면이 있겠지. 문화의 차이란 것 아니겠나. 그건 그렇고 자네들에게는 아무리 감사를 해도 모자라네. 우리만으로는 결코——."

"——잠깐. 여기서 수다 떨 시간 없음. 이동 개시."

멀리서 소란스러운 소리가 들려왔다. 이곳을 향해 진군한 해방군이 마침내 아인연합에게 발견된 것이리라. 혹은 전투하는 소리를 듣고 병사들이 달려오는 소리인지도 모른다. 어쨌거나 이곳에서 어물거릴 틈은 없다.

"그렇겠네요, 시즈 씨. 그러면 제룬 여러분, 약속대로 해방군이 칼린샤를 공략하도록 도와주십시오."

"음, 잘 알고 있네. 여봐라!"

"예! 신속히 행동을 개시하겠나이다. 왕자님과 인간들은 통에 들어가 주시겠습니까? 성 밖으로 모시겠습니다."

보이지 않아 알 수는 없지만, 옆에 있는 시즈가 어쩐지 망설이는 기척이 풍겼다. 이유는 이해한다. 그 통이 싫은 거겠지. 네이아노 같은 기분이었다.

"…………나도 도울래."

"네. 저도 맹목 상태에서 회복되면 돕겠습니다."

등에 업힌 왕자가 갓 낚인 물고기처럼 퍼덕거렸다. 이것은 환희의 떨림이다. 그 사실을 알게 된 자신의 순응성에 조금 진저리가 나기도 했다.

"전우가 간다면야 나도 가야지. 물론 마력은 거의 다 떨어졌으니 그리 큰 마법은 쓸 수 없네만, 그대들을 강화하는 마법 정도는 괜찮네."

"왕자님!"

"소란 떨지 마라. 나더러 전우를 그냥 보내주는 수컷이 되라
는 게냐?!"

"…………그만하고. 가."

시즈가 채근했다. 한시라도 빨리 통에서 도망치고 싶은 것처럼.

"그러면 저희의 동란이 많이 모인 곳까지 모시겠습니다. 통에
들어가 주십시오."

7장 **구국의 영웅**

Chapter 7 | Hero of National salvation

1

칼린샤 해방은 놀라울 정도로 간단했다.

제룬이 내부에서 호응해 주었으며, 측근 대악마가 사라졌고, 도시의 크기에 비해 아인 측의 병력이 부족했던 등 여러 가지 이유가 겹쳐진 결과였다. 물론 쌍방 모두 다수의 전사자가 생겼으나, 이처럼 거대한 도시를 탈환한 것치고 성왕국 해방군 측의 피해는 놀라울 정도로 적었다.

그 요인 중 하나는 얼티밋 슈팅스타 슈퍼를 등에 지고 앞장섰던 네이아의 존재였다.

시즈가 암암리에 활약해 준 덕분이기도 하지만, 찬란하게 빛나는 멋진 활을 장비한 네이아에게는 백성을 고무시키는 위엄이 있었다.

그리고 지금, 네이아는 단상에 서서 광장에 있는 관중에게 뜨겁게 목소리를 높이고 있었다.

이 세상에 마도왕만큼 훌륭한 왕은 없다고.

칼린샤를 해방하고 네이아가 처음으로 했던 일은 마도왕 수색의 지원자를 모으는 일이었다.

제룬의 협조를 받고, 포로로 삼은 아인에게서 아베리온 구릉의 정보를 수집하기는 했지만 물자, 정보, 경험 등등 부족한 것은 아직 많았다.

기회가 여러 번 있다면 모를까, 적진을 몇 차례씩 수색하며 구출부대를 파견하기란 어렵다. 다시 말해 단 한 번에 성공시켜야만 하는 것이다. 그렇다면 아무리 준비해도 과하지 않다. 따라서 칼린샤를 해방하고, 더 많은 백성들이 구원을 받은 상황을 활용해 다양한 능력을 모으고자 한 것이다.

하지만 그저 힘을 빌려달라고 호소해도 당장 사람이 나서는 것은 아니다. 칼린샤는 탈환했지만 아직도 빼앗긴 도시가 많고, 사로잡힌 자들도 얼마든지 있다. 가족이 어디로 갔는지 모르는 사람도 있다. 그런 이들의 마음을 움직이고자, 네이아는 마도왕을 구하는 데에 얼마나 큰 이익이 있는지를 설파했던 것이다.

그런데 협조자가 늘어남에 따라 이야기의 내용은 조금씩 달라졌다.

네이아를 찾아와 마도왕의 이야기를 듣고 싶어 했던 이들은 마도왕에게 도움을 받았던 자들이었다. 고통을 맛보고, 치유할 수 없는 마음의 상처를 가라앉히기 위해 강대한 존재에게 기대는 자들이었다.

마도왕의 위대함을 안다는 의미에서는 동포라고도 할 수 있다.

네이아가 마도왕이 얼마나 훌륭한지를 기분 좋게 들려주게 된 것은 당연한 흐름이었다.

그랬던 것이, 마도왕과 면식이 없는 자들도 조금씩 참가하게 됐다. 마도왕에게 도움을 받았던 사람들이 지인을 불러온 것이다. 그리고 입소문이 입소문을 낳아, 이제는 그저 네이아의 이야기를 듣고 싶어서 온, 아무런 연고도 없는 청중이 더 많아졌을 정도였다.

그런 자들에게, 미러셰이드를 착용한 네이아는 청산유수처럼 도시 탈환, 얄다바오트와의 전투 등등 마도왕의 훌륭한 업적을 당당하게 들려주었다.

몇 주 전에는 이렇게까지 당당하게 말할 수 없었다. 수많은 사람들의 시선에 긴장하며, 무슨 말을 해야 좋을지 몰라 머리가 새하얗게 물들어버렸던 적이 몇 번이나 있었다. 하지만 사람들 앞에서 반복해 이야기를 하면서, 으스대지 않고 그저 자신이 직접 본 마도왕의 훌륭한 모습을 들려주면 된다는 것을 이해한 순간, 네이아는 확실하게 자기 생각을 말할 수 있게 됐다.

그렇다. '얼굴 없는 전도사'라 불릴 정도로.

그렇기에──

"이처럼 마도왕 폐하는 유례를 찾아보기 힘든 분이지요! 이만큼 백성을 생각해 주시는 분이 달리 있을까요! 물론 여러분이 하시고 싶은 말씀도 이해합니다! 칼카 베사레스 성왕녀 폐하도 훌륭하신 분입니다. 그러나── 타국의 백성들을 구하고자 이렇게까지 행동해 주신 분의 이름을 들어본 적이 있습니까! 거기 선생님!"

네이아는 앞에서 이야기를 듣던 청중 한 사람을 가리켰다.

"들어보신 적 있나요? 타국의 백성이 괴로움에 빠졌다고 혼자 구하러 가는 왕의 이야기를!"

"어, 아, 아니, 그게, 들어본 적은 없는⋯⋯데, 요."

많은 시선을 받아, 지적받은 사내의 목소리는 점점 작아졌다.

"훌륭합니다! 바로 그렇지요!"

네이아의 칭송에 맞춰, 단상 좌우에 늘어서 그녀와 뜻을 함께하는 자들이 대답한 사내에게 박수를 보냈다. 사내가 멋쩍어하는 것이 보였다.

"우리는 실제로 그러한 왕이 달리 있는지 조사해 보았습니다. 하지만, 없었습니다! 그런 왕은 어디에도 없었습니다! 마도왕 폐하뿐이었지요!"

이웃나라에 병사를 끌고 가 원조해 준 왕은 있었지만, 혼자 왔던 왕의 이야기는 없었던 것은 사실이다.

"일국의 왕이 위험을 돌아보지 않고 타국의 평민을 구한다. 그런 이야기는 없었습니다! 마도왕 폐하뿐이었습니다!"

한 박자를 두고 되풀이했다.

"마도왕 폐하뿐이었습니다! 그런 분이야말로 정의의 왕이라 해야 하지 않겠습니까!"

"하지만 믿을 수 있을까?! 언데드잖아?!"

청중 속에서 들려온 이런 질문에도 부드러운 미소를 지으며 대답할 수 있었다. 네이아도 처음에는 같은 심정이었기 때문이다. 다시 말해 그는 옛날의 자신이다. 그저 모를 뿐. 지식이 부족할 뿐이다.

자신의 눈이 뜨이게 된 것처럼 그의── 아니, 그와 같은 마음을 품은 자들의 눈도 뜨게 해 주고 싶었다. 그런 마음으로 네이아는 청중에게 말했다.

"그렇습니다! 폐하는 언데드입니다! 불안해하시는 것도 당연하지요! 언데드가 무시무시한 괴물이라는 것도 진실입니다. 저 또한 모든 언데드가 좋다고 말할 마음은 조금도 없습니다. 언데드의 대부분은 사악한 존재이며, 산 자를 증오하는 존재인 것은 틀림없는 사실입니다."

자신의 이야기에 모두가 진지하게 귀를 기울인다는 것을 그 자리의 분위기로 파악하며 네이아는 결론을 강하게 말했다.

"그러나! 어디에나 예외가 있습니다. 얼어붙는 겨울에도 따뜻한 하루가 있듯. 말라붙은 줄만 알았던 고목의 가지에 조용히 한 떨기 꽃봉오리가 맺히듯. 어두운 밤하늘에 전조도 없이 한 줄기 유성이 반짝이듯. 폐하는── 산 자를 도와주시는 그런 언데드입니다! 이 자리에는 도움을 받은 분의 이야기를 들으신 분도 계실 겁니다. 어쩌면 이 자리에는 실제로 도움을 받으신 분도 계실지 모릅니다. 그런 이야기가 제 말이 거짓이 아니라는 증거가 될 것입니다."

청중에게서 반론의 목소리가 없다는 것을 확인하고, 네이아는 무겁고 어두운 분위기로 말했다.

"……지난번에는, 그 튼튼한 요새선이 무너지고 아인이 물밀듯이 쏟아져 들어왔습니다. 이 비극은 이번만으로 끝날까요? 앞으로 두 번 다시 이런 일이 없으리라 생각하시나요?"

청중의 침묵이 웅변처럼 대답했다.

없다고 믿고 싶지만, 어떻게 믿겠는가.

"여러분의 불안. 저도 잘 이해합니다. 저희나 여러분의 아이 정도 되는 세대는 괜찮을지도 모릅니다. 비극을 직접 보았으니 경계는 결코 게을리하지 않겠지요…… 그러나!"

여기서 힘을 담는다.

"아이의 아이, 손자의 손자—— 절대로 없다고 장담할 수 없습니다! 한 번 일어난 일이 두 번 일어나지 않으리라고 누가 말할 수 있을까요?! 그렇기에 우리는 대비해야만 합니다. 두 번 다시 그 요새를 돌파당하지 않도록."

맞다, 그 말이 옳다, 하는 목소리가 들려왔다.

"——찬동하는 목소리가 많은 듯합니다만, 아이의 아이, 손자의 손자, 비극을 이야기로밖에 모르는 시대의 사람들은 군사력을 그렇게까지 유지하고 있을까요? 지금까지의 두 배, 세 배 병력을 요새선에 주둔시킬까요?"

군사비란 국고를 압박하지만, 억지력으로 보유한 전력은 명확한 성과로 드러나기 힘든 법이다.

"이 자리에는 징병되어 요새에 가셨던 분도 있을 겁니다. 그런 여러분, 한번 생각해 보십시오. 여러분이 기억하시는 것의 세 배나 되는 식량이 항상 소비된다면 국고에 큰 타격이 되리라 생각하지 않으십니까? 비극을 기록으로밖에 알지 못하는 세대가 된 왕가가 이런 지출을 지속할 수 있을까요?"

청중에게 이해의 빛이 떠오르기를 기다렸다가 네이아는 결론을 말했다.

"——그러므로 우리에게는 마도왕 폐하의 비호가 필요한 겁니다!"

"어째서! 왜 언데드에게!"

조금 전과 목소리가 똑같은 남자가 소리를 질렀다.

아까부터 한 남자가 소리를 지르고 있다. 이런 사람이 있으면 네이아도 편했다. 가장 힘든 것은 아무도 반응하지 않을 때다. 그렇게 되면 이야기를 잘 들어주는지, 이해하고는 있는 건지 불안해진다.

협력자들 사이에서는 청중 속에 이런 사람을 미리 몇 명 섞어 놓아야 한다는 의견도 있었지만, 네이아는 거절했다. 바람잡이 또한 마찬가지였다.

"언데드이기에 그렇습니다. 마도왕 폐하는 강하시고, 무엇보다도 불사의 존재입니다. 아이의 아이, 손자의 손자 대까지 살아── 존재하실 겁니다."

"그, 그렇지만 마도왕은 패배해서 죽었다고 들었는데."

"그 말에는 사실과 거짓이 동시에 존재합니다. 전자는 유감스럽게도 사실입니다. 마도왕 폐하는 무력한 우리를 구하기 위해 수많은 마법을 사용하여 마력을 대량으로 소모하셨고, 결과적으로 얄다바오트에게 패배하셨습니다. 하지만 후자는 거짓입니다. 마도왕 폐하는 돌아가시지 않았습니다. 그것은 시즈의 존재가 설명해 줄 것입니다."

칼린샤 탈환의 공로자 중 한 사람. 시즈가 무대 뒤에서 타이밍을 맞춰 등장했다.

청중에게서 감탄이, 혹은 "시즈 님이다!" 하는 숭배의 목소리가 들려왔다.

"…………응."

시즈가 가슴을 폈다.

"그녀는 얄다바오트의 부하였던 메이드 악마 중 한 사람입니다. 하지만 칼린샤 탈환 전투에서 우리를 도와주었습니다. 왜냐하면 마도왕 폐하가 얄다바오트에게서 그녀의 지배권을 빼앗았기 때문입니다."

시즈가 칼린샤 탈환전에서 아인을 수없이 사냥하던 모습은 수많은 백성이 보았다. '님' 자를 붙여 부른 사람은 분명 시즈에게 직접 도움을 받았을 것이다.

시즈의 인기는 높다. 한때 얄다바오트를 따랐던 메이드 악마라는 사실이 알려졌어도, 역시 외견이 아름다우며, 앳된 인상이 남은 모습도 큰 이유였다. 말하자면 적의를 품기가 힘든 것이다.

여기까지 생각해서 마도왕이 시즈를 지배한 것 아니냐는 의문을 건네본 적도 있지만, 그녀의 대답은 "그럴 수도."였다.

"시즈는 마도왕 폐하에게 마법적으로 지배됐습니다. 그 지배는 폐하가 살아계시는 한 효과가 있습니다. 다시 말해 그녀의 존재야말로 폐하가 살아 계시다는 증거입니다!"

술렁거리는 분위기를 네이아가 두 손을 들어 진정시켰다. 아직 이야기는 끝나지 않았다.

"왜 폐하는 모습을 드러내지 않으실까 하는 생각이 드실 겁니다. 그것은 저도 아직 모르겠습니다. 그러나 그토록 자비로운 분이 우리를 저버렸다고는 생각할 수 없습니다! 분명 무언가 이유가 있어서 당장 이쪽으로는 돌아오실 수 없겠지요! 그것은 폐하 본인의 생각이신지, 아니면 위험한 상황 때문인지는 모릅니다. 그렇기에!"

조용해진 청중에게 그녀의 목소리는 크게 울려 퍼졌다.

"그렇기에 저는 여러분의 힘을 원합니다! 마도왕 폐하를 찾으러 가기 위한 힘을. 아인이 지배하는 구릉지대를 목숨 걸고 답파해 폐하를 발견한들, 성왕국이 폐하에게 은혜를 갚을 수 있다고는 말할 수 없습니다. 왜냐하면 조금 전에도 말씀드렸듯 마도왕 폐하는 오직 알다바오트와 싸우기 위해 오셨음에도, 우리가 약하기에 그 이외의 아인과도 싸우셔서, 힘을 소비한 결과 패배하셨기 때문입니다!"

네이아는 한층 커다란 목소리를 냈다.

"그렇다 해도—— 여러분! 우리는 우리를 구하러 와 주신 분께 은혜를 갚아야 합니다! 혼자서 도우러 와주셨던 분이 언데드라고 해서, 곤경에 처했을 때 구하러 가지 않는 인간이 되고 싶지는 않습니다! ——마도왕 폐하께 조금이라도 은혜를 갚고 싶으신 분. 그런 분들께 부탁이 있습니다."

말을 끊고, 조금 시간을 두어 분위기를 고조시킨 다음 목소리를 높였다.

"저는 함께 마도왕 폐하를 구하러 가실 분들을 찾습니다! 실제로 가실 필요는 없습니다! 기술을, 지식을, 무엇이든 좋습니다! 힘을 빌려주십시오! 조력을 바랍니다!"

네이아가 고개를 숙이자 옆에 있던 시즈도 가볍게 고개를 꾸벅했다.

청중들 사이에서 오오 하는 목소리가 솟았다.

다시 머리를 든 네이아는 마지막으로 한 마디를 덧붙였다.

"……저의 이야기를 듣고도 신용할 수 없다고 하시는 분도 당연히 계실 겁니다. 그러니 이 칼린샤를 탈환하기 전부터 해방군에 계셨던 분들께 한번 여쭤보십시오. 그러면 제가 거짓말을 하지 않았다고 믿으실 수 있을 겁니다."

*

방으로 돌아온 네이아는 의자에 깊이 몸을 묻고 앉았다.

"수고하셨습니다, 바라하 님."

그렇게 말해 준 사람은 어른스러운—— 신비로운 구석이 있는 여성이었다.

20세 정도 됐을까. 남성이라면 눈길을 빼앗겨버릴 만큼 풍만한 가슴, 짧은 머리카락이 특징이었다. 원래는 길었지만 포로수용소에서 잘려버렸다고 한다.

그녀는 네이아가 설립한 지원단체에 속한 사람이었다. 지원단체는 명칭을 붙여달라는 협력자들의 요망도 있었으므로 마도왕 구출부대라는 이름을 지었다.

그녀의 업무 내용은 급격히 바빠진 네이아의 신변을 보필하는 것이었다.

만난 지 이미 보름이 지났지만 그동안 그녀의 존재는 네이아에게 빼놓을 수 없는 것이 됐다. 그녀의 업무—— 청소, 세탁, 요리 등은 완벽한 수준이었기 때문이다.

"고, 고맙습니다."

여성에게 건네받은 젖은 타월로 얼굴을 가볍게 닦았다. 달아올랐던 얼굴에 시원한 천은 매우 기분이 좋았다.

"휴우."

아저씨 같은 목소리를 내며 네이아는 테이블 위에 타월을 놓고, 즉시 그것을 회수하는 여성에게 시선을 돌렸다.

"저, 늘 말씀드리는 거지만 '님'자는 빼주셨으면 좋겠어요. 저는 그렇게 대단한 사람이 아니니까요."

"무슨 말씀이십니까. 이 나라에서 마도왕 폐하의 대변자이자 폐하를 위해 솔선해 행동하시는 분께 그것은 실례입니다."

자기보다 나이 많은 여성에게 그런 말을 들으면 좀 난처하다.

남의 위에 서는 데 익숙하지 않은 사람이라면 있을 법한 고민이다.

애초에 네이아는 자신을 딱히 대변자라고는 생각하지 않았다. 아니, 어쩌다 대변자라는 자리에 앉게 됐던 걸까.

긴 의자에 드러누워 멀거니 이쪽을 바라보는 시즈가 차라리 더 어울릴 것 같다.

게다가 마도왕의 위대함은 객관적으로 보면 누구나 다 알 수 있는 일이다. 당연한 소리를 할 뿐인데도 대변자라니, 말도 안 된다. 조직의 소신이나 견해를 설파하는 것도 아니고.

맨 처음에 움직인 것은 자신이지만, 이렇게 될 줄은 생각도 못 했다.

"그러면 저는 이쯤 해서 실례하겠습니다. 그리고 베르트란 모로 씨께서 만나 뵙고 싶다고 하셨습니다."

"알겠습니다. 이쪽으로 불러 주시겠어요? 오늘은 정말 고생 많으셨어요."

그녀가 고개를 숙이고 방을 나간 다음, 교대하듯 한 사내가 들어왔다. 그녀는 남성에 대한 기피감과 공포감이 있어 동석하면 상대의 기분이 상할 수 있다. 그렇기에 교대 형식을 취한 것이다.

"바라하 님, 피곤하신 데 죄송합니다. 잠시만 시간을 내주셨으면 합니다."

베르트란 모로.

엷어진 정수리 부분이 눈에 뜨이기 시작하는, 다부진 체격을 가진 40대 중반의 사내였다.

모로 가문은 원래 그럭저럭 유복한 귀족 가문에서 대대로 집사를 맡았다고 하며, 그도 집사로 일한 과거가 있다. 그렇기에 그 능력을 살리고자 지원단체 내에서는 비서 같은 역할을 맡았다.

조직을 설립하자마자 그와 같은 인물을 만난 것은 행운이었다. 만약 이 만남이 없었다면 어린 나이에 흰머리가 생겼을지도 모른다.

"네, 괜찮습니다. 무슨 일인가요?"

"다짜고짜 죄송합니다만, 보고드릴 것이 있습니다. 현재 지원단체에 속한 자가 3만 명을 넘었습니다."

"와, 그건 굉장하네요! 마도왕 폐하의 훌륭함을 이해해 주시는 분이 그렇게나 늘어났다니! 아니, 그것도 당연하죠! 마도왕 폐하는 정말로 굉장하신 분이니까요!"

시즈도 음음 고개를 끄덕였다.

이로써 소도시 하나의 인구를 능가하는 사람이 모인 셈이다. 성왕국 북부의 인구가 350만 명 정도인 점을 생각해 보면 약 1퍼센트가 속한 단체라는 뜻이다.

"그 지원자들에게서, 단체에 속했음을 알리는 심벌 같은 것이 있으면 좋겠다는 요망이 올라오고 있습니다."

"그렇……군요……. 그것도 그럴 수…… 있겠네요."

"예. 역시 소속을 나타내는 것을 몸에 달면 안도감이나 연대감도 생기게 마련이니까요."

음음 네이아는 고개를 끄덕였다. 소속── 마도왕을 본뜬 무언가를 지니면 분명 기쁠 것이다. 네이아도 갖고 싶었다.

"그렇다면, 음, 가장 좋은 형태로 부탁드릴게요. 다만 지원금 같은 것으로 차등을 두지는 말아주세요."

"……비……식…… 팬……럽."

네이아의 예민한 청각으로도 알아들을 수 없는 조그만 목소리가 희미하게 들렸다.

"시즈 선배, 무슨 말 했어요?"

네이아가 시즈에게 물었다.

"…………암것도."

"……그래요? 하지만 마도왕 폐하에 관해 제가 뭔가 잘못된 소리를 하면 알려주세요."

네이아는 다시 베르트란에게 시선을 돌렸다. 요즘은 그녀의 안력을 받아도 움찔하지 않는 사람이 늘어났다는 점이 기뻤다.

"그러면 그 건은 제작하는 방향으로 추진해 주세요. 그리고…… 앞으로의 예정을 물어봐도 될까요?"

"예, 바라하 님. 앞으로 두 시간 정도 후에 지원자의 모임 '마도왕 폐하에 대한 고마움을 마음에 품고'가 치러질 예정입니다. 그쪽에 참가해 폐하의 위업을 말씀해 주셨으면 합니다."

"알겠습니다."

네이아는 조금 들떴다. 자신이 발견한, 마도왕이야말로 정의라는 생각을 이해해 주는 지원자들에게는 동료의식과 친근감이 느껴졌으며, 같은 마음을 가진 자들끼리 이야기를 나누는 것도 정말 좋아했다.

"그리고 훈련의 결과를 봐 주셨으면 하는 요청도 있었습니다. 지금은 매우 바쁘신 것 같으니 거절할까요?"

지원자 친위대라는 것을 만들어 엄격히 훈련하고 있었다. 네이아도 이따금 참가했으며, 시즈도 얼굴을 내비치곤 했다.

약하기에 마도왕에게 짐이 된다는 사실을 잘 아는 네이아의 입장에서는 강해질 노력을 하는 것은 당연했다. 네이아가 참가해서 격려해 줄 때 의욕이 더 왕성해진다면 반드시 참가해야 할 것이다.

"아닙니다. 저도 참가하겠습니다."

"그러면 다들 기뻐할 겁니다! ……간단하게나마, 당장 보고드려야 할 내용은 이 정도인 것 같습니다. 지원자의 모임까지── 준비 시간을 생각해 한 시간 정도는 천천히 쉬고 계십시오."

꾸벅 고개를 숙인 베르트란이 방을 나갔다. 그 모습을 지켜본 네이아는 의자에서 일어나, 긴 의자에 드러누운 시즈에게 걸어갔다. 그리고 자신도 누워, 몸으로 누르듯 시즈를 끌어안았다.

"…………옳지옳지."

자신보다도 키가 작은 시즈가, 어머니가 아이에게 하듯 등을 가볍게 쓸어주었다.

"언제쯤 돼야 우리는 마도왕 폐하를 찾으러 갈 수 있을까요.

벌써 그 뒤로 한 달이 지났다고요…….”

성왕국 동부를 수색하는 부대는 마도왕을 발견하지 못했다. 있는데도 지나쳤을 가능성이 없다고 장담하지는 못하겠지만, 마도왕이 추락한 곳은 아인의 땅, 아베리온 구릉지대가 분명할 것이다. 그러므로 준비는 필요하지만 너무 시간이 오래 걸리고 있었다.

얄다바오트를 배신한 제룬 종족 3천 중 2,800이 왕자와 함께 마도국으로 갔으며, 남은 200 정도가 정보 수집을 위해 구릉지대로 갔다. 하지만 그 결과도 아직 도착하지 않았다.

“…………실패는 용납되지 않아.”

“그건 알아요! 하지만, 하지만…….”

네이아는 시즈를 더욱 강하게 안으며 몸을 밀착했다. 그녀에게서 나는 홍차 같은 향을 코로 깊이 빨아들였다.

시즈의 존재만이 네이아의 불안을 누그러뜨려 주었다.

그녀가 있다는 것은 마도왕이 살아있다는 증거이므로.

“…………괜찮아. 아인즈 님은 관대하신 분.”

“응. 그렇죠, 시즈 선배.”

“…………그러니까 지원자를 더 늘려서, 절대로 실패하지 않는 수색계획을 짜야 해.”

“응. 그렇죠, 시즈 선배.”

“…………그게 아인즈 님이 기뻐하시는 일.”

“응. 그렇죠, 시즈 선배.”

“…………네이아. 너 마음에 들어. 적응하고 보니 제법 맛깔나는 얼굴.”

"……맛깔……. ……그러고 보니 시즈 선배도 밖에 나가지 못해서 답답하겠네요. 다음에 둘이 같이 어디 놀러 갈까요?"

시즈는 보기 드문, 그야말로 누군가가 만들어낸 듯한 미모 탓에 이목을 많이 끈다. 하지만 정체가 메이드 악마라는 사실이 알려지면 이목은 공포와 경계의 시선으로 바뀌며, 어지간해서는 "내 영혼을 노리고 있구나!" 하는 과대망상으로 발전한다. 악마가 미녀로 둔갑해 영혼을 빼앗는 계약을 맺으려 한다는 전승이 있기 때문이겠지만, 네이아는 악마도 상대를 고르지 않겠느냐고 생각했다.

무엇보다 그토록 관대하고 자비로우신 마도왕의 부하이자 난이도 150의 메이드 악마가, 어디에나 있는 백성을 매료하면서까지 영혼을 원하겠는가.

그래도 귀찮은 일은 피하고 싶고, 마도왕의 부하인 시즈가 해를 입는 일이 생긴다면 종자인 자신은 고개를 들 수가 없다. 물론 그렇게나 강한 시즈를 상처 입힐 자는 없다는 사실은 잘 알지만.

따라서 그녀는 대개 집안에만 틀어박혀 있었다. 다만 지금은 조직의 인원도 늘었으므로, 지지자들이 많은 지역이라면 문제가 없을지도 모른다.

"…………나쁘지 않음. 연습 삼아 가볼래."

"그럼 준비를 해야겠네요. 그 메이드복은 조금 눈에 뜨이는데…… 평범한 옷으로 갈아입을 수 있나요?"

"…………박사님…… 어흠. 괜찮아. 빌려줘. 코디는 맡길게."

"……죄송해요. 저도 누구랑 함께 외출해 본 적이 없어서, 옷에 관심이 없다 보니 코디는 전혀 자신이…….”

시즈가 어깨를 부드럽게 두드려 주었다. 언뜻 무표정해 보이지만, 네이아는 알 수 있는 어머니의 자상함이 있다. 그리고 척 세운 엄지로 스스로를 가리킨다.

“…………나한테 맡겨.”

“정말요?”

의외로 시즈의 취향이 나쁘지 않다는 사실을 깨달은 것은 그 후였다.

*

칼린샤를 탈환한 후, 카스폰도의 업무는 급격히 늘었다. 구출된 사람들도 더해졌으므로 면밀한 조직개편에 착수해야만 했기 때문이다. 게다가 정보의 양이 자릿수가 달라질 정도로 늘어나, 확인과 분배까지 고려하면 매우 시간이 많이 걸렸다.

그렇게 바쁜 카스폰도의 신변을 경호하는 성기사는 한 사람뿐이다.

부주의하기 그지없지만, 읽고 쓰기나 계산이 가능하며, 제례도 주관하고, 또한 치안 유지에도 뛰어난 능력을 가진 성기사를 호위에만 쓸 수도 없었다. 그런 의미에서는 레메디오스를 곁에 두는 것이 가장 효율적이겠지만, 정신상태를 고려해 그녀는 여러 명의 성기사와 함께 훈련에 힘쓰도록 내버려 두었다.

네이아와 시즈가 케랄트 커스토디오의 머리를 가지고 돌아왔을 때, 그녀의 광란은 사망자가 나오는 것 아닐까 우려될 정도의 소동으로 발전했다. 지금은 진정됐지만, 다들 종기를 건드리는 것처럼 그녀를 조심스레 대하고 있었다.

솔직히 자신 혼자서는 절대로 감당할 수가 없었다. 지혜를 주신 분께 감사드려야겠다고 더욱 경의를 품으며, 카스폰도는 펜을 놀리고 일에 매진했다.

장래의 연습이라고 해야겠지만 귀찮은 일이었다. 푸념을 마음속에 감춘 카스폰도에게, 분위기 파악을 못하는지, 아니면 슬슬 조바심이 났는지 호위 성기사가 말을 걸었다.

"──카스폰도 왕형 전하, 네이아 바라하를 그대로 두셔도 괜찮으시겠습니까?"

그 질문에 무슨 의미가 담겼는지를 알아차린 카스폰도는 서류에서 눈을 들지 않은 채 지친 듯 웃었다.

"어쩔 수 없지. 그대로 방치해 두게. 그리고 '전하'라고만 불러도 되네."

"고맙습니다. 하오나 어쩔 수 없다 함은 무슨 뜻이신지요."

수긍하는 기색이 없는 성기사에게, 카스폰도는 서류에서 고개를 들고 눈을 마주했다.

"우리가 그녀의 행동에 압력을 가해 중지시킬 경우, 어떻게 될 것 같나?"

"어떻게도 되지 않을 것입니다, 전하. 그녀가 하는 일은 국내에 불화를 가져옵니다."

"그래. 그렇다면 그녀의 설법──이라고 해도 좋을지는 모르겠네만, 들어본 적은 있나? ……보아하니 없는 모양이군. 그렇다면 그녀가 하는 말의 내용을 간추린 것을 읽어본 듯한데. 다시 처음 질문으로 돌아가세. ……거기에 거짓이 있었나?"

기억을 더듬는 성기사에게 카스폰도가 정답을 말해 주었다.

"하지 않았네. ……거짓말을 해 주면 좋을 텐데 말이지. 자, 그러면 조금이라도 지혜가 있는 사람이 그녀가 한 말의 진위를 캐보면 거의 모두 긍정의 답이 돌아오겠지. 마도왕은 그들을 해방했고, 혼자서 도시를 탈환한 영웅이라고."

테이블에 놓인 컵에서 물 한 모금을 마셔 목을 축인 카스폰도가 말을 이었다.

"게다가 네이아 바라하가 칼린샤 해방에 공헌한 영웅일세. 우리는 그 사실을 널리 공표했지. 메이드 악마—— 마도왕의 부하를 소개시키고, 마도왕의 평가가 더 이상 올라가지 않도록 조금 화려하게 칭송해버렸네. 그녀의 장비는 그야말로 영웅의 것이었으니 말일세."

마도왕에게 빌린 훌륭한 활을 들고, 호왕 버저의 갑옷을 착용한 그녀의 모습은 영웅 말고 달리 표현할 수 없었다.

"여기서 처음 질문으로 돌아가세. 그런 그녀에게 압력을 가할 경우, 우리가 세간에 어떻게 비치겠나? 다들 이렇게 여기지 않을까? 성왕가에 불리한 것이 있으니 영웅의 말을 가로막으려 한다고."

"그렇지는……."

성기사가 어물어물 부정했지만, 그 표정이 말 이상으로 명백하게 말해 주었다. 그도 그렇게 되리라고 깨달은 것이다.

"상승세를 탄 영웅과 추락하고 있는 성왕가. 백성들이 누구를 신뢰할지는——."

"——전하! 그런 말씀은 하지 마십시오."

"미안하네⋯⋯. 아무튼 덧붙여 그녀의 설법을 방해하려 했다 간 마도왕의 메이드 악마가 어떤 행동에 나설지."

"윽."

성기사가 얼굴을 실룩거리고, 카스폰도는 짓궂은 표정을 지었다.

"후후. 그 메이드 악마에게 보호를 받는다는 것은 이 도시에서 가장 뛰어난 무력을 지녔다는 뜻이라네. 그런 그녀를 정면에서 무력으로 억압하려는 짓은 위험하기 그지없지. 그러니 그대로 두는 걸세. 자네의 불안도 이해하네. 하지만 어느 것도 나쁜 수는 아니야."

똑똑 문 두드리는 소리가 나더니, 밖에 있던 군사 한 명이 들어왔다.

"왕형 전하. 부단장님이 면회를 위해 찾아오셨습니다."

"즉시 들라 하게."

그 목소리가 들렸는지, 밖에서 대기하던 구스타보가 얼른 안으로 들어왔다. 살짝 흐트러진 호흡은 그가 이곳까지 서둘러 왔음을 증명해 주었다.

"실례합니다, 카스폰도 왕형 전하!"

구스타보는 카스폰도보다도 많은 일을 맡아 매우 바쁘다. 그렇기에 본인이 이곳까지 오는 일은 이제 별로 없었다. 그렇기에 귀찮은 일이 벌어졌음을 알 수 있었다. 구스타보 혼자서는 대처할 수 없을 만큼 성가신 일을 가져왔다는 뜻일 테니까.

"매번 말하네만 너무 조심스러워하지 말게. 그리고 우리밖에 없을 때는 그렇게까지 고개를 숙일 필요도 없고. 그래, 서두르는 걸 보니 긴급한 용건이겠지?"

"예! 망루의 초병이 발견했사온데, 남부 귀족가의 문장 깃발을 세운 5만 대군이 이 도시로 향해 진군하고 있다 합니다!"

"그렇군. ⋯⋯남부의 군세가 혹시 얄다바오트의 아인군을 물리쳤나? 일단은 병사들을 전투위치로 배치시키게. 이유는 남부군이 얄다바오트에게 조종당했을 가능성이 없진 않으니 주의하기 위해. 그렇게 전해 주게."

"예!"

"상대가 먼저 공격할 때까지는 절대로 공격하지 않도록. 만일 회담을 청한다면 이곳까지 데려와주게. 그리고———."

카스폰도는 성기사를 돌아보았다.

"———자네는 내빈을 맞이하기 위한 준비책임자로서 행동해주게. 내 예상이 옳다면 고위 귀족 여러 사람을 상대하게 될 테니까. 그들이 기뻐할 만한 식사와 술도 준비하고."

"예!"

두 사람이 대답하고 방을 나갔다. 그 뒷모습을 지켜보며 카스폰도는 중얼거렸다.

"자⋯⋯ 슬슬 때가 됐으려나?"

＊

"그건 그렇고 정말 잘 와 주었네, 보디포 후작, 코엔 백작, 도밍게스 백작, 그라네로 백작, 란달루세 백작, 산츠 자작."

"아닙니다! 왕형 전하께서 무사하셔서 천만다행입니다!"

"진심으로! 진심으로! 정말로 걱정했습니다! 전하!"

건배를 마치고 와인으로 목을 축인 남부 귀족 일동에게 카스폰도는 다시금 서로의 무사를 축하하며 웃음으로 인사를 되풀이했다.

귀족들은 근황을 보고하며 고생담을 늘어놓았다. 카스폰도는 거의 듣는 역할이었다. 이것은 그들이 얼마나 많은 고생을 했는가── 얼마나 성왕국에 충성을 다했는가를 어필하는 자리이기 때문이다.

긴 이야기를 마친 코엔 백작이 문득 깨달았다는 양 물었다.

"──아니, 왕형 전하? 분위기가 조금 바뀌신 듯합니다."

"아, 그것도 당연하오. 북부에 얄다바오트가 다녀갔다는 말씀은 들으셨소, 백작? 그 일로 나의 내면도 크게 바뀌었다오. 그뿐이랴, 여러분에게 보이지 않는 부분은 더 바뀌었을 게요. ……이 언저리가 좀 마른 것 같지 않소?"

카스폰도가 배를 가리키자 명랑한 웃음소리와 함께 "정말 그런 것 같습니다." 하는 대답이 돌아왔다. 아울러 귀족들의 눈에는 살짝 날카로운 광채가 어렸다.

카스폰도는 그것을 놓치지 않고, 그들이 옛날과 지금의 카스폰도를 비교하며 평가하려 든다는 사실을 순식간에 간파했다.

그들은 이를 즉시 교묘하게 감추었으나, 아직도 비교한다는 것을 알 수 있었다.

전혀 변하지 않았다고 생각해 주기를 바랐다. 전후의 성왕가에 개입하는 일은 되도록 피해야만 한다.

"……허나 각 가문의 당주인 여러분이 이번 전투에 참가해 성왕국을 구하고자 행동해 주었으니, 이 카스폰도는 무어라 감사해야 좋을지 모르겠소."

"무슨 말씀이십니까, 전하! 당주인 저희가 나서는 것은 성왕가를 섬기는 자로서 당연한 일입니다. 아니, 몸이 불편하지도 않은데 성왕가의 존망을 건 일전에 나서지 않는 자는 귀족 자격이 없지요!"

음음 고개를 끄덕이는 각 귀족가 당주들. 다시 말해 당주가 출전하지 않은 가문이 있고, 그 가문은 그들에게 정적이라는 뜻이리라.

유감이지만 카스폰도는 어느 귀족가가 어느 귀족가와 사이가 나쁜지는 모른다. 이것은 공부가 부족했다고 할 수 있으리라.

여기서 서툰 발언으로 빌미를 잡혀서는 안 되겠지만, 그들을 우대하겠다는 태도를 보이지 않는 것도 매우 위험했다. 박쥐는 늘 미움을 사게 마련이다.

"여러분이 보인 성왕가에 대한 충성을 널리 알려야겠소. 역사로 남겨야 할 필요성마저 느껴지는구려."

한순간이나마 가장 기뻐하는 표정을 지은 것은 이 자리에 모인 자들 중에서 최연장자이자 금발에 흰머리가 섞인 보디포 후작이었다.

지위와 권세를 가졌기에 다음에는 명예를 원하는 법이다. 다른 자들은 그보다는 포상 쪽에 관심이 있을 터. 물론 대군을 움직였으니 어느 정도의 대가를 원하는 것도 당연하겠지만.

말로만 사양하는 후작에게 비위를 맞춰 주고 있으려니, 대화가 끊어진 순간을 노리고 낯빛 나쁜 산츠 자작이 말하기 거북스럽다는 양 질문했다.

"왕형 전하. 여쭙고 싶은 말씀이 있사오나, 성왕녀 폐하는 어떻게 되셨습니까? 돌아가셨다는 말을 들었사온데……."

"그건 사실이오."

선선히 대답한 카스폰도에게 눈을 껌뻑거리던 산츠 자작이 거듭 물었다.

"그, 그러면 성체(聖體)는 어디에 있습니까?"

"……훼손이 지나치게 심하여 화장을 하였소. 원래 같으면 〈보존Preservation〉 마법을 써서, 얄다바오트를 몰아낸 후에 국장을 치러야 했겠지만……."

더는 말할 수 없다고 카스폰도는 침통한 표정으로 고개를 가로저었다.

"그와 동시에, 케랄트 커스토디오 최고사제의 죽음도 확인됐소."

"그렇습니까……."

그들은 말을 어물거리고, 시간의 여유를 얻은 카스폰도는 입을 와인으로 축였다.

성왕으로서 칼카를 대신할 사람이라면 눈앞에 있다. 그러나 최고사제이자 신앙계 매직 캐스터의 정점에 선 케랄트 커스토디오를 대신할 사람은 쉽게 찾을 수 없다. 그렇기에 그들은 케랄트의 죽음을 어떻게 이용할 수 있을지 생각에 잠겼으리라.

두 모금을 마신 후에도 움직이지 않는 그들을 보며, 또 다른 정보를 제공했다.

"그녀의 시신도 화장하였소. 마찬가지로 너무나도 처참한 상태였기에."

귀족들이 낯을 찡그렸다. 성왕국에서 가장 지위가 높은 두 사람이 끔찍하게 죽었다는 말에 느낀 바가 있었을까. 이것은 목숨을 건 싸움이며, 패배하면 죽는다. 포로로 잡혀도 몸값을 내고 해방되는 일은 없다는 사실을 겨우 깨닫고 공포를 느낀 것인지도 모른다.

"그러면 성기사단 단장 커스토디오 공은 어떻게 하고 있습니까?"

"그녀에게 볼일이 있소? 조금 기다려 주실 수 있겠소?"

"아니, 그분은 살아계십니까? 성왕녀님과 최고사제님이 돌아가셨는데."

훌륭한 턱수염을 기른 란달루세 백작이 시비를 걸듯 말하자, 이를 추종하듯 다른 자들도 조소를 띠었다. 카스폰도는 문을 열고 밖에서 대기 중이던 성기사에게 레메디오스를 불러오도록 명령했다.

잔을 비울 정도의 시간이 지나, 레메디오스가 입실했다.

입을 열려 하던 란달루세 백작이 레메디오스의 모습을 보고 눈을 크게 떴다.

"아니?! 당신이 레메디오스 커스토디오 성기사단 단장?!"

비아냥거리려던 말 대신 놀라움이 담긴 목소리가 튀어나왔다. 레메디오스의 얼굴을 모르는 귀족은 성왕국에 없을 것이다. 그것은 란달루세 백작도 마찬가지였다. 그렇기에 놀란 것이다. 자신이 기억하는 그녀와 지금의 그녀가 너무나도 달랐기에.

지금의 레메디오스 커스토디오는 마치 유령 같았다.

움푹 꺼진 두 눈, 수척해진 뺨. 그러나 이와는 달리 형형히 빛나는 두 눈.

"나를 불렀을 텐데? 달리 누가 왔다고 생각하나."

"뭐! 무……례, 한지고……."

란달루세 백작의 목소리는 점점 작아졌다. 레메디오스가 노려보았기 때문이다.

지금의 레메디오스는 솔직히 말해 무서웠다. 무슨 생각을 하는지도 알 수 없었으며, 또한 어떤 짓을 저지를지 모르겠다는 불안감이 있었다. 그렇기에 카스폰도는 레메디오스를 자신의 곁에 두지 않았다. 또한 네이아의 행동에 관한 정보는 절대로 레메디오스의 귀에 들어가지 못하도록 주의를 기울였을 정도였다.

"용건은?"

이 나라 사람이라면 누구나 안다. 레메디오스 커스토디오는 이 나라 최고의 성기사. 폭력이라는 의미에서는 정점에 선 존재다.

폭주할 것 같은 폭력을 앞에 두었을 때, 권력 따위는 아무런 도움이 되지 않는다. 귀족을 지켜주는 가장 단단한 갑옷이 그녀 앞에서는 종잇장이나 다를 바 없는 것이다. 옛날의 그녀라면 곁에 고삐를 잡아줄 자도 있었다. 조소를 들어도 참을 수 있는 정신상태이기도 했다. 그러나 지금 그녀는 다르다.

그것을 알아차렸기에 귀족들은 아무도 말을 하지 못했다. 그런 그들에게 코웃음을 치고, 레메디오스는 어깨를 으쓱했다.

"……전하, 물러가도 되겠소? 용건도 없는 것 같으니."

"그래. 고맙네."

레메디오스의 모습이 사라지자, 그제야 귀족들은 불쾌하다는 듯 낯을 일그러뜨렸다.

"전하께 저렇게 무례한 태도를 보이는데도 용서하시는 겁니까?"

"아무리 성기사단 단장이라지만 간과할 수 없는 태도입니다. 성왕가에 충성심이 없는 자를 이 이상 단장 자리에 놓아두는 것은 좋지 않을 듯합니다."

터져 나오는 불만을 카스폰도는 손으로 제지했다.

"지금은 전시요. 그녀의 검술 실력은 도움이 되지. 그녀의 진퇴는 나중에 왕이 결정하면 될 일이오."

레메디오스의 태도에 불쾌함을 느낀 자가 실제로는 몇이나 될까. 그야 분명히 공포를 분노로 감추려는 자도 있겠지만, 그보다는 다른 노림수가 있다는 것을 잘 안다. 카스폰도는 그렇게 생각하며 마음속으로 희미하게 웃었다.

레메디오스는 선대 성왕의 무력, 그리고 강력한 무기였다. 차기 성왕에게 그 무기를 쥐어 주고 싶지 않은 자가 반드시 있을 것이다. 아니, 어쩌면 전원이 그럴지도 모른다.

"오오! 바로 그렇습니다! 전시지요! 하오나 언제까지고 아인과 싸우고만 있을 수는 없습니다!"

"백작의 말씀이 옳습니다! 개요는 사자가 설명했을 줄로 압니다만, 아인이 군세를 후퇴시켰으므로 이곳까지 올 수 있었던 것이지요! 왕형 전하! 지금은 이 기세를 몰아서 밀고 들어가야 합니다!"

"바로! 지금! 단숨에 아인을 격퇴하고 왕형 전하의 무훈을 널리 알려야 합니다!"

"과연, 과연. 그런데── 자색(紫色) 노공은 어떻게 되셨소?"

귀족들은 얼굴을 마주 보더니, 대표로 보디포 후작이 대답했다.

"노공께서는 몸이 불편해 이곳까지는 오지 않았습니다."

최연장자인 후작이 노공이라 한 것을 보면 알 수 있듯, 나이 80이 된 그 인물은 바로 구색의 일원이었다. 남부의 대귀족으로 후작위에 있는 그는 성왕가에 대한 충성으로 그 색을 얻었다.

이처럼 구색이란 모두 강함만으로 부여된 것은 아니며, 개중에는 매우 훌륭한 업적을 쌓은 자에게 주어지는 경우도 있다. 남색의 이름을 받은, 종합예술가로 고명한 공작부인도 그중 한 사람이었다.

보디포 후작의 대답에 드러난 거의 한순간의, 미처 숨기지 못했던 감정을 읽어내고 카스폰도는 마음속으로 의미심장하게 웃었다. 알고는 있었지만 실제로 직접 확인하면 이런 감정이 생겨나리라.

"……과연. 제군의 의견은 나의 생각과 일치하는구려."

카스폰도는 아인을 섬멸해 얄다바오트의 계획을 무너뜨리고자 하는 자신의 생각을 들려주었다.

"……그러나 만일 얄다바오트가 나타난다면 어떻게들 하실 것이오?"

"얄다바오트란 것이 그렇게나 강한 악마입니까? 커스토디오 단장이 폐하를 지키지 못했다고 들었습니다만?"

실제로 대치했던 적이 없기에 천진난만하게 묻는 그라네로 백작에게, 카스폰도는 무겁게 대답했다.

"매우 강하오. 우리는 마도왕을 초빙했고, 그가 얄다바오트와 대치하였는데, 그 전투는 무시무시했소."

"마도왕? 혹시 그 언데드 왕 말입니까?!"

놀라움에 찬 목소리가 솟아나는 것도 당연했다.

"아니? 그런 이야기는 듣지 못하였소? 그랬구려⋯⋯."

"타국의 군세를 빌리셨습니까, 왕형 전하?! 지나치게 위험합니다!"

"군세가 아니오. 마도왕 혼자였소."

"네?"

귀족들이 일제히 얼어붙었다. 그리고 해동되기까지는 조금 시간이 걸렸다.

"마도왕 혼자? 혼자라니, 왕이, 국가의 정점이 혼자 왔다는 뜻입니까?"

란달루세 백작에게 카스폰도는 그 말이 맞다며 고개를 끄덕였다.

"설마, 그런 일이 있을 수 있습니까? 그런 왕이 있을 리가요! 군대를 근처에 불러놓았던 것은 아닙니까?"

상식적으로 있을 수 없다고 다들 입을 모아 말한다. 그 자체가 무언가 책모가 아니겠느냐는 말도. 그러나 카스폰도는 이를 일도양단하듯 부정했다.

"그렇지만 그것이 사실이니 어쩌겠소. 마도왕이 군세를 불렀더라면 알다바오트와의 1 대 1 대결에 패했을 때 즉시 움직였겠지."

"패배했습니까? ……이해할 수 없군요. 언데드라 들었습니다만, 뇌까지 전부 썩어버린 것일까요? 하지만…… 그건 매우 위험한 일이 아닙니까?"

"위험하오. 허나 마도왕을 초빙했던 사자 중 한 명은 레메디오스요. 그녀를 바쳐 용서를 구하는 식의 외교수단이 필요하게 될 거요."

"그것으로 끝나겠습니까? ……그렇다고는 하나 마도국은 왕국의 영지에 세워졌습니다. 그렇다면 적대국을 지나 우리나라까지 올 수는 없겠군요. ……왕국이 멸망하면 경계가 필요하다는 뜻이 되지 않겠습니까?"

뭘 어떻게 해야 좋을지 모르겠다며 귀족들은 머리를 감싸쥐었다. 태양이 서쪽에서 떴는데 어떻게 하지? 하고 생각에 잠기는 것과 마찬가지였다. 그러므로 그들은 그 문제를 미루기로 결심한 듯했다.

"그건 그렇다 치고, 전하는 앞으로 어쩌실 계획이십니까?"

"나는―― 왕도를 탈환하고 싶소. 그것도 되도록 조속히."

"그러실 생각이시라면, 저희가 힘을 보태드리겠습니다!"

"전하는 얄다바오트에게서 이 나라를 구하신 영웅이 되시는 겁니다!"

"이 나라에 쳐들어온 아인의 군세는 10만. 지금은 3만여 정도까지 줄어들었을 겁니다. 그렇다면 이 도시에 있는 민병과 저희가 데려온 병사를 합치면 분명 쉽게 쓰러뜨릴 수 있습니다!"

"전하! '폐하'라 불릴 시기가 온 것 같군요!"

입을 모아 카스폰도가 원하던 말을 하는 귀족들에게, 카스폰도는 짐짓 자신의 뜻이 바로 그러하다는 표정을 지어주었다.

"음. 그대들의 협력이 있었기에 가능하겠지. 나는 그대들에 대한 감사를 절대 잊지 않겠네."

"무슨 말씀이십니까! 저희는 성왕국에, 성왕가에 충성을 다하고자 할 뿐입니다!"

카스폰도는 마음속으로 그건 아니겠지, 하는 웃음을 지었다.

"좋네. 그러면 제군. 왕도 탈환을 위해 행동을 개시하세나!"

2

남부 귀족들이 이끌고 온 군대와 합류해, 일주일 후에는 준비가 갖추어지고 다시 진군이 개시됐다.

다음 목표는 칼린샤의 서쪽에 있는 대도시, 프라트였다.

말을 타고 이동하며 네이아는 불만을 감출 수 없었다.

이성은 이 기회에——얄다바오트의 부상이 낫기 전에——아인을 섬멸한다는 방침에 동의했다. 하지만 감정은 이를 용납하지 않았다. 이해자를 더욱 늘려서, 마도왕을 수색하고 구출할 부대를 완벽하게 준비하는 데에 힘을 쏟고 싶었다.

그렇다고는 하지만 지휘관이 짜증을 내고 신경을 날카롭게 곤두세우면 부대의 사기에 영향을 미친다. 네이아는 레메디오스를 보며 그 사실을 깨달았다. 부하들에게 화풀이하는 것은 최악의 행위다.

마음을 가라앉히고자 크게 숨을 들이마시자, 약간 차갑고 청량한 공기가 폐 속으로 흘러들었다. 봄이 다가왔다고는 하지만 대기 속에는 아직 겨울의 존재감이 살짝 남아 있었다.

냉정함을 되찾은 네이아는 전방에서 전진하는 대군을 보았다.

약 9만 5천이나 되는 병단은 끝없이 이어졌다. 남부 귀족군이 약 3만, 해방군이 약 6만 5천이었다. 참고로 남부 귀족군의 나머지 2만 중 1만은 돌아갔으며, 1만은 칼린샤에서 휴식 중이다.

여기서 네이아가 이끄는 것은 궁병대 2천. 모두가 지원단체에 속한 자들이었다.

반면에 아인군의 잔존 병력은 추정 3만이므로, 압도적인 차이였다.

그러나 개개인의 힘을 비교하면 아인이 인간보다도 강하고, 무엇보다 얄다바오트에 대한 두려움 때문에 이만한 병력의 차이가 있더라도 방심할 수는 없었다.

이번 작전은 상처를 입은 얄다바오트가 움직이지 못한다는 것이 전제였다. 만일 부상을 치유했다면 이것은 순식간에 죽음의 행군으로 바뀔 것이다.

심장이 두방망이질을 치듯 날뛰기 시작했다.

역시 마도왕의 구출을 무엇보다도 우선시해야 했던 것 아닐까. 그런 생각만이 제자리에서 맴돌았다.

"──바라하 님. 다른 단체원이 배속된 부대의 정보가 필요하십니까?"

옆에서 나란히 말을 몰던 베르트란의 물음에 네이아는 눈을 깜빡였다. 그 말에 담긴 뜻을 이해할 수 없었다.

한동안 생각하고 이해한 네이아는 황급히, 고삐를 쥐지 않은 손을 얼굴 앞에서 흔들었다.

"아, 아뇨, 그런 스파이 같은 짓은 안 해도 괜찮습니다. 우리는 모두 같은 목적을 향해 가는 동지니까요."

"오오! 역시 바라하 님. 마도왕 폐하의 대변자. 자상하신 말씀입니다."

"⋯⋯⋯⋯⋯얼굴은 무섭지만."

베르트란의 칭찬에 이어, 네이아의 뒤에서 함께 말을 타고 있던 시즈가 불쑥 말했다. 그녀는 말을 타지 못한다고 해 동승한 것이다.

네이아는 매번, 매번 시즈에게 그런 말을 들어, 설령 존경하는 선배가 상대라 해도 조금 울컥했다.

'걸어가라고 할까 보다⋯⋯.'

당연히 시즈는 일반인보다 체력도 각력도 뛰어나다. 말을 탄 것은 마도왕의 부하인 그녀를 걷게 하는 것이 실례라 생각했기 때문이다.

듣고 있던 베르트란이 도와주려는 기색은 없었다. 부정도 긍정도 하지 않는다. 마도왕의 부하가 한 말이라서 그렇다기보다는, 명확한 사실이기에 부정할 도리가 없어서일 것이다.

'그야 부정은 못하겠지만요⋯⋯. 그렇지 않다면 미러셰이드를 쓸 이유도 없고⋯⋯.'

하지만 네이아도 어엿한 여자다. 얼굴이 무섭다는 말을 계속 들으면, 그것이 사실이고 자주 들은 말이라 해도, 상처를 받는 법이다.

"그런데 바라하 님. 본대에서 전령이 왔습니다. 선행부대가 아인의 대군을 발견. 총 병력 3만으로 추정되오며, 이곳에서 일단 진지를 구축하겠다고 합니다. 전령은 우리에게 그 말만을 전하고 본대로 돌아갔습니다만, 그렇게 하시겠습니까?"

"괜찮습니다. 베르트란 씨가 그렇게 생각하신다면 그렇게 하셔도 문제는 없습니다."

베르트란은 부관으로도 대활약하고 있었다.

"그건 그렇고, 아인은 야전을 바라는군요……."

아인연합군은 성왕국군에 비해 3분의 1 정도 병력이다. 개개인의 무용에서 뛰어나다고는 하지만 평야에 포진하고 전투를 벌이면 승산이 없을 것 같았다. 반대로 농성하면 도시의 방위기능을 활용할 수 있기 때문에 병력의 차이를 만회하는 것이 가능할 텐데.

아무튼 얄다바오트가 회복되면 이쪽의 승산은 몹시 떨어진다. 아인은 철저히 시간을 끄는 것이 최선의 수단일 터. 혹은 기병이 개입하지 못할 만한 장소에서 국지전을 전개할 생각인 걸까.

"예상되는 전장은 평지이지요?"

"예, 그렇습니다. 주위에 복병을 숨겨놓을 만한 숲 같은 것은 없습니다. 반대로 언덕도 없으므로, 어디에 포진할지를 두고 갈등이 생기겠지요."

"…………왜 그런 장소?"

시즈의 질문에 베르트란은 "이것은 짐작입니다만."이라고 전제를 붙이고 대답했다.

"도망칠 생각이 아닐는지요?"

"도망친다고요?"

"예, 바라하 님. 제룬이 배신했듯, 얄다바오트에게 심취한 아인만 있는 것은 아닙니다. 얄다바오트를 배신해서라도 도망치고 싶다, 살아남고 싶다고 생각하는 자들은 농성전이 아니라 야전을 선택할 겁니다. 농성전에서는 도망을 치기가 매우 힘이 드니까요."

베르트란의 눈에는 섬뜩할 정도로 어두운 감정이 엿보였다.

최근에 얻은 특수한 힘을 발동하지 않으면 위험할까 싶어 네이아가 눈치를 살피고 있으려니, 서서히 어둠이 걷히고 평소의 광채로 돌아왔다. 이제부터 전투가 시작되려는 상황이 증오를 한층 억제해 준 것이리라.

"…………대단."

"고맙습니다."

그의 판단에 감탄했다는 양 고개를 끄덕이는 시즈에게 베르트란이 고개를 숙이며 대답했다.

실제로 베르트란의 말은 앞뒤가 맞았다.

야전에서 전사했는지 도망쳤는지는 얄다바오트라 해도 파악하기가 쉽지 않을 것이다. 그렇다면 밤까지 기다려 한번 부딪치면 그들도 도망칠 기회를 얻을 수 있어 쓸데없는 전사자가 줄어들지 않을까?

네이아는 그런 생각을 했지만, 이를 입에 담을 수는 없었다.

이 나라 백성들에게 아인이 가져다준 비극은 너무나도 컸다.

'마도왕 폐하의 부하 아인은 그나마 간신히 용납된다지만, 그이외의 아인은 죽이라고 했으니까…….'

아인과의 화합을 호소하는 자, 아인의 편을 든 자는 은밀하게 린치를 당해 목숨을 잃었다는 소문이 돌았다.

실제로 마도왕과 함께 수용소를 해방했을 때는 그렇게 죽은 것으로 여겨지는 시체를 본 적이 있다. 아인에게 꼬리를 쳤던 자들의 주검인 듯했다.

"바라하 님. 상부가 어떻게 생각해 우리를 배속했는지는 알 수 없지만, 미리 각 소대의 지휘관을 소집할까요?"

"아닙니다. 자세한 배치가 확정된 다음에 해도 됩니다. 어디에 배치되더라도, 우리 부대원들이라면 어떻게 행동해야 좋을지 잘 알 테니까요."

네이아의 허리를 안은 시즈를 성왕국 상층부가 어떻게 이용할지에 따라 네이아 부대의 배치가 결정될 것이다.

아인에게 강자가 있다면 시즈를 쓰기 위해 최전선에 배치하리라. 평범하게 궁병으로 쓸 거라면 한복판이나 다른 궁병들과 같은 장소에. 만일 마도왕의 부하인 시즈를 활약시키고 싶지 않을 때는 최후방이 될 것이다.

네이아는 한 번 부딪치기 전까지는 후방에 배치될 거라 보았다.

그리고 그것은 세 시간 후에 정답임이 밝혀졌다.

*

하나로 뭉쳐 어린진에 가까운 진형을 취한 아인군을 상대하며 인간 측은 좌우로 크게 갈라졌다. 남부 귀족군 3만과 해방군 1만, 합계 4만이 좌익. 나머지 해방군 5만 5천이 우익에 서서 학

익진에 가까운 진형을 취했다.

인간 측은 이 전투에서 아인을 섬멸하고 싶다는 생각도 있었으므로, 포위하는 형태로 서서히 움직였다.

반면 아인 측은 돌파해 도망칠 생각인지, 아니면 난전으로 끌고 가 많은 인간을 죽일 생각인지 돌파력이 좋은 진형을 취했다.

결국 네이아의 부대는 전장에서 조금 떨어진 곳에 독립부대로 배치되어, 진지를 구축 중인 공병의 경호를 맡았다.

이것은 카스폰도에게서 온 칙명이라기보다는 부탁이었으며, 거의 자유행동 허가를 받은 셈이었다. 그러면서도 공병의 경호는 무시해도 상관이 없다니, 현재 성왕국의 정점에 위치한 사람이 지휘권을 포기한 듯한 지시를 내린 셈이다.

그 이유는 역시 시즈의 존재 때문이었다.

네이아가 지휘권을 가진 부대이기는 하지만, 그곳에 동행한 시즈——마도국의 주민 같은 존재——를 함부로 쓸 수는 없기 때문이리라. 성왕국 왕족이 마도국의 신하에게 명령을 내린다면 장래에 화근을 남길 수도 있다.

칼린샤 공략에서 그렇게나 활약한 시즈에게 무슨 새삼스러운 소리냐는 생각도 들었지만, 남부 귀족들이 오면서 대응이 조금 바뀐 듯했다. 현재만이 아니라 미래까지 내다볼 필요가 생겨났다는 뜻이리라.

네이아 부대는 대열을 갖추면서 멀리 떨어진 전장을 주시했다.

그렇다고는 하지만 거리가 꽤 멀었으므로 자신들이 전장에 있다는 긴장감은 없다. 이곳까지는 전장의 살기가 전해지지 않는 것이다. 부대 뒤에서 공병들이 나무망치를 휘둘러 말뚝을 때리는 소리가 참으로 목가적이었다.

"…………아직도 노려보기만? 언제 시작함?"

"시간이 지날수록 우리가 불리합니다. 이쪽이 선수를 쳐서 시작될 거라고는 생각하지만……."

시즈의 질문에 대답한 것은 베르트란이었다.

야음은 아인의 편이다. 이러한 평야에서는 달빛 정도만 있으면 똑똑히 보이겠지만, 하늘은 먹구름. 아인이 밤에 쳐들어오면 분명 힘든 싸움이 될 것이다. 지금 구축된 진지는 그렇게까지 견고하지 않으므로.

그러므로 밤이 되기 전에 인간 측에서 공격할 것이다.

게다가 병력 차이가 압도적이므로 여기서 완승해 적의 대부분을 없앨 경우, 어쩌면 얄다바오트의 계획을 뭉갤 수 있을지도 모른다. 다시 말해 그간의 긴 괴로움에서 성왕국이 구원을 받는다는 뜻. 수수방관할 이유가 없다.

네이아도 이로써 전쟁이 모두 끝나기를 바랐다. 그렇게 되면 더 이상 네이아를 속박할 존재는 없다. 마도왕을 찾는 데에 온 힘을 다할 수 있으리라.

네이아는 고개를 들었다.

날카로운 청력이 포효와 함께 달려나가는 소리를 포착한 것이다. 뒤늦게 들었는지 베르트란도 중얼거렸다.

"시작됐군요."

이 위치에서는 양군을 합쳐 10만을 훨씬 넘는 군세가 어떻게 움직이고 격돌하는지는 잘 알 수 없었다.

아인이 대기했던 평지는 너무나도 평탄해 전장을 널리 둘러볼 만한 고지대가 없었다.

조립식 망루가 있다면 좋겠지만, 그것은 현재 진지 내부에서 제작 중이다.

"……어떻게 함?"

"우리의 역할은 여기서 저분들을 지키는 거예요. 그 역할을 완수하죠."

숫자가 압도적으로 적은 아인군이 인간군의 대군을 벗어나 이곳까지 도달하리라는 생각은 들지 않는다. 시즈와 같은 최강의 전력을 이곳에 둔 것은 정치적으로는 좋은 방법일지 모르지만, 군사적으로는 그렇다고 할 수 없었다.

그녀를 전선에 투입하기만 해도 성왕국군의 피해는 격감한다.

모두가 그 사실을 알지만, 그러려 하지 않는다. 시즈의 이름이 더 퍼지는 것을 기피하는 것이다.

개죽음이야.

그렇게 생각은 하지만 입이 찢어져도 말로 할 수는 없었다.

이윽고 30분 이상의 시간이 경과해, 우익에서 환호성이 들려왔다. 날카로운 청각을 가진 네이아만이 아니라 네이아의 부대원 모두가 들을 만큼 큰 소리였다. 이만큼 떨어진 곳까지 들려오다니. 어지간히 대단한 전과를 올렸던 것이 분명하다.

전장에서 말을 타고 온 전령이 큰 목소리로 무슨 일이 있었는지를 알려주었던 것은 그로부터 10분 후였다.

"레메디오스 커스토디오 성기사단 단장님이 적군의 지휘관이자 얄다바오트의 측근 악마인 비늘악마Scale Demon를 토벌!"

그 말만을 알리고 전령은 달려나갔다.

네이아는 그것이 진실일지 의심스러웠다.

아니, 레메디오스가 악마를 쓰러뜨렸던 것은 사실이리라. 하지만 그것이 정말로 얄다바오트의 측근 대악마였을까?

네이아는 칼린샤에서 시즈와 싸웠던 그 측근 대악마가 얼마나 강한지를 알고 있다.

레메디오스가 그런 놈에게 이길 수 있으리란 생각이 들지 않았다.

'단장님이 그걸 쓰러뜨릴 만큼 강해졌나? 아니면…… 설마 가짜? 선배에게 물어봐야겠어.'

"시즈 선배, 질문이 있는데요. 비늘악마는 얼마나 강한가요?"

"……단장이라면 이길 정도."

"하지만 두관악마는 더 강했죠?"

"……악마 중에도 강한 놈이 있고 약한 놈이 있어. 비늘악마는 약한 축."

"그렇군요……."

네이아는 안도했다. 이제 이 나라에 있던 측근 대악마 두 마리는 모두 쓰러진 셈이다. 남은 것은 구릉지대에 있다는 대악마뿐인데, 지금은 그 생각을 해 봤자 별수 없으리라.

"이로써 이 나라는 구원을 받겠군요…… 적의 사령관이 죽었으니까요. 아인의 군세도 이대로 와해될 겁니다. 왕형 전하의 계산으로는 이제 끝이 났을 테니까요."

베르트란이 아쉬워하는 이유는 자신의 손으로 원한을 갚을 기회를 잃었기 때문이리라.

"⋯⋯⋯⋯패잔병 사냥 남았음."

"그렇군요! 역시 시즈 님!"

그렇게 대답한 베르트란의 환희 어린 얼굴이 이내 얼어붙었다.

좌익── 귀족군의 한복판쯤으로 여겨지는 장소에서 불기둥이 솟아난 것이다. 멀리 떨어져 있어도 확실히 알 수 있을 높이까지 치솟은 업화는 마치 하늘을 태우려는 것 같았다.

황급히 시즈를 돌아보았다.

저런 일을 할 수 있는 존재는 하나밖에 떠오르지 않는다. 그리고 그 상상을 시즈가 긍정했다.

"⋯⋯⋯⋯어떡해. ⋯⋯얄다바오트."

*

"레메디오스 커스토디오 성기사단 단장님이 아인의 지휘관이자 얄다바오트의 측근 대악마, 비늘악마를 토벌!"

우익에서도 카스폰도가 보낸 전령의 목소리를 듣고 환호성이 솟았다. 보디포 후작도 활짝 웃었다.

"흐하하하, 해냈다! 적의 대장을 잡다니! 그 여자, 머리는 좀 그래도 검술 실력만은 확실하다니까. 이제 적의 기세도 약해지겠지. 이대로 밀어붙여서 아인 놈들을 모조리 죽여버리라고 전해라. 한 마리도 놓치지 말라고!"

"예!"

병사들이 후작의 명령에 따라 즉시 흩어졌다.

"후작님, 해냈군요. 우리와 대치하던 부대의 지휘관을 이 전투에서—— 우리가 참가한 전투에서 물리치다니. 큰 행운입니다."

후작이 파벌 내에서 제법 눈여겨보고 있던 사내, 코엔 백작이 만면의 미소를 지으며 말했다.

"누가 아니라나, 백작. 이로써 놈들을 한 발짝 앞지른 셈이네."

남부 귀족연합과 오랜 시간 대치하고 국지전을 되풀이하던 아인군의 지휘관을 물리친 것이다. 이 공적은 매우 크므로 다른 남부 귀족들에게도 유효한 카드가 될 것이 분명했다.

레메디오스 커스토디오보다는 그녀의 여동생, 케랄트 커스토디오 때문에 신물을 들이켰던 적이 한두 번이 아니었다. 하지만 그런 원한을 모두 잊어버려도 좋을 만한 활약이었다.

그리고 이것은 카스폰도에게도 좋은 공적이 됐다. 까놓고 말해 이대로 마지막까지 살아남아 주기만 하면 다음 성왕 자리는 거의 확실할 것이다. 힘이 남아 있는 남부 귀족이라 해도 트집을 잡을 수 없을 테고, 자신이 전면적으로 뒷배가 되어주면 문제없다.

불안 요소라고 하면, 성왕가의 피를 이은 다른 자들이 어떻게 됐는지 모른다는 것. 하지만 죽었다면 아무 문제도 없다. 자신의 손을 더럽힐 각오는 없으므로 이 점은 그저 기도할 뿐이다.

후작은 기분 좋게 앞으로 귀족사회의 판도를 생각해 보았다.

성왕국에서 가장 권력이 큰 귀족가가 되기 위해, 앞으로는 잘 마무리해야 한다. 이제까지는 완벽했다. 남은 것은 이대로 가는 것뿐이다.

"백작. 아인을 남부로 몰아붙이는 것이 가능할까?"

"후작님, 그건 무슨 이유에서입니까?"

백작이 어리둥절한 표정을 지으며 곤혹스럽다는 목소리로 물었다. 후작은 그를 마음속으로 비웃었다.

그가 모를 리 없다. 그런 무능한 자를 중용하지는 않았으므로. 그는 이미 후작의 생각을 읽고서 놀란 척하는 것이다.

위대한 후작 각하는 자신이 생각지도 못한 일을 꾸미고 있구나 하는 시늉이리라. 시시한 아첨꾼의 부류였다.

후작은 넘어가 주기로 했다. 백작이 '후작은 내 손에서 쉽게 놀아나는 상대'라고 생각해 주면 활용도가 높아질 것이다.

"모르겠나? 우리 파벌을 제외하고 남부 귀족들을 약화시키는 데에 아인이 매우 좋은 도구가 될 걸세."

손가락 하나를 세우며, 말을 하고 싶어 견딜 수 없는 노인을 연기했다.

"북부 귀족들의 힘을 깎아낸 지금, 남북의 균형은 크게 기울어졌네. 이대로 가면 앞으로 성왕국에서는 남부 귀족들의 목소리가 커질 테지. 하지만 그건 앞으로의 성왕가에는 성가신 일이 될 게야. 우리가 협력하는 성왕가에는 말일세."

"역시 후작님이십니다. 거기까지 생각하시다니!"

뻔한 아첨이었지만 후작은 기분 좋다는 태도를 보이며 조금 큰 목소리로 말했다.

"그렇고말고. 우리에게는 유익하지 않은 귀족들의 영지를 어지럽혀주면 그보다 좋은 일이 없을 걸세."

백작이 황급히 주위의 눈치를 살피는 모습을 보며 후작은 수염을 만지작거렸다. 연기력이 좋은 자라고 생각하며.

"안심하게, 백작. 주위에는 신뢰할 만한 내 수하들뿐이니. 결코 이 이야기가 밖으로 새나가진 않을 걸세. 게다가 누가 그런 이야기를 믿겠나."

"그, 그렇군요. 하지만 그저 남부로 도망치게만 하는 것은 불확실한 요소가 너무 많습니다. 그렇다면 몰아붙이는 것은 이쯤 하고, 아인 놈들과 극비리에 협정을 맺는 것이 어떨는지⋯⋯."

"아인들을 고용한다? 나쁜 생각은 아니로군."

백작은 아인을 이용한다는 데에 혐오감이 있는 듯한 목소리와 태도를 보이지만, 이것도 어디까지나 연기일 것이다. 그는 이용할 수 있는 것은 철저하게 이용하는 타입이다.

그런 우수한 인재를 자신의 파벌에 두는 데에는 감시의 의미도 있었다.

실제로 백작가에는 자신의 수하 몇 명을 심어놓았다. 매료의 마법에 걸려도 들통이 나지 않도록 다른 파벌을 잘 이용해서.

"백작. 만일 아인과 거래할 기회를 얻는다면 자네도 함께 가겠나?"

백작의 눈 안쪽에서 온갖 계산이 이루어지고 있음을 후작은 알 수 있었다.

"저, 저야 가고 싶지 않습니다만, 후작님이 가라고 하신다면야 따르겠습니다."

이것은 후작이 그런 이야기를 했다는 정보를 얻어 후작에 대한 카드로 삼을 생각이 아닐까. 아니, 동행해버리면 공범이다. 카드로 삼기에는 약하다.

"⋯⋯그래? 그러면 전하께 말씀드려 아인에 대한 공격을 멈추도록 하는 편이 좋을까? 더 이상 희생을 늘릴 필요도 없을 테니. 이제는 테이블 위에서 승리를 거두기만 하면 된다고."

"그것이 좋지 않을까 합니다, 후작님. 다른 백작들이 온 힘을 다해 공격하는 듯하니, 어서 막는 편이 효과가 크지 않겠습니까?"

"그렇군."

충분한 전과를 원하는 그들을 막는 것은 미안하지만, 앞일을 생각하면 이 정도에서 그쳐주는 편이 좋을지도 모른다.

자신이 성왕국의 장래를 생각하는 입장이 되어가고 있다는 데에 후작은 환희를 품었다. 물론 결코 얼굴에는 드러내지 않았지만.

"그들에게 연락을——."

갑자기 치솟은 불기둥이 후작의 말을 중간에 가로막았다.

후작도 마법에 무지하지는 않았다. 직접 쓰지는 못해도, 신앙계 마법의 지식은 성왕국 귀족사회의 일반상식이다. 그렇다고는 해도 기껏해야 제2위계 정도까지이며, 다른 계통의 마법지식은 없다.

그러나 그런 후작도 지금 본 불기둥이 무시무시한 마법임을 알 수 있었다.

"뭔가. 저것은 혹시 제4위계인지 하는 영역의 마법인가? 케랄트 커스토디오나 성왕녀 폐하가 쓸 수 있다는."

"모, 모르겠습니다. 어, 어떻게 하지요, 후작님?"

"으, 으음. 잘은 모르겠네만, 일단은 조금 뒤로 물러나 안전한 장소로 이동하세."

군사 로비는 24세의 청년이다. 교육은 만족스럽게 받지 못했지만 이 세계에서는 자신이 모르는 것이 얼마든지 있다는 사실을 알 정도의 지혜는 가졌다.

그렇기에——

"인간이여. 내가 돌아왔도다. ——마도왕에게 입은 상처를 치유할 동안 아주 제멋대로 설치더구나."

——뱃속까지 울려 퍼지는 노호를 듣고, 그는 오줌을 지렸다.

젖은 바지가 피부에 달라붙는 감촉도 이제는 더 느껴지지 않았다.

눈앞에 있는 괴물의 강대함을 이해하고 죽음을 직감했기에 생존본능이 폭주하여 쓸데없는 감각을 차단해 살아남을 길을 빠르게 모색했다.

그러나 무언가를 찾아내기도 전에, 얄다바오트가 먼저 힘을 해방했다.

"죽어라. 분노의 불길에 휩싸여 그 목숨을 모조리 태우거라."

화륵, 불꽃이 치솟고 열파가 로비의 얼굴을 후려쳤다. 가공할 열량에 안구가 순식간에 말라붙으며 격통이 느껴졌다. 목에서 폐로 흘러드는 열기가 몸을 안쪽부터 달구는 듯했다. 아니, 그것은 사실이었다.

불길에 피부가 짓무르고 그곳부터 수분이 사라져 갔다. 표피가 타들어가면 다음은 피하지방, 근육, 그리고 신경에 이른다. 팔처럼 피하지방이 얇은 부분은 즉시 근육과 신경에 열기가 전해진다. 그렇게 되면 근육이 수축해 몸은 기묘한 포즈를 취하게 된다. 하지만 고열에 달궈진 갑옷의 금속 부분이 피부에 달라붙어 이를 막는다.

옷, 피부, 근육, 그리고 지방이 타버린 복부에서는 아직 깨끗한 내장이 쏟아져 내렸다.

인간의 몸속은 수분이 많다. 그렇기에 내부가 타버릴 때까지 시간이 걸린다. 화재가 났을 때는 몸속까지 타버리기에 충분한 시간이 있지만, 얄다바오트의 불꽃 오라에 발생한 마법적인 열은 얄다바오트가 이동하면 즉시 사라졌다.

그렇기에 발밑에 뿌려진 내장은 열기에 거의 변색되지 않고 깨끗한 핑크색이었다. 켜켜이 겹친 소사체와 피바다에 떠오른 독살스럽고도 선명한 색의 내장은 보는 이에게 구토감을 유발하기에 충분했다. 그야말로 이 세상에 느닷없이 현현한 지옥 그 자체와 같은 광경이었다.

신선한 내장을 쏟은 로비와 그 외, 50명이 넘는 인간의 새카맣게 탄 시체를 주위에 남기고, 얄다바오트는 걷기 시작했다.

얄다바오트가——새로이 소환된 분노의 마장이——걷는다. 그것만으로도 〈불꽃의 오라〉에 휩싸여 인간들은 간단히 죽어나갔다.

"비켜! 길 막지 마!"
비슷한 소리가 수도 없이 솟아났다. 그중에서도 가장 먼저 외친 것은 민병 프란세스크였다.

그는 평소에도 '나는 왜 이렇게 불행할까' 하고 생각했다.

성왕국은 징병제라서 어떤 사람이든 군에 속해야 한다.

그렇다. 설령 그와 같은 대상인의 아들이라 해도, 장래를 약속받은 사람이라도 말이다. 아버지가 기부한 돈 덕분에 편한 부대에 배속되기는 했지만, 군인으로서 살아가는 생활은 그에게 고통이었다.

그런 고통이 조금만 더 있으면 끝나리라 생각하자마자 이 전쟁이 터졌다.

불평불만을 입에 담지 않는 날이 없었다. 그래도 조금만 더 있으면 모두 끝나고, 자신은 다시 큰 가게의 후계자로서 그토록 좋아하는 돈을 늘리는 일로 돌아갈 수 있으리라 생각했다.

조금만 더 있으면 됐을 텐데.

조금만 더.

하지만 지금은 필사적으로 저 괴물에게서 도망치고 있다.

따라잡혔다가는 확실하게 죽는다.

공포 때문에 꼬일 것 같은 다리를 필사적으로 움직였다.

주위는 마찬가지로 도망치는 자들뿐이다. 그렇기에 마음만이 조급해질 뿐 좀처럼 앞으로 나갈 수가 없었다.

특히 프란세스크의 앞에 가는 뚱뚱한 남자는 눈에 거슬릴 정도였다.

그래서 프란세스크는 앞에서 가던 남자를 떠밀었다.

자신이 한 발이라도, 조금이라도 저 괴물에게서 도망치기 위해. 자신의 즐거운 미래를 위해.

그러나 떠밀고 가 봤자 그 앞에도 마찬가지로 도망치는 자가 있다.

떠밀린 자는 앞에 있던 자에게 부딪쳐, 많은 이들이 도미노처럼 쓰러질 가능성이 높다. 실제로 프란세스크의 앞에서는 그런 현상이 일어났다.

사람 한 명이라면 피할 수도 있었으리라. 점프해서 넘어가는 것도 가능했을지 모른다.

하지만 한데 뭉쳐 공처럼 굴러오는 사람들을 잘 피할 만큼 프란세스크의 신체능력은 좋지 못했다.

그는 공 위로 넘어졌다.

일어나려고 발버둥을 쳤지만── 그럴 시간은 생기지 않았다.

얄다바오트를 중심으로 한 불꽃의 오라에 휩싸였다.

프란세스크는 비명을 지를 여유도 없었다. 왜 자신이. 그런 생각은 솟아나는 격통에 순식간에 지워지고, 그저 온몸을 엄습하는 고통 속에서 발버둥을 쳤다.

프란세스크는 운이 좋았다. 왜냐하면 금방 죽을 수 있었으므로.

얄다바오트는 걸음을 멈추지 않았다. 인간들의 시커먼 시체를 짓밟으며, 무인의 황야를 걷듯 나아갔다.

"도망쳐! 도망쳐라!"

그런 당연한 소리를 하는 남자가 있었다. 이름은 군사 고르카. 검술 실력에 자신이 있는 자였다.

그런 그이기에 얄다바오트를 본 순간 그렇게 외칠 만한 용기가 있었다.

하지만 그것은 만용이었다. 왜냐하면 얄다바오트의 걸음이 고르카가 있는 방향으로 바뀌었으므로. 흥미가 동했는지, 아니면 우연이었는지는 알 수 없다.

따라잡힐 뻔했던 자들에게는 신의 사도지만, 새로운 진로에 있던 자들에게는 지옥의 사도였다.

그는 이 혼잡 속에서 괴물로부터 도망치기란 어렵다 판단하고 검을 들었다.

괴물의 시선이 움직이고, 자신을 포착하더니, 겨우 1초 뒤에는 고르카의 뒤로 이동했다.

그것이 괴물이 고르카에게 내렸던 평가.

한 번 쳐다볼 정도의 가치.

포효를 지르며, 고르카는 사람들의 흐름과 반대쪽으로 달렸다.

시커멓게 탄 채 쓰러진 사람이 계속해서 밀려드는 공포. 하지만 어쩌면 자신은 해낼 수 있을지도 모른다는 희망이 있었다. 어쩌면 놈에게까지 갈 수 있을지도 모른다는 희망.

그 답을 고르카는 자신의 몸으로 알았다.

격통이 내달렸다.

괴물에게 접근하는 것은 불가능.

고르카는 그보다 약한 군사들과 같은 거리에서 불길에 그을렸다.

고르카는 깨달았다.

저 괴물에게는 고르카 따위 흔한 평민과 전혀 다를 바 없음을.

도망치면 좋았을 거라는 후회는 불타는 고통을 온몸의 신경이 전해 주는 바람에 잊어버리고, 소리 없는 절규를 지르며 허물어 졌다. 그 주위에 굴러다니던 시체와 전혀 다를 바 없는 모습으로.

얄다바오트는 목적도 없이 걸었다. 그저 인간이 뛰어서 도망친다면 그것을 쫓아갈 뿐이었다.

"오지 마아아아아!"
도망친다.
신앙계 매직 캐스터로 이번 전투에 종군했던 비비아나는 도망쳤다.
긴 금발을 흐트러뜨리며 필사적으로 도망쳤다.
눈물도 콧물도 닦을 여유가 없었다.
저런 괴물에게 어떻게 이겨.
누군가가 뭐라고 말한다.
그런 건 아무래도 상관없어.
조금이라도 저 괴물에게서 멀어지고 싶다는 일념으로 달렸다.
앞을 달리는 자를 앞으로 밀어서는 안 된다. 옆으로 헤치듯 달렸다.
비켜.
비켜.
비켜.
왜 눈앞에 이렇게 방해되는 사람이 많은 거야.
자신 이외의 누군가가 죽든 상관없었다. 그저 자신만은 죽고 싶지 않았다.

그 마음으로 비비아나는 달렸다.

달린다고 해도 주위에는 비슷하게 이리저리 도망치는 자들로 넘쳐났다. 보통 인간보다도 뛰어난 각력을 가진 비비아나도 거북이처럼, 악마에게서 거리를 벌릴 수 없었다.

열기가 슬금슬금 뒷머리를 태우고 있었다.

"안돼에에에에에!"

사람이 죽어가는 끔찍한 모습이 떠올랐다.

"죽기 싫어어어어!"

당연한 외침이었다.

누구나 그렇게 생각한다.

죽음을 눈앞에 두고, 솔직하게 받아들이기란 어렵다. 그것이 갑작스러우면 갑작스러울수록.

"아파아아아아아아!"

너무나도 강한 열기는 아픔으로만 느껴진다. 뇌가 견디지 못할 만한 아픔을 느끼고 자신이 죽는 것을 깨닫는다. 싫어. 죽고 싶지 않아. 그저 그것만을 생각하며 비비아나는 타 죽었다.

얄다바오트는 시시하다는 생각을 하며 묵묵히 나아갔다.

"도망치지 마라! 싸워라!"

말을 탄 용감한 사내가 부르짖었다.

레온시오는 후작을 섬기는 가신 가문의 차남이었다. 검술 실력을 평가받기 원해 이 전쟁에 참가했다. 그의 주위에 있던 것은 아버지가 맡겨준, 실력에 자신이 있는 자들이었다.

고통스러워하는 자세로 숨이 끊어진 시체를 뒤에 남긴 채 어기적어기적 걸어오는 악마에게서 도망치고 싶다는 마음은 있었다. 그러나 도망치면 그의 미래에 빛은 없다. 찬란한 미래를 위해서는 여기서 도박을 해야만 했다.

그렇게 판단한 그는 되풀이해 외쳤다. 도망치지 말라고.

그러나 그가 탄 말은 달랐다. 다가오는 악마가 무시무시한 괴물임을 직감하고 도망치려 했다.

수많은 인간이 이리저리 도망치는 가운데, 말이 달려나가면 어떻게 될까.

간단하다. 인간과 함께 말이 쓰러진다. 말에 깔린 자들이 비통한 비명을 지른다. 아니, 그렇게 죽는 사람도 있었다.

그리고 위에 타고 있던 레온시오도 크게 날아가 땅바닥에 굴렀다.

운 좋게 사람 위로 떨어졌으므로 도망치던 자들에게 짓밟히는 사태는 면했다.

그러나—— 일어나려 했던 레온시오의 팔에 격통이 느껴졌다. 나가떨어졌을 때 삐었던 것이리라.

넘어질 때의 충격으로 검도 어디론가 사라져버렸다.

찾으려 하다가—— 그 순간, 모든 것을 잊을 만한 격통이 온몸을 엄습했다. 이런 아픔은 레온시오의 인생에서 처음이었다.

사고는 아픔에 모두 빼앗겼다.

격통으로 산산이 끊어지는 사고 속에서 머릿속에 떠오른 유일한 생각은 '내가 왜'였다.

"……흐음."

불타 죽은 인간의 시체가 산을 이루는 장소에 홀로 서서, 얄다바오트의 역할을 다한 마장은 도망치는 인간들을 바라보았다.

조금 재미가 없었다.

불꽃의 오라는 시시한 능력이다. 그저 주위에 화염 대미지를 줄 뿐이며, 화염 대미지에 저항을 부여하는 마법만 쓴다면 상당한 양의 대미지를 차단할 수 있다. 물론 자신에게 주어진 지혜 덕에, 이 나라의 일개 병졸에게는 그러한 힘이 없다는 사실은 잘 안다.

그는 악마지만 단순히 약한 자를 괴롭히는 것을 좋아하지는 않았다. 군이 비교하자면 스스로가 강하다고 생각하는 약자를 괴롭히는 것을 좋아하는 타입이다. 그렇기에 용감하게도 도전하는 바보스러운 자칭 용사가 있기를 바랐는데, 유감스럽게도 없는 듯했다.

분노의 마장은 굴러다니던 시커먼 시체를 발로 밟았다.

압력에 못 이겨 내장이 터져 나오고 순식간에 타들어갔다.

내용물이 담겨 있었기에 악취가 퍼져 나간다.

분노의 마장은 발을 돌렸다.

진짜로 싸우고자 하늘을 날아 추격하면 훨씬 많은 사망자를 낼 수 있겠지만, 인간들은 그 사실을 알고 있을까, 하는 의문을 품으며.

당당히 아인의 진영으로 돌아가는 악마의 뒷모습을, 모두가 말없이 넋을 놓고 바라보았다.

저 괴물은 대체 뭐냐. 그런 질문을 하는 자는 없었다. 그리고 누군가에게 물어볼 필요도 없었다. 어떤 어리석은 이도 이해할 수 있었다.

마황 얄다바오트.

성왕국을 유린하고 많은 백성에게 눈물을 흘리게 한 존재.

두 나라에서 날뛰었던 악마는 인간이 절대로 이기지 못할 존재라는 사실을 많은 이들에게 보여주고, 승리의 희망에 가득 찼던 사람들을 다시 비명과 절망으로 물들이고자 돌아온 것이다.

4

침묵을 머금은 공기란 이렇게까지 무거울 수 있구나. 네이아가 그렇게 감탄해버릴 정도로, 호출을 받아 찾아간 천막 내부의 공기는 침통했다.

일부러 가져다 놓은 훌륭한 테이블을 에워싼 남부 귀족들의 낯빛은 새파랗게 질렸다. 아니, 그들뿐만 아니라 해방군의 중진도 마찬가지였다.

당연한 반응이다.

얄다바오트의 압도적인 힘을 보고도 충격을 받지 않을 사람이 있겠는가. 물론 지난번에 그를 만났을 때의 네이아는 충격이 적었다. 하지만 네이아가 대치했을 때는 마도왕이라는 위대한 존재를 잃었다는 다른 충격이 가장 앞섰다. 게다가 이제까지 보았던 온갖 광경에 마음이 둔감해져버린 것도 있을지 모른다.

하지만 치열한 전투에 몸담아본 적이 없던 남부 귀족들의 입장에서는 경악도 이만저만이 아니었으리라. 그저 걷기만 하는데도 사람이 퍽퍽 죽어 나가고 무참한 시체를 남긴다면.

게다가 10만에 가까웠던 병력이 단 한 마리의 악마 때문에 공황에 빠져 와해될 뻔했으니.

"──뭡니까. 뭡니까. 대체 뭐란 말입니까! 그 괴물은!"

도밍게스 백작의 목소리는 점점 커졌다.

반면에 얄다바오트의 압도적인 힘을 잘 아는 카스폰도는 그저 어깨를 으쓱했다.

"저게 얄다바오트일세. ……놈의 힘에 관해서는 한 점의 거짓도 없이 설명했을 텐데, 도밍게스 백작."

"걷기만 해도 사람이 죽는다니, 그런 능력을 가졌다는 말은 못 들었습니다!"

그게 문제냐고 네이아는 마음속으로 딴죽을 걸었다.

"그건 그렇군. 마도왕── 폐하와의 전투는 도시 내에서 벌어졌기 때문에 전모는 알 수 없었네. 하지만 얼마나 큰 힘을 가졌는지는 설명했지. 그렇다면 그런 능력 정도는 있다고 해도 이상할 것 없지 않나?"

"그, 그렇지만!"

"──백작. 하고 싶은 말은 잘 아네. 백 번 듣는 것보다 한 번보는 편이 이해가 빠르다는 말은 바로 이럴 때 써야겠지."

그렇게 말한 것은 후작이었다. 역시나 관록이 있다고 해야 할까. 다른 자들만큼 조바심을 드러내지는 않았으니.

"······그러나 그 이야기를 지금 해 봤자 아무 도움도 되지 않네. 앞으로 어떻게 해야 할지를 말하는 게 어떻겠나?"

"그렇습니다, 후작님. 어떻게 하는 것이 좋겠습니까?"

산츠 자작이 빠른 어조로 물었다. 자신이 있는 장소가 안전하지 않다는 것을 알면 그런 태도가 되는 것도 당연하다.

그들 남부 귀족들의 입장에서는 압도적인 병력으로 적은 병력을 없애 국가를 구한 영웅이 되는 간단한 일이었을 것이다. 하지만 더 이상은 그렇지 않다. 이제는 자신들이 사냥당하는 처지가 되었다.

팔짱을 끼고 입을 꾹 다문 후작을 대신해 대답한 것은 카스폰도였다.

"병력의 차이는 압도적일세. 문제는 그 차이를 얄다바오트 하나가 뒤집어버린다는 것이지. 왕형으로서 제군에게 묻고 싶네. 어떻게 하면 이 상황에서 승리를 얻을 수 있겠나."

잠시 정적이 이어진 후, 후작이 그때까지 보이지 않았던 절대적인 자신감으로 넘쳐나는 목소리로 말했다.

"카스폰도 왕형 전하. 전하께서 말씀하셨던 이야기에 따르면, 아인을 섬멸하면 얄다바오트도 물러날지 모른다고 하지 않으셨습니까? 그러면 그렇게 할 수밖에 없겠군요."

"후작님! 아직도 싸우시겠다는 겁니까!"

"그렇다네, 란달루세 백작. 지금 도망친들 도망칠 수 있을 것 같나?"

"······후작님. 모두 다 도망치기란 어려울지도 모르지만, 소수 인원이 도망치는 것은 가능하지 않겠습니까?"

코엔 후작의 제안에 동석한 레메디오스가 흥 코웃음을 쳤다.

"칼카 님의 이념도 이해하지 못하는 무능력자에게는 잘 어울리는 생각이군."

"뭐야!"

"도망치고, 살아남아서, 그 다음에는 어떻게 하겠다고? 벌벌 떨며 헛간의 짚더미 밑에라도 숨을 텐가? 귀족이잖아? 그럼 백성들을 위해 자신이 희생하겠다는 말 정도는 해 보는 게 어때?"

"그러는 너는 뭐냐, 커스토디오 단장! 성검을 든 성기사이면서 악마 하나 이기지 못하는 이 상황은!"

고함을 지른 것은 란달루세 백작이었다.

눈을 번들번들 빛내는, 유령 같은 그녀가 그쪽을 돌아보았다.

"그래. 나는 못 이기지. 그놈의 언데드 정도밖에는 없다. 놈과 제대로 싸울 만한 자는. 하지만 시간을 끌기 위해서라면——백성들의 목숨을 1초라도 연장시키기 위해서라면 나는 놈과 싸우다 죽겠다. 그런데 너는 어떠냐?"

죽음을 각오한 전사와, 죽음에서 도망치는 귀족. 두 사람이 눈싸움을 하면 어느 쪽이 이길지는 명백했다. 란달루세 백작이 눈을 돌리고, 이를 레메디오스가 야유하듯 비웃었다.

"왕형 전하. 나는 성기사들에게 죽으라고 명령할 생각인데, 이야기가 더 필요할지?"

"각오를 다지게 하는 것도 중요하네만…… 뭐, 다녀와 주겠나? 몽타녜스 부단장은 남겨주었으면 하네만 상관없을까?"

"그렇군. 그러면 구스타보, 부탁하네."

레메디오스는 그 말만을 남기고 흐느적거리는 걸음으로 천막을 나갔다. 마지막으로 네이아의 곁에서 멀거니 서 있던 시즈를 한 번 노려본 후.

"여러분, 단장님의 무례를 사과드립니다."

"누가 아니라나!"

그렇게 외친 귀족에게 구스타보는 눈을 부릅떴다.

"그러나 그 말씀은 곧 성기사단 모두의 뜻입니다. 우리 성기 사단은 전원이 백성의 방패가 되어 죽을 각오를 했습니다. 귀족 으로서 남들의 위에 서는 여러분께서도 그럴 각오를 해 주셔야 하지 않겠습니까. 지휘관이 도망쳐서는 전쟁을 할 수가 없으니 까요."

"뭐!"

어느 귀족이 놀란 소리를 낸 것인지 네이아가 찾아보기도 전 에 보디포 후작이 목소리를 높였다.

"그렇게까지 해야 하나? ……우리는 아름답게 죽고자 작전을 짜는 것이 아닐세. 이기기 위해서지. 안 그렇습니까, 전하?"

"옳은 말일세, 후작. 얄다바오트가 지휘권을 완전히 쥘 때까 지 그리 시간이 많지 않네. 그때까지 이기기 위한 길을——."

"——어떻게 이깁니까! 그 악마의 힘을 보지 못했습니까!"

그라네로 백작이 벌떡 일어나 고함을 질러댔다.

"마법을 쓰고, 공격하고, 그런 힘을 쓴다면 그나마 그걸 막을 만한 수단을 생각할 수도 있겠죠! 하지만 놈은 걸어 다녔을 뿐 입니다! 걷기만 해도 주위가 불지옥으로 변한단 말입니다!"

"그라네로 백작은…… 분명 마법적인 지식이 있었지. 무언 가……."

"배운 것 중에 그런 힘은 없었습니다……."

"그래……? 그럼 이를테면 적의 아인이 1만 정도 남았다고 치고. 얄다바오트에게서 도망치면서 아인만을 섬멸하는 것은 어떻겠나."

카스폰도의 제안에 후작이 무겁게 동의했다.

"그 수밖에 없겠군요……. 너무나도 어렵겠지만, 얄다바오트를 우리가 쓰러뜨리기란 그 이상으로 어려울 것입니다."

"잠시 기다려 주십시오."

손을 들고 발언한 것은 코엔 백작이었다.

"저는 반대합니다. 아인이 전멸한다면 얄다바오트는 떠날지도 모릅니다. 하지만 그러기 전에 분풀이로 이 자리에 있던 전원을 죽이고 가지 않으리라는 법이 없습니다."

정론이었다. 그렇다면 당연히 카스폰도의 질문이 날아든다.

"그러면 어떻게 하겠다는 건가?"

"교섭을 하면 됩니다."

진지한 표정으로 단언하는 코엔 백작에게 여러 사람이 실소를 흘렸다.

비웃음을 샀다는 사실에 코엔 백작은 얼굴을 시뻘겋게 물들였지만, 그가 무언가 말하기도 전에 카스폰도가 먼저 물었다.

"백작. 그 악마와 어떤 거래를 하겠나?"

"어, 어디 보자. 이를테면, 무사히 돌려보내 줄 경우에는 무언가를 준다거나……."

"무엇을 말인가. 우리를 죽여서 빼앗는 편이 간단하지 않을까? 아니면 여기에는 없는 것을 주겠나? 어떤 것을?"

"전하, 기다려 보십시오! 저는 싸우는 것만이 능사가 아니라는 말을 하고 싶었을 뿐입니다! 교섭하는 방법도 있지 않겠느냐는 생각을 말씀드렸을 뿐입니다."

"백작의 생각은 조금, 뭐랄까, 희망적 관측이 강한 것 같네. 무엇보다 누가 그런 괴물과 교섭을 하겠나⋯⋯. 그런데 듣자하니 마도왕 폐하가 메이드 악마를 지배했고, 그 힘이 칼린샤 탈환에 공을 세웠다고 들었네만. 그 메이드 악마의 힘으로는 어떻게 안 되겠나?"

그라네로 백작의 시선이 시즈를 향했다.

"⋯⋯⋯⋯⋯나는 얄다바오트는 못 이겨. ⋯⋯시간 끄는 것도 어려움."

"하오나 커스토디오 단장님과 함께 싸운다면 조금 더 시간을 끌 수 있지 않겠습니까?"

의견으로는 옳다. 카스폰도의 안을 실행한다 해도 얄다바오트를 조금이라도 붙들어놓을 수 있는 사람이 필요하다.

하지만 그것은 그녀에게 죽으라는 것과 마찬가지다.

"⋯⋯⋯⋯⋯음─."

시즈가 고개를 기울여 천장을 올려다보았다.

"⋯⋯⋯⋯⋯난감해."

"어떻습니까? 그렇게 해 주신다면 마도국과 성왕국의 유대도 깊어질 텐데."

"⋯⋯⋯⋯⋯음─. 음!"

"받아들여 주시겠습니까?!"

여기서는 무슨 말로 끼어들어야 정답일까, 네이아가 생각하는 사이에 시즈가 대답했다.

"…………거절할래."

"이, 이유를 들려주시면?"

"…………딱히 없어."

"따, 딱히 없으십니까?"

황당해하는 도밍게스 백작의 질문에 시즈는 고개를 끄덕였다.

"얄다바오트가 무섭습니까!"

"…………응? ……그럼, 그게 이유. 무서우니까 싫어."

끅. 도밍게스 백작은 입을 다물었다. 이런 말을 들으면 받아칠 재간이 없다. 시즈가 "안 무섭다면 네가 나가서 시간을 끌어."라고 했다간 끝장이다. 게다가 논리적으로 거절했다면 그 논리를 뒤집을 만한 무언가를 제안하면 되겠지만, 감정으로 싫다고 말하면 매우 성가시다.

조용해진 천막 내에, 호출되어 참석한 해방군의 중진, 수천 명의 군사와 민병을 지휘하던 한 사람이 불쑥 입을 열었다.

"얄다바오트가 완전히 지휘권을 장악하기 전에 냉큼 도망치면 어떻습니까. 저런 괴물에게는 도저히 이길 수 없습니다. 전에는 마도왕이 있었다지만, 지금은 없습니다. ……누군가 이길 수 있을 법한 인물을 모릅니까? 없지 않습니까. 남부까지 도망치면…….'"

발언자의 옆에 있던 다른 지휘관이 불쑥 말했다.

"……얄다바오트가 남부까지 쫓아오지 않으리란 보장이 있나?"

조금 전의 발언자가 테이블을 쾅 두드리며 외쳤다.

"그럼! 왕형 전하의 생각대로 아인만 죽일 수밖에 없잖아! 도망치지 못한다면 그 방법밖에 없겠네, 싸울 수밖에! 간단하잖아!"

"그렇지. 살아남을 수 있는 길은 그뿐이지. 그런 지옥을 다시 한번 겪으라니, 고개 숙여 사양하겠어. 일단은 서둘러 진지를 구축하게 하고——."

그때 천막이 힘차게 열리더니 카스폰도의 직속 군사가 뛰어들었다.

"전하! 아인 군세에 움직임이! 진형을 갖추고 있습니다!"

지난 전투에서는 진형다운 진형은 없었다. 얄다바오트가 지휘권을 장악한 결과라고 봐야 하리라.

"그렇군. ……제군, 곧 적이 쳐들어올 걸세. 이쪽도 싸우기 위한 준비를 조속히 마치세!"

카스폰도의 말에 그 자리에 모였던 자들이 일제히 일어났다. 네이아도, 그리고 시즈도 함께였다.

시간을 아쉬워하며 모두 앞을 다퉈 천막을 뛰어나간다.

마지막으로 천막에 남아 있던 것은 네이아와 시즈였다. 네이아의 부대는 단단히 통솔이 됐으므로 이제 와서 각오를 다질 필요도 없었다.

네이아는 천막으로 뛰어든 전령이 굉장히 심각한 표정인 데에 다소 위화감을 품었으나, 그것을 어떻게 하지도 못한 채 시즈와 함께 자신의 부대로 돌아갔다.

"그래, 좋지 않은 이야기가 아직 남은 모양이군."

"예, 왕형 전하! 저분들을 돌려보내도 괜찮으시겠습니까?"

"그건 자네의 보고를 듣고 나서 생각함세."

직속 부하들에게는 제3자가 있는 장소에서는 결코 이미 알려진 것 이외의 정보를 누설하지 말라고 말해 두었다. 그런 그가 혼자서 마지막까지 천막에 남아 있었다면 그 이유밖에 없으리라.

"……전하. 동쪽에서 아인의 군세가 오고 있습니다. 이대로 가면 한 시간 후에는 이곳에 도착할 것입니다."

"그럴…… 수가."

카스폰도는 목소리를 높일 뻔했지만 필사적으로 참았다. 천막 밖으로 들려서는 안 될 말이었다.

"동쪽에는 칼린샤가 있네. 그곳에서는 아무런 연락도 없었잖나? 크게 우회했다 쳐도 척후를 나갔던 자들의 눈을 어떻게……. 혹시 극소수인가?"

"아닙니다, 1만은 넘을 것으로 보입니다. ……어떻게 하시겠습니까?"

아인의 잔존병력에 1만이라는 병력이 더해져도 아직은 성왕국 측의 병력이 많다. 하지만 동쪽에서 왔다는 것이 끔찍했다. 소수 병력으로 협공해 봤자 보통은 한쪽을 없앤 후 나머지 하나를 없애면 그만이지만, 이번 상대에게는 얄다바오트가 있다.

이것은 도주경로를 차단당했다는 것과 같다.

"……그럼, 잘 듣게. 그 정보를 절대로 다른 자들에게 알리지 말게."

놀란 표정을 짓는 전령에게 카스폰도가 싸늘하게 말했다.

"그 정보는 너무나 위험하네. 만일 그 이야기가 전군에 퍼지면 전의가 붕괴되어 이길 수 있는 싸움도 이기지 못하고, 많은 희생자가 나올 걸세. 단결하기 위해서는 알려선 안 돼."

"전하……."

"……괜찮네. 한 시간 안에 이기면 되니. 너무 걱정 말게나."

"……알겠습니다."

"그리고 동쪽으로는 척후를 보내지 말게. 공연히 정보가 흘러 나갔다간 그것만으로도 분열을 일으켜 각개격파당할 걸세. 최대한 숨기는 걸세. 알았나?"

"예!"

수긍하지 못하는 분위기였지만, 카스폰도의 말도 지당하다고 생각했는지 전령은 천막을 나갔다.

인기척이 사라진 천막 속에서, 카스폰도는 혼자 얼굴을 움켜쥐었다.

＊

다 만든 나무 방책은 너무나도 간소했으며, 서쪽과 북쪽은 완성됐지만 남쪽은 절반 정도, 동쪽은 전혀 만들지 못했다. 그런 장소에 갇혀 싸우는 것보다는 역시 넓게 진형을 짤 수 있는 평지에서 싸워야 한다는 의견에 따라 거점을 포기하고 평지에 군세를 전개했다.

선택된 진형은 횡진이었다.

얄다바오트가 출현한 부대는 궤멸될 것이다. 그렇다면 이를 무시하고 다른 부대가 아인을 공격하면 된다. 그런 희생을 각오한 진형이었다. 그중에서 레메디오스가 이끄는 성기사단은 어디에도 배치되지 않은 유격대가 됐다. 얄다바오트가 출현했을 때 그곳으로 가기 위해서다.

네이아가 이끄는 궁병부대도 마찬가지로 유격대였다. 네이아는 여기에 두 가지 의미가 있다고 내다보았다. 마도왕의 부하인 시즈를 쉽게 피신시키기 위해, 그리고 만약 시즈가 얄다바오트와 교전할 마음을 먹는다면, 자유롭게 움직이지 못하는 부대에 있을 때는 전열에 구멍이 뚫리게 되기 때문이리라.

네이아의 부대는 얄다바오트가 출현할 경우 어떻게 해야 할지를 이미 상의해 두었다.

아인을 물리치러 갈까, 아니면 안전한 장소로 갈까. 그것도 아니면―― 얄다바오트와 싸울까.

모두의 대답은 하나였다.

아인을 물리치러 간다.

분명 모든 악의 근원인 얄다바오트에게는 깊은 원한이 있다. 하지만 마도왕조차 이기지 못했던 상대가 아닌가. 자신의 분수는 잘 알고 있다. 조금이라도 전략상의 승리에 다가가기 위해서는 아인을 섬멸하는 데에 힘을 쏟는 편이 낫다. 큰 은혜를 입은 마도왕의 부하인 시즈를 함부로 죽게 하고 싶지 않다는 이유도 없지는 않았지만.

네이아는 말을 타고 적군을 노려보았다.

지난번 전투에서는 여기저기 허술한 곳이 많던 아인연합의 진용은 이제 물 샐 틈 없는 위용을 보였다. 병과가 서로 다른 종족끼리 뭉쳐 그저 여러 개의 무리에 불과했던 것이, 이제는 세

련된 군대의 모습으로 정렬한 것이다.

과거에 이렇게까지 정강한 인상을 주는 전열이 있었을까. 나란히 늘어선 방패는 비할 데 없이 견고했으며, 숲속의 나무처럼 솟은 창과 검의 광채는 눈이 부실 정도였다. 얄다바오트의 지휘 능력이 얼마나 뛰어난지, 그의 구심력도 여실히 말해 주고 있었다.

아니——.

'당연하겠지. 그렇게 압도적인 힘을 보여주는데 따르지 않을 놈이 어디 있겠어.'

아인은 강함을 중시하는 자가 많다. 그렇다면 기꺼이 얄다바오트 밑에 들어갈 것이다.

전투는 금세 시작됐다.

네이아의 부대도 후방에서 화살을 쏘았다.

3천 명이 일제히 날린 화살이 비처럼 쏟아졌다.

이번 전투에서 인간 측은 옆으로 넓게 포진했으므로, 어쨌거나 짧은 시간 안에 승리를 거두려는—— 아인을 섬멸하는 작전이었다.

중장기병의 돌격도 아끼지 않았다. 배수진을 친 자들의 치열하고도 앞뒤 가리지 않는 공세. 이에 대해 아인 측은 방어를 다졌다.

단번에 몰아치는 이번 공격이 장작을 넣은 화톳불처럼 한순간으로 그치리라는 사실을 이해했기 때문이리라. 모두 타버린 장작은 너덜너덜 무너져내릴 뿐이니까.

개인의 무력에서 밀리는 인간이 방어를 다진 아인군을 무너뜨리기란 어렵다. 아니, 얄다바오트가 없었을 때의 아인군이라면 그것도 가능했으리라. 하지만 지금은 다채로운 종족이 개개의 능력을 최대한 발휘할 수 있는 편성이었다. 약점을 서로 보완하고, 강점을 서로 드높이는 것이다.

바로 몇 시간 전의 우세가 꿈처럼 여겨질 정도의 방어능력. 수없이 돌격하고 창을 내지르고 화살을 쏘아도 그 견고함은 조금도 흔들리지 않았다. 그뿐이랴, 공세를 펼치는 성왕국 측의 피해가 더 클 정도였다.

시간이 시시각각 흘러갔다. 야간에 돌입해서는 안 된다. 아니, 그 전에 기력과 체력을 소진해 반대로 무너져버릴 것이다.

게다가――

"얄다바오트 2A 지구에 출현! 보병 제2부대 궤멸!"

"보병 제4부대 반파!"

"창병 제6부대 반파!"

――전령이 큰 목소리로 전장의 상황을 전했다.

"이번엔 저쪽?!"

이 전장은 카스폰도의 아이디어에 따라 여러 개의 구역으로 나뉘었다.

군을 조금이라도 움직이기 쉽게 하고자 번호를 배정한 것으로, 매우 엉성하기는 했지만 어느 정도의 기준은 됐다.

그 부근에 있는 군세가 얄다바오트에게서 도망쳤는지, 전열이 매우 흐트러진 것을 이곳에서도 알 수 있었다. 그곳으로 아인의 공세가 시작되어, 녹아내리듯 병단이 붕괴됐다.

이거다.

단 한 번 얄다바오트가 나타나, 그 힘을 발휘하는 것만으로도 500명으로 이루어진 부대가 궤멸하고 천 명에 가까운 사상자가 나온다. 그렇게 생겨난 상처에 아인의 군세가 돌격해 더 많은 희생이 나온다.

이렇게 해 아인군이 기고만장하면 좋겠지만, 어느 정도 따라와 타격을 입히고는 즉시 후퇴해 다시 거북이처럼 틀어박힌다. 이래서는 난전으로 들어가 얄다바오트가 힘을 발휘하기 어렵게 만든다는 전술도 쓰지 못한다. 이것도 얄다바오트의 완벽한 통제가 낳은 작전이리라.

레메디오스가 이끄는 성기사단이 2A 지구로 서둘러 달려갔다. 하지만 도착했을 때는 이미 얄다바오트의 모습은 없었다. 전이로 이동해, 비웃듯이 다른 장소에서 다시 나타났다.

그것이 조금 전부터 반복되고 있었다.

위험한 정도가 아니었다.

하지만 네이아에게서도, 그리고 네이아의 주변에 있는 그 누구에게서도 좋은 생각이 떠오르지 않았다. 네이아의 부대는 그저 아인의 부대를 향해 비처럼 화살을 쏟아붓는 것 말고는 할 수 있는 일이 없었다.

시즈는 네이아의 곁에서 전장의 양상을 지켜볼 뿐이다. 그녀의 무기는 활과 달리 곡사로 쏠 수 없으므로, 그녀의 묘기를 보일 기회를 놓치고 있었다.

이윽고 손가락이 아파질 정도로 화살을 쏘았을 때, 화살통이 비었다. 그리고 그것은 네이아만이 아니었다.

"바라하 님! 화살! 얼마 남지 않았습니다!"

화살도 무한한 것은 아니다.

"……잠시 물러나 보급하겠습니다!"

네이아의 지시에 부대는 후방, 보급부대를 향해 돌아갔다.

"준비는 끝났나요?"

"예, 바라하 님. 언제든 갈 수 있습니다!"

"그러면──."

출발, 이라고 외치려던 네이아는 동쪽에서 말을 타고 달려오는 척후 몇 명을 발견했다.

"동쪽에서 아인 군세 접근 중! 경계하라!"

"──뭐?"

네이아는 놀라 돌아보았다. 눈을 가늘게 뜨고 노려보듯 쳐다보니, 먼 곳에서 희미하게 흙먼지가 피어났으며, 그곳에 인간형의 실루엣 같은 것이 보였다. 상대의 이동 속도에 따라서도 다르겠지만, 그리 많은 시간이 걸리리라고는 여겨지지 않을 만한 거리였다.

이런 실수를.

눈앞의 아인과 싸우는 데 급급해 후방 경계를 허술하게 했다.

꿈이라고 믿고 싶었다. 칼린샤에 남아 있던 사람들이 원군으로 달려와 준 거라고 생각하고 싶었다.

하지만 그럴 리가 없다. 그랬다면 파발을 보내는 등 미리 알려주었을 테니까.

네이아는 발밑이 무너지는 듯한 기분을 맛보았다.

너무나도 절망적인 정보였다.

적 원군과의 협공── 얄다바오트의 노림수는 이것이었다.

자신을 앞으로 내세우지 않고 아인에게 싸우게 한다. 그렇게 하면 승리 조건의 달성을 위해 도망치지도 못한 채 인간들은 싸울 것이다. 그 자리에 못 박아놓고 도망치지 않게 하려는 목적이었던 것이다.

다시 말해 얄다바오트는, 아인을 섬멸하면 도망쳐줄지도 모른다는 이쪽의 추측을 간파했다는 뜻이 된다.

"하하! 그것도 당연하겠지!"

베르트란이 진심으로 우습다는 듯 웃었다.

왜 그러느냐고 당황하는 시선이 모여드는 가운데, 냉정함을 되찾은 그는 네이아에게 말했다.

"카스폰도 전하의 생각은 치명적으로 잘못된 겁니다. 아니, 왜 그 사실을 깨닫지 못했을까요."

"무슨 말입니까?!"

"……바라하 님. 당연했던 겁니다. 구릉지대를 지배하면 이 지역에 원군을 보낼 수 있습니다. 이 지역에 온 아인을 섬멸하는 것만으로는 얄다바오트가 철수할 이유가 없었던 겁니다."

"아!"

설명을 듣고 이해한 것은 네이아만이 아니었다. 베르트란의 설명을 들은 주위에서도 같은 목소리가 들렸다.

"이 지역에서 아인을 추방하고, 나아가 구릉지대까지 역으로 진격을 가해 아인을 섬멸하고. 그렇게 한 후에야 비로소 카스폰도 전하의 생각이 옳았는지를 알게 될 것입니다."

그 말이 옳다. 왜 그 사실을 떠올리지 못했을까. 그 해답도 가르쳐 주었다.

"……우리는 카스폰도 전하의 생각에 담긴, 구원받을지도 모른다는 희망에 매달려 그 사실을 깊이 생각하지 않았던 겁니다."

구릉지대로 진격하기란 불가능에 가까운 이야기다. 다시 말해──.

"성왕국이 구원받을 길은…… 없다고?"

침묵이 지배했다. 전장의 소란이 너무나도 멀게만 느껴졌다.

"아닙니다……."

말하기 힘들다는 듯 베르트란이 입을 열었다.

"딱 하나가 있습니다."

"그게 뭐죠?!"

"……얄다바오트. 마황 얄다바오트를 쓰러뜨리는 겁니다."

완벽한 해답을 듣고도 환호성은 나오지 않았다. 이 세상에서 가장 어려운 문제이며, 그것이 불가능하기에 카스폰도의 작전에 매달렸던 것 아닌가.

"……역시 무엇보다도 먼저 마도왕 폐하를 찾으러 갔어야 했어. 우리는 잘못 선택한 거야."

만일 칼린샤를 탈환하지 않고 시즈와 함께 구릉지대로 갔더라면 이런 사태는 피할 수 있었을까?

솔직히 말해 어려웠으리라. 네이아는 늘 최선의 선택지를 선택해왔다고 생각했다. 무모함을 피하며 성공률을 높여왔다.

하지만 그래도 역시 도전해야 했던 것 아닐까.

만약──.

만약──.

만약──.

수많은 '만약'이 네이아의 머리를 가로질렀다. 한 번이라도 '만약'을 선택했더라면 어땠을까 생각하니 후회와 죄책감이 해일처럼 밀려들었다.

전의는 바닥까지 떨어졌다. 그리고 그것은 네이아의 부대만이 아닐 것이다.

승패는 갈렸다.

근간을 이루는, 승리의 전제조건이 이미 파탄에 이른 것이다. 이제는 싸워 봤자 소용없다고 할 수 있다.

남은 것은 얼마나 피해를 최소한으로 끝내는가이며, 어떻게 안전한 장소까지 도망칠지를 생각할 뿐이다. 다만 그것은 옳지 않다.

약하다는 것은 악이다.

아무도 구하지 못하는 약자란 악이다. 그렇기에 노력하고 훈련을 쌓았다.

악으로 끝낼 수는 없다.

그랬다간 절대정의인 마도왕, 아인즈 울 고운 폐하를 뵐 낯이 없다.

각오를 다진 네이아는 자기도 모르게 속마음을 입에 담고 말았다.

"끝났구나."

말은 생각 이상으로 크게 울려 퍼졌다. 주위에 있던 자들에게도 네이아의 마음이 전해졌는지, 혹은 그들도 같은 생각이었는지 시선을 내렸다.

여기까지다.

성왕국을 해방하고, 사람들을 구하겠다는 꿈은 여기서 끝났다.

생각해 보면 마도왕의 힘이 있었기에 꿈을 꿀 수 있었다. 하지만 자신들만 남고 보니 이 모양이었던 것이다.

네이아는 웃을 때가 아니라는 것을 알면서도 웃고 말았다. 그리고 다시 진지한 표정을 지은 후, 시즈를 보았다.

"······여기서 도망치세요."

"············네이아는?"

네이아는 가슴을 폈다.

"나는 도망칠 수 없어! 마도왕 폐하의 늠름한 모습을 본 자로서, 감화를 받은 자로서, 약자로 끝날 수는── 악으로 끝날 수는 없어!"

주위에 있던 자들이 고개를 드는 것이 네이아의 눈에 들어왔다.

"놈에게서 도망치지 않겠어!"

그들의 얼굴이 전사로 돌아왔다.

각오를 다진 얼굴이었다. 마도왕에게 자랑하고 싶어질 만한 얼굴이다.

"하지만····· 선배····· 아니, 시즈는 달라. ·····그러니까 우리의 부탁을 너에게 맡길게. 우리의 감사를 마도왕 폐하의 부하인 네게 맡기는 건 많이 이상할 것 같기도 하지만····· 부탁이야. 마도왕 폐하를 찾으러 가 줘, 시즈. 칼린샤에 남겨두고 온 우리의 조직을 전부 마음대로 써도 상관없어. 그러니까······."

"············문제없어."

시즈의 대답을 긍정으로 받아들인 네이아는 조금 안도했다.

그러나 이내 들려온 말에 얼굴을 의아함으로 찡그렸다.

"……………'내가 갈 필요는 없어."

"그, 그게 무슨 뜻이야?"

"…………봐."

시즈가 가리킨 것은 흙먼지가 밀려드는 동쪽, 칼린샤 방면에서 온 온갖 아인 종족으로 이루어진 원군. 오크며 제룬도 섞인 그들을 응시한 네이아는, 다가오는 아인의 원군이 하나같이 깃발을 들고 있는 것을 깨달았다. 그것은———.

"어?"

네이아는 넋이 나간 듯 소리를 질러버렸다.

눈에 힘을 주고 몇 번이나 몇 번이나 다시 보았지만, 변함이 없었다.

"…………봐. 필요 없어."

네이아는 그 깃발을 잘 안다.

그것은 마도국의 국기였다.

그것이 네이아 혼자만이 보는 환영이 아니라는 증거로, 동료들에게서 놀라움의 목소리가 들려왔다.

"저건 마도국 깃발이지? 바라하 님이 말씀하셨던?"

"마도국에서 온 원군? 맞아, 바라하 님이 마도국에는 아인도 있다고 하셨지."

지금은 전쟁 중이다. 이 순간에도 서로 목숨을 빼앗는 행위가 이어지고, 얄다바오트에게 살해당하는 자들이 있다.

그럼에도 네이아는 그러한 모든 것들을 잊고, 지금의 상황을 필사적으로 파악하고자 애썼다. 그리고 다음으로 일어난 일에 커다란, 정말로 커다란 술렁임이 퍼져나갔다.

아인의 군세가 마치 훈련을 거듭해 온 것처럼 깔끔하게 둘로 갈라지더니, 그렇게 생겨난 외길을 따라 한 언데드가 앞으로 나섰다.

칠흑의 로브로 몸을 감싸고, 해골 같은 말을 탄 매직 캐스터.

그것은 네이아가 그토록 찾아 꿈에서까지 고대했던 영웅의 모습이었다.

"마, 마도왕 폐하…… 그럴 수가……."

네이아는 지금 보는 것이 현실의 광경인지, 아니면 꿈일 뿐인지 자신을 가질 수가 없었다.

그러나 엄연히 존재했다. 꿈이 아니었다.

감정이 폭발해버려 지금 자신이 어떤 마음으로 있는지도 알 수 없었다.

그저 시야를 뿌옇게 흐리는 눈물을 닦는 것이 고작이었다.

시즈가 마도왕에게 손을 흔들었다. 그것을 본 마도왕이 네이아 일행 쪽으로 언데드 말을 몰았다.

뭐라고 말을 걸어야 좋을까. 도와주러 가지 못해 미안하다고 사죄해야 할까. 그런다고 용서받을 수 있을까. 그녀가 아무 말도 하지 못하는 사이에 마도왕이 다가와, 말에서 훌쩍 내려섰다.

"……흐음. 이런 곳에서 만나다니 나는 운이 좋구나, 바라하양. 내가 죽었다고 생각했느냐?"

"마, 마도왕 폐하아아아!"

눈물이 하염없이 넘쳐났다.

"믿었어요! 시즈 선배가 그렇게 말해 줘서. 괜찮다고는 생각했, 했지만, 정말로, 으흐아아앙!"

"아—— 음. 어—…… 음. 음……. 그렇구나. 기쁘다. 응? ……선배?"

마도왕도 재회가 기뻤는지 말문이 막힌 듯했다.

"……눈물 뚝."

시즈가 손수건을 네이아의 얼굴에 대주었다. 그리고 북북 문지른다.

"…………또, 콧물 묻음. 역시 충격."

"호오. ……시즈하고 친하게 지낸 모양이구나, 바라하 양. 아주 기쁘다."

"폐하 덕입니다! 시즈 선배가 없었다면! 정말 고맙습니다!"

감정이 흐트러져 자신도 조금 전부터 무슨 말을 하는지 알 수 없었다.

"그렇구나. ……이거 나도 예상하지 못했는걸. ……시즈, 어땠느냐?"

"…………네이아. 마음에 들었어. ……맛깔 나는 얼굴."

"맛깔 소리는 그만 하세요……."

울음을 그친 네이아는 눈을 비벼 마지막으로 눈물을 닦았다.

"폐하, 폐하께 여쭙고 싶은 말씀이 너무 많습니다만, 무엇보다도…… 구조가 늦어진 저희를 불쾌하게 여기시나요? 그러시다면 모두 제가——."

"——바라하 양."

마도왕이 손을 들어 말을 가로막았다.

"그게 무슨 말일까? 딱히 내가 너희를 불쾌하게 여길 일은 하나도 없으리라 생각한다만……?"

네이아의 눈에서 다시 눈물이 넘쳤다. 그리고 그것은 그녀만이 아니었다. 마도왕의 자비로운 말을 듣고 주위에 있던 자들도 눈물을 흘렸다. 조금 전부터 눈에 눈물을 머금었던 자들이 오열하고 있었다.

마도왕의 어깨가 슬쩍 움직였다.

"……아, 제군. 그만 울음을 그치게. 그보다 무언가 달리 묻고 싶은 말은 없나? 많이 있을 텐데? 그렇지?"

"아, 네."

다시 시즈가 얼굴을 닦아주어 ──콧물이 묻은 쪽은 안으로 접어주었다── 네이아는 마도왕에게 물었다.

"저, 저 아인의 군세는 마도국의 병사입니까?"

언데드의 모습은 보이지 않는 듯했지만, 그건 아인이 선두에 서 있기 때문일까.

"아니다…… 음, 아니, 맞다고 해도 되려나? 아베리온 구릉지대에 추락해서 말이다. 그 지역을 마도국이 지배하는 땅으로 삼았지. 그러니 마도국의 병사라 해도 되겠구나."

네이아는 입을 다물지 못했다.

굉장하다.

굉장하다는 감정 이외에 무엇이 있을까.

구릉지대에는 수많은 아인이 있으며, 그 지역을 지배하는 얄다바오트의 측근도 있었을 텐데. 그럼에도 혼자서 그런 문제를 모두 해결하고 구릉지대를 지배하다니, 마도왕 이외에 그 누가 이런 일을 할 수 있을까.

네이아는 흥분해 몸을 떨었다.

"그러다 보니 다소 시간이 걸렸다만, 얄다바오트에게 고통 받던 아인을 모아 이렇게 군대로 편성해 이끌고 왔지. 얄다바오트와의 싸움에 결판을 내기 위해서 말이다. ——마침 타이밍이 좋았던 모양이군."

마도왕의 얼굴은 해골이라 전혀 움직이지 않는다. 하지만 네이아에게는 패기 있는 웃음이 느껴졌다.

"역시 대단하십니다, 마도왕 폐하!"

마치 폭우처럼 왈칵 눈물을 흘리는 베르트란이 마도왕에게 달려왔다.

"으헉, 넌 누구냐!"

베르트란은 넙죽 땅바닥에 두 무릎을 꿇었다. 아니, 그만이 아니었다. 네이아의 주위에 있던—— 단체에 속한 자들이 마도왕에게 달려와 발밑에 몸을 던지다시피 무릎을 꿇었다.

"역시 대단하십시다, 마도왕 폐하!"

"훌륭하십니다, 마도왕 폐하!"

수많은 목소리에 마도왕도 놀란 듯했다.

"어, 아, 음……. 그러고 보니 나도 질문을 하고 싶었다만, 바라하 양. 여기, 그, 이 사람들은?"

"예. 마도왕 폐하의 깊은 자비에 감사하며 은혜를 갚고자 모인 사람들입니다."

"그렇습니다! 저희는 폐하께 구원받은 자들!"

"예! 위대하신 마도왕 폐하께 입은 은혜를 조금이라도 갚고자 바라하 양의 목소리에 호응해 모인 자들입니다!"

그들의 동의를 뒷받침해 주듯 네이아는 자랑스럽게 말했다.

"이곳에 있는 자들만이 아닙니다! 폐하께 은혜를 갚고 싶다는 자들은 아직도 더 많지요!"

"오오…… 매우 기쁘다만…… 다들, 이런 분위기인가?"

"예! 그렇습니다! 다들 이만큼 큰 감사를 가슴에 품고 있지요!"

"그래, 그렇구나……. 고맙다, 제군."

마도왕이 고맙다고 말하자 자신들의 행동은 잘못되지 않았다고 모두가 눈물을 흘리기 시작해 그 자리가 오열로 넘쳐났다.

"……이건 내게 고마워서 우는 것이냐?"

"예! 그렇습니다!"

"바라하 양이 모았다고……. 바라하 양도 내가 보지 못한 사이에 성장했구나."

"고맙습니다! 마도왕 폐하!"

마도왕에게 받은 칭찬에 네이아는 활짝 웃음을 지었다.

"그, 그러면…… 바라하 양. 그들을 일으켜다오. 나는 패배를 설욕하려고 돌아온 게다. ……얄다바오트는 어떻게 됐느냐?"

"아! 그렇습니다! 얄다바오트가——."

그 말을 기다렸다는 듯 불길이 솟아났다. 그 불길 밑에서 얼마나 많은 성왕국 병사가 죽고 있을까 생각하면 몸이 떨렸다.

"……과연. 다음 말은 들을 필요도 없겠구나. 놈과 다시 한번 싸울 때가 온 듯하다. 시즈!"

"…………네, 아인즈 님."

"뒷일은 내가 맡으마. 너는 이 사람들을 지켜다오. 내가 이기고 돌아왔을 때 찬미로 환영할 준비를 시켜놓도록."

우와아아아아아아!

환호성이 터졌다.

"들어라! 지난 전투에서 나는 원통하게 패배했다. 수적 열세, 그리고 마력의 결핍. 그러나 이번에는 그러한 것이 없다. 얄다바오트라 한들 그만한 악마를 단기간 내에 다시 소환하기란 불가능하지. 게다가 지금 나의 마력은 모두 회복됐다. 이제 패배할 요인은 없다! 이곳에서 나의 승리를 기다리거라!"

마도왕의 절대적인 승리선언에 다시 환호성이 솟았다.

그리고 로브를 펄럭이며, 왕은 무인의 황야를 나아갔다. 그 압도적인 패기에 밀린 것처럼 모든 자들이 물러나 일직선으로 길이 열렸다.

"폐하!"

네이아의 목소리에 마도왕이 걸음을 멈추고 어깨 너머로 이쪽을 향해 시선을 보냈다.

"승리를!"

"물론!"

다시 마도왕이 나아갔다. 그 등은 점점 작아져 갔다. 하지만 서운함이나 두려움은 전혀 없었다. 마치 갓난아기가 부모에게 안긴 것과도 같은 안도감만이 있었다. 그것은 네이아만이 아니었다. 네이아와 마음을 함께 하는 자들 전원이 그 감정을 품고 있는 것 같았다.

"…………이겼어."

곁에 선 시즈가 마도왕의 승리를 확신한 목소리로 그렇게만 말했다. 네이아도 동의했다.

이윽고── 우선 불길이 하늘로 치솟았다. 이어서 어둠이 솟아올랐다.

둘은 그때와 마찬가지로 상공에서 맞붙었다.

전장의 포효는 이제 들리지 않는다.

양측 모두 공격을 그치고, 하늘의 전투를 바라보았다.

그렇다.

모두가 이해하고 있는 것이다.

이 싸움에 승리한 자가, 승리한 측이 모든 것을 끝낼 권리를 가짐을.

이제는 일반인은 발을 디딜 수 없는 영역, 신의 세계에서 벌어지는 싸움으로 넘어간 것이다.

빛이

어둠이

불꽃이

번개가

유성이

이해할 수 없는 현상이

──격돌한다.

그리고──

"아아!"

네이아는 환성을 질렀다.

불꽃이 흩어지고, 어둠이 내려오는 것을 날카로운 눈으로 포착했기 때문이다.

그 싸움은 예전의 싸움을 생각하면 놀랄 정도로 빨리 끝났다. 만약 마도왕의 마력이 만전이었더라면, 메이드 악마가 방해하지 않았더라면, 이처럼 간단하게 승리할 수 있었다는 증거인 듯했다.

"시즈 선배!"

"…………그래서 뭐랬어, 후배."

당연하다는 태도를 보이는 시즈의 손을 잡고 붕붕 흔들었다. 그것만으로는 끝나지 않았다.

시즈의 조그만 몸을 끌어안고는 등에 감은 손으로 팡팡 두드려버렸다.

모두의 눈에 승리가 보였으며, 폭발적인 환호성이 솟았다.

마도왕이 천천히 내려와, 대지에 섰다.

그리고 마도왕이 손을 척 들자, 한층 커진 환호성이 터져 나왔다.

승패가 갈린 후에는 간단했다. 이미 아인 측에 전의는 없었으므로 잔당 사냥이나 마찬가지였다. 성왕국 측의 사망자는 거의 나오지 않았고, 아인의 시체만이 대지에 흩어졌다.

적의 대장인 얄다바오트가 쓰러진 이상 성왕국 해방군의 앞길을 가로막는 자는 없었다.

대도시 프라트, 그리고 수도 호반스 탈환도 순식간이었다.

이보다도 서쪽에 있는 대도시 리문의 해방은 아직 시작되지 않았고, 또한 마을을 개조한 포로수용소에서는 아직도 고통을 받는 사람들이 있을 것이다. 하지만 하나의 큰 마침표를 찍었다.

해방된 수도는 환희로 들끓었으며, 그것은 하루가 지난 지금도 식지 않았다. 그뿐이랴, 더더욱 열광적으로 치솟는 느낌마저 있었다.

다만 네이아도 포함해 해방군 상층부는 문제가 잔뜩 쌓여있음을 잘 안다.

우선 식량. 아인이 먹어치워버리는 바람에 식량 문제가 앞으로 성왕국의 앞길을 가로막을 것이다.

다음으로는 잃어버린 목숨. 이것은 노동력이라고 말해도 좋을 것이다. 만약 잃어버린 목숨 가운데 특별한 기술자나 학자, 혹은 그런 직업을 지망하던 자가 있었다면 상실한 기술은 치명적인 것이 될 수도 있다.

그리고 자원. 아인에게 빼앗기고 파괴당한 온갖 것들을 다시 만들려면 상당한 양의 자원이 필요하다.

마지막으로는 시간. 아인에게 빼앗긴 두 계절을 되찾으려면 그 몇 배는 되는 노동이 필요할 것이다.

게다가 성왕국 내에 숨어있을지도 모르는 아인을 발견하고 토벌해야 한다.

아인에게 빼앗긴 것으로 보이는 수많은 보물——금품이나 매직 아이템——도 행방불명이다. 아인도 독자적인 문명을 지녔으며 귀금속으로 몸을 장식한다. 인간의 재물을 모아도 이상할 것이 없다. 다만 그것이 어디로 흘러갔는지는 전혀 파악할 수 없다는 점이 조금 이상했다. 적의 수송부대가 남긴 발자취를 전혀 추적하지 못했으므로.

이만한 문제를 앞두고도 지금만은 솔직하게 환희에 잠기고자 하는 자들이 있을 것이다. 내일 기다리고 있을 괴로움을 앞두고 한순간의 휴식이 필요한 것이다. 그것은 네이아도 인정했다.

하지만 오늘만은 안 된다. 오늘만은 기쁨에 잠길 수 없다.

왜냐하면, 오늘은 작별의 날.

크나큰 슬픔의 날이다.

왕도 동쪽—— 정문 안쪽에 마차 한 대가 오도카니 서 있었다. 평범한 외관과는 달리 내부는 기품 있고 세련됐으며, 기능 면에서도 뛰어나다는 것을 네이아는 잘 안다. 특히 오랜 시간 앉아있어도 엉덩이가 아프지 않은 부드러운 쿠션이 감동적이라는 것까지.

그렇다.

이것은 네이아가 성왕국에 올 때까지 동승했던 마도왕의 마차다.

다시 말해 오늘은, 마도왕이 성왕국을 떠나 자국으로 돌아가는 날이다.

원래 같으면 마도왕의 마차 주위에는 아인의 모습이 있어도 이상할 것이 없다. 마도왕은 아베리온 구릉지대를 한데 통합했으며, 얄다바오트와 싸우고자 수많은 아인을 자신의 편으로 거두었으므로. 그럼에도 한 명도 보이지 않는 이유는 마도왕이 그들을 구릉으로 돌려보냈기 때문이다.

다만 그것은 어제오늘 이야기가 아니었다. 얄다바오트와 최종결전을 마친 그날, 곧바로 그들을 귀환시켰던 것이다.

그 이유를 묻자,

『너희도 아인과 함께 걷고 싶지는 않을 테지?』

그렇게, 성왕국 백성들의 마음을 헤아려 준 대답을 들었다.

네이아는 감동에 지배당했다.

이쪽의 정신상태를 고려해, 자국의 병사들을 귀국시키고 타국인 성왕국의 민병과 함께 있겠다고 말한 것이다. 그런 왕이 어디 있겠는가.

그렇다. 왕중지왕——— 관대한 마도왕을 제외하면.

그 감동은 네이아와 마음을 함께 하는 단체의 멤버들도 마찬가지였다.

그러므로 네이아는 동지들과 함께 마도왕의 수행원 노릇을 자처했다. 아무도 뭐라 할 수 없는 것을 역으로 이용한 행위였다. 물론 이제는 전투도 거의 없으며, 그저 단순히 마도왕의 주위에 모여 함께 걸을 뿐이었지만, 네이아는 그때 동지들의 표정을 지금도 똑똑히 기억한다.

자신들을 구한 인물의 곁에서 함께 나아갈 수 있다는 기쁨, 얄다바오트를 쓰러뜨린 영웅과 동행할 수 있다는 자랑스러움, 그리고 동경하던 왕의 곁에서 시중을 들 수 있다는 행복. 그러한 온갖 감정이 뒤섞인 표정을.

그런 그들도 지금은 시야 안에 없다.

보이는 것은 성왕국 왕도의 벽과 문. 그리고 동쪽에 있는 프라트로——— 그보다도 더 먼 마도국으로 이어지는 가도뿐이다.

"마도왕 폐하는 역시 오늘, 돌아가실 건가요? 왕도 해방에 많은 사람들이 기쁨의 목소리를 내고 있습니다. 며칠 안으로 이 왕도 탈환을 이룬 최대의 공로자이신 폐하를 초청해 많은 사람들이 감사의 뜻을 표명하는 식전이 열려도 이상하지 않을 텐데요……."

몇 번이고 같은 질문을 했다. 아마 돌아오는 대답도 같을 거라 생각했다. 그럼에도 자꾸만 묻지 않을 수 없는 것이 네이아의 유약한 면일 것이다.

"그래. 나는 오늘 마도국으로 돌아간다. 식전에서 야무지게 행동할 자신이 없거든."

불쑥 말한 마도왕은 진심으로 받아들여지면 곤란하기 때문인지 얼른 커다란 동작으로 너스레를 떨듯 어깨를 으쓱했다.

'이분은 정말로 농담이 서툴구나.'

"폐하, 농담도 잘하십니다."

"음. 뭐, 그렇다. 농담이다, 농담. ……솔직히 말하자면 해야 할 일은 모두 마쳤다. 그렇다면 이곳에 머물 필요도 없겠지. 나도 왕으로서 마도국을 이끌어야만 하는 몸. 오랫동안 옥좌를 비우면 재상인 알베도에게 꾸지람을 들을 게다."

네이아의 뇌리에는 그때 딱 한 번 만났던 절세미녀의 모습이 떠올랐다. 지나치게 아름답기에 잊어버릴 수도 없었던 여성이다.

'그분이 화내도 별로 무서울 것 같진 않지만. 아니면 미인이니까 화내면 무서운 걸까? ……마도왕 폐하가 하시는 말씀은 그런 뜻이 아닐 것 같지만, 그런 미인이 화내는 게 좀 상상이 안 되는걸. 그래도…… 부럽다…….'

한 식구이기에 할 수 있는 그런 말, 바라도 얻을 수 없는 발언에 네이아는 선망을 품었다. 만약 존경하는 마도왕이 다른 사람에게 "네이아에게 꾸지람을 들을 거다."라고 말하는 것을 듣는다면 얼마나 기쁠까.

"그렇군요……. 이 나라를 구해 주신 폐하를 성왕국 모두가 배웅하지 못하는 것이 유감입니다."

마도왕의 귀국은 갑작스럽게 나온 이야기였다. 배웅하는 이
도 없는 이 쓸쓸한 광경이 그 사실을 말해 주었다.

　"카스폰도 경에게는 전했다만. 너무 요란을 떨어도 곤란하고
말이지. 앞으로 이 나라는 여러모로 힘들어질 게다. 내 귀국을
배웅하는데 쓸데없는 노력이나 물자를 할애하느니, 이 나라의
부흥을 위해 써 주었으면 싶구나."

　"폐하……."

　왜 돌아가시나요.

　발밑에 매달려 울며 애원하면 하루 정도는 귀국을 늦춰줄까.

　그런 욕망에 사로잡혔지만 꾹 참았다. 이 이상 그의 자비에 어
리광을 부릴 수는 없었다.

　"아, 딱히 잘난 척하는 건 아니고 말이다. 그 뭐냐, 정말로 이
나라에는 아무것도 남지 않았으니까 말이다. 정말로. ……보
물이라든가. 조금은 남았어도 좋았을 거라고 생각하는데 말이
지……. 나에게 신경 쓰지 말고 열심히 해 주었으면 한다는, 그
뭐냐, 그런 마음에서 하는 말이다. 그리고…… 그 왜, 이 나라
가 안정을 찾는 것은 이웃나라인 마도국에도 유익하거든. 장래
에 교역 같은 것을 할 때 말이다."

　네이아의 마음을 헤아리고 황급히 위로해 주려는 것이리라.
평소에는 더 당당하면서, 조금 미덥지 못한 말투였다.

　"고맙습니다, 폐하."

　"으? 음. 아니, 마음에 두지 말거라. 그 외에도 내가 이 나라
에 온 것은, 얄다바오트의 메이드 악마를 손에 넣기 위해서였
다. 그리고 실제로——."

마도왕은 곁에서 이제까지 말없이 기척을 죽인 것처럼 서 있던 시즈의 등을 가볍게 밀어냈다.

"이처럼 손에 넣었지. 온 보람이 있었다."

성왕국이 마도왕에게 정말로 아무것도 주지 않아 네이아는 조금 부끄러웠다.

시즈── 메이드 악마는 마도왕이 자신의 힘으로 얻은 것이다. 네이아만이 아니라. 네이아와 마음을 함께 하는 자들은 모두 그렇게 생각했다.

한번은 자신들끼리라도 무언가를 선물할까 하는 이야기가 나왔으나, 왕에게 국가의 대표도 아닌 자신들이 선물을 하는 것은 반대로 결례가 아닐까 하는 의견이 제시되어 취소되고 말았다.

하다못해 카스폰도가, 국가 수준에서 무언가를 양도한다거나, 다소 마도국 측에 유리한 조약을 맺는다거나 해 주었으면 하는 바람이었다.

"……만일 자네가 원한다면, 1년에 한 번 쓸 수 있는 대마술로 자네의 부모님을 소생할 수도 있네."

"고맙습니다, 폐하. 하오나── 사양하겠습니다."

이 수도를 해방시킬 때, 사로잡혔던 사람들 중에 네이아의 어머니가 전사하는 것을 목격한 사람이 있었다. 그 사람에게 어머니가 얼마나 자랑스럽게 싸웠는지를 들었다. 부활하게 하지 않아도 화내지는 않을 것이다.

게다가 소생마법은 촉매로 값비싼 물품이 필요하다고 들었다. 아마 네이아는 지불하지 못할 만큼 값비싼 물건일 것이다. 자비로운 마도왕이라면 무상으로 해 주겠지만, 더 이상 자기 한 사람만을 위해 마도왕의 호의에 매달려서는 안 될 것이다.

다만, 시신은 아인이 처분해버린 듯해, 마지막 작별을 고할 수 없게 된 것이 유감스럽다면 유감스러웠다.

"너무 길게 이야기하면 작별이 괴로워질 뿐이지. 슬슬 가야겠구나. 시즈, 너는 무언가 바라하 양에게 할 말이 없느냐?"

"…………또 봐."

"! 네! 또 봐요!"

시즈가 손을 슥 내밀었으므로, 네이아는 그녀의 손을 잡았다.

그리고 누가 먼저랄 것도 없이 손을 떼었다.

"……그거면 되겠느냐, 둘 다?"

"…………괜찮아……요."

"예, 마도왕 폐하."

"그렇구나. 그렇다면—— 시즈, 가자."

마차의 발판에 발을 걸친 마도왕이 돌아보고 네이아에게 말했다.

"……앞으로 이 나라는 여러모로 힘들어질 것이다. 그러나…… 너라면 분명 잘할 수 있겠지. 또 언젠가 만나자꾸나."

"예!"

마도왕이 마차에 타려 한다. 그 뒷모습에 네이아는 자기도 모르게 말했다.

"폐하! 마도왕 폐하!"

마도왕이 발판에 선 채 돌아보았다. 네이아는 침을 꼴깍 삼키고, 용기를 쥐어짜내 떨리는 목소리로 말했다.

"저, 저기! 아인즈 님, 이라고 불러도 괜찮을까요!"

이렇게 뻔뻔한 부탁이 다 있을까. 타국의 평민이 주제넘다고 꾸지람을 들어도 이상할 것이 없었다.

"……어? 그래, 좋다만……. 원하는 대로 부르거라."

"고맙습니다!"

관대한 왕에게 머리를 숙였다. 들고 보니 시즈가 마차에 타려는 참이었다.

"시즈 선배, 건강해요!"

"응!"

엄지를 척 세운 시즈가 마차 안으로 사라졌다.

두 사람이 탄 것을 어떻게 감지했는지, 말이 울부짖더니 혼자 달리기 시작했다.

"——그러면 마도왕 폐하!"

달려나가는 마차의 뒷모습에, 네이아는 이제 눈물을 감추지 못하고 큰 목소리로 외쳤다.

"마도왕 폐하께에에에! 만세에에에에에에!!"

그녀의 고함 같은 큰 목소리에 이어진 것은 한 사람의 목소리가 아니었다.

왕도의 문은 이곳 이외에도 있다. 다른 길을 통해 몰래 모여들었던, 그녀와 마음을 함께 하는 자들이 정문 너머에서 일제히 나타나더니 큰 목소리로 마도왕의 영화를 기원하며 외쳤다.

"만세!!!"

"만세!!!"

"만세!!!"

그와 동시에, 열심히 모아온 꽃잎을 뿌렸다.

그 속을 마차가 나아간다.

성왕국을 구원해 준 인물을 환송하는 데에는 이것으로도 부족하다. 그래도 이것이 네이아와 그녀의 마음을 이해해 주는 사람들이 할 수 있는 최선이었다.

눈물로 뿌옇게 흐려진 세계에서 마차의 모습이 점점 작아졌다.

네이아는 흐느껴 울었다.

쓸쓸했다.

마도왕이, 시즈가, 마도국에 오지 않겠느냐고 해 주기를 바랐다. 만약 그렇게 말해 주었다면 네이아는 모든 것을 버리고서라도 따라갔을지도 모른다.

하지만 그러지는 않았다.

분했다.

역시 자신은 어디까지나 이 나라에 있는 동안에만 쓸 종자였을 뿐이었다. 그 정도로밖에 여기지 않았던 것이다.

온갖 어두운 감정이 소용돌이치려 했다.

하지만—— 아니다.

네이아의 귀에는 그 말이 달라붙어 있었다. 마도왕은 이렇게 말했던 것이다.

『……앞으로 이 나라는 여러모로 힘들어질 것이다. 그러나…… 너라면 분명 잘할 수 있겠지. 또 언젠가 만나자꾸나.』

다시 말해, 네이아는 기대를 받은 것이다.

혼란이 소용돌이칠 이 성왕국에서, 네이아라면 야무지게 국가를 재건할 수 있으리라고.

자신의 인생이 크게 바뀐, 길고도 짧았던 시간이 끝났다. 그러나── 이제부터가 시작이다. 해야 할 일이 얼마든지 있다.

우선 마도왕에게 받은 은혜를 갚기 위해 행동해야 한다.

그리고 이 나라를 재건해야 한다. 정의와 악. 이제까지 어떤 것인지 알 수 없었던 그것이 무엇인지, 지금의 네이아는 가슴을 펴고 말할 수 있다.

정의는 마도왕이라고. 그리고 약하다는 것은 악이며, 강해지고자 노력해나가는 것이 중요하다는 것도.

네이아가 얻은 진실을, 평화로운 성왕국에 널리 알릴 것이다.

"바라하 님, 눈물을 닦으십시오."

베르트란이었다.

쳐다보니 그의 눈도 새빨갛게 물들었다. 네이아의 곁에 오기 전에 눈물을 닦아 감추려고 했던 모양이지만 목소리는 희미하게 떨려서, 울고 있던 것이 분명했다.

"네."

네이아는 힘껏 눈물을 닦았다. 마치 그때 시즈가 닦아 주었던 것처럼.

"바라하 님. 그 싸움을 보았던 이들이 마도왕 폐하의 이야기를 듣고 싶다고 합니다. 가족을 데려온 자들도 많고요."

"알겠습니다. 마도왕 폐하── 아인즈 님이 얼마나 훌륭한 분이었는지, 그리고 시즈에 관해서도 이야기해야겠네요."

네이아는 앞을 보았다.

"작별은 서운하지만, 그래도── 여러분! 가지요! 폐하께서 정의라는 사실을 많은 분들에게 전해야 합니다!"

"──와아!!"

3천 명이 넘는 이들이 일제히 목소리를 높이고, 네이아를 따라 걷기 시작했다.

*

마차가 나아간다.

기나긴 일도 다 끝났다. 아인즈는 경험한 적이 없지만, 단신 부임이 바로 이런 것 아닐까. 이따금 나자릭으로 돌아가기는 했어도 이렇게나 오래 떨어져 있었던 것은 처음이다.

아베리온 구릉지대에 사는 아인의 지배는 알베도에게 모두 떠넘겼고, 향후의 성왕국은 데미우르고스에게 떠넘겼다.

짐을 어깨에서 내리고, 시즈와 마주 앉은 아인즈는 들키지 않을 정도로 안도의 한숨을 내쉬었다. 데미우르고스가 쓴 시나리오도 중간부터 이지 모드로 바뀌었지만, 그때까지 하드 모드에서 느꼈던 피로가 완전히 사라진 것은 아니었다. 다만 한 가지 일—— 그것도 꽤나 궁지에 몰렸던 안건이 정리됐을 때 특유의 안도감이 있는 것은 사실이었다.

그렇다고는 해도 나자릭—— 에 란텔에 돌아가면 두 계절 동안 쌓인 수많은 일을 지긋이, 너무 빠르지도 느리지도 않은 속도로 정리해 나가야 할 것이다. 전에 한 번 알베도가 미리 보여주었을 때, 문제없을 거라 생각해 척척 허가 도장을 찍었더니,

『역시 아인즈 님. 그 판단 속도가 존경스럽사옵니다.』

……라고, 비아냥거리는 거냐 싶어지는 말을 들은 경험이 있었기 때문이다.

그렇다. 돌아가면 일이 기다리기 때문에, 순식간에 돌아갈 수 있는 〈전이문Gate〉을 쓰지 않는 것이 아니다.

결코 아니다.

보이지 않는 곳까지 가면 전이 같은 수단을 사용할 생각이지만, 아직은 이르다. 수중에 있는 패를 보여주어서 좋을 것은 거의 없다. 물론 마차 위에 있을 한조가 아무 말도 하지 않고, 미리 전개해 둔 정보전 대응용 마법이 발동하지 않는 것을 보면 이쪽을 감시하는 자는 없겠지만, 아인즈가 모르는 수단이 없으리라는 법도 없다.

시간이 있다면 전이는 조금 더 시야가 가려진 다음에 해도 늦지 않을 거라 생각했다.

그렇다. 읽어도 이해 못할 서류에서 1초라도 오래 도망치고 싶어서가 아니다.

다만 한 가지 문제가 있다면——

'마차에 탄 후로 시즈가 한마디도 안 하네……'

네이아 때도 그랬지만, 이렇게 단둘이 마차에 타고 있으면 아무 말도 하지 않는 시간이 견딜 수 없이 민망하다. 상대가 남자라면 되는 대로 적당히 말할 수도 있지만, 여자라면 대화 내용에 자꾸만 신경을 쓰게 된다.

시즈가 먼저 말을 걸어주지 않으려나, 하는 생각은 아까부터 계속 품고 있었지만, 유감스럽게도 이루어질 기미는 없었다. 마침내 침묵의 무게에 견디다 못한 아인즈는 각오를 하고 입을 열었다.

"시즈, 혼자 나자릭을 떠나 일을 해 보니 어떻더냐? 뭔가 문제나, 앞으로의 과제 같은 것은 없느냐?"

우선은 출장을 나가 혼자 업무를 열심히 수행한 부하의 보고를 듣는 데서부터 시작하자.

여자와 대화하는 데에는 익숙하지 않지만, 여성 사원과 나누는 대화라고 생각하며 문제없다.

"…………열심히…… 했던 것 같아요."

"그래. 열심히 했구나."

이야기는 끝났다. 끝나고 말았다.

조금 기다려보았지만 시즈에게서 뒷이야기는 나오지 않았다.

열심히 했다고 말해버리면 다음으로 넘어가기가 영 힘들다. 문제나 과제는 없느냐는 질문에는 대답하질 않았잖아, 하는 생각도 들지만 그것은 상사의 얄팍한 생각이다. 자신은 열심히 했으니 이제는 결과를 기다려달라는 말이라고 생각해야 할 것이다. 그리고 그것은 좋은 일이기도 하다. 문제나 과제가 될 만한 일은 별로 없었다는 뜻이니.

"하지만."

그렇게 덧붙이더니 시즈가 말을 이었다.

"…………혼자 생각하고, 행동하는 거, 어려워……요."

"그렇지. 그 말이 옳다."

이제까지 시즈는 나자릭 내에서 일하고, 명령에 따라서만 행동했다. 하지만 이번에는 대체적인 지시만을 내리고, 그 범위 내에서 스스로 판단해 스스로 행동하도록 했던 첫 일이었다. 그런 것치고는 조금 지나치게 큰 안건이었는지도 모른다. 조금 더 간단한 일부터 했어도 좋았을 텐데. 하지만 시즈가 확실한 결과를 냈다는 것은 아인즈도 잘 안다.

"하지만 이로써 플레이아데스가 밖으로 나와도 이상하지 않은 상황이 됐지. 메이드 악마가 마도왕의 부하가 됐다는 정보는 성왕국에서 타국으로 흘러들어갈 테니. 앞으로는 시즈도 무언가 명령을 받아 부하를 이끌고 나자릭 밖에서 활동할 일이 있을지도 모른다. 이번에는 좋은 경험이 됐겠지. 하지만 지시를 너무 대충 내려선 안 되겠어. 역시 명령하는 쪽이 똑바로——."

그렇게 말하고, 아인즈는 자기 목을 스스로 조르게 됐다는 사실을 깨달았다. 나자릭의 수장인 아인즈가 명령을 내릴 가능성이 가장 많으므로.

'제대로 된 계획서를 내가 어떻게 만들어. 아니 뭐랄까, 분명 얄팍한 계획만 세워서 알베도랑 데미우르고스가 눈살을 찡그릴 거야!'

"——임기응변을 우선시해 어느 정도는 여유 있는 계획서를 만들어야겠지. 역시 현장에 있는 사람이 상황을 잘 알 테니까!"

"…………네. 그냥 명령에 따라 행동하는 것보다도, 여러모로 공부가 됐어요."

"음, 그렇다. 그 말이 옳다. 그 마음은 나도 잘 알지."

아인즈는 음음 고개를 끄덕였지만, 데미우르고스의 지령서를 보며 있지도 않은 위장이 시큰거렸던 자신과 얻은 것이 있었다고 말하는 시즈 사이에 거리를 느끼고 마음속으로 조금 눈물을 흘렸다.

"그러고 보니."

아인즈는 화제를 바꾸었다. 이 이야기를 계속했다가는 자신이 계속 충격을 받을 수 있기 때문이다.

"바라하 양과는 내가 모르는 사이에 상당히 친해진 것 같더구나. 조금 전에도 작별을 아쉬워하지 않았더냐."

"…………마음에 들었어……요."

"——그래! 그거 잘 됐구나!"

아인즈는 솔직하게 기쁨에 찬 목소리를 냈다.

스즈키 사토루에게는 아이가 없었지만, 친구가 하나도 없던 아이에게 처음으로 친구가 생겼다는 말을 들은 부모의 심경이었다.

'야~ 소생시키기를 잘했어…… 응? 마음에 들었다는 건 무슨 뜻이지? ……혹시 친구나 그런 관계가 아니라, 무슨 장난감 같은 의미……?'

아인즈는 조심스레 물었다.

"……교우관계를 만들었다고 생각해도 될까?"

시즈는 고개를 갸웃하며 생각에 잠겼으나,

"…………네."

그 말을 긍정했다.

아인즈는 등 뒤에 커다란 꽃이 피어나는 것 같은 기분이었으나, 폭발적으로 생겨난 환희의 감정은 즉시 억제되고 말았다. 그것을 불만스레 생각하면서도, 어쩌면 나자릭 최초일지도 모르는 '외부인 친구'에 대해 스멀스멀 스며나오는 듯한 기쁨의 감정을 느꼈다.

나자릭에 속한 자들은 거의 밖으로 나가질 않는다. 그러므로 외부인과 친구가 되지 못했을 뿐, 다른 멤버들도 밖에 내보내면

교우관계를 만들지도 모른다.

아인즈도 딱히 친구가 있는 편이 더 낫다고 생각하지는 않는다. 친구 따위 필요 없다는 생각도 옳을 수 있다.

하지만 친구를 만들 기회가 있는 것이 없는 것보다는 낫지 않겠는가.

'나에게는 아인즈 울 고운의 동료들이 있었지. 역시 다른 멤버들도 밖으로 나가, 자유로운 시간을 보내게 해 타인과 접촉할 기회를 만드는 편이 좋을지도 모르겠어. ……특히 마레나 아우라는 그렇지. 아냐, 다들 태어난 시간은 똑같을 가능성도 있잖아. ……으음.'

"그러면 다시 네이아를 만나러 가겠다고 약속은 했느냐?"

"…………안 했어요. 여긴 멀어……요."

"아! 그런 건 마음에 둘 필요가 없다. 〈전이〉를 위한 장소를 몇 군데 기억해 두었지. 원할 때 놀러 가도록 해라. 언제든 〈전이문〉을 써줄 테니 말이다. 사양할 필요 없다. 음음."

"…………시간이 나면 그렇게…… 할게요."

"그렇지! 시간…… 시간을 만들어 주마. 전부터 휴가제도에는 관심이 있었거든. 플레이아데스에게도 휴가를 주마. 다른 멤버들과 함께 놀러 갔다 와도 좋지 않겠느냐? 이미 너희는 내가 지배했다는 설정을 만들어두었으니 아무 문제도 없을 것이다."

조금 생각에 잠긴 시즈가 도리도리 고개를 가로저었다.

"…………불편."

"불편한가……."

'무슨 뜻이지? 네이아가 불편하다는 걸까, 자신이 네이아와

놀 때 불편하다는 뜻일까, 아니면 다른 멤버들이 싫어하기 때문
일까…….'

"뭐, 불편하다면야 어쩔 수 없지. 시즈 너만이라도 놀러 가려
무나. 그러고 보니 이건 다른 이야기다만, 바라하 양의 부모님
은 죽은 모양이던데, 괜찮겠느냐?"

네이아 바라하의 부모는 역시 죽었던 모양이었다. 만일 그녀
가 바란다면 소생을 해 줄 수도 있었다. 그렇게 해 더 감사를 받
을 수 있다면——.

'아니, 그게 아니지.'

솔직히 말해 네이아의 부모를 소생시키는 데에는 이미 그만한
가치가 없었다. 네이아가 자신에게 충분히 감사한다는 것은 보
면 알 수 있다. 그렇다면 이 이상 밀어붙일 필요는 없다. 게다가
부활의 완드는 귀중하므로 될 수 있는 한 아끼고 싶다. 페스토
냐 같은 이에게 부활마법을 쓰게 할 경우에는 대가로 금화나 보
석 같은 값비싼 물건을 써야 한다.

솔직히 말해 그에 어울리는 메리트는 없었다.

'하지만 시즈의 친구라면 이야기가 다르지. 그 정도 서비스는
해 줘도 괜찮아.'

시즈와 친한 듯했으므로 마차에 탈 때 이야기를 해 보고 태도
——네이아만이 아니라 시즈도——를 보았던 것이다.

"…………괜찮아……요. 특별대접은 안 좋아."

"그래? 상당히 큰 선물이 될 텐데…… 그렇다면…… 뭐, 그
렇게 해 두자꾸나."

실제로 죽은 이를, 그것도 깨끗한 상태의 시체도 없이 되살리

면 성가신 일이 발생할 수 있다. 흔히 있는 "왜 그 사람은 되고 나는 안 돼?"가 나오는 것이다. 게다가 성왕녀를 소생시켜 달라는 부탁이라도 받으면 난감해진다. 부활해 봤자 데미우르고스라면 어떻게든 대처할 수 있겠지만, 역시 디메리트가 크다.

"놀러 갈 거라면, 그 책은 읽으면 안 된다? 괜찮겠느냐?"

"……………괜찮아……요. 박사님 방에 있어."

시즈는 나자릭 내부의 모든 기밀에 관한 지식을 가졌다. 그대로 보내면 지나치게 위험하므로, 이번처럼 나자릭 밖에 내보낼 수는 없다. 그것을 〈기억조작Control Amnesia〉으로 조종했던 것이다.

시즈의 기밀 지식이란 시즈의 제작자인 플레이어가 만든 설정이다. 그런 것에 대해서까지 마법이 효과를 발휘할지 어떨지는 알 수 없었는데, 실제로 해 보니 마법은 생각대로 작동했다.

이것은 아인즈가 손에 넣은 모르모트로 연습을 되풀이했기에 가능해진 기술인데, 이것을 마스터하면 무언가 대단한 일이 가능해질 것 같았다. NPC의 근원에 접촉할 수 있지 않을까 하는 예감을 느꼈던 것이다. 기억의 시작, NPC의 설정이란 무엇일까 등등. 다만 이것은 어디까지나 아인즈의 상상일 뿐, 실제로는 그런 것은 전혀 없을 확률이 높다. 게다가 해명하려면 이 마법을 정말로 더 잘 다루어, 남의 기억을 생생하게 이해하게 되어야 할지도 모른다. 그렇게 되면 많은 모르모트와 수십 년에 걸친 훈련, 그리고 연구가 필요할 테고, 그 결과가 쓰레기로 끝나리라는 각오도 필요할 것이다.

어쨌거나 시즈에게 잘못된 기억을 심어놓은 지금, 시즈는 모종의 함정이 됐다.

만일 시즈를 이용해 나자릭에 잠입하려는 자가 있다면, 오히려 그놈이 호된 꼴을 당하게 될 것이다.

"박사님이라……. 다른 시즈들은 움직일까?"

"…………때가 되면."

그거 그냥 기믹 아니었어? 하는 생각은 들었지만 입 밖으로 내지는 않았다. 산타클로스의 정체는 비밀의 베일에 싸인 것과 마찬가지다.

스즈키 사토루의 집에는 한 번도 왔던 기억이 없지만, 위그드라실이라는 게임에서는 온 적이 있으니까——.

"정체는 운영진이었지만."

쓸쓸하게 웃은 아인즈를 시즈가 빤히 바라보는 것을 알고, "혼잣말이다."라고 대답해 두었다.

"…………마도왕 폐하."

"응?"

"…………마도왕 폐하."

"……왜 그러느냐, 시즈?"

이제까지는 평범하게 불렀으면서 갑자기 직함으로 불린 아인즈는 조금—— 아니, 상당히 당황했다.

"…………이제까지, 너무 무례했어……요?"

"무, 무슨 말을 하느냐. 너희에게 마도왕 폐하라고 불리는 쪽이 더 서운하다. 아인즈 님이면 된다. 사실은 '님'도 안 붙여도 상관없지. '아인즈 씨'는 어떠냐?"

"…………그건 실례. 혼남."

"……음, 그래. 아무튼 폐하라고는 부르지 않아도 좋다."

"…………알았어요."

"맞아맞아. 〈전언〉으로 부탁했던 룬 얘기는 어떻게 됐느냐?"

"…………열심히 했어요."

"그래……."

별로 좋은 성과는 없었나 보다. 뭐, 실패했어도 별 문제는 없겠지만.

다만 활을 포함해 빌려주었던 아이템은 나중에 회수했어도 좋지 않았을까, 하는 생각을 멍하니 하면서 시즈를 바라보았다.

갈 때는 자신을 노려보는 소녀, 올 때는 무표정한 소녀와 함께. 양쪽 모두 별나구나.

그런 생각이 들어, 아인즈는 슬쩍 웃고 말았다.

*

카스폰도는 왕성의 가장 깊은 곳에 있는── 성왕에게 주어진 방에서 밖을 바라보았다.

대관식을 며칠 후로 앞두고, 마음을 가라앉히고 싶다는 이유에서 방에는── 옆방의 대기실을 포함해 아무도 들어오지 못하게 했다.

우선 틀림없이 불만을 제기할, 혼자서만 분위기 파악을 못하는 레메디오스는 칩거시켜 놓았다. 아니, 칩거와는 조금 다르다. 자택에서 휴식을 취하게 한 것이다. 앞으로 아인이 성왕국 내에 도사리고 있지는 않을지 수색을 내보낼 예정이었으므로.

그렇다고는 하지만 대관식을 마치지도 않았는데 성왕의 방으로 주거를 옮긴 것은 카스폰도를 적대하는 자들이 보기에는 좋은 공격의 이유가 될 것이다. 그 사실을 알면서도 강행한 이유는 이미 권력투쟁이 시작됐기 때문이었다.

카스폰도에게 부정적인 일부 귀족들이 참견하고 나서기 전에 기정사실을 만들 목적이었다. 귀족사회에 관해서는 그리 박식하지 못한 지금의 카스폰도에게 적은 적, 아군은 아군이라고 명확하게 색깔을 칠하는 쪽이 편했다. 그런 마음도 있었던 것이다.

"……다른 귀족들에게 뒷공작도 하지 않고 내가 왕위에 오르면, 일부 귀족들은 불쾌하게 여기겠지. 특히 남부의—— 피해를 보지 않은 귀족들이. 그런 자들의 말을 들으면, 함께 싸운 북부 백성들은 어떻게 생각할까……."

"명확한 불만이 생겨나고, 결렬의 커다란 요인이 되어—— 그 결과 양분된 성왕국이 생겨날 것입니다."

카스폰도의 혼잣말에 대답하는 목소리가 있었다.

사람의 마음에 스며드는 듯한 부드러운 웃음소리. 그것은 카스폰도의 상사에 해당하는 존재였다.

카스폰도는 즉시 돌아보고, 목소리를 낸 사람의 발밑에 무릎을 꿇으며 고개를 한 번 조아린 다음 들었다.

"이렇게 와 주셔서 감사드립니다. 데미우르고스 님."

가면도 쓰지 않고 모습도 바꾸지 않은 채 몸을 드러낸 것은 틀림없이 이 주변의 안전을 확인했다는 뜻이리라.

"나자릭에 가져갈 것들을 회수하는 김에 와 봤지요. 현재까지는 무언가 문제가 있습니까?"

"전혀 없나이다. 모두 데미우르고스 님의 계획대로입니다."

카스폰도가 웃음을 짓자 미소가 돌아왔다.

"일부 예상치 못했던 바도 있었으나, 아인즈 님께서 움직여주신 덕에 아무 문제도 없이 제1단계의 계획이 종료됐습니다. 앞으로는 당신의 활약을 기대하겠습니다."

고개를 숙이면서도, 카스폰도는 그것이 거짓말임을 알고 있었다.

데미우르고스는 자신에게 아무런 기대도 하지 않는다. 그저자기가 깔아놓은 길에서 벗어나면 즉시 궤도를 수정해 계획을 수행해 나갈 생각이리라.

카스폰도의 정체가 탄로 났을 때의 계획도 준비해 두었을 것이다. 지시 중에는 왜 이러한 일을 할까 의문이 드는 것이 몇 가지 있었다. 그런 것들이 분명 그러기 위한 준비가 아닐까.

계획의 제1단계. 그것은 아베리온 구릉지대와 아인을 완전히 마도국의 지배 아래 두는 것이다. 방해가 될 수 있는 종족은 그전에 섬멸한다. 그리고 동시에 성왕국 남북이 대립하기 위한 불씨를 심어두는 것이다.

그리고 카스폰도가 주도하는 제2단계가, 북부와 남부의 확실한 대립과 항쟁.

마지막 제3단계에서 마도국의 완전통치가 이루어지는 형식이었다.

"――그러기 위한 도구인 소인의 시체는 이곳에서 맡아두면 되겠나이까?"

"그럴 필요는 없습니다. 이미 나자릭으로 운반했으니까요. 필요한 데까지 계획이 진행되면 옮겨오지요."

진짜 카스폰도의 시체는 〈안면의 수의Shroud of Sleep〉라는 아이템으로 감싸 나자릭으로 운반해놓았다. 이 매직 아이템은 시체의 열화를 막아준다. 사로잡자마자 즉사마법으로 지극히 깨끗하게 죽인 후 사후경직도 시작되지 않은 시체로 보존해 두었다. 만져보면 아직 체온까지 남아 있을 정도다. 이 시체를 사용하면 돌연사로밖에는 여겨지지 않을 것이다.

"일단 확인해 두겠습니다. 차기 성왕으로서 해야 할 일, 잘 알고 있겠지요?"

"예. 장래에 아인즈 님께 바치기에 어울리는 국가가 되도록 부유하게 만들고자 하옵니다."

"네, 그겁니다. 그러나 결코 불만을 줄이지는 마십시오. 불만은 새로운 왕을 맞이하는 데에 최고의 양념이 되니까요."

"예."

대답한 카스폰도 도플갱어는 데미우르고스에게 지시받은, 계획에는 없었던 문제에 대해 물었다.

"헌데 그 소녀는 어떻게 대처하면 좋겠나이까?"

그 말만으로도 누구를 의미하는지 깨달은 데미우르고스는 처음으로 마음에서 우러나오는 미소를 보였다.

"과거에 '예측불허'라는 말로 아인즈 님을 표현한 적이 있는데…… 바로 그 경우가 아니겠습니까. 아인즈 님은 제게 훌륭한 장기말을 마련해 주셨습니다. 그녀의 존재는 제 계획을 몇년 단위로 앞당겨줄 것입니다."

어디를 보는지 알 수 없는 데미우르고스의 실눈이 조용히 움직이는 것을 카스폰도 도플갱어는 놓치지 않았다. 시선이 향한 벽—— 그 너머에 무엇이 있는지를 생각해 본 카스폰도는 수도 정문이 있음을 떠올렸다.

"심취한 인간을 손에 넣었으면 좋겠다고는 생각했으나…… 설마 종교의 색이 짙은 나라에서 그러한 소녀를 만들어내실 줄이야……. 왜 무기를 빌려준 아이까지 죽여도 좋다고 지시하셨는지가 의문이었는데, 그러한 정신상태로 몰아넣기 위함이었다니."

흡족해하는 데미우르고스의 말은 누구에게 향한 것도 아니었다. 카스폰도는 그저 조용히 데미우르고스의 의식이 자신을 향하기를 기다렸다.

"공연히 마음을 써 그 소녀를 구하라는 지시를 내리지 않은 것이 정답이었습니다. 아니, 아인즈 님이시라면 제가 무엇을 해도 멋지게 수정해 주셨을 테지만요. 대응능력을 알고 싶으니 아무 생각 없이 계획을 파탄으로 몰아가고자 했다고 말씀하시면서도…… 절묘한 포석을 두시다니…… 역시 지고의 존재를 통솔하셨던 분. 언제나 제가 너무나도 못난 자라는 사실을 가르쳐주시지요……. 후후, 너무하시지 않습니까."

깊이 감동한 듯 고개를 가로젓는 데미우르고스. 침묵만이 실내를 지배했다. 이윽고 흥분의 여운을 떨치듯 데미우르고스는 옷깃을 여미고 넥타이를 고쳐 맸다.

"네이아 바라하가 하는 일은 최대한 지원하십시오. 아인즈 님에게 은혜를 갚는다는 명목으로 전면에 내세우는 것입니다. 이 또한 북부와 남부의 대립을 촉진하는 활동이 되겠지요. ……누군가가 그녀를 방해할 경우 어떻게 해야 할지, 그런 자세한 계획서는 조만간 보내드리겠습니다. 그때까지는 이미 지시한 대로 행동하면 됩니다."

"예! ……그런데 그 소녀는 어떻게 되겠습니까? 설마 차기 성왕으로?"

그렇다면 그런 움직임도 보여야 할 것이다. 그렇다고는 하지만 데미우르고스가 그렇게 하라는 지시가 내려올 테니, 그에 따라 움직이기만 하면 그만이지만.

"그것도 나쁘지는 않겠지만, 좀 다른 역할을 맡기는 편이 좋을 겁니다. 아인즈 님께서 신이라 불리시는 것을 바라게 될지 어떨지는 짐작할 수 없으나, 만일 그런 뜻을 품으신 것 같다면 사전준비를 해 두는 편이 좋겠지요. 아인즈 님을 신으로 숭배하는 자들의 실험에 쓸 수 있을 테니까요."

"예!"

"그러면, 지금 확인해 두어야 할 사항은 있습니까?"

"예. 불필요해진 여자, 레메디오스 커스토디오는 계획대로 적당히 뛰어다니게 만들 예정이온데, 죽여버리는 편이 안전하지 않겠습니까?"

"아닙니다. 그녀는 그대로 살려두고 한동안 귀족들의 불만이 쏠리는 곳으로 삼는 편이 좋을 겁니다. 그러기 위해 처음 만났을 때도 죽이지 않도록 했던 거니까요. 그녀는 별도의 부서에 배치하고, 성기사단은 부단장을 단장으로 삼아 부리십시오. 유용하게 쓰일 겁니다."

"분부 받들겠습니다!"

"처분하려면 대립이 명확해졌을 즈음에, 해야겠지요."

카스폰도가 알았다는 뜻을 보이자 데미우르고스는 이야기가 끝났다며 〈상위 전이〉로 모습을 감추었다.

그림자 속에 도사린 악마, 그리고 카스폰도는 도저히 이기지 못하는 한조 같은 부하를 빌려준 채.

자리에서 일어난 카스폰도 도플갱어는 다시 창밖을 보았다.

안뜰밖에 보이지 않지만, 환희에 찬 사람들로 넘쳐나는 도시 내부의 환영이 보이는 듯했다. 그리고 웃음을 짓는다.

"──조금 더 행복을 곱씹어다오, 이 나라의 백성들아."

OVERLORD
Characters

캐릭터 소개

네이아 바라하　｜　인간종

neia baraja

흉안의 광신자

직함 —— 성왕국 해방군 종자.

주거 —— 호반스의 중심가. (친가)

클래스 레벨　팰러딘(Paladin) ——————— 2 lv

세이크리드 아처(Sacred Archer) ——— 3 lv

에반젤리스트(Evangelist) —————— 2 lv

파운더(Founder) ———————————— 4 lv

생일 —— 상풍월(上風月) 1일

취미 —— 마도왕의 훌륭함에 대해 이야기하는 것.

캐릭터가 너무 바뀌어서 다시 소개한다. 사망해서 레벨다운. 동시에 전쟁에서 살아남아 레벨업. 서번트 전직 등이 이루어진 결과 이런 직업 구성이 되었으나, 낭비가 많다. 그렇다고는 해도 그녀가 경험한 결과이니 어쩔 수 없으리라. 네이아 자신은 자신이 특수기술을 써서 타인의 생각을 유도(및 세뇌)하고 있다는 인식이 없다. 그녀의 힘은 아직 마음에 상처가 있는 자들에게만 효과를 발휘하며, 그들은 네이아의 말에 구원을 받고 있다.

인간종

케랄트
커스토디오

kelart custodio

외면은 보살, 마음은 야차

직함—— 성왕국 최고위 신관 및 신관단 단장

주거—— 호반스의 중심가. (친가)

클래스 레벨— 프리스트(Priest) ———— **?** lv

하이 클레릭(High Cleric) ———— **?** lv

하이어로펀트(Hierophant)———— **?** lv

기타

생일—— 상수월(上水月) 11일

취미—— 인간관찰. (좋은 의미로든 나쁜 의미로든)

---

personal character

순수한 신관으로서는 주변 국가 최고봉이며, 청장미를 능가하는 역량을 가진 인물. 그러나 기밀사항이므로 이를 아는 이는 거의 없다. 절친(칼카)과 가족을 소중히 여기며, 그들에게 적대행위를 할 경우 언니보다도 호전적으로 변해 무자비한 보복을 가한 적도 있다. 기본적으로 웃으며 용서해 주는 것처럼 보이지만, 그것은 어디까지나 연기일 뿐. 성왕국에서 가장 무서운 여성이며, 칼카의 적인 귀족들을 무너뜨릴 기회를 호시탐탐 엿보고 있다.

카스폰도 베사레스 | 인간종

caspond bessarez

온화한 왕형

직함 —— 성왕국 성왕.

주거 —— 호반스의 왕성.

클래스 레벨 – 클레릭(Cleric) ——————— ? lv

세이지(Sage) ——————— ? lv

하이노블(High Nobel)·일반 ——— ? lv

기타

생일 —— 하화월(下火月) 27일

취미 —— 독서. (특히 역사물을 좋아했던 듯)

| personal character |

우수한 인물이었으나 더 우수한 여동생에게는 이기지 못함을 깨닫고
귀족사회에서 살아갈 지식을 추구했다. 혈족 내 다툼에는 소극적이었기
때문에 결과적으로 여동생에게 한 발 양보한 셈. 그 사실은 후회하지
않으나, 동생이 성왕 자리에 오른 것이 좋은 일이었을까 하는 마음이
있었던 것도 사실이다. 실제로 성왕이 되었다면 배후공작 같은 수단도
강구할 수 있었을 테니 여동생보다도 왕위에 적합했을 것이다. 왕족
중에서는 보기 드물게 케랄트에게 원한을 사지 않았던 인물.

구스타보 몽타녜스 | 인간종

gustav montagnés

위통은 이미 익숙하다

직함 —— 성왕국 해방군 부단장.

주거 —— 호반스의 중심가. (친가)

클래스 레벨   팰러딘(Paladin) ————————— ? lv

홀리 나이트(Holy Knight) ————— ? lv

카리스마(Charisma)·일반 ———— ? lv

기타

생일 —— 하풍월(下風月) 27일

취미 —— 작은 동물을 바라보는 것

| personal character |

성기사단 부단장 2명 중 검술 실력이 없는 쪽이었으므로 나머지 한 명보다 일반인에게 친근감을 준다(그렇다고는 해도 일반인은 도저히 이기지 못할 만큼 강하지만). 곧잘 위통을 느끼지만 마법으로 간단히 치유할 수 있다는 감동을 알고 있으므로, 신앙계 마법을 습득하고 싶어 한다. 바니아라고 하는, 다람쥐 같기도 토끼 같기도 한 귀여운 애완동물을 키우기 위한 집을 구입했다. 애완동물의 이름은 미르세와 아몬나. 지친 마음을 풀어주는 소중한 존재다.

비비제

이형종

beebeezee

번뜩이는 자수정색 몸뚱이

직함 —— 제룬의 왕자.

주거 —— 아베리온 구릉지대 북부에 있는
수천 개의 함몰구멍 중 하나.

클래스 레벨 제룬 로드(종족)———————— **?** lv

오행술사 ———————————— **?** lv

음 마스터 ———————————— **?** lv

등등

생일 —— 겨울 98

취미 —— 이야기 듣기.

—— personal character ——

수컷이 매우 드문 종족. 수컷으로 태어나면 즉시 왕족이 된다. 수컷은 매우
소중히 여겨지며, 둥지 밖으로는 한 발도 나가지 않은 채 거의 감금상태로
평생을 마치는 것이 대부분. 애지중지 길러지기 십상이므로 왕자는 사실
자신의 몸에 나름대로 자신감을 가졌으며 나르시시스트 같은 면모가 있다.
참고로 '이형종'이라는 종족 표기는 오류가 아니다. 제룬은 특정 종족에게만
발휘되는 마법의 효과를 받는 종족적 약점이 있으며, 그 착각 때문에
아인종으로 취급되지만 실제로는 이형종이다.

지고의 4인

캐릭터 소개

편

벨리버

대식가

| personal character |

마법검사 클래스이며, 무기와 마법을 번갈아 구사하는 스위치 타입. 다만
다재무능한 감은 부정할 수 없으므로, 플랜비일 때는 2군 취급을 받았다.
그럴지만 다양한 방면에서 활약한 플레이어이며, 게이머로서 능력치는 매우
높다. 현실세계에서는 세계를 좌지우지하는 거대 복합기업의 위험한 정보를
입수하는 바람에, 임막음을 위해 사고사로 처분당했다. 그가 입수한 정보는
어떤 인물에게 넘어갔다.

후기

  여기까지 읽어 주신 여러분, 고생 많으셨습니다. 손이 무겁지는 않으셨나요?

  누워서 책을 읽으시는 분이라면 떨어뜨리면 어떡하나 하는 공포와 싸우셨으리라 생각합니다.

  『오버로드』 사상 처음으로 500페이지를 까마득히 넘는 작품이 된 제13권. 내용으로는 어떠셨는지요? 재미있었다고 생각해 주시는 분이 조금이라도 계셨다면 기쁘겠습니다.

  다만 솔직히, 중편과 후편으로 나눠도 좋지 않았을까 하는 생각이 있습니다. 수정하면서 한번에 읽어보니, 뇌가 상당히 지치더군요. 4장, 5장, 막간까지 읽고 한숨 자는 정도가 적당한 페이스가 아닐까요. 여러분은 어떠셨는지요? 아, 그리고 2권으로 분할되면서 생긴 큰 장점이라면 so-bin 씨의 미려한 일러스트를 많이 볼 수 있었다는 점이 있겠네요!

  그렇기는 해도 두 번 다시 이런 일은 없도록 할 테니 생각해봤자 소용없겠지요.

매번 페이지를 줄여야지 줄여야지 하는데, 이 길이는 역시 힘드네요. 페이지 수가 늘어나면 온갖 공정에 시간이 걸리고, 점점 스케줄이 뒤로 밀려나갑니다. 그뿐이랴, 오탈자의 가능성도 늘어나서 별로 좋을 게 없네요.

다음에는 구입하는 분에게도 읽는 분에게도 친숙한 책을 만들겠다는 목표를 가지고 싶습니다.

각설하고, 다음 권은 2019년 내로 내고 싶은데 그 전에 긴 것을 하나 써야 해서 어떻게 될지 전혀 감도 잡히지 않습니다. 느긋하게 기다려 주시면 고맙겠습니다. 그 사이에 애니메이션 3기도 방송될 테니 이쪽도 즐겁게 봐 주시면 기쁘겠습니다.

하지만 정말로 요즘은 후기에 쓸 내용이 없네요. 제가 독자였던 옛날에는 후기에 뭘 써야 좋을지 모르겠다는 내용을 볼 때마다 '뭐든 좋으니까 쓰면 되지 않나?' 생각했는데, 자신이 그 처지가 되니 그분들의 고뇌를 알 것 같습니다. 여러분 같으면 어떤 내용을 쓰고 싶으신가요? 솔직히…… 이 후기도 필요 없는 거 아닐까 하는 의견이 작가의 마음속에서 솟아나고 있습니다!

이번에도 많은 분께 도움을 받았습니다. 고맙습니다. 앞으로도 잘 부탁드립니다.

2018년 4월 마루야마 쿠가네

Postscript by So-bin

방송 중에도 오버로드 그림을
더 많이 그렸으면 좋았을 텐데
너무 바쁘다 보니
어느덧 4월이 됐습니다
아직도 할 일이 많아…

so-bin

마루야마 : "이겼다."

오버로드
OVERLORD

원작: **마루야마 쿠가네**　만화: **미야마 후긴**

캐릭터 원안: **so-bin** 만화판 각본: **오오시오 사토시**

코믹스 1~6권
절찬 발매 중!!

최강 마법사의 은둔계획
1

마물이 날뛰는 세계. 젊은 천재 마법사 아르스 레긴은 최전선에서 항상 목숨을 걸고 싸워왔다.
마침내 그는 군역을 마치고 16살이라는 젊은 나이에 퇴역을 신청한다.
하지만 그런 아르스를 국가가 놓아줄 리가 없었다.
아르스는 10만 명이 넘는 마법사의 정점에 군림한 한 자릿수 넘버, '싱글 마법사' 이기 때문이다.
우여곡절 끝에 그는 교환조건으로 신분을 숨긴 채
일반 학생으로 마법학원에 다니며 후임을 육성하기로 한다.
모든 것은 평온한 은둔생활을 쟁취하기 위해!
미소녀 마법사들을 육성하며 뒤편에서는 마물 토벌로 분주한 아르스의 영웅담이, 지금 시작된다!

이즈시로 지음 / 미유키 루리아 일러스트

영상출판
미디어(주)

티탄~애즈워스의 전사들~

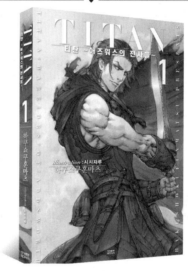

'피와 땀. 뼈와 살. 철의 원칙과 우렁찬 함성.'

마물, 야만족, 수많은 외적들과 싸운 전사의 나라 크라우구스.
300년 전, 나라를 비탄에 잠기게 한 흑룡에 맞서 싸운 용사들과 함께
용 사냥에 나서서 살아남은 전사 티탄.

300년의 세월이 흘러, 전사의 긍지와 맹세가 풍화된
요새의 땅 애즈워스에 다시 어둠이 드리울 때,
300년 전의 전설이 되살아난다──!!

하쿠쇼쿠훈마츠 지음 / 시시자루 일러스트

**영상출판
미디어(주)**

오버로드 13 성왕국의 성기사 下(하)

2018년 08월 20일 제1판 인쇄
2024년 12월 30일 제6쇄 발행

지음 마루야마 쿠가네 │ **일러스트** so-bin

옮김 김완

제작 · 편집 노블엔진 편집부

발행 데이즈엔터(주)
등록번호 제 2023-000035호
주소 07551 서울특별시 강서구 양천로 570 NH서울타워 19층
대표전화 02-2013-5665

ISBN 979-11-319-8604-2
ISBN 978-89-6730-140-8 (세트)

OVERLORD volume13 SEIKOKU NO SEIKISHI (GE)
ⓒKugane Maruyama 2018
First published in Japan in 2018 by KADOKAWA CORPORATION, Tokyo.
Korean translation rights arranged with KADOKAWA CORPORATION Tokyo.

구매 시 파손된 도서는 구매처에서 교환하실 수 있습니다.
기타 불편사항, 문의사항이 있으신 독자님께서는 노블엔진 홈페이지
[http://novelengine.com] 에서 Q&A 게시판을 이용해 주시기 바랍니다.